LA TROISIÈME RÉPUBLIQUE

OUVRAGES DU MÊME AUTEUR

Chez le même éditeur

Poincaré, 1961.
Histoire de la France, 1976.
Les Guerres de Religion, 1980.
La Grande Guerre, 1983 (Premier Grand Prix Gobert de l'Académie française, 1984).
La Seconde Guerre mondiale, 1986.

Chez d'autres éditeurs

L'Affaire Dreyfus, P.U.F., 1959.
La Paix de Versailles et l'opinion publique en France, thèse d'État, Flammarion, 1972.
Histoire de la radio et de la télévision, Perrin, 1984.
La Lionne de Belfort, Belfond, 1987.
La Grande Révolution, Plon, 1988.

Pierre Miquel

LA TROISIÈME RÉPUBLIQUE

Fayard

INTRODUCTION

De Sedan à Sedan

La troisième République, comme le Second Empire, se veut un régime de référence. Elle ne succède pas, elle restaure. Mais comme la référence d'un empire à l'autre, celle du nouveau régime aux deux autres est fallacieuse, parodique, bouffonne. Il y eut « Napoléon le Petit », il y aura la République des avocats, des professeurs, des comités, des camarades. Le journaliste Roger Priouret parlait avec ironie de la « République des députés ».

Les références du régime sont pourtant émouvantes : la première République est menaçante et guerrière, mais elle est populaire et victorieuse. La deuxième est éphémère mais touchante, avec son désir affirmé de faire, à l'exemple du « prolétaire de Nazareth », le bonheur du peuple. Mais peut-on restaurer des régimes mort-nés ? La guerre a transformé la première République — dont la constitution était fort démocratique — en dictature sanglante, puis, avec le Directoire, en molle satrapie promise à la dictature consulaire. La deuxième a été victime du suffrage universel, qui lui a préféré Louis-Napoléon Bonaparte. La troisième République n'est donc pas véritablement une restauration, mais une création : elle met en place un régime nouveau, qui a beaucoup de mal à trouver son assise.

Elle n'a même pas d'image à proposer : que va-t-on mettre sur les timbres, sur les cheminées des mairies, quand on aura détruit les silhouettes à barbiche et les plâtres du César ? La

Marseillaise de Rude fait peur, comme les Marianne rouges du Midi. On imagine une sorte de déesse de gare, une Cérès couronnée d'épis : la République n'est-elle pas d'abord celle des paysans ? Ils sont nombreux à regretter de ne pas voir sur les timbres le beau profil d'Henri V ou du duc d'Orléans. Pendant toute son existence, la troisième République aura ses détracteurs, ses ennemis irréconciliables. Il ne faut pas croire qu'ils finiront par s'habituer, se résigner : la preuve en est la « divine surprise » de juillet 1940, la revanche ardemment convoitée sur la « Gueuse ». Nombreux sont alors ceux qui pensent que de Sedan à Sedan, après soixante-dix ans de péché mortel, la France doit retrouver, grâce à la confession collective, la communion avec le « père de la patrie » dont le profil marmoréen sera du plus bel effet sur les timbres. Cet examen de conscience, le 4 septembre 1870, est déjà celui de tous les Français que le premier Sedan frappe de stupeur.

Car la République commence bien en 1870, et non en 1875, comme veulent le faire croire les juristes. C'est l'histoire et non le droit qui la fonde. Sans révolution, sans complot, sans coup d'État, presque sans violence. Il n'y a pas de morts, le 4 septembre, pas d'émeutes réprimées en province. Une troupe qui s'assemble au Palais-Bourbon et qui se porte à l'Hôtel de Ville. Un soulèvement spontané, mais non sans réminiscences : la défaite et l'envahisseur sont là comme en 1814 et en 1815. Le vieux réflexe de la levée en masse groupe les Parisiens derrière le drapeau, et puisque l'Empire n'a pas su donner la victoire, qu'un régime révolutionnaire rétablisse la situation en portant le peuple aux frontières ! Ceux qui ont applaudi en 1859 la Garde impériale, quittant Paris par la barrière d'Italie pour aller combattre les Autrichiens, sont présents au rendez-vous de la patrie en danger. Les fondateurs du 4 septembre ne sont ni des liquidateurs ni des insurgés, mais des patriotes qui veulent en découdre : pour eux, tout n'est pas perdu.

Ils mesurent la faiblesse de l'Empire, l'engourdissement bourgeois dans les flonflons du café-concert ou les ritournelles de la *Vie parisienne*. Ils savent que des généraux sans cartes d'état-major ont conduit des « moblots » sans instruction et de vieilles troupes fatiguées dans un combat inégal. Ils voient moins bien la puissance de la Prusse, l'alliance de la technologie rhénane et des traditions militaires de Berlin. Ils ne considèrent pas autrement les armées de Moltke que celles de Blücher. Ils croient encore qu'avec des *Marie-Louise* on peut venir à bout de l'envahisseur. Ils sont prêts à rejoindre les nouvelles troupes de la République au son de *La Victoire en chantant*. Ils n'acclament pas, à l'Hôtel de Ville, une République vaincue, mais guerrière. Ils demandent des chefs et des chassepots.

Si l'on oublie ce sursaut national, bien vite déçu, on se condamne à déformer les origines, à truquer l'acte de naissance, puis à construire un récit institutionnel qui rend les pulsions, les crises, les mutations ultérieures incompréhensibles. Ce n'est pas la crise économique qui fabrique le personnage de Boulanger, mais le souvenir du départ aux armées de la Loire. La République n'est pas née, comme on le dit trop souvent, d'une défaite, mais de l'atroce déception qui a suivi le désir ardent d'une victoire. L'image de Gambetta vaincu n'est nullement dévalorisante pour les républicains : l'homme de l'envol en ballon s'est battu. S'il a perdu, c'est qu'il n'avait pas les moyens de vaincre. Chacun sait qu'il s'est juré d'en doter désormais son pays. Pour cette seule raison il apparaît, plus que Thiers, comme le père fondateur du régime. Il aura, comme Napoléon, son portrait dans les chaumières.

***

Paradoxe de ce régime toujours menacé : il se veut populaire, démocratique et recherche constamment un sauveur. Thiers et Gambetta sont les premiers ; d'autres suivront, jusqu'à Clemenceau. Quand le sauveur manque, on le cherche, parfois on l'improvise, quitte à le vouer aux gémonies s'il déçoit. Beaucoup de notables déplorent cette instabilité, cet infantilisme de l'opinion. Beaucoup y trouvent matière à réflexion et se demandent si le régime a les moyens d'assurer les intérêts vitaux du pays.

La France, de 1870 à 1940, de Sedan à Sedan, est au cœur de l'Histoire. Les conflits majeurs de la planète se situent alors en Europe ou partent d'Europe, et le premier Sedan n'est qu'un épisode dans le fol affrontement des nationalités. La nouvelle Allemagne, qui croît à une cadence à l'américaine, n'a fait en 1866 à Sadowa qu'une bouchée de l'empire vermoulu des Habsbourg : depuis lors, l'Autriche est un satellite de Berlin. Sadowa a mis l'héritier du Saint-Empire romain germanique à la disposition des barons de la Ruhr qui lancent le programme de colonisation de l'Europe centrale et balkanique, la *Mitteleuropa*. On s'aperçoit à Paris qu'un Hohenzollern n'est plus seulement un prince de Prusse, mais le représentant d'une puissance industrielle de premier ordre, forte de ses canons Krupp et de ses chemins de fer. Bientôt le tsar de Russie ouvrira ses terres fertiles et livrera les trésors de son sous-sol aux nations aventurières et rivales de l'Ouest. Quant à l'Empire turc, il est en coupe réglée, comme l'Égypte. Voilà donc une partie qui se joue à trois : Grande-Bretagne, Allemagne, France. L'enjeu en est la domination économique, sinon politique du monde. Le premier Sedan marque, dans cette perspective, le retour de la France à la case départ. De même que Waterloo a donné carte blanche à l'Angleterre pour cent ans, de même Sedan installe le géant germanique au cœur de l'Europe, challengeur de l'Angleterre qui devra bientôt faire le compte des cuirassés de Tirpitz.

L'examen de conscience des Français qui s'interrogent en 1870 sur leur régime politique est donc relativement secondaire, même s'il est urgent : il est d'abord question de l'avenir de la nation dans l'impitoyable compétition européenne dont Sedan marque une désastreuse étape, inévitablement suivie, comme après Waterloo, par un long repli.

S'il est difficile d'imaginer pour la France un équilibre politique, c'est que l'Europe elle-même est déséquilibrée par la croissance trop rapide de l'Allemagne, dont la diplomatie s'est rendue, aux dépens de la Grande-Bretagne, maîtresse du terrain. Bismarck, à cet égard, n'a pas seulement vaincu la France ; il a écarté l'Angleterre du continent, et le nouvel Empire allemand, proclamé à Versailles, est à la fois surpuissant et vulnérable. Il n'a plus d'autre problème en Europe que de surveiller une France amoindrie. Mais il apparaît déjà clairement que les affrontements de demain surgiront pour les Allemands au-delà des mers, où les porte très naturellement leur rapide croissance industrielle. Dans cette compétition, la France est forte de sa finance plus que de son industrie : la première tâche du régime qui s'installe est d'accélérer son équipement.

Le Second Empire, avec les chemins de fer, a jeté les bases. Il appartient au nouveau régime d'assurer le développement en creusant d'autres canaux, en ouvrant d'autres voies ferrées, en agrandissant les ports. Le culte de la science et du progrès participe aussi de la réflexion sur la défaite. Les fondateurs sont convaincus que la meilleure assurance contre le risque est l'édification massive d'une industrie lourde, servie par des moyens de transport efficaces : très vite, les Schneider, les de Wendel deviennent, au même titre que les Rothschild ou les Henri Germain, les hommes de poids de la nouvelle France, puisque la puissance du pays dépend d'abord de la cadence de production de la fonte et de l'acier.

L'inauguration de la tour Eiffel, en 1889, fait partie des heures de gloire du régime. On a trop dit qu'il songeait exclusivement à sa clientèle rurale : il se veut aussi résolument industriel. Les générations politiques qui se succèdent sont loin d'être seules représentatives : il faut aussi compter sur les générations d'industriels, de Schneider à André Citroën, qui s'inscrivent dès l'origine dans le paysage politique. S'il est vrai que la France a eu pendant très longtemps la diplomatie de sa finance, elle peut aussi tabler sur la puissance que lui donne l'industrie. Schneider tire une part importante de ses revenus des canons, et Renault des chars. La République guerrière ne peut se passer d'usines.

L'industrialisation et l'armement sont les impératifs premiers : la construction de nouveaux modèles de mitrailleuses et de fusils, la découverte d'explosifs, l'utilisation militaire des avions, l'invention des sous-marins, autant de progrès suivis par les républicains avec un soin jaloux. L'armée nationale qu'ils fondent et qu'ils protègent en toute circonstance doit disposer du matériel le plus moderne. Ils sont aussi fiers du canon de 75 ou de la mélinite que de la tour Eiffel. La production d'armements modernes est une source de prestige extérieur (on les exhibe aux grandes manœuvres), de profits et d'influence politique. Il n'est pas de petit pays européen qui ne veuille se constituer une armée moderne. Krupp vend à Constantinople ou à Sofia, Schneider à Belgrade et à Saint-Pétersbourg. C'est un point capital dans la recherche des alliances que d'être en mesure de proposer à ses alliés des équipements militaires et civils. Les marchés se disputent avec acharnement, et les pays demandeurs se gardent d'accepter une position de monopole : c'est l'Angleterre et non l'Allemagne qui construit pour les Turcs des cuirassés géants, les *superdreadnoughts.* En revanche, la France tient à équiper l'armée du sultan du Maroc : question de prestige et d'influence. On utilise le marché financier de Paris pour consolider des alliances : outre les fonds russes, on place, avec l'accord du Quai d'Orsay, les emprunts des pays amis et l'on écarte, sur sa recommandation, les candidatures de placements des pays indésirables. Même s'il arrive qu'il contrarie les grands intérêts, ce nationalisme est constamment réaffirmé par les républicains au pouvoir.

S'ils bâtissent outre-mer des colonies ou des protectorats, c'est pour être aussitôt suspects d'affairisme, comme Ferry en Tunisie et au Tonkin. Débat violent, passionné : pas un soldat, pas un canon ne doit être détourné de la « ligne bleue des Vosges », pensent les extrêmes. Mais on retrouve l'unanimité quand l'Allemagne est sur les rangs de la compétition coloniale, et les plus acharnés patriotes jugent alors bon d'envoyer l'armée au Maroc. L'idée d'empire comme espace protégé prend corps. N'oublions jamais que l'histoire de la République, presque d'un bout à l'autre, se déroule dans un climat de fermeture des frontières nationales et de protectionnisme forcené. La France n'a pas sur ce point de politique différente de l'Allemagne, et l'Angleterre doit s'y résigner. Mais la compensation coloniale est longtemps vécue comme accessoire : l'essentiel, pour les fondateurs et leurs héritiers, est de construire en Europe des alliances que la force militaire rende possibles et efficaces.

***

Une telle exigence d'ouverture est justifiée par le corset bismarckien établi en Europe, contre la France, jusqu'en 1890.

Mais comment faire reconnaître à l'extérieur une république démocratique dont les dirigeants sont les élus des paysans et des ouvriers ? Comment faire admettre un État qui se sépare de l'Église et ne prétend tenir son pouvoir que du peuple ? La France est alors la seule république de ce genre, si l'on met à part la Suisse. A lire les *Mémoires* de l'ambassadeur Paul Cambon, on mesure la différence des usages politiques. Quand il prend son poste en Espagne, il se croit au temps de Charles Quint : la reine régente le reçoit dans la salle du trône, entourée des grands d'Espagne alignés. Elle porte un diadème et sa robe de satin garnie de jais se prolonge par une traîne qui descend deux ou trois marches. L'étiquette, à Vienne, ne le cède en rien à celle de Madrid. Le frère de Paul, Jules Cambon, s'extasie de son côté à Berlin sur les usages de l'ancienne Cour, et le faste des réceptions du tsar est fort connu. Quand le président Loubet doit se rendre à Londres en 1903, le roi insiste beaucoup pour qu'il porte la culotte de cour. « J'aime mieux ne pas aller à Londres, dit Loubet, on ne me fera jamais mettre une culotte courte. » Et Cambon de commenter : « Je soupçonne le roi de s'amuser à nos dépens et de chercher à culotter un gouvernement qu'il considère comme un gouvernement de sans-culottes ! »

Les représentants de la République se donnent pourtant beaucoup de mal, à l'étranger, pour avoir l'air respectable. C'est qu'ils ne sont pas respectés, ni appréciés. A Rome seulement un président de la République est reçu avec égards et enthousiasme : le roi d'Italie et le peuple de la ville veulent humilier le pape, qu'ils tiennent prisonnier. La République n'est pas crédible, parce que le président est un inconnu dont on se gausse, un homme sans usages dont on ignore tout. Thiers et Mac-Mahon avaient une réputation internationale, pas Grévy, ni Loubet, ni Fallières. On sait parfaitement, à Londres ou à Berlin, que les Français élisent tous les sept ans un président pour rire, dont ils disent eux-mêmes qu'il sert à « inaugurer les chrysanthèmes ». Les présidents du Conseil qui se succèdent n'ont pas davantage de crédit. L'Europe des cours connaissait le duc de Broglie, non Ferry ou Clemenceau. Le régime parlementaire français fonctionne si mal qu'il étonne les Anglais : se peut-il qu'on change si vite de gouvernement sans que le régime s'effondre ? L'instabilité ministérielle est un handicap pour la politique étrangère, car elle ne pousse pas à la conclusion d'alliances : comment croire à la parole d'un régime aussi changeant ? Il ne faudra pas moins de vingt ans, beaucoup d'efforts et de sacrifices financiers pour convaincre le tsar de s'allier à Marianne, et vingt ans encore de soins constants pour l'empêcher de changer d'idée : à la veille de la Grande Guerre, Poincaré, inquiet, fait avec Viviani le voyage de Saint-Pétersbourg parce qu'il ne sait s'il peut vraiment compter sur l'alliance russe. Quant à l'Entente cordiale, renforcée par le ministre des Affaires étrangères Théophile Delcassé, elle est si informelle qu'en dehors d'un accord colonial, on ne peut escompter un engagement militaire en cas de guerre. Londres n'a pas fait de promesses précises : seule l'invasion de la Belgique décidera les Anglais, en 1914, à franchir le Channel.

Les Français ont la réputation d'être tous jacobins ou socialistes, ce qui les fait rejeter ou tenir en marge par les cours bien-pensantes. Étrange incompréhension : les socialistes russes, si l'on en croit Weygand, chantent la *Marseillaise*, lors de la visite des présidents français, et le tsar est fort surpris, à chacun de ses voyages en France, de constater la chaleur de l'accueil populaire. La menace allemande fait considérer l'alliance russe comme vitale, et l'intérêt commun fait oublier, de part et d'autre, les sensibilités politiques.

Le pouvoir des républicains semble d'autant plus fragile à l'étranger que prélats et aristocrates s'emploient — les rapports des ambassadeurs en témoignent — à discréditer encore plus les jacobins mangeurs de curés. Il n'est certes pas difficile d'étaler les divisions de l'opinion française, les crises graves et durables, les scandales qui minent les majorités et favorisent le renouvellement du personnel politique, les intrigues qui touchent le commandement de l'armée et ruinent la réputation des militaires. On en vient à supposer — c'est une constante de l'histoire de la troisième République — que le pouvoir ne peut appartenir aux députés des « mares stagnantes » des arrondissements, dont la fonction essentielle, dit-on avec dérision, est de rapporter aux électeurs le parapluie qu'ils ont oublié à Paris.

Si le pouvoir n'est pas au Palais-Bourbon, c'est qu'il est ailleurs. Pendant la période de la « République des ducs », de 1871 à 1878, on le croit à Rome ou dans les « jésuitières », pouvoir occulte tendant à écarter les républicains au profit des notables. Passés dans l'opposition après la victoire républicaine, les catholiques ont la réputation de constituer un dangereux contre-pouvoir, même après le vote de la loi de séparation de l'Église et de l'État en 1905, ainsi qu'après le ralliement conseillé par le pape Léon XIII aux électeurs catholiques. On retrouve, jusqu'en 1919 et au-delà, cette polémique contre les jésuites au moment de la constitution de groupes de pression, puis de syndicats catholiques.

Au pouvoir souterrain des jésuites s'oppose celui des francs-maçons, dont les loges quadrillent le territoire, jusqu'aux chefs-lieux de canton. Les frères passent pour être les organisateurs clandestins du combat républicain et pour exercer sur les parlementaires une pression qui va jusqu'à obtenir le vote de lois favorables aux obédiences, et l'engagement de politiques bien définies. La franc-maçonnerie est ainsi jugée responsable de la rupture avec Rome et des lois de laïcisation.

D'autres soupçons pèsent sur le pouvoir républicain et se trouvent constamment alimentés dans la presse. A gauche, on suspecte les gouvernements d'obéir à des mots d'ordre imposés par les grands intérêts économiques, qui disposent des journaux et des caisses électorales. Reproche déjà très véhément avant 1914. On accuse le Comité des forges, syndicat des maîtres de l'acier, de faire pression sur les députés. Après la guerre, on met en valeur l'importance des groupements informels de députés, des comités parlementaires, des associations non structurées où se rencontrent dirigeants économiques et politiques pour arrêter ensemble une action favorable aux grands intérêts. Le grief est particulièrement vif dans les années 20 et 30, quand le « mur d'argent » élevé par les « deux cents familles » est censé saboter en secret les gouvernements des majorités de gauche de 1924, 1932 et 1936. Symétriquement, le pouvoir ouvrier et syndical est accusé de recevoir des fonds de l'étranger et d'y prendre ses mots d'ordre. C'est ainsi que socialistes et syndicalistes sont, dit la presse de droite, aux ordres de Berlin — elle dira de Moscou après la guerre. L'inconsistance du pouvoir accroît toujours l'efficacité de campagnes qui donnent à penser qu'il existe d'autres pouvoirs clandestins, des chefs d'orchestre inconnus, qu'ils soient ploutocrates ou révolutionnaires.

***

On peut dès lors se demander comment un régime aussi incertain a pu franchir deux crises mondiales, une guerre interminable et les poussées sociales les plus rudes, sans chanceler ni disparaître. Si la troisième République a duré soixante-dix ans, c'est à l'évidence qu'elle disposait de quelques ressources.

D'abord un climat économique presque constamment favorable : ni la crise de 1873, ni la « grande dépression » des années 1880-1895, ni la crise de 1929 — perçue en France plus tard et moins fort qu'ailleurs — ne sont ressenties comme des tragédies. La guerre, certes, en est une, mais elle soude le pays autour du régime au nom de l'« union sacrée ». La croissance commerciale se poursuit à l'extérieur jusqu'en 1875. La tendance se renverse alors et la balance devient déficitaire, mais la croissance de la balance des comptes est telle, grâce aux revenus des capitaux placés par les Français à l'étranger — 15 milliards sur une fortune mobilière évaluée à 56 —, que la préoccupation d'exporter n'est pas vitale. La République n'a pas un besoin primordial de débouchés commerciaux dans le monde : pendant toute son existence, il lui suffit de maintenir, malgré l'érosion, le volume des exportations qui seront d'ailleurs stimulées après la guerre. Il faut remarquer, après Jacques Marseille[1], qu'avant 1914 l'empire colonial « ne peut être considéré comme une affaire » et qu'un début d'intérêt pour les colonies ne commence à se manifester qu'après 1920, dans la mesure où l'instabilité du franc ralentit alors les placements des Français à l'étranger. Le commerce prend un certain essor, mais « les exportations de bijouterie étaient plus de deux fois supérieures à celles des machines-

1. *Empire colonial et capitalisme français*, Paris, 1984.

outils et celles des bougies étaient légèrement supérieures à celles des locomotives ». C'est seulement en 1928 que l'empire accède à la première place dans le classement des pays rangés d'après leur commerce total avec la France. Jusqu'en 1914, celle-ci n'a pas besoin des colonies pour vivre et prospérer.

Il est vrai que la banque et les affaires sont secouées en 1882 par le krach de l'Union générale, banque catholique fondée par Bontoux. L'historien Labrousse soulignait que cette crise était, après celle de 1846-1851, « la plus grave du XIXe siècle ». Elle permet d'épurer le crédit et d'accentuer la spécialisation des banques. Un autre historien, Jean Bouvier, montre qu'avec cette crise le Crédit lyonnais d'Henri Germain, touché par le krach, devient strictement une banque de dépôt, laissant les affaires à d'autres[1]. La sidérurgie et les charbonnages doivent ralentir la production, le textile est frappé, d'autres industries sont touchées, mais la crise n'empêche pas l'investissement : la modernisation de l'activité houillère et sidérurgique se poursuit. Les centres de l'industrie lourde quittent les pays de la Loire pour le Nord et la Lorraine. La production de l'acier progresse d'abord lentement : 800 000 tonnes en 1890 contre 110 000 en 1869, mais elle atteint 1,5 million de tonnes en 1900 et triple en 1914. Le procédé Thomas a révolutionné la production et la « grande dépression » a favorisé les concentrations. On constate également un triplement de la production houillère entre 1880 et 1900, malgré le déclin des petits bassins, comme Alès et Carmaux.

L'autre crise mondiale, celle de 1929, ne touche vraiment la France qu'à la fin de 1930 bien que les économistes en discernent les symptômes dès 1927 et 1928. Le commerce extérieur est ruiné et la production baisse de 17,5 %, les industries textiles sont éprouvées. Mais au plus fort du marasme, des secteurs entiers de l'économie se maintiennent et progressent : Schneider et de Wendel renforcent leurs groupes, la construction automobile reste au deuxième rang mondial jusqu'en 1933. Les Michelin dans le caoutchouc, les Eugène Mercier dans l'électricité confortent leurs positions.

1. J. Bouvier, *Naissance d'une banque d'affaires, le Crédit lyonnais*, Paris, 1968.

En revanche, la France manque la reprise de 1935 et s'installe dans le marasme jusqu'en 1938. Sa balance des comptes est désormais déficitaire, mais elle ignore l'effondrement des grands pays industrialisés et subit avec moins de brutalité les conséquences sociales et politiques de la crise, vécues par ses voisins allemands. Son régime politique est secoué, il n'est pas remis en question.

Au prix d'une régression malthusienne la société française n'a pas abandonné ses équilibres traditionnels : la France est sous-peuplée, et la dénatalité commence dès les débuts du régime, avec un taux de natalité qui passe de 26,2 ‰ en 1870 à 21,9 en 1900. Après la reprise de l'après-guerre, la baisse se poursuit : à partir de 1935, les décès l'emportent tous les ans sur les naissances. La chute de la population active, dans les années 30, est manifeste. « Le Français, regrette Giraudoux, devient rare. » Un tiers seulement en 1936 a moins de vingt ans, un sixième plus de soixante. Le déplacement des populations vers les villes a été continu, mais mesuré. On a souvent souligné la baisse très lente de la population rurale : elle est encore de 67,5 % en 1876, de 61 % vingt ans plus tard. La population active agricole est alors de 45 %. Mais elle représente encore le tiers des travailleurs français dans les années 30 : l'exode est donc très lent et les grandes masses électorales restent, tout au long de la troisième République, fortement rurales. Pas de *rush* démographique ni de *baby boom*, pas de migration spectaculaire : la France des villages et des terroirs reste en place et garantit au régime des assises solides.

Si industrielle qu'elle soit, la France n'est pas menacée par le mouvement ouvrier dont les effectifs ne sont ni massifs ni surconcentrés. On compte seulement cinq millions d'ouvriers en 1870 et six trente ans plus tard. En dehors du Nord où la population ouvrière dépasse 60 %, et de la région parisienne, les noyaux ouvriers sont dispersés sur le territoire : Lyon et l'axe de la Loire, les Vosges et la Lorraine, la Normandie, les villes et bassins industriels du centre et du Sud-Est. Plus du tiers de la main-d'œuvre textile dans le Nord est composé de femmes et d'enfants. On compte un grand nombre de semi-ruraux ou de travailleurs à domicile, on a calculé qu'en 1891 un patron emploie en moyenne trois salariés. Les très petites entreprises sont les plus nombreuses : celles de plus de cinq cents ouvriers ne représentent que 10 % du total. On comprend qu'en 1914 le syndicalisme français fasse figure de parent pauvre au regard de ses voisins allemand et britannique. La croissance des villes après la guerre — en 1931, la population urbaine dépassait tout juste celle des campagnes — était la conséquence du développement des nouvelles industries qui accaparaient la main-d'œuvre des activités disparues : les effectifs globaux du monde ouvrier n'évoluaient guère ; constituant un bon tiers de la population active, ils étaient moins nombreux dans les usines traditionnelles (textile et industries alimentaires), plus concentrés dans les industries de pointe (chimie, automobile, métallurgie). Plus facilement mobilisables, ils ne constituèrent une masse syndicale importante qu'au moment du Front populaire. La ruine des rentiers, qui s'accéléra après la guerre en raison de la baisse du franc et de ses dévaluations successives, ne présenta pas les aspects dramatiques de la prolétarisation des bourgeois allemands pendant la crise. Dans ses grandes masses, la société française qui soutenait le régime républicain a évolué avec lenteur en soixante-dix ans.

***

Néanmoins elle bouge, cette France républicaine, et l'avènement des « couches nouvelles » annoncé par Gambetta en 1872 se confirme manifestement. Le scrutin municipal et le scrutin législatif d'arrondissement, qui est très longtemps la règle, permettent aux élus de coller à la réalité sociale mouvante, de sécréter des élites nouvelles qui ne tardent pas à s'installer comme notables. On peut constater régulièrement sur le terrain que les scrutins municipaux anticipent les changements de majorité : le conseil municipal de Paris, dans les années 1880, est déjà radical avant que les radicaux ne se fassent élire à la Chambre. Les socialistes s'emparent de leurs premières municipalités bien avant de constituer un groupe utile à l'Assemblée, et le combat des communistes après la Grande Guerre est d'abord municipal. C'est dans la « ceinture rouge », au nord de Paris, qu'ils se constituent leurs premiers « fiefs ».

On exagère aujourd'hui l'acclimatation de la démocratie pendant les années du Second Empire. Il faut remarquer que l'administration échappe alors à l'élection et que les abstentions sont nombreuses dans les batailles législatives. Mais il est vrai que les Français ont pris l'habitude des urnes. Ce mouvement s'accentue dès les débuts de la République et l'effet conjugué de la scolarisation et de la fréquentation des mairies fait fleurir la démocratie sur le terrain. Les instituteurs, les fameux « hussards noirs de la République », y sont sans doute pour beaucoup, ainsi que le service militaire obligatoire, qui fait vivre dans les villes des centaines de milliers de jeunes ruraux. Mais ils ne sont « encasernés » qu'après bien des hésitations. On préfère longtemps les retenir dans des camps champêtres pour les soustraire à l'influence des idées séditieuses. Pourtant, les idées font leur chemin par l'instruction, les bibliothèques populaires et surtout la presse. La France de 1914 compte plus de cent quotidiens pour Paris seulement, et sans doute autant en province. Tous les députés commencent par écrire dans le journal local, quand ils n'ont pas les moyens d'en créer un. Ces feuilles sont souvent éphémères et n'ont pas besoin d'un fort tirage pour survivre : d'autres tirent à plusieurs millions d'exemplaires, comme les « quatre grands » parisiens (le *Matin*, le *Journal*, le *Petit Journal* et le *Petit Parisien*), le plus grand nombre à mille ou deux mille exemplaires, dans le cadre d'un arrondissement. Ni Caillaux, ni Briand, ni Poincaré ne négligent ces feuilles locales : elles sont déterminantes dans les campagnes. Par le journal à bon marché, la République est très fortement « médiatisée ». Elle adoptera très vite la radio, dès les années 30 : la première campagne radiodiffusée date de 1932. Au lieu de collectionner les journaux, les hommes politiques influents songeront alors à rassembler, comme Pierre Laval, des stations de radio.

Municipale, « arrondissementière », scolarisée et « médiatisée », la République est une démocratie vivante, bien irriguée, qui n'est plus sensible à des emportements irraisonnés, sauf en cas de drame national. L'expression « France profonde » ne désigne déjà plus, dans les années 1900, une nation où les illettrés vont voter au chef-lieu de canton sous la conduite des notables, mais « le pays » comme disent les élus, les cellules vivantes d'électeurs, aisément mobilisables dans les cafés, les gymnases et les mairies. Marianne est populaire au village, et la première génération républicaine a conquis le pouvoir dans les années 1880, les radicaux, puis les socialistes gagnant les villes et les régions industrielles ou minières, les républicains modérés les campagnes. Cette génération de la conquête, groupée autour des Gambetta et des Ferry, succédait elle-même aux « Jules » de 1870, les républicains de l'Empire, les Favre et les Grévy. L'opposition entre les « opportunistes », modérés « mais non modérément républicains », et les radicaux de gauche se poursuit et se termine par des ententes gouvernementales et un partage difficile du pouvoir. Cette première vague dessine le plan de masse de la construction républicaine : armée nationale, université laïque, école et enseignement populaires, définition d'une politique étrangère et coloniale, équipement du pays.

Une deuxième vague s'affirme à partir de 1899 : les nouveaux venus constituent une autre majorité, plus à gauche, avec des radicaux, puis des socialistes, et l'appoint de jeunes progressistes comme Barthou et Poincaré. Ce « bloc des gauches » bétonne la société civile en rompant avec le pape, poursuit l'œuvre des fondateurs mais se heurte à la question sociale qu'aiguise la crise : cela n'empêche nullement les socialistes de poursuivre leur progression et de gagner, avec les radicaux, les élections de 1914, comme ils gagneront celles de 1924, 1932, et, avec les communistes, celles de 1936. La génération de 1900 a la vie dure, la guerre la prolonge jusqu'au seuil des années 30. Elle franchit l'épreuve dans une « union nationale » prolongée, même après le gouvernement sans socialistes de Clemenceau en 1917. La République est alors superbement installée : elle reçoit le monde entier pour signer la paix à Versailles. Elle n'est plus la Marianne combative des années 1880, ni la Cérès des années 1890 qui ressemblait à la Bérécynthienne de Du Bellay, « foisonnante de tours et joyeuse d'avoir enfanté tant de dieux ». Elle est Pallas-Athéna, porteuse de lance et casquée, maîtresse d'un empire et dominant de nouveau le Rhin. Est-elle décadente, la Marianne au bonnet phrygien des années 30 ? Elle est plus svelte, plus nerveuse, elle promet d'être plus vive et généreuse : ses nouveaux élus expriment les désirs des nouvelles « couches » de l'après-guerre et de la crise : voilà qui suscite, en profondeur, plus de changements qu'il n'y paraît et la définition recherchée avec impatience d'une autre République, plus juste, plus efficace. Le deuxième Sedan interrompt cet effort que l'on n'a pas assez souligné.

En soixante-dix ans, la République a sécrété plusieurs générations de républicains qui se sont disputé rageusement le pouvoir, se succédant les uns aux autres et semblant déchirer le régime par leurs querelles. « La République est difficile, disait Alain, et ce qui rend la vie difficile aux républiques, c'est l'opposition des républicains. »

PREMIÈRE PARTIE

La Marianne

CHAPITRE PREMIER

L'épreuve

A peine proclamée, la République est soumise à une série d'épreuves. Les républicains, devant le péril, se retrouvent, puis se déchirent entre eux. A l'Hôtel de Ville, le 4 septembre, ils font étalage de leur diversité, les factions violemment opposées campent dans le grand bâtiment, coexistent sans se comprendre. Les conflits qui vont accabler le régime se manifestent déjà. Il est clair que Delescluze et Jules Simon n'ont rien à se dire, pas plus que Jules Favre et Jean-Baptiste Millière, même s'ils sont tous présents au rendez-vous. D'accord sur la République, les républicains, même les plus opposés, le sont aussi sur la défense nationale, convaincus que la levée en masse peut, comme en 1793, donner la victoire aux Français débarrassés de leur vieux tyran. Ils nomment un général à la tête du gouvernement provisoire, le populaire Trochu, qui n'est pas encore, comme on le dira pendant la Commune, « le participe passé du verbe trop choir ».

Gambetta, qui anime la résistance des armées de la Loire, est presque constamment malheureux au combat. Les républicains ont beau faire, Dieu n'est pas avec eux. A peine née, la République — et pas seulement l'Empire — porte le poids de la défaite. Les hommes de droite, partisans de la paix et de l'ordre, sont écoutés dans les campagnes, mais Paris se révolte contre l'armistice déshonorant signé par Jules Favre, et la guerre civile « sous l'œil des Prussiens » succède à la guerre étrangère. Que reste-t-il, après le massacre, de la République du 4 septembre ? Va-t-on, comme en 1830, faire un roi ? On y songe, mais la France du XIXe siècle a connu le légitimisme et l'orléanisme au pouvoir, qu'elle n'a nulle envie de restaurer. Le bonapartisme a disparu avec l'empereur dans les fourgons de l'exil. Un seul homme comprend que la République est seule possible, si elle est conservatrice et libérale. Il se trouve que ce prophète, Adolphe Thiers, est aussi le massacreur de la Commune.

Les hommes du 4 septembre

4 septembre 1870 : depuis la veille, les salles de rédaction parisiennes ont reçu la nouvelle : l'empereur est prisonnier avec son armée. Trahison ! Les journalistes demandent à vérifier l'information. Est-elle officielle ? Nullement. Le 2 septembre au soir, jour de la bataille de Sedan, un membre du Comité de défense, Jérôme David, a reçu de Bruxelles un télégramme chiffré : « Grand désastre, Mac-Mahon tué, Empereur prisonnier. » David en a glissé un mot à Thiers, son collègue du comité, puis il a informé l'impératrice qui ne savait rien. La nouvelle est confirmée dans la journée du 3, par dépêches privées de Belgique. L'information officielle n'arrive à Paris qu'à 16 h 30, sous la forme d'un télégramme de l'empereur à l'impératrice : « L'armée est défaite et captive, moi-même je suis prisonnier. » Le personnel politique ne parvient pas à s'entendre. Les uns demandent un Conseil de régence pour continuer la guerre, les autres veulent donner le pouvoir au Corps législatif. Les républicains ont hâte de proclamer la déchéance du régime et de nommer un gouvernement provisoire issu de la Chambre.

Pendant qu'on en discute, le peuple s'assemble sur les boulevards, car les nouvelles du désastre ont filtré : vers 19 heures, selon Juliette Adam, la foule est déjà agglutinée : « Tout le monde à la fois parle, gémit, s'indigne et discourt. Beaucoup de gens pleurent de rage » (il y a de nombreux Parisiens prisonniers dans l'armée de Sedan). « Une colonne immense, interminable, tenant la chaussée des boulevards, les trottoirs, psalmodie sur l'air des lampions ce mot de déchéance. » La foule se dirige vers la Bastille, défile autour du génie de la Liberté, réveillant au passage le faubourg Saint-Antoine.

Pendant la nuit, les députés siègent. Le président du Corps

législatif, Schneider, les a convoqués d'urgence. La séance est ouverte à 1 heure du matin, et le vieux républicain Jules Favre prononce les paroles décisives, qui tombent sur les rangs de l'assemblée comme un couperet : « Louis-Napoléon Bonaparte et sa dynastie sont déclarés déchus du pouvoir. Il sera nommé par le Corps législatif une commission [...] investie de tous les pouvoirs du gouvernement et qui aura pour mission expresse de résister à outrance à l'invasion et de chasser l'ennemi du territoire. [...] Le général Trochu est maintenu comme gouverneur général de Paris. » La séance est levée au bout d'une demi-heure : les députés se précipitent à la préfecture de police pour savoir si l'on craint un coup d'État. Les directeurs font brûler les archives. Ils affirment que Rouher, l'ancien chef du gouvernement impérial, l'homme fort du régime agonisant, a dit : « Il n'y a plus rien à faire : à demain, la révolution ! »

Dans la nuit, Thiers et Favre rentrent chez eux dans la même voiture ; la foule les arrête rue Royale. La nuit est chaude, les Parisiens ne dorment pas. Thiers passe la tête par la portière. « Monsieur Thiers, crient les gens, sauvez-nous ! Tirez-nous de là ! » Le lendemain, la foule est toujours dans les rues, dès l'aube. Les journaux républicains ont invité la population à se rassembler devant le Palais-Bourbon pour exiger la déchéance. Le chef du gouvernement, le général Cousin-Montauban, comte de Palikao, a massé 5 000 hommes pour assurer la sécurité des députés : des sergents de ville et des inspecteurs de police, des gendarmes à pied et à cheval, des soldats de la garnison commandés par le général de La Motte-Rouge. Mais la troupe manque de combativité et se soucie peu de défendre un régime responsable de la défaite. La foule se masse sur la place de la Concorde, sans en être empêchée. Les gardes nationaux se débandent et se mêlent aux manifestants.

Dans l'enceinte du Palais-Bourbon, Gambetta, à la tribune, a exigé la déchéance. Ferry est sceptique. Les députés de l'Empire ne la voteront pas, pense-t-il. Favre et Picard conseillent d'attendre. Quant à Thiers, il veut seulement créer un « comité de gouvernement et de défense nationale ». Palikao n'a pas renoncé à son « Conseil de régence ».

Les débats sont publics et les tribunes combles : les journalistes républicains y ont fait entrer leurs amis, et l'on aperçoit, dans la tribune réservée aux anciens représentants, des proscrits déjà de retour et des anciens de 1848. La séance est agitée, des cris fusent. Les députés semblent se rallier à la motion de Thiers, qui esquive le mot « déchéance ». Au-dehors, la foule s'agite. Le commandant du palais laisse passer les gardes nationaux en uniforme qui remplacent la police sur les quais. Les gens des tribunes, profitant de la suspension de séance, agitent sur les marches du palais mouchoirs et chapeaux. A 14 h 30, des gardes nationaux se présentent à l'entrée des grilles. On les entrouvre pour laisser passer quelques députés mais une centaine de gardes sans armes s'engouffrent, suivis par la foule qui pénètre en force : l'enceinte est violée.

Les soldats qui gardent le palais n'offrent pas la moindre résistance, ils sont de tout cœur avec les manifestants, patriotes comme eux et indignés par la défaite. Les tribunes sont envahies. Les députés s'interposent. Gambetta demande au peuple de ne troubler les délibérations « ni par des cris, ni par des applaudissements ». Un ancien de 1848, Adolphe Crémieux, est intervenu auprès du général pour faire éloigner les gendarmes des abords du Palais-Bourbon. « On veut donc provoquer le peuple, que l'on se sert de la gendarmerie, cet uniforme lui est odieux. C'est un moyen de soulever une émeute. » On retire les gendarmes, et la foule envahit l'hémicycle. Une quinzaine de députés, dont Crémieux et Gambetta, tentent de l'apaiser. On crie : « Vive la République ! nous l'aurons ! — Sans doute, répond le républicain Picard, mais retirez-vous ! » Les députés de gauche sont les plus acharnés à tempérer la foule. Ils tiennent à la légalité, ils veulent un vote. « Je me suis engagé avec tous mes collègues de la gauche à faire respecter les délibérations de la Chambre », dit Crémieux. « C'est comme représentant de la Révolution française, hurle Gambetta, que je vous adjure d'assister avec calme au retour des députés sur leurs bancs ! » Il demande que, dans chaque tribune, un groupe de citoyens assure l'ordre. « Quel patriote ! » lance le président Schneider, admirant le courage de Gambetta. Inutile courage : l'hémicycle, au lieu d'accueillir les députés, est submergé par les manifestants qui scandent : « Déchéance ! déchéance ! » Schneider coiffe son chapeau haut-de-forme, déclare la séance levée et sort côté jardin. Jules Favre entre alors dans la salle : « Voulez-vous la guerre civile ? — Non, répondent les gens. — Il faut constituer un gouvernement provisoire ! » On crie encore : « Vive la République ! » Renonçant à faire voter ses collègues, Jules Favre ajoute : « La République, ce n'est pas ici qu'il faut la proclamer. » Et Gambetta de conclure du haut de la tribune : « Allons à l'Hôtel de Ville ! »

Dans le cortège, les silhouettes les plus connues sont celles de deux avocats âgés, Favre et Crémieux, qui sont entrés dans le parti de la République en défendant constamment les républicains dans les prétoires. Ils marchent le long des quais, portés par la foule. On reconnaît, à sa haute taille et à ses cheveux blancs, Jules Favre défenseur des républicains depuis 1831. Il vient de perdre « Madame Julie », la compagne de sa vie, il a « des poches sous les yeux, les joues trop pâles, le teint cireux[1] ». Gambetta, son jeune émule, marche à ses côtés. Pas Victor Hugo : il ne débarquera de la gare Saint-Lazare, venant de Guernesey, que le soir, il manque la scène de l'Hôtel de Ville. Avec sa barbe, son sac de cuir à la main, un képi de mobile sur la tête, il est méconnaissable, oublié du public, ignoré de la jeune génération. Auprès de Jules Favre, Jules Ferry. Des gardes nationaux sans armes les entourent, sur le parcours des mains se tendent vers eux. On suit les quais, sans un regard pour les Tuileries où l'impératrice n'est pas encore montée dans un fiacre pour rejoindre l'Angleterre. A la hauteur du pont de Solférino, Favre tombe sur Trochu, gouverneur militaire de Paris, qui sort du Carrousel. Le général est aimé des Parisiens, Favre veut l'entraîner : « Il n'y a plus de gouvernement, lui dit-il, nous allons en constituer un à l'Hôtel de Ville. C'est là que doivent se rendre tous ceux qui veulent sauver le pays. » Trochu, qui est habillé en civil, se dérobe. Sur la place, le cortège se fond dans la foule rassemblée depuis le matin, venue de la Villette ou de Pantin, de Ménilmontant et des Lilas. « Vive la République ! » Çà et

1. P.-A. Perrod, *Jules Favre*, Paris, 1987, p. 315.

là, tranchant sur le tricolore, quelques drapeaux rouges : les amis de Blanqui captent les regards, criant : « Vive la Sociale ! », Clemenceau, qui était monté à l'assaut du fauteuil présidentiel au Corps législatif pour demander la déchéance de l'empereur, est sur la place, inconnu encore, avec Arthur Ranc et leur ami commun Lafont, qui habite aux Batignolles. Le peuple scande le nom du populaire journaliste de la *Lanterne*, Henri Rochefort, sur l'air des lampions. Il est en prison, à Sainte-Pélagie. On court le libérer.

Aux côtés de Jules Favre — soixante et un ans — le bouillant Crémieux — soixante-quinze ans, vétéran de 1848. Issu d'une famille juive de Carpentras, avocat à Nîmes, puis à Paris, il connaît Jules Favre, l'avocat lyonnais, depuis sa jeunesse. Ils ont combattu ensemble pour la République et plaidé pour les républicains. Il était aux côtés de Favre pour défendre en 1834 les « insurgés d'avril », ceux qui avaient échappé au massacre de la rue Transnonain dans le quartier du Marais. Le grand Raspail l'appelait alors son ami et son défenseur[1]. Il était engagé dans le combat politique depuis qu'en 1842 les électeurs de Chinon l'avaient envoyé au Palais-Bourbon. C'est lui qui avait dit au roi en février 1848 : « Sire, il faut partir ! » Accompagnant le souverain, il avait mis, selon Victor Hugo, « la royauté en voiture ». Trois heures plus tard, il était ministre de la deuxième République, et la foule criait sur son passage : « Vive le bon papa Crémieux ! ». Il avait été par la suite un adversaire constant de l'Empire au point d'être incarcéré à Mazas. « Avec lui, écrit J.-L. Debré, entrait à l'Hôtel de Ville, en cette journée fiévreuse du 4 septembre, la vieille garde libérale et républicaine qui ne cessa jamais de lutter contre l'Empire[2]. » Grand maître du Rite écossais, patron de Gambetta jeune, ancien successeur de Worms de Romilly à la présidence du Consistoire israélite, élu de la rue du Sentier et du boulevard de Sébastopol depuis novembre 1869, il avait refusé, le 15 juillet 1870, le vote des crédits militaires à l'empereur, que Gambetta avait approuvés. Il se sent donc particulièrement à l'aise quand il se rend à pied à

1. D. Anson, *Adolphe Crémieux*, Paris, 1988, p. 100.
2. J.-L. Debré, *La République des avocats*, Paris, 1984.

l'Hôtel de Ville pour réclamer la déchéance. Il y retrouve, descendant d'un fiacre, son collègue à la cour, Ernest Picard, ainsi qu'Emmanuel Arago, avocat républicain, fils du physicien et ministre quarante-huitard François Arago.

« La République était la France », écrira plus tard Jules Favre, en pensant au 4 septembre. A 16 heures, l'Hôtel de Ville est désert. L'officier de garde qui commande le cordon de troupes s'informe : « A-t-on proclamé la République au Corps législatif ? — Non, répond Gambetta, c'est ici que nous allons le faire. » L'officier s'écarte, la foule suit les cheveux blancs de Jules Favre. Kératry va occuper la préfecture de police, Floquet appose les scellés sur le Sénat : les lecteurs du *Journal Officiel* apprendront le lendemain qu'il n'y a plus de Sénat. Sur la place de l'Hôtel de Ville, la foule piaffe, agite des drapeaux, scande les noms de Gambetta et de Jules Favre. Personne ne paraît au balcon. L'impératrice est partie, les chefs de l'Empire se sont enfuis, les mots d'ordre circulent. Un peu de patience ! mais la patience n'est pas la vertu dominante des blanquistes venus de Montmartre ou de Belleville. Ils veulent, tout de suite, la démocratie sociale. Seront-ils une fois de plus déçus ?

Les « Burgraves »

La République a été proclamée sans violence ; mais à l'Hôtel de Ville, deux groupes discutent dans des lieux différents : les révolutionnaires et les légalistes. Tout indique, dès le 4 septembre, qu'ils ne peuvent s'entendre. Les conciliabules se poursuivent dans une pièce proche du cabinet du préfet où les avocats républicains se sont enfermés. Ils veulent une solution légale. N'ayant pu obtenir — ce qu'ils souhaitaient tous — un vote de déchéance au Palais-Bourbon, ils estiment que les membres du gouvernement provisoire de la République, qui doit être constitué séance tenante, seront tous des députés de la Seine élus à Paris en 1869. Du fait des candidatures multiples, les élus de province également choisis dans la capitale pourront être ministres même s'ils ont opté pour la province, comme Gambetta, député de Marseille,

Jules Picard ou Jules Simon. C'est limiter le gouvernement aux personnages connus de la vie politique parisienne, à ces « Burgraves » républicains, notables éprouvés, aristocrates sans particule, descendants parfois de dynasties d'opposition. Ils sont entre eux, pour construire enfin ce régime parlementaire dont ils ont longtemps rêvé.

Le seul non-parlementaire est le général Trochu, que l'on supplie d'accepter : « Je vais là-bas faire le Lamartine », dit-il à ses officiers. Ce Morbihannais, héros des campagnes d'Algérie, avait inscrit un *non* sur le registre, lors du vote qui avait eu lieu dans l'armée pour le rétablissement de l'Empire. Grièvement blessé à Sébastopol, il passait pour un soldat glorieux et de caractère ferme : il avait constamment refusé les postes prestigieux que lui offrait l'Empire. Une analyse très critique de l'armée française, dont il dénonçait les insuffisances, avait provoqué en 1867 sa disgrâce complète. Il avait manifesté son hostilité à la guerre en 1870, ce qui lui avait valu d'être muté dans le Midi. Quand il fut enfin appelé au camp de Châlons à la tête d'un corps d'armée, le 12 août 1870, ce fut pour s'entendre dire que toutes les armées se repliaient sur Paris, dont il était nommé gouverneur militaire.

Dans une proclamation affichée le 18 août sur les murs de la capitale, Trochu affirmait qu'il n'appartenait « à aucun autre parti qu'à celui du pays ». Il faisait confiance au patriotisme des Parisiens et ne proclamait pas l'état de siège. Il avait, en revanche, demandé le rappel immédiat de la Garde nationale mobile et pris les mesures de défense de Paris. Ce général qui passait à la Cour pour orléaniste et donnait sa parole « de Breton, de catholique et de soldat » était si populaire chez les républicains que Gambetta avait demandé en vain au Corps législatif qu'on lui confiât tous les pouvoirs militaires en vue de la défense de Paris. Il les obtenait enfin avec la présidence du gouvernement. Non qu'il fût moindrement républicain, mais les Parisiens exigeaient un gouvernement patriote qui pût poursuivre la guerre jusqu'à la victoire. « Aidez-nous, lui dit Jules Favre, nous voudrions que le gouvernement ne tombât pas aux mains des gens qui sont à côté. » Il désignait ainsi les révolutionnaires blanquistes, qui siégeaient à part dans une pièce voisine. Trochu ne croyait pas à la reprise de la guerre mais il estimait, comme Cavaignac en 1848, qu'il avait un rôle à jouer contre les partisans du drapeau rouge. Il avait demandé qu'on lui promît de « garantir la famille, la propriété, la religion ». Favre y avait consenti de grand cœur.

On mesure l'ambiguïté qui divise déjà les marcheurs de l'Hôtel de Ville : Gambetta fait appel à Trochu parce qu'il veut répondre à l'attente des patriotes qui exigent un chef énergique pour reprendre la guerre. Jules Favre est, au contraire, tout entier à l'idée de contenir les rouges qui s'agitent sur l'ancienne place de Grève.

Ce vieil ami de Louis Blanc n'est pas un républicain d'hier. Il est probablement l'ancêtre des « ancêtres » puisqu'il a adhéré au comité de résistance de Godefroy Cavaignac dès 1834. Il était alors le camarade de combat de Marrast, de Kersausie, de Carrel, de Raspail, d'Hippolyte Carnot, de Bouchotte. On reconnaît dans certains de ces noms les descendants des « grands ancêtres » de l'an II. Ils portaient alors à leur casquette une cocarde aux couleurs inversées, pour ne pas enfreindre la loi. Jules Favre plaidait les plus spectaculaires des procès politiques. Il avait participé aux événements de 1848 comme secrétaire de Ledru-Rollin. Engagé dans le gouvernement, il s'était très vite brouillé avec la gauche. Pourtant, il ne se sentait guère proche de Thiers et du comité de la rue de Poitiers, de la réaction politique et cléricale de 1850. Comme Jules Grévy ou Crémieux, il avait dénoncé la répression des journées de juin. Il avait protesté aussi contre la loi Falloux, qui confortait les prétentions des catholiques sur l'école. Lui-même croyant, il se voulait libéral, modéré, ennemi des excès, mais défenseur passionné des droits de l'homme.

Dans la petite salle où l'on constitue le gouvernement provisoire, Grévy et Crémieux sont à ses côtés, en bons compagnons de route. Si Grévy n'est pas désigné comme ministre, c'est qu'il est député de l'Est : on ne choisit que des Parisiens. C'est aussi un ancien de 1848 : « Je ne veux pas, disait-il alors dans ses montagnes, que la République fasse peur. » Il s'était signalé à l'Assemblée par un amendement destiné à éliminer de la Constitution la fonction de président de la République : « Le seul fait de l'élection populaire, disait-il, donnera au président de la République une force excessive. Oubliez-vous que ce sont les élections de l'an X qui ont donné à Bonaparte la force de relever le trône et de s'y asseoir ? Voilà le pouvoir que vous élevez, et vous dites que vous voulez fonder une République ! Que feriez-vous de plus si vous vouliez, sous un nom différent, restaurer la monarchie ? » Hostile aux lois réactionnaires de 1850, il avait été élu en 1868, lors d'une élection partielle, dans son département du Jura. Grévy était l'un des rares républicains à représenter un pays rural. Qui pouvait mieux soutenir Favre dans son modérantisme social que cet avocat glabre et sérieux, défenseur inflexible du droit des gens, mais hostile aux emportements de la rue et à la démocratie sociale ? Homme de l'Est, Grévy était, plus que Favre, patriote et partisan de la défense nationale. Il n'en était pas moins convaincu que la première tâche, la plus urgente, était d'écarter les « partageux ».

Favre, Crémieux, Grévy, Arago, Simon, la génération des « Burgraves », des anciens de 1848, était bien représentée. Jules Simon (de son vrai nom Jules Suisse), Lorientais, agrégé de philosophie, devait sans doute sa carrière au penseur spiritualiste Victor Cousin, qui lui avait donné un conseil capital : « Laissez de côté cet affreux *Suisse*, lui avait-il dit. Est-ce qu'on s'appelle *Suisse* quand on veut arriver à quelque chose ? » Jules, qui se faisait appeler Simon, avait donc été élu dans les Côtes-du-Nord à l'Assemblée constituante de 1848. Il avait vivement combattu les idées socialistes à la commission du Travail, étant de tendance modérée. Il avait, en juin, apporté son plein appui au général Cavaignac, qui avait écrasé dans le sang la révolte ouvrière. Démissionnaire sous l'Empire, il avait été chassé de l'Université. Élu député républicain dès 1863, il faisait partie de ce groupe de libéraux qui avaient fait oublier, par leur opposition au césarisme, leur modérantisme de 1848. Certes, les révolutionnaires parisiens savaient que les avocats bourgeois n'étaient pas des leurs, mais ils avaient fait preuve de tant d'énergie dans l'opposition qu'ils étaient devenus très populaires à Paris : leur présence au gouvernement s'imposait. C'est leur absence qui eût surpris.

Les avocats légalistes

Ils dominent promptement les travaux de l'Hôtel de Ville, ces avocats légalistes. Ils ont hâte d'imposer leur solution libérale, unis dans le désir de contenir le peuple de Paris, dont ils ont peur depuis juin 1848, et que la police impériale avait déjà du mal à maîtriser. Un seul parmi eux estime que le danger prussien est plus menaçant que la subversion révolutionnaire. C'est un avocat de la nouvelle génération. Il a trente-deux ans et s'appelle Léon Gambetta.

Ce fils d'émigré ligure est « monté à Paris », venant de Cahors, où son père est épicier, pour y faire son droit. C'est donc à la fois un jeune républicain et un homme nouveau qui n'a pas, comme Arago, Carnot ou Cavaignac, d'« ancêtres ». L'« avocat borgne » (il a perdu un œil dans un accident de jeunesse) est fort connu au Quartier latin où son talent oratoire a fait merveille dans les cercles politiques — dans les estaminets, diront ses ennemis. Du Procope à la Source, sur la rive gauche, au café de Madrid ou à la Cave Frontin, sur les boulevards de la rive droite, les Daudet, les Courbet, les Vallès et les Reclus connaissent sa voix sonore, sa mise négligée, son œil désorbité et sa crinière léonine qui fait dire de lui qu'il est un second Mirabeau. L'« Hercule de la République », idole du Voltaire, place de l'Odéon, s'est fait une clientèle de jeunes gens avant de se faire remarquer à la Conférence Molé par des avocats aussi illustres que Crémieux ou Lachaud. Présenté à la barre par Jules Favre, il a travaillé au cabinet de Crémieux, devenant en 1862 secrétaire du Burgrave. Il appartient donc au sérail. On peut lui faire confiance : c'est un talent de plus au parti. On lui offre de nombreuses causes politiques qu'il plaide avec passion. Il ne partage pas la haine et le mépris des jeunes avocats pour leurs aînés. Il ne trouve pas, comme Waldeck-Rousseau en 1869, Arago et Sénart « médiocres », Dufaure et Marie « vieillis »,

Jules Favre « inintéressant »[1]. Il n'en a cure. Contrairement à Waldeck, son destin n'est pas au barreau, il admire en Favre l'un des cinq premiers députés républicains de l'Empire : il veut lui-même être député.

Il a jadis trouvé l'occasion de se faire connaître, en plaidant pour le républicain Delescluze, directeur du journal le *Réveil*, accusé d'avoir ouvert une souscription pour élever un monument au député Baudin, mort pendant le coup d'État du 2 décembre 1851. L'audace du plaidoyer est inouïe : « Voilà dix-sept ans, dit-il aux bonapartistes, que vous êtes les maîtres absolus, discrétionnaires de la France » mais il viendra un jour où « le pays, redevenu le maître, vous imposera la grande expiation nationale, au nom de la liberté, de l'égalité, de la fraternité ». Et d'apostropher l'avocat général qui hausse les épaules : « Vous pouvez nous frapper, vous ne pourrez jamais nous déshonorer ni nous abattre. » Gambetta a lancé sa philippique d'une voix tonnante, les cheveux épars, la robe en désordre, les vêtements ouverts, le col nu... L'avocat, dit alors Alphonse Daudet, « est en train de passer grand homme ». Les « vieilles barbes » du parti républicain ont pour lui des tendresses, la jeunesse ne jure que par lui. Quand il fait campagne, en 1869, il est élu à la fois à Marseille contre Thiers, et à Paris contre Carnot. A peine entré au Palais-Bourbon, il s'est signalé par ses violentes attaques contre l'Empire. Le *Figaro* a salué en lui l'héritier des Mirabeau, des Royer-Collard, des Berryer. L'Empire autoritaire a, jadis, supprimé la tribune au Corps législatif. Il a eu grand tort de la laisser remettre en place. Tout le Paris politique pense, aux premiers discours de Gambetta, que les jours du régime sont comptés...

Gambetta est l'homme de la jeunesse et du mouvement, il a la force entraînante du verbe, le prestige de l'homme nouveau et le soutien de ce milieu des avocats de Paris, fertile terreau de l'opposition à l'Empire. C'est un jeune homme, et non un proscrit, qui se dresse contre le régime d'intimidation du 2 décembre qui a fait arrêter 28 000 opposants, expédié 10 000 républicains en Algérie et plusieurs centaines au bagne

1. Sorlin, *Waldeck-Rousseau*, Paris, 1966, p. 95.

de Cayenne, contraint Quinet, le journaliste Émile de Girardin, Victor Schoelcher et Hugo à l'exil. Gambetta a réussi sa percée parce que les anciens combattants de la résistance républicaine sous l'Empire ont fini par perdre leur voix parce qu'ils n'osent plus attaquer de front. Cavaignac et Carnot, élus d'entrée de jeu, ont démissionné pour ne pas prêter serment à Napoléon III. Les opposants en vue sont longtemps des orléanistes comme Thiers, des légitimistes comme Berryer, pas des républicains. Ces grands notables écrivent des livres comme Guizot ou Thiers, vivent dans leurs châteaux de province comme Tocqueville ou Falloux, et ne font entendre la voix de l'opposition que dans l'enceinte feutrée de l'Académie française où ils entrent tous par cooptation. Les quarante-huitards proscrits — Louis Blanc après juin 1848, Ledru-Rollin, le patron de Jules Favre, après juin 1849, les blanquistes après le 2 décembre — sont à Londres, condamnés au silence, et Victor Hugo, seul dans son extravagante maison de Guernesey, profère ses anathèmes.

Refusant de siéger, les Cavaignac et Carnot se font oublier du public qui leur préfère d'abord les trois avocats élus depuis 1857 (Jules Favre, Émile Ollivier, Ernest Picard), puis les douze nouveaux députés de 1863 : Jules Simon et les anciens de 1848, Garnier-Pagès et Marie. Tout pousse les nouveaux élus à constituer une « opposition de Sa Majesté », libérale et légaliste. La presse qui les soutient donne le ton : Le *Siècle*, républicain modéré, est en communion d'idées avec le *Journal des Débats*, orléaniste, la *Presse* d'Émile de Girardin, tôt rentré d'exil, et le *Temps* dirigé par le protestant de l'Est Auguste Nefftzer proposent à tous les libéraux une union électorale pour battre l'Empire. Le jeune Prévost-Paradol, essayiste d'immense réputation, demande l'approbation d'un comité républicain pour être candidat, alors qu'il est de tendance orléaniste. C'est Gambetta qui le soutient ! « Il n'y a, écrit alors Nefftzer, ni légitimistes, ni orléanistes, ni républicains, il y a le parti de la résistance et le parti du progrès. » C'est déjà, à huit ans près, la majorité de l'Assemblée de Versailles qui se dessine, une « union libérale » de Thiers aux républicains. A-t-on enterré 1848 ? Les quarante-huitards restés à Londres protestent en vain et font figure d'attardés.

Les deux millions de voix obtenues aux élections de 1863 font cependant réfléchir les beaux messieurs de l'opposition. Les républicains ont été élus grâce aux gros bataillons des ouvriers et des petits bourgeois des villes. Que Thiers et le transfuge Émile Ollivier constituent un « tiers parti » d'opposition apparaît aux plus jeunes comme une trahison de l'idéal républicain, même si les Ferry et les Favre haïssent les rouges. Les républicains libéraux restent d'abord républicains. Jules Ferry est, derrière Jules Favre, au rendez-vous de l'Hôtel de Ville. Il n'a pas abdiqué.

Les révolutionnaires

Les extrêmes sont aussi présents, dans un autre conciliabule de l'Hôtel de Ville. Ils peuvent en effet se prévaloir de leurs succès aux élections de 1869. Les villes ont largement voté pour eux. L'extrême gauche, qui se dit « terroriste » et même babouviste, a beaucoup de succès dans la capitale, et ses meneurs — Longuet ou Rigault — trouvent leurs modèles dans les personnages du Comité de salut public. Ni Ferry ni Favre n'y peuvent rien, les gros bataillons républicains de Paris sont, en 1869, révolutionnaires. Le mythe de la Révolution subsiste dans la capitale où les enfants des ateliers brûlent d'élever des barricades. Blanqui l'« enfermé » n'a pas perdu son temps dans les prisons où l'a maintenu le régime de 1860 à 1865. Il a catéchisé Scheurer-Kestner et Clemenceau, Pelletan et Ranc, Catulle-Mendès et Vermorel. Il est resté l'idole des proscrits, le modèle des rescapés du bagne, comme Gambon ou Charles Delescluze, qui revient de Cayenne. Ses disciples sont toujours présents aux manifestations sur la tombe des martyrs républicains, qui frappent l'imagination populaire et suscitent de grands concours de foule : les Parisiens sont nombreux à rendre hommage en 1868 à Baudin. Les républicains extrêmes s'expatrient volontiers et deviennent combattants des causes de la liberté hors de France : ainsi Gustave Flourens, professeur au Collège de France, aide-t-il les Polonais contre le tsar et les Crétois contre le sultan ; l'incroyable capitaine Cluseret est nommé colonel en Italie par Garibaldi et général par les nordistes américains...

Ces hommes se sont retrouvés dans la rue, en septembre 1870. Héritiers mythiques des volontaires de 1793, ils demandent des chassepots pour se battre contre les Prussiens, comme ils sont partis pour l'Italie combattre le pape réactionnaire Pie IX parmi les « chemises rouges » de Garibaldi. Cherchant leurs références idéologiques dans la Révolution française et la tradition des sociétés secrètes républicaines du XIXe siècle (les « Mariannes »), ils sont les défenseurs des « petits » (32 millions de Français sur 38) contre les « gros », hostiles à la fois au communisme de Cabet et au mutualisme de Proudhon, si longtemps cajolé par le régime. Ils sont pour l'émancipation du peuple par l'instruction et pour la redistribution des fortunes par l'impôt. Sans doute sont-ils divisés sur les méthodes d'action : les blanquistes, activistes et émeutiers, croient à la révolution violente, aux barricades et méprisent le suffrage universel, « odieux mensonge ». Évadé de Sainte-Pélagie, Blanqui préparait une « prise d'armes » pour 1869. « Qui a du fer a du pain » est l'une de ses maximes. Le drapeau noir de ses disciples, symbole du deuil des libertés, fait fureur à Belleville et au Quartier latin. Rigault et Eudes créent des « groupes de combat »[1] dans les quartiers ouvriers de Paris et dressent un fichier des mouchards, pour se protéger de la police. Ces violents disposent d'unités d'intervention, infiltrent les milieux de la Première Internationale créée en 1864, se préparent pour le « grand soir ». Ils sont très présents dans les rues de Paris le 4 septembre.

Jacobins et démocrates ne partagent pas cet activisme. Certes Delescluze, Millière et Gambon sont des anciens des barricades et ne renient pas leur passé, mais ils prêchent contre les violences inutiles et les révolutions qui tournent au bain de sang. Ledru-Rollin, dont ils se réclament, est toujours exilé à Londres. Delescluze admet la violence pour abattre le pouvoir tyrannique, mais il est un partisan fervent d'élections

1. W. Serman, *La Commune de Paris*, Paris, 1986, p. 84.

démocratiques. Il refuse ainsi la dictature de la commune de Paris de 1793 sur la représentation nationale, qui avait été rendue nécessaire par la Révolution. Il s'oppose au mouvement communaliste et reste un jacobin partisan d'une stricte centralisation. En revanche, il partage les vues de Blanqui et des socialistes sur l'intervention de l'État dans la défense des petits contre les possédants, il envisage même les nationalisations, et pas seulement l'impôt sur le revenu, pour redistribuer les richesses. Les jacobins ont été présents dans la consultation électorale de 1869. Le scrutin était pour eux un moyen comme un autre de prendre le pouvoir. Delescluze demandait l'union de toutes les gauches démocratiques et socialistes, car la « démocratie doit se compter » contre la réaction, dans laquelle il englobait les républicains modérés et libéraux, mais non les radicaux, comme Ranc et Gambetta, qui lui paraissaient très proches de ses thèses. Le *Réveil*, journal de Delescluze, militait pour le rassemblement et trouvait en Gambetta un défenseur en justice. Comment celui-ci aurait-il pu lui refuser son concours alors qu'il lui proposait, de surcroît, les voix ouvrières ?

Le tiers parti des radicaux

Une troisième tendance se dessine à l'Hôtel de Ville et s'affirme dans les premières discussions. Elle est aussi éloignée du modérantisme des avocats légalistes que des révolutionnaires : c'est celle des radicaux. Gambetta, qui l'incarne, est proche des Favre et des Picard. Il est leur collègue avocat, leur créature politique, mais il ne peut pas comme eux tenter de séduire Thiers. Il est l'auteur du programme de Belleville, qu'il a rédigé en vue des élections de 1869. Il reste l'ami de Delescluze : comme lui, il pense que la révolution démocratique est encore à faire. Avec Peyrat, le vieux jacobin, il n'estime pas nécessaire de rompre avec le terrorisme centralisateur de 1793 : la Révolution forme pour lui un tout. Il se refuse à suivre Edgar Quinet quand le philosophe prend parti contre la dictature jacobine. La violence sera peut-être nécessaire pour combattre les chevaliers-gardes du *Syllabus*, les ardents défenseurs du pape et de la société théocratique. Gambetta n'est pas loin de prendre à son compte la rude formule de Peyrat : « Le cléricalisme, voilà l'ennemi ! » Tout cela rend difficile une adhésion du chef radical au tiers parti de Thiers et de Favre.

Gambetta reste fidèle à ces anciens radicaux qui, de Garnier-Pagès à Dupont de l'Eure et Arago, ont rejeté en leur temps — sous la monarchie de Juillet — le modérantisme de l'opposition dynastique. A Belleville, il se croit l'héritier de Barbès et de Blanqui — fondateurs de la Société des Saisons —, qui exigeaient à la fois l'action sociale et le suffrage universel. Quand il réclame l'impôt sur le revenu, il ne fait qu'actualiser la revendication d'un Ledru-Rollin, formulée dès 1841. Il pourrait reprendre à son compte le discours de ce dernier, en janvier 1848 : « Nous sommes des ultra-radicaux, si vous entendez par ce mot le parti qui veut faire entrer dans la réalité de la vie le grand symbole de la liberté, de l'égalité, de la fraternité [...] Les mots n'effraient que les enfants. » Gambetta et les radicaux se souviennent, en 1870, qu'aux élections de mai 1869, quand ils se sont alliés dans le Comité montagnard aux Delescluze et aux Raspail, ils ont obtenu tous ensemble plus de 2,5 millions de suffrages dans seize départements : la région lyonnaise, l'axe Saône-Rhône, l'ouest et le nord du Massif central, de la Creuse à la Nièvre, ont voté pour eux. C'est une leçon que Gambetta ne perd pas de vue : les voix « démocrates » ne viennent pas seulement de Paris, ni même des grandes villes : l'Allier, la Creuse et la Nièvre sont des circonscriptions rurales. On peut concevoir un radicalisme et même un socialisme paysans. Cette attention nécessaire aux besoins profonds du peuple rend dérisoire les querelles avec Favre et Ferry. Les modérés ne peuvent convaincre Gambetta de tolérer des ennemis à gauche.

Sans doute, le rationalisme positif de la nouvelle génération milite-t-il pour l'unité. Le franc-maçon Gambetta retrouve ses frères Ferry et Floquet, Buisson et Crémieux quand il affirme que l'éducation publique doit tenir lieu de doctrine sociale. Les penseurs radicaux de l'Empire sont, comme Allain-Targé et Jules Simon, des idéologues bourgeois peu soucieux d'alliances politiques avec les « partageux ». Mais ils tiennent un langage nouveau, qu'un homme nouveau comme Gambetta peut recevoir : « Le seul moyen d'achever la France, dit Allain-Targé, grand bourgeois et magistrat, c'est d'élever par l'instruction [...], par de fréquentes élections [...], par la liberté illimitée de la presse à bon marché, les trente-cinq millions de brutes qui composent la nation au rang de citoyens actifs et de patriotes intelligents, éclairés, passionnés. » C'est exactement ce que compte faire Gambetta.

Le professeur sans chaire Jules Simon, qui publie en 1868 la *Politique radicale*, ne tient pas un autre discours : il est pour « la liberté totale, sans restriction ni réserve », il égrène, comme Allain-Targé, ces libertés, il annonce la séparation de l'Église et de l'État et l'école laïque, il prône « une contribution directe unique » et la « suppression des armées permanentes ». Il est alors partisan d'une rupture nette avec le tiers parti d'Émile Ollivier. Comme Gambetta et Ferry, il refuse tout ralliement à l'Empire. Mais il a pris ses distances aussi avec les socialistes, en refusant leur théorie de l'intervention de l'État. Simon reste un théoricien, parfaitement capable de rallier un modérantisme républicain. Telle n'est pas l'attitude de Gambetta en 1869 : voilà l'une des raisons pour lesquelles celui-ci fait figure de chef unique du « parti » radical.

Il ne tarde pas à se situer dans le combat politique en choisissant la circonscription où Hippolyte Carnot s'est porté candidat, la première de la Seine, à Belleville. Carnot est un radical de droite qui a publié en 1847 une brochure, *Les Radicaux et la charte*, où il indique que les radicaux ne sont pas attachés à une forme précise de gouvernement, mais qu'ils entendent respecter scrupuleusement le suffrage universel. Il est pour un radicalisme de ralliement. Ministre de l'Instruction publique en 1848, il a constamment combattu l'Empire. Le nom qu'il porte est un brevet de vertu républicaine. En choisissant de s'opposer au descendant de « l'organisateur de la victoire », Gambetta veut marquer spectaculairement sa volonté de situer le radicalisme à gauche, du côté de Delescluze. Il est élu, en 1869, avec 10 000 voix d'avance ; l'alliance des radicaux et des démocrates jacobins a bien fonctionné.

L'avocat se sent dès lors encouragé à constituer une gauche

unie aux options claires et « composée exclusivement de citoyens ralliés aux mêmes principes », ceux du programme de Belleville : défense du suffrage universel, élection des fonctionnaires et des magistrats, libertés sans restrictions, instruction primaire laïque, gratuite et obligatoire, abolition des monopoles comme ceux des compagnies de chemin de fer, suppression des armées permanentes qui autorisent les fils de bourgeois à se faire remplacer par des hommes achetés et confèrent un dangereux pouvoir à des officiers disposant de soldats de métier : plus d'armée prétorienne ! L'élu radical de 1869 se garde bien de se rallier à la « gauche ouverte » d'un Ernest Picard, favorable à un dialogue avec Ollivier. Il se retrouve dans la « gauche fermée » des Jules (Grévy, Ferry, Simon) qui refusent tout concours à l'Empire, même libéral.

Paris donne raison aux républicains durs et purs. Au plébiscite gagné par le régime en 1870, 45 % des Parisiens votent *non* (contre 30 % de *oui*). Le référendum impérial remporte en province et non à Paris un succès massif. La campagne parisienne a été d'une extraordinaire violence : en mai, la police a réprimé une véritable émeute à la Bastille et au Quartier latin. En juin, des bandes en blouse blanche saccagent les magasins ; il y a cinq cents blessés à Belleville en octobre. En janvier 1870, le cri de « Belleville descend ! » terrorise de nouveau les bourgeois de l'Ouest. En février, après l'arrestation de Rochefort, une émeute est déclenchée par le blanquiste Flourens : plusieurs morts, des blessés par centaines. Déçue par les élections, l'action révolutionnaire se reporte dans la rue. Dans la soirée du 8 mai 1870, après la clôture du scrutin pour le plébiscite, des bandes d'émeutiers parcourent les boulevards ; le 11, on construit dans l'Est des barricades au cri de « Vive la République ! Vive Rochefort ! ». Les journaux révolutionnaires ou radicaux comme le *Réveil*, l'*Avenir* ou la *Marseillaise* sont lourdement sanctionnés, les arrestations se multiplient : Delescluze, Blanqui et tous les chefs fichés par la police doivent prendre le chemin de Bruxelles.

Le 4 septembre 1870, ils sont de retour ou se préparent à rentrer. Ce sont leurs partisans qui occupent la petite salle voisine de celle où délibèrent, autour de Jules Favre, les modérés. Ils entendent, par les fenêtres ouvertes, l'immense clameur de leurs militants rassemblés place de Grève. Ils comptent bien, cette fois, rester maîtres du terrain.

Mais le climat a changé. Ils n'ont pas d'ennemis visibles, identifiables : l'Empire n'est plus un adversaire. Le seul ennemi est à Sedan, autour de Metz, il se rapproche de Paris, on signale ses éléments avancés qui se hâtent vers le sud. L'ennemi des républicains, c'est maintenant le Prussien. La menace fait passer au second plan les thèmes de violence de la Sociale ; on ne peut pas encore dénoncer la « droite capitularde ». Jules Favre, le vieux chef libéral, n'a pas manifesté son intention de traiter. Thiers, haï plus encore que Favre par les démocrates, n'est rien, ne paraît pas, n'entre pas à l'Hôtel de Ville. Pourtant, deux groupes délibèrent côte à côte, et cette première division finit par être connue du public. Qu'on ne s'étonne pas que Gambetta figure dans le premier groupe, celui des modérés. Il mesure parfaitement le modérantisme des Jules et sait fort bien qu'ils ne sont pas loin de vouloir traiter avec Bismarck pour se donner les moyens de mater le Paris révolutionnaire qu'ils redoutent. Gambetta les surveille, les domine et leur fait accepter pour ministre le sulfureux Rochefort, ce qui indigne fort le général Trochu.

A moins de quarante ans (il est né en 1831), le publiciste se trouve trop jeune pour jouer les potiches au milieu des Burgraves. Le descendant du marquis de Rochefort-Luçay, qui avait rejoint Coblence en juin 1791, n'a pas l'hérédité jacobine, mais il a l'esprit polémique et le sens de la formule : il a fait merveille dans la presse politique et s'est fait adorer des Parisiens, alors fort frondeurs. Au *Charivari*, feuille républicaine, ses chroniques acerbes et insolentes ont été remarquées. Les duels qu'il se met sur les bras font la joie des chroniqueurs. Il est devenu indispensable à l'esprit public. Victor Hugo l'a invité à Bruxelles, au banquet de lancement des *Misérables*. Il a été engagé au *Figaro* par Villemessant qui dispose alors des signatures de Vallès et de Louis Ulbach, dit Ferragus, furieux républicains, comme de Louis Veuillot, le réactionnaire catholique. Insultant pour les gouvernants, il s'est attiré l'hostilité du duc de Morny, président du Corps législatif. Adieu au *Figaro* ! Entrée d'Henri au *Soleil* du fastueux Millaud, ami des Péreire et de Mirès. Ses articles venimeux lui valent un duel à vingt pas, au pistolet de tir rayé, avec Paul de Cassagnac, rédacteur en chef du *Pays*. Rochefort crée ensuite un journal dont il est le seul rédacteur, la *Lanterne*, qui tient dans la paume de la main et peut circuler sous le manteau. Tout le monde cherche dans les kiosques la couverture rouge orangé de la *Lanterne*. « La France compte trente-six millions de sujets sans compter les sujets de mécontentement. » Telle est l'attaque du premier numéro qui fait rire et grincer des dents : du vitriol pour les gens au pouvoir. Les Parisiens en achètent cent vingt mille exemplaires le 30 mai 1868, un an avant les élections législatives, deux ans avant la fin de l'Empire. Le ministère s'émeut. On saisit, on poursuit, on condamne... mais Rochefort imprime à l'étranger, et le journal coûte une fortune au marché noir. A Bruxelles, Victor Hugo accueille l'exilé comme un fils et le loge dans sa maison, avec ses enfants qui ont lancé un journal républicain, le *Rappel*. Bravant la police et candidat aux élections de 1869, le journaliste est arrêté et conduit à Sainte-Pélagie, ce qui ne l'empêche pas d'être élu contre Carnot et d'entrer au Corps législatif « comme un boulet à travers un carreau ».

Tel est l'homme que Gambetta a fait admettre, contre le gré de Trochu, au gouvernement. « C'est une manière de déconcerter les exaltés », explique le vice-président, Jules Favre, comme pour s'excuser.

Bismarck met les républicains d'accord

Outre Trochu et Jules Favre, le gouvernement comprend Arago et Ferry, Garnier-Pagès et Glais-Bizoin, Crémieux (qui reprend, de sa propre initiative, son fauteuil abandonné en 1848 au ministère de la Justice), Pelletan et Picard, Jules Simon et Gambetta. Les radicaux sont présents, les modérés sont les plus nombreux. Le général Le Flô, ministre de la Guerre, deux provinciaux, Magnin et Dorian, le vice-amiral Fourichon complètent le gouvernement provisoire. On n'agrée pas la proposition de la commission parlementaire qui prétend régler avec le nouveau pouvoir révolutionnaire, paritairement en quelque sorte, la question du gouvernement. Quand la nuit tombe, le 4 septembre, le vieux Glais-Bizoin vient annoncer à la foule que le Corps législatif est dissous : une Assemblée constituante sera convoquée. Le soir même, la République est enfin proclamée dans la salle du trône aux Tuileries. La foule se disperse lentement, détruisant au passage les aigles et les effigies de Napoléon III sur les ponts, les palais, les façades. Les cortèges venus de Belleville font rouvrir les cafés et les gardes mobiles mettent la fleur au fusil.

Les jacobins et les blanquistes sont-ils satisfaits ? Ils envoient le soir même une délégation pour exiger des élections municipales immédiates dans la Seine, la suppression de la police d'État parisienne, les « libertés complètes », l'amnistie et la levée en masse. Arago est déjà nommé maire de Paris, il désigne lui-même les maires d'arrondissements, faisant la part belle aux radicaux : c'est ainsi que Clemenceau se retrouve maire du 18e, Tirard du 2e et Ranc du 9e. Gambetta, ministre de l'Intérieur, reçoit les délégués de la Fédération française de l'Internationale et de la Chambre fédérale des associations ouvrières qui ont constitué un comité central place de la Corderie. Il leur promet l'amnistie et déclare que toutes les libertés sont déjà acquises, puisque l'Empire n'est plus. De fait, le 5 septembre, les proscrits commencent à rentrer. On reconnaît, à l'Hôtel de Ville, Hugo et Varlin. Kératry tient la police et Ferry la préfecture de la Seine.

Les gardes nationaux reçoivent pour chef le vieux Tamisier, qui rassure les hommes en armes, nombreux dans Paris. A la fin de l'Empire, Ollivier avait décidé, pour contenir les émeutes révolutionnaires, de distribuer, rien que dans la capitale, cent mille fusils aux gardes nationaux bourgeois et de lever tous les hommes de moins de trente ans disponibles dans la « mobile ». Trochu, depuis le 18 août, a armé les Parisiens sans discrimination de quartiers. Il dispose de 70 000 gardes sédentaires qui s'ajoutent aux 4 000 lignards de la garnison et à 18 000 moblots revenus du camp de Châlons.

Deux armées prussiennes convergent vers la capitale. On attend les secours de Mac-Mahon. S'ils n'arrivent pas, les

Prussiens organiseront le siège. Les organisations ouvrières décident d'aider le gouvernement, et non de le combattre. Dans une assemblée populaire du 3e arrondissement, les orateurs organisent des comités républicains de quartier qui forment eux-mêmes un comité central. Ils se mettront à la disposition du gouvernement pour maintenir l'ordre et défendre Paris. En quelques jours, des comités sont formés dans tous les arrondissements, même les plus bourgeois. Ils s'intitulent « comités républicains de vigilance », titre qui rappelle 1793. On élit à main levée, au cours de réunions publiques les plus hardis : des ouvriers blanquistes, des employés proudhoniens, des écrivains, des journalistes : Benoît Malon, Jules Vallès, Duval. Inquiets, les maires nommés par Arago mettent les membres de ces comités sous le boisseau.

Blanqui lui-même lance alors un appel pour que tous les citoyens, sans distinction de parti ni d'opinion, concourent à la défense nationale. Ni Rochefort ni Vallès ne tiennent un autre langage, même les internationalistes se montrent patriotes. Quant à Thiers, quel que soit son scepticisme sur les chances de ce gouvernement de Défense nationale, il déclare aux députés mécontents : « Il ne nous convient ni de reconnaître ni de combattre ceux qui vont ici lutter contre l'ennemi. Dieu les assiste ! »

Les Prussiens poursuivent leur mouvement vers Paris, mais le gouvernement décide de s'y maintenir. Il juge toutefois prudent, pour éviter une sécession des villes de province, de créer une délégation à Tours confiée d'abord à Crémieux, à qui des délégués spéciaux tiendront lieu de ministres. Le 18, Glais-Bizoin et l'amiral Fourichon le rejoignent. La délégation communique normalement avec la capitale mais, le 29, un câble immergé dans la Seine se rompt. Paris et Tours sont isolés l'un de l'autre. A cette date, le siège a commencé.

La tentative de paix lancée par Jules Favre a échoué. Il a bien rencontré Bismarck à Ferrières, dans le plus grand secret, après avoir utilisé Thiers pour sonder les Anglais. Le chef du gouvernement avait déclaré le 6, limitant à l'avance les termes de la négociation : « Nous ne céderons ni un pouce de notre territoire ni une pierre de nos forteresses. » La mission a été négative : « La reine Victoria, dit Thiers, nous est même hostile parce que sa fille a épousé le prince royal de Prusse et que ses vœux sont pour la Prusse. » Gladstone est fermé à toute aide, et c'est à peine si son ministre des Affaires étrangères, lord Granville, promet de s'entremettre au cas où Favre voudrait « s'aboucher avec Bismarck, au camp prussien ».

Favre part le 18 septembre sans tambour ni trompette pour Meaux où Bismarck a promis de le recevoir le surlendemain. Il attend toute la journée du 19 au château de Polignac. Le mardi 20, il se met en route. Un uhlan arrête sa voiture à quelques lieues de Meaux : Bismarck l'attend à Ferrières, dit-il. Le chef du gouvernement français s'arrête dans la ferme de Montry. Bismarck arrive bientôt, à cheval, en uniforme de cuirassier blanc, et demande à Favre de le suivre au château de la Haute-Maison. Engoncé dans sa redingote poussiéreuse, son gibus mal brossé sur la tête, l'avocat fait piètre figure devant le Prussien qui l'écoute avec « une attention polie[1] » parler de « paix dans l'honneur ». Bismarck exige brutalement Strasbourg, « clé de notre maison ». Favre demande à réfléchir. On se revoit le soir même, au château de Ferrières. Favre, logé à l'auberge, refuse les chambres que Bismarck lui a fait préparer. Le baron de Rothschild, propriétaire des lieux, met alors à sa disposition un pavillon de chasse au fond du parc. Le roi de Prusse dort dans la chambre de la baronne Laurie. Bismarck est furieux : certes il loge dans les anciens appartements du baron James, mais le maître d'hôtel du baron Alphonse refuse de lui servir les crus célèbres et trouve inouï que l'homme d'État prussien ose tirer les faisans de son maître[2].

L'entrevue avec Favre a lieu dans le salon des Tapisseries. Le Français refuse le dîner que lui propose le Prussien. Comme gage d'armistice, celui-ci demande les forteresses des Vosges et Strasbourg. Le lendemain, il précise qu'il a reçu un envoyé de l'impératrice des Français, un certain Régnier, habilité à négocier avec Bazaine, toujours enfermé dans Metz avec des troupes considérables ; si son interlocuteur ne livre

1. Perrod, *op. cit.*, p. 324.
2. G. de Rothschild, *Contre bonne fortune*, Paris, 1983, p. 19.

pas Strasbourg et sa garnison, ainsi que les forts des Vosges et un fort dominant Paris, rien ne l'empêche, menace-t-il, de traiter avec Bazaine et l'ancien pouvoir impérial. Favre essuie une larme furtive, sort dignement et retourne à Paris.

Au Conseil des ministres, ces conditions de Bismarck sont repoussées à l'unanimité. Il n'est même pas question, sous peine de troubles graves, de les rendre publiques. Les plus modérés des républicains, les plus désireux de conclure la paix, se trouvent donc brutalement rejetés dans le camp de ceux qui veulent la lutte à outrance. La France n'a plus le choix. Ainsi en a décidé le cuirassier blanc.

Gambetta contre les anarchistes

Pour engager la bataille, le gouvernement ne dispose que d'une armée, celle de Mac-Mahon, qui s'est dérobée devant l'ennemi à Mézières ; elle s'est renforcée du 13ᵉ corps. De leur côté, les deux armées allemandes, libérées par la capitulation de Sedan, progressent lentement mais sûrement et tiennent Paris en tenaille dès le 18 septembre : 180 000 hommes bien entraînés, pourvus de canons Krupp. Devant eux, trente-quatre kilomètres de murailles : les fameuses fortifications de Thiers, qui datent de Louis-Philippe et dont certaines ne sont pas achevées, se composent de seize forts détachés pourvus d'artillerie. On travaille d'arrache-pied à compléter les défenses, on fait entrer dans Paris, en prévision du siège, de quoi tenir trois mois : 30 000 bœufs et 180 000 moutons, des tonnes de riz, de blé, de fourrage. On fait flèche de tout bois : deux corps d'armée, l'un revenu de Mézières, l'autre formé de réservistes avec des régiments improvisés de zouaves et de chasseurs, des gendarmes, des gardes de Paris, 75 000 fantassins et 5 000 cavaliers, 128 batteries d'artillerie, 115 000 gardes mobiles (des amateurs mal encadrés) et 90 000 gardes nationaux répartis en 60 bataillons qui seront bientôt 254 ! Une armée hétéroclite, qui ne donne guère satisfaction à Trochu : il ignore l'effet que produira le feu sur ces soldats.

Les Allemands attaquent sur le plateau de Châtillon le 19 septembre 1870 et s'en rendent maîtres, chassant devant eux les zouaves débandés. Ils installent sur les hauteurs de puissantes batteries pour bombarder la ville. Les troupes françaises, paniquées, rentrent à l'intérieur de l'enceinte. Il n'y a plus de manœuvre possible. Le gouvernement n'a plus de contact avec l'extérieur que par les ballons ou les pigeons voyageurs.

La défense est pour Trochu une « héroïque folie ». Il n'ose utiliser ses troupes et laisse les Allemands installer tranquillement quatre-vingt-dix kilomètres de retranchements. Il envisage pourtant un plan de sortie par la Seine, vers Rouen, pour rejoindre l'armée de la Loire. Les assiégés s'aguerrissent en tentant des coups de main. Ils réoccupent Villejuif le 23 septembre, échouent le 29 à la Malmaison, lancent des pointes sans suites sur Choisy, Bagneux et Bougival.

A Ferrières, Bismarck avait à plusieurs reprises indiqué à Jules Favre qu'il ne pouvait traiter qu'avec un gouvernement régulier. Les modérés estimaient indispensable de procéder à des élections dans toute la France, malgré les circonstances, afin d'être assurés d'un pouvoir légal. Ils répugnaient en revanche à faire élire dans Paris un conseil municipal qui risquerait de contrebalancer l'autorité du gouvernement provisoire. Les quarante-huitards — Favre, Simon et Garnier-Pagès — étaient les plus ardents défenseurs des élections générales, parce qu'ils prétendaient associer la province au régime nouveau pour compenser l'influence gauchisante de Paris. Les radicaux, au contraire, suivaient Gambetta qui voulait donner satisfaction aux comités parisiens et animer la résistance dans le style de la levée en masse de la Grande Révolution. Ferry hésitait entre les deux partis et redoutait l'élection d'un conseil municipal qui eût rappelé la Commune de Paris aux pouvoirs menaçants. Il proposa en conséquence de n'élire que des conseillers d'arrondissements.

En fait, Paris s'est doté, le 11 septembre, d'un Comité central républicain des vingt arrondissements, constitué des délégués désignés par les comités récemment élus. Ce comité fait placarder le 15 une affiche rouge exprimant des revendications de nature à inquiéter les modérés. On demande par exemple que les municipalités à élire disposent des pouvoirs de police, du droit de réquisition et de répartition des vivres par quartier, que les moblots élisent leurs officiers et que tous les citoyens reçoivent des chassepots, « Paris républicain étant résolu, plutôt que de se rendre, à s'ensevelir sous les ruines ». On veut aussi envoyer des délégués dans les départements pour organiser la levée en masse et la réquisition générale, stimuler le « zèle patriotique de la population ». On revient ainsi à l'idéologie de 1793 et aux représentants en mission. Ferry doit sentir passer, en lisant cette affiche, le souffle de la Terreur.

Les journaux, les réunions publiques donnent un grand retentissement au document, qui est approuvé dans tous les cercles. Le 17, les délégués rencontrent Jules Ferry qui leur annonce que le gouvernement a pris la veille la décision d'organiser les élections municipales à Paris le 25 septembre et les élections générales le 2 octobre : le Comité central n'a donc pas de raison d'être. Lors d'une nouvelle entrevue, le 21 septembre, Gambetta leur fait connaître le résultat désastreux de l'entrevue de Ferrières. Les révolutionnaires parisiens s'inquiètent et les membres du Comité central deviennent menaçants. Ils savent que les Prussiens ont encerclé Paris. Ils exigent la levée en masse et l'élection rapide de la Commune. « La République, disent-ils, ne peut pas traiter avec l'ennemi qui occupe son territoire. » Ils se dispersent en apprenant que les Prussiens préparent une attaque et que le gouvernement a besoin de toutes ses forces pour résister.

Le 22, Arago et Rochefort promettent la défense à outrance. Trochu, soutenu par Picard, déclare au gouvernement qu'il est insensé de préparer des élections avec les Prussiens sous les murs. Gambetta prétend au contraire tenir la parole donnée. En province, les préfets déconseillent des élections aussi rapides ; à Tours, Crémieux laisse prévoir une catastrophe. Le gouvernement, après l'échec de Ferrières, finit par se convaincre qu'une assemblée élue, soucieuse de faire la paix à tout prix, serait un obstacle à sa politique de défense. Alors même qu'il a fini par se rallier à cette position, Gambetta reçoit de Tours un message où Crémieux affirme que la province veut voter : si on ne lui donne pas satisfaction, on n'aura pas les moyens de lui imposer l'effort de guerre. On fixe donc les élections au 16 octobre.

Sa position dans la capitale devenant intenable, le gouvernement de Paris annule le décret de convocation et Gambetta, pour empêcher à tout prix ces élections, décide de partir en ballon et de faire entendre à Tours la voix de l'autorité républicaine. Le voyage s'effectue non sans difficultés. Sur les bords de la Loire, le ministre est bientôt en mesure d'affirmer la volonté de la République de combattre jusqu'au bout. « Il n'y a pas moyen de résister à cet homme, dit le général Bourbaki à Crémieux. Il a le diable au corps, et, bon gré, mal gré, il nous le communique. » Gambetta s'empare à la fois de l'Intérieur et de la Guerre, et prend auprès de lui un conseiller tout-puissant, Charles de Freycinet, qui lui sert de chef d'état-major. Le premier danger redouté par le tribun est le développement d'un mouvement fédéraliste dans le Midi. On lui dit que les préfets nommés par le gouvernement provisoire n'ont pas tous l'autorité souhaitable. En province, on n'aime pas le gouvernement révolutionnaire de Paris, taxé de jacobinisme.

De plus, des anarchistes disciples de Bakounine — Bastelica à Marseille, Richard à Lyon — font de la surenchère révolutionnaire. Avec l'appui des radicaux, ils conduisent une révolution « communiste ». Des comités de salut public ont été constitués, qui prennent des mesures sociales d'urgence, par exemple la restitution gratuite des objets de literie et du linge de corps engagés au Mont-de-Piété pour une somme inférieure à 20 francs (cette mesure prise à Lyon en dit long sur le dénuement du milieu ouvrier de la ville). On dégage aussi les outils de travail. Comités et conseils ne s'entendent pas entre eux, et ces rivalités politiques expliquent le sentiment d'anarchie grandissante éprouvé dans les grandes villes, également rebelles aux préfets venus de Paris. A Marseille, le 18 septembre, les groupes ont invité les délégués de treize départements, constituant ainsi une Ligue du Midi pour la Défense nationale de la République, qui inquiète beaucoup Gambetta. Ils exigent la levée de 30 millions de francs d'impôts sur les riches, la confiscation des biens des citoyens en fuite et l'application du programme de Belleville. Le préfet Esquiros accepte de prendre la tête de la fédération, et Cluseret commande l'armée du Sud.

Les radicaux réagissent rapidement contre le risque de subversion anarcho-communaliste. Quand Bakounine, appuyé sur les anarchistes du Jura, tente à Lyon un coup de force le 28 septembre, Challemel-Lacour, le nouveau préfet, ami de Gambetta, rétablit l'ordre en utilisant les gardes nationaux radicaux, et l'anarchiste russe est expulsé. A Marseille, où une commune s'est installée à la mairie le 1er novembre, avec Adolphe Carcassonne et Cluseret, le commissaire du gouvernement, Gent, rétablit l'ordre grâce aux gardes fidèles au régime. Les élections du 13 novembre donnent la majorité aux radicaux de gouvernement qui dissolvent immédiatement la Ligue du Midi.

D'autres villes de province, Rouen, Toulouse et Brest, connaissent des troubles, vite réprimés. Il n'y aura pas à Toulouse de « ligue du Sud-Ouest ». Le risque fédéraliste est écarté début décembre. Les gens de Tours respirent...

Les hommes de Gambetta

Gambetta place ses hommes : à Marseille, il a nommé avec les pleins pouvoirs, Gent, un avocat inscrit au barreau de Nîmes — comme jadis Crémieux — puis d'Avignon. Il avait été maire de cette ville en 1848 et député à la Constituante où il avait siégé sur les bancs de la Montagne. Résistant sous l'Empire, il avait été arrêté, puis déporté dans l'île de Nouka Hiva. Libéré, mais banni pour vingt ans, il avait exercé sa profession d'avocat au Chili, puis en Italie et en Espagne. Le proscrit s'était ensuite présenté aux élections de 1869 comme « candidat irréconciliable » et n'avait pas été élu. A Marseille, cet ami de Gambetta, ce partisan de la guerre à outrance, devait s'opposer avec la dernière énergie aux menées révolutionnaires et anarchistes.

Gambetta envoie volontiers en province, pour animer la résistance, d'anciennes victimes de l'Empire, des partisans de la République armée et guerrière, celle de 1793. Beaucoup sont avocats ou gens de presse. Paul Dumarest dans l'Isère ou Challemel-Lacour dans le Rhône sont journalistes. Ce dernier se garde de prendre de front les révolutionnaires lyonnais. Il les laisse arborer le drapeau rouge et arrête quelques mesures populaires à gauche, incorporant par exemple dans la Garde nationale les Frères de la doctrine chrétienne, les séminaristes et les membres des congrégations, et désapprouvant le bataillon des mobiles de la Gironde qui a enlevé de force un drapeau rouge au fronton de la mairie de Vénissieux. Il frappe les généraux d'Empire, met aux arrêts Mazure, commandant de la division militaire, et soupçonne le général de La Serre d'avoir jadis présidé un conseil de guerre impérial condamnant les républicains. Il établit rudement son autorité sur le général Bressolles, le nouveau commandant de la division militaire, et casse le chef de bataillon d'infanterie Alexandre, qu'il a lui-même nommé général de la Garde nationale. Il veut que les militaires obéissent au pouvoir civil et se donne les moyens d'instaurer l'ordre de la République avec patience et fermeté.

A Tours, Gambetta affirme constamment la suprématie du pouvoir républicain. Les militaires lui inspirent une grande méfiance. Ne sont-ils pas tous, forcément, les obligés de l'Empire ? Si la trahison menace, c'est bien dans le corps des officiers supérieurs. Spontanément, sur le terrain, les républicains ont constitué en province des comités de défense que le ministre de l'Intérieur encourage. Le 10 septembre, il donne l'ordre aux préfets « d'y grouper les citoyens les plus marquants par leur esprit d'initiative et leur intelligence des besoins de la situation ». On envoie de Tours des « commissaires de la défense » dont les pouvoirs, mal définis, entrent en rivalité avec ceux des préfets et des généraux commandant les divisions territoriales. Les commissaires d'Amiens et d'Arras demandent qu'on leur donne les moyens de révoquer les généraux capitulards. L'avocat Cochery, commissaire dans le Loiret, ancien député de 1848, écrit à Crémieux, son ex-patron : « Comment défendre sans avoir d'action sur l'autorité militaire ? Vos prédécesseurs de 1792 ont su être logiques. »

Ces commissaires se prennent souvent pour des représentants aux armées : l'avocat Albert Grévy, nommé dans le Doubs, le Jura et l'Ain, secteur stratégique, demande pleins pouvoirs et autorité sur le général commandant à Besançon. Spuller, frère d'un ami politique de Gambetta, préfet de la

Haute-Marne, prétend, devant la carence des généraux de son secteur, lancer lui-même des opérations militaires : « Je forme une armée, télégraphie-t-il, de 40 000 gardes nationaux [...] à la tête desquels je placerai 4 000 francs-tireurs que je dresse comme des éclaireurs. Cette force armée, sur les flancs de l'ennemi, lui portera des coups qui retentiront dans toute la France. Ce sera mon titre à la reconnaissance du pays. »

Quel parti prendre ? Gambetta hésite à ressusciter les représentants en mission de 1792. Il sait que les républicains sont en province courageux mais minoritaires. S'il les transforme en terroristes, l'avenir de la République est compromis sans que la défense soit assurée pour autant. Il décide de ne plus nommer de commissaires, sauf quand les départements l'exigent, et écarte le projet de créer un comité de la Guerre qui ait autorité sur les militaires.

Le 5 octobre, la délégation de Tours mit en route trois colonnes en Beauce, au-devant des Prussiens ; on se bat à Toury. Les Bavarois marchent le 8 sur Orléans, rencontrent des unités échelonnées sur vingt kilomètres, les mettent en déroute, attaquent victorieusement Artenay le 10. Dans Orléans sont enfermés 12 000 hommes, dont ceux de la Légion étrangère, qui résistent vaillamment sans pouvoir sauver la ville. Gambetta apprend la nouvelle en arrivant à Tours. Il ne dispose que de régiments rappelés d'Algérie, de soldats récupérés dans les dépôts, de bataillons de mobiles non instruits. Le général de La Motte-Rouge, vétéran de Sébastopol et d'Italie, un brave non dépourvu d'ambition politique (il a été candidat contre Glais-Bizoin dans les Côtes-du-Nord en 1869), est vite tenu pour responsable de la chute d'Orléans. Cochery écrit à Gambetta pour lui dire que La Motte-Rouge aurait décidé d'évacuer la ville alors que ses soldats étaient en mesure de résister. En fait, on comptait déjà 1 500 morts, et le général était resté à la tête du pont de la Loire pendant la retraite, se battant résolument. Gambetta veut faire un exemple et affirmer son autorité républicaine : il le remplace par le très royaliste et très catholique d'Aurelle de Paladines. Il est vrai que de nombreux volontaires vendéens se sont présentés à l'armée de la Loire. Gambetta le sait par Crémieux : les Vendéens sont patriotes. S'il évince le brave

La Motte-Rouge, c'est qu'il veut faire comprendre que l'esprit a changé et qu'une armée de Défense nationale n'a plus rien à voir avec les armées de métier du précédent régime. On offre à d'Aurelle des pouvoirs militaires et civils, en particulier celui de donner des ordres aux préfets pour se procurer ravitaillement et munitions. Il entreprend immédiatement de rétablir la discipline et de former des troupes au combat dans un camp situé autour de Salbris.

A la délégation de Tours, Gambetta s'entoure d'amis sûrs : Séraphin, dit Eugène Spuller, qu'il connaît depuis dix ans, et Ranc, qu'il fait venir en ballon de Paris (où il était maire du 9e arrondissement) pour le nommer directeur de la Sûreté générale « sur toute l'étendue du territoire de la République ». Ces deux fidèles sont des républicains avancés, intransigeants et ardemment patriotes. Charles Louis de Saulses de Freycinet est délégué à la Guerre. Il est technicien, ingénieur, polytechnicien. Gambetta tient cet ancien de 1848 pour un bon républicain et le nomme d'abord dans le Tarn-et-Garonne. A Montauban, les notables du parti républicain ont trouvé étrange qu'on leur impose ce technicien, qui, sous l'Empire, a surtout soigné sa carrière d'ingénieur. Gambetta, en l'appelant à ses côtés, choisit la compétence : il faut mettre de l'ordre dans la délégation, et Freycinet est un homme d'ordre. Celui-ci engage aussitôt deux ingénieurs, Cuvinot et Sadi Carnot, venus des Ponts et Chaussées, ainsi que le « distingué chimiste » Alfred Naquet. Justin de Selves, son neveu, alors lieutenant de la garde mobile, entre au cabinet. « Les ingénieurs et les savants dominent un peu partout, à l'Intérieur comme à la Guerre », écrit Gambetta à Jules Favre. La direction des Postes et des Télégraphes a été confiée à Steenackers, ancien député républicain de la Haute-Marne. Les ingénieurs ont beau rire sous cape (l'homme est écrivain et sculpteur), Gambetta sait combien son imagination sera précieuse : il a immergé dans la Seine ce câble télégraphique reliant la capitale à la province, que les Allemands ont mis beaucoup de temps à découvrir. En nommant ainsi des techniciens à l'état-major, Gambetta montre le bout de l'oreille : il donne raison à tous ceux qui affirment que l'armée française a été battue à cause de son infériorité technique.

Désormais, les républicains ne ménageront aucun effort pour placer dans les hauts commandements de l'armée les plus capables, les plus savants.

Freycinet y veille déjà... Sa première tâche est d'établir des liens avec les préfets nommés par Gambetta. Ceux-ci ne sont pas tous faciles, ni dociles. Il faut parfois se passer de leur dangereux concours. Ainsi Bragnon, à Nice, directeur du journal le *Centre gauche*, qui n'est pas fait pour l'emploi, est-il remplacé par l'avocat Blache, puis par le publiciste Dufraisse dès le 14 octobre. L'arrivée de Gambetta à Tours s'accompagne de nombreuses mutations dans les préfectures du Midi. Si l'ancien engagé volontaire dans les Turcos, Esménard du Mazt, rédacteur en chef de l'*Indépendant du Lot* dans les Basses-Alpes, reste en place tout comme l'avocat Chalamet dans l'Ardèche et le journaliste quarante-huitard Raynal dans l'Aude, Gent est le quatrième personnage désigné à Marseille, après Esquiros, un proscrit de l'Empire, le négociant en drap Labadié et l'agitateur révolutionnaire Delpech, rédacteur au journal l'*Égalité*. Gustave Naquet, directeur du *Peuple* de Marseille, est nommé en Corse en remplacement de l'avocat Ceccaldi ; si l'avocat Laget, ancien commissaire du gouvernement à Uzès en 1848, garde son poste dans le Gard, comme Duportal à Toulouse, les mutations sont nombreuses dans la Gironde où le radical Allain-Targé, puis l'avocat bordelais Henri Barkhausen succèdent au député quarante-huitard Larrieu. Dans les Pyrénées-Orientales, l'ancien proscrit Lefranc prend le poste de l'exilé Jousserandot. Dans le Vaucluse, le médecin carpentrassien Poujade se maintient.

« Nous vivons au palais », dit Gambetta, parlant des hommes qui peuplent les préfectures. De fait, les avocats y sont très nombreux, comme les journalistes, parce qu'ils ont constitué le plus clair de l'opposition sous l'Empire et qu'ils sont les seuls professionnels de la politique à gauche. Les Camescasse (futur préfet de police), les Delattre (préfet de la Mayenne), les Ribière (avocat à Auxerre) sont-ils tous des amis de Gambetta ? On constate que le préfet de Vendée, Coulon, est un ancien collaborateur de Jules Favre, et qu'Hippolyte Rousseau, préfet de Seine-et-Marne, était secrétaire d'Ernest Picard.

Sans doute, les nominations ne sont-elles pas toutes le fait de Gambetta. Qui a désigné à Nantes le médecin oculiste Ange Guépin ? Et le célèbre maçon Martin Nadaud dans la Creuse ? Il semble que les recommandations des loges maçonniques aient joué quelque rôle. Léonide Babaud-Laribière, nommé dans la Charente, est un dignitaire maçon. Le plus souvent, les préfets sont des républicains de 1848 et d'anciens proscrits de l'Empire. A partir d'octobre, Gambetta cherche à nommer des personnages moins glorieux, mais plus efficaces : des médecins, des journalistes connus ou des polytechniciens probablement recommandés par Freycinet, comme cet Émile Regnault dans le Doubs ou cet Élie Béral, un ingénieur des Mines, dans le Lot. La volonté de renouvellement du personnel est manifeste. Freycinet est las de ces préfets improvisés de septembre, qui prétendent, comme l'avocat Achille Delorme de Caen, se substituer aux généraux incapables. Dans le Nord, le docteur Testelin doit être remplacé par l'avocat Legrand, puis par le professeur de physiologie Paul Bert, parce qu'il accable d'invectives le général Bourbaki chargé de fortifier la frontière. Ce dernier a beaucoup de mal en effet à rassembler une armée de quatre brigades d'infanterie et 400 cavaliers, mais finit par constituer l'armée du Nord. On lui en sait gré à Tours. Dans l'Orne, un certain Antonin Dubost, ancien clerc d'avoué à Lyon et futur président du Sénat, remplace un avocat. Il vient tout droit de Paris dans le ballon la *République universelle* qui atterrit à Lonny, près de Rocroy. Il rejoint son poste par chemin de fer et y tient immédiatement le langage des représentants en mission de 1794 : « Faites fusiller les lâches, dit-il à un colonel de moblots, et décorez les braves. »

Les innovations des préfets sont appréciées quand elles concourent à la défense. Dans la Mayenne, l'avocat Eugène Delattre, radical de fraîche date, monte à cheval pour donner lecture aux troupes, tête nue, des proclamations de Gambetta. Il juge indispensable d'enseigner les vertus civiques aux soldats et fait lire aux armées le *Bulletin de la République française*, rédigé à Tours par une équipe de journalistes dont Scheurer-Kestner, futur vice-président du Sénat. Le bulletin évoque les scandales de la Cour impériale, traite de la nouvelle

République et de ses ambitions démocratiques. Gambetta a demandé que l'on envoie ce bulletin, considéré comme un manuel d'instruction civique, dans chaque compagnie et que les instituteurs le lisent dans les communes. De cette manière, pense-t-il, « avant deux mois » la République sera fondée « dans les campagnes en arrière des armées nationales ». Delattre partage cet avis : « Il faut faire usage de toutes les ressources pour maintenir le parti à la tête du pays. » Craint-on déjà que les villages, trop peu républicains, ne se détournent de la guerre patriotique ?

Le prosélytisme des préfets est parfois excessif : à Toulouse, le journaliste Armand Duportal (défendu par Gambetta quand il était détenu pour crime politique à Sainte-Pélagie) veut casser tous les généraux et expulser les jésuites. Il entre en conflit avec les militaires de Toulouse, et Gambetta envisage de le renvoyer. « Que celui d'entre vous qui a fait un jour de prison pour la République vienne me chercher », répond-il. Personne n'osera retirer son poste au déporté de 1852.

Si l'on destituait les généraux de l'Empire, force était d'en nommer d'autres : Freycinet voulait rompre avec « le fétichisme des anciennes gloires militaires » et désigner des jeunes, pourvu qu'ils fussent capables. Il reconnut plus tard qu'il avait été trop timide. Gambetta, quant à lui, voulait « des chefs jeunes, actifs, capables par leur intelligence et leur vigueur de renouveler les prodiges de 1792 ». Il cherchait des Hoche et des Marceau. Il fit en sorte qu'on pût même nommer des civils dans « l'armée auxiliaire » (les mobiles, les gardes nationaux, les corps francs). Les officiers ainsi désignés pourraient exercer leur commandement dans les deux armées, auxiliaire et régulière. Freycinet soutenait qu'aux États-Unis l'armée auxiliaire avait assuré le triomphe du Nord en favorisant la promotion des plus illustres des généraux. Il est vrai qu'avant de connaître la gloire, les généraux nordistes avaient d'abord subi trois ans de défaites... Sur ces bases, le choix des généraux de division fut parfois déconcertant : un ancien préfet de l'Oise, capitaine dans l'infanterie, Jenne ; le préfet de police de Paris nommé le 4 septembre, Kératry ; le capitaine d'infanterie Robin, nommé à l'armée du Nord, avec pour chef d'état-major l'ancien caissier du cirque de l'impératrice ! On fait colonel un soi-disant « ancien commandant des troupes du roi de Siam », et général de brigade l'Américain Carroll Tevis qui sera grièvement blessé à la bataille d'Héricourt. Un autre Américain, Burn Porter, ancien colonel au service des États-Unis, est nommé à l'état-major ; il se fera tuer à Villorceau. Le révolutionnaire suisse Ochsenbein est général de brigade bien que Napoléon III lui ait déjà donné un grade d'officier supérieur dans la Légion. Tous ces choix n'étaient pas critiquables mais hâtifs, et ils provoquèrent dans l'armée régulière de vifs mécontentements. Gambetta n'en avait cure : il fallait bien sacrifier au mythe de la levée en masse et de l'armée populaire.

Le miracle de la levée en masse

On tenta d'organiser la défense nationale, et d'abord son administration. Cuvinot créa un « service de reconnaissance » destiné « à recueillir des informations sur les forces et positions de l'ennemi ». Mais il s'adressait aux préfets et sous-préfets, eux-mêmes très mal informés. Le nouveau « bureau topographique », peuplé d'ingénieurs, était chargé de reporter sur la carte les mouvements de l'ennemi et d'étudier la marche des armées par l'utilisation des chemins de fer. Malheureusement, il ne pouvait pas faire imprimer de cartes, il ignorait que les cuivres de la carte au quarante-cinq millième avaient été transportés à Brest juste avant le siège de Paris. Un capitaine eut alors l'idée de photographier et d'autographier les cartes existantes. Seuls les généraux et chefs d'état-major pouvaient en disposer. On créa aussi un « génie civil des armées » dont l'articulation avec le génie militaire n'était pas claire. Pour stimuler les généraux commandant les régions, Gambetta émit l'idée de les faire coiffer par des comités de défense peuplés de républicains énergiques. Mais les préfets sabotèrent cette réforme qui nuisait à leur autorité. La délégation ne disposait donc pas des moyens directs de veiller à la levée et à l'armement des troupes. Du moins pouvait-elle changer les chefs : sur les dix-huit divisions militaires, quatre seulement gardèrent leurs titulaires. Les autres subirent des avalanches de mutations. Gambetta se fiait aux rapports des préfets pour destituer les généraux. Cette méfiance envers les chefs de l'armée impériale, qui s'inscrivait dans la tradition républicaine, n'eut pas toujours des effets heureux.

Il était urgent de lever de nouvelles troupes et surtout de les instruire. Les hommes ne manquaient pas. Depuis la loi du 12 août 1870, la Garde nationale avait été rétablie dans tous les départements. Elle pouvait certes constituer, comme le demandait Jules Simon, « une armée de citoyens n'ayant à aucun degré l'esprit militaire ». Gambetta avait exigé « l'armement du suffrage universel dans la France entière », il lui restait à distribuer les fusils. Crémieux ne voulait pas les attribuer en priorité aux jeunes soldats des dépôts, à peine instruits, mais à la Garde nationale totalement ignorante du métier des armes et cependant « animée par le feu de l'enthousiasme ». Crémieux dut laisser armer les soldats dont les généraux avaient le plus urgent besoin, mais il obtint que la Garde fût appelée à la défense et non cantonnée dans des tâches civiles. Le décret du 29 septembre y pourvut : la liste des mobilisables fut établie dans chaque commune pour faire passer tous les hommes de vingt et un à quarante ans, non mariés ou veufs sans enfants, devant le conseil de révision. Le décret de Gambetta du 11 octobre stipulait que chaque département devait équiper et former une brigade de ces gardes nationaux commandés par des officiers élus jusqu'au grade de chef de bataillon seulement — les grades supérieurs seraient pourvus par le ministre. La solde incombait aux départements. On estimait à trois semaines au moins le délai nécessaire pour mettre sur pied des unités correspondant à cette levée de 650 000 hommes. C'était une hypothèse optimiste puisque, du 29 septembre au 1er novembre, 7 000 hommes seulement avaient été incorporés, 133 000 le seraient à la fin du mois, au lieu des 200 000 promis à Jules Favre. Disait-on à Gambetta qu'il se grisait de chiffres contestables ? « J'en ai assez, de la vérité ! » répondait-il superbement.

Les hommes sont mal armés, médiocrement vêtus de pantalons et de blouses de toile, de drap spongieux, de chaussures à semelles de carton, de havresacs perméables : « Un mauvais fusil est excellent quand le cœur est bon », disait Victor Hugo le 17 septembre. Seul le chassepot, qui se chargeait par la culasse, était une véritable arme de guerre. On avait commandé en Angleterre des fusils qui n'étaient pas tous de bon service. Les arsenaux étaient encombrés de 500 000 armes se chargeant par la bouche, dont les soldats qui montaient en ligne ne voulaient pas. On dut les expédier à Saint-Étienne pour transformation. Quant à l'artillerie, elle fit des achats en Angleterre et en Amérique, et lança des fabrications à Lyon, Lille et Saint-Étienne. Mais l'industrie privée n'était pas préparée à la fabrication de canons se chargeant par la culasse. Il y eut beaucoup de retards dans les fournitures et l'approvisionnement en munitions.

Les troupes sont instruites dans des camps régionaux hâtivement improvisés : les « camps stratégiques », comme ceux de Saint-Omer ou Cherbourg, doivent abriter 250 000 hommes, et 60 000 seulement les simples « camps d'instruction ». Des fortifications solides protégeront les camps contre toute menace de l'ennemi. Les instructeurs sont des officiers d'active, les généraux commandant les camps des amis des préfets, lesquels nomment des républicains capables d'insuffler à la masse le désir de vaincre : ainsi le journaliste Détroyat est-il nommé général, commandant le camp de La Rochelle. A Nevers, le chef du génie est un capitaine d'avenir : Louis-Nathaniel Rossel... Les camps ont des vice-présidents civils, tous radicaux, francs-maçons, amis et proches de Gambetta ou des membres de la délégation. Ricard, franc-maçon du rite écossais, soutenu sans doute par Crémieux et déjà nommé préfet des Deux-Sèvres le 4 septembre, devient « commissaire extraordinaire de la Défense ». Pour surveiller les camps, des inspecteurs également proches de la délégation, comme Auguste Spuller, préfet de la Haute-Marne, ou le journaliste Georges Périn, préfet de la Haute-Vienne. Freycinet impose l'ingénieur Théodore Lévy (frère de Maurice Lévy, directeur de l'artillerie départementale) pour centraliser toute l'administration, la gestion, la création des camps.

Kératry, « l'organisateur de l'armée de Bretagne », dirige le camp de Conlie, sur la route du Mans à Mayenne. Les Bretons se rallient au cri de « Dieu et Patrie », comme les Vendéens. 25 000 hommes campent sous les toiles de tente le

23 novembre. A-t-on peur, à Tours, de cette armée catholique ? Beaucoup redoutent les Chouans, autre souvenir de 1793. Le vieux républicain Ratier, un avocat franc-maçon que Gambetta a nommé préfet du Morbihan, rassure la délégation : « Soyez tranquilles, j'ai été accueilli à Lorient et à Vannes au cri de Vive la République ! » L'armement arrive lentement au camp : 2 000 fusils Remington le 22 novembre, 5 000 carabines Spencer sans baïonnettes et 9 000 fusils « antiques, tous mauvais ». A-t-on voulu diminuer les Bretons ? C'est douteux. Nombre de camps sont inutilisables, comme celui de Toulouse, ou très mal approvisionnés. Celui des Alpines, au confluent du Rhône et de la Durance (où Maurice Rouvier, secrétaire général de la préfecture des Bouches-du-Rhône, est nommé par Gent vice-président civil), est surnommé par les moblots le « camp de crevaison ». Rien n'y est prévu pour abriter le soldat du mistral et, l'hiver, de la neige. On construit trop tard des baraquements. Peigné-Crémieux, préfet de la Drôme, refuse d'envoyer ses mobilisés « dans le dépotoir marseillais » où paradait Rouvier dans son bel uniforme : képi de général de division, vareuse noire à sept galons, pantalon noir à bandes rouges et bottes à l'écuyère...

La résistance des armées de Gambetta et le désastre de Metz

Pendant que Gambetta et son équipe s'efforçaient de lever et d'instruire les 220 000 moblots qu'ils purent mettre à la disposition des généraux, les Prussiens n'attendaient pas : ils assiégeaient les places de l'Est. Strasbourg, après un violent bombardement, se rendit le 27 septembre. La bibliothèque de la ville avait brûlé, les habitants vivaient dans leurs caves. Les Prussiens prirent ensuite le chemin des Vosges, refoulant devant eux l'armée de la République. Après l'évacuation d'Orléans, les Français, retirés sur Salbris et renforcés jusqu'à 60 000 hommes, étaient strictement tenus en main par d'Aurelle de Paladines et les cours martiales avaient le pouvoir de condamner sans plaidoirie et d'exécuter les fuyards séance tenante. Les 20 000 Bavarois d'Orléans n'osaient pas attaquer :

1 200 francs-tireurs de Paris leur avaient vivement tenu tête, le 15 octobre, dans Châteaudun. D'autres francs-tireurs et des gardes nationaux faisaient bonne figure dans le Nord, à Saint-Quentin, défendant la ville le 8 octobre contre des assaillants qui hésitaient entre l'invasion de la Picardie et celle de la Normandie. Amiens était défendue par une petite armée composée de soldats rescapés de Sedan, qui étaient passés par la Belgique, et de gardes mobiles.

Les Allemands commençaient à redouter la résistance des unités isolées et les actions de partisans. Moltke, qui voulait « tuer les lièvres vers la fin octobre » et rentrer en Allemagne avant Noël, s'irritait le 12 octobre « de la force d'endurance et de l'obstination des Français ». Il s'en prenait « au terrorisme des avocats » et finit par dire à ses officiers : « Il faudra étudier la question [...] des armées improvisées. » Des mesures de répression furent bientôt prises : on incendia les villages où des soldats allemands étaient attaqués, on fusilla les francs-tireurs ou les otages. On fit grimper les maires ou les curés des villages sur les locomotives qui transportaient les troupes ennemies, pour décourager les saboteurs. Une légende noire du terrorisme se développait ainsi dans la France occupée du Nord et de l'Est, amplifiant la « guerre barbare », justifiant les francs-tireurs souvent mal vus dans les villages, parce qu'ils provoquaient des représailles, mais comblant les vœux des Parisiens patriotes qui supportaient vaillamment les rigueurs du siège.

Les 500 000 hommes que commande Trochu ne constituent pas une armée opérationnelle. Le général sait qu'il peut compter sur ses 12 000 fusiliers marins, mais ils servent dans les forts, sur la flottille de la Seine, dans les batteries. Les 25 000 hommes du 13e corps ramenés des Ardennes par le général Vinoy sont découragés, et leurs officiers ne croient pas à la victoire. Le 14e corps de Ducrot, bien repris en main, est renforcé de gendarmes, de pompiers, de gardes forestiers ; c'est une troupe hétéroclite dont les soldats n'ont bien souvent jamais vu le feu. Les 115 000 moblots de la Seine ou de l'Ouest sont indisciplinés, inexpérimentés : Trochu hésite à les engager. Les 22 000 paysans bretons, catholiques pratiquants, sont assez mal vus de la population. Quant aux

300 000 gardes nationaux en armes, ils ne servent qu'à garder les boulangeries et s'irritent de leur inaction. Beaucoup se couvrent néanmoins de gloire dans les « compagnies de guerre », réussissant avec les corps-francs des coups de main heureux. Mais Trochu estime qu'il ne peut aligner pour une sortie qu'une force organisée de 150 000 hommes et qu'il lui faut, dans cette hypothèse, le concours d'une armée de libération venant de la Loire.

Les Parisiens s'irritent de cet attentisme : les révolutionnaires l'attribuent au désir des notables républicains du gouvernement de conclure la paix. Cent quarante chefs de bataillon de la Garde nationale ont fait une démarche commune, poussés par les blanquistes, pour obtenir rapidement des élections. Le 26 septembre 1871, ils ont été éconduits. Ledru-Rollin et Delescluze demandent le lendemain la constitution d'une Commune de Paris qui prendrait en main, énergiquement, la défense. On s'emporte contre la mollesse du Comité central des arrondissements. Le 5 octobre, « Belleville descend » : une manifestation pacifique porte Flourens et le radical révolutionnaire Millière à l'Hôtel de Ville où ils exigent une sortie immédiate contre les Prussiens et l'attribution de chassepots et de vareuses aux hommes. Ils réclament aussi des élections. Les revendications politiques et militaires sont absolument liées : ceux qui exigent la Commune sont d'abord des patriotes.

Ils n'obtiennent rien ce jour-là, pas plus que le commandant Sépia le lendemain. Cet ancien légionnaire voulait entraîner ses hommes contre le gouvernement. Ce sont eux qui l'arrêtent. Le 8, nouvelle manifestation sur la place de l'Hôtel-de-Ville : le Comité central a réuni 7 000 gardes qui crient : « A bas les traîtres ! A bas les capitulards ! » Jules Ferry refuse de recevoir des délégués, et les gardes bretons protègent le gouvernement. Dans tous les clubs « sans-culottes » qui se sont constitués à l'initiative des blanquistes, on demande d'abord une action militaire immédiate. Que fait donc l'armée de la Loire ? Ses 125 000 hommes vont-ils partir à la rencontre de Trochu dont on connaît le projet de sortie vers la basse Seine ? Ducrot bout d'impatience : il veut franchir le fleuve à Pontoise et se diriger résolument sur Rouen et Le Havre.

Mais Trochu tient ce plan secret et ne le communiquera à Jules Favre qu'au début d'octobre. Ranc, quittant Paris en ballon, en a probablement averti Gambetta, mais sans précisions de dates et d'itinéraires. Interrogé sur la possibilité d'orienter l'armée de la Loire vers la basse Seine, Bourbaki répond que c'est impossible. Pour Freycinet, le plan Ducrot n'est qu'une « intention » : il ne se sent pas lié par un projet que Bourbaki estime impraticable.

Une opération est cependant tentée en direction de Paris, avec pour premier objectif la libération d'Orléans. On hésite sur les itinéraires, et l'opération est retardée par des difficultés de transport et surtout par les pluies. Peut-on attaquer sous un déluge ? Au moment de lancer l'opération, la délégation de Tours reçoit de très mauvaises nouvelles de Metz. Le général Bazaine s'y était enfermé avec 150 000 hommes ; il n'avait pas reconnu la République, et Gambetta, aussi bien que Favre, étaient sans autorité sur lui. Comptait-il restaurer l'Empire ? S'assurer une situation personnelle ? Il avait déjà établi un contact avec le prince Frédéric-Charles qui conduisait le siège, par l'intermédiaire de l'agent Régnier dont Bismarck avait parlé à Jules Favre. Le projet était alors, en liaison avec l'impératrice, de faire marcher la garde impériale sur Paris pour rétablir l'Empire et signer la paix. Mais le 28 septembre, l'impératrice avait refusé de s'engager, faisant tout échouer.

Le général envoyé en Angleterre par Bazaine pour négocier avec l'impératrice n'était autre que Bourbaki, qui commandait la Garde impériale. Les Allemands avaient refusé de le laisser entrer dans Metz ; c'est ainsi qu'il était par la suite devenu, à Tours, l'augure de la délégation, l'arbitre des opérations militaires de Gambetta : singulière confiance des républicains, d'ordinaire si soupçonneux. Il est vrai qu'il passait pour le plus intrépide et le plus brillant général de l'armée.

Dans Metz, où l'armée mange ses chevaux, Bazaine comprend que le temps joue contre lui. Le 14 octobre, il envoie un messager à Bismarck en lui expliquant que son armée « est la seule force qui puisse maîtriser l'anarchie ». Le Prussien exige une déclaration de l'armée affirmant qu'elle soutiendra l'impératrice régente et un manifeste de cette dernière. Les officiers de Bazaine poussent la négociation. Quant à l'impératrice, elle refuse la moindre déclaration sur des cessions de territoire exigées par Bismarck et attend le résultat de la campagne entreprise par l'armée de la Loire. Bismarck fait alors savoir à Bazaine qu'il « ne se prêterait pas à des négociations dont il aurait à faire accepter les résultats par la nation française ». Il exige la reddition de Metz. Le 27 octobre, Bazaine capitule : « Cette affaire, dit-il, aura un bon côté, elle fera cesser la résistance de Paris et rendra la paix au pays. »

Il est vrai que Jules Favre et les modérés du gouvernement de Défense nationale sont accablés : Thiers, après avoir rédigé son testament, prend la route de Paris. Difficile voyage de Tours à Orléans par chemin de fer, puis d'Orléans à Paris dans une berline à quatre chevaux ayant appartenu à Talleyrand et à la duchesse de Dino et mise à sa disposition par l'évêque, Mgr Dupanloup. Le 30 au soir, il arrive à l'hôtel des Réservoirs à Versailles, escorté de uhlans. Il ne voit Bismarck qu'un instant, file sur Paris pour consulter le gouvernement. Il rencontre Favre, Trochu et Ernest Picard. « Demandez les conditions d'armistice », lui dit Favre, désespéré.

Les Bretons sauvent Jules Favre

Quand on apprend que Thiers est dans les murs et que Bazaine a rendu Metz, c'est l'émeute dans Paris. La capitulation a été annoncée dès le 27 octobre 1870 dans le journal de Pyat, *Combat.* Elle a été démentie, puis confirmée. Les Prussiens ont complètement détruit le village du Bourget, bousculant les Français du général Bellemare, qui a perdu 1 200 hommes parce que Trochu n'a pas envoyé de secours. Quand on apprend que Thiers négocie pour faire élire une Constituante, les clubs se déchaînent, les quartiers se mobilisent : parce qu'ils ont peur de la révolution, les modérés sont prêts à céder les provinces de l'Est. Le 31, la foule se précipite à l'Hôtel de Ville. « A bas Trochu ! pas d'armistice ! levée en masse ! » crient les gardes nationaux sur la place. Arago a réuni les maires d'arrondissements pour leur faire accepter le principe des élections immédiates : il faut désarmer cette foule qui crie : « Vive la Commune ! » Le gouvernement a décidé de demander les conditions d'armistice. Il faut désamorcer l'émeute. On fait garder l'Hôtel de Ville par des mobiles de l'Indre. Peut-on appeler en renfort les gardes de l'Ouest ? Impossible, ils sont d'accord avec leurs camarades, la défense de la patrie passe avant tout. Arago tente d'apaiser les meneurs, reçoit des délégations, jure qu'il n'est pas question de paix et promet les élections.

Les délégués du Comité des vingt arrondissements arrivent alors avec les groupes révolutionnaires de Pyat. Ils s'infiltrent dans la foule, lancent des mots d'ordre. A 15 heures, la grille est forcée, les mobiles de l'Indre se replient, car Trochu ne veut pas d'affrontement entre les gardes et l'armée. Les nationaux pénètrent dans la grande salle des séances, menacent les ministres de les jeter par la fenêtre. Une commission électorale est constituée, on exige un comité de salut public. Flourens, avec les troupes de Belleville, fait son entrée à 16 heures, ordonne l'arrestation des ministres et lit la liste des membres du Comité de salut public où figurent Pyat, Blanqui, Millière, Hugo et Delescluze. Blanqui se présente à 18 heures et signe aussitôt des ordres, nommant Rigault à la préfecture de Police.

Trochu, Picard et Ferry ont réussi à disparaître. A minuit, la foule a libéré la place. Trochu et Ferry lancent alors les bataillons bretons, qu'ils tiennent en main, à l'assaut de l'Hôtel de Ville où les « rouges » installent leur gouvernement. Flourens, Blanqui, Delescluze sont prisonniers à leur tour. Le sang coulera-t-il ? Les révolutionnaires consentent à un accord : le gouvernement de Défense nationale reste au pouvoir, mais des élections désigneront très vite les membres de la Commune de Paris. Il est 4 heures du matin : la journée révolutionnaire vient d'échouer. Favre et Picard ont les mains libres pour négocier en secret avec Bismarck.

Favre est pressé, car Thiers doit rencontrer Bismarck le 2 novembre 1870. Le 1er, il décide l'arrestation de vingt meneurs. Le préfet de police Adam, qui refuse de revenir sur les promesses de la nuit, démissionne. Cresson, son successeur, fait arrêter Pyat et Vermorel, mais manque Blanqui, Flourens et Millière qui se sont méfiés des engagements des modérés. On épure la Garde nationale que l'on place sous les ordres de Thomas, un général à poigne. Jules Ferry, décidé à la résistance opiniâtre contre les rouges, supplante Arago, faible et hésitant. On décide d'installer le gouvernement au Louvre.

Le lendemain, Thiers amorce le dialogue avec l'ennemi. Bismarck refuse de ravitailler la capitale pour ne pas prolonger la résistance : la discussion commence mal. Les Parisiens ont tout juste de quoi ne pas mourir de faim. On a décrété le moratoire des loyers et le dégagement gratuit des objets déposés au Mont-de-Piété jusqu'à une valeur de 15 francs. Dès octobre, les pauvres souffrent de la disette. Ferry contingente les distributions et mesure avec précision les stocks. Les farines sont réquisitionnées, la viande commence à manquer. Pourtant, le 3 novembre, au plébiscite organisé par le gouvernement pour savoir si la population lui maintient sa confiance, les Parisiens répondent massivement *oui* par 330 000 voix contre 52 000 *non*.

Thiers piétine. Bismarck est un roc : il accorde l'armistice, mais sans ravitaillement. Il exige une indemnité de 3 milliards, l'Alsace et la Lorraine. Il est impossible de s'entendre : le 5 novembre 1870, le gouvernement décide de poursuivre la guerre. Fort des résultats du plébiscite, Favre attend ceux des élections municipales : on élit, le 5 les maires d'arrondissements, le 7 leurs adjoints. Treize des vingt maires nommés sont maintenus, cinq des sept nouveaux sont des modérés élus dans les 4e, 5e, 7e, 9e et 10e arrondissements. Les Tirard, les Hippolyte Carnot, les Martin peuvent continuer à dominer la cohorte des favristes ou des ferrystes. Seuls le 19e et le 20e ont élu des révolutionnaires : Delescluze et le blanquiste Ranvier. Six maires sont radicaux, comme Clemenceau, ou républicains de progrès. Les internationalistes sont battus : le peuple a cru voter pour des patriotes. Tous sont naturellement d'ardents républicains.

La mairie de Paris est abolie, et Ferry est chargé de l'administration de la capitale. Il n'est pas question de constituer une Commune. Les hommes du 4 septembre semblent tenir la situation en main, mais tout l'espoir se tourne maintenant vers Tours : on attend l'armée de la Loire.

Le 9 novembre 1870, d'Aurelle de Paladines a remporté sur les Allemands une première victoire à Coulmiers (Loiret). Gambetta, barbe au vent, adresse une proclamation aux troupes : « Votre courage et vos efforts nous ont ramené la victoire, depuis trois mois déshabituée de nos drapeaux. La France en deuil vous doit sa première consolation, son premier rayon d'espérance. Avant-garde du pays tout entier, vous êtes aujourd'hui sur le chemin de Paris ! » Coulmiers a-t-il lavé la honte de Metz ? A Tours, on lance enfin l'offensive depuis longtemps préparée. Les deux corps d'armée d'Aurelle de Paladines sont encouragés par leur premier succès. Chanzy, au 16e corps, a remplacé Pourcet. Von der Thann, qui commande les Allemands, a bien vu la manœuvre en tenailles qui vise à anéantir son armée devant Orléans. Il a été surpris à Coulmiers. Mais la cavalerie des Français n'a pas suivi : l'armée bavaroise a pu échapper au désastre et se replier sur Étampes. Le 10, les Français entrent dans Orléans. Les cloches sonnent. Pourquoi a-t-on douté de la victoire ? La République peut faire des miracles, comme en 1793 !

Seuls 40 000 Allemands sont sur la route de Paris, pour soutenir le corps Von der Thann qui vient de se faire étriller. La 3e armée du prince Frédéric-Charles, libérée par la capitulation de Metz, marche également sur la capitale, tout en ayant détourné une partie de ses effectifs vers la Bourgogne. Une course de vitesse s'engage entre les Allemands et les armées de la Loire : la sortie des Parisiens et la poussée de Gambetta sur Paris doivent se réaliser *avant* l'arrivée des troupes de Frédéric-Charles ; après, il sera trop tard.

Gambetta en confère avec d'Aurelle de Paladines, à Villeneuve-d'Ingré, lieu de son quartier général. D'Aurelle signale que les avant-gardes du 9e corps prussien sont déjà à Fontainebleau. Il est tard pour agir ; ses troupes risquent d'être en infériorité. On décide d'arrêter l'armée de la Loire. Il faut à l'évidence la renforcer, préparer convenablement la bataille contre les forces de Frédéric-Charles et du grand-duc de Mecklembourg, qui commande les Bavarois. D'Aurelle veut constituer autour d'Orléans une sorte de camp retranché où il attendra les Prussiens de pied ferme. Voyant les Français inactifs, le duc de Mecklembourg croit qu'ils se sont dérobés vers l'ouest : il se prépare à marcher dans la direction de Chartres et de Dreux. A Nogent-le-Rotrou, le duc s'ouvre la route du Mans : Tours semble menacée. Gambetta se porte lui-même au Mans, vide les dépôts, ameute les Bretons du camp de Conlie. Soudain les Allemands reculent : ils ont reçu l'ordre de se concentrer vers Orléans.

Il est temps de prendre l'offensive sur Paris, dit Gambetta soutenu par Chanzy, mais d'Aurelle trouve la tentative « insensée ». Ses soldats ont un équipement improvisé, ils couchent par terre sous la pluie, souffrent du gel, beaucoup n'ont en main que le fusil à tabatière, une ancienne arme transformée. Dans la plaine de Beauce, les Français sont une cible pour les canons Krupp et pour les attaques de cavalerie. Freycinet prend des dispositions pour faire converger sur Orléans par chemin de fer deux corps de renfort. « Paris a faim et nous réclame », s'écrie Gambetta le 19 novembre. Les hommes partent, leurs cartouches dans la musette, les biscuits percés reliés par une ficelle et portés en sautoir. 80 000 volontaires marchent ainsi sur une ligne de près de soixante kilomètres. Ils bivouaquent le soir dans la boue, au lieu de chercher des cantonnements. Les officiers, craignant les actes d'indiscipline, refusent de faire occuper les maisons et les granges. Le combat s'engage contre la gauche de l'armée allemande à Beaune-la-Rolande : les Français sont repoussés bien que les jeunes recrues aient fait preuve d'une grande bravoure.

Gambetta apprend alors que Trochu prépare une sortie pour le 29 novembre. L'armée se met aussitôt en marche sur Fontainebleau, forte de 200 000 hommes. Ducrot a reçu de Trochu l'ordre d'abandonner le plan de la basse Seine et de tenter une sortie vers l'est pour se rabattre ensuite vers le sud. Il reçoit une dépêche de Gambetta (portée par cinq émissaires différents) annonçant que l'armée de la Loire va attaquer sur les deux axes de Pithiviers et de Beaune-la-Rolande : elle sera le 6 décembre au rendez-vous de la forêt de Fontainebleau. Le 2 décembre, jour anniversaire du coup d'État, confie Gambetta à Freycinet, la République devait « réparer les désastres de l'Empire ».

Chanzy est d'abord heureux à Villepion le 1er décembre. Le

ballon envoyé par Jules Favre (qui atterrit à Belle-Ile-en-Mer, au village de Locmaria) annonce que Ducrot amorce sa sortie : Gambetta reçoit la dépêche en pleurant. Le 30, Ducrot a passé la Marne et livré bataille sur le plateau de Champigny. L'amiral de La Roncière s'avance vers Longjumeau. L'attaque du Sud démarre, lancée par Vinoy. Telles sont les bonnes nouvelles.

La réalité les dément très vite : La Roncière n'est pas à Longjumeau, il s'avance au nord vers Saint-Denis. Les Saxons ont déjà contre-attaqué au sud, repoussant les Français. 4 000 hommes sont perdus devant Champigny. « Je ne rentrerai dans Paris que mort ou victorieux, avait dit Ducrot. Vous pourrez me voir tomber, mais vous ne me verrez pas reculer. » Pour tromper l'ennemi, Trochu a lancé une sortie de diversion dans le nord, ce qui n'a trompé que Gambetta ! La prise d'Épinay-sur-Seine, près de Saint-Denis, lui a donné à croire que Ducrot s'était emparé d'Épinay-sur-Orge, près de Longjumeau, au sud de Paris. Il a annoncé à toute la France que Ducrot avait percé les lignes allemandes sur la route de Fontainebleau, il a diffusé une fausse nouvelle de victoire...

Par –10 degrés, l'armée passe la nuit du 1er au 2 décembre en rase campagne. Elle est alors attaquée par les Allemands sur Champigny. Ducrot résiste, ayant appris l'offensive de l'armée de la Loire. Ce jour-là, elle attaque en effet. Les zouaves pontificaux chargent les Bavarois à la baïonnette. Charette et Sonis se font tuer à Loigny. Chanzy ne réussit pas sa percée, il est bousculé, il reflue. A sa droite, Peitavin flanche dans le village de Pourpry. D'Aurelle décide de se replier dans le camp retranché d'Orléans. L'armée, trop dispersée, est attaquée sans trêve par les Allemands et recule constamment. Le 3 décembre, la mort dans l'âme, Ducrot lâche Champigny et rentre dans Paris.

Le 4 décembre au matin, les soldats, épuisés par les marches et contremarches, donnent des signes évidents de fatigue et de découragement. D'Aurelle, qui craint de perdre son armée, veut battre en retraite. Freycinet lui exprime par dépêche sa « douloureuse stupéfaction » et maintient les ordres de concentration pour la bataille. Gambetta fait chauffer un train spécial pour se rendre à Orléans, mais doit s'arrêter à six kilomètres de la ville : la voie est barrée par les Prussiens. Le ministre rebrousse alors chemin jusqu'à Blois. A la suite de l'entrée des Allemands dans Orléans, d'Aurelle de Paladines, rendu responsable de la défaite, est privé de son commandement.

Chanzy et Bourbaki commandent chacun deux corps, sous les ordres directs de Freycinet, et Pallières le 15ᵉ corps. Avec les 18ᵉ et 20ᵉ corps de Bourbaki, Gambetta voulait « tenter un grand coup », foncer par Gien sur Montargis et Melun. Mais, le 5 décembre 1870, il a reçu la dépêche de Trochu, apportée dans les Deux-Sèvres par le ballon *Franklin*, annonçant l'échec de Ducrot. Les Allemands attaquaient : le général Chanzy marchait à l'ouest sur Vendôme en combattant à Beaugency. Bourbaki faisait retraite en désordre vers Bourges. Dans le Nord, une armée allemande avait mis en déroute les soldats qui défendaient Amiens. Les armées de la République se débandaient. Le gouvernement décida aussitôt de se replier à Bordeaux, n'étant plus en sécurité sur la Loire.

L'agonie des Marie-Louise de Gambetta

L'agonie sera de courte durée. L'idée de Freycinet est de porter secours aux troupes de l'Est et aux courageux défenseurs de Belfort en leur envoyant Bourbaki. On veut menacer les Allemands sur leurs arrières, les obliger à desserrer leur étreinte sur Paris. Pour libérer Denfert, assiégé dans Belfort, on suggère la direction de Besançon. Renforcé du corps d'armée réuni à Lyon, Bourbaki disposera de 120 000 hommes et de l'armée commandée en Bourgogne par le révolutionnaire italien Garibaldi, venu mettre son épée au service de la France et commandant des troupes aussi disparates que les francs-tireurs de Keller, la Légion bretonne et les mobiles des Alpes-Maritimes. Le transport en chemin de fer des soldats de Bourbaki est un échec lamentable : pour aller de La Charité et de Nevers vers Chalon-sur-Saône, la compagnie d'Orléans doit prêter ses wagons à la compagnie (également privée) du P.L.M. Mais les wagons du P.O. sont dans l'Ouest, et Tours est occupé par l'ennemi. Les convois doivent alors transiter par Niort et Poitiers et mettent douze heures au lieu de deux pour aller de Bourges à Saincaise. Il faut une nuit pour franchir la distance séparant Saincaize de Nevers (9 kilomètres) et trois jours entiers pour se rendre de Nevers à Chagny (163 kilomètres). Freycinet a beau les menacer, les agents des compagnies ne peuvent presser le mouvement, tant les voies sont encombrées. Le transport des 18ᵉ et 20ᵉ corps de Bourbaki demande quatre jours : les Allemands ont tout le temps de ne pas être surpris.

L'embarquement du 15ᵉ corps, que l'on envoie en renfort et que l'on dirige de Bourges vers Vesoul ou Montbéliard, n'est pas plus rapide : pour charger les 43 000 hommes, le convoi de 1 000 voitures et de 1 500 chevaux, il faut quatre jours pour la troupe, neuf jours pour les accessoires. Plus de 7 000 wagons sont en service sur les lignes. Les encombrements dans les gares sont indescriptibles. Certains soldats passent douze jours en chemin de fer, et les chevaux meurent de froid dans les wagons.

L'armée badoise de Werder évacue Dijon et prend position en Franche-Comté pour défendre l'approche de Belfort. Bourbaki, à peine ses soldats débarqués, les lance contre l'ennemi. Ils sont victorieux le 9 janvier à Villersexel mais ne peuvent forcer les lignes adverses établies sur la rivière Lisaine. Une armée allemande de renfort, commandée par von Manteuffel, progresse le long de la haute Seine pour porter secours à Werder. Du 15 au 17 janvier, les Français attaquent sur le front de Montbéliard dans la neige et le froid sans emporter la décision : l'armée opposée est très supérieure, et Bourbaki a déjà perdu 4 000 combattants à la bataille d'Héricourt. L'armée de Manteuffel passe le Doubs et fait mouvement pour couper la retraite de Bourbaki, empêtré sur un terrain détrempé par le dégel. Bourbaki abandonne ses positions et se retire sur Pontarlier, pour ne pas être pris entre deux feux. Il ignore alors que sur la Loire, l'armée de Chanzy renforcée de nombreux moblots de Bretagne, concentrés à la hâte dans l'atroce camp de Conlies, s'est fait battre par Frédéric-Charles près du Mans après sept jours de combats dans la neige, où les Bretons ont tiraillé sans cesse avec leurs fusils démodés. Le Mans avait été abandonné et l'armée se repliait sur Laval, sans être poursuivie. Les Allemands aussi étaient épuisés. Dans le Nord, en revanche, Faidherbe, créateur de la colonie du Sénégal, avait réussi à se constituer une troupe combative et bien formée qui menait la vie dure aux Allemands ; il avait tiraillé le 23 décembre devant Amiens, et remporté un succès devant Bapaume. Il s'était avancé dans la direction de Paris jusqu'à Saint-Quentin. Il fut alors assailli par des forces très supérieures et dut laisser 10 000 prisonniers entre les mains de l'ennemi : Gambetta n'avait plus d'armée disponible.

Les critiques contre la guerre inutile allaient bon train dans les milieux royalistes et autour d'Adolphe Thiers. On reprochait au « dictateur » d'avoir « la prétention antinationale, lui et ses amis républicains, qu'il avait placés partout, de vouloir à quelques-uns se substituer à tous ». Qu'on fasse des élections, demandait Thiers, et l'on entendra la voix du pays, qui veut la paix. Gambetta, qui avait dissous les conseils généraux, « foyers de bonapartisme », remplacé tous les fonctionnaires et jusqu'aux instituteurs, était encore partisan de la guerre sans merci. Paris se défendait toujours courageusement. On se battait sans trêve au Bourget, pris et repris plusieurs fois. Décidé à se servir du bombardement pour briser la résistance des civils, le roi Guillaume donna l'ordre de commencer le tir le 5 janvier 1871. Le gouvernement protesta contre cette barbarie le 10, en appelant à tous les cabinets européens. La « Joséphine », une pièce de 190 portant à dix kilomètres, installée sur le bastion de la porte de Saint-Ouen, répondait de son mieux, aboyant de sa grosse voix à la satisfaction de la foule qui venait encourager les canonniers marins. Le bois et le charbon manquaient, par ce rude hiver. Le « pain Ferry », fait de son et de sarrasin, était immangeable. On tuait les chats, les chiens et les animaux du Jardin des Plantes. On mangeait même du rat. Les queues s'allongeaient devant les magasins et les enfants manquaient cruellement de lait. Pourtant le moral restait intact.

La « sortie torrentielle » exigée par les clubs révolutionnaires tardait trop ; quand Trochu, le 27 décembre, fait évacuer le plateau d'Avron, on craint une émeute. Le général se résigne alors à lancer 70 000 hommes, dont 45 000 gardes nationaux, en trois colonnes dans la direction de Versailles : les soldats piétinent sur les ponts le 16 janvier, et s'emparent des hauteurs de Montretout, au-dessus du pont de Saint-Cloud. Il y a 4 000 morts à l'attaque de Buzenval. Bien retranchés derrière les murs des parcs, les Prussiens opposent aux assaillants un tir meurtrier. Le 19, les troupes refluent vers la capitale où Trochu donne sa démission, refusant de lancer une nouvelle « tuerie sans but ».

Le 22 janvier la foule s'assemble à l'Hôtel de Ville, exigeant la sortie en masse. Flourens, libéré la veille de la prison Mazas, se trouve à la tête des manifestants, descendus une fois encore de Belleville. Face à l'émeute, le nouveau commandant en chef Vinoy et Clément Thomas, à la tête de la Garde nationale, cherchent des troupes pour résister ; les bataillons bourgeois se dérobent. Heureusement la foule est pacifique. On reconnaît des femmes autour de Flourens, la militante Louise Michel et Sophie Poirier. Les blanquistes et les amis de Delescluze, de Floquet, de Ledru-Rollin, dominent la manifestation, exigent la poursuite des combats et l'élection de la Commune. Ce n'est encore qu'une « journée » patriotique et populaire.

Qui donne l'ordre de tirer ? Des coups de feu claquent des fenêtres de l'Hôtel de Ville. La foule se disperse, laissant cinq morts et vingt blessés sur le pavé. Le gouvernement retranché au Louvre est protégé par Vinoy. Il donne l'ordre de supprimer les journaux révolutionnaires et d'interdire les réunions publiques. Delescluze est arrêté avec treize militants. La « journée » a échoué et les jacobins ne pourront pas sauver la République : quatre jours plus tôt, le 18 janvier, à Versailles, le roi de Prusse a été proclamé empereur d'Allemagne.

La droite veut la paix et Gambetta s'en va

Le gouvernement fait ses comptes : Ferry assure que les magasins de vivres ne pourront plus rien fournir après le 4 février 1871. On décide alors d'envoyer Jules Favre négocier avec Bismarck : il doit proposer la capitulation de Paris et demander un armistice qui permette d'organiser les élections législatives, d'où sortira une Assemblée capable de signer la paix. Bismarck accepte le 24 janvier. Mais « Paris, dit-il, est une demoiselle assez riche et bien entretenue pour payer sa rançon », et il réclame une contribution de guerre et le maintien sur place des troupes désarmées. Il exige aussi, après la fin de l'armistice, une entrée solennelle des Allemands dans la ville. Jules Favre obtient — car il redoute des troubles — que la Garde nationale ne soit pas désarmée. Le 25 janvier, Gambetta, de retour d'un voyage à Lille, rentre à Bordeaux par Saint-Malo. Il y trouve une dépêche de son ami Ranc lui annonçant la négociation de Jules Favre à Versailles. Le 27, il écrit à Favre qu'il a des devoirs envers le « parti républicain » qui est « le grand parti de la Révolution française » et dénie au gouvernement le droit de traiter la paix générale : Favre ne peut consentir aucune cession de territoire, il ne peut que négocier la reddition de Paris et doit s'adresser ensuite à la France. Il proclame de nouveau « la guerre à outrance » et rappelle « la perpétuité de la révolution du 4 septembre ».

Ce même 27 janvier, Favre essaie d'obtenir à Versailles la délimitation de l'armistice à l'est, ce que les Allemands refusent ; mais il signe le lendemain une convention établissant un armistice de vingt et un jours, qui exclut la zone d'opérations de l'Est. La nouvelle parvient à Bordeaux le 29, avec prescription de convoquer les électeurs pour le 8 février 1871. Ne se sentant pas « le droit de résister aux décisions venues de Paris non plus que celui d'y prêter la main », Gambetta remet sa démission à Crémieux. Il a ordonné d'arrêter partout les opérations, Favre n'ayant rien mentionné dans sa dépêche concernant les opérations de l'Est. Le 29 janvier, l'armée de Bourbaki a la retraite coupée. Le général, qui a tenté de se suicider, entre en Suisse où ses 92 000 hommes sont désarmés. Dans Belfort, le colonel Denfert tient encore. Jusqu'au 15 février, la garnison ne se rend pas et ne sortira qu'après la signature d'une convention garantissant la liberté des défenseurs. Une ligne de démarcation fixant la zone d'occupation allemande est établie du Calvados à la Côte-d'Or. 25 départements sont occupés par 600 000 ennemis. 400 000 Français sont prisonniers et 250 000 soldats improvisés restent encore sous les armes dans le sud du pays.

L'assemblée doit être élue sur le tambour. Jules Simon, arrivé à Bordeaux avec les pleins pouvoirs, refusa le décret signé de Gambetta qui prétendait rendre inéligibles les princes des familles ayant régné et le personnel de l'Empire. Paris avait dû envoyer trois nouveaux délégués — Garnier-Pagès, Arago et Pelletan — pour contraindre Gambetta à la soumission. C'est alors qu'il avait déclaré renoncer à faire partie d'un gouvernement « avec lequel il n'était plus en communion d'idées ni d'espérances ».

Il n'y a pas de réunions électorales dans les 43 départements occupés, car les Allemands s'y opposent, mais les citoyens s'expriment normalement. On vote en un seul jour, sans troubles. Les paysans se réunissent par communes et vont voter en bandes, souvent avec leurs curés, au chef-lieu de canton. Il y a cependant beaucoup d'abstentions, à Paris notamment dont la bourgeoisie a gagné la province. On estime à 150 000 les Parisiens partis en exode le 30 janvier : des rentiers, des riches qui fuient les rigueurs du siège et l'angoisse de la guerre civile. La ville compte aussi plus de 200 000 soldats et marins qui n'ont plus rien à y faire depuis l'armistice et qui ne seront pas rentrés assez vite chez eux pour voter. Les 40 % d'abstentionnistes, appelés « francs-fileurs », auraient sans doute voté pour la paix. En leur absence, les partisans de l'arrêt des combats n'ont que 7 élus (dont Thiers et Jules Favre) contre 36 protestataires qui veulent refuser la paix honteuse que l'on prépare. Quatre comités ont « fusionné » leurs listes. Les socialistes et les blanquistes se sont rapprochés dans la ferveur patriotique. Les radicaux de la rive gauche s'entendent avec ceux de la rive droite pour désigner Gambetta et Tirard, avec Garibaldi, le héros du jour qui figure aussi sur la liste sociale et révolutionnaire composée à la Corderie par l'Internationale et la délégation des vingt arrondissements. Seuls cinq candidats d'extrême gauche sont élus derrière Garibaldi et Félix Pyat, le bouillant journaliste du *Vengeur*. Battus Blanqui et Varlin, battus les internationaux : les révolutionnaires apparaissent comme une minorité. Les triomphateurs du scrutin sont les patriotes, radicaux et jacobins. Gambetta entraîne sur sa liste des radicaux nouveaux comme Brisson, Lockroy, Floquet et plusieurs maires d'arrondissements : Rochefort et Millière, Hugo et Schoelcher, Louis Blanc et Delescluze, autant d'ennemis déclarés de la paix honteuse.

Les 36 élus d'opposition parisiens faisaient pâle figure à Bordeaux contre les 400 royalistes et pacifistes envoyés par les électeurs des villes de province et des campagnes. Certes, dans l'Est et dans les départements occupés on a élu des républicains. Dans les Vosges, Ferry constate que 5 sièges sur 8 reviennent à des amis politiques. Ce vote « s'explique par l'emprise des industriels qui ont gagné leurs employés et leurs familles à la cause de la République[1] ». L'homme fort des républicains dans le département s'appelle Nicolas Claude : c'est un patron de filatures qui a pris une forte participation financière dans la création du journal parisien de Nefftzer, le *Temps* ; il est élu juste avant Ferry. Cet entrepreneur est très hostile à l'Empire, qui a jeté le pays dans une guerre d'aventure. Tout en désirant la paix, les campagnes vosgiennes n'ont pas voté pour les conservateurs.

L'engagement de l'Église a sans doute permis l'élection des notables monarchistes de l'Ouest, du centre et du Sud-Ouest. Seules la Corse et les Charentes sont restées fidèles au vote bonapartiste. Sur les 200 élus républicains, la plupart sont des notables qui ont pris parti pour la paix et s'opposent à la dictature de Gambetta : ainsi en est-il de Jules Grévy, du Jura, qui avait pour programme : « La République toujours, la paix, sauf revanche, par tous les moyens acceptables. » Beaucoup de députés avaient été élus dans plusieurs départements, ainsi Thiers dans 26, Gambetta dans 9 et Trochu dans 8.

La nouvelle Assemblée se réunit à Bordeaux le 12 février. Jules Favre, venu de Paris, déposa aussitôt les pouvoirs du gouvernement entre ses mains. Curieusement, cette Chambre, en majorité royaliste, se garda bien d'élire un président de sa tendance et désigna le républicain Grévy qui fut quasiment plébiscité. N'avait-il pas constamment pris parti contre Gam-

1. J.-M. Gaillard, *Jules Ferry*, Paris, 1989, p. 245.

betta ? On peut se fier à Grévy, dit Thiers. C'est un homme de l'Est, partisan de la paix, comme Ferry. Un détail reste en effet à régler : signer la paix avec Bismarck. Le comte de Falloux, tête pensante de la nouvelle majorité monarchique, pense que les républicains doivent régler la « note » laissée par Gambetta et refuse que les royalistes s'en chargent. « Il y avait grand intérêt, devait écrire plus tard le duc de Broglie, à ne pas congédier trop tôt les membres du parti républicain pour les associer à la triste paix qui était nécessaire ». Le légitimiste Falloux n'entend pas faire rentrer son prince dans Paris, le prétendant Henri V, « lorsque l'étranger campe sur notre territoire ». Les élections, au demeurant, ne signifient pas que le pays soit monarchiste, mais seulement qu'il désire la paix.

Henri Guillemin l'a fait remarquer avec raison[1] : il y a une solidarité des notables de Bordeaux, et les élus des « châteaux » sont loin d'être des *gentlemen farmers* perdus dans leurs gentilhommières. Si Eugène Schneider du Creusot, président du Corps législatif impérial, s'est tenu à l'écart par une discrétion compréhensible (il ne faut pas provoquer l'opinion en lui proposant des notables du régime détesté), il fait élire son beau-fils, Desseilligny. Vuitry, l'ancien président du Conseil d'État, s'efface au profit du fondateur du Crédit lyonnais, Henri Germain, qui est aussi son gendre ; le marquis de Breteuil est allié à la banque Fould, le duc d'Audiffret-Pasquier est le beau-frère de Casimir-Perier, propriétaire des mines d'Anzin. La Chambre représente aussi les grands intérêts, et pas seulement les nostalgiques de la monarchie. Il y a cependant comme une « ivresse douce et pieuse », ainsi que le souligne le vicomte de Vaux, dans les premiers jours de l'Assemblée. Les gens d'ordre qui la composent sont militaires, amiraux et généraux, plus rarement ecclésiastiques, souvent aussi nobles. C'est une « union des gens de bien », dit le duc de Broglie et Mazade parle dans la *Revue des Deux Mondes* d'un « scrutin de miséricorde ». La Chambre introuvable devrait être en bonne logique celle d'une *restauration* en profondeur de l'ancienne France, celle dont le roi tirait

1. *L'Avènement de M. Thiers*, Paris, 1971, p. 53.

son pouvoir de Dieu par la cérémonie du sacre, pensent les légitimistes comme Falloux ; celle où les « gens de bien » s'unissent autour des valeurs de la religion pour protéger la société contre tous les ferments dissolvants de la laïcité et du socialisme : ainsi pensent les orléanistes, les ducs de Broglie ou d'Audiffret-Pasquier, qui représentent le régime libéral de Louis-Philippe. Guillemin ironise : « Il faut avouer qu'il avait du lustre, l'aréopage formé par tous les amis de la capitulation ». Et de citer les ducs de très ancienne noblesse, les La Rochefoucauld et les d'Uzès, les Gontaut-Biron et les Decazes, les Vogüe et les Castelnau, les marquis, les comtes, les vicomtes. Pas un général nommé et le plus souvent révoqué ensuite par les républicains ne manque à l'appel : d'Aurelle de Paladines est là, avec Martin des Pallières, les héros blancs de l'armée de la Loire, et Ducrot, le fougueux royaliste de l'armée de Paris, avec son patron Trochu, et Le Flô, et le vieux Changarnier. L'amiral Fourichon, de la délégation de Tours, s'est fait élire, de même que le baron de La Roncière, l'homme de la sortie manquée du Bourget. Qui pourra accuser les généraux des armées de la Loire de manquer de patriotisme ? « Deux sentiments parmi nous dominaient tous les autres, écrit le vicomte de Meaux, le patriotisme et la foi. »

Thiers assume la paix de capitulation

L'homme qui domine l'Assemblée est l'infatigable Adolphe Thiers. Il vient de parcourir des milliers de kilomètres en Europe pour tenter de trouver à la France déchue des partenaires qui atténueraient ses malheurs. Il a échoué. Mais ce petit homme à grosse tête, au toupet insolent, à la parole rapide, a toujours joué les Cassandre : contre Gambetta, il a prédit d'entrée de jeu l'inutilité de la résistance. Il a vu le premier l'irrésistible victoire prussienne, quand tant d'autres sous l'Empire croyaient à une promenade militaire jusqu'à Berlin. L'opposition cinglante de l'ancien premier ministre de Louis-Philippe à l'Empire lui permet de critiquer l'aventure et d'attribuer la défaite à un régime qu'il a toujours dénoncé et détesté. Il peut combattre Gambetta-la-Guerre sans passer pour le complice des députés à talons rouges ou des notables du défunt régime. L'auteur de l'*Histoire du Consulat et de l'Empire* se pose en patriote.

Est-il républicain ? On le soupçonne de pouvoir le devenir. Certes Guillemin croit — et avec lui l'historien anglais Smith — que Thiers redoutait une victoire qui prolongerait l'Empire. Son plus récent biographe, Pierre Guiral[1], cite au contraire Ludovic Halévy : « Le soir de la déclaration de la guerre, MM. Thiers et Buffet se promenaient en voiture fermée sur le boulevard. Grande foule, grande agitation. Bandes chantant la *Marseillaise.* "Écoutez-moi bien, dit M. Thiers à M. Buffet, je connais l'état militaire de la France et celui de la Prusse. Nous sommes perdus." »

A soixante-quatorze ans, l'ancien ministre de l'Intérieur responsable du massacre de la rue Transnonain en 1834 présente d'autres titres aux suffrages des honnêtes gens. Il est incontestablement un homme d'ordre, qui possède pignon sur rue, un bel hôtel dans le quartier de la « nouvelle Athènes » (place Saint-Georges) et une coquette fortune : n'est-il pas administrateur en chef de la Compagnie d'Anzin ? Le petit homme ridé à la voix de fausset inspire confiance aux possédants. Il a été, en 1848, le défenseur de l'ordre. Il jouera son rôle une fois encore et saura ramener à la raison la capitale déchaînée. Le « réaliste », l'« homme à poigne » plaît aux « honnêtes gens ». Qu'il prenne le pouvoir tout de suite, puisque 26 départements l'ont plébiscité.

Jules Grévy n'attend pas. Ce massif Vosgien détient le pouvoir entre ses mains : son élection à la présidence de l'Assemblée lui confère un court instant la plénitude de l'exécutif. Conscient d'être le dépositaire de la souveraineté nationale, le républicain antigambettiste remet aussitôt l'exécutif à Thiers qui reçoit pour la circonstance le titre de « chef du pouvoir exécutif de la République française ». Il s'agit bien d'une *République*, mais non d'un *président.* Chef ? On a fait remarquer que cela sentait la cuisine... Qu'importe ! La réalité est là : « Il exercera ses fonctions sous le contrôle de

1. *Adolphe Thiers*, Paris, 1988, p. 336.

l'Assemblée et avec le concours des ministres qu'il aura choisis et qu'il présidera. » Ce retour de Thiers au pouvoir après une aussi longue absence est un événement.

Il a l'image du rassembleur de toutes les familles politiques du pays. « Ne distinguez plus entre la République et la France », lui dit Gambetta. Thiers répond qu'il réprouve la prétention des républicains à vouloir assumer seuls la souveraineté du peuple : il y a aussi un peuple royaliste et catholique. Les représentants de ce peuple n'élèvent sans doute pas la voix à l'Assemblée pour réclamer l'élection d'un président, puisqu'ils veulent un roi, mais ils contestent l'inscription du mot « République » et obligent la commission à préciser qu'il importe, « *en attendant* qu'il soit statué sur les institutions de la France, de pourvoir immédiatement aux nécessités du gouvernement et à la conduite des négociations ». La réserve est significative : la République est tolérée provisoirement dans le texte, mais non acceptée. Une curieuse protestation s'élève à ce moment à gauche : Louis Blanc s'insurge contre cette restriction : « La République, dit-il, est la forme nécessaire de la souveraineté populaire, *parce que le suffrage universel lui-même ne peut rien contre la République.* » Elle n'a pas besoin d'un vote pour exister, elle préexiste à tous les scrutins comme le seul régime possible, en tout cas légitime. Contrairement à Grévy qui, en notable et en juriste, a toujours regretté que la République ne fût pas sortie, le 4 septembre, d'un vote du Corps législatif, dernière assemblée impériale, le mystique Louis Blanc pense que la République résulte d'une simple proclamation, conséquence de l'insurrection populaire. L'organisation du suffrage est affaire de fonctionnement, le plébiscite n'est qu'une institution impériale. La légitimité de la République est dans la révolution.

Cette voix dissonante passe inaperçue dans l'assemblée des ducs du Grand Théâtre de Bordeaux. Pour Thiers le réaliste, chaque parti défend légitimement son régime. Monarchie, république, empire sont équivalents. La transcendance du régime est l'État, et au-delà la nation, la France dont les institutions politiques doivent d'abord servir les intérêts. Il n'a pas le moindre scrupule, ayant lui-même connu plusieurs régimes, à dire que « chaque parti représente un système politique » et rien de plus. Dédramatisant le débat, il propose de rester en république pour ne penser dans le présent qu'à la France, quitte à réfléchir ensemble, plus tard, pour se « prononcer en toute connaissance de cause sur nos destinées ». Dans son cabinet il engage trois républicains antigambettistes (Simon, Favre et Picard), deux orléanistes et trois légitimistes. Il prétend conduire cet attelage contre nature jusqu'à la paix. On ne lui en demande pas plus.

La conclusion rapide de la paix est en effet l'objectif des hommes élus le 8 février 1871 : le 17, les représentants d'Alsace et de Lorraine font une déclaration : « Nous proclamons à jamais inviolable le droit des Alsaciens et des Lorrains de rester membres de la nation française. Aucune assemblée élue au suffrage universel ne pourrait invoquer sa souveraineté pour couvrir des exigences destructives de l'Assemblée nationale. » Thiers, historien de la Révolution, entend-il ce langage qui place la nation au-dessus des scrutins et des traités ? Il reçoit la déclaration avec une « vive sympathie » mais fait stipuler par l'Assemblée qu'« elle s'en remet à la sagesse de ses négociateurs ».

Ceux-ci se mettent aussitôt à l'ouvrage, rencontrent Bismarck le 21 février pour obtenir en premier lieu une prolongation de l'armistice jusqu'au 26. L'Allemand exige une indemnité de 6 milliards de francs et la cession de l'Alsace ainsi que d'un bon tiers de la Lorraine, plus Belfort. Thiers proteste, demande à voir le roi Guillaume, conteste le montant de l'indemnité, obtient qu'elle soit réduite à 5 milliards. On discute jusqu'au 25, avec acharnement. Bismarck donne à Thiers à choisir entre la cession de Belfort ou le défilé des troupes allemandes dans Paris, auquel tient le roi de Prusse. Thiers, accompagné de Jules Favre, ministre des Affaires étrangères, choisit l'entrée dans Paris et garde Belfort. Les dates d'évacuation des zones occupées par les Allemands sont précisées ainsi que l'effectif des troupes françaises admises dans la capitale : 40 000 hommes.

Le chef de l'exécutif rentre à Bordeaux pour faire voter la ratification le 28 février 1871. La lecture du traité, écrit Zola, s'achève à l'Assemblée « dans un silence de mort ». Autour du théâtre, les troupes veillent, pour empêcher toute manifestation. Des cavaliers en armes sont sur la place des Quinconces. La voix de Thiers, poursuit Zola, « s'entendait à peine » quand il a commencé à parler : « L'Assemblée nationale, subissant les conséquences de faits dont elle n'est pas l'auteur, ratifie... » Pour couper court à toute objection, par exemple des radicaux parisiens, Thiers fait décréter l'urgence. Un bonapartiste osant prendre la parole, on en profite pour proclamer de nouveau la déchéance de l'Empire. Comme Buffet insiste, souligne la responsabilité de Thiers dans la négociation de la paix, celui-ci précise : « S'il y avait eu une seule chance de soutenir la lutte, jamais je ne me serais imposé une douleur [l'orateur est tellement ému qu'il doit s'arrêter un instant, note le compte rendu du *Journal Officiel*] qui a été l'une des plus grandes de ma vie. » On vote nominalement, pour que chacun soit engagé : 546 *oui*, 107 *non*. Dans ce scrutin fondateur du régime, on compte parmi les *non* les trente Alsaciens et Lorrains, qui protestent en termes émouvants et dignes. Il faut y ajouter Victor Hugo, Clemenceau, Delescluze et Gambetta, quelques légitimistes, une poignée de militaires, dont Chanzy et Billot. Rochefort démissionne, Gambetta se retire en Espagne. Avant le pacte de Bordeaux, les familles politiques qui composent la majorité de l'Assemblée ont en commun un autre pacte : celui de la capitulation.

L'insurrection patriotique

Il est décidé que l'Assemblée quittera Bordeaux pour siéger non à Paris, mais à Versailles. Thiers prend un engagement de neutralité sur la forme du régime et met en avant la nécessité de libérer le territoire. Il jure « devant le pays [...], déclare-t-il aux députés, de ne tromper aucun de vous, de ne préparer sous le rapport des questions constitutionnelles aucune solution à votre insu, ce qui serait de ma part une véritable trahison ». Rassurant Thiers ! Il doit aussi apaiser les républicains, qui s'inquiètent, au cours de cette séance du 10 mars 1871 : « Vous m'avez appelé chef du pouvoir exécutif de la République française. Dans tous les actes du gouvernement, ce mot de République se trouve sans cesse répété. Cette réorganisation, si nous y réussissons, elle se fera sous la forme républicaine et à son profit. »

Ce double langage ne mécontente alors ni la droite ni la gauche : notables et modérés savent en effet que Thiers doit encore assumer deux tâches essentielles avant qu'on puisse se diviser sur la forme du régime : libérer le territoire et faire face à l'agitation parisienne. Faire en sorte que la France rentre dans ses limites amoindries, et l'État dans l'État.

Paris n'a nullement vécu dans le calme les jours de négociation de la paix. Il était prévu, jusqu'à la ratification de l'armistice, que les Allemands devaient occuper la partie ouest de la capitale. Les manifestations se sont succédées, le 24 février autour de la Bastille, le 26 quand on annonce que l'ennemi se présente aux portes. S'il entre, c'est qu'il en a reçu le droit : le gouvernement de la provisoire République, régulièrement désigné par le président régulièrement élu d'une assemblée représentant au suffrage universel la volonté du peuple français, vient de laisser Alsaciens et Lorrains protester en pure perte contre l'annexion ; elle vient d'autoriser Bismarck à faire pénétrer ses soldats dans Paris, alors qu'ils n'ont pas obtenu contre les Parisiens la moindre victoire militaire. Si le suffrage universel permet et impose aux hommes et aux femmes de pareilles injustices, faut-il le révérer ? L'abandon de Paris, comme celui de l'Alsace et de la Lorraine, est imposé par la force, dont le droit se fait complice.

Opposons alors la force à la force ! La révolte est spontanée : ils sont 40 000 à se porter aux barrières pour arrêter les Prussiens. Le tocsin a sonné toute la nuit. Les trompettes, les tambours ont entretenu la vigilance des Parisiens. A l'aube, pas un Allemand. On a dit qu'ils devaient occuper l'ouest de Paris : les gardes nationaux se précipitent, enlèvent les canons et les mitrailleuses entreposés là, pour les conduire à Montmartre et aux Buttes-Chaumont, sur la place d'Italie, sur la place des Vosges. La ville est en ébullition, on aperçoit sur toutes les grandes artères les convois d'artillerie. Le ministre de l'Intérieur, Picard, fait savoir dans la journée ce que les gardes nationaux ont pressenti dans la nuit : il est exact que les Prussiens vont entrer par l'ouest le 1er mars.

Honte à Favre et à Thiers ! Ils ont livré Paris. 60 000 Parisiens sont morts pour rien. A la mairie du 3e arrondissement, le 28 février 1871, les gardes nationaux se rassemblent par comités. Un ancien sergent voltigeur de la Garde impériale, Bergeret, fait acclamer la prise d'armes. Les canons sont remontés sur leurs affûts, et l'on bourre les gibernes de cartouches. Les révolutionnaires responsables lancent des mises en garde : vous faites le jeu des Versaillais et des Prussiens, disent-ils, vous allez vous faire tuer pour rien ! Souvenez-vous des journées de juin 1848 ! Les délégués de la Garde nationale se concertent. Ils ont formé un comité pour se réunir régulièrement et ne pas se laisser surprendre par celui des maires élus, des bourgeois dont ils se méfient aussi. Des Clemenceau, des Tirard, des politiciens discutent entre eux, mesurent les chances de succès de leur action : elles sont nulles.

Une affiche bordée de noir est aussitôt tirée : on recommande à la population d'évacuer la zone prévue d'occupation, qui sera entourée de barricades et d'un cordon de troupes. « Toute agression serait le renversement immédiat de la République. » Qui sont les signataires de cette affiche ? Des inconnus, artisans parisiens pour la plupart, sculpteurs sur bois, tourneurs en nacre ou gaziers. Ils donnent les consignes, ils rédigent, ils commandent. Ils sont les sectionnaires de 1871, ceux qui contestent les pouvoirs des députés de Versailles : à situation nouvelle, nouveau pouvoir, disent-ils ; force est de prendre les commandes quand les élus sont défaillants. Surveillance, responsabilité : le pouvoir communal point en cette aube blafarde du 27 février 1871, place de la Concorde.

1er mars, 8 heures du matin : les uhlans approchent avec prudence de l'avenue de la Grande-Armée... Aux fenêtres, les drapeaux noirs du deuil. Un voile noir sur les statues des villes de France, place de la Concorde. Les rideaux des magasins sont baissés, les rues vides. Les 30 000 casques à pointe défilent au son aigre des fifres, pendant que résonnent sinistrement les tambours plats de Prusse. Le bivouac des Champs-Élysées rappelle trait pour trait celui des cosaques et des habits rouges en 1814. Le 3, ils évacuent, le traité ayant été signé le 2 mars. Le cordon des gardes nationaux a empêché tout incident. Le comité central de la Garde nationale a entièrement dominé la situation. La révolution s'est faite par le bas, sans effort, de comité en comité ; depuis le 24 février, 500 délégués réunis au Tivoli Vauxhall ont décidé de lancer un appel aux départements : à la trahison des élus répond l'insurrection populaire ; les gardes ne se laisseront pas désarmer, ils invoquent la solidarité universelle. Sous le canon prussien, c'est d'une fraternité d'armes qu'il s'agit. Tous les gardes se porteront contre l'envahisseur. Qui donnera les ordres ? Qu'importe ! « La Garde nationale ne se reconnaît pas d'autres chefs que ceux qu'elle se donnera. »

Dans Paris abandonné, il n'existe pas d'autre pouvoir réel que celui du comité. Il n'y a plus de gouvernement de la Défense nationale, et Jules Ferry lui-même est en sursis. Les nouveaux maîtres de Versailles n'ont pas nommé son successeur. Quant aux maires d'arrondissements, ils n'ont pas réagi. Les gardes viennent de prendre le pouvoir sans tambours ni trompettes et sans en référer aux augures de l'Internationale, aux professionnels du noyautage qui désormais s'efforcent « de se faire nommer délégués dans leurs compagnies pour siéger ainsi au comité central[1] ». L'insurrection spontanée des gardes est alors l'honneur du pays. Clemenceau en est témoin et ne l'oubliera jamais. Dans sa lutte pour l'amnistie des condamnés de la Commune, il tentera de payer sa dette de maire et de parlementaire impuissant face au courage des insurgés parisiens.

Les gardes prennent le pouvoir à Paris

Le 3 mars 1871, la Garde nationale se donne une organisation politique, la Fédération républicaine de la Garde nationale, que les internationalistes réussissent à infiltrer jusqu'à constituer, derrière Varlin et Alavoine, un tiers des membres du Comité central. Les délégués du Comité des arrondissements sont également présents. La Garde devient

1. Serman, *op. cit.*, p. 186.

l'organe essentiel de Paris en lutte. Les délégués décident d'élire aussitôt les chefs car ils ont, affirment-ils, « le droit absolu de nommer tous les chefs et de les révoquer dès qu'ils ont perdu la confiance de ceux qui les ont élus ». Il est d'ailleurs précisé dans les statuts de la Fédération que « la République, étant le seul gouvernement de droit et de justice, ne peut être subordonnée au suffrage universel ». L'élection ne fait pas le droit, n'installe pas une institution : c'est le droit qui rend possible l'élection, elle-même constamment révisable. Ainsi s'affirme une autre doctrine républicaine, que Grévy et Ferry ne peuvent certes pas admettre.

Dans les textes qu'il cite du procès des communards, Jacques Rougerie[1] montre le patriotisme de ces « activistes de la révolution ». Guillaume dit Mouton, du 5e arrondissement, a désarmé les sergents de ville dans la journée du 4 septembre ; le 26 février 1871, il est avec ses camarades à Sainte-Pélagie, pour libérer les patriotes arrêtés en raison de leur manifestation du 28 janvier contre l'armistice. Firmin-Joseph Quercy, un jeune ouvrier membre de la section de l'Internationale des Batignolles, écrit au député Malon, encore à Bordeaux : « Il aurait mieux valu mille fois être Judas que l'homme de Sedan, et le traître Jules Favre, le 5 ou 7 septembre dernier, n'avait pas besoin dans ses proclamations au peuple français [de dire] qu'il ne céderait ni un pouce de son territoire ni, en un mot, rien du tout. » Quercy appelle la République « Notre Mère », traite Jules Favre de « brigand », de « bandit ». Il est de ceux qui acclament avec les autres gardes la « République universelle », qui refusent les armées permanentes, celles des bourgeois qui disent le droit, mais qui appellent « la nation tout entière armée » à empêcher que « la force n'opprime le droit ». « Notre Mère » est souveraine, et les « citoyens libres se gouvernent à leur gré ». Ils n'ont pas à subir de chefs imposés.

Ainsi pensent le parfumeur Babick, le brossier Bouit et le brasseur Rousseau, un vétéran des luttes républicaines exilé en Angleterre par l'Empire. Bergeret, le sergent-voltigeur, et l'honnête Jourde, un comptable exilé de vingt-huit ans, tous

1. *Le Procès des communards*, Paris, 1973, p. 165.

deux francs-maçons, acclament le Comité central et la déclaration fondatrice de la Fédération. Sous la menace des « monarchistes allemands et français », les gardes jurent de mourir sous les drapeaux noirs du deuil et de l'anarchie, puisque les drapeaux tricolores flottent au fronton de la honteuse Assemblée de Versailles. Le scieur de long Grolard et le galochier Pouiller refusent même de désigner un commandant général de la Garde, de peur de lui déléguer un dangereux pouvoir qu'il pourrait retourner contre le peuple aux aguets. On nomme un chef d'honneur, le vieux Garibaldi, qui est déjà reparti pour l'Italie. Au comité de vigilance de Montmartre, le chansonnier Jean-Baptiste Clément et le comptable Théophile Ferré (dit « Long Nez » ou le « maréchal Nez »), amant de Louise Michel, soutiennent le chef de la 20e légion, Émile Eudes, qui commande avec autorité, bien secondé par sa femme Victorine : ils sentent déjà qu'au moment du combat qui se rapproche, la Garde aura besoin d'unité pour être efficace.

Ils savent que les députés ont pris contre les Parisiens victimes du siège des mesures injustes et vexatoires : le retour aux pratiques normales du Mont-de-Piété, l'abrogation du moratoire des effets de commerce ; le moratoire des loyers se trouve menacé. On veut aussi humilier les gardes : seuls désormais seront payés ceux qui exhiberont un certificat d'indigence. Vinoy commande encore à Paris, au nom de Versailles. Un de ses conseils de guerre, réuni le 10 mars, condamne Blanqui et Flourens à mort, supprime le *Cri du Peuple*, le journal de Vallès, ainsi que le *Mot d'Ordre* de Rochefort ou le *Vengeur* de Pyat. Une autorité extérieure à Paris se permet ainsi de persécuter la presse patriote et d'acculer à la faillite les commerçants déjà ruinés par le siège ! La revendication d'indépendance et de liberté municipale devient alors révolutionnaire, au même titre que la défense de la patrie. Les Versaillais donnent à croire que, par leurs provocations, ils cherchent à précipiter l'affrontement. La révolution qui n'a pas eu lieu le 4 septembre, faute d'opposition de l'Empire, cette révolution rentrée vient d'être faite par la Fédération des gardes. Elle attend la contre-révolution, qui tarde à se manifester.

On s'impatiente à droite, on presse Thiers d'intervenir. On veut qu'il rétablisse promptement la paix sociale. Que l'on désarme au plus tôt cette garde révolutionnaire ! Où trouver des troupes ? Thiers a nommé à la tête de la Garde, pour la désarmer, d'Aurelle de Paladines, sous les ordres de Vinoy, qui demeure en place à la tête de l'armée. La préfecture de police est tenue par le général de gendarmerie Valentin, qui n'a que 3 000 hommes sous lui. Les gardes de l'Ouest suivront-ils d'Aurelle contre ceux de l'Est ? Ils lui font savoir dès le 7 mars qu'il n'en est pas question. Les 240 000 soldats, moblots et marins démobilisés traînent dans Paris. Tout donne à penser qu'ils soutiendront les gardes en cas de troubles. Vinoy les évacue à pied, car les trains manquent, vers les dépôts de province. Bismarck lui a concédé 40 000 hommes de troupe, mais il n'en a que 12 000 sous les armes, et ils ne sont pas sûrs. Le Flô, ministre de la Guerre de Thiers, dépêche en hâte vers Paris 20 000 fantassins et cavaliers des armées de la Loire et du Nord. Mais il y a beaucoup de libérables parmi les lignards, et Vinoy ne peut compter, même renforcé, que sur une troupe d'intervention de 18 000 soldats. Mal encadrés et démoralisés par la défaite, ils sont furieux de se trouver parqués au Luxembourg, avec une maigre pitance et pas de paille pour dormir. Ceux qui couchent chez l'habitant sont très vite gagnés par le climat révolutionnaire. Vinoy, conscient de son impuissance, n'est même pas sûr de pouvoir tenir en son pouvoir les 400 canons et mitrailleuses concentrés dans Paris. Si les gardes veulent s'en emparer, comment leur résister ?

Les maires tentent de s'interposer depuis le 6 mars. Une proposition de Clemenceau, un moment retenue, tourne à la confusion : les gardes décident de parquer les canons en lieu sûr, sous leur surveillance. Le 17, Thiers, Jules Ferry, Jules Simon, Jules Favre et Ernest Picard imposent à d'Aurelle une solution de force : il utilisera plusieurs divisions, pour enlever les canons de Montmartre et de Belleville. Il faut remarquer que dans cette affaire, Ferry, maire de Paris, et Clemenceau, maire du 18e arrondissement profondément hostile à la décision de Thiers, se trouvent dans des camps opposés. Le témoignage de Clemenceau, cité par son ami Jean Martet[1], établit qu'à Montmartre les soldats de ligne fraternisent avec les gardes et que les habitants donnent des vivres à la troupe. On se méfie de Clemenceau, on redoute toutes les trahisons, y compris celle des maires. Le général Lecomte est prisonnier avec des policiers et des gendarmes dans le sous-sol de la mairie. Clemenceau lui conseille « de se faire oublier ». Il prend à part un officier de la Garde : « Nous avons le devoir, lui dit-il, de faire en sorte que la lourde faute que le gouvernement vient de commettre ait les conséquences les moins fâcheuses qu'il sera possible. » L'officier lui répond que « tous ses amis sont dans le mouvement ». Le capitaine Mayer vient chercher le maire : rue des Rosiers, on veut fusiller les généraux Clément et Thomas. Il se précipite, ceignant son écharpe, mais les généraux sont déjà morts et, devant le 6 de la rue des Rosiers, Clemenceau se fait huer par la foule « qui pousse des cris de bête sauvage ». Il voit des femmes « échevelées » et entend « des cris rauques d'ailleurs dénués de sens ». La scène est effroyable, impensable. « Délire du sang », conclut le médecin qui réussit à sauver les prisonniers de la mairie, puis du Château-Rouge. Expérience décisive pour le futur responsable : haï par les révolutionnaires, il ne leur en veut pas de leur délire, bien qu'il les ait insultés. Il en veut à Thiers dont le cynisme à courte vue a rendu le choc inévitable.

L'affiche de Thiers dénonçant les « hommes mal intentionnés [qui] compromettent la République au lieu de la défendre » est lacérée dans les rues et sur les portes des mairies. Les gardes nationaux de l'Ouest refusent d'intervenir, et l'armée se débande. « Vive nos frères de l'armée ! » crient les familles qui grimpent sur la butte Montmartre vers le moulin de la Galette. Les casernes, dans la soirée, sont prises par les gardes : les soldats quittent Paris. Jules Ferry, le maire, s'enfuit par une fenêtre. Bergeret s'installe à l'état-major de la Garde nationale. Chez les fonctionnaires, les militaires et les gendarmes, c'est la fuite vers l'ouest, dans la direction de Versailles. Seuls demeurent encore en place les élus de Paris.

1. J.-B. Duroselle, *Clemenceau*, Paris, 1988, p. 105.

Le drapeau rouge flotte sur l'Hôtel de Ville

Quand les membres du Comité central pénètrent dans l'Hôtel de Ville, ils affirment qu'ils n'ont pas « mandat de gouvernement » et disent à Langlois, le nouveau général de la Garde nationale nommé par les maires, qu'ils vont organiser des élections. Le 19 mars 1871, l'armée a évacué les forts du Sud et de l'Ouest pour se concentrer dans le camp de Satory, près de Versailles. Thiers isole Paris, abandonné par les ex-ministres de la Défense nationale.

Le drapeau rouge flotte désormais sur l'Hôtel de Ville, comme si la ville avait été prise. Les vainqueurs n'ont pas de révolution à accomplir, pas de technique de prise ou d'exercice du pouvoir, ni théorie ni pratique. Ils désoleront Marx et les marxistes par la vacuité de leur action révolutionnaire. Pourtant, ce vide qu'ils créent, ils l'ont désiré, cultivant l'absence des chefs, de l'autorité, de la dictature comme une sorte de religion, n'aspirant qu'à exercer une démocratie quotidienne selon leur cœur. On comprend qu'une attitude aussi modeste ait déconcerté les commentateurs. C'est qu'ils se souciaient peu des commentaires, étant entièrement pris par l'action et par la fierté de constituer une sorte de modèle dans le défi de la liberté.

S'en remettre au suffrage universel après s'être emparé d'un pouvoir vacant, c'est, pour Marx et ses amis, une faute ; c'en est une aussi pour Blanqui, mais ce dernier, une fois de plus, est en prison. Il a été arrêté dans le Lot le 17 mars et incarcéré à Cahors. Les blanquistes ne se font guère entendre par la majorité anarchiste du Comité central. Ils ne souhaitent que l'autonomie administrative de Paris, pas la révolution sociale ni politique. On a cru discerner chez eux l'influence des idées de Bakounine, présent dans la Commune de Lyon aux côtés de Cluseret. Il est vrai que l'abolition de l'État et l'organisation de municipalités réalisent le rêve anarchiste d'une société sans État. Les artisans du Comité central ont quelque chose de plus que ceux de l'an II : la lecture de Proudhon et la pratique du syndicalisme proudhonien sous l'Empire. Miraculeusement débarrassés de l'État qu'ils ont toujours considéré comme un mal absolu, ils sont peu pressés de lui substituer une dictature. La proclamation d'élections libres, le 19 mars, est claire sur ce point : « Nous ne prétendons pas prendre la place de ceux que le *souffle populaire* vient de renverser. *Faites de suite* vos élections communales et donnez-nous pour récompense la seule que nous ayons jamais espérée : *celle de voir établir la vraie République*. En attendant nous *conservons*, au nom du peuple, l'Hôtel de Ville. »

Les gardes ne constituent pas un pouvoir, ils ont balayé au nom du peuple la fausse République, celle des traîtres et des oppresseurs, pour tenter d'établir la vraie. Ils n'ont pas à organiser, à diriger les élections, comme les bourgeois savent si bien le faire. C'est au peuple des quartiers qu'il appartient de désigner ses représentants qui ne sont nommés que pour une tâche, et non pour devenir des Burgraves. « Faites de suite... » Qu'on se rassure, les gardes sont anonymes et tiennent à le rester. Leurs noms « constituent une révélation pour les groupes extrêmes du parti socialiste[1] ». Une déclaration justificative du Comité, diffusée dans la nuit du 19 au 20 mars 1871, indique les limites de leur mission, la nature de leurs intentions. Les délégués s'expriment dans un type d'invocation courant au XIXe siècle : « Nous disons au peuple : voici le mandat que tu nous as confié ; là où notre intérêt personnel commencerait, notre devoir finit : fais ta volonté. Mon maître, tu t'es fait libre. Obscurs il y a quelques jours, nous allons rentrer obscurs dans tes rangs et montrer aux gouvernants que l'on peut descendre [à l'inverse de Jules Favre] la tête haute les marches de ton Hôtel de Ville [qui appartient au peuple et non au maire de Paris] avec la certitude de trouver au bas l'étreinte de ta loyale [le peuple, lui, ne trahit jamais] et robuste main. »

Les élections, quelles élections ? Les maires titulaires s'affolent, le gouvernement n'en veut pas. Le Comité garde la place, « conserve » l'Hôtel de Ville, attentif à toutes les manœuvres des pouvoirs qu'il a chassés. Il décrète la levée de l'état de siège, fonctionne comme un gouvernement, négocie

1. C. Rihs, *La Commune de Paris*, Paris, 1973.

avec les Prussiens, leur assure que la révolution parisienne est municipale, qu'elle ne prétend pas contester les préliminaires de paix, n'ayant pas qualité pour cela. Les membres du Comité prennent la tête des services et font même paraître l'édition quotidienne du *Journal Officiel* de la République française. Des comités insurrectionnels sont reconnus à la place des maires dont l'autorité est contestée. Ils demandent à la province d'imiter Paris, envoient des délégués à Lyon, Saint-Hilaire, Marseille et Toulouse.

Jourde et Varlin se rendent aux Finances, s'attribuent les fonctions du ministre mais ne touchent pas aux 4,6 millions de francs que renferment les coffres du Trésor. Ils sollicitent plutôt une avance du baron de Rothschild, qui prête à la ville 500 000 francs pour payer la solde des gardes. Ils se rendent ensuite à la Banque de France pour demander au gouverneur Rouland 1 million à prélever sur le compte bien fourni de la Ville de Paris. Rouland respire, il accordera trois nouvelles ponctions, très raisonnables. Ainsi les gardes et les fonctionnaires sont assurés d'être payés, les commerçants libérés par la prolongation du moratoire des effets de commerce, les locataires protégés. La sécurité, disent les responsables, est « l'honneur du peuple ». On emplit les prisons de bandes de chapardeurs et de tire-laine. On emprisonne aussi les mouchards de la police, les indicateurs, les magistrats impopulaires, les « ennemis du peuple ». C'est le seul aspect épuratoire de ce singulier gouvernement révolutionnaire de Paris.

Les maires sont convoqués. On veut s'entendre avec eux pour préparer ensemble les élections. Impossible, leur dit Clemenceau, « nous ne pouvons nous insurger contre la France. Paris doit reconnaître l'Assemblée nationale ». Pour lui, le Comité doit se retirer et laisser discuter les élus. C'est précisément contre les pouvoirs établis que les gardes se sont soulevés. Ils ne prétendent pas dicter leur loi au reste de la France ni régenter qui que ce soit, mais ils n'entendent pas subir « les plébiscites ruraux ». Paris veut rester autonome. Que les autres communes l'imitent ! Il n'y a aucune raison pour que les villes subissent la loi des électeurs des campagnes. L'Assemblée, dit Eudes, n'est pas représentative du pays réel : qu'elle s'en aille !

Varlin dresse la liste des revendications précises du Comité, sur la demande de Clemenceau. Il le charge d'obtenir, s'il le peut, des franchises municipales complètes pour Paris. En vain, Millière admoneste le Comité : « Descendez des hauteurs où vous vous placez ! L'heure de la révolution sociale n'a pas encore sonné. » Les gardes restent sourds et maintiennent leur projet d'élections. Le comptable Jourde lance aux maires, qui contestent le pouvoir du Comité et se prétendent seuls investis dans Paris du pouvoir régulier : « Vous contestez nos titres ? Mais, messieurs, nous avons aussi la force... C'est la guerre civile que vous venez de nous déclarer en refusant de vous associer à nous pour convoquer régulièrement les électeurs. [...] Ce sera une guerre effroyable, avec l'incendie, le pillage ! Nous sommes certains de vaincre, mais si nous étions battus, nous ne laisserions rien debout autour de nous ! »

Les révolutionnaires refusent de céder l'Hôtel de Ville aux maires d'arrondissements. Ils « conservent la place », n'ayant aucun désir de la voir « bourrée de gendarmes ». A Versailles, les délégués des maires, qui souhaitent obtenir le vote urgent d'une loi municipale pour Paris, se heurtent à un mur : « Je vous mets au défi, lance Thiers, de faire un projet de loi que ces gens-là acceptent ! » Favre s'indigne que l'on veuille situer la République « au-dessus du suffrage universel ». Le 23 mars, l'Assemblée décrète la levée d'un bataillon de volontaires par département contre Paris : « Je croyais, dit le député Tolain, qu'en versant notre sang avec les bourgeois nous aurions scellé la République », cette République que les Versaillais n'ont garde de proclamer. L'Assemblée vibre d'indignation quand les maires, et pas seulement les députés de Paris, prétendent entrer en séance au cri de : « Vive la République ! » Elle répond : « Vive la France ! » Le tumulte est tel que le grave Grévy doit suspendre la séance. La démarche des élus parisiens vient d'échouer.

La Commune

Dans Paris, la droite tente d'organiser des manifestations hostiles au comité insurrectionnel. Cinq cents bonapartistes militent dans les Amis de l'ordre et, animés par Tirard, scandent les thèmes d'une déclaration commune des maires de l'opposition. Elle a été publiée dans 28 journaux parisiens, dont les *Débats*, le *Siècle*, le *Figaro*, le *Gaulois*. Le 22, il y a mort d'homme : rue de la Paix, les fédérés ont riposté à un mystérieux coup de feu. Henri de Pène, directeur de *Paris-Journal*, et le banquier Otto Hottinguer, des manifestants distingués et courageux, sont tués. Les étudiants protestent. Trois mairies (des 1er, 2e et 16e arrondissements) font sécession et menacent d'utiliser contre l'Hôtel de Ville les gardes nationaux de l'Ouest. Elles n'y parviennent pas, et le Comité central fixe les élections au 26 mars 1871, faisant occuper les mairies rebelles. « Nous sommes pris entre deux bandes de fous », crie en vain Clemenceau, mais trente-quatre maires ou adjoints, dont Floquet, Schoelcher... et Clemenceau lui-même, signent finalement la convocation du Comité pour les élections, bien que l'Assemblée de Versailles refuse par avance de considérer ce scrutin comme valable.

Comment y consentirait-elle, alors que les politiques ont entièrement récupéré le mouvement insurrectionnel des gardes, y compris, derrière les maires, les blanquistes, qui célèbrent « Paris ville libre » et les socialistes internationalistes, comme Fränkel, qui proclament dans un manifeste : « L'autonomie de chaque commune affirme la République dans sa plus haute expression. » Les gardes nationaux à leur tour rendent leur programme public. Leurs idées n'ont pas varié, ils sont toujours pour l'autonomie communale, mais le soutien des politiques leur fait hausser le ton : « Nous acceptons, disent-ils, les lois générales édictées par le gouvernement central, à condition que ce gouvernement soit républicain, dans tout ce qui ne portera pas atteinte à notre autonomie communale. » Que les autres communes les imitent, et la révolte de Paris sonnera le glas de l'État oppressif !

Mais en province, le mouvement était déjà presque écrasé :

Lyon avait arboré le drapeau rouge le 22 mars 1871, le préfet avait été arrêté, les gardes de la Croix-Rousse et de la Guillotière s'étaient rendus maîtres de l'Hôtel de Ville. Le général thiériste s'était retranché dans le quartier de Perrache, mais le maire Hénon, un vieux républicain, avait convaincu les commandants de la Garde de rester dans la légalité et d'éviter l'effusion de sang. La Guillotière résistait, elle devait être désarmée. A Saint-Étienne, le peuple républicain et révolutionnaire avait occupé la mairie, exigeant l'élection d'une commune libre à la parisienne. Le préfet ayant refusé de recevoir les délégués de la manufacture d'armes, il y eut bataille, et le préfet fut tué le 25 mars ; des troupes venues de Lyon se mirent en marche pour réduire la rébellion stéphanoise. Au Creusot, le 26 mars, un délégué du comité parisien, Dumay, avait dressé les gardes nationaux contre la mairie, sur laquelle le drapeau rouge flottait, mais les révolutionnaires durent renoncer deux jours plus tard : des renforts venaient d'entrer dans la ville.

A Toulouse, le préfet gambettiste Duportal, chef du parti républicain, avait été remplacé par une créature de Thiers. La Garde prit le Capitole et le remit en place comme délégué de la Commune à la préfecture. Il publia alors un manifeste proclamant « la République une et indivisible » et sommant le gouvernement de dissoudre l'Assemblée, « fruit de la peur et de la corruption cléricale ». La prise d'armes de Toulouse était donc essentiellement une protestation contre le pouvoir thiériste, inspirée par les militants gambettistes. Le nouveau préfet Kératry, qui avait commandé la police parisienne après le 4 septembre, dirigea la répression, fit marcher la cavalerie contre le faubourg Saint-Cyprien où se retranchaient les partisans de la Commune : tout devait rentrer dans l'ordre.

La Commune de Narbonne était l'œuvre du Carcassonnais Figeon, chef de la Ligue du Midi qui avait tant inquiété Gambetta en 1870. Il avait proclamé la Commune le 24 mars : deux compagnies de turcos devaient venir à bout de l'insurrection.

L'agitation marseillaise était plus prometteuse pour les Parisiens : deux troupes égales de gardes nationaux s'affrontaient. Une Commission départementale provisoire fut constituée, avec des délégués des deux tendances. L'armée reçut l'ordre de réoccuper la ville dont la reconquête devait être meurtrière : une trentaine de tués et une cinquantaine de blessés, mais toute résistance communaliste était condamnée. Le mouvement qui se manifestait à Limoges ne devait pas connaître un meilleur sort. L'appel de la capitale avait été entendu en province, mais il ne trouvait pas d'écho durable.

Pourtant, à Paris, les élections désignèrent 92 conseillers et installèrent un pouvoir d'apparence légale, doté d'une base démocratique incontestable. « Défiez-vous des parleurs, des ambitieux, des parvenus », disait le Comité des gardes. « Votez pour la liberté communale », disait celui des arrondissements. Il reprenait beaucoup d'articles du programme de Belleville : l'enseignement laïque, la suppression de l'armée permanente et de la préfecture de police. Il demandait l'élection des fonctionnaires, des juges par exemple, et leur révocabilité, ainsi que celle des élus dont le mandat serait précis, « impératif ». Rien de très social dans ce programme d'idéologie radicale. En revanche, le *Cri du Peuple* de Vallès développait les revendications des révolutionnaires blanquistes et socialistes.

La participation électorale fut faible (50 %), mais 80 000 Parisiens avaient quitté la ville depuis février. Le Comité des arrondissements eut 50 élus sur 80 sièges immédiatement pourvus, alors que le Comité des gardes n'en obtint que 13. Les politiques d'extrême gauche étaient minoritaires dans la capitale, mais les Parisiens étaient acquis à l'idée populaire de la Commune. Ils furent nombreux à la proclamer le 28, devant l'Hôtel de Ville décoré de drapeaux rouges et tricolores. Au son du tambour, la foule chantait *La Marseillaise* et *Le Chant du départ*, hurlant : « Vive la Commune ! vive la République ! » Une fête à demi militaire, avec les gardes en armes... Les membres du Comité de la garde arboraient, en sautoir, l'écharpe rouge. Défilés, salves d'artillerie. Mais les orchestres, las du *Chant du départ*, jouent quand la nuit s'avance *La Femme à barbe* et les airs de caf'conc. La fête officielle finit en kermesse, et l'on danse sous les lampions.

Le conseil de la Commune s'était difficilement installé, à

l'Hôtel de Ville, les gardes lui laissant peu de place. Les élus modérés et radicaux devaient très vite démissionner, même Ranc et Goupil. Clemenceau, qui n'avait pas été élu, donna sa démission de député et resta dans Paris. Un orateur socialiste, l'instituteur devenu comptable Gustave Lefrançais, fut élu président. Des commissions spécialisées furent aussitôt mises en place pour gérer la ville, mais la Garde nationale conservait son autonomie et refusait de partager le pouvoir militaire : Cluseret s'installa au ministère de la Guerre.

Il n'était plus question, depuis longtemps, de poursuivre la guerre contre la Prusse : les chefs de la Commune avaient tout juste les moyens, sous le nez des Prussiens, d'affronter les troupes de Thiers qui, après s'être retirées, amorçaient la reconquête. Les premières escarmouches furent dues à un malentendu : Galliffet, qui commandait les Versaillais, croyait à une « sortie torrentielle » des fédérés, et ceux-ci, apercevant les escadrons du marquis, donnèrent l'alarme dans Paris, faisant croire à une attaque en force des Versaillais qui en réalité n'avaient encore que les moyens de se défendre. Trois colonnes fédérées — 40 000 hommes — se mettent en marche dans la nuit du 2 au 3 avril 1871. Les chefs sont Bergeret, Eudes, Duval. Les objectifs : Courbevoie et Rueil pour la première, Meudon, Chaville et Viroflay pour la deuxième, Châtillon, Vélizy pour la dernière. Le terrain boisé est partout difficile, les canons du mont Valérien redoutables. Les colonnes sont toutes débandées, et les Versaillais fusillent les gardes pris les armes à la main ; arrêté par les gendarmes, Flourens est tué d'un coup de sabre. La colonne Duval capitule, son chef est fusillé sur ordre de Vinoy. « C'est une guerre sans trêve ni pitié que je déclare à ces assassins », proclame Galliffet, héros de la guerre contre la Prusse.

La Commune riposte aussitôt par une dure loi des suspects promettant l'exécution du triple d'otages en cas d'exécutions de prisonniers par les Versaillais. A Paris, on doit procéder à des élections complémentaires pour compenser les démissions de conseillers qui se précipitent : 79, grâce aux nouveaux élus, restent en poste ; 43 appartiennent à la Garde, 34 à l'Association internationale des travailleurs : le mouvement communaliste s'est politisé. Pour la plupart, les élus sont employés, artisans, journalistes et instituteurs. Leurs nuances politiques ne les opposent pas, si grande est la menace de Versailles : blanquistes comme Eudes ou Rigault, internationalistes et socialistes comme Fränkel, Varlin et Lefrançais, démocrates socialistes (Vallès, Vermorel) ou jacobins (Pyat, Delescluze) mènent le même combat et se retrouvent entre eux, les conseillers bourgeois ayant disparu. Rigault est un étudiant de vingt-quatre ans, Eudes un garçon pharmacien de vingt-sept ans. Fränkel est ouvrier orfèvre. Seuls les Courbet, les Vallès, les Vaillant, les Grousset sont des intellectuels : les autres sont des militants, pour la plupart improvisés. On a beaucoup discuté pour savoir s'il y avait des ouvriers parmi eux : sans doute, mais de vieux métiers parisiens plus que des métallos des usines Cail. Il n'importe : c'est toute la population parisienne qui est engagée dans le mouvement. Ceux qui lui sont hostiles sont hors des murs.

Les thèmes politiques de la Commune

La courte histoire de la Commune devait peser lourd dans l'évolution du régime issu des élections de février 1871. Moins par la menace qu'elle a représentée pour la société civile et politique que par les thèmes qu'elle a vulgarisés, la Commune engageait l'avenir : il sera impossible aux futurs socialistes et même aux futurs radicaux de ne pas lui reconnaître une certaine dette. A-t-elle inventé des formules politiques et sociales ? Pas toujours : la « démocratie directe », mettant en question le régime représentatif, avait été revendiquée sous les deux Républiques précédentes, en particulier par les hébertistes de 1792, puis par les babouvistes. La tradition de Babeuf s'était perpétuée et répandue au cours du XIXe siècle : Blanqui l'avait recueillie grâce aux sociétés secrètes républicaines. La critique du pouvoir représentatif impliquait le contrôle permanent des élus par les assemblées populaires, les clubs, les sociétés et les journaux. L'élection des magistrats et des fonctionnaires était également conforme à la tradition républicaine qui, en 1789, avait établi des pouvoirs collégiaux et révisables par les citoyens. Le « mandat impératif » était plus neuf, parce qu'il supposait une pratique généralisée de l'élection et un contrôle populaire des élus. Il leur était dès lors impossible de démissionner : quand Pyat en manifesta l'intention, le parfumeur Babick rappela que toute démission était désormais considérée comme une trahison ; seuls les électeurs pouvaient révoquer. Le mandat impératif s'inscrivait dans la tradition du gouvernement de l'an II.

La prétention de la Commune à l'autonomie est-elle une création révolutionnaire ? Nullement. A la fin de l'Empire, la revendication de la décentralisation est partagée par tous les opposants, même par les royalistes. On retrouvera plus tard, dans les écrits de Maurras, cette inspiration décentralisatrice qui figure déjà dans le programme du prétendant Bourbon Henri V. Tous les théoriciens socialistes du XIXe siècle, et pas seulement Proudhon, sont également pour la décentralisation de l'État bourgeois. Babeuf, le premier, a protesté contre l'étatisme. La liberté communale est aussi une idée de gauche. Les républicains modérés comme Ferry ont assisté au congrès de Nancy, en 1865, où le futur député de Saint-Dié a formulé des propositions reprises plus tard par les communards : « Morceler l'autorité préfectorale, faire disparaître jusqu'au nom de cette institution issue en droite ligne des césars de la décadence, c'est replacer la pyramide sur sa base. » Pour le Ferry de 1865, « l'unité appauvrit ». Seules les nations belliqueuses ont le besoin absolu d'être rassemblées : « Si vous voulez être un peuple laborieux, pacifique et libre, vous n'avez que faire d'un pouvoir fort. [...] La France a besoin d'un gouvernement faible. » Parmi les signataires du programme « autonomiste » de Nancy figurent des modérés républicains comme Favre et Simon, mais aussi des royalistes comme Montalembert, Prévost-Paradol et Broglie. Candidat aux élections de 1869, ce dernier évoquait dans son programme les « destructions nécessaires » : celles des armées permanentes, de la justice impériale. Il supprimait « le titre et les fonctions de préfet de police » et affirmait que Paris devait être autonome. Il n'était pas le seul : Proudhon et la Ire Internationale en avaient fait un article essentiel de leur programme. Ils reprenaient là la thèse traditionnelle des « franchises municipales ».

Depuis juin 1848, il n'était pas question d'élargir ces franchises à Paris, qui devait rester assujetti et demeurer en état de surveillance permanente sous l'autorité des deux préfets de la Seine et de police. La commission municipale de Paris était, sous l'Empire, nommée par le gouvernement. Dès le 20 mars, Clemenceau avait déposé sur le bureau de l'Assemblée de Versailles un projet de conseil municipal de 80 membres qui éliraient le maire. Le texte avait été rejeté, car il n'était pas question de « diviser l'État en une multitude d'États, ni de constituer une sorte de féodalité par en bas », disait le *Journal Officiel de Versailles*. La loi du 14 avril 1871 établit pour Paris un régime spécial : pas de maire de la ville, mais des maires d'arrondissements sans pouvoirs réels. Les affaires seraient réglées par des agents de la préfecture de la Seine, et le préfet de police maintenu. Quelle aubaine pour la propagande des radicaux parisiens ! Clemenceau, Lockroy et leurs amis réclamèrent aussitôt l'autonomie des communes, les franchises de Paris : « Il faut qu'on sache que, derrière la République révolutionnaire ou à côté, disaient-ils, marche la République radicale. » L'idée communale serait pieusement recueillie par ces radicaux qui en feraient, après la Commune, un cheval de bataille capable de s'emparer rapidement de la majorité du conseil municipal.

Naturellement, les radicaux restaient en lisière du mouvement communaliste tel que l'entendaient proudhoniens et socialistes libéraux de l'Internationale, « mutuellistes » convaincus que l'affranchissement des communes devait entraîner la fin du capitalisme, la bataille municipale devenant l'un des fronts essentiels du combat politique. Associée à l'idée de corporations de combat, c'est-à-dire de syndicats ouvriers, la Commune devenait une sorte d'auto-gouvernement avec participation de délégués des syndicats, ce qui permettait de « constituer le peuple en communes » et de réaliser à la base un tissu serré de solides communautés prolétariennes garantissant — rêve des anarchistes — le « dépérissement » de l'État : c'était l'espoir des anarchistes jurassiens et de Bakounine, qui demandait à Lyon une « fédération révolutionnaire des communes ». Entre l'anarchisme paisible de Proudhon et l'anarchisme violent de

Bakounine, la voie était ouverte à toutes les formes de la future conquête municipale.

Les hommes de la Commune avaient supprimé le budget des cultes. Ils avaient en commun avec tous les républicains le désir d'en finir avec le Concordat et de séparer l'Église de l'État. Il faut remarquer que l'Empire « libéral » était déjà en conflit larvé, parfois violent, avec le pape et qu'il s'acheminait — en particulier avec la politique scolaire de Victor Duruy — vers une conception de la société moins radicale, mais proche de celle des républicains, même s'il prétendait encore maintenir la paix civile grâce aux églises de fonte et de brique qu'il construisait dans les nouveaux centres ouvriers. Les républicains allaient plus loin, ils exigeaient dans leurs programmes de 1869 une solution radicale au problème religieux. Leur anticléricalisme était aussi virulent, chez les Ranc et les Clemenceau, que celui des blanquistes. Pourtant l'acharnement contre les prêtres et les églises, à partir de la mi-avril 1871, engage l'avenir immédiat du futur régime et condamne au silence tous les anticléricaux raisonnables, comme Ferry ou Lockroy. Les orateurs des clubs prennent la parole dans les églises, comme en 1793. On insulte la Vierge à Saint-Sulpice ou à Saint-Lambert. Une femme prend la parole, à la Trinité, pour dire qu'il ne faut plus envoyer les enfants au catéchisme car « la religion est une comédie arrangée par les hommes ». Les mascarades antireligieuses sont fréquentes ; on boit, comme au temps de Fouché, dans les vases sacrés, on couche dans les églises, et les bénitiers deviennent des fosses d'aisance. Un fédéré, à Saint-Germain-l'Auxerrois, plante sa pipe dans la bouche d'une statue de la Vierge et déboulonne l'Enfant Jésus. Un couvreur demande que l'on transforme les églises en cités ouvrières, et les curés, partout au premier rang des suspects, sont des otages désignés. Dix ans d'« ordre moral », de processions et d'images pieuses s'inscrivent déjà en réaction contre les excès des déchristianisateurs.

En dehors des mesures prises pour loger les victimes des bombardements, en faveur des commerçants ruinés, des locataires sans argent et des gardes nationaux soldés au jour le jour, la Commune ne se distingue pas par une politique sociale révolutionnaire. Camélinat, mouleur en bronze, manifeste à la Monnaie le même respect de la propriété que Jourde à la Banque de France. Le crédit de l'État demeurera intact après la répression, aucune atteinte n'ayant été portée à la propriété. On refuse de confisquer les biens de la Compagnie des chemins de fer du Nord, sous prétexte que le trafic en est paralysé de connivence avec les Versaillais. Le pillage des églises et la réquisition des appartements des « francs-fileurs » peuvent s'accompagner de mesures de rétorsion, comme la démolition de la maison de Thiers, ordonnée par le « Comité de salut public » le 10 mai, à une date où la reconquête versaillaise précipite le terrorisme communard. Plus porteuses d'avenir sont les actions entreprises pour rouvrir les ateliers et les usines abandonnés. C'est l'occasion pour les socialistes de réaliser des coopératives ouvrières de production, encadrées par les chambres syndicales. Fränkel et Malon songent à créer des ateliers coopératifs de femmes pour prendre « une position dominante sur le marché de la lingerie, des plumes et des fleurs artificielles ». On recense les ouvrières disponibles... le 15 mai. Il est bien tard, et les ouvriers protestent en vain contre les marchés très avantageux passés par la Commune avec des entrepreneurs qui consentent de bas prix en comprimant les salaires. Fränkel réagit, organise dans les ateliers d'armement du Louvre un régime ouvrier, avec journée de dix heures et autogestion... le 20 mai. Des idées sont semées, mais le temps et les moyens manquent pour les réaliser.

Il en est de même des laïcisations, des écoles primaires ou des hôpitaux et même des pompes funèbres. Les réformes sont entreprises trop vite et trop tard. On n'en retiendra, dans l'immédiat, que la caricature. Ainsi en est-il de l'enterrement civil, fort à la mode en mai. L'anarchiste Élysée Reclus décrit les obsèques d'un fédéré, les sourds et les lourds roulements de tambours voilés de crêpe : « En avant suivaient les gardes nationaux armés, puis le char mortuaire noir avec quatre flamboyants drapeaux rouges, une couronne d'immortelles, les tristes fleurs de la mort. » Le drapeau rouge sur le cercueil deviendra le rituel de l'enterrement civil républicain. Il sera, pour les bons esprits de l'ordre moral, un objet d'exécration.

La Semaine sanglante

Le terrorisme des derniers moments alimente la haine des Versaillais et justifie à leurs yeux la répression. Les conciliateurs, qui ont tenté de jeter des ponts pour éviter les massacres, sont atterrés par la montée de la violence. Thiers a repoussé, au début d'avril, la médiation d'un « syndicat général de l'Union nationale » représentant un millier d'industriels et de commerçants parisiens qui exigeaient la négociation et la reprise des affaires : « Que l'insurrection désarme d'abord ! » a-t-il dit. Une « Union républicaine pour les droits de Paris » constituée le 4 avril avec d'anciens maires, dont Clemenceau, Floquet et Murat, n'a pas eu plus de succès. Les articles conciliateurs du *Siècle*, du *Temps* et du *Rappel* n'ont pas été entendus. Les francs-maçons de Paris, déployant leurs bannières sur les remparts, ont été autorisés par leur frère le général Montaudon à franchir le pont de Courbevoie : Thiers n'a reçu la délégation que pour lui dire qu'il ne l'entendrait pas. « Paris a fait un pacte avec la mort », écrivait Paschal Grousset dans le *Journal Officiel* du 15 mai. La Commune irait « jusqu'au bout ».

Devant elle, une armée rangée en bataille : sous Mac-Mahon, trois corps de trois divisions chacun en formation dans les centres de Cherbourg et de Cambrai, deux nouveaux corps constitués d'anciens prisonniers de guerre. 120 000 combattants sont armés et équipés le 20 mai 1871. Les forts du mont Valérien, de Clamart et de Meudon sont garnis de pièces de marine prêtes à tirer sur Paris : le bombardement commence dès le 8 mai. Ce jour-là le fort d'Issy tombe ; la nuit suivante les Versaillais passent la Seine, et se préparent à l'assaut. Ils savent qu'ils combattent une armée improvisée, sans chefs ni discipline, dont les effectifs réellement combattants ne dépassent pas 40 000 hommes. Les chefs de l'armée insurgée, Cluseret et Rossel, tentent en vain de faire des gardes nationaux des soldats.

Depuis le 10 mai 1871, le fort de Vanves est abandonné par les fédérés. Le 20, tous les canons des Versaillais tirent en même temps. Les obus tombent sur la place de la Concorde.

Le 21, les Versaillais donnent l'assaut au Point-du-Jour. La porte de Saint-Cloud est enlevée, 50 000 hommes sont aussitôt dans Paris où s'élèvent les barricades à l'appel de la Commune : la Semaine sanglante commence. Les Versaillais doivent en effet enlever 600 barricades défendues avec passion. Les femmes combattent comme les hommes. Du 22 au 28, les exécutions sommaires ensanglantent les rues de la capitale. Montmartre est pris sans difficulté, les barricades de la rue Royale et de la rue Saint-Florentin finissent par tomber, comme celles de la rue Vavin et du carrefour de la Croix-Rouge où Varlin résiste avec courage.

Le feu prend au ministère des Finances, dans l'alignement de la rue de Rivoli. A partir du 23, les communards incendient eux-mêmes les maisons qui bordent les barricades, pour empêcher l'ennemi de les prendre à revers. Des groupes d'incendiaires se répandent dans les beaux quartiers de l'Ouest, détruisent la maison de Thiers cependant que l'on abat la colonne Vendôme et qu'on cherche à raser la chapelle expiatoire de Louis XVI. Arrosant les murs de pétrole, disposant des barils de poudre à l'intérieur des monuments, les extrémistes détruisent l'Hôtel de Ville, la préfecture de police, une partie du Palais de Justice, des théâtres, des églises, des archives et des bibliothèques. Paris brûle et le canon tonne. A partir du 24 mai, on donne l'assaut aux Buttes-Chaumont et à la Montagne Sainte-Geneviève. On se bat aussi furieusement à la Butte-aux-Cailles, au Jardin des Plantes et autour des ponts d'Austerlitz et de Bercy, à la Bastille et dans le Marais : tout Paris est à feu et à sang. Delescluze se fait tuer au bord de la place de la République. Les légionnaires du 1er étranger attaquent et prennent les Buttes-Chaumont le 27 mai. Les Versaillais, dans une furie sanguinaire, achèvent les blessés et fusillent les hommes et les femmes pris les armes à la main. Le 28, Belleville est submergé et les derniers combats sont livrés rue Ramponeau et rue de Tourtille. Les Versaillais ont perdu 877 hommes, les insurgés beaucoup plus si l'on compte les fusillés et les victimes civiles des bombardements. Par représailles, les communards ont commencé, le 23 mai, à tuer les otages. Ce jour-là, Rigault à Sainte-Pélagie fait exécuter Chaudey et trois gendarmes. Le 24, Fortin, à la Roquette, fait fusiller l'archevêque de Paris, Mgr Darboy, le curé de la Madeleine, Deguerry, l'abbé Allard, les pères jésuites Ducoudray et Clerc, le président Bonjean. « Boucherie ! » s'écrie Jules Vallès. Mais qui l'écoute ? Les passions sont déchaînées. Les Versaillais, dans les quartiers conquis, tuent à chaque carrefour. Le 26 mai, le banquier Jecker, enfermé à la Roquette, est exécuté à Belleville ; 49 otages de la Roquette, dont 10 ecclésiastiques, sont massacrés dans un enclos du 20e arrondissement. Le 27, on fusille encore Mgr Surat et trois otages.

La répression versaillaise est un massacre. On tue au Panthéon, à la Madeleine, on fusille les prisonniers contre les grilles de la place de la Bourse, on n'exécute pas seulement les combattants mais les suspects désignés par des mouchards. On tue ceux dont les mains sentent la poudre, ceux qui ont l'accent étranger, les femmes décoiffées portant des bidons de lait : toutes des pétroleuses ! Galliffet arrête les convois de prisonniers en route vers Versailles, trie les cheveux gris, les cheveux sales : exécution immédiate dans le fossé ! On tue les médecins qui ont soigné les insurgés. Au Panthéon, Millière est fusillé, à genoux « pour demander pardon à la société du mal qu'il lui a fait ». Il refuse de s'agenouiller, on l'y force, il meurt au cri de « Vive l'Humanité ! ». Rigault et Varlin sont exécutés. Vingt cours prévôtales jugent les prisonniers à partir du 23. Elles trient les suspects et désignent immédiatement leurs victimes aux pelotons. Celles du Père-Lachaise sont abattues à la mitrailleuse dans une fosse commune. On pense généralement qu'il n'y a pas moins de 17 000 victimes. 40 000 à 50 000 prisonniers sont conduits à Versailles et parqués dans les écuries ou en plein champ, au camp de Satory. 28 000 sont expédiés vers les ports militaires pour être rassemblés sur les pontons ou dans les îles. 13 450 prévenus sont condamnés à mort, aux travaux forcés, à la déportation ou à la prison, Ferré et Rossel sont fusillés à Satory en novembre 1871. En 1872, les premiers convois partent pour la Nouvelle-Calédonie. Près de 4 000 condamnés y sont expédiés, Louise Michel, Rochefort, Jourde, Grousset, sont parmi eux. Les conseils de guerre jugeront jusqu'en 1874. 5 000 communeux, petite cohorte des témoins, réussissent à s'enfuir à l'étranger.

La plupart vont en Belgique, 500 à Londres (Jean-Baptiste Clément, Longuet, Vaillant et Vallès), d'autres en Suisse avec Jules Guesde et la journaliste Paule Minck. Paris a perdu 50 000 des siens, entre les victimes de la guerre, les déportés, les exilés et leurs familles. Paris détruite et abandonnée, Paris, ville martyre...

La plaie ouverte sera longue à cicatriser : un tel massacre engage pour longtemps l'avenir politique et bloque les mentalités dans des attitudes extrêmes. Dans l'immédiat, il rend la tâche difficile à ceux qui veulent fonder la République : la voie est libre pour les diseurs d'actions de grâces, qui vont élever l'église du Sacré-Cœur à Montmartre « en expiation pour les crimes de la Commune ».

CHAPITRE II

Le drapeau blanc

Pendant longtemps, le drapeau rouge ne flottera plus sur les édifices publics. Il n'est question, en juin 1871, que du drapeau blanc. Les royalistes sont majoritaires à l'Assemblée de Versailles, ils détiennent la clef du futur régime, mais ils sont partagés en deux tendances : les légitimistes se croient en 1815 et tiennent au roi du drapeau blanc, le prétendant et l'héritier des Bourbon, Henri V ; les orléanistes ont pour candidat l'héritier de ce Philippe-Égalité qui a voté la mort de Louis XVI à la Convention, avant de laisser lui-même sa tête sur l'échafaud. Le retour du drapeau blanc en France est-il imaginable dans cette querelle de famille ?

Gambetta ne le pense pas, ni Thiers, chef du pouvoir exécutif, ni Clemenceau ou Ranc, radicaux discrédités par la chute de la Commune. Les ducs orléanistes, Decazes, Pasquier et Broglie, ne le pensent pas non plus. Pourtant, pendant de longs mois, l'hypothèque du drapeau blanc retient la politique française, empêche le régime de se déterminer et fait finalement le jeu des républicains qui, dans la division de leurs adversaires, introduisent subrepticement d'année en année un peu plus de république dans les pratiques et dans les textes.

La république qu'ils veulent instaurer n'est certes pas celle dont rêvaient Delescluze ou Clemenceau. Elle n'est pas très différente de ce que pourrait être une monarchie orléaniste : méconnaissables dans leur sage redingote, les républicains se sont persuadés de la justesse des vues de Thiers qui affirme : « La République sera conservatrice ou elle ne sera pas. » Celui qui porte sur les mains le sang des communards devient ainsi, paradoxalement, l'allié objectif des républicains qui cheminent. Il tombe à gauche en 1873, s'assurant la présence à ses obsèques des familles républicaines reconnaissantes...

La surprise des légitimistes

Personne ne s'étonne de voir les électeurs envoyer à la Chambre, en février 1871, plus de cent députés légitimistes. On explique généralement cette singulière apparition des fantômes de 1815 par la fidélité des campagnes aux gentils-hommes à cravate blanche. Sans doute la France de 1871 compte-t-elle, dans les provinces retirées, un grand nombre de châteaux, de gentilhommières, de maisons fortes, peuplés en permanence de maîtres à particule, qui ont à l'église paroissiale leurs bancs marqués de plaques de cuivre, des vitraux et des ex-voto offerts de génération en génération, des caveaux de marbre au cimetière. Nombreux sont les petits seigneurs bretons ou gascons qui vivent à l'ancienne, proches de leurs manants et de leurs curés, fidèles à la foi de leurs pères et au principe monarchique qu'ils gardent au cœur. Beaucoup sont allés se faire tuer en 1871 sous Monsieur de Charette ou Monsieur de Sonis dans l'armée de la Loire, avec les zouaves pontificaux revenus de Rome qui avaient là-bas livré bataille aux Piémontais. Cette autre France, toute fermée aux partisans du drapeau rouge, est encore largement inscrite dans la géographie des communes rurales. Comme en 1815 et en 1849, les nobles représentent leurs gens à l'Assemblée, concevant cette fonction comme un devoir social. Ils n'ont pas, sur leurs terres, de contradicteurs sérieux. Dans les régions les plus archaïques, le poids des anciens seigneurs est considérable : Eugen Weber[1] cite en Vendée l'exemple sans doute marginal du châtelain de Chanzeaux qui exigeait de ses tenanciers qu'ils se réunissent avant la messe du dimanche devant son château pour marcher ensuite jusqu'à l'église derrière sa voiture. Puis il leur posait des questions sur le

1. *La Fin des terroirs*, Paris, 1983.

sermon du jour, pour s'assurer qu'ils l'avaient entendu et compris. Des nobles règnent par la charité qu'ils répandent autour d'eux, selon leurs moyens. Le baron de Rochetaillée, près de Saint-Étienne, ouvre un compte pour les pauvres chez le boucher et le boulanger. Mais tous n'ont pas droit à la reconnaissance de leurs manants : Vogüé, en 1871, est fort marri d'être battu au conseil général par un médecin. Les circonstances, dit-il, ont « surexcité toutes les médiocrités ambitieuses ».

Les paysans, nombreux en France, ont donc voté pour le château bien qu'ils aient plébiscité l'Empire en 1869. Mais les bonapartistes sont maintenant discrédités et du reste absents du scrutin. Les nobles sont sortis de leurs gentilhommières, comme en 1849. Pour eux, l'heure de la revanche a sonné. Ils sont débarrassés du césar qu'ils avaient refusé de servir par fidélité à leur « principe ». Pour le paysan, voter en faveur du drapeau blanc, c'est marquer sa reconnaissance au notable qui, dans la période troublée de la guerre et de l'occupation, lui a assuré une certaine sécurité.

Cette explication traditionnelle, sans doute fondée, ne rend cependant pas compte de la désignation massive des légitimistes, partisans du comte de Chambord. Le monde rural aurait pu voter exclusivement pour les orléanistes, plus proches des villages qu'on ne l'a dit. Pourquoi cet engouement massif et soudain des pieds-gris pour les messieurs des bancs d'église ? René Rémond[1] le dit avec justesse : « La seule nouveauté [du scrutin] de 1871 est le retour en force des légitimistes. » Leur arrivée en grand nombre à Bordeaux puis à Versailles est en effet une surprise. Après quarante ans d'abstention, on peut s'étonner que le pays ne les ait pas totalement oubliés.

Eux n'ont pas bougé d'un iota. La fidélité au prince et au principe est leur credo. On les appelle les « chevau-légers », du nom de la rue de Versailles où ils se réunissent, dans l'hôtel de l'un des leurs. Beaucoup sont de tradition militaire, ils ont combattu à Patay pour la République, sous d'Aurelle de Paladines, à Castelfidardo pour le pape. Leur rudesse

1. *Les Droites en France*, Paris, rééd. 1982, p. 125.

d'allure leur vaut un surnom : les « bonnets à poil ». Ils ne partagent point les opinions nuancées d'un comte de Falloux, qui se dérobe aux élections en attendant son heure. L'idée de restauration, de contre-révolution, est la seule qui les réunisse, mais elle a la force d'une immuable tradition. Ils sont convaincus de l'échec politique de la France qui, depuis 1789, s'épuise tous les vingt ans à trouver un régime viable au prix d'une révolution et n'y parvient pas. Ces hommes de granit se disent le socle de la vraie France. Ils conçoivent la monarchie comme patriarcale : le roi protège ses sujets comme le père ses enfants et le noble ses manants. Ces devoirs sont la contrepartie des pouvoirs de société qui doivent se mériter. Plus proches de Fénelon que de Bossuet, ils veulent un bon prince, pacifique et de bonne foi, soucieux de corriger les abus de la société industrielle et marchande. Avec Albert de Mun, avec La Tour du Pin et ses cercles catholiques d'ouvriers, ils seront prêts à combattre le libéralisme sauvage des orléanistes, à condamner l'exploitation des masses déracinées, transportées par la loi du profit dans les banlieues inhospitalières : Bonald et Maistre corrigés par Lamennais, telle est leur doctrine, et ils n'en démordent pas. Tous ne sont pas aussi ouverts aux idées sociales : certains marquis sont d'Ancien Régime, d'autres sont des ultras de 1820, des fidèles de Charles X. Si le terrain de leur action politique est rural, c'est qu'ils ont pris depuis un demi-siècle l'habitude de vivre sur leurs terres et de ne pas servir un État dont ils n'approuvaient pas le principe, qu'il fût orléaniste, républicain ou bonapartiste. Ils ont quitté manoirs et gentilhommières pour conclure à Versailles le pacte de la nouvelle restauration, celle d'Henri V, le roi très chrétien.

L'erreur de la société française, pour les chevau-légers, est en effet d'avoir séparé le régime de Dieu. L'alliance du trône et de l'autel est naturelle ; le pouvoir du roi par le sacre est de nature divine, il ne doit de comptes qu'à Dieu. Il est impossible de l'imaginer soumis à une majorité parlementaire, tenu par une constitution, un pacte social. Son principe est la transcendance, qui ne trouve sa force que dans l'onction sacrée. Le roi ne tient sa couronne que de Dieu. Ainsi l'entend bien Henri V : il n'est pas l'allié de l'Église, il a *son* Église. Il n'admet pas le divorce de la société civile et de la religion, la constitution civile du clergé est l'erreur mémorable de la Révolution et celle-ci a péché en retirant la France à Dieu. Certes les légitimistes ont conservé ardente la foi des ultras — ces compagnons du roi Charles X —, ils restent théocrates et se comportent comme si 1789 n'avait pas existé, comme s'il fallait biffer de l'Histoire cette parenthèse. L'action pour y parvenir est précisément la *réaction*, comme devait plus tard le dire Maurras, une ferme volonté de rétablir l'ancienne alliance du roi et de son peuple, par-delà le *contrat social* générateur de révolutions, responsable de la tragédie de la Commune.

Ces thèses ne sont pas nouvelles, les légitimistes se les transmettent depuis longtemps. S'ils trouvent en 1871 une crédibilité populaire, c'est peut-être parce qu'ils sont soutenus par un allié ardent et puissant, qui obéit lui-même à des motivations d'actualité : le clergé. Depuis 1870 en effet, Pie IX, prisonnier dans Rome de l'État italien, anime et agite les catholiques de toute l'Europe : depuis 1864, il a pris position avec force contre les « erreurs » de la société civile en publiant le *Syllabus* qui est devenu la Bible des chevau-légers.

Le fanatisme religieux

Ce texte suivait l'encyclique *Quanta Cura* qui condamnait les « erreurs » modernes. Pie IX était alors aux prises avec le mouvement nationaliste italien qui l'agressait sur son domaine temporel, menaçant de prendre aussi Rome pour en faire la capitale de l'Italie. Il ne se résignait pas à cette expropriation infiniment plus grave que celle subie par son prédécesseur Pie VI quand il avait dû lâcher à la France Avignon et le Comtat Venaissin en 1791. La cause était toujours la même : la revendication d'un territoire au nom du principe des nationalités, de la volonté des habitants de vivre ensemble, de la promotion des sujets en citoyens libres. Les nouvelles nations n'avaient plus besoin de la religion pour exister et tenaient leur pouvoir du peuple — autant d'erreurs intolérables dénoncées par l'encyclique et énumérées par le *Syllabus* : dix sections, quatre-vingts articles, une condamnation en bonne et due forme de tous les principes du monde moderne. « Que le meilleur mode de société publique et le progrès civil demandent absolument que la société humaine soit constituée et gouvernée sans qu'il soit tenu aucun compte de la religion, pas plus que si celle-ci n'existait pas, ou du moins sans qu'il soit fait de différence entre la vraie religion et les fausses » : insupportable erreur, qui condamne en France le catholicisme à n'être plus religion d'État ! Comme si les sociétés pouvaient se passer de Dieu ! Suit une dénonciation du principe de souveraineté populaire et de la Révolution selon lesquels « la volonté du peuple, manifestée par l'opinion publique, comme ils l'appellent, ou d'une autre manière [l'élection au suffrage universel, par exemple], constitue la loi suprême indépendante de tout droit divin et humain, et [...] les faits accomplis dans l'ordre politique, par cela même qu'ils sont accomplis, ont force de droit ». On condamne également dans cet article l'affirmation d'un pouvoir de fait, révolutionnaire, qui se constitue comme source de légitimité, et le pouvoir de droit issu du scrutin qui résulte du principe de souveraineté populaire. L'article 45 vise spécialement la politique scolaire qui veut que « toute la direction des écoles publiques dans lesquelles la jeunesse d'un État chrétien est élevée [...] puisse et doive être attribuée à l'autorité civile, et cela de telle manière qu'il ne soit reconnu à aucune autre autorité le droit de s'immiscer dans la discipline des écoles, dans le régime des études, dans la collation des grades, dans le choix ou l'approbation des maîtres » : cette politique de « laïcisation » de l'école, que le Second Empire s'apprête alors à amorcer, est pour le pape intolérable ; il la condamne d'avance, sans qu'elle se soit encore manifestée avec éclat. Il estime irrecevable que l'on soumette les enfants catholiques à l'enseignement laïque, qui n'a pour but « que les connaissances des choses purement naturelles et de la vie sociale terrestre ». Enfin, estime Pie IX, la moindre faute n'est sans doute pas celle qui conduit à penser que le pape doive vivre avec son temps, en partager les erreurs et à estimer que le « pontife romain peut et doit se réconcilier et composer avec le progrès, le libéralisme et la civilisation moderne » (article 80). Il ne saurait en être question : la tiare n'a que faire des fautes et des péchés du bonnet rouge. Elle reste immaculée.

Cette intransigeance comble les légitimistes qui se font soldats du pape et propagandistes d'une restauration qui sera d'abord celle de la foi romaine. Il n'existe plus en France de parti gallican qui ferait, à l'intérieur de l'Église, opposition au pape. La doctrine ultramontaine de soumission de l'ensemble des catholiques au Saint Père, déclaré infaillible au récent concile Vatican I et spirituellement souverain, rattache étroitement toutes les Églises à Rome. Nombreux sont en France les catholiques libéraux qui déplorent, avec Montalembert ou l'évêque d'Orléans, Mgr Dupanloup, l'autorité excessive du « Louis XIV de la papauté ». Rien de libéral chez les légitimistes, entièrement soumis au pape. On les accuse comme en 1815 de faire le jeu des jésuites, de préparer la restauration religieuse, le retour des hommes en noir.

Il est vrai que le terrain est préparé pour un renouveau de la foi populaire. Les foules redeviennent pieuses, les calamités qui se sont abattues sur la France ont, comme toujours, ranimé les croyances et exaspéré le besoin de protection des hommes et des femmes éperdus de malheur. Processions et pèlerinages vont bon train, et les sanctuaires miraculeux, comme Lourdes, connaissent une fréquentation croissante. D'autres lieux de miracles se révèlent, La Salette et bientôt Pontmain. Le pape en est parfois embarrassé, les évêques sont submergés : on leur demande de reconnaître, d'attester le miraculeux, de l'estampiller en quelque sorte. Ils en retiennent que la foi populaire a besoin de spectacle, de mise en scène, de signes manifestes de la présence divine. Ils n'ont pas le droit de se dérober à ce besoin immense du peuple catholique de ressentir, dans la ferveur, sa communauté.

Les jésuites avaient jadis, au temps de la Contre-Réforme, assuré au nom du pape cette « reconquête » de la société civile. En 1870, leur rôle est tenu par une nouvelle congrégation, celle des augustins de l'Assomption, fondée par le père Emmanuel d'Alzon. De 1871 à 1901, cette congrégation développe la dévotion au Sacré-Cœur de Jésus et à l'Immaculée Conception par une série de processions et de missions spectaculaires destinées à grouper les masses catholiques autour de thèmes mobilisateurs. Le culte du Sacré-Cœur, par exemple, est celui des soldats de Charette et de Sonis, qui l'ont gravé sur leur drapeau blanc : un culte « de réparation [...], reflet de cette sensibilité douloureuse, repentante et meurtrie ». Repentante, parce qu'il faut expier dans la douleur les fautes de la France. Depuis quatre-vingts ans, elle a renié Dieu en chassant l'Église de l'État, en cessant d'être une nation chrétienne, en rendant la religion facultative. Elle a inscrit au fronton du temple les maximes de la philosophie rationaliste « qui fait boire à la jeunesse, a dit Pie IX, du fiel de dragon dans le calice de Babylone ». La défaite est la conséquence de cet esprit laïque, démobilisateur, destructeur, qui rend impossible le sacrifice et l'effort. La *Vie parisienne* d'Offenbach est le symbole du régime détesté du Second Empire et de ses généraux incapables qui comme Ménélas ne songent qu'à « vivre heureux au sein de leur ménage ». La rédemption, le rachat passent par la prière, la contrition, la pénitence. On incite les foules à cette dévotion en développant dans les paroisses le culte marial : si les assomptionnistes ont choisi le nom de la fête de la Vierge pour leur congrégation, c'est à l'évidence pour célébrer la mère de Dieu qui, à force de neuvaines et de repentances, sera touchée par les malheurs de ce peuple humilié et intercédera auprès de son fils pour le salut du pays. Les nouveaux cantiques dédiés au Sacré-Cœur demandent aussi à Dieu de « sauver Rome et la France ». La persévérance dans l'erreur risque en effet d'entraîner une chute encore plus grave.

La rédemption d'une faute collective est un bon moyen de mobiliser les fidèles. Ils suivent en foule les prédications, les missions à l'occasion desquelles on plante aux carrefours des croix de fonte ouvragées, ils achètent l'image de l'Immaculée Conception. La Vierge en prière rejoint Gambetta sur les murs des chaumières : le salut de la France est en bonne voie...

Les assomptionnistes, inventeurs de la médiatisation

Dans les années 1870, le désir d'édification des foules assumé par les pères assomptionnistes passe par des manifestations dont les généraux légitimistes prennent l'initiative : ainsi Ducrot, l'homme de la « sortie torrentielle » qui a échoué à Champigny pendant le siège de Paris, présidera en 1876 aux grandes manœuvres du 8e corps d'armée dans le Morvan. Il autorise une manifestation religieuse imposante sur le mont Beuvray, site de l'antique Bibracte. Le 8e corps est échelonné sur plusieurs kilomètres. Les soldats ont dressé un autel proche de la chapelle de Saint-Martin. Les troupes sont formées en carré. Le général Ducrot, avec tout son état-major, est au centre. Une salve d'artillerie annonce le commencement de la cérémonie célébrée par Mgr de Ladoue, évêque de Nevers. Pour signaler aux troupes éloignées de l'autel les diverses phases de la messe solennelle, on tire encore le canon. L'assistance est considérable, les paysans sont venus de toutes les paroisses proches. L'évêque félicite l'armée du « grand spectacle qu'elle donne au pays » et annonce la bénédiction spéciale envoyée au 8e corps par Pie IX. Les tambours battent aux champs, les genoux fléchissent, les têtes s'inclinent lorsque l'évêque, d'une voix forte, lit le texte papal. Ainsi l'armée est-elle aussi entraînée, quand elle a la chance d'avoir des chefs qui « pensent bien », dans le grand mouvement de repentance et de soumission à Rome. La défaite de la France, « fille aînée de l'Église », et l'occupation de Rome par les Piémontais sont l'objet d'un constant rapprochement dans le discours religieux. La captivité du pape est comparée à l'exil du roi. L'ennemi indiscernable mais omniprésent de la vraie religion est en effet responsable de ces deux injustices. La restauration du pape et du roi ne peut provenir que de la main de Dieu : on prie pour le double miracle.

Les pères assomptionnistes font merveille dans la manipulation de l'opinion autour de ces thèmes. Ils inventent les formules, écrivent les cantiques, organisent les manifestations, transmettent les bénédictions papales et veillent à leur retentissement en agissant partout : à Rome, dans les évêchés, sur les pouvoirs publics et dans l'opinion grâce à la presse qu'ils développent considérablement. L'abbé d'Alzon fonde la *Croix*, qui aura de nombreuses éditions régionales, et le *Pèlerin* dont le tirage sera vite très important : il s'agit de journaux populaires à bon marché, destinés aux foules catholiques, qui exposent les thèmes principaux de l'idéologie de la rédemption. Ils ont aussi le souci de développer les pèlerinages avec, s'ils le peuvent, le concours de l'armée. Le Conseil général des pèlerinages est institué en 1872 pour coordonner, promouvoir ces manifestations et pour en faire de vastes rassemblements.

D'autres ordres participent au mouvement rédempteur et se chargent de propager l'enseignement, terrain essentiel de la reconquête. Les jésuites sont présents dans cette lutte et se félicitent du succès croissant de leurs collèges de province. La montée la plus spectaculaire, depuis les années 1860, est celle de l'enseignement primaire congréganiste, en particulier pour les filles, où les religieux sont en situation de quasi-monopole. On dispose d'un personnel nombreux et de donations en abondance. Dans certaines régions, le mouvement est d'une ampleur incroyable ; Antoine Prost[1] parle d'un « raz de marée ». La courbe est moins nette pour les écoles de garçons, mais les frères disputent passionnément aux instituteurs les gros bourgs et bénéficient, dans leur combat, de complicités politiques. Faut-il imputer ces succès à l'action des évêques, à l'influence du journal de Veuillot l'*Univers* ? Prost incline à penser que les notables légitimistes ont fait l'essentiel. « Il faut en effet tout un parti, écrit-il, persuadé de la perversité foncière de l'Université, pour multiplier les écoles. » L'aide n'a pas fait défaut. Les municipalités favorables ont mis en place les écoles libres : les frères n'ont pas manqué « de notables assez riches pour doter l'école, et assez influents pour la peupler de leurs clients, et les hobereaux de menacer leurs fermiers de renvoi s'ils ne mettent pas leurs enfants dans la "bonne" école ». Il y a sans doute convergence entre la courbe politique des votes légitimistes et celle de la

1. *L'Enseignement en France, 1800-1967*, Paris, 1968, p. 180.

progression des écoles congréganistes. Sur ce terrain aussi, la « reconquête » de la société civile a marqué des points.

Le mouvement de masse, bien orchestré par les assomptionnistes, tend à constituer un parti catholique d'opinion extrême dont les légitimistes sont les représentants au Parlement. Contre cette puissante vague de fond, qui s'appuie sur une vaste clientèle, les orléanistes ne peuvent pas lutter : très réservés à l'égard du nouveau christianisme « médiatique », ils le sont encore plus en politique étrangère où le soutien au pape souhaité par leurs rivaux chevau-légers suscite leur méfiance, voire leur hostilité. Ils se refusent à suivre, en 1873, la campagne orchestrée par les évêques et la presse assomptionniste pour la restauration du pouvoir temporel du pape. Le duc Decazes, en novembre 1873, demande à Broglie de désavouer cette campagne, avant d'accepter le poste de ministre des Affaires étrangères. Prudents et réalistes, les orléanistes ne confondent pas les intérêts politiques de la France et ceux de Rome, ils se sentent plus proches des républicains modérés que des légitimistes qui acceptent les trois couleurs et la Révolution. Comme les modérés, ils sont un parti de chefs sans troupes, qui se méfie des extrêmes et de l'irrationnel religieux. Ils tentent de limiter la « reconquête » des administrations entreprise par les légitimistes, qui n'ont plus la moindre répugnance à briguer les postes d'ambassadeurs, voire de préfets, ainsi qu'à envoyer leurs enfants dans les écoles militaires : l'école des jésuites de la rue de l'École-des-Postes, à Versailles, qui prépare à Polytechnique, inscrit de nouveau sur ses registres les grands noms de l'Armorial. Girardet a remarqué que les grandes familles militaires, absentes pendant une partie du siècle des listes d'officiers, reparaissent à la fin du Second Empire et dans les années 70[1] : les Choiseul-Praslin, les Montesquiou-Fezensac, les Lévis-Mirepoix, les Noailles et les Rohan-Chabot ont repris, avec les Clermont-Tonnerre et les Caumont, le chemin des casernes. Les malheurs du pape et ceux de la République leur ont rendu la vocation.

1. R. Girardet, *La Société militaire dans la France contemporaine*, Paris, 1953, p. 83.

Henri Dieudonné, comte de Chambord

La reconquête de la France par les assomptionnistes est un mouvement populaire, nourri de la réflexion chrétienne sur la défaite et orchestré par Rome : il s'appuie sur une presse efficace, les effectifs nombreux du clergé régulier et séculier, les curés lecteurs de Veuillot et les évêques attentifs aux voix romaines. Le personnel politique qui soutient la cause est celui des légitimistes. Il ne faut pas s'étonner qu'ils aient été élus si nombreux en 1871 : ils étaient appelés par une ardente exigence de restauration et ne servaient en rien une simple revanche de caste. Au sommet de la hiérarchie censée assurer le salut de la France, on attendait le roi sauveur. Qui était Henri V ?

Un « gentleman farmer », dit un visiteur anglais de Frohsdorf, le château autrichien où le prétendant vit en exil : « Il porte sa barbe taillée très court sur les joues, les moustaches [...] sont épaisses, longues [...], la couleur de la barbe est d'un blond foncé ardent. [...] Sa taille est inégale : assis, il paraît grand. [...] Ce qui est surprenant, ce sont ses yeux bleus, grands, franchement ouverts et qui vous regardent toujours bien en face. Sa voix musicale et bien timbrée a du charme. Très leste malgré son embonpoint et sa claudication (il a été victime d'un accident de cheval en 1841), c'est un homme du Nord qui parle comme un méridional, haut, et d'une voix persuasive. »

Seul héritier du trône des Bourbon, il l'est sans conteste : fils posthume de Charles-Ferdinand d'Artois, duc de Berry, assassiné par Louvel en 1820, il est le petit-fils de Charles X, et il descend en droite ligne de Louis XV, de Louis XIV, de Saint Louis, de Philippe Auguste et de Hugues Capet. Par sa grand-mère paternelle Marie-Thérèse il hérite des Valois, de François Ier et de Louis II. Il est aussi parent des Farnèse et des ducs de Lorraine. Son arbre généalogique est une forêt immense peuplée de rois, de reines et d'empereurs : Henri V est le rejeton le plus titré d'Europe. Il est né aux Tuileries le 29 septembre 1820, à 2 heures du matin, au pavillon de Marsan. Louis XVIII, pour la circonstance, a fait tirer le canon. 20 000 Parisiens ont défilé devant son berceau, et l'on a fait donner, ce jour-là, des feux d'artifice. Henri Dieudonné (c'est son prénom) a escorté à l'âge de quatre ans, en uniforme de colonel de cuirassiers, le roi Charles X passant la revue au Champ-de-Mars. Duc de Bordeaux, il a reçu le domaine de Chambord qui lui a été offert grâce à une souscription. Il a passé les dix premières années de sa vie entre les Tuileries, Saint-Cloud et Bagatelle. En 1830, à dix ans, il est proclamé roi parce que son grand-père a abdiqué, que son père a été assassiné, et que son oncle a renoncé au trône. Il est présenté aux troupes, mais Paris est en état d'insurrection. Le 10 août, il part de Cherbourg pour un exil de quarante et un ans. Les cousins d'Orléans, en la personne de Louis-Philippe, se sont emparés du trône et ont créé une dynastie parallèle.

Le prince parcourt l'Europe avec son grand-père : l'Angleterre, l'Écosse, l'Europe centrale. On l'appelle déjà « le roi Henri ». Il reçoit en Autriche les délégations de la Jeune France, un parti légitimiste qui l'arme chevalier. « Je travaille de toutes mes forces, leur dit déjà l'enfant, à me rendre digne des devoirs importants que ma naissance m'impose. » Des pères envoyés de Rome se chargent de son éducation, de vrais jésuites qui ont reçu pour consigne de ne jamais parler de politique au prince et d'être, en même temps que des « observateurs discrets et sagaces, des éducateurs plaisants, patients, fermes et doux ». Il n'est pas question d'en faire un dévot, un bigot : le parti royaliste s'en serait offusqué. Il n'est que trop furieux de cette nomination des pères qu'il n'apprécie pas, car nombre de légitimistes sont encore gallicans. Les jésuites ne restent pas longtemps auprès de l'enfant : une intrigue a fait intervenir contre eux l'empereur d'Autriche, et ils sont renvoyés. Henri en conçoit beaucoup d'amertume. On assure qu'il n'oubliera jamais leur enseignement, ni l'injustice qui les avait frappés. Plus tard, il aura constamment des jésuites auprès de lui. Au reste, les prêtres qui les ont remplacé (Mgr Frayssinous et l'abbé Trébuquet) sont de furieux ultramontains, et Rome n'a rien perdu au change.

A dix-huit ans, on lui fait faire le tour de l'Europe : les Balkans, où la noblesse magyare lui fait fête, l'Italie et Rome, où le pape est impatient de le connaître. Il est reçu par

Grégoire XVI avec les honneurs militaires : une longue et affectueuse audience, dont on a pu écrire qu'il était sorti « comme d'un sacre ». Alors que les belles dames de Rome, anglaises, russes, polonaises, tourbillonnent autour de lui, il leur échappe pour aller à Naples chez son oncle Ferdinand II. Il revient ensuite rendre une seconde visite au pape, dont il sort, dit-on, les yeux humides. Il passe en Allemagne, où il poursuit son éducation militaire, visitant tous les champs de bataille de Napoléon. Le duc de Blacas achète pour lui le château de Frohsdorf où il se fixe après 1844.

L'Angleterre l'accueille, mais sous un nom d'emprunt parce que la reine Victoria ne veut pas chagriner les Orléans. A Belgrave Square, dans le quartier chic de Londres, il reçoit en 1843 deux cents légitimistes français massés autour de Châteaubriand et ennemis jurés de Louis-Philippe. Le duc de Fitz-James salue en lui « la royauté de l'intelligence » et l'assure que tous placent leur espoir en lui. Il est donc chef de clan, chef de parti, en même temps que candidat au trône. Défilent devant lui les plus grands noms de France, mais aussi des commerçants et marchands : M. Pottier, bottier, et M. Miroir, fabricant d'alpaga, M. Jourdain, marchand de lingerie, et M. Rambat, charpentier. Le parti, qui a la prétention d'être populaire, ne manque jamais d'emmener dans ses visites au prince quelques roturiers. Henri participerait-il, comme le craint le ministre de Louis-Philippe Guizot, à quelque coup de force organisé par ses fidèles ? « Je regarde les droits que je tiens de ma naissance, précise-t-il aussitôt, comme appartenant à la France et bien loin qu'ils puissent devenir, dans un intérêt personnel, une occasion de troubles et de malheurs pour elle, je ne veux jamais remettre le pied en France que lorsque ma présence sera utile à son bonheur et à sa gloire. » Il risque d'attendre longtemps. Pourtant, en janvier 1848, il a fait connaître dans une note ses positions aux royalistes : il est pour l'élargissement du scrutin, pour la décentralisation au profit des communes, des villes, des provinces, pour la liberté de l'enseignement et enfin pour l'union de tous les royalistes.

Pendant les journées de février 1848, il est à Venise et ses partisans veulent le faire rentrer dans Paris après les tragiques événements de juin. Le prince refuse l'offre et doute que le duc des Cars puisse soulever, comme il s'en flatte, la Vendée et le Midi. Il ferait plutôt confiance à un chef militaire comme Bugeaud, connu et aimé du public. Celui-ci promet son concours si on lui donne un poste élevé. On commande déjà pour le prince l'uniforme de lieutenant général qu'il portera à son entrée dans la capitale. Changarnier est du complot, avec le duc de Lévis et le duc de Nemours. On ignore les circonstances de l'échec, mais le prince ne donne pas suite : les légitimistes ont accusé Bugeaud, d'avoir « vendu son épée au plus offrant », c'est-à-dire à Louis-Napoléon, avant de mourir du choléra en juin 1849.

Par l'intermédiaire de Noailles, allié à la fois d'Henri Dieudonné et de Louis-Philippe, une première tentative de « fusion » des deux branches de la famille est alors engagée : les Orléans, écartés du trône depuis le départ de Louis-Philippe, sont disposés à un rapprochement. Ils reconnaîtraient la primauté de la candidature Chambord, à condition que celui-ci accepte une monarchie parlementaire et tricolore. Tels sont les termes de la négociation. Louis-Philippe a en effet compris que le comte de Paris, son petit-fils, ne pourra régner un jour en France que s'il succède au comte de Chambord sans enfants. Henri V précise qu'il refuse d'avance de rentrer en France appelé par un plébiscite. « La royauté, dit-il, est un attribut qui appartient à la fois au prince et au peuple. Il y a entre eux union indissoluble. La mettre en question par ma volonté, ce serait détruire la vertu du principe qui fait la force du roi. » L'appel au peuple étant la négation de l'hérédité monarchique, il le rejette.

La Chambre aux cent gentilshommes

Il veut pourtant s'entendre avec les Orléans, car il a le plus grand intérêt à ce qu'ils le reconnaissent comme héritier légitime. Guizot lui adresse, au nom des orléanistes, une « note sur la fusion » qui passe aux yeux d'Henri Dieudonné pour une sorte de *Syllabus* royaliste, une liste des erreurs à ne pas commettre. Henri n'entend nullement faire de la monarchie restaurée par ses soins la suite de la monarchie de Juillet où les bourgeois faisaient la loi. Le prince répond par une lettre adressée à Noailles le 22 décembre 1850 : c'est une fin de non-recevoir. « Mon règne, dira-t-il plus tard, ne saurait être ni la ressource ou l'œuvre d'une intrigue ni la domination exclusive d'un parti. » Louis-Philippe était le roi des barricades, il ne veut pas être le roi du Parlement.

En 1852, une nouvelle tentative d'union échoue : les Orléans ont envoyé à Frohsdorf, sous un faux nom, le comte de Jarnac qui propose au prince d'accepter un régime constitutionnel plus ou moins tempéré et le drapeau tricolore. Mais Henri fait savoir qu'il ne peut admettre « entre la France et lui aucun intermédiaire » et suggère à Jarnac que ses cousins d'Orléans devraient reprendre, sans poser de conditions, « leur place dans la famille ». Il leur demande en somme la soumission. Sur cette lancée, il rend public le 25 octobre 1852 un manifeste où il affirme : « Le génie et la gloire de Napoléon n'ont pu suffire à fonder rien de stable. Son nom et son souvenir y suffiraient bien moins encore. La monarchie, en France, c'est la maison royale de France indissolublement unie à la nation. » La tentative de fusion achoppe déjà sur la question du drapeau tricolore, dont les orléanistes font une condition préalable ; le prince répond qu'il ne peut en décider « loin de la France et sans elle ».

L'Empire juge le parti légitimiste assez peu gênant pour lui permettre d'ouvrir un bureau rue de Verneuil où le duc de Lévis, le duc des Cars, le vicomte de Saint-Priest, le comte Fernand de La Ferronays et quelques autres se réunissent une fois par semaine : une douzaine de jeunes gens assurent la liaison entre Frohsdorf et Paris, avec escale à Venise où le prince possède également un bureau moins éloigné du pape. Les jeunes gens ont fort à faire à partir de 1869, car les événements se précipitent. Le prince sent bien que l'« essai » bonapartiste est à son terme et qu'il doit prendre la relève : « Bannir le droit chrétien de la société, dit-il alors aux Français, c'est courir au-devant de déceptions certaines. » Dès que Napoléon III se lance dans sa politique de soutien à l'unité italienne, il est convaincu d'une solidarité d'intérêts : le trône de France est à restaurer et le trône du pape à protéger : « Dans son autorité spirituelle, écrit-il à Saint-Priest en décembre 1866, c'est bien son autorité spirituelle qu'on veut atteindre. C'est au principe de toute religion et de toute autorité qu'on s'en prend. On demandera logiquement que de nos lois et de nos tribunaux disparaisse l'idée de Dieu. » Défendre le pape, c'est donc avancer sa propre restauration, et il s'engage à fond dans le combat pour la papauté. Il le dit alors tout net : « Il faut que le clergé prie beaucoup ; qu'il prie pour Pie IX et qu'il prie pour notre cause, car les deux causes sont étroitement unies entre elles. [...] Il faut, pour que la France soit sauvée, que Dieu y rentre en maître pour que j'y puisse régner en roi. »

Car son principe est théocratique et son pouvoir lui vient de Dieu. Il n'a donc pas à le partager avec le suffrage universel. Celui-ci doit cependant élire des députés destinés à contrôler l'exercice du pouvoir (le budget par exemple), mais non le pouvoir lui-même, qui revient au prince et à ses ministres responsables devant lui. « Protecteur des républiques françaises », il admet la liberté des communes, des régions, des syndicats — ces nouvelles corporations. Toutes ces collectivités peuvent avoir leur représentation dans une grande Chambre des libertés. Le régime de monarchie « tempérée » qu'Henri V veut donner aux Français est donc celui de ses ancêtres, mais modernisé, revivifié par le suffrage universel : il reste cependant conforme au principe fondamental du royaume : *omnis potestas a Deo* (tout pouvoir vient de Dieu).

Sans doute n'est-il pas question de rétablir le clergé dans ses biens et privilèges d'Ancien Régime, mais dans la plénitude de ses moyens d'action, dans la liberté des congrégations de propagande (les assomptionnistes) et d'enseignement (les jésuites, les frères des écoles chrétiennes, les oratoriens). Le catholicisme rétabli dans l'État sera tolérant, les autres cultes jouiront de garanties établies par la loi. Tel est le « système henricien », la doctrine officielle du prétendant, « personnage mitré, vice-vicaire de Dieu », plus ultra encore que son grand-père Charles X malgré les apparences quelquefois libérales de son discours : un roi « gothique », disait Hugo, « un fanatique », disait Renan. Il est clair qu'en 1871, sous l'influence de Mgr Pie qui ne le quitte pas, le prince est au moins autant le combattant du pape du *Syllabus* que le prétendant au trône des Capétiens. L'enjeu est tel pour Rome que, selon Renan, le pape conseille au futur Henri V de faire des concessions en abandonnant par exemple le symbole du drapeau blanc. Pie IX tient à la réalité de la restauration du pouvoir assuré de l'Église, il ne comprend pas l'utilité du symbole.

Le regret d'Henri V est de n'avoir pas combattu pour le pape. Il y songe en août 1870 quand il a l'intention de se porter en France et de prendre la tête d'un corps franc. Il est vrai qu'il abandonne vite ce projet, faute de troupes : les légitimistes combattent déjà dans les armées régulières, on ne peut lui offrir qu'une compagnie au lieu d'une « légion ». « Cet homme-là n'est pas dangereux, dira Bismarck avec son franc cynisme. Il ne régnera jamais sur la France, parce qu'il n'est pas capable de franchir la Marne à la nage, un sabre entre les dents. »

Il est plutôt l'homme des manifestes, conçus dans le secret de son cabinet, tel celui du 9 octobre 1870 qui fait un certain bruit en France. Il encourage les légitimistes à prendre part à la défense nationale : « L'étranger, dit-il, sera repoussé, l'intégrité de notre territoire assurée. » Le prince attend des victoires, non le triomphe de la République gambettiste : « Les institutions républicaines qui peuvent correspondre aux aspirations de sociétés nouvelles (les États-Unis par exemple) ne prendront jamais racine sur notre vieux sol monarchique. » Les effets du manifeste nous sont connus par la correspondance des préfets de Gambetta. A Marseille, Esquiros suspend le journal légitimiste la *Gazette du Midi* qui publie le texte « où il déclare la République impossible en France ». A Nantes, le préfet Guépin suit la trace « de voitures mystérieuses n'allant que la nuit », attelées à des chevaux « qui ont sous les pieds du caoutchouc » : des chouans, à n'en pas douter. Les paysans auvergnats demandent au baron de Vignols de Montfleury s'il est vrai qu'on veut « mettre un roi ». « Oui, répond le baron, parce qu'il faut un chef dans un État comme un chef dans une famille. — C'est vrai, Monsieur, mais on dit qu'Henri V mettra la dîme. » Le baron s'emploie à expliquer qu'il n'est pas question de revenir aux droits seigneuriaux ni aux privilèges du clergé. En revanche, si les paysans votent pour les rouges, ils n'auront plus de religion. « Oh ! disent-ils, il faut de la religion, Sans la religion, que ferions-nous ? » Ces propos sont rapportés dans les *Mémoires politiques* du baron de Vignols de Montfleury. Ils indiquent suffisamment l'effet du manifeste du prince dans les campagnes reculées et le travail d'explication que les « messieurs » ont dû consentir pour rendre la restauration crédible. On signale dans toute la France « l'agitation des légitimistes » avant la période électorale. Les préfets dénoncent l'influence « cléricale », et les menées des agents du clergé romain. Pour Jules Simon, « il n'y eut d'autre influence collective que celle du clergé, resté tout entier à son poste, avec son organisation intacte ». Ranc le radical explique que « les campagnes acceptèrent les yeux fermés les listes toutes faites que les meneurs leur offrirent ». Montfleury l'avoue ingénument dans ses *Mémoires* : « Le R.P. Rouquairol, supérieur de la maison des jésuites à Vals, me fit prier de passer chez lui. » « Il faut absolument vous mettre sur les rangs pour la députation », lui dit-il sans préambule. Montfleury n'a pas le choix : c'est son « devoir ». Il fait la tournée des légitimistes du département, Vinay, Calemard de La Fayette[1]. Le comité électoral formé au Puy arrête une liste de six candidats, Vinay en tête. « Dieu est avec nous, écrit le baron. Nous fûmes nommés avec 10 000 voix de majorité. » Ainsi fut élue la Chambre aux cent gentilshommes, qui devait faire rentrer le roi dans Paris.

Thiers, sauveur de l'armée

Thiers travaille : les menées légitimistes ne le troublent pas. Il sait que les royalistes sont divisés, qu'ils sont loin d'avoir réalisé la fusion, qu'il n'ont pas de programme commun de règne. Il fait voter la loi municipale, qui règle l'élection du maire par les conseils dans toutes les villes de moins de 20 000 habitants. Au-delà, le maire sera nommé par le ministre

1. A ne pas confondre avec le descendant du « héros des deux mondes », élu dans la Haute-Marne comme républicain.

de l'Intérieur sur la liste des conseillers élus. Le statut de Paris est régi par la loi du 16 avril 1871 qui prévoit un conseil composé d'un élu par quartier, mais pas de maire. Le chef de l'exécutif limite la liberté de la presse, rétablit le régime de 1849 et le cautionnement qui condamne les journaux pauvres. Il crée des commissions parlementaires pour engager la responsabilité des nouveaux députés dans les mesures impopulaires : une commission d'examen des marchés épluche les comptes des collaborateurs de Gambetta, une commission des grâces a la charge de condamner à mort ou de commuer les peines des prévenus de la Commune. Une commission de révision des grades se charge de rétrograder les officiers nommés par Gambetta dans les armées de la Loire, pendant que les professionnels étaient prisonniers en Allemagne. Maltraiter les « officiers de Gambetta » devient une activité valorisante pour les commissaires royalistes. Thiers les associe à une politique de « redressement » qui fait grincer des dents les républicains. Il impose ses idées sur l'armée : il garde en activité les réservistes appelés en application de la loi Niel de 1868 ; ils resteront sous les drapeaux pendant cinq ans. Thiers est particulièrement attentif aux problèmes militaires : de l'armée dépendent le redressement national et le poids de la France en Europe, mais aussi la définition du futur régime, qu'elle peut influencer. Il importe de la maintenir hors de la politique. Il doit compter avec les anciens combattants de la Défense nationale et leur confie une commission d'enquête sur l'armée qui se réunit dès février sous l'autorité de l'amiral Jaureguiberry, héros de Coulmiers. Le rapport de la commission conclut à la qualité insuffisante des hommes pendant les combats, plus qu'à celle du matériel. Cela condamne l'armée populaire, milice de défense levée à la hâte et mal encadrée. Déjà point la revendication d'une armée technicienne.

Les pertes de la guerre ont été lourdes : 139 000 tués et 267 000 malades et blessés, sans compter 384 000 prisonniers. Ce n'est pas un mince problème que d'entreprendre immédiatement la constitution d'une autre armée, puisqu'on ne croit plus au mythe du « vieux soldat » maître des champs de bataille. Le comte de Chasseloup-Laubat, rapporteur de la commission chargée du recrutement et de l'organisation de l'armée, comprend vite que les ministres de la Guerre orléanistes choisis par Thiers, Le Flô et Cissey, n'ont aucune autorité. Le chef de l'exécutif veut mener lui-même la réforme. Il pense que la victoire prussienne est politique plus que militaire : ce n'est pas un système de guerre supérieur qui a battu les Français, mais une impréparation de l'armée entièrement imputable au pouvoir politique. Il n'y a pas de prétendue supériorité prussienne découlant du service universel et obligatoire. Ce système, pense Thiers, « sacrifie la qualité des soldats à leur nombre ». C'est une cause de faiblesse, non de force. Il est donc partisan d'un système traditionnel de conscription, d'une loi Niel améliorée et rien de plus.

Il s'oppose ainsi au rapporteur Chasseloup-Laubat, élu de la Charente-Maritime et de centre droit. Le général Martin des Pallières, héros de Bazeille et député légitimiste de la Gironde, est également réservé : c'est qu'ils sont assaillis de lettres, de libelles, de publications qui remettent en question le statut de l'armée : pour certains, le « vieux soldat » issu de la conscription et maintenu sept ans sous les drapeaux — ceux qui ont tiré un mauvais numéro peuvent être remplacés — est toujours l'idéal. Mais les plus nombreux pensent que la supériorité de la Prusse est manifeste : elle dispose d'effectifs mieux formés, mieux commandés. Pour ceux-ci, la future « armée de la nation » doit sortir d'une levée générale de tous les Français, astreints à un service plus court, plus efficace. Cette revendication d'un service obligatoire, applicable à tous, avec la constitution de fortes réserves, est celle du Parlement et de la commission spécialisée. La majorité des propositions de loi, étudiées minutieusement par Jean-Charles Jauffret, vont dans ce sens[1]. Le 29 juin, la revue militaire passée à Longchamp est un triomphe : 120 000 hommes ont défilé devant Thiers et Mac-Mahon. La reconstitution de l'armée est, à l'évidence, une grande affaire pour l'opinion meurtrie. La scène de Longchamp a été ainsi décrite par Raoul

1. *Parlement, gouvernement, commandement. L'armée de métier sous la Troisième République*, Paris, 1987.

Girardet[1] : « Lorsque le dernier escadron des 15 000 cavaliers du général du Barail fut passé au galop devant la tribune officielle, Thiers, éclatant en sanglots, s'avança à la rencontre du maréchal et, longuement, l'étreignit. Une formidable ovation s'éleva alors de la foule. Pendant quelques instants, plusieurs centaines de milliers de personnes furent réunies, soulevées, brassées dans une même ferveur [...], moment d'émotion dont tous les spectateurs devaient garder le souvenir et qu'il n'est pas téméraire de rapprocher de quelques-unes des plus grandes heures de l'histoire du sentiment national, du sacre de Reims, de la fête de la Fédération. Moment d'émotion qui, chaque été, devait pourtant se renouveler sous les arbres de Longchamp, à l'occasion du grand défilé traditionnel. »

Thiers avait parfaitement compris, ce jour-là, qu'au-delà des querelles pour la détermination de la nature du régime, une image de communion s'imposait à toutes les familles du pays : celle de la France. Une image qui valait de l'or : quand Thiers, refusant la solution fiscale, demanda aux Français de souscrire à un emprunt perpétuel de 2 milliards de francs, le total atteignit immédiatement 4,5 milliards. En dehors de ceux qui voyaient dans l'emprunt une bonne affaire offrant une sorte de prime aux souscripteurs, la masse des patriotes souscrivait pour libérer le pays. Une « souscription patriotique » lancée par les habitants de Nancy avait permis de recueillir 6,5 millions de francs, somme énorme pour un don volontaire. La rapide couverture de l'emprunt patriotique était un succès pour Thiers. Il incarnait alors, contre tous les autres prétendants, l'image du sauveur.

Le retour des Orléans

Thiers inquiète les chevaux-légers. On répète ses boutades voltairiennes, on se permet de commenter en aparté le bon accueil qu'il réserve aux républicains de province. Quelle catastrophe s'il se convertissait à la République ! Pourrait-on

1. *Op. cit.*

soupçonner le réducteur de la Commune de n'être pas un ami de l'ordre ? Pourquoi ne mettrait-il pas en place une République patriote et conservatrice ? Sans doute Renan, dans sa *Réforme intellectuelle et morale*, propose-t-il de revenir à la monarchie : cette haute autorité morale pense que la France, le jour « où elle coupa la tête de son roi, commit un suicide ». Thiers reste, comme le sent très bien Veuillot, directeur du journal ultramontain l'*Univers*, un fils de la Révolution. Il répond à un légitimiste qui lui fait l'éloge de la monarchie : « Oui, mais la monarchie unie. » Il sait très bien qu'entre les orléanistes et les légitimistes l'entente est difficile. Au reste, il a peu d'estime pour les candidats : le comte de Paris, petit-fils de Louis-Philippe, « à dix pas a l'air d'un Allemand, à trois d'un imbécile. Le comte de Chambord est un pleurnicheur. Il a épousé en même temps qu'une princesse de Modène des idées de dévotion outrée ». Quant à Napoléon III, en exil à Londres, il est clair que les Français n'en veulent plus. Dès lors, pourquoi pas la République ?

Thiers travaille par petites touches à retourner l'opinion républicaine en sa faveur. Il s'arrange pour gracier des communards célèbres : Rochefort par exemple, condamné au bagne et qu'il enferme en forteresse, Bugnet qui accompagne Nadar en Belgique avec un passeport de domestique. Favre, Ferry, les républicains libéraux ont approuvé la répression, ou du moins condamné la guerre civile : il est possible de les rallier et Thiers s'y emploie de son mieux. Mais il est plus ambitieux : pourquoi ne pas faire entrer dans le futur système républicain cette gloire du 4 septembre au repos en Espagne, Léon Gambetta ? Le 2 juillet 1871 ont lieu des élections partielles pour 111 sièges, dont 21 dans la Seine. Les républicains l'emportent largement. Sur les 26 départements qui ont voté pour Thiers, on ne compte que 3 élus conservateurs. Gambetta, de retour d'Espagne, est élu dans le Var, les Bouches-du-Rhône, la Seine, et choisit cette fois Paris. Il s'arrange pour faire savoir par une correspondance du *Sémaphore de Marseille* « qu'il était décidé à prêter, pour le fond, un appui inébranlable au futur président de la République ». Les communards exècrent Thiers, mais Gambetta s'est rallié.

Thiers s'est réjoui de cette remontée des républicains, tout en admettant le fait orléaniste. Les fils de Louis-Philippe sont rentrés en France parce que le chef de l'exécutif, après avoir longtemps refusé d'abroger les lois d'exil de 1832 et 1848, s'y est finalement décidé. Non sans arrière-pensée : il veut montrer les princes — et leurs défauts manifestes — aux journalistes parisiens. Deux d'entre eux, le duc d'Aumale et le prince de Joinville, ont été élus à l'Assemblée du 8 février, ils étaient déjà sur le territoire. Leur élection a été validée à l'Assemblée par 448 voix contre 113 : ne pouvant résister à ce mouvement unanime des groupes royalistes, Thiers a fait des politesses aux princes, les a reçus ainsi que le comte de Paris, candidat au trône, et son frère le duc de Chartres. « Il ne manque plus que le comte de Chambord, dit un invité. — Il serait le bienvenu », répond Thiers.

Il sait parfaitement qu'Henri V prépare un de ces manifestes où il a coutume d'exprimer ses idées politiques. Il sait aussi que la « fusion » tarde. Le 12 mars, le général Ducrot, au nom d'Henri Dieudonné, demande aux princes d'Orléans de faire soumission au roi. C'est l'entrevue de Biarritz. Quelques jours plus tard, on propose aux princes de se rendre à Genève, toujours pour y faire leur soumission. Des légitimistes se livrent alors à un discret chantage : si les princes d'Orléans veulent être validés, il leur faut les voix des chevau-légers. Ils les auront s'ils vont à Genève, la corde au cou comme les bourgeois de Calais. Ils acceptent. Les monarchistes unis au Parlement imposent ainsi à Thiers la solution de l'abrogation, et leur union fait la preuve de sa force.

Le 8 juin 1871, lors de la séance consacrée à l'abrogation, Thiers affirme sa préférence pour une monarchie constitutionnelle à l'anglaise. « A Londres, dit-il, comparant le régime anglais et l'américain, le gouvernement a été placé dans une région qui est à une même distance et des passions d'en haut et des passions d'en bas. » Avertissement à ceux qui prétendent gouverner : « Il faut que les princes veuillent reconnaître que la monarchie est au fond une république avec un président héréditaire. » Tonnerre d'applaudissements, grognements à l'extrême droite. Thiers vient de faire une ouverture aux orléanistes. Qu'ils installent, s'ils le peuvent, leur République « héréditaire » ! Il n'y voit pas d'inconvénient, mais qu'ils obtiennent là-dessus l'accord de leurs cousins henriciens. Thiers attend.

L'entrée des Orléans dans Paris est spectaculaire : Aumale et Joinville s'installent chez Rocher, à Versailles ; Chartres, Nemours, Alençon et Penthièvre arrivent dans la capitale. Le comte de Paris diffère encore son retour, sans doute par déférence pour son cousin de Chambord. Au dîner donné aux princes par Thiers le 12 juin, les ducs sont présents : Pasquier, Broglie et Decazes, qu'il a surnommés « le hanneton, le brouillon, le fripon ». Il multiplie les grâces : n'a-t-il pas été, dans le passé, au service de cette maison d'Orléans ? « Je suis leur hôte, dit-il, non leur serviteur. Moi, bourgeois obscur, je traite la postérité de Saint Louis et de Henri IV. Ils me détestent, ils me renverront peut-être s'ils prennent le pouvoir, mais ils me respectent, mais ils me craignent, mais ils m'admirent. Ils peuvent m'admirer. C'est M. Thiers qui a fait leur père roi. »

Voici l'arrivée des chefs de la famille : le 1er juillet, le comte de Paris dîne à la table de Thiers. « Je ne fais que passer, lui dit-il, demain je pars pour Bruges pour y rencontrer Chambord. » Celui-ci est déjà dans un train qui fonce de nuit vers Paris. Le dimanche 2 juillet 1871, il fait son entrée dans cette capitale où il est né, sans uniforme ni roulements de tambours. On vote ce jour-là dans toute la France pour élire des députés. Le prince n'en a cure : il est candidat, seul candidat, au trône de France.

Henri V incognito dans Paris

A 5 heures du matin, Chambord débarque à la gare du Nord. Avec le comte de Monti de Rézé, il grimpe dans un fiacre qui le conduit à Notre-Dame-des-Victoires où il entend la messe. Puis il se fait conduire à Notre-Dame, l'église de son baptême. Il aperçoit en passant les ruines de la Cour des comptes et des Tuileries : le pavillon de Marsan, où il est né, reste seul intact. Il se rend ensuite chez le baron de Nanteuil, avenue de Villars, où il rencontre le marquis de La Ferté-Meung, député, qui vient lui demander de renoncer au drapeau blanc et de rencontrer le comte de Paris. Il répond à La Ferté, avec quelque vivacité, qu'un député légitimiste ne doit pas transiger sur le drapeau et qu'il est prêt à rencontrer Paris, mais plus tard, après qu'il aura « fait connaître à la France sa pensée tout entière ».

Le voilà parti pour Blois, où il passe la nuit à l'hôtel d'Angleterre, et pour Chambord où il réside trois jours. A Versailles, La Ferté a parlé, il n'a pu s'empêcher de raconter « avec des larmes » devant Falloux et plusieurs députés son altercation avec le prince. Tout Versailles sait désormais que Chambord est dans Chambord, et qu'il est venu en France pour arborer le drapeau blanc. Les compagnons légitimistes du prince savent que c'est une folie, un piège tendu par Decazes et Thiers. Ils se souviennent qu'en 1815 Louis XVIII et plus tard Charles X auraient accepté les trois couleurs si le zèle des maréchaux d'Empire ne les avait persuadés de choisir le drapeau blanc. Ils n'en avaient pas fait la condition essentielle de la restauration. Le comte Armand de Maillé, le duc de La Rochefoucauld-Bisaccia et le vicomte de Gontaut-Biron viennent le dire à Henri V : « Le maintien du drapeau tricolore est une nécessité absolue, et si Monseigneur renonce à lui, il faut qu'il renonce à la couronne de France. — La France ne tient pas si exclusivement au drapeau tricolore, répond Henri, puisqu'on l'a mis de côté à Paris pour prendre le drapeau rouge. » Maillé réplique justement que, devant le drapeau rouge, « le tricolore représente l'ordre et l'autorité ». Il n'est plus le sanglant symbole de la Révolution, mais l'emblème de l'ordre ; il était à Rome pour défendre le pape. Maillé regarde le prince. L'argument l'a-t-il touché ? Nullement : « Je ne puis revenir en France qu'avec mon principe et mon drapeau. » Il n'en démord pas et ne supporte aucune ambiguïté sur ce point : « Je ne veux pas, dit-il, que mes cousins aient à me reprocher de ne pas les en avoir instruits avant de me voir. »

Les légitimistes ne se tiennent pas pour battus : l'après-midi, un ancien combattant de Patay, le jeune Cazenove de Pradines, vient voir le prince à son tour. Henri reste inflexible. Il refuse aussi tout compromis à Mgr Dupanloup, le très libéral évêque d'Orléans. A la gare de Blois où il prend son train de retour, il aperçoit des centaines de pèlerins venus de toute la France pour le rencontrer. Il se cache et passe la nuit à dormir dans son compartiment. Il a en poche son manifeste que l'*Union*, journal légitimiste, doit publier. Ses proches le supplient de n'en rien faire, il reste inflexible. « Français, je suis au milieu de vous, dit-il dans ce texte daté à Chambord du 5 juillet 1871. Mais je ne peux pas donner, par ma présence prolongée, de nouveaux prétextes à l'agitation des esprits, si troublés en ce moment. » Il s'en va donc, promettant de revenir, avec, dit-il, « mon dévouement, mon principe et mon drapeau ». Il ne peut faire à son pays le sacrifice de son honneur. J'ai reçu ce drapeau, explique-t-il, « comme un dépôt sacré, du vieux roi, mon aïeul, mourant en exil. Il a toujours été pour moi inséparable du souvenir de la patrie absente. Il a flotté sur mon berceau, je veux qu'il ombrage ma tombe. [...] Henri V ne peut abandonner le drapeau blanc d'Henri IV ».

La presse orléaniste se déchaîne les jours suivants : « Le comte de Chambord, écrit le *Journal des Débats*, se trompe sur les idées, les besoins, les sentiments et les passions du peuple qu'il aspire à gouverner. Le drapeau blanc est à peu près aussi redouté en France que le drapeau rouge. » Le *Temps*, protestant et libéral, ne s'y trompe pas : « C'est un renversement non pas seulement de la Révolution française et de ses conséquences, mais en quelque sorte de la pensée moderne elle-même. » Le manifeste du prince fait en somme très exactement pendant au *Syllabus* de Pie IX. Louis Veuillot, en revanche, accueille le texte avec enthousiasme dans l'*Univers*, le journal ultramontain que lisent tous les curés de combat. « Il faut, écrit-il, réorganiser ou plutôt organiser à nouveau les institutions, les rangs, les individus et même les âmes. C'est là que le grand dommage a été fait, bien avant les Prussiens. C'est à cause de ce dommage anciennement réalisé que les Prussiens ont pu venir. » Un châtiment en quelque sorte : on retrouve la pensée de la mortification, de l'expiation qui est celle de l'ordre moral. « C'est de ce désordre que le socialisme est né. » Le drapeau blanc, en revanche, c'est celui de la reconquête catholique. Il en vaut un autre : « Le drapeau qui fut planté sur les minarets d'Alger vaut celui qui descendit de la flèche de Strasbourg et qui se recula de Rome. » Veuillot en parle à son aise, il n'est pas « de ceux qui cherchent un roi ». Il a son roi depuis longtemps, c'est « le roi Christ ». Il a tout de même ses préférences : « Jusqu'à ce qu'Il [le Christ] nous donne un prince qui Lui fasse serment et qui reçoive Son Sacre, tout autre roi en ce monde ne sera pour nous qu'un collecteur d'impôts. » Henri est le plus digne, et qu'importe son drapeau ! Telle est la pensée du meilleur pamphlétaire de Sa Sainteté.

Henri n'a toujours pas rencontré le comte de Paris. Pour quoi faire ? Il passe son temps entre la Belgique, Frohsdorf et la Suisse, laissant le champ libre à Thiers. La fusion est très loin d'être faite, ainsi que l'a prévu et escompté le chef du pouvoir exécutif de la République française : si habiles qu'ils soient, les ducs orléanistes ne peuvent se passer d'Henri, et l'intransigeance du chef de la maison de France est de nature à empêcher toute restauration monarchique.

Henri V... fonde la République

« On peut appeler le comte de Chambord le Washington français, dit Thiers, car il a fondé la République. » Il reste que la majorité de l'Assemblée est monarchiste, et que les députés orléanistes s'agitent, organisant contre le ministre de l'Intérieur de Thiers, Ernest Picard, une guerre sans merci. On lui reproche d'avoir conservé les préfets gambettistes, et d'être ainsi responsable du succès républicain aux élections partielles du 2 juillet 1871. Thiers doit lâcher Picard, mais refuse de nommer préfet de la Seine l'ultracatholique Augustin Cochin. Léon Say, protestant et républicain, occupe le poste et Cochin doit se contenter de la préfecture de Versailles où il pourra entendre la messe dans la chapelle de Louis XVI. La poussée catholique est alors difficile à contenir. Le pape s'étant adressé aux évêques de France pour les exhorter à agir contre sa captivité, ils ont envoyé à l'Assemblée une pétition lui demandant de se concerter avec d'autres pays et de rétablir le pontife « dans les conditions nécessaires au libre gouvernement de l'Église ». Chambord a rendu publique une lettre où il se dit prêt, s'il monte sur le trône, à rétablir le pouvoir temporel du pape. Cette attitude choque furieusement les radicaux et même les républicains modérés. Gambetta a prononcé un discours le 26 juin pour sa rentrée politique. Il ne manque pas de rappeler que les ouvriers et les paysans de ce pays sont attachés aux conquêtes de la Révolution française. On accusait à gauche, dit le vicomte de Meaux, « royalistes et catholiques de vouloir la guerre et de la vouloir pour le pape ». Les gambettistes, paradoxalement, se présentaient désormais contre les évêques comme les garants de l'ordre public. Les royalistes s'attendaient cependant à un succès aux élections, pensant que le pays reconnaissant voterait pour ceux qui l'avaient débarrassé de la Commune.

Les listes parisiennes pour les élections partielles avaient été établies par les directeurs de journaux, comme en 1869. Un Comité de l'Union parisienne de la presse regroupait une vingtaine de journaux conservateurs. Un autre comité, dit républicain de la Seine, offrait une liste de républicains modérés. Le *Temps* patronnait un Comité électoral de la rive gauche qui proposait une « monarchie non héréditaire », c'est-à-dire une république de notables. Un Comité républicain radical menait la lutte avec une Ligue des droits de Paris. En province s'affrontaient généralement deux listes, l'une royaliste, l'autre républicaine qui se disait thiériste. Les électeurs de cette liste votaient donc pour Thiers, pour la paix, tandis que les conservateurs votaient pour des candidats dont l'intention avouée était de renverser la République provisoire pour établir une monarchie définitive, et qui avaient en outre des velléités d'intervention en Italie pour aider le pape.

Les électeurs avaient exprimé massivement leur intention de maintenir la paix sous la houlette de Thiers. La nouveauté, c'est qu'en lui accordant leurs suffrages, ils votaient pour des listes républicaines. Qu'il le voulût ou non, le chef de l'exécutif devenait le champion de la résistance du régime provisoire contre tous ceux qui lui donnaient l'assaut. Les mêmes électeurs qui avaient voté en février pour l'ordre royaliste étaient désormais pour l'ordre thiériste, qui tendait à devenir l'ordre républicain. Paris avait élu 16 candidats, pour la plupart thiéristes, désignés par le Comité de l'Union parisienne de la presse et 5 radicaux, dont Gambetta. Dans

39 départements sur 46, la majorité était thiériste, c'est-à-dire républicaine : 7 royalistes seulement avaient été élus. On lisait dans les journaux les termes du manifeste d'Henri V quelques jours seulement après cet échec de la droite royaliste. On ne manquait pas d'en conclure dans la presse de droite que la désunion, due à l'intransigeance henricienne, faisait le jeu des républicains. Dans la presse de gauche, au contraire, on commenta le scrutin en marquant qu'il impliquait un désaveu de la Chambre introuvable, un retour du pays aux trois couleurs de la République.

Les groupes républicains issus de la gauche du Corps législatif sous l'Empire (Ferry, Jules Favre, Simon) et l'extrême gauche appelée Union républicaine de Gambetta, formée de radicaux, ne dépassent pas ensemble 250 députés. Le reste, c'est-à-dire la majorité, est à droite et comprend aussi deux groupes principaux : les chevau-légers, partisans du droit divin du roi et du pouvoir temporel du pape, se rassemblent autour de Baragnon et d'Audren de Kerdrel. La droite orléaniste et le centre droit, qui groupent 200 députés autour du duc d'Audiffret-Pasquier, sont partisans d'une monarchie parlementaire et de la fusion des familles princières. Le manifeste d'Henri Dieudonné a provoqué dans ces grands groupes des remous de forte amplitude. Les chevau-légers fidèles à leur prince se comptent : ils ne sont plus que 80, décidés à disparaître plutôt que d'admettre l'altération du « principe » monarchique. Ces gentilshommes intransigeants ne sont pas des professionnels de la politique. Ils sont venus de leur province pour soutenir le prince et les thèses de l'*Univers* de Veuillot. Ils n'ont que faire des manœuvres et des atermoiements. Les royalistes obéissant aux trois ducs (Broglie, Audiffret-Pasquier, Decazes) sont libéraux en matière religieuse comme Mgr Dupanloup et aussi en politique ; ils forment les groupes de la droite et du centre droit qui livrent désormais à Thiers une guerre sournoise et quotidienne. Le centre droit est de loin le groupe le plus important de cette Chambre. La nouveauté, c'est la constitution d'un nouveau groupe du centre gauche, très hétérogène puisqu'il comprend des orléanistes convaincus que la fusion est impossible et qui se rallient à la République (40 députés environ), des amis de

Thiers et des républicains modérés derrière Jules Simon : la rivalité entre ce centre gauche et le centre droit des ducs est la ligne principale des futurs conflits.

Mais beaucoup de députés non enrégimentés subsistent dans la droite traditionnelle et dans la gauche républicaine. Les députés flottants de la droite se réunissent dans une sorte de club autour du vieux général Changarnier. La diversité et l'instabilité des groupes fait à l'évidence le jeu de Thiers, tacticien habile qui joue sur les circonstances et se compose des majorités selon ses besoins. Il lui faut trouver le moyen de se maintenir au pouvoir, en établissant une sorte de Constitution provisoire. Il rencontre sur ce point l'opposition acharnée de la droite monarchiste qui sent bien qu'une évolution de droit vers la République risque de lui être fatale après l'échec de la tentative de fusion des familles royales.

Cet écheveau de formations distinctes est en réalité fort simple à démêler. On peut apercevoir une gauche rebelle à toute entente centriste, réclamant constamment l'amnistie pour les communeux : les radicaux de Clemenceau ; une « gauche » effarée par la Commune, capable de compromis et proche du centre droit : le centre gauche de Thiers ; entre les deux, Ferry et Freycinet, sincèrement républicains, mais de plus en plus conservateurs ; Gambetta qui reste radical, mais regarde désormais vers le centre. Quant à la droite, elle est séparée en deux grandes tendances : les bonapartistes ne comptent pas, les amis de Changarnier sont minoritaires par rapport aux chevau-légers — pôle fort de la droite, ultracatholique et royaliste — et aux orléanistes de droite ou du centre droit, amis des ducs et partisans d'une monarchie parlementaire. Ceux-là sont des hommes d'État : ils sont les fils d'anciens ministres ou d'anciens ambassadeurs de Louis-Philippe. Ils n'ont pas été écartés des affaires sous l'Empire car ils peuvent être aussi banquiers et administrateurs de grandes sociétés. A l'aise dans les ambassades et dans les ministères, ils ont le sens de l'État : ces grands seigneurs, qui constituent une haute bourgeoisie d'entreprise, ne cherchent pas des postes pour faire carrière, ils se dévouent au bien public et pensent qu'il est naturel que les plus riches et les plus puissants assument les tâches de l'État, faisant profiter la communauté de leurs lumières et de leur expérience. Ces notables sont indifféremment du centre gauche ou du centre droit, selon qu'ils souhaitent une République conservatrice, comme le richissime Casimir-Perier, ou une monarchie parlementaire, comme son beau-frère le duc d'Audiffret-Pasquier. Ensemble, ces groupes peuvent constituer une solide majorité pourvu que l'on se mette d'accord sur le régime. Mais toute solution est encore bloquée par la candidature d'Henri V.

Thiers, défenseur intransigeant de la vieille société

En attendant, Thiers exerce tous les pouvoirs. Il est à la fois chef de l'État, premier ministre et député, élu par deux millions de Français. Il s'occupe de tout, surveille les ministres, convoque directement généraux, préfets et ambassadeurs, nomme aux postes officiels. Sa capacité de travail est prodigieuse, son goût du pouvoir immodéré. Il mécontente de plus en plus les puissants ducs orléanistes, membres du conseil d'administration des grands groupes d'affaires et soucieux de normaliser institutions et ministères pour en faire des machines souples, bien huilées, fonctionnant sans bruit à leur profit. Thiers apparaît bientôt à ces hommes d'ordre et de raison comme un gêneur.

La victoire de la gauche et du centre gauche aux élections partielles de juillet 1871 a pour résultat immédiat d'accroître encore son pouvoir et de permettre une manœuvre d'apparence anodine mais en réalité décisive : le député thiériste Rivet, pour « donner des garanties nouvelles de durée et de stabilité au gouvernement établi », propose en août — ce qui aurait été impossible avant les élections — de prolonger de trois ans les fonctions actuelles de Thiers « sous le titre de président de la République », moyennant naturellement la réserve exprimée qu'en cas de renouvellement de l'Assemblée les pouvoirs du président tomberont. Casimir-Perier et ses amis soutiennent le projet contre les ducs du centre droit qui ne veulent pas créer l'irréparable en introduisant de nouveau la République dans un texte. Ils proposent seulement de « confirmer [à Thiers] les pouvoirs que l'Assemblée lui a confiés à Bordeaux ». Cette loi du 31 août 1871 apparaît comme un succès républicain, puisque Thiers reçoit le titre de « président de la République », nommant et révoquant les ministres. Celui-ci remercie aussitôt l'Assemblée de l'honneur qu'elle lui a fait en lui confiant « la première magistrature de la République ». A vrai dire, les orléanistes ne lui ont pas fait de cadeau et se sont ingéniés à limiter ses pouvoirs : l'Assemblée se dit constituante. Il lui reviendra d'établir les institutions définitives du pays. La gauche hurle à l'énoncé de cet article : les députés n'ont été élus que dans des circonstances exceptionnelles pour décider de la paix et de la guerre. Ils n'ont plus d'autorité et doivent se dissoudre ! On passe outre, par 434 voix contre 225 : un scrutin qui permet aux républicains de se compter. Ils ne sont pas encore en mesure d'imposer leur loi à une Assemblée monarchiste.

Les ducs limitent encore les prérogatives de Thiers en le déclarant responsable devant l'Assemblée qui peut demander à l'entendre « chaque fois que cela est nécessaire ». Chacun de ses actes doit être contresigné par un ministre. Les pouvoirs du président sont ainsi précisés : ils ne sont plus précaires, mais restent provisoires. On a refusé de leur donner une limite de temps : il est président tant que l'Assemblée y consent.

Cela ne l'empêche pas d'agir : en homme d'État du XIXe siècle, il lui importe de mettre de l'ordre dans les finances, l'armée et les départements. Parfaitement sourd aux tendances décentralisatrices qui se sont exprimées dans presque toutes les familles politiques, il réaffirme partout l'autorité du pouvoir central, mais dans une perspective strictement libérale. Il refuse férocement, en matière financière, un projet fiscal que la gauche commence à réclamer sur le modèle anglais. Il refuse également l'impôt sur les valeurs mobilières qui aurait permis de taxer les profits très élevés de l'économie industrielle et marchande : cet impôt se trouve réduit à une taxe de 3 % sur les intérêts, dividendes, revenus des actions, obligations, emprunts et commandites. La rente française est totalement exemptée, ainsi que les fonds d'État étrangers : privilège extrêmement appréciable qui allait conforter la place boursière de Paris et encourager les investissements bourgeois en fonds d'État.

Thiers entend précisément financer le remboursement de la dette à l'Allemagne moins par la fiscalité indirecte sensiblement augmentée pour faire face aux frais de guerre, que par l'emprunt dont il souhaite que les banques privées assument le service et empochent la rémunération. Un deuxième emprunt de 3 milliards de francs, créant 207 millions de rente à 5 %, est couvert treize fois, succès sans précédent à la hauteur de la confiance qu'inspire Thiers au pays. Celui-ci rendra aux notables orléanistes ce dernier service avant de disparaître : grâce au succès de son emprunt, il anticipe les paiements à l'Allemagne et obtient, deux ans avant la date fixée, la libération du territoire. L'Assemblée refuse seulement de le suivre dans le relèvement colbertiste des droits de douane pour le textile. Son ministre des Finances, Pouyer-Quertier, filateur normand soucieux de supprimer les fâcheux effets du traité de libre-échange de 1860 avec l'Angleterre, devra se contenter de droits très modérés.

Thiers, ce libéral autoritaire, veut aussi conserver une armée disponible aussi bien pour la défense des frontières que pour la protection sociale. L'armée est d'abord à ses yeux une force de police intérieure qui doit être tenue bien en main. Il n'a donc pas confiance dans le projet d'armée nationale appelant tous les Français à un service court. Il n'est pas non plus pressé de dissoudre la Garde nationale qui subsiste en province et qu'il considère comme force de l'ordre, mais il doit s'y résoudre sous la pression de l'Assemblée, et céder sur le principe du service obligatoire universel, l'« impôt du sang ». Une très large majorité, de droite comme de gauche, attribuant la victoire de la Prusse à la supériorité de ses effectifs, l'exigeait. Mais Thiers, entêté, défigure la loi en la vidant de son contenu : « Cet homme, disait le général du Barail, qui n'aurait pas causé cinq minutes avec un marchand de pommes de terre frites sans essayer de lui démontrer les secrets de la friture, prenait plaisir à révéler aux généraux groupés autour de lui les secrets de l'art de la guerre. » La dissolution de la Garde nationale avait pour conséquence de rendre l'armée entièrement responsable de l'ordre intérieur. Il devenait essentiel d'étoffer la gendarmerie, qui dépendait du ministère de la Guerre. Un décret du 28 mars 1872 organisa un régiment de gendarmerie mobile, spécialisé dans le maintien de l'ordre. Il fallait surtout, pensait Thiers, restaurer une solide armée de métier. Il y parvient par une série de demi-mesures.

Il veut éviter les casernements, qui mettent les troupes au contact de la population civile, et conserver donc le principe gambettiste des camps. Les soldats rentrés de Kabylie (où ils ont réprimé durement une rébellion) et les troupes levées pendant la Commune permettent d'espérer la création de 144 régiments de ligne. Cette troupe doit être solidement constituée, et Thiers ne ménage pas ses efforts pour la doter d'un budget convenable, grâce aux crédits extraordinaires. On recommence à fabriquer des chassepots, et l'on met à l'étude un canon léger, à tir rapide, se chargeant par la culasse. Il faut y ajouter, dira Thiers au Comité de défense, des places fortes et des pièces lourdes tirant à dix kilomètres. Il propose de masser toute cette armée de métier à la frontière, sans envisager la création de régions militaires, indispensables pourtant, selon le général Chanzy, pour le recrutement régional des réservistes. Il n'accorde que douze corps d'armée, alors que dix-huit seraient nécessaires. Il méprise les réserves et redoute un recrutement sur une base territoriale qui pourrait conduire à des troubles civils. Contre les tenants de l'armée nationale de masse, il dénonce l'illusion du nombre qui est celle de Gambetta. La France a connu, précise-t-il, deux défaites, Sedan et celle des armées républicaines de la Défense nationale, mal encadrées, peu instruites. La suppression des armées de métier faisait partie du credo des radicaux de Belleville en 1869. Mais Thiers veut l'armée de Napoléon Iᵉʳ, une armée de vieux soldats.

Il n'a que faire des bourgeois en uniforme, des étudiants, et des curés sac au dos. Il les dispense ou les encourage à n'effectuer qu'un service d'un an en payant les frais de leur équipement. Le contingent fournirait chaque année 150 000 hommes, soit 750 000 pour cinq ans — durée acceptée du service : c'est trop. Le chef de l'exécutif fait admettre que l'on divise le contingent en deux portions, par tirage au sort :

seuls les mauvais numéros, appelés en fonction des besoins des régiments, partiront pour cinq ans. Les bons feront un an de service, puis six mois. Thiers les renverrait volontiers chez eux pour éviter les dépenses de l'instruction. Ainsi la loi de 1872 établit-elle en France un régime de service militaire obligatoire seulement dans le principe : en fait, le contingent ne sert qu'à fournir en nombre limité les troupes d'une armée de conscription assumant un long service de cinq ans — Thiers en aurait souhaité sept.

Même rigueur pour les départements. Certes, Thiers concède la création de conseils généraux élus, avec président et bureau, mais il ne veut pas que des « commissions départementales » émanant des conseils « mettent une seringue dans le derrière des préfets ». Il limite les pouvoirs de ces commissions exigées par la droite décentralisatrice. Le dernier mot, dans les départements, reste à l'agent du pouvoir central.

Le péril républicain

Pour obtenir satisfaction contre une Assemblée houleuse, Thiers, à deux reprises, a offert sa démission. On l'a retenu par le pan de sa redingote car la droite a encore besoin de lui. De son côté, il s'est bien gardé de heurter de front la majorité royaliste en allant trop loin dans le domaine scolaire : son ministre républicain Jules Simon, qui n'a même pas osé proposer la gratuité (« elle exigerait, disait-il, un sacrifice au-dessus de nos forces ») a aussi dû rengainer l'obligation : « Voter l'obligation, avait dit le rapporteur catholique Ernoul, ce serait déclarer obligatoire la lutte entre l'école publique et l'Église, et violer les droits des pères de famille. » Liberté scolaire, mais pas de liberté d'association : les syndicats demeurent interdits, et l'on vote une loi d'exception contre l'Association internationale des travailleurs. Ces dispositions tantôt libérales tantôt autoritaires ne sont alors combattues à gauche que par les plus radicaux des républicains, les autres ménagent Thiers, Gambetta le premier, parce que le chef de l'exécutif a déclaré qu'il voulait faire « l'essai loyal des institutions républicaines ». Gambetta prend Thiers au mot :

il le contraint à louvoyer. Nomme-t-il le « centre gauche » Casimir-Perier ministre de l'Intérieur ? Ce dernier, rallié récent, envoie aux préfets une circulaire de ton républicain. Thiers doit aussitôt se rétracter, affirmant que la « constitution d'un gouvernement définitif ne regarde que la majorité de l'Assemblée ». Gambetta prend aussitôt la mouche dans le journal qu'il vient de créer, la *République française* : « Nous avons vu le président de la République abaisser son autorité devant des hommes qui sont les ennemis de la République. »

Pourtant la République progresse dans le pays, profitant de la réforme des institutions. Le vote pour les conseillers généraux donne encore la majorité aux conservateurs, aux notables, mais les républicains commencent à prendre pied : déjà les élections municipales du 30 avril 1871 ont été, dans beaucoup de villes, un succès républicain. Les élections législatives complémentaires de juillet ont confirmé la tendance du corps électoral. On propose à Jules Ferry de se porter candidat au conseil général. Le député de Saint-Dié hésite ; son adversaire dans le canton du Thillot n'est autre que Louis Buffet, un grand notable libéral, ancien orléaniste converti à l'Empire sous Émile Ollivier. Les industriels vosgiens soupçonnent Ferry de connivence avec la Commune[1]. Il doit les convaincre, expliquer à l'un d'eux, Jules-Antoine Febvrel, qu'il a failli être fusillé par les communards. Il a dû prendre des chemins de campagne pour visiter toutes les fermes du canton. A ce prix, il est élu en même temps que Jules Méline, cet autre républicain des Vosges. Même si la présidence du conseil général reste attribuée au conservateur Mougeot, maire de Remiremont, les républicains ont fait leur percée : Ferry sera conseiller général de Thillot jusqu'à sa mort. Il a fait bon usage de l'institution créée par Thiers, même s'il doit immédiatement entrer en conflit avec le préfet thiériste, un certain Blignières, « le plus désagréable pédant et le plus faux compère dont Picard [le ministre de l'Intérieur] ait pu doter sa République sans républicains ».

La percée dans la Seine est encore plus spectaculaire : les élections municipales du 23 juillet 1871 désignent 51 républi-

1. Gaillard, *op. cit.*, p. 255.

cains, dont 20 radicaux, sur 77 conseillers qui constituent, avec les élus de Sceaux et de Saint-Denis, le conseil général de la Seine. Clemenceau est parmi les élus radicaux avec Ranc, Lockroy et Allain-Targé. Le résultat sera confirmé trois ans plus tard : 70 républicains seront élus en 1874. Un républicain modéré devient président. Clemenceau pourra s'occuper, avec ses collègues, des problèmes d'encombrement des gares, de déblayage de la neige et de la reconstruction de l'Hôtel de Ville incendié par la Commune. Son anticléricalisme se donnera libre cours à la commission Instruction publique-Assistance publique où il est élu. Il fera un très bon président du conseil municipal de Paris en 1875. Éphémère mais significative présidence : Paris est aux mains des radicaux, quelques mois après la Commune. « Citoyens, dit le Vendéen à ses électeurs, j'ai fait tout mon possible pour arrêter l'effusion de sang en 1871. Si le gouvernement d'alors avait franchement déclaré la République, les incendies et les exécutions de toutes sortes, de prêtres, de soldats, ne se seraient pas accomplis. Tous ces malheureux qui sont loin de nous [beaucoup sont au bagne, et Clemenceau est partisan de l'amnistie] et qui ont combattu étaient sincères, car ils croyaient que la République était en danger[1]. » Il ne fait pas, comme Gambetta, machine arrière, il ne se pose pas en conservateur. Il n'a pas, comme Ferry, à plaider sa non-participation aux événements. Il assume son rôle de maire du 18e, et se trouve à l'aise pour tenter d'accueillir, dans les rangs des radicaux, les combattants malheureux, entraînés malgré eux dans l'illégalité par une assemblée de royalistes.

Le comte de Falloux avait pris l'initiative de rechercher, à défaut d'une fusion des princes, une union des groupes parlementaires royalistes sur un programme. Thiers n'avait pu empêcher les princes de la maison d'Orléans, régulièrement élus aux élections, de prendre leur place à l'Assemblée depuis le vote d'abrogation des lois d'exil. Les princes poussaient à l'union, et l'initiative de Falloux venait à point. Encore fallait-il que les candidats l'admettent. On dépêcha le général Ducrot à Anvers où se trouvait Henri V. Il était porteur d'une étrange

1. Duroselle, *op. cit.*, p. 132.

proposition : pourquoi ne pas faire élire le duc d'Aumale président de la République, pour faciliter la restauration ? « Je n'admets pas qu'un prince du sang soit en dehors de l'entourage de son roi », répliqua aussitôt le comte de Chambord qui rendit public un nouveau manifeste : « Je n'abdiquerai jamais. [...] Personne, sous aucun prétexte, n'obtiendra de moi que je consente à devenir le roi légitime de la Révolution. » Le duc d'Audiffret-Pasquier avait calmé le duc d'Aumale, mais la fusion restait au point mort.

A vrai dire, beaucoup d'orléanistes n'avaient nulle intention d'être les sujets d'Henri Dieudonné, comte de Chambord. Certains allaient même jusqu'à envisager la restauration du candidat, à condition qu'il abdique. « Ce n'est pas seulement un roi constitutionnel qu'il nous faut, affirmait le jeune marquis de Castellane, mais un roi conditionnel. » Il faut, disait-on de Chambord, « qu'il ouvre les yeux ou qu'il les ferme ». Pour les ducs du centre droit, l'essentiel était que leur candidat ne se pressât pas, qu'il laissât au Bourbon la responsabilité de la rupture. Mais le refus d'abdiquer du prince ruinait ces espoirs secrets. Dès lors, le seul but des orléanistes fut de lui faire admettre, par ruse et par étapes, une Constitution libérale et le drapeau tricolore de la réconciliation nationale. On acceptait qu'il décorât l'emblème d'insignes royalistes. Le plus modéré des partisans de la restauration, Falloux, ne donnait-il pas à entendre qu'il était prêt, lui aussi, à des concessions ? Ce libéral avait jadis partagé l'opinion de Mgr Dupanloup sur la question de l'infaillibilité pontificale. S'il était pour la restauration d'Henri V, c'était, comme le centre droit, sous garanties constitutionnelles.

Le parti légitimiste s'indignait de ces manœuvres, et les gentilshommes députés — dont certains avaient protesté contre le premier manifeste d'Henri — avaient du mal à contenir leurs troupes. De violentes manifestations royalistes avaient eu lieu à Nîmes, à Avignon et à Grenoble le jour de la Saint-Henri ; le préfet d'Avignon (centre droit) avait même cru devoir rendre publique une protestation contre les manifestants à drapeau blanc. Les orléanistes devaient agir vite. Le 3 janvier, une centaine de députés s'étaient rendus à l'invitation de Falloux. Il avait prétendu que le retour de la monarchie était possible si l'on parvenait à en rendre juge la nation, par l'intermédiaire de ses représentants. De là était venue la proposition d'élire le duc d'Aumale. La réponse indignée d'Henri avait coupé court à cette manœuvre. Depuis le manifeste du 15 janvier, les députés ne pouvaient ignorer qu'il était difficile de faire fléchir le prince, même par ruse.

Désormais, les groupes de la droite ne se réunissaient plus en commun, rue des Réservoirs. Le centre droit avait pris le premier ses distances, siégeant sous la présidence de Saint-Marc-Girardin, avec les ducs au complet. Les chevau-légers restaient entre eux. Seuls habitaient encore à l'hôtel des Réservoirs les députés d'un troisième groupe, celui de la droite modérée, avec d'anciens légitimistes comme Audren Kerdrel et Dampierre, mais aussi les vicomtes de Meaux et de Blois, qui désapprouvaient l'intransigeance de leur prince. Henri pouvait se flatter d'avoir mis la droite royaliste sens dessus dessous...

La droite modérée fit aussitôt une déclaration en faveur de la monarchie « héréditaire, représentative, constitutionnelle ». 80 députés soutinrent immédiatement cette déclaration qui passait sous silence la question du drapeau. On y relevait des signatures légitimistes. Le centre droit, de son côté, annonça son ralliement au programme général des droites, mais aussi sa préférence pour le drapeau tricolore. Avait-on progressé ? A l'évidence, il ne restait qu'un seul point de friction entre toutes les droites : le drapeau. La fusion parlementaire était presque faite. Deux députés, Ernoul et Baragnon, firent le voyage d'Anvers pour apporter ce qu'ils croyaient être une bonne nouvelle au prince.

Entre le drapeau blanc et les « nouvelles couches » : le « juste milieu » de Thiers

Henri répondit aux parlementaires légitimistes qu'ils pouvaient signer des textes sous leur responsabilité et qu'il ne se sentait nullement engagé. C'était une nouvelle fin de non-recevoir. Ceux des légitimistes qui s'étaient laissés aller à donner leur avis dans la presse sur la question du drapeau, devaient faire place aux intransigeants. Le marquis de Dreux-Brézé remplaça La Ferté à la tête du comité de Paris qui rendait publiques les décisions du prince. Il reçut mission d'informer les comités de province des véritables intentions de l'exilé de Frohsdorf. Sa préoccupation était alors d'empêcher les orléanistes de gagner certains de ses fidèles par leur politique de ruse. Une mobilisation générale de la noblesse de province devait faire connaître, par des conférences, des rencontres, des campagnes de presse, les véritables intentions du prince. Cette campagne d'opinion avait-elle une chance d'aboutir alors qu'elle était axée sur le retour du « drapeau chéri » ?

Thiers s'en réjouissait le soir dans ses déclarations au coin du feu, lorsqu'il réunissait ses amis du centre gauche. Il commença par réclamer à l'Assemblée le retour du gouvernement à Paris, les trains de Versailles étant trop incommodes : un projet repoussé qui entraîna la démission du ministre de l'Intérieur, Casimir-Perier. Thiers avait beau jeu de compter les voix bonapartistes, de nouveau nombreuses, qui enlevaient sa clientèle à la droite dans les élections partielles. Les paysans, las des notables divisés, votaient pour les hommes d'ordre. L'ancien chef du gouvernement impérial, Rouher, venait d'être élu en Corse. Il constitua aussitôt un groupe politique, l'Appel au Peuple, soutenu dans la presse par l'*Ordre* et le *Gaulois*. Les progrès des bonapartistes inquiétaient le chef du gouvernement. Il comprenait fort bien qu'ils favorisaient, à gauche, la propagande républicaine. Si les bonapartistes redevenaient crédibles, malgré Sedan et Metz, auprès des électeurs conservateurs, Gambetta reprendrait à coup sûr la parole.

Il ne s'en fit pas faute : « Il n'y a qu'un moyen de ramener la paix sociale, dit-il à Angers, c'est de faire une autre Chambre. » Soutenant que les républicains étaient avant tout les défenseurs de l'ordre et de la propriété, il affirmait que le temps des « expériences monarchiques » était passé. Thiers pouvait-il entendre ce langage ? De nombreux conseils généraux avaient émis des adresses le félicitant de défendre le régime républicain. Thiers ne démentait pas les propos du général Chanzy, président du centre gauche, quand il déclarait à peine élu : « Nous acceptions franchement dans le fond et dans la forme la République. » D'Aumale mettait un comble aux embarras des royalistes en proclamant à la tribune qu'il chérissait le drapeau tricolore « auquel les Français de toute opinion et de toute origine se sont ralliés pendant la guerre ». Une entente entre le centre droit et le centre gauche était-elle possible ? Chanzy, le général thiériste, fit savoir qu'il ne fallait pas compter sur l'appui de son groupe « si les espérances monarchiques n'étaient pas définitivement abandonnées ». C'était rejeter le centre droit des ducs du côté de la droite. Broglie, que Thiers avait nommé ambassadeur à Londres, rentra pour prendre la tête de l'opposition à la République, désormais menacée de subversion radicale. L'adversaire était bien Thiers et non pas Gambetta. Le président avait beau dauber sur « les princes dont il y a plus qu'il n'en peut trouver place sur le trône », il avait beau promettre aux conservateurs qu'on pouvait compter sur lui « pour la sécurité de l'ordre moral », il savait fort bien qu'il avait désormais un ennemi irréconciliable en la personne de Broglie, lequel n'attendait que l'occasion de le faire chuter.

Gambetta, en revanche, progressait en profondeur : Thiers pouvait-il s'appuyer sur ce mouvement républicain ? A la propagande pour le drapeau blanc, les comités républicains répondirent, dans le Sud surtout, par une politique de présence au village, dans les moindres bourgs. On retrouve dans les archives du Gard et de l'Hérault les traces pittoresques de cette action : des félicitations adressées aux jeunes mariés par les élus locaux, des vœux pour la naissance des enfants, une aide efficace apportée dans les domaines de l'emploi ou de la famille. Les républicains rassurent et se rapprochent de leur clientèle populaire. Suivant les consignes de Gambetta, ils occupent le terrain.

Ce dernier se dépense sans compter dans sa campagne de banquets à travers la France entière. Il commence par l'Est, tout acquis à ses idées. Il dit aux mineurs de Firminy, le 19 septembre 1872, « qu'il n'y a pas deux Républiques » et que les républicains de toutes tendances doivent s'unir pour défendre le régime. Il proclame à Chambéry le 22 septembre : « La France est mûre pour la République. » Le 26, à Grenoble, il prononce son célèbre discours sur la « nouvelle couche sociale », celle des commerçants, des artisans, des employés des chemins de fer et des administrations, des instituteurs et des médecins : toute une population encore écartée du pouvoir par les notables et qui ne demande qu'à prendre en main les destinées du pays. Cette « nouvelle couche » vote radical et votera de plus en plus à gauche, dans les campagnes comme dans les villes, car il faut « que le parti radical se donne la mission de guérir la France de cette maladie de la peur ». C'est à Thiers qu'il faut inculquer la peur du pays : « La dissolution est faite car si l'*on* [Thiers, à l'évidence] n'avait pas cette intime conviction que la dissolution est là comme le fossoyeur prêt à jeter la dernière pelletée de terre sur le cadavre de l'Assemblée de Versailles, on ne parlerait pas de se marier *in extremis* avec la République. »

Thiers veut-il se marier avec Gambetta ? Rien n'est moins sûr encore. Il mesure parfaitement les progrès du tribun. Il sait que celui-ci a dit au Havre : « Il n'y a pas de question sociale. Il y a une série de problèmes à résoudre. » Gambetta peut parvenir à rassurer, à rallier la masse des boutiquiers, bistrotiers, médecins et petits fonctionnaires, il peut gagner des voix aux dépens des notables, mais il parle aussi de l'instruction primaire laïque et obligatoire, relançant par là la guerre scolaire.

Thiers constate, en même temps que les progrès gambettistes, la fiévreuse mobilisation des masses catholiques, qui ne peut profiter qu'à la restauration : à peine créé, le Conseil général des pèlerinages est aussitôt entré en action. Les assomptionnistes organisent des trains pour Lourdes afin d'acheminer dans le sanctuaire des Pyrénées des fidèles de la France entière. Le pape leur a donné comme insigne la croix de flanelle rouge des zouaves pontificaux, qui symbolise la croisade « contre les ennemis de l'Église ». Ces déplacements sont l'occasion de troubles, de polémiques dans la *République française*. Revient-on aux guerres de religion ? La contre-propagande radicale se fait violente, agressive ; les pèlerins en viennent aux mains avec ceux que l'on appelle les « sans-Dieu ». Le 6 octobre 1872, 19 parlementaires de droite se joignent au pèlerinage « national », qui est une protestation contre les ennemis du pape à Rome. Des pèlerins bretons porteurs de la croix des zouaves pontificaux, de passage à Nantes, sont insultés et agressés par des contre-manifestants républicains. La police de Thiers réagit brutalement. Rendant compte à l'Assemblée, il déclare : « Ces pèlerinages, ne sont pas entrés dans les mœurs, ils surprennent les populations. » Il excuse en somme les anticléricaux, tout en assurant qu'il désapprouve vivement le discours de Gambetta sur les couches sociales, discours qui fait « rétrograder la République ». « La France est catholique et monarchique », affirme de son côté, avec une belle assurance, le comte de Chambord. Entre les deux partis extrêmes, celui du drapeau blanc et celui de la République des « nouvelles couches », Thiers estime qu'il n'a pas à choisir. N'a-t-il pas toujours été l'homme du « juste milieu » ?

La droite contre Thiers

C'est pour rendre impossible une opération centriste de ce genre que les droites sont désormais résolues à se débarrasser du président : il n'aide plus, il encombre. Qu'importe la division des familles de la droite, elles doivent désormais faire front commun pour rester entre elles, empêcher Thiers de tendre la main à Gambetta et offrir aux électeurs un choix simple : la restauration *ou* les radicaux. Il est urgent de détruire la troisième force du dangereux centre gauche thiériste.

Pour les partisans du drapeau blanc, pour le comte de Chambord lui-même, Thiers est un esprit malfaisant qu'il faut écarter : n'a-t-il pas nommé au Quai d'Orsay Charles de Rémusat, parfaitement hostile au pape dans l'affaire romaine ? Keller et Veuillot, ultramontains, ne le lui pardonnent pas et le poursuivent de leurs sarcasmes. Le 22 juillet 1871, Thiers lui-même à déclaré tout net aux évêques qu'il désapprouvait leur pétition et qu'il ne contribuerait pas à rétablir le pouvoir temporel du pape. En cas de malheur, il pourrait toutefois offrir un asile à Sa Sainteté, le château de Pau, par exemple, et sa neutralité ne l'empêche pas de donner ordre au commandant de la frégate l'*Orénoque*, qui mouille à Civitavecchia, de faire chauffer les machines pour enlever le pape à la première occasion, s'il est en danger. « Croyez-vous, dit-il à Charles de Rémusat, que j'irais sacrifier la politique de la France à un vieillard stupide ? » On est fort déçu de son attitude, chez les chevau-légers mais aussi chez les plus catholiques des ducs. « Le parti catholique, écrit le *Sémaphore de Marseille*, journal officieux du thiérisme, nourrit un étrange projet : une sorte de ligue catholique pour tenir tête à l'Allemagne protestante. Dans ce parti, on donne une alliance avec le pape comme le seul moyen de salut. Cette alliance est une singulière illusion qui achèverait notre ruine. » Thiers, esprit positif, empêche le roi Victor-Emmanuel de se rapprocher de la Prusse et inaugure avec lui le tunnel du Mont-Cenis au cours d'une manifestation d'un grand éclat. Il veut ainsi affirmer sa résolution de conduire en Europe une politique des nationalités, non une parodie de la Sainte Alliance. Il n'est pas du parti des prêtres...

Il est donc la cible de Veuillot, dont Broglie dit que, « dans les presbytères, dans les châteaux, auprès des prêtres de campagne et de beaucoup de bonnes âmes, il est presque tout-puissant ». Le polémiste de l'*Univers* ne mâche pas ses mots : « A l'égard de M. Thiers, écrit-il, il faudrait une bulle pour me couper le sifflet. Je ne veux pas laisser à M. Thiers un seul partisan et un seul complaisant parmi les catholiques. » L'ennemi du pape est anathémisé dans la bonne presse. Il devient « le plus détestable et le plus lâche agent de la Révolution », c'est-à-dire de l'antichristianisme. « Je veux bien le croire plus ignorant que pervers. Je ne dis pas qu'il veut tout le mal qu'il fait, mais il fait tout le mal qu'il peut. » Veuillot tient pour certain qu'il s'attache à se faire pardonner par le parti républicain la répression de la Commune : une fois assuré de la confiance des républicains, il enverra au diable les royalistes avec le même cynisme dont il a fait preuve envers Sa Sainteté. Le pire est que certains orléanistes l'approuveront, le duc d'Aumale, par exemple, qui l'a choisi pour parrain lors de sa réception à l'Académie française.

Que peut Broglie contre cette popularité ? Il en reçoit les preuves les plus manifestes. Qu'il se déplace, il apparaît en président de la République, en chef du nouveau régime. Il se flatte d'attirer à lui les républicains modérés, d'écarter les radicaux. Contre Victor Hugo l'extrême, Vautrain, président thiériste du conseil général de la Seine, l'emporte à l'élection partielle du 27 janvier. Thiers promet à une délégation de Lyonnais de refaire de Paris la capitale et de s'installer lui-même au palais de l'Élysée, quittant Versailles. Il est convaincu d'une évolution favorable des ruraux qui abandonnent les anciens notables. Le succès de l'emprunt permet aux thiéristes de pavoiser, dans la presse et dans le pays.

Bourgeois et commerçants, agriculteurs et employés de banque : tous ceux qui votent républicain sont thiéristes quand ils ne sont pas gambettistes. Le cher petit homme sait que son rival orléaniste, Broglie, ne dispose d'aucun appareil de parti, d'aucune clientèle populaire. Le retour de la paix a fait de Thiers un homme d'État de premier plan, que la flotte anglaise vient saluer l'été 1872 dans la rade du Havre avec le prince de Galles. Prend-il des vacances à Trouville ? Ambassadeurs et banquiers le suivent et constituent sa cour. Gambetta et Broglie se déplacent, ainsi que Schneider, patron du Creusot, qui vient lui présenter son nouveau canon à tir rapide, dont il suit fiévreusement la mise au point. « Vous êtes un prodige de force », lui dit le vieux Jules Favre. Les républicains libéraux sont entièrement conquis. Modérés thiéristes ou radicaux gambettistes l'emportent constamment aux élections partielles d'octobre 1872 dans les Vosges et la Gironde, ce qui ne surprend guère, mais aussi dans l'Ouest catholique et conservateur : le Calvados a voté républicain, seul le Morbihan reste de droite. Veuillot ne s'y trompe d'ailleurs pas : aucune différence, dit-il, entre Thiers et Gambetta : « Qu'est-ce que la gauche modérée ? C'est la fraction qui confine à l'extrême gauche et qui ne s'en sépare que par un langage plus poli. » Ainsi « les militaires gênés dans l'armée et les avocats qui n'ont plus d'occupations possibles dans la magistrature » sont-ils indifféremment thiéristes ou gambettistes : Veuillot n'est pas loin de penser que Thiers aurait pu prendre à son compte le discours sur la « nouvelle couche sociale » de Léon Gambetta.

Mais Thiers comprend qu'il doit aller de l'avant s'il veut

étoffer son électorat : ayant bruyamment désapprouvé le discours sur la « nouvelle couche », il fait une autre déclaration, le 13 novembre 1872, pour embarrasser Gambetta : « La République existe, dit-il à la rentrée de l'Assemblée, elle est le gouvernement légal. Vouloir autre chose serait une révolution et la plus redoutable de toutes. » C'est à Broglie que cette première partie du discours s'adresse : Thiers a renversé la situation. C'est lui qui rassure et mantient l'ordre. Ce sont Broglie et ses amis monarchistes qui risquent de le troubler. Mais cette République « sera conservatrice ou elle ne sera pas » : il est clair qu'elle doit être thiériste et non radicale.

Les députés sont-ils convaincus ? « Et le pacte de Bordeaux ? » lance un chevau-léger. Audren de Kerdrel est si surpris par le cynisme présidentiel qu'il réclame la constitution d'une commission pour examiner le fait nouveau : Thiers vient rompre la tacite entente des droites : « Conserver l'illusion d'une République honnête et modérée après les sanglantes journées de juin 1848 et les actes sauvages de la seconde Terreur, si meurtrières toutes deux pour notre armée, n'est-ce pas oublier trop vite les leçons de la Providence ? » venait de déclarer le comte de Chambord. On choisit l'honnête Anselme Polycarpe Batbie, un professeur de droit royaliste, pour porter l'estocade. « Il existe dans notre malheureux pays, explique le rapporteur, une armée du désordre plus nombreuse et plus puissante qu'ailleurs [...]. En 1848, les soldats de cette armée s'appelaient socialistes, en 1871 communeux, aujourd'hui on les nomme plus ordinairement radicaux. » Et Thiers les laisse faire, il n'a pas sanctionné le discours de Gambetta à Grenoble, qui met en question l'ordre social — comment aurait-il pu condamner un orateur s'exprimant dans un lieu privé ? Les « craintes » du rapporteur vont bien au-delà : Batbie affirme qu'en travaillant pour le succès électoral des radicaux, Thiers assure « le triomphe légal » d'un « mal sans remède, bien pire que le triomphe passager d'une insurrection ». En quoi Gambetta est-il plus dangereux que la Commune de Paris ? Parce qu'il peut investir l'État républicain et imposer un programme où « la religion doit être bannie des écoles ». Ces gens-là veulent « étouffer la grande voix de la religion ». Ce n'est pas un hasard si Thiers vient de faire entrer Littré, athée, à l'Académie française. « Les penseurs du radicalisme, explique Batbie, ne croient pas en Dieu et, dans leurs écrits, on trouve sur l'homme des définitions qui ravalent notre espèce », comme la théorie évolutionniste de Darwin. Thiers n'a pas changé les préfets républicains et vient de nommer l'athée Jules Ferry ambassadeur à Athènes : il fait le jeu des mécréants, le lit des radicaux, use de ses pouvoirs et de sa popularité pour établir une République laïque séparée de l'État : telles sont les « craintes » de Batbie. Conclusion ? Former un « gouvernement de combat » pour « lutter contre l'invasion ». Il est urgent « d'éclairer les populations sur les desseins de l'ennemi ». Le radicalisme, que tous les partis conservateurs doivent combattre, n'est pas lui-même un parti, il est « l'adversaire de tous les partis respectables ». L'honnête Batbie en demande donc l'exclusion. On ne discute pas avec l'ennemi de la société religieuse ; on n'accepte pas comme partenaires, comme s'apprête peut-être à le faire Thiers, des partisans de l'école laïque et de la séparation de l'Église et de l'État. Dans l'opposition qui se dessine alors, véritable levée de boucliers, on peut reconnaître le clivage essentiel des futures luttes politiques républicaines : contre Gambetta et les radicaux s'affirme la revendication d'une société théocratique ou d'« alliance avec Dieu » — selon qu'on est légitimiste ou orléaniste — refusant la conception républicaine de la société civile. Enlever le Christ des écoles et des prétoires sera désormais le symbole de la lutte républicaine.

Le départ de Thiers

Accusé de favoriser l'infiltration progressive et pacifique de ces idées mortelles dans la société de « l'ordre moral », Thiers doit donc absolument disposer de pouvoirs réduits. Il n'est pas capable d'organiser ce « gouvernement de combat » qu'exigent les amis de Batbie. En vain le président change-t-il aussitôt de ministre de l'Intérieur, nommant Goulard, du centre droit : la commission exige que soit déposé à bref délai un projet de loi sur la responsabilité ministérielle, qui oblige le président à rester à l'écart des débats parlementaires.

Thiers persiste, affirme qu'il a jadis promis aux villes françaises, au temps de la Commune, de maintenir la République. Cette promesse, il la tiendra car, s'il est « un vieux disciple de la monarchie », il est aujourd'hui devenu « un monarchiste qui pratique la République pour deux raisons : parce qu'il s'est engagé et parce que, pratiquement, il ne peut faire autre chose. Voilà, ajoute-t-il plaisamment, quel républicain je suis. » Le journal le *Siècle*, qui lui est favorable, lance une pétition invitant l'Assemblée à se dissoudre. Le relais est pris par Gambetta, dont la complicité objective avec Thiers fait alors merveille. La pétition réunit un million de signatures, et Gambetta peut accuser l'Assemblée d'accaparer indûment le pouvoir constituant. Thiers est pris au piège : ses amis du centre gauche, craignant de perdre leur mandat, votent en effet avec le centre droit et refusent toute dissolution. La mort de Napoléon III, le 7 janvier 1873, vient renforcer les troupes royalistes du petit bataillon bonapartiste désormais sans candidat. La commission à majorité de droite, réunie pour proposer la loi sur la responsabilité ministérielle, a le vent en poupe ; elle étudie les moyens d'empêcher Thiers de parler à l'Assemblée : en lui retirant la parole, les ducs savent qu'ils le tiendront à merci. « On veut faire de moi un mannequin politique, gronde Thiers, un porc à l'engrais dans la préfecture de Versailles. »

Bientôt, la menace allemande de suspendre la convention d'évacuation du territoire en cas de troubles politiques amène les deux partis à résipiscence. Thiers accepte de communiquer avec l'Assemblée par messages et peut même être entendu sur les questions importantes, à condition que les députés délibèrent ensuite hors de sa présence. Broglie a obtenu satisfaction sur l'essentiel : Thiers est devenu une sorte de souverain sans couronne représenté par un ministre responsable. Le régime parlementaire souhaité par les orléanistes s'installe.

Cette concession devait permettre la signature définitive du traité d'évacuation du territoire. Les républicains voulaient rendre hommage à Thiers de ce règlement en déclarant solennellement, suivant la formule ancienne, qu'il avait « bien mérité de la patrie ». Un vif débat ouvert par les royalistes permit d'associer l'Assemblée à la reconnaissance du pays. Une majorité se dessinait contre Thiers. A propos d'un incident de séance, Grévy avait démissionné, et l'orléaniste Buffet lui avait succédé à la présidence de l'Assemblée. Si le centre gauche, par haine des radicaux, continuait à voter comme le centre droit, comment Thiers pouvait-il tenir ? Il devait, à l'évidence, faire la preuve qu'il pouvait réunir une coalition modérée capable de battre Gambetta et ses amis.

L'occasion va s'en présenter avec une élection partielle dans la capitale. Les radicaux avancent Barodet, ancien maire de Lyon, victime des mesures du ministère, lequel a créé pour sa ville un statut particulier, avec des maires nommés par le gouvernement dans chaque arrondissement. Barodet est l'homme de la revanche radicale contre l'intrigue ministérielle. Thiers lui oppose son ami Charles de Rémusat, le ministre des Affaires étrangères, bête noire des légitimistes. Gambetta soutient Barodet, et Carnot Rémusat. La bataille va permettre de tester le crédit de Thiers dans l'opinion. C'est Barodet qui est élu le 27 avril 1873, et sa victoire donne lieu à des scènes incroyables de joie populaire. Le petit peuple parisien, celui de la Commune, a voté contre le notable. L'ancien instituteur Barodet, David de la démocratie radicale, a vaincu l'académicien : voilà confirmée la « petite phrase » de Grenoble. Il est clair pour les royalistes que Thiers fait bien malgré lui le jeu des radicaux et qu'il n'a plus les moyens d'en disconvenir.

D'autres élections confirment le courant radical. Ranc, l'ami de Clemenceau, est élu à Lyon, et c'est un radical dur. Le 28 avril et le 11 mai 1873, onze républicains supplémentaires viennent prendre leur place à l'Assemblée. Thiers pense encore qu'en changeant de ministre de l'Intérieur, en nommant le très modéré Casimir-Perier, il pourra reprendre en main le mouvement républicain à son profit. Il est rapidement détrompé : Gambetta et les radicaux progressent encore.

La provocation du président entraîne une réaction royaliste : le 18 mai, une réunion très animée suggère le nom du maréchal de Mac-Mahon comme successeur de Thiers, que les légitimistes acceptent, alors qu'ils avaient refusé le duc d'Aumale. A la rentrée parlementaire, 320 députés de la droite présentent une interpellation exigeant « une politique résolument conservatrice ». Broglie, son rapporteur, précise qu'il s'agit d'empêcher « la revanche légale de la Commune » et de rétablir l'ordre moral. Thiers se défend mollement, car il n'a pas la possibilité d'intervenir dans le débat, et le projet de Constitution qu'il soumet ne retient l'attention de personne. Broglie l'attaque avec vigueur, en sa présence : « Qu'un parti périsse, dit-il, en ayant ouvert la porte de la citadelle [...], en joignant au malheur d'être victime le ridicule d'être dupe et le regret d'être involontairement complice, c'est une humiliation qui emporte la renommée en même temps que la vie des hommes d'État. » Thiers accuse le coup, mais ne peut répliquer en raison de la « sotte loi chinoise ». Le vieux Dufaure, qui le fait à sa place, manque d'énergie. Quand il prend enfin la parole le 24 mai devant une Assemblée au grand complet, il lance aux royalistes : « Aujourd'hui, pour vous comme pour moi, pratiquement, la monarchie est impossible. » Broglie le sait, mais il a son maréchal de rechange. Il n'a plus besoin de Thiers, il a fait exploser le centre. Chef de la coalition des droites, il tient le pouvoir. Il se moque des invectives de Thiers qui lui prédit qu'il sera « un protégé de l'Empire ». Après le discours du président presque déchu, c'est, en son absence, la mise à mort : pas de discussion, l'Assemblée s'érige en tribunal. La sentence tombe : 342 voix pour Thiers, 362 contre. Un petit groupe du centre gauche, mené par un déçu du thiérisme, a provoqué la chute. Mac-Mahon est aussitôt élu, dans l'abstention de la gauche. Broglie forme le ministère : la République des ducs s'empare enfin du pouvoir après avoir écarté, par une série de bourrades dans le milieu feutré de l'Assemblée, le « libérateur du territoire ». Thiers part aussitôt : « Mon successeur, dit-il, n'eut pas dix minutes à attendre. »

L'ordre moral

Étrange maréchal de Mac-Mahon ! Gloire militaire de la France à peine ternie par la défaite (il a eu la chance d'être blessé avant la capitulation de Sedan), il représente l'idéal des « vieux soldats », des officiers rapatriés des camps de Prusse, des nostalgiques de l'Empire, des ministres de Juillet, mais il n'a servi que des régimes tricolores, la monarchie des barricades et l'Empire du coup d'État. Il connaît bien l'armée et sait, comme Thiers (qui l'a dissuadé d'accepter son poste), que l'union des droites sur une formule de monarchie est impossible. « Contre le drapeau blanc, a-t-il déclaré, les chassepots partiraient tout seuls. »

A peine débarrassés de Thiers, les députés de la nouvelle et mince majorité sont en effet confrontés au problème dynastique, et Mac-Mahon sait qu'en acceptant la présidence, il s'engage moralement à abandonner son fauteuil dès qu'un roi sera sur le trône. Il n'est là que pour assurer la transition dans l'ordre. On compte sur lui pour prolonger, le temps qu'il faudra, un état provisoire. Veut-il que les radicaux investissent le pouvoir, et développent leur politique de division sociale ? Non : accepter, lui dit Broglie de sa voix nasillarde et pointue, est un devoir pour un soldat. Mac-Mahon ne s'en cache pas et même l'affirme dans son message à l'Assemblée : « Le poste où vous m'avez placé est celui d'une *sentinelle* qui veille au maintien de l'intégrité de votre pouvoir souverain. » Il réaffirme ainsi la capacité de l'Assemblée à faire un roi : souveraine, elle est constituante. Il n'est plus question de la dissoudre. Posté à la présidence comme un soldat, il n'a d'autre mission que de tirer à vue sur tous ceux qui ne donnent pas le mot de passe, celui de l'ordre moral. Qu'on ne lui demande pas d'intervenir dans les débats politiques, d'entrer dans les querelles des partis : ce n'est pas son métier. Mais pourra-t-il rester neutre si l'armée s'insurge contre le drapeau blanc ?

Interrogation prématurée : Broglie a pris la situation bien en main. Ses talents de parlementaire font merveille pour rassurer les uns, conforter les autres, agir dans les couloirs pour souder la nouvelle majorité, dite « de combat ». L'épouvantail radical est là pour faire peur. Il en use avec efficacité. Il nomme aussitôt ses amis orléanistes à la plupart des postes, ménageant deux maroquins aux chevau-légers, et même le ministère des Finances à Magne, qui détenait ce poste sous l'Empire.

Sans perdre de temps, il organise la valse des préfets, mettant sur le sable ces républicains nommés par Gambetta que Thiers avait oubliés à dessein, pour ne pas se faire d'ennemis de ce côté, ainsi que les créatures de l'ancien président. Vingt préfets au moins sont ainsi destitués ou partent d'eux-mêmes. Dès que Thiers est renversé, Paul Cambon donne sa démission de préfet de l'Aube. Casimir-Perier, toujours ministre de l'Intérieur, l'en dissuade en lui conseillant d'attendre sa révocation qui intervient effectivement le 1er juillet. Pour Cambon, le départ de Thiers est le résultat d'un véritable « coup d'État parlementaire » de « ces messieurs de droite ». Il n'a aucune envie de les servir. C'est Casimir-Perier qui l'a nommé. Ancien collaborateur de Jules Ferry, il a été désigné par Gambetta comme secrétaire général de la préfecture de Nice : il est donc un suspect aux yeux des gens de droite. Pourtant, Gambetta n'est pas son idole, il a violemment désapprouvé le discours de Grenoble qui, a-t-il dit à Casimir-Perier, « nous mettait six mois en retard ». Et d'ajouter : « Jamais Gambetta n'aura l'étoffe d'un homme d'État. Il est impossible d'être gratuitement plus imprudent. » Il juge que l'élection de Mac-Mahon est un « bonapartisme légal » et partage en somme l'opinion de Thiers : Broglie sera l'otage de ces minoritaires nostalgiques de l'Empire, qui progressent dans l'opinion en raison de l'impuissance des royalistes. Il faut remarquer que Paul Cambon n'est pas un radical, un républicain extrême. La purge des préfets entreprise par Broglie touche les thiéristes et les républicains modérés. On accorde un soin particulier à nommer dans les préfectures des départements contaminés par le radicalisme des administrateurs sûrs, comme ce préfet André qui dans l'Isère encore remuée par le discours de Gambetta interdit la vente du journal républicain le *Réveil* et développe une stratégie de conquête des mairies. Une action urgente s'imposait : le président du conseil général, l'homme de droite Michal-Ladichère, ne venait-il pas de déclarer, suivi par 21 conseillers généraux : « J'ose affirmer que dans ce département les partisans de la royauté sont en infime minorité. Je crois fermement que les institutions existantes ont rallié la très grande majorité de mes concitoyens[1]. » Le péril centriste était net à Grenoble : si Gambetta avait mobilisé 8 000 militants pour son discours de septembre 1872, les 5 républicains modérés du conseil s'étaient opposés aux monarchistes et avaient adhéré à la gauche républicaine en formation ; ils étaient perdus pour les droites. Pouvait-on, par un combat très dur contre les radicaux, espérer les récupérer ? Il était plus sûr de se servir de l'administration préfectorale pour augmenter, par des procédés qui rappelaient l'Empire, le nombre des électeurs favorables à la monarchie. Ainsi pensait Broglie.

La lettre de Mac-Mahon du 25 mai 1873 définit l'esprit du nouveau régime transitoire : « Avec l'aide de Dieu, le dévouement de notre armée, [...] l'appui de tous les honnêtes gens, nous continuerons l'œuvre de libération du territoire et de rétablissement de l'*ordre moral* dans notre pays. Nous maintiendrons la paix intérieure et les principes sur lesquels repose notre société. » Cette déclaration est de nature à combler les vœux de la bonne société de province, que les discours des radicaux dérangent. Mme Camescasse, fille d'un sucrier de Douai, élevée au couvent de l'Assomption à Paris, se montre très étonnée du changement de ton de la société douaisienne après 1871. Sa mère, fille de Louis de Légorgue, avoué à Douai, issu d'une lignée bourgeoise remontant au XVIe siècle, tient salon et fréquente les bals pour marier sa fille. La vie mondaine a repris dans la ville dès l'hiver de 1871-1872. Mme de Légorgue donne quatre bals, comme sa voisine, la présidente Demeyer. Le sous-préfet, Charles Mention, nommé par Gambetta, donne lui aussi un bal fort élégant le 28 décembre 1872. On est encore sous le « consulat » de Thiers : « Le parti dévot se priva d'y assister pour protester contre la République, note la jeune fille. J'ai tort de dire le parti dévot : ceux qui se privèrent étaient loin d'être dévots sous l'Empire. Ils le devinrent subitement pour paraître avoir des attaches avec quelques familles titrées qui désiraient l'avènement d'Henri V. »

1. Barral, *Le Département de l'Isère sous la IIIe République*, Paris, 1962, p. 397.

Un mois plus tard, le 28 janvier 1873, Luce de Légorgue se rend avec sa mère au bal du préfet d'Arras, le comte de Rambuteau. La comtesse y reçoit, « étendue sur une chaise longue à roulettes que pousse un valet de pied ». Le sous-préfet et le préfet valseront, victimes de la purge de Broglie. Le nouveau sous-préfet, André de Waru, donne des bals « en cheveux poudrés ». Il reçoit les châtelains de Cuincy, le marquis et la marquise d'Aoust. Le commandant Fourcy choque la société des dévots en donnant un bal le 21 janvier, jour anniversaire de la mort de Louis XVI. Quel manque de tact ! La bonne société rejette la Révolution. Les nouveaux préfets respectent à la lettre la circulaire du ministre de l'Intérieur de Broglie : « L'Assemblée attend du gouvernement qu'elle a institué un personnel politique [...] se mettant résolument à la tête des conservateurs. » Il faut imposer le respect social. L'ordre moral est répressif : il interdit la vente des journaux radicaux sur la voie publique, fait condamner à mort par contumace le député Ranc, ami de Clemenceau, accusé d'avoir siégé dans le conseil de la Commune. Le ministre de l'Intérieur donne des instructions aux préfets pour qu'ils tentent d'obtenir, par le « concours bienveillant de l'administration », la docilité des journaux.

Le gouvernement s'emploie à protéger la religion, comme si le culte catholique était officiellement celui de la République. Le préfet de Lyon signale qu'une société de libres penseurs s'est constituée dans la ville pour faciliter les enterrements civils. On lui demande de faire cesser ce scandale, il prend un arrêté interdisant, après 7 heures du matin, « les inhumations faites sans la participation d'aucun culte reconnu par la loi ». Le ministre de la Guerre donne à l'officier commandant le peloton d'honneur d'un député enterré civilement l'ordre de sortir du cortège avant l'entrée au cimetière. Interpellé à la Chambre sur cette affaire, Broglie le dit tout net : « Nous ne permettrons jamais que nos troupes soient mêlées à ces scènes d'impiété », et l'Assemblée s'associe aux « sentiments » du gouvernement. Ceux qui n'ont pas de religion n'ont pas droit aux honneurs...

Vers la fusion Bourbon-Orléans

Les évêques donnent la réplique au gouvernement, dépassant quelquefois sa pensée : au pèlerinage de Notre-Dame de Chartres, l'évêque de Poitiers, Mgr Pie, déclare devant cent quarante députés à genoux, que la France « attend un chef », qu'elle « attend un maître ». L'évêque n'est pas blâmé : le ministre sait bien que Mgr Pie est le conseiller religieux d'Henri Dieudonné, comte de Chambord. Quant à l'évêque d'Autun, au pèlerinage de Paray-le-Monial, il consacre la France au Sacré-Cœur. Également député, il parle au nom de ses collègues de l'Assemblée. Ceux-ci envoient une adresse au pape qui répond en exprimant sa joie de voir la France revenir à Dieu.

Reviendra-t-elle aussi au roi ? Broglie, pour hâter la restauration, demande aux Orléans de prendre l'initiative de la fusion. Le comte de Paris réunit sa famille pour l'informer : il compte se rendre chez Chambord par surprise, pour l'empêcher de faire une nouvelle déclaration-ultimatum. Il part pour Vienne sous un faux nom, en passant par la Suisse. On le croit, en cette période de vacances, aux bains de mer avec la comtesse à Villers-sur-Mer. Il prend le train de nuit avec le prince de Joinville et un simple valet de chambre. Naturellement, les ducs Audiffret-Pasquier et Decazes sont dans la confidence. « Nous serions impardonnables si nous ne tentions pas de restaurer la monarchie », a dit Broglie. La visite à Frohsdorf était, certes, de l'intérêt du gouvernement, mais elle concernait d'abord personnellement le comte de Paris : en reconnaissant Henri de Bourbon comme l'aîné de la famille, il se faisait reconnaître lui-même comme l'héritier légitime du trône, éliminant ainsi les éventuelles candidatures des Bourbon d'Espagne ou d'Italie.

Arrivés à Vienne le samedi 2 août 1873, les princes apprennent que leur voyage s'est ébruité et que le *National* l'a signalé à ses lecteurs. Le comte Bernard d'Harcourt, secrétaire général de la présidence de la République et député du Loiret, va les rejoindre à Vienne, confirmant la mise en alerte de la presse parisienne : il faut se hâter. Le comte de

Paris envoie lui-même une dépêche demandant audience au gentilhomme de service à Frohsdorf, le comte Henry de Vanssay. Le prince, qui termine son déjeuner, est fort surpris du télégramme. Il envoie aussitôt Vanssay à Vienne, pour régler l'entrevue avec le comte de Paris. Chambord a rédigé une note écrite qui définit la mission de Vanssay : « Monsieur le comte de Chambord demande que Monsieur le comte de Paris, en l'abordant, déclare qu'il ne vient pas seulement saluer le chef de la Maison de Bourbon, mais bien reconnaître le principe dont Monsieur le comte de Chambord est le représentant, avec l'intention de *reprendre sa place dans la famille.* » Le comte de Paris est tout prêt à se plier à cette formule : « Mon grand-père a brisé l'anneau, dit-il à Vanssay, je veux renouer la chaîne des traditions. » Il veut redevenir le premier prince du sang, l'héritier de la couronne.

L'entrevue a lieu le 4 août. Le comte de Paris prononce mot à mot, dans le salon rouge de Frohsdorf, le discours demandé. Ainsi, l'héritier du roi des barricades, lui-même ancien combattant dans les rangs nordistes lors de la guerre de Sécession américaine, vient s'incliner devant le rejeton de la tradition capétienne, en présence de trois gentilshommes qui servent de témoins : Vanssay, Chevigné et René de Monti. « Vous avez fait une bonne action, répond Henri. Le Bon Dieu vous en tiendra compte. Vous avez bien fait de venir ainsi tout seul et tout droit. » Le comte d'Harcourt expédie aussitôt, en langage codé, la dépêche suivante au duc Decazes à Paris : « Affaire diamants négociée. Conditions acceptables. Minna est chez Octavie. » « Minna » reprend le train de Paris : la mission est accomplie, et la fusion réussie. Reste la restauration...

Decazes a répondu à d'Harcourt pour lui exprimer sa satisfaction : « Les journaux ici ont été ce qu'il fallait qu'ils fussent. Nous avons mêlé le vrai au faux de manière à leur permettre de nous servir en se contredisant, et nous avons ainsi détourné à notre profit le premier moment de surprise. Maintenant, nous laissons courir. » L'initiative de la fusion est en effet pleinement de la responsabilité des Orléans. Il était bon qu'ils ne fussent pas un obstacle à la restauration : de la sorte, « rien n'est compromis » et la balle est désormais dans le camp de Chambord. Decazes suggère « d'agir sur le prince par une succession d'envoyés ». Il faut qu'il accepte les principes des Orléans et leur drapeau. S'il refuse, les pouvoirs de Mac-Mahon seront prorogés, « malgré les chevau-légers et sans eux ». Ce texte du duc Decazes définit les termes de la manœuvre orléaniste qui se déroule selon le plan prévu.

On mesure la prudence orléaniste aux réactions de la presse qui suivent l'entrevue. On sait que le comte de Paris est passé par l'Élysée pour aviser l'occupant des lieux de la fusion et de ses conséquences heureuses. Le maréchal, embarrassé, n'a pas cru bon de convoquer aussitôt l'Assemblée, ne voulant pas sortir de sa « neutralité ». Broglie n'est pas plus enclin à la précipitation. Dans une interview donnée au *Times*, « un homme politique extrêmement influent » précise : « Nous ne voulons pas bâcler la monarchie, nous voulons l'établir sur des bases solides. » Broglie applique le plan de Decazes : il faut laisser Chambord s'exprimer et discuter avec lui des principes. « Peut-on réconcilier des principes naturellement incompatibles ? » demande sobrement le très orléaniste *Journal des Débats*. Le public ne doit surtout pas s'illusionner, ni célébrer dans la joie la fusion.

Si la presse orléaniste reste à dessein tiède et réservée, les journaux catholiques multiplient les échos encourageants. Pèlerinages, prières et processions reprennent, en ce bel été de 1873, pour « obtenir du Ciel le retour du roi ». Le parti catholique se mobilise, et Henri V croit pouvoir compter sur lui. Quand il pense au pays, il entend le « peuple de Dieu ». Si Ranc, Littré et Gambetta sont convaincus qu'« aucune masse populaire n'appelle Henri V », Renan, lui, reste persuadé que « si le comte de Chambord fait la moindre concession, la Chambre le proclamera ». Rome n'est pas un obstacle, au contraire : « Elle tient tellement à la restauration légitimiste qu'elle conseillera peut-être quelque concession dans la forme. » George Sand écrit à Flaubert le 3 octobre : « Je sens comme une odeur de sacristie qui gagne. » La restauration, d'un coup, paraît possible. On évoque dans les salons le drapeau tricolore semé de fleurs de lys ou le drapeau blanc cravaté de tricolore qui réconcilierait tout le monde à peu de frais. Le bureau du comte de Paris fait savoir qu'il se fait fort d'obtenir, sur la question du drapeau, « une solution compatible avec l'honneur ». Rien ne semble perdu.

Les orléanistes, cependant, poursuivent leur manœuvre : plusieurs parlementaires sont envoyés à Frohsdorf, sans résultat : le prince, sur la question du drapeau, répond qu'il la réglera « directement » avec l'armée.

Le 4 octobre 1873, les droites réunies nomment une commission de neuf membres pour négocier avec Chambord. Le vieux général Changarnier, qui la préside, commence par déclarer « qu'il se ferait casser la tête pour M. le comte de Chambord », mais qu'il n'irait pas « jusqu'à sacrifier le drapeau tricolore ». Le comte Daru opine gravement, et le duc Pasquier réaffirme qu'il n'est pas question de traiter avec Chambord s'il n'accepte pas les trois couleurs. Néanmoins, un roturier légitimiste, le député des Basses-Pyrénées Chesnelong, se propose pour l'ambassade, persuadé de pouvoir éviter l'irréparable. Puisque le maréchal de Mac-Mahon lui-même s'est posé en défenseur du drapeau national, il est possible, avance Chesnelong, de réserver la question jusqu'à ce qu'elle soit résolue par un accord entre le roi et la représentation nationale. La commission se laisse convaincre, et Chesnelong part pour Frohsdorf. Il a, pense-t-il, toutes chances de succès : le prince lui-même ne vient-il pas de déclarer qu'il obtiendrait des députés, à son retour en France, la solution « compatible avec son honneur » ?

L'honorable négociant de Pau, natif d'Orthez, demande donc audience à l'héritier de Louis XIV et de Saint Louis, pour le convaincre de ne pas arborer d'entrée de jeu le drapeau blanc d'Henri IV. Il est en réalité porteur du programme orléaniste dicté par le duc Pasquier, vérifié par le duc de Broglie, inspiré peut-être par Decazes. Il est à son insu l'ambassadeur des ducs. Il arrive le 13 octobre, attendu sur le quai par Lucien Brun, Cazenove de Pradines et Carayon-Latour, trois familiers du prince qui le conduisent à l'hôtel de Salzbourg. Henri le reçoit aussitôt, seul dans un petit salon. « Je sais qui vous êtes, lui dit-il simplement. [...] Asseyez-vous, et causons de la France. »

Chesnelong, mis en confiance par cet accueil chaleureux,

expose le programme de la commission des neuf : aucune objection sur les questions constitutionnelles, le roi accepte la séparation des pouvoirs, les deux Chambres, la responsabilité des ministres (mais devant qui : le roi ou le Parlement ?). Il ne fait qu'une réserve, toujours la même, celle du drapeau : jamais il n'acceptera, dit-il, le tricolore. « Monseigneur permettra que je n'aie pas entendu cette parole », dit aussitôt Chesnelong qui reprend son argumentation avec un « zèle ardent ». Si le prince accepte le drapeau « légal » jusqu'à l'issue de sa négociation avec les députés, la monarchie est faite. Henri demande à réfléchir. La comtesse de Chambord doit partir pour Frohsdorf à 19 heures. Il restera à l'hôtel pour recevoir de nouveau Chesnelong dans la soirée.

Le Palois est « accablé, désespéré ». Le confident du prince, Blacas, le réconforte : « Vous lui avez inspiré confiance par la sincérité de votre langage. Trouvez quelque chose. » Chesnelong n'a qu'un but : faire accepter la condition du duc Pasquier, l'accord, sur le drapeau, du roi et de l'Assemblée. Au cours du deuxième entretien, il semble y être parvenu. On a dîné rapidement, le prince étant pressé. Un quart d'heure plus tard, Henri rappelle Chesnelong pour lui dire qu'il ne veut pas rendre public son accord : « Je me mettrais, dit-il, à la discrétion de l'Assemblée. » Chesnelong va repartir les mains vides.

Le prince va se reposer avant de prendre son train, à minuit. Mais l'envoyé de Paris demande aux gentilshommes de le réveiller pour une dernière entrevue. A la réflexion, le prince estime inacceptable la proposition de Chesnelong : « Si l'Assemblée me refuse une solution que le pays accepte, lui dit-il, ne serai-je pas contraint de la dissoudre pour consulter le pays ? » Solution également inacceptable. Chesnelong demande enfin à son interlocuteur s'il autorise ses députés à voter la formule de la commission. Sans doute, répond Henri, « mes amis useront de leur liberté sous leur propre responsabilité ». Muni de ce maigre viatique, l'ambassadeur prend congé. « Je vous donne rendez-vous dans six mois au château de Pau », lui dit le roi, convaincu que les Français catholiques et royalistes sauront imposer à cette Assemblée de notables réticents la solution qu'ils souhaitent ardemment.

Un président de la République... royaliste

De retour à Paris, Chesnelong dissimule son échec, même à Changarnier. Il croit encore œuvrer au succès de la restauration. Mais le duc Pasquier ne s'y laisse pas prendre et prépare un projet de résolution pour l'Assemblée, déclarant que la monarchie « nationale héréditaire et constitutionnelle est le gouvernement de la France », inscrivant la responsabilité des ministres et l'accord nécessaire sur le drapeau. Le 18 octobre 1873, dans un grand enthousiasme collectif, le projet Pasquier est voté à l'unanimité par les représentants des groupes de droite. La France catholique attend le roi, malgré les campagnes déchaînées du *Siècle*, du *Rappel*, de la *République française* et de l'*Avenir national*. On croit savoir que les carrosses du sacre sont commandés, ainsi que les livrées. Le bijoutier Lemoine travaille déjà au grand cordon de la Légion d'honneur qu'Henri V portera dans Paris le jour de son entrée. Le chapelier Staub est chargé du bicorne de lieutenant général. On entraîne tous les matins au Champ-de-Mars le cheval du roi. On fabrique des kilomètres de voile blanc, pour en faire des drapeaux.

Pourtant rien n'est décidé. Le groupe du centre droit laisse rédiger par le jeune député Savary une communication à la presse, le 22 octobre, où l'on prête au prince le désir de « saluer avec bonheur le drapeau tricolore, d'ailleurs accepté par les représentants de la droite légitimiste ». L'*Union*, organe de Frohsdorf, souligne immédiatement « les erreurs et les inexactitudes » de la note Savary, mais le mal est fait : une campagne de presse s'ingénie à brouiller les cartes en publiant des déclarations de faux familiers du prince. On explique que Chesnelong a été joué, et que Chambord n'a rien promis. La *Liberté*, qui conduit cette campagne, signale que le général Carrey de Bellemare, commandant à Limoges, vient d'être placé en non-activité pour avoir déclaré : « Je ne servirai pas sous le drapeau blanc, et je ne mettrai pas mon épée à la disposition du gouvernement monarchique restauré, en dehors de la libre expression de la volonté nationale. »

Le 30 octobre 1873, l'*Union* publie une lettre d'Henri V à

Chesnelong : « On me demande le sacrifice de mon honneur. Que puis-je répondre, sinon que je ne rétracte rien ? » Il ne renoncera pas à son drapeau. Ce qu'il a dit en aparté à Chesnelong et que celui-ci s'est bien gardé de répéter, il le proclame avec force : « Ma personne n'est rien. Mon principe est tout. [...] La France ne peut pas périr, car le Christ aime encore ses Francs. » Thiers lit la déclaration du prince dans le journal posé sur le coin de sa cheminée. Il laisse tomber, sarcastique : « Je voudrais voir la tête de Pasquier »... et Pasquier livre à ses amis politiques ces paroles désabusées : « Nous sommes perdus. »

La restauration avait en effet échoué, mais les orléanistes en tirèrent aussitôt les conclusions qu'ils avaient depuis longtemps préparées : les groupes royalistes décident de proroger les pouvoirs de Mac-Mahon pendant dix ans et le 5 novembre, à la rentrée de l'Assemblée, Broglie lit un message du président annonçant l'ajournement de la Constitution et la prolongation de ses pouvoirs. Il ne reste plus aux députés qu'à voter, mais un délai est nécessaire pour que les groupes se concertent.

Le 8 novembre, alors que rien n'est encore décidé, le comte de Chambord traverse la frontière, à la tombée de la nuit, venant de Vienne. A 6 heures du matin, il fait sombre dans la gare de l'Est. Le comte de Sainte-Suzanne l'attend, avec une calèche de remise à deux chevaux. Après la messe à Saint-Laurent, où une femme du peuple reconnaît Henri et lui fait la révérence, le prince arrive à Versailles. Il descend chez le comte de Vanssay, rue Saint-Louis, et dépêche aussitôt chez Mac-Mahon le comte Stanislas de Blacas. Le maréchal est avec Broglie, c'est la maréchale qui reçoit l'envoyé du prince, son cousin Blacas. « Le maréchal, lui dit-elle, ne se prêtera pas à une intrigue. Mais le roi pourrait entrer dans le bureau du président sans se faire annoncer. — Comment, madame ! rugit Blacas, vous voulez que le roi vienne chez le maréchal ! » Le vertueux gentilhomme s'indigne, comme s'il était question d'étiquette. « Eh bien ! dit-elle, vous allez voir mon mari ! »

Mac-Mahon est atterré quand il apprend que le prince est à Versailles : « Des troubles peuvent se produire », dit-il.

Blacas lui fait part des intentions d'Henri V : se présenter devant l'Assemblée à ses côtés. Le chef de l'État refuse pour sa part de rencontrer le prince. « Je fus surpris de cette démarche, écrit-il dans ses *Souvenirs*, et je répondis que, tout dévoué au comte de Chambord, je serais heureux de lui sacrifier ma vie, mais que je ne pouvais lui sacrifier mon honneur. » Le prince n'a plus qu'à reprendre le chemin de l'exil. Il attend cependant le vote de l'Assemblée. La défection de Mac-Mahon l'a profondément déçu : « Je croyais avoir affaire à un connétable de France, dira-t-il, je n'ai trouvé qu'un capitaine de gendarmerie ». Chaque jour, Henri entend la messe dite par un capucin, espérant encore une intervention du Ciel.

L'Assemblée vote finalement sur un projet négocié entre la commission et le gouvernement : le président *De La République* sera reconduit pour sept ans. Une commission de trente membres sera élue, au scrutin de liste, pour l'examen des lois constitutionnelles. Le projet est voté tel quel et les légitimistes mêlent leurs voix à celles du centre droit et du centre gauche. Ils entendent ainsi affirmer, expliquera Dreux-Brézé, que la prolongation du septennat n'engage en rien l'avenir des institutions. Dreux-Brézé sauve la face : des chevau-légers ont bel et bien rendu possible l'opération orléaniste. Seul un vieux gentilhomme breton, Dahirel, proteste par un vote négatif. Sept autres s'abstiennent, dont Franclieu, général du Temple, et Belcastel. Dans Versailles, on a reconnu le vieux valet de chambre du prince, Charlemagne. « Le roi est là ! » annonce Cazenove de Pradines. Aussitôt les royalistes se précipitent rue Saint-Louis, le général Ducrot en tête. Le prince les reçoit avec affection. Le 20 novembre, il reprend le chemin de Frohsdorf, quittant pour toujours Versailles et la France après avoir fait une courte apparition dans Paris. On enterrait aux Invalides l'amiral Tréhouard. Henri ne l'avait jamais rencontré mais il voulait voir à cette occasion défiler des soldats français, même sans drapeau blanc.

CHAPITRE III

Le retour des bleus

Les bleus étaient donc de retour, sans violence, sans guerre, sans révolution, par le libre jeu des élections. On avait oublié ceux de 1848, les « partageux » qui avaient terrorisé les ruraux, et l'on enfouissait dans le grenier des mauvais souvenirs les drapeaux rouge et noir de la Commune, pour ne plus faire peur. L'image proposée par les républicains était celle du volontaire de l'an II, de Mirabeau et de Danton : on avait biffé la Terreur.

Au menu des nouveaux partis, un bouleversement de la carte électorale, avec un premier parcours dans les mairies : gambettistes, ferrystes et clemencistes sont impatients d'exhiber, dans la salle d'honneur des mairies, le buste en plâtre ou en terre cuite de la Marianne au bonnet phrygien, celle qui chante le Ça ira *et* La Carmagnole. *Dans le Gard, l'Aude, l'Hérault, les Bouches-du-Rhône, la Haute-Garonne et le Tarn-et-Garonne, ces Marianne pour processions laïques l'emportent partout dans les scrutins municipaux et chassent peu à peu les vieux notables des conseils généraux. La conquête de la France verte commence, avec le recul des blancs qui rentrent chez eux, désorientés par l'échec de leur prince et de leur drapeau. Les orléanistes qui occupent le terrain ne peuvent se défendre longtemps. Épuisés par la guérilla républicaine, les ducs ont mis en place un carré de résistance qui fait long feu et se laisse grignoter par les charges furieuses des hussards de la République : instituteurs pugnaces, médecins sans Dieu, notaires et avocats vêtus de noir comme leurs ancêtres du tiers état emportent presque tous les sièges de l'Assemblée et bientôt du Sénat. Le coup de force légal du 16 mai, perpétré par le vieux maréchal de Mac-Mahon, ne sauve pas les ducs. L'ordre moral hérite en vain du soutien massif du parti catholique et de la propagande assomptionniste. Le jeu des ducs devient plus dur : ils veulent forcer la chance, même en pipant les dés. Les numéros républicains sortent des urnes, il faut se résigner à perdre. Sans avoir laissé parler la poudre, la République est faite au seuil des années 1880.*

Les droites se mangent entre elles

Le duc d'Audiffret-Pasquier, apprenant l'échec de la négociation avec Henri V, avait dit : « Nous sommes perdus ! » Personne ne l'avait entendu. Les orléanistes s'étaient réjouis du refus de Chambord, qui créait une situation nette : ils se trouvaient enfin débarrassés du commandeur. Henri avait accepté qu'un Orléans fût l'héritier du trône parce qu'il n'avait pas de descendance. Le comte de Paris se disposait tranquillement à régner. La Constitution serait faite sur mesure pour se transformer, sans frais, en régime monarchique. Il suffirait de remplacer ce président, dont les pouvoirs étaient sortis les premiers du chapeau des juristes, par un roi en majesté. Naturellement, ce petit roi que l'on maintenait pour l'heure à la campagne serait exclusivement constitutionnel. On lui imposerait des ministres pris dans la majorité du parlement et des sénateurs chevronnés qui avaient été ministres de son grand-père. Broglie avait tout prévu, Decazes se frottait les mains : ils héritaient même de l'appui inconditionnel du clergé...

Le parti légitimiste n'avait plus en effet de raison d'être pour ces hommes d'action et de combat qu'étaient les assomptionnistes. La lutte contre le radicalisme laïcisateur et destructeur de la foi ne pouvait attendre. Puisque l'héritier d'Henri IV faisait défaut, un autre prince devait prendre aussitôt la relève. Les Orléans sentaient certes le soufre et n'étaient pas toujours bien vus dans les presbytères, mais ils avaient changé : Broglie s'était employé, avec l'aide de Dupanloup, à rassurer le peuple de Dieu, l'« ordre moral » comptait sur le clergé pour extirper les racines du mal laïque et entreprendre le bon combat du *Syllabus*. Ainsi pourrait-il se concilier la clientèle électorale légitimiste et bénéficier des réseaux de propagande des bons pères et des curés, base de la société théocratique. Les ducs pensaient aussi que le militant Pie IX, né en 1792, avait plus de quatre-vingts ans et que son successeur ne serait pas forcément un intransigeant de l'absolutisme, un défenseur forcené du pouvoir temporel. Une évolution était possible à Rome, même si l'esprit ultramontain du concile Vatican I perdurait.

Cadres sans troupes, ministres sans clientèle électorale, les ducs étaient au milieu du gué : ils devaient attendre avec patience la succession de Rome et de Frohsdorf. Un jour, Philippe VII d'Orléans, qui passait le plus clair de son temps à chasser la sauvagine en Espagne et le renard en Écosse, monterait sur le trône des Bourbon, et les chevau-légers lui rendraient grâces. Quel autre parti pourrait prendre « les vieilles troupes royales », celles des comités électoraux d'Henri Dieudonné ?

Le vote de la loi du septennat en novembre 1873 donna le départ à une véritable course contre la montre. Le temps était l'adversaire principal des ducs : ils devaient empêcher les républicains de camper dans les baraquements constitutionnels provisoires qu'ils avaient mis en place avec prudence. Pour Gambetta et ses amis, il fallait prendre de court les droites avant qu'elles ne réussissent à s'entendre, opposer bonapartistes et légitimistes au parti des ducs, jouer les Horaces et les Curiaces pour enlever au poteau tous les sièges et construire enfin, après cette guerre d'escarmouches, la forteresse républicaine.

L'affaire du drapeau blanc et l'échec de la restauration n'ont pas servi, comme les ducs l'espéraient, leurs intérêts. Un ressentiment durable, un soupçon indélébile se glissent dans les têtes légitimistes : les ducs ont tout combiné, et Henri V est tombé dans le panneau. Ils ont programmé l'échec pour en tirer profit et rester seuls au pouvoir. Broglie s'est emparé du ministère de l'Intérieur où, sous prétexte de mener la lutte contre les radicaux, il fait voter une loi donnant au gouvernement le pouvoir de nommer les maires, dans l'attente d'une organisation ultérieure de la vie municipale. Il met en place une équipe de préfets et de sous-préfets qui lui est toute dévouée. Il a nommé Decazes, catholique libéral hostile au pouvoir temporel du pape, au ministère des Affaires étrangères.

Le soupçon légitimiste est vite justifié : les ducs ne soutiendront pas le pape. Les évêques français qui ont publié, à la demande de Pie IX, des lettres pastorales contre les « gouvernements persécuteurs » de Prusse et de Suisse — Bismarck soutient alors contre les catholiques le *Kulturkampf* — sont vertement réprimandés par le ministre des Cultes. Le journal de Veuillot, l'*Union*, qui a publié un message du comte de Chambord, est interdit pour quinze jours. Le très légitimiste *Univers*, où l'on a pu lire le mandement antibismarckien de l'évêque de Périgueux, est frappé de six semaines de suspension. « Nous voulons la paix, dit Decazes ; nous la défendrons contre les *vaines réclamations*, contre les regrettables excitations. » Avis aux chevau-légers : la politique de la France à l'égard du Vatican a changé et ne supporte pas la contradiction. Le climat s'est détérioré entre les droites royalistes dès l'automne de 1873. Il est clair, dès le mois d'octobre, que le ralliement des chevau-légers aux projets des ducs ne sera pas durable. Il faut chercher d'autres formules ; peut-être, comme le suggère le duc Pasquier, une alliance thiériste du centre gauche et du centre droit. Cela fait frémir d'horreur le duc de Broglie qui déplore d'avoir recours à des combinaisons parlementaires pour maintenir l'ordre moral et mener la lutte contre les radicaux.

Le ministre n'a d'autre but que la défense de la société des notables : il l'avoue, il le proclame. Mais cela ne suffit pas aux chevau-légers dont les ambitions cléricales sont contrariées : Ernoul et La Bouillerie, les deux ministres légitimistes du cabinet, se retirent en novembre. Les chevau-légers constatent que le gouvernement n'est même pas capable de réagir, malgré son appareil préfectoral, contre les progrès des républicains aux élections partielles : n'ont-ils pas enlevé, en un an, 13 sièges sur 14 ? Encore le quatorzième élu n'est-il pas royaliste mais bonapartiste. Les jours du cabinet sont comptés : les bonapartistes et 50 chevau-légers votent avec la gauche le 16 mai 1874 et renversent Broglie par 381 voix contre 317. Le calcul de Gambetta se révèle exact : les droites se mangent entre elles.

Le bonapartisme renaît de ses cendres

Les bonapartistes font de rapides progrès dans l'opinion : moins de quatre ans après Sedan, les électeurs de la Nièvre envoient à Versailles le baron de Bourgoing, ancien écuyer de Napoléon III. Six mois plus tôt, un radical avait été élu. Le baron a rassemblé 37 599 voix contre 4 527 au légitimiste. A la Chambre, Rouher triomphe : « Il est des hommes, lui lance Gambetta, à qui je ne reconnais ni titre ni qualité pour demander des comptes, ce sont les misérables qui ont perdu la France. » Un parti de bonapartistes attend Gambetta à l'arrivée du train de Versailles, à la gare Saint-Lazare. Insulté, il est mollement défendu par la police des ducs. Le *Pays*, journal bonapartiste, engage les agents « à empoigner et mener au poste ces élus de la *radicaille*, ces poltrons de la défense nationale ». On redoute désormais, chez les royalistes et chez les plus modérés des républicains, ce retour triomphal du bonapartisme qui exhibe désormais le jeune prince impérial, fils de Napoléon III. On raconte que les mineurs d'Anzin en grève ont crié « Vive Napoléon ! » et que des milliers de fidèles ont passé la Manche pour célébrer les dix-huit ans du prince en exil. Le bonapartisme de nouveau fait peur : les légitimistes eux-mêmes peuvent être tentés par le mythe du sauveur et le miracle politique. On a vu leurs électeurs, en 1873, soutenir la candidature du colonel Stoffel dans Paris contre le candidat des ducs. Une entente des droites contre les notables orléanistes n'est pas impossible.

Le cabinet voit le danger. Le chef nominal en est le général de Cissey, ami de Mac-Mahon et ministre de la Guerre, mais Fourtou, à l'Intérieur, poursuit la politique de Broglie : il nomme des maires conservateurs dans les communes républicaines, remplace les conseils municipaux républicains par des commissions municipales. On supprime, dans les mairies, les bustes de Marianne. Les ministres du « parti de l'ordre » savent bien que le combat des bleus passe par la conquête des mairies, surtout dans le Midi, et que leurs succès ont fait tache d'huile. Contre la démocratie municipale, ils n'ont d'autre recours que la force et l'autorité. Ne disposant pas d'un personnel royaliste suffisant, ils nomment souvent maires des notables, des officiers, d'anciens magistrats bonapartistes. La presse républicaine proteste ? On la suspend, on la supprime. On compte ainsi 192 interventions du gouvernement contre la presse depuis le début du septennat : 28 journaux républicains ont été interdits, 20 suspendus.

Fourtou lutte avec la dernière énergie contre les radicaux, mais laisse faire les bonapartistes. Une circulaire découverte par la commission d'enquête parlementaire sur l'élection de la Nièvre montre que l'Appel au Peuple, l'organisation bonapartiste, propose aux anciens officiers, pour obtenir leur concours, « de les pourvoir avantageusement » de postes dans l'armée territoriale. Le général de Cissey serait à l'origine de ces largesses. On découvre avec stupeur, à cette occasion, que l'Appel au Peuple dispose de fonds importants, de comités départementaux bien organisés et de bureaux de vente pour diffuser le portrait du prince impérial ainsi que des images de propagande.

Il faut de nouveau compter avec les « impérialistes » et Fourtou n'est pas sûr. Il est clair désormais que le duc de Broglie a perdu son pari, le maintien du cadre constitutionnel provisoire ne fait pas seulement le jeu des républicains. Les électeurs conservateurs des campagnes n'ont plus confiance dans la capacité des orléanistes à maintenir l'ordre. Ils cherchent une poigne plus rude : celle d'un Bonaparte.

Bon gré mal gré, on relance la commission constitutionnelle qui s'était sagement endormie sous une avalanche de projets contradictoires. Elle désigne une sous-commission de trois membres pour formuler les points « essentiels » d'un projet commun. L'embarras des « trois » est extrême. On les a chargés, ironise un député, « de faire un rapport sur la manière dont il serait possible de chercher un moyen qui permette de trouver une façon d'imaginer une formule à l'aide de laquelle on pût essayer de proposer à l'Assemblée des résolutions rédigées en un projet propre à garantir les plus heureux effets sans cependant que l'on n'ait rien fait du tout ». Le débat sur la loi municipale est significatif de la panique des conservateurs : ils proposent de déclarer électeurs ceux qui résident depuis au moins trois ans dans la commune et qui sont âgés d'au moins vingt-cinq ans. De plus, seront nommés adjoints aux élus les contribuables les plus imposés de la commune, en nombre égal : cette proposition, même si elle n'est pas retenue, trahit la peur des possédants de perdre le pouvoir essentiel des municipalités et d'être menacés dans leurs intérêts vitaux. Faute de mieux, on maintient le régime municipal provisoire, et le gouvernement continue à nommer les maires à son gré.

En vain Mac-Mahon intervient-il en personne pour qu'on lui donne le droit de dissolution et celui de nommer lui-même un certain nombre de sénateurs. Son projet, inspiré par Broglie, ne passe pas et les parlementaires partent en vacances pour vivre dans leur circonscription l'été étouffant de 1874. Ils prennent le pouls de l'opinion : les électeurs déplorent les lenteurs de l'organisation du régime, ils disent que le maintien du provisoire nuit aux affaires, aux investissements et fait mauvais effet à l'étranger. On dépêche dans les régions le maréchal de Mac-Mahon, seul élément stable du régime, pour rassurer et expliquer. Il voyage ainsi dans le Nord et dans l'Ouest, où l'évêque d'Angers lui adresse une semonce légitimiste. On annonce dans le faubourg Saint-Germain, note cet été-là Paul Cambon, « qu'au prochain bal de l'Élysée on verrait Mme de Mac-Mahon danser le cancan avec Gambetta ». Les orléanistes sont bel et bien isolés, livrés à toutes les agressions. Les ministres impérialistes se sont retirés, les légitimistes deviennent très hostiles. Les dernières élections complémentaires (22 républicains et 6 bonapartistes depuis la chute de Thiers) ont suffisamment indiqué que la montée des bleus risquait d'emporter l'ordre moral : oui, Gambetta entrerait à l'Élysée par la grande porte. La maréchale était en larmes, note Cambon : elle pleurerait bientôt pour de bon.

Pas de décision pour la rentrée des Chambres : on tergiverse, on discutaille. Le manifeste diffusé par le comte de Chambord en juillet n'assainit pas le climat. On demande, dit-il, « le salut de la patrie à des solutions temporaires ». Il repousse avec force, pour sa part, « la formule d'importation étrangère : le roi règne et ne gouverne pas ». Les chevau-légers se murent dans l'intransigeance. Broglie, que le débat constitutionnel indispose, tente de faire discuter d'abord la question du Sénat par la Chambre : si l'on réussit à constituer un Sénat conservateur, c'est une garantie contre une future Chambre républicaine. L'idée n'est pas admise, et le cabinet est renversé. Mac-Mahon doit toutefois maintenir en fonction le gouvernement démissionnaire, parce que ni le centre gauche, ni le centre droit ne parviennent à former une équipe. Les formations royalistes sont dans une impasse, et Chambord l'a prédit à juste titre : la droite des notables n'est même plus capable de faire fonctionner la Chambre de février 1871, qu'elle a cependant maintenue en activité au lieu de la dissoudre. Plus elle sent que le pays demande une solution définitive, plus elle recule devant l'échéance.

Le professeur Wallon fonde la République

La dissolution peut sembler raisonnable, elle est attendue par l'opinion. Déjà Casimir-Perier a déposé depuis le 15 juin entre les mains du président de l'Assemblée une proposition qui implique l'établissement définitif du régime républicain. Le centre gauche a pris position, et ne peut reculer. Une alliance avec le centre droit orléaniste est désormais exclue, ce qui rend la Chambre ingouvernable. Le centre gauche regroupe autour de lui un nombre croissant d'anciens thiéristes ralliés à la République et las des tergiversations des ducs. Il débauche des complices dans le centre droit, et l'ancienne majorité de Broglie s'effiloche. On s'en aperçoit le 29 janvier 1875, quand Laboulaye propose un amendement : « Le gouvernement de la République se compose de deux chambres et d'un président. » le mot « République » ne rassemble plus contre lui que 359 voix contre 336 : une douzaine de députés du centre droit ont voté avec le centre gauche pour la République.

Broglie se sent à la merci d'un vote surprise. Le régime transitoire a toujours un gouvernement provisoire, reconduit par un président d'occasion. Le 30 janvier, un député du centre droit rallié, Wallon, professeur de faculté, modéré et catholique, partisan de l'ordre moral, propose un article additionnel qui passe inaperçu : « Le président de la République est élu par le Sénat et la Chambre. Il est nommé pour sept ans. Il est rééligible. » Il n'est pas question, dans la formule, du maréchal de Mac-Mahon. Il s'agit d'un président *impersonnel*, d'un président à venir, à élire. L'article règle définitivement le fonctionnement d'une institution qui n'a plus rien de provisoire : il est voté à une voix de majorité, par 353 voix contre 352. Quand on annonce le résultat du dépouillement, un grand silence fige les bancs. On ressent diversement, à gauche et à droite, l'émotion d'un scrutin décisif : cette fois, dans les textes, la République est inscrite.

Elle est encore loin d'exister dans les faits : on livre une guerre d'embuscade pour la définition du Sénat. Les radicaux n'en veulent pas, les républicains sont hostiles à la nomination d'une partie des sénateurs par le président. Le centre gauche impose l'élection de tous les sénateurs par les délégués des conseils municipaux. Fort bien ! disent les orléanistes, mais que ce soit du moins par les délégués les plus imposés de la commune. Cette idée censitaire, héritée de la monarchie de 1830, indigne les bleus. Il est convenu qu'un quart des sénateurs (75) seront élus — à vie, obtient le centre droit — par les députés. Il faut en effet profiter, pour l'élection de ces « inamovibles », de la majorité existante. Nul ne sait, au parti des ducs, de quoi la Chambre de demain sera faite.

La République dispose ainsi, sur le papier, de ses deux Chambres et d'un président dont les pouvoirs sont soigneusement précisés : il est convenu que le gouvernement est responsable devant le Parlement et non devant le président. La République sera parlementaire et non pas présidentielle : pourtant le président garde un pouvoir dont on ne mesure pas encore exactement la portée : il *désigne* le futur *président du Conseil des ministres* qui demandera ensuite l'investiture du Parlement.

Comment renvoyer la Chambre et congédier Mac-Mahon ? Les bleus s'interrogent, d'autant que Broglie et d'Harcourt, les conseillers de Mac-Mahon, se hâtent de lui faire désigner un nouveau gouvernement dirigé par l'orléaniste Buffet, ancien président de l'Assemblée, « fermement résolu à maintenir les principes conservateurs ». Buffet nomme des ministres du centre gauche : Dufaure à la Justice, Léon Say aux Finances. Les ministres de la Guerre, de la Marine et des Affaires étrangères ne changent pas, sur injonction de Mac-Mahon qui oblige aussi Buffet à nommer un député de droite, le vicomte de Meaux, à l'Agriculture et au Commerce. Avant d'accepter, le vicomte a consulté le chef de son groupe, le royaliste Kerdrel, peu favorable à ce centre gauche qui vient d'instaurer la République dans les textes. « Je persiste à penser, dit Kerdrel, qu'il eût mieux valu que Buffet constituât sans nous son ministère. [...] Mais c'est pour nous qu'il lutte en ce moment. Nous ne devons pas l'abandonner et, puisqu'il réclame votre concours, liez votre sort au sien. » Le collègue du vicomte à l'Instruction publique n'est autre que Wallon, l'introducteur de la République. Le chef du gouvernement se réserve l'Intérieur. Le maréchal, affirme de Meaux, est « soulagé et comme épanoui ». La crise est terminée. Une nouvelle majorité axée à droite est même concevable car si de Meaux, dans un banquet à Saint-Étienne, reconnaît « le régime républicain » que la loi impose au respect de tous, le député légitimiste Belcastel fait voter sans difficulté un paragraphe additionnel réclamant pour les différents cultes des prières publiques à l'ouverture des sessions du Parlement. « L'invocation à Dieu, explique-t-il, unissait alors dans un sentiment commun les partis divisés de l'Assemblée. » Quant à Wallon, il est prêt à se battre pour instaurer le régime de liberté de l'enseignement supérieur et doter l'université catholique de la collation des grades : que cette République monarchique pense bien ! Rien ne serait-il changé dans la maison du père ?

Plus que jamais, le cabinet orléaniste veut rassurer « la population honnête, paisible, laborieuse, attachée à l'ordre par ses sentiments et ses intérêts ». Il faut lui faire savoir « qu'elle a le gouvernement de son côté et peut compter sur nous pour la protéger des attaques et des passions subversives ». On désigne ainsi, plus que jamais, l'ennemi radical. « L'administration intelligente et dévouée » (les préfets orléanistes) secondera le gouvernement dans sa tâche, ainsi que les maires nommés. Les pouvoirs exceptionnels restent entre les mains du gouvernement qui usera « avec efficacité » des lois de répression sur la presse.

La gauche est prévenue : l'inscription de la République dans la Constitution ne doit pas faire illusion, c'est une droite sans faiblesse qui exerce le pouvoir. « J'avoue, devait dire Broglie, que je n'aurais pas osé en faire autant. » Pourtant, on boude à l'extrême droite et même à droite, jusque dans les préfectures : R.F. sont des « initiales de galériens », dit bruyamment un préfet. Seize de ses collègues refusent d'utiliser le papier à en-tête « République française » ou font inscrire la formule en lettres minuscules. Le centre droit explose : les députés qui rejettent la République refusent de suivre les ralliés qui constituent un nouveau groupe, le « centre constitutionnel ». Buffet le précise le 19 septembre 1875 dans sa circonscription des Vosges : « Le vote des lois constitutionnelles n'implique en aucune manière l'abandon d'une politique nettement conservatrice. [...] La grande tâche du gouvernement actuel consiste à reformer le faisceau de toutes les forces conservatrices de la France, si malheureusement rompu par nos révolutions. » Que les préfets de droite se rassurent : Buffet ne trahit pas l'ordre moral. Les hommes du centre gauche sont-ils favorables à cette politique d'intransigeance ? Léon Say manifeste, par rapport à Buffet, une sensible divergence libérale et Dufaure n'est pas favorable à la politique de pression des préfets sur les élections. Mais ils restent tous les deux dans le gouvernement et Gambetta, heureux d'avoir contribué à faire voter par le centre gauche la Constitution républicaine, fait dans ses discours l'éloge de Thiers et de Casimir-Perier. Il n'y a guère que les radicaux pour exiger déjà une réforme de la Constitution à peine née et la suppression du Sénat.

La République des « petits »

Une grande bataille se prépare. Si les notables acceptent formellement — faute de mieux — la République, ils n'entendent pas se laisser détourner de leur objectif fondamental :

la défense de la « société » avec ses valeurs morales et religieuses et son fonctionnement économique : même si le ministre des Finances, Say, du centre gauche, est opposé à la rigueur répressive de son chef de gouvernement, il est, en matière économique, un libéral partisan du libre jeu des lois du marché et parfaitement hostile aux doctrines interventionnistes. Au nom de la défense sociale, les notables récusent d'avance toute entente avec la gauche, qui pourrait dégénérer en laxisme. « Servir de transition, a dit Buffet, entre ce que l'on considère comme le bien et ce que l'on tient pour le mal, c'est le plus déplorable des rôles. » Le ralliement du centre gauche au gouvernement de Buffet indique clairement que les modérés estiment eux aussi prioritaire le front social et qu'ils ne sont pas prêts à prendre des risques pour faire le lit des radicaux : le vieux Dufaure, ancien ministre de Louis-Philippe, est, comme Say, un libéral d'ordre. Gambetta, qui fait patte de velours, le temps du vote de la Constitution, sait parfaitement qu'il doit reprendre le combat contre tous ceux dont le conservatisme s'accommode de la République seulement parce qu'ils n'ont pas trouvé de régime plus expédient.

Buffet, l'ancien ministre du Prince-Président, n'a pas oublié l'époque où il votait la loi du 31 mai 1850, mutilant le suffrage universel. Sans doute ce libéral s'était-il éloigné du régime du 2 décembre pour rejoindre les députés de l'opposition de Sa Majesté, il n'en votait pas moins sous l'Empire les amendements destinés à déférer les délits de la presse républicaine à la juridiction très dure des tribunaux ordinaires. Il était, comme la plupart des orléanistes, un libéral antidémocrate tout particulièrement hostile à la démocratie sociale. Le maréchal de Mac-Mahon ne pouvait pas choisir un chef de gouvernement plus motivé dans la lutte contre la « subversion radicale ». Avant de quitter le pouvoir, en 1871, Gambetta avait demandé aux ministres ses collègues de décréter l'inéligibilité des fonctionnaires de l'Empire, en particulier des maires nommés par l'ancien régime, ainsi que des candidats officiels qui avaient obtenu des préfets l'« affiche blanche ». Il n'avait pas obtenu satisfaction. Buffet nommait tous les jours d'anciens maires de l'Empire à leur ancien poste, au grand scandale des radicaux. Ceux-ci pourtant s'efforçaient, derrière Gambetta, de mettre la sourdine aux revendications sociales trop agressives afin d'attirer les électeurs des classes moyennes et des bourgs ruraux.

Le radicalisme se veut rassurant et, s'il est ardemment républicain, il est bleu et non pas rouge. Gambetta ne néglige rien pour faire oublier 1848 et la Commune : les bleus, dit-il, ne sont pas des « partageux ». A Angers, il a revendiqué l'héritage d'une révolution respectueuse de la propriété et des libertés nécessaires. A La Ferté-sous-Jouarre, il a prêché la réconciliation des classes sociales : « Il faut revenir à la féconde pensée du 14 juillet 1789, rétablir le faisceau qui a été détruit par des mains scélérates, rapprocher le bourgeois de l'ouvrier, l'ouvrier du paysan. » A Grenoble, il a affirmé qu'un nouveau personnel électoral « se manifeste d'une élection à l'autre dans le pays, porté « par le suffrage universel », et que « les travailleurs des villes et des campagnes ont fait leur entrée dans les affaires politiques ». Le développement de l'industrie et du commerce multiplient ces nouveaux responsables, ces lecteurs de la *République française* qui demain seront prêts à exercer le pouvoir comme ils l'exerçaient déjà dans les mairies du Sud-Est, du Languedoc et de Bourgogne avant que Broglie et Buffet n'en reviennent à la nomination des maires par le pouvoir. Ils doivent comprendre « que la monarchie est finie et que tous les régimes qui peuvent, avec des modifications différentes, représenter la monarchie sont également condamnés ». Ces citoyens déjà formés aux responsabilités locales exigent la République. Ce ne sont pas des anarchistes, mais très souvent des propriétaires : « A chaque propriété qui se crée, disait le tribun en 1874, c'est un citoyen qui se forme. »

Gambetta ne déplore nullement cette multiplication des propriétaires, mais redoute au contraire que la concentration des terres et les difficultés du commerce ne portent atteinte à cette petite propriété qu'il veut pour sa part défendre et faire progresser, car « la propriété est à nos yeux le signe supérieur et préparateur de l'émancipation matérielle de l'individu ». Le chef radical n'est donc nullement l'ennemi de la hiérarchie sociale et il n'est pas loin de faire sienne la formule du libéral Guizot sous la monarchie de Juillet : « Enrichissez-vous par le travail et par l'épargne. » La mobilité sociale, que les lois de la République doivent rendre possible, justifie les hiérarchies en les empêchant de se figer et de devenir oppressives. Le rôle des responsables politiques est d'assurer la promotion des *couches* sociales et non d'attiser la divergence et l'opposition des *classes*. La République de demain, lance-t-il à ses adversaires gouvernementaux, sera « pacifique, raisonnable, respectueuse de la loi ». Il existe dans les campagnes « des paysans éclairés et libres », ayant profité de la bonne conjoncture économique, et qui sont « aptes à se représenter eux-mêmes ». Ceux-là n'ont rien à voir avec les hobereaux élus en février 1871, ils peuvent rejoindre dans la future élite politique la foule des « petits » propriétaires, des « petits » industriels, des « petits » boutiquiers engendrés par le « mouvement économique ». Pas un mot sur les ouvriers : ils ne font pas partie de la clientèle du nouveau radicalisme de conquête. Sont-ils paysans, les nouveaux maires et les députés élus depuis 1871 dans les rangs radicaux ? Médecins ou avocats plutôt, ceux qui constituent les cadres de ces « cercles du commerce » nombreux dans les villes de province, et qui s'opposent aux « cercles de l'union » des notables. Ils entendent et propagent le discours social modéré de Gambetta : ils sont les nouveaux membres du tiers état.

Ils disposent généralement de journaux dont l'audience est limitée à leur arrondissement, mais qui leur permettent de conduire contre les « châteaux » le combat politique des loges et des cercles de cafés. Dans le département de l'Isère, admirablement étudié par Pierre Barral[1], les anciens notables sont, comme partout, présents dans les consultations électorales des années 1870. Les Virieu, les Miribel, ces « messieurs » qui tiennent table ouverte à leurs amis politiques, lisent la « bonne presse », retrouvent les bourgeois huppés dans les sociétés d'agriculture. Souvent maires de leur commune, ils ont été élus, comme Virieu et Verna, au conseil général. Mais les exploitants agricoles, mieux instruits, acquièrent une autorité croissante sur les électeurs et s'infiltrent dans les mairies. Ils profitent moins de la promotion politique que les

1. *Op. cit.*, pp. 99 et suiv.

élites des villes : l'Isère compte plus d'avocats, d'avoués, d'huissiers et de notaires en 1870 qu'en 1930. Médecins et pharmaciens commencent à se multiplier, ainsi que les vétérinaires. L'industrie moderne de l'électricité et de la métallurgie n'a pas commencé sa rapide ascension, mais les petits entrepreneurs et patrons sont nombreux dans le textile et l'habillement. Certains d'entre eux, comme Charrière et Chaper, appartiennent à la droite, d'autres sont francs-maçons comme l'industriel Édouard Rey, membre vénérable de la vieille loge grenobloise des *Arts réunis* où sont désormais reçues les jeunes générations. On peut ainsi vérifier sur le terrain la naissance des « couches nouvelles » qui organisent la lutte politique, lisent le *Réveil* plutôt que le *Courrier de l'Isère*, bonapartiste, ou l'*Unité française* du marquis de Monteynard. L'abondance des titres, au tirage assez mince, montre l'animation de la vie politique locale, et l'ardeur des luttes où radicaux et républicains sont mêlés.

Les républicains n'effraient plus

Dans l'Isère, département où Gambetta a prononcé son célèbre discours de bataille sur la « nouvelle couche sociale », les mesures répressives de Buffet ne sont guère efficaces. Le milieu politique est rebelle à la reprise en main du gouvernement de Paris parce que les notables locaux répondent mollement aux ordres de mobilisation. Gambetta et les républicains ont réussi à rassurer l'électorat qui ne s'éloigne pas d'eux, mais au contraire les rejoint volontiers : Bovier-Lapierre, l'industriel Édouard Rey et le journaliste Vogeli, directeur du *Réveil*, se sont fait connaître dès le 4 septembre. Le préfet Brillier, envoyé par Gambetta, a destitué de très nombreux maires bonapartistes, provoquant la colère des notables. Ils ont pris leur revanche à l'élection de 1871, qui a porté à l'Assemblée le marquis de Quinsonas, mais aussi de nombreux républicains modérés, élus généralement les premiers. Hostiles à la Commune, ces hommes ont constamment prêché l'entente et la modération, et condamné la violence de la répression. Aux élections complémentaires (pour remplacer

Casimir-Perier qui avait opté pour l'Aube) les électeurs désignent, contre le général Vinoy, commandant de l'armée de Versailles au temps de la Commune, le colonel républicain Denfert-Rochereau, héros du siège de Belfort. Sur cette lancée, la gauche enlève les sièges municipaux urbains et les postes de conseillers généraux (26 sur 45). Le préfet de l'ordre moral se plaint alors de la mollesse des notables « qui tâchent de pousser l'autorité à des mesures sans s'engager avec elle », ne redoutant rien tant que de se compromettre. Quand Denfert-Rochereau choisit à son tour une autre circonscription, la droite ne présente pas de candidat contre son successeur républicain Brillier. Dès lors, les modérés suivent la houlette de Ferry et de Favre ou le drapeau tricolore de Gambetta, déconcertés par l'éviction de Thiers, l'homme « nécessaire ». Le sous-préfet de Vienne remarque déjà, l'année où Gambetta vient prononcer ses discours dans le département : « Les paysans s'accoutument à la République. Ils n'ont plus d'antipathie pour elle. Ils ne veulent ni un coup d'État monarchique ni un coup de force démagogique. »

Comment Buffet peut-il souhaiter gagner ce département à l'ordre moral ? Son préfet, André, nommé déjà par Broglie, s'y emploie de son mieux. Il élimine, profitant des dispositions de la nouvelle loi, « tout ce qui est inféodé au radicalisme » des mairies[1], installant partout des notables. Cette politique est-elle efficace ? « Cette fois encore, écrit Barral, l'action préfectorale fut mal soutenue par les monarchistes du département. A Vienne, à Vizille et dans quelques bourgs, leur passivité contraignit même l'administration à maintenir les municipalités républicaines sans les investir officiellement. » Quant aux maires nommés par le préfet, ils échouent totalement.

Le calcul de Gambetta est donc exact dans les départements où les républicains ont déjà des assises. Il n'en mène que plus résolument la lutte pour la « République conservatrice » de Thiers, fort des résultats de l'Isère, où le zèle répressif de Buffet ne sert qu'à renforcer les positions de la gauche. Il poursuit ce combat contre les plus extrêmes de ses amis

1. Barral, *op. cit.*, p. 397.

politiques radicaux. Les résultats cumulés des élections partielles lui donnent raison : le pays proteste contre la grande vague cléricale et les atteintes à la liberté de la presse. Les projets de restauration monarchique et les divisions des royalistes font peur. On souhaite le retour à la stabilité, et désormais le discours républicain rassure au lieu d'inquiéter.

Fort de ses succès électoraux, Gambetta est à l'aise pour convaincre la vieille garde intransigeante du parti (les quarante-huitards Louis Blanc et Ledru-Rollin) de voter en 1875 l'amendement de Laboulaye, puis celui de Wallon qui consacre la République. La majorité ainsi réunie permet d'espérer la désignation par la Chambre d'un certain nombre de sénateurs inamovibles républicains. Pour l'heure, Gambetta n'en demande pas davantage : la République étant fondée, il appartient aux bleus d'enlever l'une après l'autre les citadelles de l'adversaire.

Si les radicaux gambettistes ne font plus peur dans de nombreuses circonscriptions, les candidats républicains modérés sont encore mieux reçus. Jules Ferry, qui a démissionné de son poste à Athènes après l'éviction de Thiers, n'est pas suspect de sympathies pour Gambetta : « J'ai lu ce discours épouvantail », dit-il à son frère quand il reçoit le texte du morceau de bravoure de Gambetta sur la « couche sociale » : « Il a rarement fait aussi mauvais et le débraillement est poussé au comble. » Il le trouve « trop inégal » et ne croit pas à l'avenir du tribun : « La France ne s'est jamais donnée qu'à des gens doués de mesure. » La chute de Thiers le navre. Pour le remettre au pouvoir, il accepterait la dissolution de la Chambre. Il attribue à l'échec de Thiers la remontée de Gambetta. En voulant gouverner seuls, les ducs feront « voter rouge, sang de bœuf, écarlate ». Les préfets de l'ordre moral créent chaque jour de nouveaux partisans de Gambetta et des radicaux. Ferry le déplore, mais comment ne pas mener à leurs côtés la lutte contre l'ordre moral ?

Ferry a remarqué déjà que les républicains n'effrayaient plus dans les campagnes. Il rencontre dans les Vosges un courant républicain irrésistible, écrit-il à son frère, « qui emportera le préfet, ses maires, son patron[1] ». Il constate

1. Gaillard, *op. cit.*, p. 272.

partout qu'en dépit de l'« arrogance » des conservateurs, « on a peur du drapeau blanc dans les petites villes et dans les campagnes ». Et si l'on restaurait les droits féodaux ? « Tu ne peux imaginer, dit-il encore à son frère, le degré de répulsion, de défiance, de mépris, d'irritation que soulève dans ce pays-ci, un des plus dociles, ami de l'ordre et souple à l'autorité, l'idée de la restauration d'Henri V. [...] Le paysan qui en 1851 invoquait la légende impériale a horreur de la légende bourbonienne et de la gent cléricale. [...] L'état de l'opinion n'est pas favorable à l'idée d'une dictature exercée en compte à demi par le trône et l'autel. »

Rejet de l'ordre moral

Il est vrai que l'ordre moral, par ses excès cléricaux, décourage le vieux pays. Les évêques nommés par le gouvernement et investis par Pie IX sont des combattants de la reconquête, tel Fava, ancien missionnaire à Zanzibar, vicaire général à la Réunion, évêque de la Martinique, nommé en 1875 à Grenoble et qui remplace Mgr Paulinier, trop aimable et conciliant. Ses cheveux longs et sa haute taille le rendent rapidement populaire dans le bas clergé. Il engage aussitôt avec la plus grande vigilance la lutte antimaçonnique. Sous sa tutelle, le nombre des prêtres augmente et les réguliers prospèrent, particulièrement les chartreux qui fabriquent depuis 1831 un élixir apprécié procurant au monastère des satisfactions financières. Les missions sont actives grâce aux pères jésuites et aux missionnaires de Notre-Dame-de-la Salette, spécialisés dans les conversions. La « belle dame en pleurs » apparue en 1846 à deux enfants de La Salette transmet un message de pénitence adapté au goût de l'époque pour la mortification : « Si mon peuple ne veut pas se soumettre, je suis forcée de laisser aller le bras de mon fils ; il est si lourd que je ne puis plus le retenir. » Si Rome a accepté le principe de l'apparition, elle est contestée à Lyon par l'archevêque de Bonald, au point qu'une polémique se développe. On accuse une originale de Saint-Marcellin, Mlle de La Merlière, d'avoir joué le rôle de la Vierge : les pamphlets anticléricaux sont allés bon train pendant tout le Second Empire (Jules Favre a plaidé pour La Merlière). Cette affaire a rendu Rome prudente et le Saint-Siège se garde d'imposer le culte sur les lieux, mais un grand mouvement de fidèles a contraint les autorités à fonder un ordre spécial pour desservir le sanctuaire. On y accède par des chemins escarpés, à dos de mulet, puis en voiture. La basilique néogothique qui accueille les fidèles devient un pèlerinage régional, bientôt national. En 1873, le clergé y organise de grandes fêtes. Mgr Fava ne craint pas d'y fêter le couronnement de la Vierge. On se rend, dans l'Isère, à bien d'autres pèlerinages, notamment à Notre-Dame-de-l'Osier, près de Vinay, où l'on célèbre le miracle de « l'osier sanglant ».

Si l'évêque Fava encourage les pèlerinages qui rassemblent le « peuple de Dieu », il veille avec un soin jaloux à l'éducation des enfants. Dans l'école laïque, les crucifix sont encore accrochés dans les salles de classe, le clergé assure les cours de religion et une partie de l'enseignement. Les congrégations religieuses tiennent ainsi dans l'Isère 53 écoles de garçons de l'enseignement public sur 575 et 226 écoles de filles sur 473. Les protestants disposent de 13 écoles publiques. Les républicains, depuis 1871, luttent pour obtenir d'abord la laïcisation du personnel dans les écoles de l'État : c'est la position du conseil municipal de Grenoble, mais le préfet de Buffet se refuse à exaucer ces vœux. Cette anomalie est d'autant plus vivement ressentie qu'il existe dans le département un enseignement primaire libre regroupant 191 écoles et plus de 11 000 élèves (sur 67 000). Les frères des écoles chrétiennes ont également organisé un enseignement primaire supérieur. Quant aux jeunes du secondaire, s'ils ne vont pas au lycée de Grenoble, ils trouvent place à l'externat Notre-Dame ouvert par les jésuites en 1871, quand ils ne s'expatrient pas comme internes à Mongré, le célèbre collège de Villefranche-sur-Saône. Il n'existe pas de lycée de jeunes filles et les dames du Sacré-Cœur à Montfleury, les dames « aux oiseaux » à Voiron partagent avec les ursulines et les filles de Notre-Dame le monopole du secondaire féminin. Les jeunes filles de l'Isère sont toutes élevées « sur les genoux de l'Église ».

Les républicains accusent ces institutions religieuses de

former une jeunesse entièrement dévouée à l'Église et hostile aux nouvelles institutions. Ils sont des partisans convaincus et ardents de la laïcité et protestent avec violence contre l'engagement du clergé — service public de l'État depuis le Concordat — dans la lutte politique. Ferry déplore que dans son département très catholique des Vosges la politique, depuis la chute de Thiers, ait envahi jusqu'aux sermons : « Dans toutes les chaires du département, les républicains sont insultés, M. Thiers vilipendé, la monarchie annoncée à bref délai, et des curés prêchent même sur la fusion. » Ferry combat de son mieux cette « entreprise clérico-royaliste », mais il a contre lui l'ensemble militant du bas clergé. A Douai, Luce de Légorgue, la future épouse du préfet gambettiste Camescasse, note l'abondance des pèlerinages, auxquels elle participe souvent, et l'importance des processions : chaque paroisse en organise trois, une en juin, une à l'Assomption et une autre en septembre. Le dimanche de la Fête-Dieu, les trois paroisses se réunissent. Le Saint-Sacrement est porté à tour de rôle par l'une d'elles, on installe le reposoir sur la place d'armes. La procession dure de 9 à 11 heures et reprend l'après-midi avec les reposoirs disposés dans la cour de l'hôpital, sur les places des marchés. Une grande procession organisée sous l'ordre moral « parcourt la ville de Douai de 1 heure à 7 heures, les rues où elle passe sont ornées de chapelets de grandes pivoines en papier rose et blanc, suspendues d'un mât à l'autre. Cette profusion de fausses fleurs a été fabriquée pendant des mois par la population dévote. Nous sommes alors en pleine réaction. C'est une manifestation antirépublicaine plutôt qu'une cérémonie religieuse ». La jeune Luce se souvient d'avoir « scandalisé une dame du parti dévot » en relevant son voile d'enfant de Marie pour recevoir le salut de ses « valseurs » qui riaient de la voir ainsi déguisée.

Ces manifestations sont-elles efficaces ? Sans doute font-elles plus que les mesures répressives des préfets de Buffet pour rassembler un public qui va se comporter comme un parti. Mais elles suscitent une irritation populaire, perceptible dès 1875, même en milieu rural. « Les pluies de l'ordre moral, écrit alors Ferry, ruissellent sur le granit vosgien sans l'imprégner. » Le député se découvre des amis « dans les plus petits villages, non de ces braillards d'estaminet qui sont la peste du parti républicain de province, mais des paysans demi-bourgeois, indépendants par situation et qui, depuis 1870, ont réfléchi et commencent à lire ». Ferry, qui a depuis longtemps compris avec Thiers et Gambetta que la République devait être conservatrice, est alors très optimiste : « Nous allons sortir de l'état révolutionnaire. Nous ne vivrons plus perchés sur la branche. » Quand les lois constitutionnelles de 1875 sont à sa grande satisfaction votées, le public rural se montre attentif, favorable. Que viennent les élections pour emporter le régime du ministre Buffet !

Au Sénat : une « garnison républicaine »

Quelle loi électorale ? Faut-il voter par listes, comme en 1871, au niveau du département ? Les républicains sont favorables par principe à ce scrutin, plus économique et plus idéologique, que l'Empire avait supprimé. Les orléanistes préparent au contraire un scrutin nominal : il s'agit d'élire un seul député par arrondissement inférieur à 100 000 habitants. Pour ceux qui sont plus peuplés, on élira autant de députés qu'il faudra, à raison de 100 000 habitants par siège accordé. Mac-Mahon et Buffet sont devenus les furieux partisans d'un mode de scrutin qui accroît l'influence personnelle du notable sur l'électeur. Une joute s'engage à l'Assemblée sur ce thème : contre Gambetta qui défend le « droit de l'électeur » et la « dignité de l'élu », le vieux notable Dufaure soutient que l'arrondissement, à dimension humaine, est plus démocratique, plus favorable aux « électeurs peu éclairés, soumis à un travail incessant », qui ne peuvent matériellement connaître les nombreux candidats — généralement citadins — d'une liste de parti. Un débat qui durera autant que la République... En 1875, il est réglé par le pouvoir à son profit : une majorité de 357 députés établit, selon les vœux de Mac-Mahon, le scrutin d'arrondissement uninominal.

Les ducs sont-ils assurés de l'emporter ? Ils commencent par perdre la bataille de la désignation des 75 sénateurs inamovibles. Pourtant, les orléanistes avaient imposé cette combinaison pour dominer le Sénat : ils avaient trop montré leurs intentions et réussissent à faire contre eux l'unanimité des tendances. Un débat confus s'engage contre le centre droit qui se croit assuré de la victoire. On négocie petitement. Il apparaît clairement que les droites ne peuvent pas s'entendre sur une liste unique. La gauche n'hésite pas à se lancer dans les combinaisons les plus douteuses pour être sûre de l'emporter : Gambetta accepte les voix des députés de l'Appel au Peuple, bonapartistes ! Mieux encore, il reçoit les suffrages des chevau-légers félons, qui, pour assurer la défaite des orléanistes, n'hésitent pas à joindre leurs noms à ceux des républicains : « J'aime mieux, explique La Rochette dans l'*Union*, ceux qui nous combattent que ceux qui nous ont ouvertement abandonnés et qui aujourd'hui sollicitent l'abdication du roi. » Achevée le 21 décembre 1875, dix jours avant la séparation de l'Assemblée, l'élection des 75 sénateurs inamovibles marque la première victoire républicaine : 57 élus (dont 8 radicaux), 10 légitimistes et seulement 7 gouvernementaux orléanistes. La droite a mordu la poussière, et le Sénat reçoit, selon la formule de Seignobos, « une garnison républicaine ».

Le sentiment amer de la défaite, avant même l'ouverture de la campagne électorale, incite Buffet à accentuer les mesures de contrôle, pour tenter de l'emporter par la force. Il maintient l'état de siège — disposition justifiée jadis par la Commune, et permettant en particulier de museler la presse d'opposition — dans les trois grandes villes de Paris, Lyon et Marseille. Le gouvernement peut y empêcher les banquets, les manifestations, les réunions publiques. Il exige une loi plus dure contre la presse, afin qu'elle ne tombe pas « dans des excès qui auraient infailliblement pour résultat de discréditer dans l'esprit des hommes les plus libéraux l'usage légitime de la libre discussion ». La nouvelle loi punit « toute attaque contre les droits et pouvoirs du gouvernement », les outrages et injures contre les personnes et les corps, les offenses, les fausses nouvelles, les provocations, l'apologie d'un crime ou les cris séditieux. Muni de cet arsenal, Buffet veut bien laisser disparaître la Chambre introuvable de 1871, qu'il n'est pas sûr de pouvoir retrouver.

Ont-ils voulu fonder la République, ces notables qui retournent avec un moral bas dans leurs circonscriptions ? On a souvent remarqué qu'ils n'avaient pas voté une Constitution, mais de simples lois constitutionnelles sur lesquelles ils se proposaient de revenir à la première occasion. Pas de serment, pas de texte solennel, pas de préambule, pas de déclaration des droits. Pour la première fois dans l'histoire de la France au XIXe siècle, on a fondé un régime sans construire un temple juridique, et la République est entrée « par une poterne » dans une forteresse qui n'était pas à ses armes. Les notables auraient voulu une Chambre des pairs, ils ont dû se contenter d'un Sénat, que les républicains refusaient au départ et que les moins extrémistes ont fini par accepter. Étrange Sénat, élu par cooptation et par scrutin de liste départemental, à raison d'un délégué au collège électoral par commune : majorité factice qui ne tient pas compte de la surpopulation urbaine et qui représente au contraire beaucoup trop largement les communes rurales. On a voulu maintenir contre la Chambre — réputée dangereuse puisqu'elle est élue au suffrage universel direct — une Haute Assemblée des campagnes supposées conservatrices. Le Sénat et la Chambre se réunissent en congrès pour réviser la Constitution : sage mesure qui permettra plus tard, espèrent les orléanistes, de réintroduire la monarchie. Les voici déçus : le Sénat, depuis l'élection des inamovibles, risque d'être à majorité républicaine.

Du moins sera-t-il conservateur, ce qui satisfait Ferry, Grévy, Simon, Favre, les républicains modérés qui se défient autant que les orléanistes des emportements de la future Assemblée. Ce risque est tempéré par l'instauration du scrutin d'arrondissement, qui permet d'espérer la fabrication de nouveaux notables si les anciens sont battus, des notables républicains dans le style de Ferry ou de Grévy, et même de Gambetta. Ils seront les membres d'une « Chambre des députés » qui sera seule à partager avec le Sénat le pouvoir souverain ; l'Assemblée née à Bordeaux n'a jamais consenti à proclamer dans un texte la « souveraineté du peuple ». Les électeurs sont seulement représentés par des institutions qui exercent le pouvoir en son nom. N'ayant pas droit au plébiscite, le peuple n'est pas habilité à réviser la Constitution.

Les républicains se réjouissent de voir abandonnés les principes de l'Empire plébiscitaire. Ils sont aussi satisfaits d'avoir fait élire le président de la République, non par le peuple, mais par le congrès des deux Chambres réunies. Le président est un roi parlementaire qui a le droit de dissoudre la Chambre, conjointement avec le Sénat sur lequel il est sans pouvoir. Il a le droit de grâce et celui de conclure les traités. On pressent qu'il aura, en politique étrangère, une influence toute particulière. Même s'il n'existe pas en France de véritable séparation des pouvoirs, on imagine aussi que le président, chargé de désigner le chef du futur gouvernement, garde un privilège de l'exécutif qui fera toujours de son élection l'une des plus acharnées du régime. Les orléanistes avaient tenu à ce qu'il conserve cette initiative décisive : il fallait bien que le futur Philippe VII eût le sentiment qu'il serait vraiment le roi.

Divergences entre républicains

Le 1er janvier 1876, le pays est en paix, le territoire libéré, la prospérité revenue. Paris brille de mille feux, attire de nouveau les riches étrangers dans ses hôtels de grand luxe. Le romancier américain Henry James loue de la France « les bons dîners, les routes égales, la musique supérieure et les domestiques sympathiques ». Il est ébloui par les vitrines de la rue de la Paix et par ce « kilomètre carré, limité au sud par la rue de Rivoli, au nord par la rue Scribe, et dont le point le plus sacré est l'angle du boulevard des Capucines qui se prélasse au sourire du Grand Hôtel ». Il est amoureux du nouvel Opéra de Garnier enfin inauguré. Paris est pour lui « un grand bazar de rêve » et la France jouit d'un « confort insurpassable » : pour James, « le problème de l'existence est ici résolu de façon plus confortable que partout ailleurs ». On n'attend plus que la République. La nouvelle loi est votée, dit James. Quand une nouvelle Assemblée sera élue, « le plus grand pas aura été fait afin que la République paraisse en état de choses permanent, raisonnable et confortable ». L'événement de l'année est une pièce de Dumas fils, *L'Étrangère.*

« Un coup d'État du maréchal de Mac-Mahon, une invasion de la France par la Prusse, il faudrait quelque chose de ce genre pour lui être équivalent. » La mode est au théâtre léger de Victorien Sardou, aux tableaux de Meissonier, au « foyer recouvert d'or sur un pied d'épaisseur » de l'Opéra, aux bronzes animaliers de Barye. Que les Français sont heureux ! Il ne leur manque qu'une République « confortable » pour être le peuple le plus aimable de la Terre.

Pourtant ils se déchirent. James note que l'élection des 75 sénateurs inamovibles par les députés de l'Assemblée de Versailles suscite une passion telle que « dans la soirée, sur les boulevards, dans les théâtres, dans les cafés, on se rue avec une extraordinaire avidité sur le *Soir* qui paraît à 9 heures ». Du coup, James se rend à Versailles pour visiter « ce petit théâtre étouffant, rouge et or, dans lequel siège l'Assemblée ». Il est frappé par ce cadre dérisoire, « où les petits soldats en pantalon rouge de l'actuelle République étudiaient leur manuel », dans le parc à « mythologie moussue » aux statues soigneusement entretenues. Il se réjouit de voir même à Versailles « la République sevrée et mise sur pied ». Quelle passion dans le public ! James n'imagine pas, en ce début de 1876, de parler d'autre chose que de politique avec ces Français qui font preuve de la plus totale intolérance. « On discute à perte de vue, dit-il, et chaque homme soupçonne en l'autre un adversaire politique. » Partout, des clans, des coteries, des cercles : « Les discussions politiques sont plus âpres et plus intenses en France que partout ailleurs [...], et c'est toujours d'une manière infamante qu'on lit une étiquette différente de la sienne. » Les Français semblent ignorer, en politique comme en littérature, « l'art précieux du compromis ». Pas d'accord possible entre un républicain et un monarchiste, entre un légitimiste et un orléaniste. Le président du Conseil, Buffet, est, dit James, « un homme apeuré qui ne s'est jamais remis de la Commune ». Le pays souhaite le repos, la paix, le travail et l'ordre. Que Buffet ne comprenne pas que la République garantit fort bien tout cela semble stupéfiant à l'Américain. Pourtant, « l'excellente position de la France dans le monde n'offre réellement aucun prétexte décent pour prétendre que la République n'est pas satisfaisante et sûre ». D'un pays « profondément paisible », Buffet risque de faire une nation de nouveau désespérée et divisée.

Les élections commencent par le Sénat. Les conseils municipaux ont été appelés à élire des délégués. Les conservateurs créent des comités de soutien, les républicains s'en passent. Mac-Mahon croit nécessaire de rendre public un manifeste pour mettre les électeurs en garde contre « la propagation des doctrines sociales et des programmes révolutionnaires ». Cette affiche est placardée dans toutes les rues, et James s'en étonne : « Une proclamation du chef de l'État adressée directement à la nation par-dessus la tête du ministère est une démarche si irrégulière et anormale qu'on ne devrait y avoir recours que dans les moments d'extraordinaire péril. » James trouve une autre déclaration ridicule, celle du candidat Victor Hugo, « rougeoyante » et emphatique. Son discours aux 36 000 délégués des communes lui paraît un monument de « vaticination politique ». Pourquoi ce chauvinisme délirant, exaltant Paris et la France contre le « germanisme » et contre Rome ? « Ceux qui prétendent jouir tranquillement des bienfaits de la civilisation française, commente l'Américain, n'ont aucune envie d'être astreints à des génuflexions et à des prosternations perpétuelles. » Très calme, l'élection du 30 janvier 1876 porte au Sénat une majorité de notables de tous les partis : 149 républicains déclarés, mais très modérés (15 radicaux seulement) contre 151 conservateurs. « Il y a eu davantage de républicains modérés élus, raconte James, moins de radicaux et beaucoup moins de bonapartistes qu'on n'avait craint. » Buffet est battu, comme Louis Blanc. Hugo est élu après ballottage. Les monarchistes, qui ont frôlé la catastrophe, respirent.

Les républicains vont de l'avant, non sans divergences : James, qui suit avec intérêt la campagne pour les élections législatives de février 1876, s'étonne du discours de Gambetta à Lille, fort modéré sauf en matière religieuse. Il entend bien que Gambetta présente sa politique anticléricale en matière d'enseignement supérieur comme « une affaire de simple autodéfense » : il s'agit de refuser de former des « émigrés » à l'intérieur du pays. Mais le remède n'est-il pas pire que le mal ? « Je suis enclin à penser, écrit James, que si j'étais français, je me sentirais plus à l'aise dans une République où le parti catholique serait autorisé à gérer et à mettre en compétition avec la Sorbonne et le Collège de France une Université aussi réussie et satisfaisante que possible, que dans une République où il serait muselé, réduit au silence et contraint de disséminer son enseignement dans des organes privés. » C'est oublier que Gambetta, chef de la tendance radicale, doit exprimer le puissant courant d'anticléricalisme qui se manifeste dans sa clientèle, et combattre sur sa gauche les radicaux intransigeants qui menacent de faire sécession en critiquant vigoureusement son modérantisme. Il a justifié à Lille le Sénat « modérateur des pouvoirs publics », en des termes grévystes ou ferrystes. S'il a rappelé à Bordeaux les grands articles du programme de Belleville, il s'est refusé à envisager l'application immédiate de la séparation de l'Église et de l'État, de l'impôt sur le revenu et même de la décentralisàtion communale. La division va-t-elle faire éclater la formation la plus dynamique de la gauche française à quelques jours d'une élection capitale ?

Les radicalissimes

A Paris, deux tendances s'affrontent avec la plus grande brutalité puisque Spuller, l'ami proche de Gambetta, voit surgir contre lui la candidature d'un radical d'extrême gauche, Bonnet-Duverdier, qui proclame devant les électeurs : « Il y a deux méthodes opposées dans le parti républicain. Pour nous, la République est un instrument pour arriver à la solution de la question sociale », et le candidat de se dire « radical-socialiste ». Gambetta lui-même est face à un adversaire radical à Marseille, Naquet, qui exige l'application immédiate du programme de Belleville, et déjà la révision de la Constitution : il est inadmissible, selon lui, qu'un radical ait voté pour l'édification de ce temple de l'ordre moral qu'est le Sénat. La République n'a besoin que d'une Assemblée, avec un gouvernement responsable devant elle : c'est l'exigence première de la démocratie : 1793 contre 1789. Il est inadmissible que la souveraineté populaire ait été escamotée : c'est au peuple, proclamé souverain, d'approuver ou de rejeter une Constitution. Hostile à ce régime de notables, Naquet le jacobin veut un régime entièrement rousseauiste. Il propose en même temps deux mesures sociales qui provoquent une vive polémique : le rétablissement du divorce, interdit sous la Restauration en 1816, et le rachat par l'État — c'est-à-dire la nationalisation — des banques, des mines et des compagnies de chemin de fer. Ce programme s'apparente à la tendance nouvelle « radical-socialiste » et vise à séduire les ouvriers privés de chefs, de cadres et de syndicats depuis la Commune. Naquet veut, à Marseille, occuper le terrain à gauche. Battu au Sénat, Louis Blanc, candidat à la députation, force la note sociale et s'insurge contre le parlementarisme, qui voudrait confisquer la volonté nationale. Il exige les libertés communales.

Cette tendance trouve des émules moins extrêmes, mais encore fort éloignés de Gambetta. « Les républicains conservateurs, dit le candidat Clemenceau dans le 18e arrondissement de Paris, demandent à la République son minimum, et nous son maximum. Nous, les républicains radicaux, nous voulons la République pour ses conséquences naturelles, les grandes et profondes réformes sociales qu'elle entraîne. » Exigeant l'amnistie pour les communards, Clemenceau prétend poursuivre « la grande Révolution de 1789, inaugurée par la bourgeoisie française et abandonnée par elle ». Le programme de Belleville est donc revendiqué dans son entier.

Pourquoi cette attention obstinée aux problèmes sociaux chez ces parlementaires bourgeois, Clemenceau ou Naquet ? Ils ont comme Louis Blanc, ce vieux doctrinaire du socialisme, vécu la Commune de Paris et perçu chez certains de ses membres — les internationaux surtout — une réflexion parfois élaborée sur les questions sociales. Nos bourgeois se sont frottés de mutuellisme, d'associations, de sociétés de résistance et de production. Ils sont conscients du vide créé dans le milieu ouvrier par la disparition de ses élites, moins blanquistes et révolutionnaires qu'organisatrices et protosyndicales. Ils savent que la masse des ouvriers d'industrie n'est pas dangereuse en France et ne risque pas d'être oppressive, elle constitue en revanche une force électorale qu'il faut encadrer si l'on ne veut pas qu'elle redevienne un jour prochain révolutionnaire.

La protection des familles ouvrières est cruellement insuffisante. Clemenceau sait que la loi votée le 9 mai 1874 interdit l'emploi dans les manufactures et les ateliers d'enfants de moins de treize ans et qu'elle limite à douze heures la durée de la journée de travail pour tous. Mais l'Inspection du travail est à peine créée, et la loi reste lettre morte. On travaille donc onze ou douze heures par jour dans des conditions d'hygiène précaires. Le médecin Clemenceau connaît les ravages des maladies professionnelles, de la phtisie cotonnière, de l'ophtalmie des cardeuses de soie, de la silicose des mineurs. Il n'existe pas de législation protectrice, et les conditions de vie, de logement, impliquent dans ces milieux une forte mortalité infantile. Les taudis de Lille et de Nantes sont loin d'avoir disparu. *L'Assommoir* de Zola décrit la situation de l'ouvrier des années 70 : alcoolisme, misère, insécurité. Les ouvriers salariés ne sont pas encore très nombreux (3 millions), ils sont de plus dispersés dans des entreprises petites et moyennes (1,5 million de petits patrons), disséminées sur le territoire : les mineurs sont dans la Loire et les petites mines du Massif central, les ouvriers du textile en Normandie, dans le Nord, dans le Lyonnais... Le Sublime, un métallo de Belleville décrit en 1870 par Denis Poulot, correspond à un type d'électeur radical. Déçu par la Commune, écœuré par la répression, il exige l'amnistie et que le mouvement ouvrier sorte de terre. Son niveau de vie n'est pas misérable. Avec 1 700 francs par an, il peut s'instruire et acheter les journaux. C'est un électeur très convenable, qui se presse volontiers aux réunions des orateurs radicaux au cirque Fernando (2 200 places, rue des Martyrs) ou au Tivoli Vauxhall de la rue de la Douane, proche de la République. Il peut entendre Clemenceau — qui a déjà écopé de quinze jours de prison pour duel avec un officier — demander non plus la suppression des armées permanentes mais le service militaire égal pour tous, la suppression de la peine de mort et l'amnistie pour les communards. L'ancien maire de Montmartre exige aussi un impôt plus juste et l'instruction gratuite. Dans sa permanence, qui n'est autre que son dispensaire, il se laisse aller à de longues diatribes contre les jésuites qu'il veut expulser, et contre l'Église qu'il faut séparer une fois pour toutes de l'État. Au restaurant Dagorno où il participe à des dîners-débats, on l'a entendu réclamer comme Naquet la révision : il ne se contente pas de demander la suppression du Sénat des notables, il veut aussi supprimer la fonction monarchique de président de la République. Le Vendéen radicalissime est partisan d'un régime ultradémocratique d'Assemblée unique.

Il bénéficie d'un vote très favorable : plus de 15 000 voix contre 3 700 au candidat de la droite. Montmartre a « bien » voté. Les républicains ne sont pas heureux que dans les villes. La campagne de Ferry est exemplaire : dans les Vosges enneigées de l'hiver 1875-1876, il déjoue les pièges du préfet, parcourt la campagne en tous sens, fort de l'appui des industriels protestants. « Par un froid sibérien, explique Gaillard[1], son plus récent biographe, il ratisse jusqu'au moindre mètre carré de sa circonscription. Il abandonne le char à bancs pour une voiture fermée qui ne suffit pas à le protéger. [...] Le soir il casse la glace dans les pots à eau, se réchauffe aux feux qui ronflent dans les poêles de faïence et se nourrit d'en-cas. » Il a beaucoup de mal à faire paraître son journal électoral, le *Patriote des Vosges*, en raison des obstacles officiels. Les paysans républicains, auxquels il promet qu'il apportera dans la future législature « le même esprit de mesure et de sagesse pratique », le reçoivent bien et lui sont reconnaissants de ne pas demander, comme les radicaux des villes, la révision d'une Constitution à peine née. Buffet, le chef du gouvernement, est battu dans les Vosges alors que Ferry est élu très largement.

Nouvelle vague républicaine

Gambetta, qui a réclamé « une République vraiment française [...], ordonnée, recueillie, pacifique, libérale », est élu dans les quatre villes où il se présentait : Marseille, Paris,

1. *Op. cit.*, p. 278.

Lille et Bordeaux. Dure campagne contre les radicaux du Midi : il est hué à Marseille, bousculé en Avignon, presque écharpé à Cavaillon « par une quarantaine de souteneurs, de filles et de portefaix envoyés de Marseille et d'Avignon », écrit son compagnon Edmond Adam. Sa campagne sur la « politique des résultats » a été gratifiante : il apparaît comme le vainqueur d'un scrutin qui envoie à l'Assemblée de nouveaux parlementaires du Sud, comme Loubet et Fallières, des radicaux de la première heure, Spuller, Floquet, Allain-Targé, de jeunes et de vieux notables : Deschanel et Casimir-Perier, Clemenceau et Raspail. Les radicaux extrêmes n'ont pas empêché les plus modérés de l'emporter. La vigilance des préfets, qui avaient interdit jusqu'au colportage des « écrits contraires à l'ordre », n'est pas récompensée. Certains avaient fait preuve de discrétion dans la pression électorale, faute de confiance dans l'ordre moral. L'électorat avait changé depuis 1871 : il envoyait à la Chambre 363 députés républicains (dont 98 radicaux) et 180 conservateurs. La majorité était inversée.

Pour la droite royaliste, la défaite était sévère : on dénombrait une centaine au moins d'« impérialistes » sur les 180 élus. Il était difficile de compter ces bonapartistes, car ils ne s'étaient pas toujours présentés sous leurs couleurs, mais ils constituaient le groupe le plus important de la droite, les chevau-légers n'étant plus qu'une vingtaine. Ces élections, dit Pie IX, renversaient « la République libérale et conservatrice » pour établir « une République révolutionnaire ». Les notables avaient-ils peur ? La Bourse, thermomètre de leurs réactions, enregistra une baisse de plus de deux points du 3 %.

Les républicains étaient, pour la plupart, des hommes nouveaux. 137 seulement étaient d'anciens députés. Paris n'avait pratiquement élu que des républicains (sauf dans les 7e et 8e arrondissements) ainsi que les autres grandes villes. Ils étaient aussi nombreux dans le Sud-Est, l'Est et certaines régions du centre : Limousin, Allier, Cher. Les bonapartistes venaient surtout du Sud-Ouest, les royalistes de l'Ouest et des parties les plus montagneuses du Massif central. Les élus d'Algérie étaient tous républicains. Des descendants des déportés de 1848 et les juifs naturalisés français par le décret Crémieux de 1871 avaient voté pour Gambetta.

Ce vote, où les abstentions étaient nombreuses (un quart environ), attestait l'ardeur au combat de la « nouvelle couche » et sa volonté de prendre les affaires en main. Le régime de Buffet s'était peu et mal défendu. C'est que les notables eux-mêmes commençaient à s'habituer à un provisoire qui garantissait la prospérité et l'ordre. Ils étaient sensibles au vœu du pays qui exigeait la stabilisation politique et la poursuite de l'expansion. Observateur étranger impartial et amusé, l'Américain James constatait certes l'effroi des conservateurs mais s'interrogeait fort lucidement sur Gambetta : « Ses ennemis affirment qu'il va ôter son masque, et se révéler aussi rouge que les plus rouges. J'en doute... Il voudra récolter les fruits de son effort. » Le parti républicain n'a pas fini de surmonter les préjugés, il est « exceptionnellement tenu à la modération, au tact et à la patience ». Débarrassée de Buffet dont l'épouse, note Cambon, faisait ses dévotions à l'Élysée avec la maréchale, la France de 1876 ressemble aux déesses des gares, solides, impassibles, bien campées et attentives aux moissons plantureuses. Oubliée, la « ligne bleue des Vosges ». Le retour à la paix ne s'accompagne, dans les années 1870, d'aucune ombre aux frontières. Bismarck assure l'ordre en Europe avec tant de vigilance que la France doit se résigner au recueillement. L'opinion internationale lui en fait mérite et tresse ses louanges. Les réfugiés d'Alsace et de Lorraine se sont installés sur le territoire ou en Algérie. En Europe, l'entente en 1872 des « trois empereurs » d'Allemagne, d'Autriche et de Russie garantit les conquêtes allemandes et surveille la France qui reste fidèle à la formule du duc Decazes : elle « se recueille et attend, avec la conscience de sa force et de sa grandeur, que l'ordre et le travail lui aient permis de panser ses plaies ». Cette politique est poursuivie avec fermeté, en dépit de quelques crispations provoquées par la susceptibilité de Bismarck, et par l'agitation du pape qu'entretiennent les évêques français. Le chancelier allemand fait alors savoir à l'ambassadeur russe Orlov qu'il ne tolérerait pas « une France cléricale cherchant à grouper les éléments de cléricalisme qui existent dans tous les pays d'Europe ». Une seule alerte sérieuse, celle de 1875 : Bismarck, ému par des mesures de renforcement de l'armée française qui constitue des régiments à quatre bataillons, permet à la presse allemande de parler de menaces de guerre. L'intervention discrète de la Russie et la connivence de l'Angleterre donnent aux Français le sentiment que, dans cette crise, ils ne sont pas isolés. L'attitude pacifique de la France renaissante lui a valu des amis.

Mais sa richesse fait des envieux. Aucun homme politique n'est sérieusement revenu sur le traité de libre-échange de 1860, et les résultats du commerce extérieur, multipliés depuis par quatre ou cinq, sont spectaculaires. Ils représentent 40 % du produit national brut au lieu de 29 % en 1860. La balance commerciale, jusqu'en 1876, est constamment excédentaire. Les Français vendent très bien leurs tissus, leurs produits manufacturés et surtout le bois, le blé, le vin, le sucre. Les meilleurs clients sont européens : l'Angleterre, la Belgique, l'Allemagne, la Suisse, l'Italie. La France est au second rang du commerce mondial derrière l'Angleterre et devant les États-Unis et l'Allemagne. Les investissements à l'étranger assurent de beaux revenus (plus d'un milliard) et une constante marge bénéficiaire à la balance des comptes. La flotte de commerce modernisée, dotée de vapeurs et de clippers (voiliers rapides pour les Amériques), est la seconde du monde. Les ports sont équipés de grues modernes et de quais : les huit kilomètres de quais de Marseille ne suffisant déjà plus, on aménage l'étang de Berre. Les compagnies de navigation pavoisent. Leur chiffre d'affaires se trouve au zénith ; les Fabre et les Fraissinet à Marseille tiennent le haut du pavé du port, tandis que la Compagnie générale transatlantique, concessionnaire du trafic américain, s'installe au Havre en 1873. Avec une flotte de plus de 20 navires, elle couvre, en concurrence avec les Chargeurs réunis, les trois cinquièmes du trafic français. Les Messageries maritimes, de Marseille sillonnent la Méditerranée et les mers d'Asie.

Les Français améliorent constamment leurs positions commerciales outre-mer : à partir des points de relâche des Antilles, des comptoirs de l'Inde, de Saint-Louis du Sénégal (doté d'un port) et de l'île Bourbon (Réunion), ils amorcent pacifiquement un partage du monde avec l'Angleterre, n'entrant jamais en conflit avec Londres. Faidherbe a mené au Sénégal une entreprise de colonisation qui se poursuit après 1871. Des factoreries, des comptoirs d'huile de palme, de gomme et d'ivoire, s'activent sur les côtes du Dahomey, de Côte-d'Ivoire et du Gabon dont Savorgnan de Brazza prépare en 1875 l'exploration. La Nouvelle-Calédonie est française, ainsi que certaines îles d'Océanie. Les amiraux du Second Empire ont pris pied en Indochine et installé des points de relâche pour le grand trafic chinois auquel la Chambre de commerce de Marseille s'intéresse vivement. Saigon est française, le Mékong exploré, le Tonkin approché par le marin Garnier et le négociant Jean Dupuis. Déjà les missionnaires sont à pied d'œuvre dans le Sud, en Cochinchine où ils construisent leurs églises de villages en bois et branchages. La pénétration est assez avancée et prometteuse pour que se fonde en 1875 la Banque d'Indochine.

Les investissements les plus remarquables concernent le Proche-Orient : La France vient d'inaugurer le canal de Suez (1869), ouvert par le Versaillais Ferdinand de Lesseps au grand trafic marseillais. L'argent français coule à flots dans la Banque impériale ottomane ; les banques et les entreprises prennent pied en Égypte, en Tunisie et déjà au Maroc, en concurrence avec les intérêts britanniques. La Banque de l'Algérie et le Crédit foncier équipent avec la Société genevoise la colonie peuplée déjà de 400 000 Européens cultivant un million d'hectares. Après 1871, devant la carence des militaires, les civils ont pris en main l'exploitation du pays, assujettissant les indigènes à un dur régime foncier et fiscal, malgré la protestation d'économistes libéraux et chrétiens comme Leroy-Beaulieu. L'Algérie républicaine est dure pour les Kabyles.

Un capitalisme florissant

L'argent se concentre et impose aussi sa loi en métropole. Le mouvement ouvrier du Second Empire a protesté contre les surprofits du patronat et des banques, rendus possibles par la mobilisation d'une armée de nouveaux prolétaires. La répression de 1871 coupe court à toute contestation : la course au profit n'a pas de frein. Les bénéfices s'investissent volontiers en Bourse, et la place de Paris attire les valeurs étrangères. La France ignore la crise violente subie par l'Allemagne en 1873, en raison de la ponction des 9 milliards de francs-or de la guerre franco-prussienne et de la guerre civile. Les dépôts en caisse d'épargne progressent constamment, de même que les placements en banque. On commence à soupçonner l'impact des « puissances d'argent » sur la presse et sur la politique. La « haute banque » catholique (Perier), juive (Rothschild, Worms, Lazard) et protestante (Hottinguer, Vernes, Mallet) correspondait à l'ancienne société des notables. Elle subsiste et tire grand profit des emprunts d'État lancés par Thiers, mais elle est dépassée en puissance par les nouvelles banques, sociétés anonymes qui drainent des capitaux particuliers en grand nombre. Le Comptoir d'escompte crée la Banque d'Indochine. La Société de crédit industriel et commercial, qui triple ses dépôts de 1860 à 1872, organise et développe le commerce intérieur en basant ses succursales dans le Nord, à Nancy, Lyon, Bordeaux, Marseille et même Saint-Étienne. Le Crédit lyonnais d'Arlès-Dufour et Henri Germain, régional à l'origine, est en passe de devenir national : avec 250 millions de dépôts, il peut se permettre d'investir au-delà des frontières et d'aborder les marchés financiers de Turquie, d'Égypte et d'Espagne, bientôt de Russie. La Société générale, où dominent les Schneider du Creusot, construit des ensembles immobiliers à Paris, mais s'intéresse, avec un impressionnant volume de dépôts, aux mines de fer et à la colonisation en Algérie.

Le capitalisme français devient expansionniste. Le Comptoir d'escompte essaime dans les colonies et jusqu'au Japon, grâce à ses 100 millions de francs de dépôts. En 1872, une fusion remarquée : celle de la Banque de crédits et de dépôts des Pays-Bas et de la Banque de Paris. « Paribas » part à la conquête des chemins de fer d'Amérique du Sud et des ports d'Extrême-Orient. La vieille banque, pour affronter cette concurrence effrénée, se modernise : une Banque parisienne unit les capitaux de Hottinguer, Mallet, Neuflize, Mirabeau et Schlumberger en un seul groupe drainant une masse considérable de dépôts, cependant que les Rothschild poursuivent en Europe leurs investissements ferroviaires.

Ces financiers ont besoin d'un État qui leur soit dévoué pour écarter de la Bourse toute inquisition fiscale, protéger le marché parisien, assurer l'indépendance de la Banque de France, banque de l'État mais non d'État qui accueille les Mallet, les Vernes et les Rothschild dans son conseil de régence. Son rôle est de fixer le taux de l'escompte, c'est-à-dire le prix de l'argent : un rôle crucial, qui domine la pyramide économique et qu'il ne faut pas laisser entre des mains malhabiles. Avec 78 succursales dans les départements et le monopole de l'émission de billets de banque, la vieille maison créée par Napoléon Ier retrouve, peu après les élections de 1876, la libre convertibilité en or de son papier monnaie, dont la masse a pourtant quintuplé en trente ans. Le franc Germinal reste sûr et stable, et les rentiers sont encore friands de napoléons en or. La Banque accuse en 1877 une encaisse métallique de plus de 2 milliards de francs.

Les banquiers ont-ils imposé à Thiers sa politique économique favorable aux intérêts d'argent ? En limitant les dépenses de l'État, en refusant l'accroissement de la masse fiscale, il a pratiqué une efficace déflation qui rend possible un rapide redressement financier. La Banque de France touche en 1877 les intérêts de cette politique, puisque le crédit du franc est rétabli sur toutes les places. Les boursiers aussi y trouvent leur compte. Thiers et Say, ces vieux libéraux, pouvaient-ils envisager une autre politique ? Ils croient au franc-or et à l'équilibre du budget autant que le baron de Rothschild. Entre le pouvoir politique et la banque, l'identité de vues est totale. Thiers est lui-même un administrateur, un rentier, un « capitaliste », comme la plupart des ministres de l'ordre moral et comme les ducs, dont la fortune est légendaire. En rendant ses biens à la famille d'Orléans, Thiers en a fait une étoile capitaliste de première grandeur dans la constellation française. Il ne le regrette pas : on ne s'entend bien qu'entre gens de poids. Chez les républicains, les Casimir-Perier et les Ferry, soutenus par les entreprises protestantes des Vosges, sont déjà liés aux circuits de l'argent. Mais que dire d'hommes nouveaux comme Gambetta, Naquet, Floquet, Clemenceau, qui parlent d'imposer les revenus, de nationaliser les compagnies de chemins de fer ? Gambetta est le plus dangereux : en devenant président de la commission du Budget, il fait pénétrer ses partisans dans toutes les administrations, il demande des enquêtes sur les affaires de l'État, il s'informe, il s'infiltre. Comment lui faire confiance ? Qu'il passe pour le défenseur des petits porteurs et des rentiers honnêtes contre les groupes inquiète. On le soupçonne aussi dans les milieux financiers d'ouvrir la route aux radicaux, on redoute son aventurisme, son imprévoyance, sa légèreté de démagogue. S'il est bien l'homme de la conquête républicaine, on peut se demander si les « grands intérêts économiques » — que l'on soupçonne de gouverner la France à la corbeille — seront un jour favorables à un gouvernement Gambetta, ou s'ils ne feront pas en sorte au contraire de lui barrer la route par tous les moyens, dans la plus libérale mais la plus conservatrice des républiques.

Dufaure : « conciliation et apaisement »

Gambetta est en février 1876 l'arbitre incontesté de la situation : si Thiers est le « libérateur du territoire », l'avocat venu de Cahors est en passe de devenir le vrai fondateur de la République, grâce à ses campagnes sur le terrain qui lui ont assuré dans tous les milieux une réelle popularité. « Attristé et perplexe » au résultat des élections, Mac-Mahon ne songe pas un instant à lui offrir le pouvoir. D'Harcourt, de Meaux et Buffet, ses conseillers habituels, le persuadent de former un gouvernement conservateur qui s'appuiera sur le Sénat. Broglie, qui a lu la Constitution, suggère de former un cabinet de centre gauche, susceptible d'être investi par la Chambre, avec Dufaure comme « président du Conseil » (tel est désormais le titre du chef du gouvernement). Mac-Mahon impose le maintien du duc Decazes au Quai d'Orsay et du général de Cissey à la Guerre. Est-il conscient que les élections ont changé la majorité et que le gouvernement doit désormais se soumettre au régime parlementaire ? « Ministère de coterie », gronde Gambetta, choisi entièrement dans l'aile droite de la nouvelle majorité. La déclaration de Dufaure devant l'Assemblée fait grincer les dents des républicains : les ministres affirment que la République a besoin, « plus que toute autre forme de gouvernement, de s'appuyer sur les saintes lois de la religion, de la morale et de la famille ». Qui pourrait entendre ce discours que Gambetta juge « inacceptable » ? Sans doute le Sénat s'est-il donné pour président le duc d'Audiffret-Pasquier, qui est du sérail. Mais Jules Grévy, désigné par la Chambre, se dresse contre l'Élysée et devient inévitablement le défenseur des députés, ses collègues. Un conflit, d'entrée de jeu, est à prévoir. Déjà le centre gauche, où Mac-Mahon est allé chercher son premier président du Conseil, ne peut se garder d'exiger l'épuration des préfets de l'ordre moral et des magistrats, censeurs de la presse, l'élection immédiate des maires par les conseillers municipaux et le retour au monopole de l'État dans la collation des grades de l'Université.

Très hostiles à la combinaison Dufaure, les autres groupes de la gauche ne sont pas sourds au mot d'ordre d'union que lance Gambetta. Celui-ci leur propose alors de fonder un parti unique pour pouvoir « parler au nom d'une majorité qui n'est pas seulement celle des assemblées, mais celle de la nation ». En attirant les plus modérés des républicains du côté du centre gauche, le ministère, si l'on n'y prend garde, parviendra à isoler les radicaux. Une première réunion de 300 députés et sénateurs publie une déclaration demandant « un cabinet homogène, résolu à administrer le pays dans un sens républicain ».

Mais Ferry vient d'être élu président du groupe de la Gauche républicaine. Première division réussie, porteuse d'avenir : il s'agit de regrouper les nouveaux élus dans cette formation, pourvu qu'ils soient modérés et souscrivent à un idéal *thiériste* de République, libérale, non interventionniste en matière économique et sociale. De ce point de vue, les Vosgiens Ferry et Grévy offrent toutes garanties et n'ont aucun désir d'apporter leur soutien à une gauche fédérée et dominée par Gambetta. Très hostile au pouvoir personnel, Grévy se souvient du « dictateur » de la Défense nationale et n'a nulle envie de lui ouvrir la route. Les adversaires de

Gambetta ont trouvé dans ce vieil avocat, antibonapartiste et libéral, l'homme capable de placer devant l'ambition du tribun démagogue tous les obstacles parlementaires. « Pour rester unis, affirme son jeune collègue Ferry à la seconde réunion des gauches, le vrai moyen est de rester distincts. »

Gambetta n'a d'autre choix que de constituer son propre groupe, l'Union républicaine (30 juin 1876), qui ne rassemble qu'une minorité d'élus : les gros bataillons des députés de province suivent Ferry et Grévy. Avocats, avoués ou médecins, ils détestent le débraillé « Quartier latin », l'esprit de clan parisien, l'aspect bohème et aventurier des amis de Gambetta. Les ferrystes, gens d'ordre et de progrès dans l'ordre, redoutent la provocation. Ils veulent rendre la République acceptable par tous : étant eux-mêmes des notables, ils souhaitent l'approbation et le concours de tous les notables de France, le ralliement des « capacités », des propriétaires et des rentiers, des entrepreneurs et des cultivateurs, de la France du travail et de l'épargne. Sans doute Gambetta le souhaite-t-il aussi, mais il n'est pas capable, pense Grévy, d'inspirer confiance : on n'a pas oublié son incapacité coûteuse de 1870. Un esprit aussi pondéré que Paul Cambon se montre immédiatement critique à l'égard du nouveau Gambetta. « Les attaques trop violentes contre le ministère, écrit-il le 17 mars, ont groupé derrière le cabinet le centre gauche, la Gauche républicaine et le centre droit. Ses essais de conférences plénières ont effrayé beaucoup de membres de la Gauche républicaine (ferryste) qui tendaient à se rapprocher de l'Union républicaine (gambettiste) et qui s'en éloignent maintenant. » Cambon ajoute que les jeunes gens, nouveaux élus des provinces, très indisciplinés, en veulent à Gambetta d'avoir voulu « leur mettre son grappin sur le dos ». Les 180 « mouches effarouchées » de la gauche ferryste, en plus des 100 députés du centre gauche thiéristes, constituent un fort paquet de voix qui risque de faire le jeu de Dufaure. Les radicaux s'en rendent compte et accusent immédiatement Gambetta d'être responsable par sa « politique des résultats » du tropisme républicain de droite. Qu'attend-il pour demander un maroquin à Dufaure ?

Aussi les radicaux abandonnent-ils presque immédiatement

l'Union républicaine pour se constituer en extrême gauche. Leur manifeste reprend les thèmes traditionnels du parti, insistant sur la séparation de l'Église et de l'État. Le cléricalisme, disent-ils, « fournit contre la République un point de ralliement et un mot d'ordre » à tous ses ennemis royalistes et bonapartistes. « Les républicains ont raison de dire : le cléricalisme, voilà l'ennemi. » La vieille formule du communard Peyrat se trouve ainsi actualisée. Pour l'heure, les radicaux se comptent dans le scrutin sur l'amnistie des condamnés de la Commune : Gambetta a voté contre, et c'est une raison décisive de se séparer de cet « opportuniste ». Il reprend à son compte, avec superbe, l'épithète infamante : « L'opportunisme, dit-il à Belleville, consiste à ne s'engager jusqu'au bout dans une question que lorsqu'on est sûr d'avoir la majorité du pays avec soi. Mais [...] quand le pays répugne à une mesure, quelle que soit l'ardeur qui me pousse, je résiste. » Et Gambetta d'appeler à l'union et à la prudence le parti républicain.

Voilà donc les nouveaux élus coupés en quatre, avant même d'avoir constitué un gouvernement. A soixante-dix-huit ans, le président du Conseil, Dufaure, n'est certes pas l'idole du jeune personnel républicain. Il répugne à tout changement brutal et ne veut pas même toucher aux préfets. La majorité l'y contraint : une fournée de 26 préfets est aussitôt mise en place, dont Paul Cambon, ami de Ferry, nommé dans le Doubs. Comment prend-il sa nouvelle charge ? Dans un esprit de tolérance et de modération. Le département est républicain ou clérical, et non bonapartiste. Son premier soin est de faire intervenir un évêque de ses amis auprès de l'archevêque, et de déjeuner chez Saint-Aignan avec Mérode et Marmier, les candidats de droite malheureux aux dernières élections. Il fait aussi intervenir son protecteur Casimir-Perier auprès du duc d'Aumale, pour avoir de bonnes relations « avec le prince ». Quant aux républicains, il s'en charge. Voilà donc un nouveau préfet qui semble uniquement préoccupé d'être reçu comme un agent impartial de l'État auprès de toutes les familles politiques de sa circonscription. C'est exactement l'esprit du cabinet Dufaure : « conciliation et apaisement ». Tels sont les mots d'ordre qui tranchent avec l'esprit d'intransigeance des anciens fonctionnaires nommés par l'ordre moral. Les passions politiques peuvent-elles s'accommoder, à gauche comme à droite, de ces maximes de « juste milieu » ?

Les amis de Gambetta

Le gouvernement Dufaure n'a pas la vie longue : déchiré entre l'Élysée, où viennent protester les préfets légitimistes révoqués, et la Chambre, où Gambetta présente un programme d'impôt sur le revenu sous prétexte que « le système financier de 1791 n'est plus en rapport avec les nécessités et les ressources de notre nouvel état social » le président du Conseil ne parvient pas à imposer la modération. Les institutions se grippent : si les radicaux ne sont que 42 à proposer l'amnistie repoussée par la Chambre, les républicains sont beaucoup plus nombreux (394) à vouloir supprimer la loi universitaire de 1875 que défend le Sénat soulevé par Broglie. Pour être agréable à Mac-Mahon, Dufaure propose à la Chambre le choix du maire par le gouvernement, dans les chefs-lieux de canton. C'était une revendication essentielle de la droite, toujours inquiète de perdre les mairies, et elle est repoussée massivement par la gauche.

Les bleus de la Chambre ne pouvaient maîtriser leur impatience. Le débat sur les invalidations permit de mesurer leur nervosité, quand on vérifia l'élection d'Albert de Mun en Bretagne. Les procédés électoraux de la droite furent analysés et dénoncés. Le député devait son élection, affirmait-on, aux curés qui avaient prêché en chaire, utilisé tous les moyens de pression, y compris la confession et l'influence des femmes sur les maris. La même passion religieuse divisa les députés lors du vote sur l'Université. Gambetta, qui avait jusqu'ici fait preuve d'une certaine modération de langage à la Chambre, comprit que l'anticléricalisme, passion violente des radicaux, pouvait enflammer la majorité et servir ses desseins politiques. Au moindre incident, l'hémicycle vibrait en effet de la violence des propos échangés. « Sans discuter la loi en elle-même, explique le ministre de l'Intérieur, Marcère, la passion politique s'en empara, et on en fit une affaire de religion, car tout prenait aisément cette couleur. » Gambetta ne pouvait laisser les radicaux extrêmes exploiter cette force immense, ni annexer le mot d'ordre : « Le cléricalisme, voilà l'ennemi ! » A l'occasion de cette loi, la gauche, « levant le masque, se déclarait l'ennemie sans rémission de l'idée religieuse et de l'Église de France en particulier ». Certes, cette attitude n'était pas une surprise, mais elle tranchait sur le discours apaisant des ferrystes. Sur ce point du moins, les républicains retrouvaient leur vigueur polémique et le sentiment de leur unité. Gambetta mesurait sur les bancs de l'Assemblée la puissance de rassemblement de la lutte antireligieuse. Il en ferait son profit. Le calme Ferry lui-même — « découvrant, dit Marcère, la passion qui était au fond de son âme » — avait invoqué « le spectre du césarisme clérical, dont le concile de 1870 avait, en décrétant l'infaillibilité pontificale, donné la formule définitive ». On trouvait étrange à droite que le président Dufaure eût prêté la main à ce projet et partagé la passion des gauches. Gambetta aurait-il aussi réveillé l'ancien anticléricalisme des notables louis-philippards, le voltairianisme ?

On n'ose pas attaquer Dufaure. Le président, également garde des Sceaux, est peu abordable dans son cabinet de la place Vendôme. Il tient à distance les vedettes du parti républicain qu'il a, assure Marcère, en « médiocre estime ». Très catholique, ce vieux bourgeois petit de taille comme Thiers, à la tête hirsute et « taillée à la hache », avec son ironie du terroir et ses accents cruels, inspire la crainte ou le respect par son expérience d'homme d'État, son complet désintéressement, sa science de juriste. Le maréchal de Mac-Mahon redoute ses rebuffades. Avec sa haute taille et sa tournure militaire, le noble vieillard aux yeux gris, à la parole difficile et hésitante, rentre dans sa coquille quand Dufaure lance une boutade. Pourtant, ce grand bourgeois qui tient maison ouverte dans Versailles une fois par semaine passe pour urbain et même cultivé. Dans ses mœurs politiques, il n'est aucunement agressif. Même tolérance avec ses ministres : « Il laissait chacun de nous, explique Marcère, diriger à son gré son département. » Il soutient Marcère, sans provocation, quand celui-ci révoque, contre le gré du maréchal, quatre préfets légitimistes. Il a pour Gambetta une véritable aversion, détestant « sa tenue Procope, le puffisme de sa célébrité[1] ». En revanche, il traite Jules Ferry en « disciple ».

Pourtant c'est bien Gambetta qui tient l'Assemblée « sous le charme de sa parole fougueuse, mélodieuse aussi et entraînante ». Pour renverser Thiers dont l'atroce petite voix pointue ne parvenait pas à diminuer l'efficacité du discours et la valeur des arguments, on avait imaginé de le priver de parole. Ne pouvant plus parler devant l'Assemblée, il restait un personnage, il n'était plus un chef de gouvernement. Il ne pouvait plus diriger les votes, les enlever comme on enlève une redoute à la guerre. S'il a réduit Thiers au silence, Broglie ne peut couper la parole à Gambetta, et l'orateur du Sud domine parfaitement son jeune public de députés nouveaux.

Pour ses amis les bleus, Gambetta incarne la démocratie, la République populaire de demain. Ceux qui l'entourent lui font une escorte de fanatiques. Ils se sont gardés de rejoindre les rangs des radicaux, garnis par les vieilles gloires de 1848, les Louis Blanc, les Ledru-Rollin, les Edgar Quinet, ancêtres respectés de la République. Ils n'ont pas davantage d'égard pour l'académicien Jules Favre, ce maître du barreau à l'éloquence surannée. Trop provinciaux pour connaître ceux des chefs politiques qui ne se sont pas, comme Gambetta, constamment déplacés dans les régions, ils trouvent un accueil dans l'organisation gambettiste. Ils ont en commun le mépris du spiritualisme libéral que professent encore les Simon et les Favre. Tous sont imprégnés du positivisme : ils croient, comme Clemenceau, à la science et à ses fulgurants progrès. « Le véritable outil de l'émancipation, dit ainsi Clemenceau, c'est la science. » Tous ne partagent pas la haine de la religion d'un Pelletan ou d'un Brisson, les fureurs de Naquet et de Floquet, mais ils pensent que la disparition des croyances est inévitable. Dans l'immédiat, leur tâche doit être de restreindre la puissance de l'Église. Ils savent qu'ils peuvent compter sur Gambetta pour engager cette lutte de fond.

Le Cahorain passe pour découvrir les jeunes talents venus

1. Puffiste : faiseur de réclame menteuse, selon la mode venue d'Amérique.

de province et pour les faire connaître dans Paris. Il accueille les étudiants, les journalistes débutants avec les jeunes élus, il les conseille, les appuie. Eugène Étienne, Gabriel Hanotaux, parmi d'autres, lui doivent tout. Le jeune Waldeck-Rousseau, qui vient de Nantes, l'admire éperdument, les futurs ambassadeurs Camille Barrère et Jules Cambon sont ses créatures. Il a lancé Théophile Delcassé, un jeune Ariégeois de vingt-quatre ans seulement, il décide de la carrière politique de ce journaliste qui deviendra plus tard député de Foix. Charles Jonnart est aussi de ses obligés. Ces jeunes l'idolâtrent : « Vous êtes l'homme que j'aime le plus fort et le plus complètement », lui dit par exemple Paul Bert. Ses familiers sont entièrement soumis à son influence. Scheurer-Kestner, le vieil Alsacien, est surpris de constater chez l'avocat Spuller les étranges effets de cette fascination : « Lorsque Gambetta parlait, il fermait les yeux pour mieux s'imprégner de sa parole. » Il est populaire même chez certains militaires, comme le marquis de Galliffet, qui affirme à tout va : « Je ne suis pas républicain, mais je suis gambettiste. » On qualifie son influence au Parlement de « pouvoir occulte ». Il est vrai qu'il détient, avec la *République française*, un quotidien de doctrine et d'action. Même si le tirage ne dépasse jamais 12 000 exemplaires, son influence politique est immense. Les gambettistes rachètent d'ailleurs un autre quotidien, le *Voltaire*, incisif et véhément sous la férule de l'anticlérical et ancien communard Ranc. La *Petite République*, prolongement populaire de la *République française*, est dirigée par Dyonis Ordinaire, un fanatique du maître qui lui écrit un jour, après l'avoir entendu parler : « Vous m'avez fait pleurer d'attendrissement et d'admiration. Je vous remercie et je vous aime. » La *Petite République* placée entre de bonnes mains restera gambettiste pendant au moins dix ans et sera l'un des journaux à grand tirage de la presse parisienne. Gambetta a donc tous les moyens de répandre ses idées et d'attirer dans ses colonnes les articles de jeunes ayant des vues nouvelles et un style mordant.

On peut rencontrer partout l'avocat radical et son équipe : dans les journaux, à l'Union républicaine, dans les cafés, à la commission du Budget. La porte des gambettistes est toujours largement ouverte à ceux qui souhaitent rallier le grand parti républicain.

Les ferrystes : une nouvelle race de notables

Les ferrystes sont plus proches de Thiers que des « aventuriers » du clan Gambetta. On se souvient que le premier ministre de Louis-Philippe avait établi sa carrière parisienne en épousant la fille de sa maîtresse, Mme Dosne, dont l'heureux époux avait fondé la Société immobilière de Saint-Georges pour construire des immeubles au pied de la butte Montmartre, dans un quartier très fréquenté par les banquiers et appelé la Nouvelle Athènes. C'est ainsi que Thiers s'était logé dans Paris. Les ferrystes n'avaient pas cette ambition, étant pour la plupart provinciaux, mais ils aimaient les châteaux et les nobles demeures. L'honnête président Grévy était châtelain de Mont-sous-Vaudrey, Andrieux propriétaire d'un grand domaine à Valensole. Casimir-Perier maître de Vizille — un bien seigneurial jadis construit pour le connétable de Lesdiguières — s'était installé princièrement dans l'Aube, cependant que Bernard Lavergne, petit médecin de Montredon, devenait « seigneur » dans le Tarn. L'avocat Deluns-Montaud, maire de Marmande, était richement installé dans le Lot-et-Garonne. Beaucoup de ces opportunistes venaient des barreaux de province : Trarieux de Bordeaux, Albert Grévy de Besançon, Andrieux de Lyon. La plupart étaient les héritiers de dynasties de petits notables. Les ancêtres de Ferry avaient été fondeurs de cloches, puis potiers de terre, avant de devenir tuiliers. Un Ferry était déjà maire de Saint-Dié en 1791. Par la suite, les Ferry avaient été des bourgeois, notables libéraux et francs-maçons. Charles-Édouard, père de Jules, était conseiller général du canton de Saint-Dié et libéral d'opposition sous la monarchie de Juillet. Jules avait eu la chance d'être étudiant à l'École de droit de Paris et secrétaire de la Conférence des avocats en 1854-1855. Il avait rencontré à la Conférence Molé — où les jeunes talents se faisaient connaître des anciens — toutes les gloires du barreau et de la politique. Il fréquentait aussi les salons de Paris, notamment celui d'Émile Ollivier, rue Saint-Guillaume. Ollivier avait épousé la fille de Liszt, et tous les musiciens célèbres, de Berlioz à Gounod, étaient familiers des lieux. Ferry tenait lui-même salon avec son frère Charles, recevant, rue Saint-Honoré, Labiche et Charles Floquet, Allain-Targé et Hébrard. Pas de vie mondaine : des rencontres utiles en politique, chez tous ces opposants à l'Empire.

Le barreau, les salons et non les cafés des gambettistes, la Conférence Molé et non le cirque Fernando, les journaux de bonne tenue et non le grinçant *Voltaire* : telles sont les différences de ton, de milieu, qui permettent de situer mieux les opportunistes des deux camps. Ferry a ses salles de rédaction, qui ne sont pas celles de Spuller ou de Ranc. Il écrit dans la *Revue des Deux Mondes*, un périodique académique d'une bonne tenue, et dans la *Presse* d'Émile de Girardin, journal aussi libéral que le *Siècle*. Une des étapes décisives de sa promotion politique est son entrée au *Temps*, quotidien du soir, comme collaborateur régulier et rémunéré. Ce journal est dirigé par le protestant alsacien Auguste Nefftzer : un patronage qui n'est sans doute pas dû au hasard. Quand il épouse Mathilde Eugénie Risler, qu'il a rencontrée chez son oncle Charles Kestner à Thann, il entre dans le monde magique des « reines d'Alsace » qui vont régner au cœur de la République : Céline, quatrième fille des Kestner, épouse Auguste Scheurer, député protestataire d'Alsace en 1871. Hortense Kestner, plus jeune, se marie avec le député radical Charles Floquet. Petite-fille de Charles Kestner, Mathilde-Eugénie, l'une des plus riches héritières de cette haute société (elle a 500 000 francs de dot), est littéralement enlevée par Jules, fou d'amour, au pèlerinage républicain de Thann. Mariage civil, le 24 octobre 1875, selon le vœu d'Eugénie, ardente républicaine. Avec ses 300 000 francs de patrimoine, Jules devient un très riche notable. Il s'installe à Paris dans un hôtel de la rue de Washington, simplement, avec seulement deux bonnes, sans équipage. Un homme modeste, dans la tradition de la bourgeoisie protestante. Il ne lui manque même pas les attaches rurales, ornement indispensable de la panoplie opportuniste, depuis l'achat du domaine de Foucharupt qui l'a fait entrer, comme il le dit, « dans la classe qui possède ».

Les ferrystes sont des notables nantis, fiers de leur vertu d'épargne et de leur désintéressement dans les affaires de l'État. Ils n'ont nul besoin de la politique pour s'enrichir et considèrent leur rôle public comme un devoir pour les gens de leur condition. Ils y apportent leurs idées, leur enthousiasme, leur désir de changer le pouvoir par l'usage de la raison, et se distinguent en cela des notables orléanistes, avant tout soucieux de ne pas toucher au tissu social protégé par la religion. Ferry et Grévy rendent hommage à Condorcet, qui le premier « a formulé avec une grande précision de théorie et de détails le système d'éducation qui convient à la société moderne ». L'avenir de la République est conditionné par l'instruction : en éduquant les électeurs, elle les rendra forcément républicains puisqu'ils auront reçu l'idée du progrès par la science et l'organisation sociale. Condorcet et Auguste Comte sont les deux maîtres à penser de ces jeunes bourgeois, les inspirateurs de leur action politique. Comme Gambetta, avec autant de force et peut-être plus de lucidité, les notables ferrystes souhaitent la mobilité sociale et non l'immobilisme, le progrès et non le blocage. Convaincus que 1789 est la première étape de l'évolution de la société française vers l'égalité et la liberté, ils ne peuvent s'entendre avec les notables de droite et d'extrême droite qui souhaitent le retour à une société patriarcale et théocratique. Le *Syllabus* est pour eux un monstre de l'entendement, et l'influence de l'Église, sous une telle tutelle, ne peut qu'être dommageable à l'évolution sociale qu'ils entendent favoriser de tout leur poids, et d'abord par l'instruction.

L'État positif de Comte est un État industriel qui a besoin, pour progresser, de toutes les « lumières » de la nation. Le comtisme de Ferry comble les vœux des industriels mulhousiens, notables protestants qui sont aussi partisans du progrès de l'entreprise, grâce à la science, et de l'organisation sociale, grâce à la collaboration des entrepreneurs et des associations ouvrières. Le patronat d'Alsace et des Vosges est alors le plus progressiste de France. Jules Siegfried, en Normandie, a lui aussi introduit, explique son fils André, « la préoccupation sociale dans la conduite de l'industrie ». Les catholiques du Nord textile, ceux des Cévennes minières et du Creusot sidérurgique, ont pris le relais. Les industriels mulhousiens repliés dans les Vosges ont fait confiance au jeune Ferry, candidat à la députation. Les huguenots de l'Est ont reconnu en lui un homme d'ordre et de progrès, un vrai disciple de Condorcet, capable d'installer en France une instruction publique universelle. Ce n'est pas un hasard si Jean Macé, fondateur de la Ligue de l'enseignement en 1866, est instituteur en Alsace et s'il choisit comme cofondateur le président des filatures D.M.C., le protestant Engel Dollfus. Les Scheurer, les Pelletan, les Pressensé, les Steeg, les Buisson (ancien pasteur), les Paul Bert (marié à une protestante) sont, dans l'entourage de Ferry, les plus ardents partisans d'une recherche des assises républicaines dans une société civile de progrès, transformée par l'éducation et les réformes en société libérale et égalitaire, selon les principes de 1789.

Gambetta et Ferry

Ferry, depuis 1875, est franc-maçon. Il a été reçu en même temps que Littré à la loge de *Clémente Amitié* au cours d'une cérémonie solennelle à laquelle assistaient nombre d'hommes politiques, dont Louis Blanc, Rouvier, Gambetta, Brisson et Lockroy. Il est vrai qu'alors, gambettistes et ferrystes n'étaient pas encore séparés à la Chambre : ils pouvaient se rejoindre à la loge. L'année des élections, en 1876, *Clémente Amitié* célèbre l'anniversaire de la réception de Ferry. Gambetta n'y figure pas mais Crémieux, Schoelcher, Andrieux et Lavergne, avec 150 autres maçons, ont réfléchi aux fondements de la morale sociale et laïque qui doit « marcher librement à la conquête du monde ».

Ferry ne s'attarde pas à *Clémente Amitié* et entre bientôt dans la loge *Alsace-Lorraine* où il retrouve ses compatriotes de l'Est. Maçon peu assidu, il voit dans les loges un lieu parmi d'autres de rencontre, de réflexion sociale. Il y a tant à faire pour réformer la société que tous les concours sont utiles, et les loges républicaines servent le propos des réformateurs politiques en faisant avancer la réflexion, surtout sur le terrain essentiel de l'instruction. Il faut éduquer aussi la bourgeoisie, coupable d'avoir, pendant tant d'années, voulu singer la noblesse au lieu d'investir dans l'industrie. Un rural, Ferry ? Certes il l'est par ses attaches vosgiennes, mais nul n'est plus que lui partisan d'une politique industrielle hardie, aussi peu contraignante que possible pour les entreprises. Les ferrystes sont des libéraux pour qui l'État n'a pas à gérer l'économie. A leurs yeux, le traité libre-échangiste de 1860 est une « courageuse initiative » ; Ferry approuve l'économiste Say, ministre de Dufaure, comme il aime Chevalier, Bastiat ou Turgot. Il est du côté des industriels, des fabricants, des tisserands, contre les banquiers qui concentrent le capital issu de l'épargne et asservissent la grande industrie. Le développement industriel devrait entraîner la démocratie économique, rêve des saint-simoniens sous l'Empire. Ferry et ses amis ne sont pas loin de penser que l'État devrait corriger la tendance au monopole des groupes financiers, moraliser la spéculation et travailler à la réconciliation des classes en assurant la promotion sociale : sur ce point, Ferry partage pleinement les idées gambettistes de mobilité, même s'il lui reproche de les exprimer trop brutalement, avec une excessive impatience.

Car les ferrystes, qui sont des réformateurs convaincus ayant une idée précise de la République de leurs vœux, ne détestent rien tant que la précipitation. Sur leur montre en or qui repose, liée par une chaîne, dans la pochette ouatée de leur gilet, ils ont appris à mesurer le temps. Ils savent qu'on n'avance bien en politique que par petites touches, en profitant des *opportunités*. On ne prend pas de retard quand on sait où l'on va. On perd du temps si l'on tire à hue et à dia... A quoi bon construire la République d'un seul côté ? C'est déséquilibrer la France. Il faut prendre le temps de « l'ouvrir à tous les hommes de bonne volonté » sans effrayer le monde rural, sans décourager les propriétaires, si modestes soient-ils. Ne sont-ils pas plus de 10 millions en France ? Il faut leur enseigner les vertus d'une libération de la société par l'école, leur assurer qu'en bousculant l'Église, installée sur l'Université comme dans une Bastille, on ne veut pas revivre 1793, chasser le curé de sa paroisse. Sans doute faut-il détruire « l'esprit théocratique qui persiste dans nos institutions », mais sans sacrifier à l'équilibre. Contrairement aux radicaux, Ferry est partisan du Sénat et de la présidence de la République. Il estime même que le droit de dissolution accordé au président assure l'équilibre des pouvoirs. Clemenceau dira plus tard de lui : « C'est Monsieur Guizot à la tribune ! » Sa théorie de la promotion des classes sociales par l'instruction l'apparente sans doute au premier ministre de Louis-Philippe qui souhaitait que les Français s'enrichissent pour devenir de bons électeurs du « juste milieu ». Ferry n'est certes pas un révolutionnaire. Il suffit qu'il soit un réformateur décidé et convaincu pour figurer en bonne place parmi les chefs de file de la Chambre élue en 1876.

On peut dès lors se demander ce qui le distingue de Gambetta, qui a reconnu lui aussi l'utilité du Sénat et qui partage ses vues de progrès et de lutte nécessaire contre la coalition cléricale. On a souvent évoqué la différence de classe : c'est vrai, Gambetta est le petit-fils d'un émigré italien originaire de la côte ligure et installé à Cahors. Son grand-père débarquait d'un petit caboteur les marchandises génoises dans le port de Sète ; elles étaient ensuite acheminées par le canal du Midi, alors en pleine activité, sur Toulouse et Bordeaux. Baptiste Gambetta s'était ainsi fixé à Cahors, en 1818, avec sa pacotille. Son fils Joseph avait créé une épicerie italienne où était né Léon, en 1838.

Le lycée de Cahors puis la faculté de droit de Paris sont de bons débuts pour un fils d'émigré. Une santé précaire, peu d'argent en bourse, un travail dans une étude d'avoué, pour toute distraction, la salle chauffée du café et les « bouillons » du Quartier latin. Une éducation politique sur le tas, au contact des étudiants qu'il harangue. Une tenue débraillée, une vie trop libre avec des filles faciles, toujours à la merci du « tréponème du Quartier latin » (la syphilis). Il ne devient définitivement français qu'après avoir passé en 1860 le conseil de révision, qui l'empêche comme borgne d'entrer dans l'armée, mais lui permet de demander, selon la loi, la nationalité française. « J'eusse accepté, devait-il déclarer, d'être sept ans sous les drapeaux pour avoir l'usage de mes deux yeux. » Le futur tribun a perdu un œil lorsqu'il était enfant. Il garde en 1875 ses mauvaises habitudes d'étudiant et reste physiquement conforme au modèle de la bohème du café de la Source où il rencontrait une « fille haute et mince », l'incomparable Thérèse devenue demi-mondaine sous un faux nom de comtesse... Gambetta est un homme pauvre, sans famille, sans bien, qui vit en 1876 avec une vieille tante, dans un minuscule appartement. Il ne laissera, après sa mort, que la petite maison des Jardies, achetée en 1878.

Ses amis politiques ne sont guère plus brillants. Seuls Scheurer-Kestner et Paul Bert sont riches. Félix Faure est le fils d'un fabricant de meubles du quartier Saint-Denis, assez aisé. Les parents de Tirard sont d'honnêtes commerçants. Les autres sont des pauvres : le père de Challemel-Lacour, né à Avranches, est complètement ruiné. L'enfant a connu une vie misérable, l'adolescent a de constants soucis d'argent. Spuller, né à Seurre près de Beaune, est un orphelin d'agriculteurs qui reçoit une éducation de fortune. Il vit, médiocrement, de sa plume de journaliste. Pour s'enrichir en Espagne comme commerçant, Constans, fils d'un petit fonctionnaire sans fortune de Béziers, a fait tous les trafics. Eugène Étienne a dû élever ses frères en travaillant comme employé de commerce, parce qu'il avait perdu ses parents très jeune. Delcassé a été pion.

La plupart de ces étudiants désargentés ont fait de médiocres études, à commencer par Gambetta lui-même. Il ne faut pas compter sur eux pour briller à la Conférence Molé ou au stage des avocats de Paris. Delcassé a obtenu une maigre licence de lettres au prix de beaucoup d'échecs, Ranc a fait plus de politique que d'études, Paul Bert s'est orienté tard vers la biologie, et Constans vers l'agrégation de droit. Spuller a terminé de justesse sa licence en droit. Beaucoup de gambettistes connus sont d'ex-lycéens pas toujours bacheliers, comme Félix Faure, Tirard, ou Eugène Étienne. Rares sont ceux qui ont fait carrière en dehors de la politique. Gambetta n'est pas un avocat d'affaires, il a très peu plaidé ; Spuller a renoncé à son métier pour écrire des articles de journaux. Challemel-Lacour, agrégé de philosophie à vingt-deux ans, aurait eu une existence correcte s'il n'avait été un proscrit de l'Empire, contraint de donner des leçons de français en Suisse pour subsister. Ni Rouvier ni Allain-Targé n'ont réussi à gagner de l'argent avec les cabinets d'avocats qu'ils ont ouverts. Delcassé et Ranc vivent des journaux, modestement.

Ils sont tous parisiens et célibataires. N'ayant plus d'attaches en province, ils ne rentrent pas le dimanche sur leurs terres, comme les ferrystes. Ils vivent entre eux, en camarades. Ils suivent volontiers l'initiative du radical Naquet sur le divorce, car ils ne sont pas mariés. La politique les unit et les nourrit. Aucun ne peut se passer sans drame de l'indemnité parlementaire. Ces hommes pauvres sont entièrement engagés dans une carrière dont ils attendent tout.

Mais on risque de réduire à des proportions médiocres la rivalité des gambettistes et des ferrystes en la limitant à leurs origines sociales et à leur mode de vie. Ferry et les notables vosgiens, Grévy et les juristes du parti opportuniste ont été en 1871 des partisans de la paix, comme Jules Favre. Le pays se souvient de l'engagement lyrique, de l'épopée des armées de la Loire, et voit en Gambetta une sorte de Garibaldi français, un descendant des héros de l'an II. Cette image s'affiche dans les chaumières et, le temps passant, la popularité du tribun s'en trouve amplifiée. Sa clientèle n'est pas exclusivement celle des mangeurs de curés et de la « couche » ambitieuse des petits-bourgeois avides de pouvoir : il incarne, avec la République, la revanche, même s'il s'est fait une règle de n'en parler jamais.

Un patriotisme douloureux

Les années 1870 sont en effet celles du patriotisme douloureux, symbolisé par cette « jeune femme grave et noblement mélancolique » dont parle Girardet[1], vêtue de sombre, appuyée à la hampe d'un drapeau. « Telle apparaît la France vaincue sur une lithographie populaire datée de 1872. » On représente aussi sur la même image le forgeron qui frappe sur l'enclume, le laboureur qui trace les sillons. La France meurtrie s'est remise au travail, et deux soldats sont représentés le compas

1. *Op. cit.*, p. 181.

en main, des livres à leurs pieds, des cartes sous le nez : des officiers savants, ceux de la nouvelle armée que l'on applaudit à Longchamp, chaque été, en longs cortèges joyeux. L'armée devient alors un mythe intangible, elle symbolise la fierté de la nation meurtrie et Gambetta, comme Thiers, l'a parfaitement compris.

Ces revues de prestige ne se passent pas qu'à Longchamp. Grandes et petites manœuvres, fêtes et manifestations sont l'occasion pour les casernes de province d'exhiber et de faire applaudir la troupe et le drapeau. Girardet signale à bon droit « la place exceptionnelle prise par l'armée dans le cœur et dans l'esprit des Français ». Les généraux qui paradent, le bicorne décoré de plumes d'autruche blanches, montés sur des chevaux à selle rouge brodée d'or, dans la tradition de la Révolution et de l'Empire, sont follement acclamés. L'armée est intouchable et les journaux célèbrent sa puissance retrouvée. Les lecteurs sont friands de détails sur les nouveaux armements, le résultat des grandes manœuvres, la création des régiments et la vie des généraux de division récemment promus. La littérature enfantine est guerrière, héroïque. Les récits de la guerre de 1870 abondent, dans les livraisons à bon marché. On peut suivre les exploits des francs-tireurs des Ardennes, des zouaves de Charette et des chasseurs à cheval du général de Margueritte, comme des célèbres cuirassiers de Reichshoffen qui se sont fait tuer sabre au clair, empêtrés dans les vergers de mirabelles, par le tir précis des Bavarois. Les mobiles de la Loire et les héros des dernières cartouches sont des figures de l'imagination populaire, on les retrouve dans les récits et les images d'Épinal : à croire que la France a gagné cette guerre, dont on célèbre tous les exploits. Henry James nous en informe : Meissonier, peintre de batailles, est à la mode à Paris.

L'*Almanach du Drapeau* pénètre dans les chaumières et les *Chants du Soldat*, de Déroulède, sont constamment réédités. Chacun veut porter les armes. Le retour du soldat est une fête dans les familles rurales, le départ au régiment un événement, le conseil de révision l'occasion de charivaris. Le *Journal d'un volontaire d'un an*, rédigé par René Vallery-Radot, étudiant en 1874, fait apparaître l'heureuse influence du volontariat qui oblige les fils de bourgeois — futurs notaires, avocats ou médecins — à connaître la vie de caserne, à se mêler à la population simple des recrues. Pas une plainte du jeune René sur l'inconfort des lieux et la monotonie de l'instruction. Il cite les paroles du capitaine qui reçoit les recrues au quartier avec la plus grande émotion : « Il y a parmi vous tous les degrés de la bourgeoisie, vous êtes mêlés à toutes les classes de la nation ; fondez-vous tous ensemble, soyez l'armée, soyez la France ! » On apprend dans les écoles la « dernière classe » d'Alphonse Daudet. On émeut les enfants avec les malheurs de l'Alsace et de la Lorraine annexées. On fait toucher du doigt, sur la carte endeuillée, la perte des « deux petites sœurs jumelles ». La mythologie de la revanche rejoint, en profondeur, le culte du drapeau et de l'armée. Les Français n'ont plus le sentiment, en assistant au défilé des pantalons rouges, de voir passer les bourreaux de la Commune. On ne considère plus ces troupes comme une armée de métier, bonne seulement pour la répression sociale. La revendication des députés, contre Thiers, en faveur d'une armée de mobilisés sans exemptions, correspond au vœu de la nation, sans distinction politique : en étant celle de tous, elle nourrit le besoin collectif de fierté nationale — elle n'est plus l'arme d'une classe, mais l'armée de la France. L'attention portée par Gambetta aux opinions politiques des chefs qui commandent cette armée tient à sa connaissance du sentiment populaire : il sait qu'elle est à ce point vénérée par le public qu'il serait dangereux qu'elle fût commandée par des généraux indignes de ce respect. Que Mac-Mahon maintienne Cissey au ministère de la Guerre l'inquiète. Déjà les officiers nommés dans les armées de la Loire ont été rétrogradés, et le commandement repris en main par les soldats de métier. On peut craindre que l'armée, qui a refusé le drapeau blanc des Bourbon, ne serve les intérêts de l'ordre moral au-delà du convenable, et qu'elle ne s'attire ainsi les représailles des républicains. Gambetta ne le souhaite nullement. Il veut rester le chef de ces « volontaires de l'an II ». Les généraux aimant vraiment l'armée, comme Galliffet, l'acceptent et le respectent, parce qu'ils savent qu'il ne met rien au-dessus du drapeau.

C'est donc à l'héritier d'une tradition de résistance et de

fierté nationale que va la faveur du public, quand elle crée autour de Gambetta une image de sauveur républicain. C'est précisément cette image irrationnelle, cette *aura* indiscernable, qui vaut à ce personnage d'icône familiale une haine solide chez les conservateurs, une grande méfiance de la part des notables ferrystes. Pour Mac-Mahon, cet autre Garibaldi a divisé l'armée, promu des généraux d'opérette et des cadres de cafés politiques. Il a d'ailleurs été battu aussi sûrement que Napoléon III. La guerre est une occupation de militaires : que les civils restent à leur place ! Le personnage patriotique de Gambetta excède le vieux légitimiste pour qui l'armée doit rester également à sa place, au service du pouvoir légal, insensible aux pulsions passionnées du sentiment national. Mac-Mahon déteste les patriotes radicaux comme Déroulède et Clemenceau. La défense du pays est un devoir, un métier, pas une mystique. La droite ne tolère le culte de l'armée que si elle peut la charger de valeurs répressives, elle n'accepte pas le mythe de la revanche.

Quant aux ferrystes, ils sont trop profondément attachés à la paix pour souffrir le moindre risque de conflit ou d'agitation nationaliste. Pour Grévy et ses amis, le culte du tricolore s'apparente à la mythologie impériale qu'ils réprouvent. Le plus grand ennemi des républicains de droite est le patriote de gauche, ou le bonapartiste honteux. Ils savent que leurs adversaires peuvent espérer s'emparer du pouvoir en utilisant à leur profit le sentiment irrationnel des foules. Ferry, alors préfet de la Seine, a vu de près pendant la Commune le déchaînement patriotique de la population. Il sait que Gambetta peut le faire ressurgir s'il en a l'occasion. Il ne se fie nullement à l'affectation de prudence du tribun. Ce dernier est de ceux que la masse peut suivre : c'est assez pour qu'il le condamne.

Gambetta arbitre

Voilà donc Gambetta élu à quatre sièges, arbitre politique de la nouvelle Chambre, « excessif en tout, dit Marcère, exubérant, plein de fougue, entreprenant ». Sa parole est

« abondante, chaleureuse, colorée » : autant de raisons de le haïr. Broglie est absolument dépourvu d'éloquence, Dufaure est un vieillard sans charme et Ferry un bourgeois précis dont les phrases tombent comme un couperet. Il faut apprendre aussi à se méfier de l'éloquence.

Dans le langage des adversaires du populaire tribun, on sent percer l'agacement contre l'homme nouveau, la crainte méprisante de l'ambitieux : « Un parti de jeunes hommes pressés d'entrer en scène s'était formé, qui lui faisait cortège », dit encore Marcère. Il soupçonnait Gambetta de vouloir rassembler autour de lui une sorte « de gouvernement postiche ou d'attente, autour et à côté du gouvernement en fonction », avec des liaisons nombreuses dans les provinces — de préparer, en somme, les équipes du pouvoir de demain, de créer un État dans l'État, une « faction » prête à profiter de tout incident pour s'imposer. On eut même l'idée, poursuit Marcère, décidément inquiet, de former un gouvernement dans le gouvernement, dont le siège était installé dans l'immeuble de la *République française*, rue de la Chaussée-d'Antin, avec des greffiers et des huissiers, des cartons et des bureaux. Le président de la commission du Budget n'avait-il pas en main tous les dossiers ? Il pouvait faire travailler son « cabinet postiche ». Il se trouvait placé par sa fonction au cœur de l'État, et pouvait agir au mieux de ses intérêts. Cette idée d'un lent investissement de l'appareil par l'ennemi radical hantait la droite et faisait de Gambetta le chef de la subversion. « Parmi les fonctionnaires, explique encore Marcère, se propageait l'impression que le vrai gouvernement était logé rue de la Chaussée-d'Antin et non à la place Beauvau. » Peu à peu, fonctionnaires et aspirants fonctionnaires en prirent le chemin.

Gambetta passait dans les couloirs pour l'inspirateur des mesures prises par le gouvernement. Il s'était beaucoup avancé dans le débat sur l'élection des maires, car il estimait essentiel d'enlever les mairies aux notables des précédents régimes nommés par Broglie et par Buffet. Ferry lui-même s'engageait dans cette affaire avec tous ses amis, pressant Marcère de trouver une solution républicaine. Certains gambettistes occupaient des positions dominantes à l'Intérieur. Ils avaient ainsi appris que le ministre avait accepté ès qualités d'assister en personne, selon la tradition des notables, à la distribution du pain bénit à la paroisse de Saint-Augustin.

Gambetta commence à attaquer dans son journal ces « faux dévots » qui se servent de la religion pour battre en brèche la République. Le président de la commission du Budget s'indigne des liens trop étroits entre l'Église et le pouvoir au cours de la discussion du budget des Cultes proposé par Dufaure. On parle de la séparation de l'Église et de l'État. Cassagnac et le prince Jérôme Bonaparte s'en indignent, Dufaure affirme que le ministère des Cultes « a une utilité nationale et sociale », sans être encore fortement combattu. Pourtant, une série d'escarmouches détériorent peu à peu le climat. C'est que les légitimistes défendent ouvertement le pape contre le gouvernement. Quand une bulle autorise l'archevêque de Lyon à créer une nouvelle circonscription dans son diocèse, le gouvernement s'y oppose, et les fidèles du comte de Chambord protestent avec énergie. Ils se manifestent aussi avec éclat dans l'armée. Ducrot scandalise avec ses pèlerinages militaires de la 8e région. Le général Maurice, à Arras, critique publiquement, dans un toast officiel, un vote de la Chambre qui a supprimé les crédits de l'aumônerie militaire. Le général Barry, à Perpignan, blâme la nature de l'enseignement dispensé dans les écoles de l'État au cours d'un discours de distribution des prix. Les comités républicains locaux s'empressent de gloser sur ces incidents dans leurs journaux et l'information remonte rapidement, par les élus, jusqu'à Paris. On exploite le moindre coup d'épingle, pour faire la preuve que le régime d'ordre moral et ses fonctionnaires rejettent la République en s'appuyant sur la religion. Le centre gauche lui-même est gagné par cette campagne : il refuse toute augmentation de crédits au budget des Cultes, notamment pour les séminaires algériens et les édifices diocésains. Il affirme que « son concours ne serait assuré qu'à un cabinet résolu à mettre le personnel administratif et judiciaire en harmonie avec l'esprit de la majorité sortie des élections du 20 février » : cela revient à demander la valse des préfets et des magistrats. Ainsi, le groupe le plus modéré, dont était issu le président du Conseil, était lui-même sensible à la campagne antireligieuse.

Une étrange affaire devait mettre le feu aux poudres. Aux funérailles du musicien Félicien David, successeur de Berlioz à l'Institut, le général gouverneur de Lyon ordonna aux troupes chargées de rendre les honneurs à l'ancien officier de la Légion d'honneur de quitter le cortège funèbre quand il apprit qu'il devait gagner directement le cimetière, sans passer par l'église. A la Chambre, ce fut un tollé de la gauche : elle vota un ordre du jour, se disant convaincue « que le gouvernement saura[it] faire respecter les deux principes de la liberté de conscience et de l'égalité des citoyens, sans aucune distinction ». Dufaure, las de l'opposition continuelle de la commission du Budget et des interventions de l'Élysée, estima que son gouvernement n'avait pas une autorité suffisante et démissionna le 2 décembre. Ferry parlait d'un « cabinet marron qui perpétuait les hommes et les tendances du 24 mai » et entourait le président de la République, s'opposant à toute réforme. Il fallait en finir avec ces pratiques.

Mac-Mahon ne l'entendait pas ainsi : s'estimant en charge de la politique étrangère et des nominations aux emplois militaires, il obtint de Jules Simon, président du Conseil désigné, le maintien de Decazes et de Cissey à leurs postes. Qu'il eût été contraint d'accepter le républicain Simon, ex-membre du gouvernement de la Défense nationale avec Gambetta, paraissait une victoire de la gauche. Familier de l'hôtel Saint-Georges, Simon, esprit très fin « un peu chat », se disait républicain et catholique et passait aux yeux de Thiers pour un homme capable de négocier avec le clergé et avec Rome : « Simon sera cardinal avant moi ! » disait plaisamment Mgr Dupanloup. Il se disait « animé pour la religion d'un respect sincère ». Tout se passait comme si un cabinet républicain devait d'abord rassurer sur ce point l'Élysée, la droite et le pays. Pourrait-il dans ces conditions maîtriser à la Chambre les gauches gambettiste et ferryste dont l'anticléricalisme allait s'affirmant d'un scrutin à l'autre ?

Gambetta protesta vigoureusement quand le Sénat rétablit, dans la loi de finances, les articles concernant le budget des Cultes que la Chambre avait supprimés. Le Sénat ne doit être consulté qu'en second lieu, arguait Gambetta. Certes, répondait Simon, mais il a des pouvoirs égaux à ceux de la Chambre. Les sénateurs rétablirent donc les crédits des Cultes, ce qui parut intolérable à la majorité qui désignait la Haute Assemblée comme la citadelle du pouvoir conservateur. Le ministère Simon, à peine engagé, avait du plomb dans l'aile.

Les ducs pris au piège

Pour se concilier la majorité, le président du Conseil avait révoqué 8 préfets et 51 sous-préfets, pour la plupart bonapartistes. Il avait pris l'habitude de réunir place Beauvau — le président du Conseil n'avait pas alors de siège propre, il s'installait toujours dans un ministère dont il avait en plus la charge et Simon avait choisi l'Intérieur — des représentants des groupes de sa majorité pour tenter de contrecarrer l'influence du cabinet fantôme de Gambetta. Marcère y assistait comme président du centre gauche : « Son attente, dit-il, fut déçue complètement. Tandis que se débilitait son influence personnelle, celle de Gambetta se fortifiait. [...] Il avait sous sa direction [de la commission du Budget] des inspecteurs, des correspondants et toute une clientèle qu'il faisait placer dans les postes administratifs. » Il pensait, ajoute Marcère, qu'il était « l'homme prédestiné pour donner un nouveau cours à l'histoire de France ».

Les conseillers de Mac-Mahon, le parti des ducs, attendent, espèrent la division des républicains, et guettent les provocations de Gambetta. Ils ne croient pas au succès de Simon et sont pressés de reprendre le pouvoir en raison du butoir électoral de novembre, quand les Français devront élire leurs conseillers généraux et municipaux. Il n'est pas question pour la droite de perdre la majorité au Sénat. Elle se prépare à une intervention contre le cabinet en juillet, afin de ressaisir les rênes du pouvoir. La course de vitesse est engagée : Gambetta, on peut en être sûr, ne fera pas quartier.

Pour souder les gauches, il attaque de nouveau sur le terrain religieux : « J'ai toujours pensé, disait alors Thiers à Marcère, que la France devait être catholique. Je crains les divisions religieuses. Ce sera la lutte la plus horrible. » A cette lutte Gambetta et Ferry sont prêts, même si le centre gauche manifeste quelques réticences. Ils sont puissamment aidés par le pape qui adresse, contre le gouvernement italien, un appel à tous les catholiques.

Les évêques font aussitôt signer une pétition « pour faire respecter l'indépendance du Saint-Père ». L'évêque de Nevers écrit personnellement au président de la République une lettre dont il adresse le double aux maires du diocèse. L'archevêque de Toulouse, les évêques d'Angers, de Lille, demandent aux fidèles d'organiser des conférences dans les églises. Jules Simon écrit aux préfets pour interdire les pétitions ; Waddington, ministre de l'Instruction publique, les fait interdire dans les écoles, et Martel, ministre des Cultes, enjoint aux évêques de ne pas provoquer dans les églises des discussions propres à susciter l'indignation de la nation italienne.

A la Chambre, l'avocat parisien Leblond, ferryste très modéré, intervient au nom de la gauche : « Je m'attaque, dit-il, à un groupe politique plus qu'à un groupe religieux, qui agite le pays dans un intérêt essentiellement politique. » Il demande à Jules Simon de réduire « cet ennemi implacable qui résiste avec énergie ». Gambetta surenchérit, ne voulant pas laisser à un modéré le soin d'exploiter une situation prometteuse. Les catholiques, explique-t-il, veulent mettre l'État en tutelle, ébranler le Concordat. « Il y a quelque chose qui, à l'égal de l'Ancien Régime, répugne à ce pays, aux paysans de France : c'est la domination du cléricalisme. » Et de reprendre le cri célèbre de son ami Peyrat : « Le cléricalisme, voila l'ennemi ! »

Des deux côtés, on exploite la crise religieuse : l'ordre du jour « impératif » de la Chambre invite Simon à faire cesser cette agitation « antipatriotique ». L'intérêt de la patrie n'est pas de s'engager, pour Rome, à faire la guerre à l'Italie. Bernard Lavergne prend à partie Simon en citant un article d'un journal sous l'obédience de Mgr Dupanloup, qui présente le président du Conseil comme l'instrument docile de la politique du maréchal et de l'archevêché : « Nous avons bien les moyens de l'obliger à venir enfin à la politique de protection religieuse et sociale à laquelle il a fait défaut jusqu'ici. » Broglie se frotte les mains : le cabinet a perdu à la fois la confiance de l'Élysée et de la gauche. La crise est imminente.

C'est Mac-Mahon qui en prend l'initiative. Il s'indigne d'apprendre que Jules Simon ne s'est pas opposé au vote par la Chambre d'une loi municipale instaurant non seulement la libre élection des conseillers et des maires mais aussi la publicité des débats, pas plus qu'il ne s'est opposé à l'abrogation des mesures de sanction prévues dans la loi Buffet sur la presse : « Décidément, dit-il, la société est sans défense. » Il écrit, sur le conseil de Broglie, une lettre explosive au président du Conseil, il s'arroge le droit, absolument contraire à la Constitution, de lui retirer sa confiance : « Je ne suis pas, lui dit-il, responsable comme vous devant le Parlement, j'ai une responsabilité envers la France. »

Cette lettre est écrite le 16 mai 1877 de grand matin, et Jules Simon la trouve sur sa table : il est « démissionné ». Ce jour-là, les républicains suivent, nombreux, le convoi funèbre d'Ernest Picard. Le bruit se répand d'une sorte de coup d'État. La crise violente est ouverte : les républicains ressentent en effet la déclaration de Mac-Mahon comme une agression contre le régime, un appel au pays contre la Chambre. Ferrystes et gambettistes se réunissent alors dans une réunion plénière provoquée par Gambetta, à laquelle Marcère et son centre gauche sont les seuls à se dérober. Ils adoptent un ordre du jour de Gambetta, présenté à la Chambre le 17 mai : « Il importe de rappeler que la prépondérance du pouvoir parlementaire, s'exerçant par la responsabilité ministérielle, est la première condition du gouvernement du pays par le pays. »

Le même jour, le duc de Broglie est, selon ses vœux, chargé par Mac-Mahon de constituer un cabinet, avec des représentants de toutes les tendances de la droite : une provocation qui met en question le système parlementaire. Ce cabinet n'a pas la moindre chance de trouver une majorité à la Chambre. Le gouvernement croit-il se concilier les députés en proclamant sa volonté de paix et son désir de réprimer les menées ultramontaines ? Comment Gambetta et ses amis auraient-ils pu accepter le bonapartiste Fourtou à l'Intérieur, l'orléaniste

Caillaux aux Finances et le vicomte de Meaux à l'Agriculture et au Commerce ? Ce cabinet est une réédition de celui du 24 mai qui avait suivi la chute du Thiers. L'oracle de la place Saint-Georges en grimace de plaisir : les ducs se trouvent pris au piège.

Le centre gauche de Thiers, réuni à part sous l'autorité de Marcère, fait à son tour savoir qu'il entend défendre les institutions. Mac-Mahon vient de refaire l'union des gauches. On apprend qu'il suspend les deux Chambres pendant un mois. Dans son message au Parlement, il déclare qu'il n'a pu obtenir de la Chambre « une majorité solidement acquise à ses propres idées ». C'est l'occasion d'un beau tumulte. « Restez dans la légalité ! » crie Grévy, ordinairement impassible, à Gambetta qui veut escalader la tribune après le décret d'ajournement. « A l'hôtel des Réservoirs ! » lance quelqu'un... Aussitôt, les députés de gauche s'y précipitent. Spuller rédige le manifeste commun : « La France veut la République, elle l'a dit le 20 février 1876, elle le redira encore. » Thiers envoie même sa signature : il sont 363 à défendre le régime parlementaire contre le pouvoir personnel, à dire non au maréchal.

Le coup d'État de Mac-Mahon

Fourtou congédie ou déplace 77 préfets et 107 sous-préfets ou secrétaires généraux. La manœuvre organisée par Broglie suit son cours. A la Justice, que les républicains n'ont pu toucher, il se borne à révoquer quelques procureurs. « Nous sommes au pouvoir », triomphe le *Pays* , journal bonapartiste qui s'y connaît en coups d'État...

Au terme de la suspension, les députés rentrent en séance le 16 juin 1877. Fourtou annonce aussitôt que le président de la République, pour ne pas donner le pouvoir « au parti qui professe les doctrines radicales », a décidé de dissoudre la Chambre. Les présidents des groupes de gauche signent en commun une demande d'interpellation. Grévy laisse d'abord parler Fourtou : « Nous n'avons pas votre confiance, dit-il à la gauche, vous n'avez pas la nôtre. » « Nous avons le pays », fait remarquer un républicain. Fourtou évoque les grandes heures de l'Assemblée de 1871 qui a libéré le territoire. Un député des Ardennes, maire de Charleville, cité martyr en 1870, lance alors, désignant Thiers : « Le libérateur du territoire, le voilà ! » Une longue ovation se propage jusqu'aux tribunes bondées. Grévy laisse faire, sans intervenir. Fourtou reste sans voix. Thiers pleure à son banc.

Gambetta bondit à la tribune : « Un cri a traversé la France, dit-il en désignant à son banc Broglie, c'est le gouvernement des prêtres, le ministère des curés ! Vous vous appelez la contre-révolution. » Battant le rappel des bleus, il ajoute d'une voix tonnante : « Nous avons en face de nous des nobles qui ne veulent pas s'accommoder de la démocratie et une congrégation qui veut asservir la France. » Ferry parle à son tour : « Le rideau est tombé, et le gouvernement occulte devient le gouvernement officiel. » Paradoxalement, c'est un authentique aristocrate, le comte Horace de Choiseul, membre du centre gauche, qui monte à la tribune pour lire — constamment interrompu par les députés de droite qui le haïssent — l'ordre du jour des groupes de la gauche :

— Considérant que le ministère... a été appelé aux affaires contrairement à la loi des majorités...

A droite : Et le Sénat ? le Sénat ?

— Qu'il s'est dérobé, le jour même de sa formation, à toutes les explications devant les représentants du pays.

Un membre de la droite : Mais non ! il a répondu !

Un député de droite : Laissez donc lire ! C'est un chef-d'œuvre *(rires à droite).*

— Qu'il a bouleversé toute l'administration intérieure afin de peser sur les décisions du suffrage universel par tous les moyens dont il pourra disposer. Qu'en raison de son origine et de sa composition il ne représente que la coalition des partis hostiles à la République, coalition conduite par les inspirateurs des manifestations cléricales déjà condamnées par la Chambre.

A droite : Allons donc !

— Qu'il est un danger pour l'ordre et pour la paix,

en même temps qu'une cause de troubles pour les affaires et pour les intérêts.

A droite : Pour vous ! pour vous !

— Déclare que le ministère n'a pas la confiance des représentants de la nation et passe à l'ordre du jour.

363 républicains votent derrière Horace de Choiseul. De son côté, le Sénat, malgré un discours vibrant et violent de Hugo, approuve la demande de dissolution du maréchal. Le 25 juin, Grévy lit le décret à la Chambre non sans avoir déclaré : « Le pays dira bientôt que dans sa trop courte carrière la Chambre n'a pas cessé un seul jour de bien mériter de la France et de la République. »

La « pression ministérielle » s'organise aussitôt : l'actif Fourtou écrit à ses préfets : « La loi frappe non seulement les fausses nouvelles propagées par la voie de presse, mais aussi le mensonge, dès qu'il est proféré publiquement. » Il leur demande de traquer les orateurs de l'opposition dans les cafés, les cabarets, les spectacles et naturellement dans les journaux. Les auteurs de délits d'opinion doivent être « déférés immédiatement à la justice ». Les préfets devront signaler à la police les lieux publics transformés en centres de propagande. Marcère est indigné. C'est, dit-il, « une incitation à l'inquisition ou au mouchardage ». Le préfet de l'Aisne, Villeneuve, démissionne aussitôt, et d'autres le suivent. Les nouveaux préfets ferment les cabarets, suppriment les licences de débits de boissons, appliquent un autre texte de Fourtou exigeant la surveillance, par les inspecteurs d'académie, du personnel enseignant. Des circulaires sont expédiées dans tous les ministères : on enjoint aux préfets de suspendre « pour torts politiques » les titulaires de bureaux de tabac. Les directeurs des postes doivent « mettre au rebut » les publications, journaux, circulaires et professions de foi qui ne comportent pas d'adresses personnelles. On doit surveiller et révoquer les mauvais employés des chemins de fer. On menace même les colporteurs. 344 cercles, sociétés, loges ou comices agricoles sont dissous, plus de 2 000 débits de boissons fermés, près de 6 000 fonctionnaires, 1 743 maires révoqués, 613 conseils municipaux dissous : tel est le bulletin de victoire du ministre

Fourtou. Un journal est poursuivi pour injure au chef de l'État car il a représenté Mac-Mahon à cheval, avec pour commentaire : « La monture a l'air intelligent, ma foi ! »

La campagne est brève, mais violente : le comité de droite qui siège rue Castellane se consacre « à la défense des intérêts catholiques menacés par le programme révolutionnaire », insiste sur la liberté de l'enseignement et des congrégations. Un « comité républicain » présente comme « un devoir civique » la réélection des 363. Il est convenu qu'aucun candidat républicain ne sera présenté contre un autre. La fusion des groupes a été organisée au cours d'une réunion chez Emmanuel Arago, rue du Général-Foy. Ce survivant jovial de 1848 porte un nom qui est un programme. Les nouveaux arrivés saluent dans son salon les anciens : Louis Blanc, le sénateur Arnaud de l'Ariège, Oscar de Lafayette, l'académicien Littré. Ferrystes et gambettistes vivent une véritable lune de miel. Avec Thiers sont venus ceux du centre gauche : les anciens opposants à l'Empire, comme Lasteyrie et le comte de Choiseul, les grands industriels comme Féray d'Essonnes et Gaillon, les financiers, avec Henri Germain et Léon Say. Victor Hugo, statue vivante, fait son entrée, applaudi par tous. Les quatre groupes, dans un climat de gravité qui n'est pas sans rappeler le serment du Jeu de Paume, votent l'ordre du jour : « Restant unis dans une pensée commune, [ils] se présenteront collectivement et au même titre devant le suffrage universel, lorsque les électeurs seront convoqués dans leurs comices. »

Mac-Mahon s'en va : la République est faite

Ce jour-là, la République est faite, et la victoire acquise. La mort subite de Thiers, le 3 septembre 1877, permet de donner dans la rue le spectacle de l'union. Une foule immense, où les républicains dominent, suit le convoi solennel de l'étrange petit homme qui s'est arrangé pour mourir à gauche. Les candidats officiels, furieusement soutenus par le pouvoir, sont bonapartistes pour 240 sur 490. Les orléanistes, déjà nombreux au Sénat, ont peu de candidats. Les légitimistes en présentent seulement 98. On organise la parade du maréchal dans le pays. Des billets gratuits de circulation sont distribués à ceux qui veulent aller l'applaudir. Les fonctionnaires, les troupes sont convoqués. Mais l'accueil est froid, l'impact faible. Le maréchal ne trouve pas les mots qui conviennent : au lieu de parler de la patrie au peuple de province encore meurtri, il évoque le péril social qui paraît bien lointain au pays en pleine reprise économique que les syndicats ne troublent pas.

Les résultats sont acquis dès le premier tour : les républicains gagnent, en ce sens qu'ils gardent la majorité et ne perdent qu'une quarantaine de sièges. 516 députés sont élus dès le premier tour, 317 se sont déclarés pour la République. Les candidats officiels n'emportent que 199 sièges. La très violente campagne de la droite a échoué. Tous les moyens ont été pourtant employés pour assurer la légalisation du coup d'État de Mac-Mahon. On a réussi à passionner le public, de part et d'autre. L'appareil catholique n'est certes pas étranger à la mobilisation des masses. Candidat dans l'arrondissement d'Avesnes-sur-Helpe, l'ancien ministre de l'Intérieur Marcère parle « d'une mêlée sans merci dont il semblait que le mot d'ordre fût : meurs ou tue ! »

4,2 millions de républicains contre 3,6 millions de conservateurs ! L'influence du clergé restait forte dans les Alpes, les Pyrénées, le Massif central, le région du Nord et la Bretagne septentrionale, la vallée de la Garonne et certains arrondissements du Sud-Est. Les républicains étant partis 363 et revenus 327, « le pays, dit Broglie à Mac-Mahon, a commencé de répondre à notre appel en rejetant une partie de nos adversaires. Nous devons continuer la lutte. » La presse de droite tout entière soutenait que Mac-Mahon ne devait pas céder, qu'il avait engagé sa parole devant les fonctionnaires, qu'il les avait envoyés au combat. Broglie suggérait une nouvelle dissolution. Le *Pays*, bonapartiste, recommandait le plébiscite et l'appel à l'armée. Gambetta, pendant la campagne, avait été poursuivi en vertu des dispositions prises par Fourtou et condamné à trois mois de prison, pour avoir lancé à Lille : « Après que la nation aura parlé, il faudra se soumettre ou se démettre », mais il avait fait défaut et la sentence n'avait pas été appliquée.

Scrutin décisif qui divise profondément les Français : le choix politique s'accompagne en effet d'un choix de société. Certes Marcère se défend d'avoir voté ce jour-là pour la société radicale et civile, pour l'éviction de l'Église hors de l'État. Sans doute accuse-t-on à tort le parti de l'ordre de passionner les élections, de rechercher la victoire à tout prix pour mettre la France au service du Vatican : jamais le duc Decazes, ministre des Affaires étrangères du maréchal, n'a été partisan de l'aventure ultramontaine. Il a répété que la politique de la France n'était pas la défense du pouvoir temporel du pape. Il reste que ces élections ont été perçues, de part et d'autre, comme l'affrontement de deux conceptions sociales, ce qui explique l'acharnement du maréchal à rester : son devoir, comme au siège de Malakoff pendant la guerre de Crimée, est de résister jusqu'au bout aux radicaux.

La gauche, vigilante, constitue un « comité des dix-huit » pour contrer les manœuvres de Broglie. Les radicaux Louis Blanc, Lockroy, Clemenceau y côtoient Ferry, Gambetta et des hommes du centre gauche comme Horace de Choiseul, Henri Germain, Marcère. Ce groupe-charnière des anciens thiéristes joue dans la crise un rôle décisif. Ses membres ne sont nullement des révolutionnaires : ni Lebaudy, le célèbre sucrier, ni son ami et parent Nalèche, ni Agénor Bardoux, élu du Puy-de-Dôme, ne sont des extrémistes. La plupart, comme Marcère, sont des catholiques libéraux. Tous pensent qu'en acceptant la République, on n'y fait pas entrer pour autant la Révolution, bien au contraire : les 363, dit Marcère, « ne rêvaient que de clore l'ère des révolutions ». Ils pensaient y parvenir en s'installant, avec armes et bagages, dans la République. Renfort décisif pour les ferrystes et les gambettistes que celui des thiéristes : il leur permet d'agir au centre, entre les radicaux extrêmes et les catholiques libéraux, et d'offrir à l'opinion un éventail diversifié des tendances républicaines, contre tous ceux qui, en refusant d'entrer dans le régime, maintiennent *à l'extérieur* un combat politique qui fait figure de lutte sociale rétrograde. Broglie tient encore le langage du *Syllabus* quand il déclare : « Nous sommes, nous, persuadés qu'il y a *en France comme en Europe*, un état d'esprit et un parti révolutionnaire puissants, toujours debout, toujours à l'œuvre, alors même que leur œuvre se dissimule sous des apparences de modération et de calme. »

Gambetta a beau jeu de dénoncer ce « fantôme de péril social, d'hypothèses chimériques ». Le duc d'Audiffret-Pasquier vient à son secours, au Sénat, quand il refuse d'engager la Haute Assemblée dans l'aventure d'une nouvelle dissolution. Il entraîne ainsi la démission de Broglie. Le duc Pasquier est un orléaniste trop attaché aux institutions parlementaires pour n'être pas sensible aux bruits des troupes qui se concentrent dans les deux camps.

Les républicains, qui ont progressé de 100 sièges lors du renouvellement par moitié des conseils généraux, n'excluent pas l'hypothèse du coup de force : les tentatives de Mac-Mahon pour former des gouvernements de transition échouent les unes après les autres. Les républicains, bloquant le budget, le savent aux abois. Ira-t-il jusqu'à l'illégalité ? Le royaliste Batbie lui suggère de proclamer l'état de siège. Il refuse, ne se sentant pas, dit-il, « l'étoffe d'un dictateur ». A Gambetta qui affirme, en cas d'affrontement, pouvoir compter sur une partie de l'armée, Grévy réplique qu'il ne donnera jamais le signal de la guerre civile — chaque camp compte ainsi ses modérateurs... Le maréchal, pour tenter de dénouer la crise, se résigne à rappeler le vieux Dufaure, du centre gauche. Celui-ci confie aussitôt les armées à l'ancien collaborateur de Gambetta pendant la Défense nationale, Freycinet. En acceptant cette solution, Mac-Mahon consacre le système parlementaire : il désigne un gouvernement susceptible d'être accepté par la Chambre.

De nouveau les préfets valsent. Dufaure a cette fois la main lourde : 46 révocations, 80 affectations. On révoque les cinq procureurs généraux les plus compromis dans la répression électorale. On rend impossible la pratique des candidatures officielles, on recommande aux préfets la neutralité. Les condamnations politiques sont annulées par une amnistie. 70 députés sont invalidés sous prétexte qu'ils ont bénéficié de la pression électorale du cabinet. La plupart ne sont pas réélus, et les républicains sont 400 à la Chambre à la fin de

1878 par le jeu des élections partielles. Le renouvellement des conseils généraux, le 6 janvier, donne à nouveau une forte majorité républicaine, ce qui est de bon augure pour la future composition du Sénat. Le cabinet nomme tous les maires désignés par les conseils. Ces mesures donnent satisfaction à l'opinion républicaine, même modérée, rassurée par la présence des catholiques Marcère à l'Intérieur, Bardoux à l'Instruction publique et aux Cultes, et du libéral Léon Say aux Finances. Le visage rasé, l'air méditatif et un peu triste, les cheveux rejetés en arrière, un costume noir et sévère, Agénor Bardoux, qui a en lui « quelque chose de sacerdotal » (Marcère), est choisi par Dufaure parce que cet homme jeune exprime son désir d'une République libérale mais ordonnée, ne reniant de la Révolution que le jacobinisme : un ministère « réparateur », dit-il. Il est temps de remettre de l'ordre : les présidents des chambres de commerce, celui de Paris notamment, ont pétitionné auprès du maréchal, exprimant « le trouble réel du monde des affaires » et les inquiétudes des chambres syndicales patronales pour la grande Exposition Universelle de 1878 qui se prépare dans de mauvaises conditions. Dufaure l'a promis : « La fin de cette crise sera le point de départ d'une nouvelle ère de prospérité. »

Est-ce assez pour satisfaire les républicains ? A Marseille, Gambetta prêche la patience : « Je redoute avant tout l'ivresse du succès. » Il demande à son parti « de faire une halte ». La droite a aussi ses modérés, comme Falloux, qui refuse le slogan d'Albert de Mun : « Guerre à la Révolution ! » Mais les deux camps ont aussi leurs extrêmes : les radicaux, une fois dissous le comité des dix-huit, ont constitué un autre comité de surveillance de dix membres, dont Clemenceau, Blanc, Brisson et Floquet. Gambetta et Spuller ont cru bon d'y figurer, pour ne pas rompre l'unité. A l'extrême droite, on tempête contre les « Saxons » du Sénat qui, derrière le duc Pasquier, n'ont pas suivi Broglie. Les orléanistes font chambre à part, ironisant sur la déclaration d'Henri V approuvant hautement le comte de Mun, n'a-t-il pas prétendu dit-il que le salut de la France exigeait « que Dieu y règne en maître, pour que j'y puisse régner en roi » ?

Si Mac-Mahon s'est résigné à reconnaître la loi majoritaire, il n'accepte pas pour autant la République. Ce vieux militaire légitimiste se raidit quand on lui annonce que Marcère, considéré dans son entourage comme un Marat, vient d'autoriser l'exécution de la *Marseillaise* le 1er mai 1878, jour officiel d'ouverture de l'Exposition Universelle. On inaugure la gigantesque statue de la République de Clésinger. Quand la *Marseillaise* retentit, des milliers de vivats sortent de la foule.

« Eh bien, dit le maréchal debout, le rouge aux joues, on vient de jouer la *Marseillaise* !

— Oui, monsieur le maréchal. Il n'y a pas si longtemps qu'on jouait cet air national sur tous les chemins et dans les rues de nos villes. C'était en 1870.

— C'est vrai. Mais on ne l'a jamais joué que dans les temps de révolution. »

Marcère, voulant faire célébrer une « fête officielle » le 30 juin et repoussant la « fantaisie » de choisir pour cette célébration le 14 juillet, invite place Beauvau les maires, nouvellement élus, des communes de France, pour leur faire visiter l'Exposition. Ils crient à la fin du banquet : « Vive la République ! »

La République est faite, elle est installée. On n'attend plus, pour lui donner vie, que le départ de Mac-Mahon. Le Sénat vient d'accueillir un bataillon démocrate à l'élection partielle du 5 janvier 1879 : il y a désormais une majorité de 174 sénateurs républicains.

Le gouvernement poursuit l'épuration des fonctionnaires. Quand il prétend muter dix généraux de division, réputés pour leurs opinions ultraconservatrices, Mac-Mahon se fâche. Il menace de partir, on n'insiste pas pour le retenir. Le fauteuil du chef de l'Etat est libre. Le 30 janvier, jour de la démission du maréchal, les Chambres se réunissent tambour battant à Versailles et Grévy est élu sur-le-champ, par 563 voix sur 705 votants. Avec l'élection du vieux Jurassien, les bleus, déjà maîtres des mairies, des conseils généraux, de la Chambre et du Sénat, sont définitivement de retour : on pourra enfin célébrer, par une immense parade militaire, le premier 14 Juillet de la nouvelle République ; Marianne a gagné son combat.

DEUXIÈME PARTIE

La Cérès

CHAPITRE IV

La grande nation

Au seuil de la République enfin construite, le président Dufaure promettait aux Français d'abondantes moissons : Cérès, divinité romaine de l'agriculture, devenue déesse tutélaire des timbres-poste, veillait désormais sur eux, et Marianne avait promis d'être sage : ni tumulte guerrier ni révolution, les arts et l'industrie, le commerce et l'agriculture. La statue officielle du régime, sculptée par Clésinger, a pris des formes et perdu sa grâce provocante. La République est assise, elle tient à la main un glaive et s'appuie sur le texte de la Constitution. Sur son visage couronné de lauriers, pas un sourire : elle est grave, pénétrée de son devoir de protection.

En vingt ans, de 1879 à 1899, la « grande nation » rêvée par les hommes de 1789 accroît sa puissance, malgré la crise économique mondiale qui fait chuter les prix. En 1889, à mi-parcours de cette période prospère, la tour Eiffel symbolise la réussite industrielle du plus grand pays agricole d'Europe. Les initiatives coloniales aboutissent à la réunion d'un vaste ensemble. Les cuirassés sortent des arsenaux, et l'armée aux pantalons rouges s'aligne bataillon après bataillon, sur celle d'outre-Rhin. La difficile mise en place de l'alliance russe ouvre la voie à l'expansion des intérêts français, déjà présents en Orient, vers l'est de l'Europe. De cette formidable dilatation du continent qui exporte dans le monde sa « civilisation », la France n'est pas absente. Elle est cependant déchirée par ses passions nationales. Combat des chefs, d'abord : Ferry contre Gambetta, violente poussée nationaliste du boulangisme, crise pathétique du régime parlementaire avec Panama. Enfin, avec l'affaire Dreyfus, remise en question de l'équilibre républicain par une crise morale autant que politique. Le régime, à plusieurs reprises, menace de se dissoudre alors que le pays n'a jamais été plus soudé dans l'effort, plus efficace dans l'expansion. S'il survit en 1899, c'est en se durcissant, en expulsant les germes indésirables, en situant, selon le mot du radical Léon Bourgeois, « la République d'un seul côté ». Cérès fait la grimace : on lui avait promis, en 1879, plus de sérénité !

La souveraineté entre les mains des Chambres

Le président Grévy est installé à l'Élysée : pas de surprise à redouter. Le vieux notable est l'adversaire de tout emportement et fait preuve de toutes les ruses pour écarter l'homme providentiel, le porte-drapeau de la République triomphante, le Garibaldi français : Léon Gambetta.

La Constitution lui en donne les moyens : c'est en effet au président de la République qu'il revient de désigner le futur président du Conseil. Grévy use de cette prérogative sans ménagements. A Dufaure qui l'engage à appeler Gambetta, il répond que « son heure n'est pas encore venue » et ne propose que la présidence de la Chambre, que Gambetta accepte : le voilà logé, il s'installe à l'hôtel de Lassay où le président de la Chambre réside depuis 1832. Il en fait aussitôt le rendez-vous du Tout-Paris de la science, des lettres, des arts et de la politique. Le maître coq Trompette établit la réputation de l'endroit. Les Assemblées ont en effet enfin quitté Versailles pour Paris, le 27 novembre, et l'ensemble des institutions et des ministères est désormais de retour dans la capitale.

Grévy s'attache à définir la nature de sa fonction. Saisi par le mauvais exemple du maréchal, il veut s'employer à éviter désormais tout soupçon de pouvoir personnel. Son message du 7 février 1879 précise : « Je n'entrerai jamais en lutte contre la volonté nationale exprimée par ses organes constitutionnels. » Pour lui, la souveraineté est entièrement déposée dans les Chambres. Il n'est lui-même que le serviteur de l'expression de cette souveraineté sous sa forme majoritaire : voilà qui est clair.

Une décision du ministre de la Guerre fait de *la Marseillaise* le chant national, avant que le 14 juillet ne soit définitivement choisi (en 1880) par référence à la fête de la Fédération, fête de l'union nationale de 1790, comme date de célébration de la République renaissante. On fait passer dans les usages, avec éclat, le rituel républicain. Les chevau-légers doivent savoir que les trois couleurs sont définitivement le drapeau de la France. On l'exhibe avec insistance sur le moindre édifice public, où se trouve gravée la maxime des grands ancêtres : *Liberté*, *Égalité*, à laquelle on ajoute *Fraternité*. Qui peut contester la République ? Les bonapartistes sont éliminés après la mort du prince impérial, tué dans les rangs de l'armée anglaise lors d'une campagne contre les Zoulous, et deux prétendants se disputent la succession : le prince Jérôme, très mal vu du clergé, et son fils Victor, qui rassemble le plus grand nombre de fidèles. Le comte de Chambord n'a plus d'audience depuis l'affaire du drapeau, et les légitimistes, dégoûtés par la victoire de Gambetta, ont pour la plupart regagné leurs gentilhommières. Quant aux orléanistes, ils savent que leur prince ne deviendra Philippe VII qu'après la mort d'Henri V. Ils ne s'impatientent guère, ils ont tout le temps de se déchirer : les légalistes, autour du duc Pasquier, sont haïs par les anciens combattants de l'ordre moral, groupés autour de Broglie.

Tout cela n'empêche pas le parti de l'ordre de rester puissant. Les conservateurs sont encore les maîtres de l'administration, et les fonctionnaires nommés sous l'Empire ont gardé les habitudes, les relations du passé. Les nouveaux venus leur paraissent des intrus. Ils sont environ cinq cent mille en France dans les services de l'État. On recherche les fonctions administratives surtout pour leur prestige social, car elles sont faiblement rémunérées. Les magistrats de Douai sont tous de bonne famille et reçoivent les autres membres de la société. Comment le pourraient-ils s'ils n'avaient pour vivre que leur traitement famélique ? Mme Camescasse nous présente un doyen de la faculté des lettres, Abel Desjardins, idole de la société douaisienne. Les femmes se précipitent à ses cours. Avec son frère, membre de l'Institut, il récite des poèmes de Musset, le soir, chez le général Moulin qui a commandé la brigade de Douai au temps de l'Empire : le général est le cousin de Mme Lardin de Musset. La cour de Douai est une famille. Les conseillers de robe rouge, très souvent apparentés, constituent un milieu homogène qui se pique d'art ou de littérature. Les magistrats constituent des orchestres amateurs ou des cercles de théâtre. Les distractions sont organisées dans cette société de province fortement dotée en rentes et qui jouit d'une nombreuse domesticité. On compte, au cours du siècle, trois barons de Warenghien conseillers à la cour de Douai : le père, le fils et le petit-fils. Des dynasties de notables se succèdent dans la magistrature, la fonction publique, l'enseignement supérieur. Très souvent, cette bonne société provinciale est liée à l'Église qui se charge des mariages, de l'éducation des jeunes filles, de leur établissement. Il est bon, pour réussir, de disposer de l'appui, de l'influence, des relations du clergé, particulièrement du régulier, introduit dans les hautes classes et souvent maître de la « bonne » presse régionale. Grévy connaît bien cette société des conservateurs. Ils sont aussi nombreux et fort puissants dans le Jura. Ils votent quelquefois républicain, mais le plus souvent monarchiste. Ils ne sont pas encore vraiment habitués à l'image d'un État sans trône.

Les gens des châteaux

La campagne française est alors parsemée de châteaux neufs, construits dans le style néogothique, avec poivrières et fenêtres Renaissance. Ce sont les maisons de campagne des nouveaux riches du sucre, de l'acier et des grands magasins, des chocolatiers et des confituriers ; parfois aussi de vieilles familles jouissant de rentes de la terre, en mesure d'améliorer et de moderniser l'ancien manoir hérité du passé. Dans ce milieu, les hommes épousent sur le tard des femmes richement dotées pour entretenir le patrimoine et maintenir le train de maison. La géographie des châteaux porte le témoignage de cette richesse passée : ils sont innombrables en Seine-et-Marne, dont la plupart des arrondissements votent à droite. Les Rothschild ont retrouvé leur domaine de Ferrières dont la cave a été dévastée par les Prussiens. La bâtisse, de style anglais, a été édifiée par James sur l'emplacement de l'ancien château de Fouché, qui avait lui-même acquis cet immense ensemble de biens nationaux pendant la Révolution. De riches familles d'industriels occupent les châteaux de la région melunaise. A Noisiel s'est déjà installé, royal et impérial, le chocolatier Menier. La production de la célèbre firme est passée de 350 tonnes en 1850 à 15 000 trente ans plus tard. Menier est député de gauche en 1876. C'est un notable exceptionnel qui vote l'amnistie des communards et construit sur ses terres de Noisiel un des premiers lotissements ouvriers. Il est le modèle du personnage d'Hector Malot dans *En famille*, qui fait bâtir un hôpital, une crèche et « fidélise » ainsi son personnel. Mais les autres châtelains de Seine-et-Marne sont rarement de cette trempe : pour la plupart, ils ont soutenu l'ordre moral et détestent la République.

Les 35 000 communes rurales françaises ont très souvent conservé leur château et leur châtelain, qui n'est pas toujours un noble d'ancienne souche, mais peut être un bourgeois de préfecture ou un Parisien parvenu. J.-B. Duroselle estime à 4 500 au moins — peut-être plus de 20 000 — le nombre de ces châteaux, anciens ou modernes[1]. On en bâtit beaucoup en Normandie, dans l'Oise, en Sologne pour les chasses. Les Lyonnais riches construisent autant que les Parisiens : un Henri Germain, notable de centre gauche, est châtelain de La Pape, en bordure des Dombes. Les 765 000 francs de dot de sa femme lui ont permis de s'installer princièrement. Les Bordelais, dont les affaires sont au plus haut, essaiment l'été dans le Périgord noir ou le Quercy, restaurent les châteaux en ruine des environs et se construisent de superbes résidences. De même les Marseillais, dans le quartier Talabot dominant la mer. Le président de la chambre de commerce

1. *La France et les Français*, Paris, 1972, p. 107.

s'est fait bâtir une superbe maison rue du Roucas-Blanc, meublée chinois comme il convient. Chez les hautes classes, les riches profitent encore pleinement de la formidable expansion du Second Empire.

Ces châteaux peuvent être d'origine, habités par de vrais nobles qui disposent d'importants revenus fonciers : c'est le cas dans l'Oise où voisinent, sur le limon de la riche plaine de France, les Fitz-James, les Noailles et les Mouchy. Ce terreau des ducs est plus que jamais fertile. Ils se rencontrent à Paris au Jockey-Club, à Deauville pour « la grande semaine », ou à l'Académie française. Ils ont souvent épousé de riches étrangères ou des bourgeoises fort dotées et sont entrés dans les conseils des grandes affaires. Ces nouveaux grands seigneurs, qui ne répugnent nullement à la politique, sont maires de leur village et conseillers généraux. Ils constituent la piétaille du duc de Broglie qui les a mobilisés pour les élections. Ils y sont allés comme à la chasse, sans enthousiasme particulier. Cela fait partie des devoirs, presque des corvées des châtelains. Ils ont été souvent soulagés de n'être pas élus. Pour eux, la Chambre est un lieu sinistre où l'on rencontre des avocats de province mal habillés et de mœurs douteuses. Broglie a eu du mal à les convaincre de dresser le front de la « défense sociale ».

Ils ont pourtant de grands intérêts ruraux à protéger. Le marquis de Vibraye, mort en 1878, possède, autour de son château du Loir-et-Cher, de nombreuses terres. Mais il est aussi propriétaire d'un autre château en Côte-d'Or, de 2 000 hectares dans la Sarthe et de 1 000 autres en Maine-et-Loire. Il possède encore dans l'Yonne 300 hectares de bois, et la marquise lui a apporté en dot 3 000 hectares dans l'Aube et la Côte-d'Or. Les châteaux tiennent les pays, entretiennent une nombreuse domesticité et une clientèle politique, avec l'efficace collaboration des curés. On retrouve la vieille noblesse en Bourgogne, les Clermont-Tonnerre (Ancy-le-Franc), les Guitaut d'Époisses dont la fortune remonte à Louis XIII, les Saint-Phalle qui étaient aux Croisades, les Beauvois qui sont de Chastellux depuis le XIIIe siècle. Les Carnot, bourgeois enrichis, sont à La Roche-Pot en Côte-d'Or, non loin des grandes familles de Bourgogne. Sur les bords de la Loire, le château de Talleyrand, à Valençay, est toujours aux mains des descendants de la duchesse de Dino qui a veillé sur les débuts de Thiers. Ussé est au comte de Blacas, et l'on trouve des Luynes à Luynes, des Balleroy à Balleroy en Normandie. Le château de Brissac, dans la vallée de la Loire, appartient aux Cossé-Brissac, et si un Siegfried est châtelain à Langeais, le sucrier Say, gendre de Casimir-Perier, possède Vaux-le-Vicomte ; le château de Josselin, dans le Morbihan, est encore habité par un Rohan-Chabot.

La « vie de château » exerce une telle fascination sociale que les bourgeois achètent des terres, reconstruisent les bâtisses pour « vivre noblement ». Les exemples abondent en province : à Dorat, dans le Puy-de-Dôme, non loin de Thiers, on compte 4 châtelains pour 700 habitants. Ils sont rentiers, avocats parisiens, diplomates. Luce de Légorgue, fille d'une famille orléaniste « croyante et non dévote », énumère les châteaux du pays de Douai : ils sont très nombreux. Celui de Roucourt appartient à la famille de Mégille, qui a fait fortune dans le commerce colonial d'importation. Celui de Lexarde appartient à d'Hespel, qui ferme ses bois aux habitants de la commune, contrairement aux usages : a-t-il été battu aux élections ? Un ministre de l'Intérieur de Thiers, Félix Lambrecht, a été élevé au château de Goeuzlin (Nord). Il a lui-même construit un autre château, celui de Montigny (Marne), grâce à la dot de sa femme, née des Courtils de Merlemont : il voulait disposer d'un endroit pour donner des dîners politiques. Les cousins de Luce, de Légorgue, vont à la chasse dans leur château de Brebières (Pas-de-Calais), invitant de nombreux amis. Quant au marquis d'Aoust de Jumelles, il se maintient dans son beau château de Cuincy (Nord). Il donne de grandes fêtes pour la Sainte-Félicie, le 10 juillet, car il est maire du village et fait danser les paysans dans la cour d'honneur au son de la fanfare ; il reçoit à table ouverte ses cousins de l'Artois, de Monnocove ou d'Hendecourt, ainsi que quelques richissimes amis : Costa de Beauregard, Édouard André — un banquier dont la veuve cédera son hôtel du boulevard Haussmann à l'Institut pour en faire le musée Jacquemart-André —, ou encore le capitaine de Négrier, futur général au Tonkin. Nobles et demi-nobles, bourgeois rentiers et parvenus constituent la société des châteaux, qui fait voter pour l'ordre moral. Les plus libéraux d'entre les châtelains sont thiéristes, les autres sont hostiles au régime. Déçus par les élections républicaines, ils chassent sur leurs terres en attendant des jours meilleurs.

L'influence des notables à la campagne

Le siècle enrichit la haute société, et les familles anciennes entrent par mariage dans le monde des affaires. L'Église bénéficie des profits des hautes classes par les dons et legs. Outre sa fonction sociale hospitalière dans le cadre des municipalités souvent dominées par les grandes familles, le clergé a la charge de l'organisation des manifestations religieuses et du sort de la « bonne presse ». De la sorte, si le clergé séculier reste stable après la guerre de 1870 et perd même de ses effectifs (les séminaristes sont 8 400 en 1880 contre 11 666 en 1876), ceux du clergé régulier et des congrégations s'accroissent. Il n'y a guère, en 1876, que 5 463 curés, en France, 29 308 desservants, 10 670 vicaires, 3 589 professeurs de séminaires. Le budget des Cultes est à son maximum en 1876, pourtant, il ne permet pas de payer toutes les bourses de séminaristes et n'assure aux curés qu'un traitement annuel inférieur à 1 000 francs. Les subventions des conseils municipaux font vivre le bas clergé ; aussi les notables s'accrochent-ils longtemps aux mairies, qui permettent d'entretenir leurs curés.

L'expansion du clergé régulier est en revanche spectaculaire : en 1876, 30 000 hommes au lieu de 18 500 en 1866, 127 000 femmes au lieu de 86 300. Le développement de la presse et des pèlerinages est l'œuvre de ces nouveaux religieux, cependant que les femmes sont de plus en plus recherchées dans les hôpitaux et les écoles. Le clergé régulier tient en main une grande partie de l'enseignement, même public : on compte en 1880, dans les écoles primaires publiques de garçons, 9 900 religieux enseignants contre 46 000 instituteurs laïques, mais, chez les filles, 39 000 sœurs pour 26 000 laïques.

Dans le secondaire, la proportion est encore plus forte : la loi Falloux de 1850 a permis à tout bachelier d'ouvrir une école et même un collège. Aucun autre titre n'étant exigé, il suffit d'une déclaration préalable, valable au bout de huit jours si l'administration ne s'y oppose pas. L'enseignement secondaire d'État est dispensé dans les lycées : 80 établissements accueillent une trentaine de milliers d'élèves, autant dans 250 collèges municipaux entretenus par les villes, dont le personnel peut être religieux. Naturellement, collèges et écoles libres sont quelquefois soutenus par les municipalités et assument une grande partie de l'enseignement féminin dans le primaire, la totalité dans le secondaire. Quant au supérieur, il est haï par les hommes de l'ordre moral qui l'accusent de corrompre la jeunesse et de lui insuffler des idées séditieuses. L'action du clergé sur la société par le biais de l'enseignement est donc considérée comme prioritaire. Il est en effet essentiel de former les futurs cadres du pays dans le giron de l'Église : les congrégations s'y emploient.

Elles disposent encore d'un moyen d'influence que nous avons vu à l'œuvre sous l'ordre moral : la propagande des assomptionnistes, organisateurs des pèlerinages et processions à grand spectacle, et maîtres de la presse catholique qui, autour du *Pèlerin*, est alors en plein essor. Les anciens élèves des collèges de jésuites, et les femmes élevées chez les sœurs constituent en effet autant de lecteurs de cette presse qui touche aussi les classes populaires, les artisans, les petits commerçants, dont les enfants se pressent aux écoles des petites congrégations de frères et de sœurs établies dans les villes et jusque dans les petits bourgs. Par l'enseignement et la presse, l'Église tient donc bien en main la société. Le « peuple de Dieu » est en permanence mobilisé contre les républicains, présentés comme les ennemis naturels du monde catholique.

Par la conjonction de l'Église et du château, on croit tenir l'électorat : de fait, dans la crise du 16 mai, les conservateurs n'ont pas perdu de voix, ils en ont même gagné. Les campagnes restent-elles leur domaine privilégié, leur chasse gardée ? On oppose généralement le cultivateur de la France du Nord, évolué, riche, entreprenant, souvent propriétaire ou gros fermier, adepte des techniques modernes, des engrais et déjà des machines, au paysan misérable du Sud que l'on croit entièrement entre les mains des hobereaux ou des maîtres bourgeois. Quand le grand géographe Vidal de La Blache présente les paysans de l'Aquitaine, il semble évoquer les habitants du plateau malgache et s'étonne presque qu'ils parviennent à se nourrir et à se reproduire en usant de techniques aussi archaïques. Même Seignobos, historien républicain, décrit les habitants des campagnes françaises comme de bons indigènes parlant une langue plus ou moins éloignée du français : le « type normand », dit-il, est « de haute taille, fortement charpenté, dolichocéphale aux cheveux blonds, aux yeux bleus, au teint coloré. [...] Il paraît de provenance nordique ». Quant au « type de l'Ouest », il est « à taille moyenne, structure mince, attaches fines, cheveux bruns, yeux bruns ou gris ». La population est « plus lourde, plus sombre de couleur et de peau, plus brune en Auvergne où l'on a voulu voir les restes d'un peuple préhistorique ». Il n'est pas étonnant que ces primitifs, qui parlent à peine le français, votent à droite. Savent-ils seulement lire ? Quant aux méridionaux à peau brune du Sud-Ouest, ils sont « d'intelligence vive, de parole facile, sobres, volontiers hâbleurs et médiocrement laborieux ». Ils ne parlent entre eux que la langue d'oc et sont aussi rebelles au français que les Bretons ou les Niçois.

Ainsi le plus grand historien de gauche de la Sorbonne décrit-il les paysans français. Ces Iroquois, ces bons sauvages, ne peuvent évidemment comprendre des journaux aussi distingués que la *République française* ou le *Temps*. Ils sont insensibles aux arguments politiques des avocats des villes, ils n'entendent pas ce langage. La seule influence qu'ils reçoivent est celle des notables qui savent leur parler dans leur langue, et du curé qui prêche encore en breton dans la basse Bretagne et fait en langue d'oc son marché aux foies gras à Caussade ou à Condom. La population rurale, qui comprend les agriculteurs, les artisans et les commerçants des bourgs, compte encore pour plus de 65 % des 37 572 000 Français de 1881. Seront-ils jamais conquis à l'idée républicaine ? A Treignac, en Corrèze, on vend encore des chevelures de femmes sur les marchés. Cette pratique, si l'on en croit Eugen

Weber, est également connue en Bretagne. On chasse le loup, en 1877, dans la forêt de Châteauroux : plus de 1 300 sont tués en France en 1883. Les chiens de ferme, à moitié sauvages, découragent les missionnaires républicains. On connaît, dans les campagnes du centre, des prêtres exorciseurs qui chassent les démons des troupeaux, et des curés qui éloignent la grêle et les orages en lançant leurs bottines en l'air, vers les nuages. On se fait soigner par des rebouteux, des prêtres qui ont « le don ». On « touche » encore à Mende — c'est un inspecteur primaire qui le constate — la robe violette d'un évêque pour se protéger des maladies. Dans de nombreuses régions, on compte encore le blé en setiers, le vin en chopines et la terre en éminets. Les troupeaux se vendent en pistoles, comme les fromages du Cantal. L'isolement des fermes et des hameaux entraîne la méfiance en pays bocager : on n'accueille pas les gens des villes, surtout quand ils parlent de politique. Percepteurs et gendarmes inspirent méfiance et répulsion, ils sont les ennemis du paysan, ils lui prennent son argent et ses fils. Le français est une langue étrangère dans 8 381 communes sur 37 510 au recensement de 1863. En 1880, les enfants ruraux ne parlent le français que pendant les heures de classe. Les instituteurs eux-mêmes s'expriment avec la population dans la langue du lieu. Même dans le Mâconnais, province aux communications très développées, le patois est la langue courante. Les riches paysans normands continuent à parler leur langue, tout comme les Picards et les Jurassiens. Quand le député ne connaît pas la langue de son arrondissement, il a besoin d'un interprète, et rédige souvent ses affiches à la fois en français et en langue locale. On comprend l'avantage décisif dont disposent les notables régionaux : ils parlent à leurs paysans un discours hérité du lointain passé, qu'ils sont seuls à pratiquer encore. Les avocats des villes l'ont oublié, parce qu'ils ne résident plus dans leur province d'origine.

Premières lois scolaires

Le maître des villages pauvres du Sud ou de l'Ouest n'est pas encore l'instituteur, mais le curé. Les enseignants sont de jeunes paysans qui veulent échapper au service militaire — grâce à la loi Thiers, qui en exempte le personnel éducatif — et améliorer leur condition. La situation n'a pas changé depuis le *Bouvard et Pécuchet* de Flaubert : « Le maître n'est en réalité qu'un auxiliaire mnémotechnique du curé. » Il chante aux offices, nettoie l'Église, fait sonner les cloches. Les instituteurs se mêlent aux paysans, dont rien ne les distingue. Sans doute protestent-ils, comme ce maître de Plovezet, en Bretagne, quand le curé, dans une réunion électorale, leur demande de faire évacuer la salle : « Je ne suis, dit-il, ni votre valet, ni votre agent de police[1]. » Mais ils dépendent trop du conseil municipal et de la cure pour faire preuve d'une grande indépendance. Même s'ils sont indispensables au maire — souvent incapable de rédiger ou de comprendre les textes de lois —, ils sont en position de soumission et ne peuvent militer pour les idées nouvelles sans mécontenter leur population scolaire.

Les républicains, au lendemain des élections, prennent conscience de ce blocage des campagnes. Convaincus, avec Jules Ferry, que seuls le progrès et l'instruction pourront changer les mentalités, ils n'ignorent pas que la grande réforme scolaire qu'ils méditent les contraindra à une lutte inexpiable contre le clergé. Sans doute Ferry accepte-t-il pour cette raison le portefeuille de l'Instruction publique que lui offre le président du Conseil désigné par Grévy, Waddington, dans un cabinet qui compte cinq protestants. Waddington lui-même est d'une famille protestante d'origine anglaise, son père est un riche industriel britannique installé en France, et son cousin Charles un brillant philosophe de la Sorbonne. Archéologue de formation, William Henry Waddington est un homme riche qui s'est fait élire en 1872 président du conseil

1. A. Bruguière, *Bretons de Plovezet*, p. 285.

général de l'Aisne. Thiériste et libéral, il a été très tôt partisan d'une République conservatrice. Thiers l'a nommé ministre de l'Instruction publique en 1873. Démissionnaire sous l'ordre moral, il a retrouvé son maroquin dans le cabinet Dufaure après les élections de 1876. Pour ne pas choquer les catholiques, on a détaché de son ministère la direction des Cultes qui y était intégrée, de crainte de provoquer les évêques en leur imposant un ministre protestant. Waddington s'est alors signalé par son zèle à modifier la loi de 1875 sur l'enseignement supérieur, afin de rendre à l'État le monopole de la collation des grades. Il est donc, pour Ferry, un président du Conseil capable d'imposer à la République la réforme scolaire dont elle a le plus urgent besoin.

On commence par le plus facile : l'épuration des administrations. L'ordre moral a commis dans ce domaine de tels excès qu'il ne peut s'opposer à cette guillotine sèche. Douze généraux de corps, dont le duc d'Aumale, sont révoqués, ainsi que onze trésoriers-payeurs généraux et autant d'ambassadeurs exerçant pour la plupart leurs fonctions en Europe. Marcère, opposé à la nomination du ferryste Andrieux comme préfet de police, quitte son poste, aussitôt remplacé par un ferryste : ils sont désormais cinq contre deux au sein du cabinet. On remanie le Conseil d'État, clé de voûte de l'administration française, en créant dix postes nouveaux qui y changent la majorité. Pourtant, la Chambre impatiente reproche à Waddington de mener une épuration trop molle. Elle n'est pas soumise aux radicaux, puisqu'elle n'a voté qu'une amnistie partielle des condamnés de la Commune, mais les gambettistes s'indignent de voir « les préfets [...] combattus par des agents des autres ministères dans les départements ». Il est également inadmissible que la gendarmerie poursuive ses conflits avec l'administration civile parce qu'on n'a pas osé en changer les chefs. Vivement attaqués, les ministres de la Guerre et de la Justice doivent alors démissionner : le premier gouvernement nommé par Grévy se retire sans avoir été renversé...

Le président de la République se garde d'appeler Gambetta, car c'est avec le calme Ferry, toujours titulaire de l'Instruction publique, qu'il veut réaliser les lois scolaires, l'ancien gambettiste Freycinet prenant alors la tête du cabinet. Le ministre de la Guerre et trois autres ministres sont également gambettistes. Les thiéristes sont écartés du pouvoir : le centre gauche pourra dégager sa responsabilité des lois laïques qui se préparent. Marcère pourra, la tête haute, continuer à présider aux cérémonies religieuses dans sa circonscription...

Ferry se met aussitôt à la tâche en réformant le Conseil supérieur de l'Instruction. Les membres étrangers à l'enseignement, les évêques, les généraux, les magistrats, qui en composaient les deux tiers, en sont chassés. Le nouveau conseil est pour partie nommé par le ministre, pour partie coopté, et il ne comprend que des enseignants. Le projet est adopté le 2 février 1880. Ferry passe alors à l'étape suivante : le monopole de l'État dans la collation des grades universitaires. L'article VII du projet de loi est l'occasion d'une première bataille d'opinion : il déclare que « nul n'est admis à participer à l'enseignement public ou libre, ni à diriger un établissement d'enseignement [...] s'il appartient à une congrégation religieuse non autorisée ». Les principales congrégations enseignantes ne sont pas autorisées : c'est le cas des dominicains, des maristes, des jésuites. Toutes les congrégations ont été supprimées en France par la loi du 18 août 1792. Quelques-unes se sont reformées, avec l'autorisation de l'État, après le Concordat de 1801. La loi de 1825 sur les communautés religieuses exige un vote parlementaire pour l'autorisation des congrégations d'hommes. Les seules reconnues sont les lazaristes, les Missions étrangères, le Saint-Esprit et les prêtres de Saint-Sulpice. Les frères des écoles chrétiennes ne sont pas reconnus comme congrégation, mais comme une association charitable vouée à l'instruction. Des règles très strictes limitent l'extension des congrégations de femmes. Non reconnues, celles-ci peuvent exister, l'État les tolère, mais s'est réservé le droit de les dissoudre.

Les collèges de jésuites tombent sous la menace de l'article VII : les fils de la noblesse et de la grande bourgeoisie y sont généralement élevés. Va-t-on les disperser ? Qui va les défendre ? Pie IX est mort en 1871, et le cardinal Pecci, qui lui succède sous le nom de Léon XIII, passe pour libéral et ami de Mgr Dupanloup. Ce vieillard (il a soixante-sept ans) de haute taille, d'une pâleur de cire, a l'air d'un fantôme, remarque Vogüe qui assiste à son couronnement. « Il est passé, écrit Gambetta qui avoue sa faiblesse pour ce pape diplomate, à travers toutes les intrigues des jésuites. » Le chef républicain salue à sa manière cet « opportuniste sacré », un complice, en somme. Pourra-t-on s'entendre ?

La souscription ouverte en France l'année de la mort du pape par le Grand-Orient pour célébrer le centième anniversaire de la mort de Voltaire augurait mal de l'avenir. Les républicains n'avaient rien perdu de leur combativité anticléricale. Le conseil municipal de Paris (très radical) avait cotisé pour 10 000 francs. Un volume d'extraits de Voltaire, choisis pour leur virulence antireligieuse, avait été diffusé par les conseils municipaux républicains dans les moindres bourgades, par l'intermédiaire des instituteurs. Mgr Dupanloup, protestant contre ces agissements sacrilèges, devait mourir la même année. Qui répondrait désormais à Gambetta, qui multipliait dans ses discours les attaques contre les congrégations, « cette milice multicolore, sans patrie », exigeant pour les jeunes Français une éducation française ? Qui porterait la contradiction à Clemenceau et à ses amis radicaux, qui réclamaient avec une insistance soutenue la séparation de l'Église et de l'État ?

Ni Gambetta ni Ferry ne veulent de la séparation : les moines remplaceraient alors les curés dans les campagnes, pouvait-on lire dans la *République française*. « Nos bons curés seraient supplantés par cette milice irrégulière » — la fin du monde pour Gambetta. Ce dernier se borne à souhaiter la laïcisation de l'enseignement et la reprise, au profit de la République, de la bonne vieille lutte des rois de France contre les jésuites. Grévy ne va pas jusque-là et commente, acerbe et chagrin, les discours anticléricaux de Gambetta : « Ça, du français ? C'est du cheval ! » Il souhaite la paix avec l'Église. Il veut bien d'une législation laïque, mais sans drame, en douceur. Il compte sur Ferry pour cette opération molle, qui ne doit pas faire de bruit. Et voilà que l'article VII réveille la France entière, que les chouans sonnent le tocsin, que les zouaves pontificaux arment leurs chassepots rouillés ! L'article VII, note la *Gazette de l'Allemagne du Nord*, sonne la déclaration de guerre de Ferry à l'ultramontanisme français, au moment même où le *Kulturkampf* se déchaîne en Allemagne : joyeux avènement pour Léon XIII !

Les évêques de France prennent la tête de l'opposition, en corps, à découvert : une épaisse liasse de lettres pastorales véhémentes. Le gouvernement a épuré l'armée, mais il a dû laisser en place les prélats de Pie IX qui se réveillent avec une ardeur de croisés. Le cardinal Guibert grimpe les marches de l'Élysée, le cardinal de Bonnechose le suit. Grévy leur dispense de bonnes paroles. Les archevêques de Paris et de Rouen ne se laissent pas endormir et en appellent aux parlementaires, qui reçoivent des lettres des évêques mobilisés. Mgr Freppel, à Tours, est le plus virulent dans sa défense des jésuites : ils ne sont pas des étrangers, dit-il, ils ont créé l'enseignement secondaire en France. « L'Église, écrit l'évêque d'Agen, respecte tous les régimes comme elle a droit à leur respect. » L'évêque Fava, de Grenoble, qui tonne contre les francs-maçons, reçoit un blâme du ministre des Cultes, Lepère. Celui-ci déclare aussi « d'abus » les propos de l'archevêque d'Aix, Forcade, qui traite les « ardents démagogues », auteurs de l'article VII, de « fils du diable ». Des pétitions sont organisées dans le moindre village. On recueille un million de signatures dans les écoles, les bureaux de bienfaisance, les mairies amies ; 37 conseils généraux se prononcent contre les lois Ferry. Le gouvernement n'en a cure : les élections complémentaires d'avril ont amené à la Chambre 19 républicains supplémentaires et seulement 2 monarchistes. La Ligue de l'enseignement, créée sous l'Empire, mobilise ses militants, multiplie les « sociétés républicaines d'instruction » dans les départements, conduisant la guerre contre l'école libre. Ferry, dans une lettre du 31 mai, la remercie de son concours. « Pour moi, proclame Paul Bert à la Chambre, la liberté n'est pas due à ceux qui veulent s'en faire une arme pour enseigner à haïr toutes les libertés. » Pourtant, des voix s'élèvent au sein des « 363 » pour défendre la liberté de l'enseignement : Lamy, député républicain du Jura, proteste contre un article ayant pour objet de chasser les « maîtres de 60 000 enfants ». Il taxe cette politique de « jacobinisme ». Le mot est lâché : Ferry le libéral s'engage-t-il dans les voies d'une nouvelle Terreur ? Va-t-il rallumer les guerres de

Religion ? « Malheur aux partis que la victoire ne désarme pas ! » lance, sans doute à l'adresse du vieux Jurassien Grévy, le jeune député républicain du Jura.

Église/État : la guerre

La bataille, tout de suite acharnée, divise les républicains eux-mêmes. Naturellement, les thiéristes Dufaure et Marcère sont contre le ministère. Mais les radicaux soutiennent désormais Ferry, leur vieil adversaire. Bardoux cherche en vain un terrain d'entente avec Ribot. Keller fait l'éloge du patriotisme des jésuites. Jules Ferry, Spuller, Paul Bert tiennent bon et rendent coup pour coup. La Chambre vote. La parole est au Sénat.

Même républicaine, la Haute Assemblée reste d'esprit conservateur, et Jules Simon y mène pour les catholiques le combat contre la loi. Ce renégat, vilipendé par tous ses anciens amis radicaux, est secondé par des gloires du parti républicain comme Littré et Vacherot. Dans le monde scolaire, les manifestations hostiles à Ferry ne sont pas rares, même dans les lycées d'État. Un élève de Fontanes, René Doumic, reçu premier au concours de l'École normale supérieure, crie « Vive le roi ! » à l'appel de son nom au concours général, où il a remporté le premier prix d'honneur, et refuse de serrer la main de Jules Ferry. Celui-ci devient la cible des caricaturistes de la bonne presse qui le représentent couramment avec de longues oreilles d'âne. Les orateurs catholiques tiennent des réunions populaires : le comte de Mun au Cirque d'Hiver, Belcastel à Bordeaux, Chesnelong à Niort et à Tours. Le parti légitimiste est sur le sentier de la guerre.

Le parti républicain fait lui aussi campagne : « Je bois à la destruction du phylloxéra, déclare Paul Bert à Auxerre, celui qui se cache sous la vigne, et l'autre, que l'on cache avec des feuilles de vigne. » Et Brisson, vice-président de la Chambre : « Il faut que l'État dise : je ne veux pas laisser envahir les cadres de mes fonctionnaires par les nourrissons des congrégations. Ceux qui ont été sur les genoux de l'Église n'entreront pas dans mes bureaux. » Jules Ferry fait la tournée des distributions des prix et des congrès pédagogiques. « L'article VII, dit-il à Perpignan, est un symbole et un drapeau. » Le Midi méditerranéen l'accueille avec chaleur, à Marseille comme à Béziers. « La France crie "Vive l'article VII !" dit-il à Lyon, comme elle criait "Vive la réforme !" en 1848. Elle ferait une révolution pour l'obtenir ! »

Le Sénat, en janvier 1880, suit Jules Simon et surtout Dufaure qui se dit hostile à l'« esprit de secte ». Il refuse d'entendre Ferry quand il affirme que son combat « est celui de tous ceux qui procèdent de la Révolution française, de tous ceux qui ont recueilli son héritage » et qu'il veut « arracher l'âme de la jeunesse française aux contempteurs de la société moderne, de l'ordre social et politique dans lequel nous vivons ». Non, répond Dufaure, la loi est contraire aux principes de la République, elle est injuste et violente. Le Sénat refuse l'article VII par 148 voix contre 129, mais le reste du texte est voté. l'État retrouve donc le monopole de la collation des grades universitaires.

Le combat reprend à la Chambre en mars, quand le gouvernement propose deux décrets contre les congrégations : les jésuites ont trois mois pour se disperser, et les autres congrégations non autorisées six mois, à moins qu'elles ne sollicitent et reçoivent cette autorisation. Il s'agit d'expulser les jésuites immédiatement — bien que l'on reporte la mesure jusqu'au 31 août afin de permettre aux collèges de terminer l'année scolaire et de forcer les autres congrégations à indiquer, dit perfidement l'un des décrets, « si l'association s'étend à l'étranger ou si elle est renfermée dans le territoire de la République ». Les congrégations, répond Léon XIII, « ont toutes aux yeux du Saint-Siège une valeur égale ». Elles reçoivent l'ordre de ne pas faire de demande d'autorisation et se préparent à la résistance passive. Nouvelle campagne des évêques dans le pays, nouvelles tournées des de Mun, des Chesnelong, des Keller, auxquels s'ajoutent les orléanistes Meaux et Broglie. La presse anticléricale se déchaîne, la *Lanterne* de Rochefort publie « Les amours d'un jésuite » et la *Justice*, organe de Clemenceau, entreprend une campagne systématique contre les « soldats du pape ». On trouve dans ce journal, financé par le riche Américain Cornelius Herz, les signatures de Léon Daudet, alors pamphlétaire de la gauche radicale, de Barrès et de l'historien universitaire Aulard, de Camille Pelletan, le fils d'Eugène, un grand républicain, et de Charles Longuet, le gendre de Marx. Cette intelligentsia se réunit autour de Clemenceau, le gandin à cravate blanche qui défraie déjà la chronique par ses duels, ses mots dans les dîners, et que les femmes du monde vont applaudir, à côté des métallos des Batignolles — quel frisson ! — quand il parle de la République au cirque Fernando. Pour l'heure, les jésuites font les frais de ses saillies.

Clemenceau dans la *Justice*, Gambetta dans la *République française*, Jules Grévy lui-même dans la *Paix* inspirent des thèmes de campagne repris par les radicaux dans le *Petit Parisien* récemment créé. Ferry est soutenu inconditionnellement par les protestants du *Temps*. Le *Siècle*, la *Lanterne* poussent à l'anticléricalisme militant. La Chambre et le Sénat votent les décrets, malgré les protestations des catholiques. Les démissions de substituts, d'avocats généraux, de procureurs de la République se multiplient. On publie un « livre d'or de la magistrature » avec leurs noms et leurs déclarations : « Je ne puis prêter mon concours à des mesures que ma conscience désapprouve », écrit M. de La Gorce, procureur à Douai. La magistrature s'épure elle-même, et les républicains se réjouissent de « cette émeute de robins, affidés à la Compagnie de Jésus ». Les jésuites semblent seuls en cause et le gouvernement français, par son ambassadeur, en informe le pape : « Les jésuites sont les seuls auteurs de la crise que nous traversons. Qu'ils consentent à évacuer leurs maisons sans bruit, et nous laisserons les autres religieux en paix. » Les républicains se trompent d'ordre : les jésuites ne sont plus ce qu'ils étaient. Les assomptionnistes, plus modernes et mieux adaptés au combat politique, ont pris en partie leur rôle. Au provincial de France, venu se plaindre à Rome, le pape répond : *Alios vidi ventos aliasque procelias*[1]. Il compte bien que les jésuites restent avec les assomptionnistes, au premier rang du combat.

Les militants se pressent au siège de la rue de Sèvres. Ils

1. « J'ai connu d'autres vents et d'autres tempêtes. »

acclament les orateurs légitimistes au Cirque d'Hiver. « Des Jules ne feront pas ce que Julien l'Apostat n'a pu faire, lance Lucien-Brun ; la liberté vivra ! » Cependant, le 29 juin, des commissaires viennent fermer la chapelle des jésuites, à 21 heures, la nuit tombée. Le lendemain matin, tous les parlementaires catholiques, députés et sénateurs, entourent les pères dont ils sont, pour la plupart, d'anciens élèves. La force publique crochète la porte des cellules, traîne au-dehors des vieillards impotents, comme le père Hus. Andrieux, ganté de gris perle, préside à l'opération. « Les hommes de la Commune m'ont laissé ici et vous m'en chassez ! » s'exclame le père Lefèbvre. Le cardinal demande à Grévy l'autorisation de retirer le Saint-Sacrement du tabernacle de la chapelle. On jette des fleurs dans la rue, on s'attend à une procession jusqu'à Saint-Sulpice, mais Andrieux l'interdit. 10 000 personnes vont entendre le « salut d'expiation ». A Angers et Grenoble, les évêques interviennent physiquement, se font expulser avec les pères. Jamais la solidarité du clergé avec les jésuites ne s'est affirmée aussi fortement. Triomphe de l'ultramontanisme : la persécution républicaine a réussi à souder l'Église autour du pape, et même à rendre la religion sympathique à certains républicains indiscutables, comme René Waldeck-Rousseau à Nantes, père du futur président du Conseil, qui reçoit chez lui les bons pères. « C'est la seconde fois que je suis expulsé de ma demeure, lance le père Fristot à Lille. La première fois, c'était en 1872. Les Allemands me chassèrent de Strasbourg, pour avoir entretenu le sentiment français dans leur nouvelle conquête. » A Toulouse, les gendarmes présentent les armes au père Guzy, quatre-vingt-dix ans, aumônier de l'armée et chevalier de la Légion d'honneur. L'émotion du parti catholique, bien orchestrée par la presse et dirigée par les prélats, est à son comble. Mais le cardinal Guibert, dont les sentiments royalistes sont connus, se trompe de pape : Léon XIII prône la conciliation, suggérant au clergé français de se soumettre au gouvernement et de demander des autorisations pour les autres congrégations. Les évêques les plus combatifs, Mgr Freppel en tête, protestent violemment, pourtant les plus exaltés se soumettent :

« Le pape le veut, j'obéirai », dit en se signant le père d'Alzon, fondateur des assomptionnistes, qui devait mourir peu après.

C'est à la gauche de protester : on fait la part trop belle au pape ! Pourquoi ces ménagements ? On demande la démission de Freycinet. « Le pauvre homme, ironise Clemenceau dans la *Justice*, a été joué par son ami Léon XIII et par son ami le nonce. » Freycinet démissionne, malgré Grévy qui veut le retenir. Pour le père Lecanuet[1], tout cela procède de la volonté des francs-maçons qui viennent de tenir leurs assises au Grand-Orient : « M. de Freycinet a commis le crime, irrémissible à leurs yeux, de vouloir entraver l'œuvre *essentiellement maçonnique* entreprise contre l'Église. » C'est une intrigue maçonnique qui aurait également suggéré à Grévy le choix de Jules Ferry. L'intraitable Constans n'est-il pas à l'Intérieur ? C'est le glas de la tentative de conciliation de Léon XIII. Pour Seignobos, en revanche, l'influence de Gambetta est le véritable moteur de la crise : il intervient constamment pour obliger le gouvernement à exécuter les décrets, provoquant la menace de démission des trois ministres de son groupe, dont Constans. Il est donc inutile de rechercher une intrigue maçonnique : l'opposition des gambettistes au modérantisme de l'équipe Grévy-Freycinet suffit.

C'est Ferry qui succède à Freycinet, et non Gambetta. Ainsi l'a voulu Grévy qui propose un cabinet « replâtré ». « Quelle humiliation ! » lance Clemenceau, songeant à Gambetta qui ne proteste pas ; il sait que Ferry et Constans marcheront au canon. De fait, les autres congrégations sont expulsées : les carmes les premiers, puis les barnabites italiens qui secourent les 30 000 ouvriers italiens de la capitale. On chasse *manu militari* de Paris les franciscains de Terre sainte, les capucins, les dominicains de la rue du Faubourg-Saint-Honoré, les pères de Picpus, les assomptionnistes de onze couvents. A Lyon, le sang coule entre catholiques et radicaux. Une armée commandée par Billot vient assiéger les prémontrés de Fregolet-en-Tarascon. Le blocus dure cinq jours, et les dragons coupent les routes pendant que les paysans chantent des cantiques sur les collines embaumées. On donne l'assaut,

1. *L'Église de France sous la IIIe République*, t. 2, p. 78.

comme à la guerre, pour enlever de force les 37 moines que l'on traîne ensuite dans Avignon.

La population vendéenne se soulève pour défendre les trappistes de Bellefontaine, enfermés avec Mgr Freppel, l'évêque d'Angers, Maillé, député de Cholet et Civrac, président du conseil général. Quatre jours de guerre entre le 135e de ligne, six brigades de gendarmes, et 1 500 volontaires chouans ! Les soldats, une fois vainqueurs, doivent soigner le troupeau des trappistes, traire les vaches, panser les bœufs et les chevaux, bâter les ânes, à la grande joie de la presse locale. A Solesmes, l'abbé bénédictin dom Couturier, un « moine du Moyen Age », résiste jusqu'au bout, « se couche sur la sainte table qu'il a mission de défendre ». Les gendarmes doivent l'envelopper dans sa *capa magna* pour le traîner dehors, comme un mort. Le 31 décembre 1880, 261 couvents ont été crochetés et 5 600 religieux expulsés. Toutefois, aucune congrégation de femmes n'a encore été dissoute : tout n'est pas perdu pour le clergé, car les sœurs tiennent en main l'essentiel de l'enseignement féminin.

Capacité, gratuité, laïcité

« Celui qui tient la femme tient tout, a dit Ferry. C'est pour cela que l'Église veut retenir la femme, et c'est aussi pour cela qu'il faut que la démocratie la lui enlève. » On souhaite un enseignement « purement scientifique », écartant « les rêves abstraits des religions ». Le député radical de Saint-Denis, Camille Sée, a déjà proposé en 1878 une loi sur l'enseignement secondaire des jeunes filles. Paul Bert a présenté un texte de la même encre. Le projet a été adopté en juin 1880 par la Chambre et le Sénat. L'École normale de jeunes filles de Sèvres est créée, le premier lycée féminin s'ouvre à Montpellier en décembre 1881, le premier collège, celui d'Auxerre, en janvier 1882. Les républicains sont décidés à aller vite, pour peupler ces établissements de filles de petits commerçants, d'employés, de cultivateurs, grâce au système des bourses.

Ils vont plus vite encore pour l'enseignement primaire : le

projet de Barodet, radical parisien et ancien instituteur, a été conçu dès le mois de décembre 1877 et étudié à la Chambre par une commission présidée par Paul Bert. On n'imagine pas les résistances qu'il rencontre dans la société catholique. Détourner les jeunes filles de Dieu et de l'enseignement religieux paraissait déjà sacrilège : que dire pour les fillettes, contraintes de s'asseoir à l'âge le plus tendre sur les bancs de l'« école sans Dieu » ? Les Blanc, les Spuller, les Lockroy, les Deschanel, qui siègent à la commission Bert, sont dénoncés, combattus, vilipendés. Les filles, comme les garçons, doivent, selon eux, recevoir l'instruction gratuite dans les écoles publiques où maîtres et maîtresses congréganistes ne seront plus admis. Tous les religieux de l'enseignement d'État doivent être logiquement chassés. Mais cette prétention est alors reçue comme une injustice, une violation : pourquoi l'État a-t-il engagé les congréganistes, s'il voulait s'en séparer aussi légèrement après tant d'années de bons et loyaux services ?

Ferry divise l'ensemble de son projet en trois « petites doses » (Gambetta), car il mesure la résistance du vieux pays catholique. Le 19 mai 1879, il a d'abord présenté le projet sur le brevet de capacité exigé désormais pour les futurs enseignants, ainsi que le certificat d'aptitude pédagogique. Il n'est plus question de se contenter de la lettre d'obédience de l'évêque : l'État doit prendre ses responsabilités et cesser de tolérer que 5 700 institutrices congréganistes seulement sur 37 000 soient pourvues d'un brevet. Ce diplôme est exigible également dans les écoles libres, d'où la colère du député catholique Keller, qui demande en vain « le droit de fonder et d'ouvrir comme nous l'entendons des écoles pour nos enfants ». Refusé : tous les enfants de France doivent recevoir un enseignement d'une qualité égale, répond Ferry. Adopté.

Deuxième escarmouche : la gratuité. Les riches ne paieront plus pour l'éducation de leurs enfants ! s'exclame le clergé. Mgr Freppel s'insurge : « Après la gratuité de l'instruction, dit-il, la gratuité de la nourriture, du vêtement, du logement », c'est la « théorie de l'État nourricier universel », on est en plein socialisme ! Ferry a beau jeu de répondre que dans les écoles libres on humilie les indigents qui sont « séparés avec soin des élèves payants », et que la gratuité est le seul remède à l'inégalité. Que l'impôt se charge de tout ! C'est la loi du 16 juin 1881 : les frais de scolarité sont à la charge des communes, avec l'aide de l'État.

Dernier article : la laïcité des programmes. Les républicains cherchent dans les cartons de l'inépuisable Paul Bert : puisque l'école est obligatoire de six à treize ans, il est indispensable qu'elle soit neutre, car elle s'adresse à tous. La laïcité est une obligation et la liberté de conscience de l'instituteur lui interdit d'accepter l'enseignement religieux. Il doit diffuser une morale laïque, indépendante des dogmes. Au curé la religion, qu'il l'enseigne en son église ! « Ne pas parler de Dieu à l'enfant pendant sept ans, réplique Mgr Freppel, alors qu'on l'instruit six heures par jour, c'est lui faire accroire positivement que Dieu n'existe pas ou qu'on n'a nul besoin de s'occuper de Lui. » Pour les catholiques, l'école neutre est donc l'école sans Dieu, qu'il faut se faire un devoir de combattre. C'est la fin du catéchisme à l'école, et les objections des sénateurs de l'ordre moral n'empêchent pas la loi d'être votée un an plus tard.

Dès l'automne de 1880, le préfet de la Seine a fait enlever les crucifix dans les écoles. La pression gambettiste et radicale est telle que Ferry doit laisser faire. Au Sénat, Jules Simon se lève pour protester. La question des crucifix devient nationale. Ferry trouve un compromis : ils seront maintenus, si la population le souhaite, dans les locaux anciens, mais absents des nouvelles constructions... Et de répondre à Jules Simon, qui demande le maintien dans les programmes de morale des « devoirs envers Dieu », que la question n'est pas du ressort des politiques. Ils n'ont pas à décider si Dieu doit être honoré, ni s'Il existe : « Il ne s'agit pas de voter pour ou contre Dieu, on ne vote pas Dieu dans les assemblées. » Il faut que Jules Simon sache bien que la politique est un domaine où la religion n'a pas à figurer, et qu'elle ne doit pas non plus intervenir, même au niveau scolaire, dans les affaires de l'État. Ferry n'est pas contre Dieu, il Le tient pour facultatif dans la République, et c'est précisément ce que le parti théocratique ne peut admettre.

Ferry le maçon a subi la surenchère constante des gambettistes et des radicaux dans son œuvre scolaire, mais non dans l'établissement des lois libérales : tous les républicains ont été d'accord pour établir la liberté de réunion, acquise en juin 1881, et la liberté de la presse, votée le 29 juillet 1881 à la quasi-unanimité. C'est la loi la plus libérale du monde. On établit, en prévision des élections, la liberté du commerce des boissons : mesure fort importante qui empêche les préfets de fermer à la convenance du ministre de l'Intérieur les bistrots républicains. Le colportage est également déclaré libre.

La division des républicains s'affirme cependant à l'occasion du vote de la loi d'amnistie pour les condamnés de la Commune : c'est que, depuis 1876, les socialistes ont reconstitué leurs forces. Ils risquent de nouveau d'intervenir dans la vie politique. Les radicaux, à Paris surtout, ne veulent pas être débordés sur leur gauche. Ils prennent les devants, attaquent le gouvernement, traitent Ferry de nouveau notable. Le conflit Ferry-Clemenceau devient aigu. Le premier ne pardonne pas à l'autre d'avoir préconisé, quand il était maire du 18e arrondissement, l'élection d'une Commune de Paris après la journée révolutionnaire du 31 octobre. Le second reproche à son adversaire d'avoir conseillé à Thiers de reprendre les canons de Montmartre. Cette « haine viscérale » transparaît de nouveau dans le débat sur l'amnistie et donne à Ferry l'occasion de stigmatiser « l'impatience démagogique » de Clemenceau, son « esprit de vertige ». Ferry en parle à son aise : il n'a pas d'adversaire socialiste dans les Vosges... Mais les candidats d'extrême gauche risquent de se présenter nombreux dans Paris. Clemenceau ne les souhaite pas pour adversaires.

Jules Guesde et le docteur Brousse rentrent de Londres

Cette résurrection du socialisme frappe tôt les observateurs politiques : ils ont remarqué que les étudiants parisiens avaient proposé en 1876 la candidature d'un répétiteur de droit socialiste, Accolas, aux élections législatives, et que le *Rappel*, journal des fils Hugo, avait célébré « l'union entre les prolétaires et la jeunesse républicaine des écoles ». Surtout, ils ont noté la volonté des ouvriers — réunis pour la première fois en un congrès syndical toléré par la police, rue d'Assas à Paris — de se constituer en « parti de classe » et d'en écarter les bourgeois.

Deux bourgeois, pourtant, se mêlent de créer une formation politique socialiste. Il y a le docteur Brousse, un anarchiste de la branche jurassienne de l'Internationale, ami de Bakounine, partisan d'une révolution par étapes, légale et patiente. Réfugié en Angleterre, il rentre en France et développe dans la capitale son action politique, tandis que Jules Guesde, journaliste de province condamné en 1871 à Montpellier pour un article favorable à la Commune, rentre aussi de Londres et s'adresse plus précisément aux ouvriers du Nord et du centre, avec le désir de leur enseigner le marxisme. Il fonde en novembre 1877 un journal socialiste qui ne fait pas long feu, l'*Égalité*, prônant « l'appropriation collective du sol et des instruments de travail ». La virulence du ton et le désir exprimé d'une révolution violente lui valent de nombreuses sympathies chez les ouvriers de tradition révolutionnaire, notamment dans les bassins miniers.

Guesde se fait très vite connaître en se démarquant des vieux socialistes quarante-huitards. Il fait reprendre ses mots d'ordre « collectivistes » par le congrès des syndicats, réunis à Lyon en janvier 1878, où sont représentés les instituteurs et même les employés de commerce. Le congrès décide de proposer aux élections des candidatures ouvrières et de créer une presse socialiste. Un ouvrier, Chausse, se présente ainsi au conseil municipal de Paris, dans le quartier Saint-Antoine. Un « congrès international » prévu à Paris en 1878, l'année de l'Exposition, est interdit par Marcère, ministre de l'Intérieur. Une réunion privée est dispersée, ses membres poursuivis en justice. Tout cela permet à Guesde de se faire connaître : « L'égalité, déclare-t-il, que la bourgeoisie n'a cessé de nous donner pour la conquête la plus précieuse de son 89, ne dépasse pas la limite de la classe dirigeante et possédante. Le socialisme révolutionnaire veut un 89 ouvrier. Il faut universaliser la propriété comme on a, en 1848, universalisé le droit de suffrage. » Condamné, Guesde rédige en prison *Programme et adresse des socialistes révolutionnaires français*, manifeste qui recueille plus de cinq cents signatures dans la Région parisienne, le Midi méditerranéen, la région de Saint-Étienne. Ces mineurs, ces ouvriers du textile, du cuir et de la petite métallurgie sont les premiers apôtres de Marx en France. A peine libéré, Guesde fait surgir des groupes socialistes à Paris, Troyes, Nîmes, Marseille, Bordeaux. Le but est de préparer le grand congrès de Marseille, celui de la renaissance du mouvement ouvrier français, en octobre 1879.

Que représentent les congressistes ? 75 % d'entre eux viennent du quart sud-est de la France et sont surtout des artisans, bien que l'on accueille déjà les représentants des mineurs et des usines métallurgiques et textiles. Lombard et Fournière, les ouvriers bijoutiers qui organisent le congrès, sont des amis de Guesde et s'emploient à orienter les travaux vers la formation d'un « parti des travailleurs socialistes de France » inspiré par les idées collectivistes. Certes, les participants ne représentent encore qu'une « petite avant-garde » de la classe ouvrière[1], certes, on baptise « collectivistes » les thèses communistes pour ne pas effrayer, mais le drapeau rouge est bel et bien planté sur la carte politique à deux ans des élections.

Guesde se rend à Londres en 1880, pour étudier avec Marx, Engels et Lafargue le « programme électoral des travailleurs socialistes ». Cette charte collectiviste doit être acceptée par les intéressés, mais des divergences surgissent aussitôt entre les anarchistes, qui refusent toute action politique, et les droitiers ou coopérateurs, qui font confiance à des solutions pacifiques — comme les coopératives appelées à favoriser la cohabitation des classes. Les coopérateurs sont en majorité dans le Sud-Ouest (Bordeaux) et le Nord (Lille). Les anarchistes triomphent à Lyon, où Bakounine parlait en 1871, et à Marseille. Au Havre, en novembre 1880, la rupture entre coopérateurs et guesdistes est consommée. Fort de l'approbation de la fédération du Centre, Jules Guesde poursuit seul sa campagne et promet aux anarchistes que l'expérience électorale de 1881, si elle est un échec, sera la

1. C. Willard, *Les Guesdistes*, Paris, 1967, p. 17.

dernière. Les amis de Brousse et de Malon, restés alliés de Guesde, flétrissent les coopérateurs havrais proudhoniens. Dans cette guerre des sectes, ils font approuver un texte qui permet l'action municipale socialiste, à laquelle le docteur Brousse est très attaché. Le congrès du Havre conduit le parti socialiste à rompre avec les partisans de la « coopération » du capital et du travail. Le but des travailleurs — tous sont d'accord sur ce point — est l'abolition de la propriété.

Dans cette perspective, la Commune de Paris apparaît comme un phare, une insurrection manquée dont il faut célébrer les héros. Les premiers élus socialistes[1] demandent l'amnistie pour tous les proscrits. Freycinet la fait rejeter une première fois. Pour l'anniversaire de la Semaine sanglante, les socialistes organisent alors une manifestation au Père-Lachaise, devant le mur des Fédérés. La police intervient, on arrête des militants. Gambetta, voulant « éviter une rupture avec la gauche extrême », propose une amnistie générale : le député de Belleville ne veut pas d'adversaires à gauche pour les élections de 1881. Quant à Clemenceau, qui s'est signalé dans la défense de Blanqui, il milite pour l'amnistie des 700 personnes concernées et proteste contre les mauvais traitements infligés aux condamnés en Nouvelle-Calédonie.

L'amnistie finit par être votée après un grand discours de Gambetta, le 21 juin 1880. Dès leur retour, les proscrits, comme Joffrin, Allemane, Malon et le chansonnier J.-B. Clément, s'empressent d'entrer dans le parti de Jules Guesde et de Brousse. Un petit nombre de blanquistes font bande à part, constituant, avec Vaillant et Eudes, un Comité révolutionnaire central, partisan d'une action immédiate et non d'une lutte politique. Ces déclarations violentes sont-elles repoussées par les radicaux ? Clemenceau, présent au congrès de Marseille, salue dans son discours « le prolétariat qui fait ses cahiers » et célèbre « la venue de ces nouvelles couches sociales dont l'avènement nous fut prédit ». Force est de

1. Blanqui, premier élu à Bordeaux, aussitôt déclaré inéligible, libéré, puis battu aux nouvelles élections ; Humbert, ancien rédacteur du *Père Duchêne* de 1871, élu conseiller municipal dans le quartier de Javel-Trinquet en 1880.

constater que le programme électoral rédigé par les marxistes ressemble sur bien des points au programme radical de Belleville de 1869 : séparation de l'Église et de l'État, « armement du peuple » et « autonomie des communes », exigences qui relaient les clauses sur l'armée de métier et sur la décentralisation : 1871 est passé par là... L'instruction égale pour tous et l'impôt sur le revenu sont des revendications radicales. Les socialistes y ajoutent les nationalisations, la journée de huit heures et les lois sociales. Est-ce incompatible ? Y aura-t-il accord ou bataille entre socialistes et radicaux ?

Gambetta n'entrera pas à l'Élysée

Les républicains traditionnels partent divisés au combat : Grévy se montre de plus en plus hostile à l'aventurisme de Gambetta qui accepterait, pour gagner les élections, l'alliance avec les radicaux et, s'il le fallait, avec les nouveaux socialistes. Candidat de l'unanimité, il se flatte de rassembler le peuple sur son nom et prétend se tenir « au-dessus et en dehors des partis » — un comportement en quelque sorte plébiscitaire. On l'accuse à gauche de jouer un rôle occulte, personnel. Clemenceau a écrit dans la *Justice*, le 1er février 1881, un article intitulé « La question Gambetta », où il reproche au tribun d'exercer un pouvoir « extra-constitutionnel », d'influencer les ministres : « Le pouvoir personnel continue à s'accroître aux dépens de l'esprit républicain. »

Gambetta est en effet un boyard tout-puissant qui reçoit à l'hôtel de Lassay sa clientèle fidèle. Paul Cambon raconte qu'il a « l'air d'un gros moine » avec sa vareuse, son pantalon et son bonnet bleu. « Royalement installé » dans « la plus jolie demeure de Paris », il accueille le meilleur monde, particulièrement les ambassadeurs et les officiers généraux, prétendant qu'il lui est nécessaire de connaître la politique de la France et ses effets dans le monde. Il s'intéresse particulièrement au personnel militaire, qu'il a jadis pratiqué, et dont il possède une connaissance systématique grâce à une série de fiches établies à son intention et datées du 1er février 1877.

Ce document de 372 pages montre l'importance qu'attache Gambetta à connaître les opinions politiques des officiers, même s'il est bien décidé, dans les nominations, à ne consacrer que les compétences, sans égard pour l'appartenance politique. Il sait fort bien qu'un officier sur dix est républicain, que les plus nombreux sont les bonapartistes. Il est donc impossible d'épurer brutalement l'armée. On n'a pu changer que les chefs de corps.

Parmi les généraux, outre Galliffet, principal informateur et ami de Gambetta, Clinchant, ancien commandant des chasseurs à pied de la Garde impériale, est devenu républicain à Metz sous Bazaine et Gambetta lui a donné l'armée de l'Est. Commandant la division du Nord, il a laissé parler librement, dans sa circonscription, Gambetta, pendant sa campagne électorale contre Mac-Mahon, ce que n'a pas fait son collègue Espivent à Marseille. Clinchant est, comme Chanzy, un de ces généraux de la Défense nationale qui sont sortis des dernières batailles couverts de gloire et idolâtrés par les républicains. A l'état-major de Clinchant, Gambetta sait qu'il peut compter sur Campenon et Cousin-Montauban. En revanche, le général de Négrier et surtout le divisionnaire Douai, ancien aide de camp de l'Empereur, sont de furieux bonapartistes, beaucoup plus que le général Ney d'Elchingen, nommé par Napoléon III, huit jours avant le 4 septembre, dans la « promotion des gendres ». Le général Lecointe, ex-colonel des grenadiers de la Garde, a combattu dans l'armée du Nord sous Faidherbe et déteste l'Empire, comme nombre d'officiers subalternes, jeunes lieutenants et sous-lieutenants. Mais que de réactionnaires dans la cavalerie ! « Les cadres, dit le rapport, ne renferment guère que des bonapartistes et des cléricaux, unis dans une même haine contre les institutions du pays. » L'infanterie est partagée : certains régiments, comme le 54ᵉ, illustré par la défense de Bitche, ont des cadres gambettistes. D'autres, comme le 45ᵉ, restent attachés à l'Empire : un capitaine de ce régiment est de ceux qui ont insulté, à la gare Saint-Lazare, Gambetta au retour de Versailles. Le comte et la comtesse de Paris ont tout fait pour séduire les officiers du 39ᵉ de ligne qui tenait garnison dans la petite ville d'Eu où ils ont leur château : les républicains ont accepté les chasses et les parties de pêche, mais ne se sont pas convertis pour autant. Les plus gambettistes, comme Billot ou le commandant d'artillerie Brugère, s'amusent de la déconvenue des gandins de la cavalerie — les hussards Carayon-Latour et Cossé-Brissac — lors de la défaite de Mac-Mahon, mais plus encore des propos prêtés au jeune lieutenant de Polignac : « J'aime mieux me rallier à la République que d'avoir le cou coupé. » A la demande du duc son père, l'impudent jeune homme a été aussitôt expédié dans l'armée d'Afrique.

Le duc d'Aumale passe pour un militaire assez peu résolu, qui mêle la politique, les affaires, le plaisir et l'armée, et n'est guère pris au sérieux par les jeunes colonels ambitieux comme Boulanger, du 133e de ligne, qui a servi dans son corps. Quant à Galliffet, il n'a que mépris pour les princes d'Orléans, incapables de reprendre leur trône à cheval. Le parti clérical lui est odieux, il n'assiste ni au pèlerinage du 8e corps ni à la messe du mont Beuvray ; il se moque des capucinades de Ducrot et recommande à ses officiers de « rester complètement à l'écart de toutes discussions politiques ». « Notre devoir, leur dit-il, est de respecter et de faire respecter le gouvernement établi. » La *République française* ne manque pas d'imprimer ces fortes paroles. Pendant la crise du 16 mai, Galliffet, pressenti par Raoul Duval, avait répondu, fidèle à lui-même : « Ce que je défendrai, dans le gouvernement de demain, c'est la majorité. » Parole cynique qui convient alors à Gambetta. Mais pour les sous-lieutenants républicains, ce dernier reste l'homme de la Défense, celui qui a su, comme disait le roi de Prusse, « faire sortir une armée de terre ». Chanzy dit de lui qu'il « a fait des républicains une secte patriotique à part ». George Sand a beau lui reprocher d'avoir « estaminé la France » et de ne pas posséder « la tournure d'un héros français », l'image d'Épinal du voyage en ballon figure sur tous les almanachs. Popularité qui indigne le « fielleux Grévy », dont Juliette Adam dit que sa haine de « l'insensé de Tours et de Bordeaux » n'a pas de limite. Il reste un reproche vivant pour les signataires de la capitulation et leurs émules. La postérité politique ne fera que grandir le personnage : pour Deschanel, il demeure « le héros de la résistance aux coups de la force et de la ruse, aux brutalités de la conquête », et Clemenceau qui hait en lui le « sauveur » avantageux, le candidat à la dictature, devait écrire plus tard : « Gambetta nous a refait une patrie. La leçon de Gambetta, c'est d'apprendre à nous sauver nous-mêmes. »

Comment n'aurait-il pas compté, dans l'armée, des partisans fanatiques ? Quand il avait félicité Billot d'un engagement heureux (« obtenir de tels succès avec de jeunes recrues sur les plus vieilles troupes de l'ennemi, c'est doubler le prix de la victoire »), il s'était fait un nouveau compagnon pour la lutte politique future, un inconditionnel de la République gambettiste. Ils étaient nombreux, ceux qui l'attendaient au pouvoir. L'« athlète formidable » que redoutait dès 1871 l'économiste Michel Chevalier a dans le pays des milliers de partisans pour qui il incarne la République. On le voit à Cherbourg, où il accompagne, le 9 août 1880, le président Grévy à la revue de la flotte : il attire tous les regards et les applaudissements couvrent ses paroles. « Si nos cœurs battent, déclare-t-il, ce n'est pas pour un idéal de sanglantes aventures, c'est pour que ce qui reste de la France reste entier, et que nous puissions compter sur l'avenir pour savoir s'il y a une *justice immanente* dans les choses, qui vient à son jour et à son heure. » En Allemagne, il est aussitôt sacré chef du parti de la revanche. A la veille des élections de 1881, il joue son va-tout, exige le scrutin de liste qui lui permettra d'être candidat dans plusieurs départements à la fois et de constituer un cabinet homogène avec ses partisans. Grévy répète à qui veut l'entendre — Paul Cambon en est témoin — « que son arrivée aux affaires aurait l'air d'une déclaration de guerre ». Gambetta, dont la proposition de scrutin de liste divise tous les groupes de la majorité et de l'opposition, fait un voyage triomphal à Cahors, sa ville natale. Escorté de vingt personnes, il est accueilli comme un chef d'État : les généraux, les préfets des départements voisins se déplacent pour le saluer. Il se prononce pour la paix, contre la révision, cheval de bataille des radicaux, et défend son projet de scrutin de liste. A son retour, il apprend que les sénateurs, ingrats, l'ont rejeté. Il sait qu'il ne peut parvenir, avec le scrutin d'arrondissement, à créer dans le pays ce vaste mouvement d'opinion qui lui permettrait de s'imposer à l'Élysée. Il n'a plus qu'à s'entendre avec Ferry pour se partager les dépouilles du parti conservateur dont la déroute s'accentue lors du renouvellement des conseils municipaux et généraux. L'homme des tempêtes retrouve son calme...

Opportunistes et radicaux

Ferry et Gambetta firent la paix à l'occasion des élections. Ils étaient en effet d'accord pour limiter à quelques mesures sans conséquences la demande de révision exigée par les radicaux qui voulaient supprimer le Sénat — et même, pour certains d'entre eux, la présidence de la République. Les deux chefs restaient fidèles à l'image d'une Cérès opportuniste, bicaméraliste et modérée. Gambetta n'était pas non plus de ceux qui attaquaient férocement Ferry sur l'occupation de la Tunisie. La Chambre avait en effet accepté d'envoyer un corps expéditionnaire pour réduire une bande de Kroumirs tunisiens qui avaient attaqué une tribu algérienne. La colonne française avait perdu beaucoup d'hommes à cause de l'insuffisance des services de santé, mais elle était entrée facilement dans Tunis. Un traité de protectorat avait été signé le 12 mai 1881 avec le Bey. Le bruit selon lequel Ferry aurait reçu en l'occurrence des encouragements de Bismarck avait suffi à dresser contre lui une violente opposition radicale. On l'accusait de brouiller la France avec l'Italie et la Grande-Bretagne, de détourner des unités de la frontière de l'Est et de faire le jeu des banquiers. Pour couper court aux polémiques, l'homme d'État avait avancé au 21 août la date des élections, qui devaient primitivement avoir lieu à l'automne. La campagne fut brève, et les abstentionnistes nombreux : près de 30 %, au lieu de 18,7 % en 1877. Dans beaucoup de circonscriptions, les conservateurs avaient renoncé à la lutte, et le *Figaro* n'avait pas même jugé utile de publier les professions de foi des principaux candidats. La presse était restée presque muette.

Une vraie lutte, cependant, opposait les opportunistes aux radicaux. Gambetta affrontait l'extrême gauche, bien malgré lui, à Belleville et à Charonne. Populaire dans le premier quartier, il était réduit au silence par les électeurs déchaînés du second. Il renonça à y prendre la parole, traitant ses contradicteurs d'« esclaves ivres ». Les radicaux, qui se disaient « radicaux-socialistes », défendaient contre lui leur programme politique avancé, avec une révision si drastique qu'elle établissait un gouvernement d'Assemblée, selon le modèle de la Constitution jamais appliquée de 1793. Beaucoup d'articles du programme étaient inspirés par les souvenirs de la Commune, comme la liberté de conscience dans l'armée et la formation de milices nationales : c'était l'idée du peuple en armes. On reprenait aussi le thème de l'élection des juges, qui permettrait de se débarrasser des « inamovibles » de la magistrature assise que les ferrystes n'avaient pas épurée. On prétendait moraliser la vie politique en interdisant les cumuls de fonctions, en rémunérant les députés, en établissant le scrutin de liste. La commune devait être « maîtresse de son administration, de ses finances, de sa police, dans les limites compatibles avec l'unité nationale ». On exigeait non seulement l'impôt sur le revenu, mais aussi sur les successions, et la révision des contrats « ayant aliéné des propriétés publiques » dans les chemins de fer, les canaux, les mines.

Ces articles avaient certes de quoi heurter les possédants. Les projets de loi sur le divorce et l'abolition de la peine de mort semblaient aussi ressentis comme autant d'atteintes à la société. Un programme social inspiré par les premiers congrès socialistes était destiné à conserver la clientèle de gauche. Il portait sur la durée du travail, la suppression du livret ouvrier, la création des syndicats et la réforme du système pénitentiaire, par la suppression du travail dans les prisons qui exploitaient honteusement les détenus. Clemenceau ne cachait pas qu'il voulait « créer la grande transformation sociale qui serait le couronnement de la Révolution française ». Il n'hésitait pas à revendiquer « le drapeau [rouge, à l'évidence] de 1869 qui fut planté par nous sur les hauteurs de Belleville et de Montmartre. Vive la République démocratique et sociale ! ». Dix ans plus tard, la Commune n'était pas morte : Clemenceau affichait une partie de son programme.

Est-il devenu socialiste ? Il a contre lui, dans la première circonscription du 18e arrondissement, un candidat « collectiviste », Dereure, son ex-adjoint pendant la Commune à la mairie de Montmartre. Le Vendéen a très nettement pris position contre le collectivisme dans son discours au cirque Fernando du 11 avril 1880. On lui demande ce jour-là s'il est toujours d'accord avec les congressistes de Marseille : « Je suis, répond-il, pour le développement intégral de l'individu. Quant à me prononcer sur l'appropriation collective du sol, du sous-sol, je réponds catégoriquement non ! non ! Je suis pour la liberté intégrale, et je ne consentirai jamais à entrer dans les couvents et dans les casernes que vous entendez nous préparer ! » Le 12 août, il corrige ces propos dans le même lieu, en précisant qu'il estime l'intervention de l'État légitime et nécessaire dans les questions ouvrières. Joffrin, possibiliste, l'attaque dans sa circonscription, Dereure, marxiste et lieutenant de Jules Guesde, y mène aussi bataille, défendant le principe des candidatures ouvrières pures de tout compromis avec la bourgeoisie. Plus de députés bourgeois, plus de beaux parleurs comme Clemenceau ! Celui-ci « a-t-il jamais demandé la suppression du salariat ? Il n'a jamais voulu que des compromis ! » D'ailleurs, poursuit Joffrin, en 1871, il ne s'est pas trouvé « au milieu des combattants ». Les socialistes livrent contre lui une dure campagne, avec réunions nombreuses et menaces physiques. Clemenceau, qui réprouve la violence, a du mal à parler de la liberté devant les revenants du bagne, les exilés de 1871. Il fait courageusement face à une remontée — au reste prévisible — de la tendance parisienne la plus extrême. Il a, comme Gambetta, des « ennemis à gauche ». Il est cependant réélu dans deux circonscriptions du 18e arrondissement, ainsi qu'à Arles, dans les Bouches-du-Rhône : Dereure est écrasé. Gambetta, en revanche, n'est reconduit que de justesse : 8 voix de majorité à Charonne, 350 à Belleville. « Collectivistes » et radicaux ont failli le faire trébucher.

Mais dans le pays, quel triomphe ! Les gambettistes sont plus de 200 et constituent le groupe le plus important de la Chambre, devant 168 ferrystes. L'extrême gauche radical-socialiste n'a pas plus de 50 élus, le centre gauche moins encore. La droite 90 : c'est un grave échec, que les gambettistes espèrent définitif. Leur chef sera-t-il enfin appelé au pouvoir ? Usant de sa prérogative, Grévy, intraitable, gagne encore du temps. Il estime qu'il n'y a pas eu de raz de marée gambettiste dans le pays, mais seulement un succès électoral. Le cabinet Ferry reste donc en place, de plus en plus attaqué sur l'affaire tunisienne.

Pas de passion cléricale au cours de ces élections. Les électeurs de droite ne se sont pas mobilisés. A Lille, Paul Cambon, qui ne « veut pas se poser en agent de persécution », est obligé de faire son métier de préfet. Il a naguère envoyé la police à Dunkerque pour protéger un jésuite qui prêchait dans une église, il a demandé aux ouvriers des renforts pour recevoir Ferry à Lille et le protéger contre les manifestants cléricaux. Ils ont été 6 000 à troubler l'ordre public pendant le passage du cortège. Les étudiants catholiques ont loué des fenêtres pour siffler Ferry. Le comte de Caulaincourt, « grand chef du parti clérical » à Lille, a mobilisé la foule contre les décrets. Pour les élections, en revanche, aucune manifestation notable n'est signalée par le préfet.

Le combat des congrégations est terminé : on a certes arraché les drapeaux des mairies, écrit à la craie le numéro VII de l'article sulfureux sur les murs, attaqué ceux qui jetaient des pierres dans les carreaux des jésuites, on a mobilisé « deux cent cinquante messieurs » pour aller dire adieu aux récollets que l'on expulse, mais les religieux partent d'eux-mêmes, sans faire de bruit. Les dominicains de Lille ne suscitent que quelques bousculades et la mobilisation de 4 000 hommes de troupe. Pas d'incident grave non plus pour les maristes de Valenciennes. Une grande bataille s'est en revanche déroulée à Roubaix où les récollets ont sonné le tocsin — on les a conduits à la frontière en voiture. Le préfet s'indigne qu'on puisse expulser aussi les religieuses : « Pour les femmes, écrit-il, je me proposais de dire à Ferry qu'on ne devait pas compter sur moi. » On a fermé le collège des jésuites de Lille : pas de réaction profonde sur l'électorat. Les légitimistes organisent en mars une réunion à l'hippodrome où ils crient : « Vive le roi ! » à tue-tête. « Après cela, ils sortent avec leurs femmes et vont à leurs petites affaires, comme en sortant de l'église et du concert. » Il y a peu de prêtres parmi eux. Le préfet écrit : « L'agitation actuelle est toute de surface et ne touche pas profondément le pays. Elle est indifférente à la masse de la population. » Les manifestations, de commande, ont été manipulées par les évêques. Pour les élections, aucun écart, pas la moindre bousculade : « Le fin fond du pays, dit le préfet, n'est pas touché de la probable nomination de Paul Bert aux Cultes. » Il a prédit que les élections seraient gambettistes, elles l'ont été. Un seul évêque s'est compromis dans la campagne : Mgr Isoard, d'Annecy. Les autres ont commencé à comprendre que le pays s'oriente vers la République et suivent Guibert, l'évêque d'Amiens, dans sa polémique contre le *Clairon* légitimiste. On commente tristement dans le clergé les échecs de Keller et de Lamy, et l'écrasement de la droite qui laisse le champ libre à Gambetta. Les évêques ne comptent certes pas sur sa modération en matière religieuse...

Le « grand ministère » : une nouvelle génération de républicains

Grévy ne se pressait pas d'appeler Gambetta au pouvoir et maintenait Ferry de tout son poids. Gambetta, pourtant, avait fait élire Brisson président de la Chambre, pour indiquer qu'il était disponible. Il devait se hâter : 88 députés de son groupe risquaient de faire sécession et de se rapprocher des radicaux. Ils devaient bientôt constituer le nouveau groupe de la Gauche radicale. Rochefort, qui venait de créer l'*Intransigeant* à son retour triomphal d'exil (il s'était évadé du bagne de Nouvelle-Calédonie), accusait le consul de France à Tunis, Roustan, et Gambetta d'avoir monté l'opération de Tunisie pour spéculer sur les terrains. La presse radicale orchestre cette campagne. Clemenceau attaque dans la *Justice*, Charles Laisant dans le *Petit Parisien*, et le *Rappel* d'Auguste Vacquerie se met aussi de la partie. Les radicaux réclament une enquête sur l'expédition : on a fait mourir des soldats pour le seul profit des spéculateurs, disent-ils. Ferry conseille à Roustan d'attaquer en justice, et Gambetta intervient pour faire approuver par la

Chambre le traité du Bardo. Ferry poliment se retire : il cède enfin la place.

Comme prévu, l'irrésistible Gambetta nomme aux Cultes Paul Bert, le profanateur bourguignon, pour rassurer les anticléricaux, et Waldeck-Rousseau à l'Intérieur. Ce « grand ministère » est fort mal accueilli. On attendait un « cabinet des présidents », avec Ferry, Brisson, Freycinet. On a un gouvernement d'inconnus avec des amis personnels de Gambetta comme Spuller, promu sous-secrétaire d'État. « Fidèle Achate », ce lourd Badois peu rompu aux mœurs parisiennes, déchaîne la verve des caricaturistes. On n'est guère sensible, à l'époque, à la volonté de renouvellement qui anime Gambetta : quelques hommes nouveaux choisis pour leurs vertus trouveront pourtant dans le « grand ministère » l'occasion d'une entrée en politique.

C'est le cas de Félix Faure : à peine élu, pour la première fois, député de la troisième circonscription du Havre, il est nommé sous-secrétaire d'État au Commerce et aux Colonies. Est-il un inconnu ? Pas pour Gambetta qui l'a nommé le 18 novembre 1870 chef de bataillon de mobiles, commandant le dépôt de Seine-Inférieure. Le président du Conseil sait fort bien que l'ancien élève de l'école professionnelle de Pompée, l'ex-apprenti tanneur, est un franc-maçon éprouvé, maître dans la loge du Havre dès 1867 et payant régulièrement ses cotisations à la loge Aménité. Il est de la cohorte des Léon Bourgeois et des Lanessan. Ce n'est pas par hasard qu'il se trouve à la tête de cette administration des Colonies qu'il entend gérer au mieux des intérêts nationaux, contre les radicaux hostiles à cette politique. C'est un homme de confiance, un « commis », comme dit la presse avec mépris.

Même préoccupation à l'Intérieur, confié à Waldeck-Rousseau. Encore un inconnu : mais Gambetta sait bien qu'il est le fils d'un républicain de 1848 et qu'il a milité comme Faure dans l'Union républicaine. Entre Ferry et Gambetta, le jeune avocat breton a fait le bon choix : le voici ministre.

Précieuse recrue venue de Rennes où les républicains ont du mal à s'imposer. Il n'y a pas dans cette ville de bourgeoisie moyenne qui pourrait voter à gauche, mais des grands bourgeois de robe, des nobles, des prêtres exerçant sur les paysans des alentours une influence manifeste. L'archevêque, Brossais Saint-Marc, est un « despote » disposant d'un effectif de cinq cents religieux et religieuses[1]. La plupart des républicains connus sont des avocats, et Waldeck, qui ne va pas à la messe, n'échappe pas à la règle : il est catalogué comme radical aux belles années de l'ordre moral. Osant le premier plaider sans toque devant un tribunal rennais, il passe même pour un esprit fort. Le « sphinx » du café de la Comédie a le teint frais, le visage lisse, il surprend par son élégance : fleur à la boutonnière et canne en main, le fumeur de cigare réussit rapidement au palais, jusqu'à se charger des causes lucratives de la société Dreyfus, qui est en conflit avec le Pérou pour ses affaires de guano. Il dispose ainsi de revenus importants et réguliers. Le jeune homme à la parole parcimonieuse est un véritable avocat, contrairement à Gambetta.

Grâce au journal l'*Avenir*, les républicains peuvent résister, pendant les années 1870, à l'immense effort de reconquête déployé par le « parti prêtre ». Waldeck n'adhère pas à la loge, envahie d'artisans ou de tout petits commerçants, et qui ressemble, écrit encore Sorlin, « à une amicale d'employés et de représentants de commerce ». L'instrument de combat des républicains s'appelle le Comité républicain du drapeau tricolore, dont Waldeck devient secrétaire. Il enregistre, d'une élection à l'autre, le lent progrès de son parti. Durant la crise du 16 mai, il est « scandalisé de voir les tribunaux juger sur ordre, des fonctionnaires distribuer des faveurs officielles suivant des critères politiques ». Le bassin de Rennes est prospère et devient, grâce au progrès des cultures, un véritable grenier à blé : il est parfaitement possible d'amener ces paysans heureux à voter pour la République, à condition de scolariser les campagnes où de 30 à 50 % des habitants sont illettrés. Des comités sont créés dans les communes rurales. Waldeck lui-même participe aux comices agricoles, et va « prêcher dans les campagnes ». Il plaide pour l'émancipation des villages, pour l'organisation des transports ferroviaires qui permettra de vendre les produits dans les autres grandes villes. La récolte de 1880 est bonne, et les républicains profitent aux

1. Sorlin, *op. cit.*

élections de leur lente et prudente pénétration. Déjà les conseils municipaux ont été conquis. Le conseil général d'Ille-et-Vilaine a approuvé l'œuvre de laïcisation de Ferry, refusant de se joindre à la protestation des nombreux autres départements. Sorlin l'affirme avec force : « La propagande menée auprès des paysans de 1877 à 1880 a été décisive : les ruraux se sont détachés des notables. » Il est piquant de constater que ce mouvement de fond bénéficie à un Waldeck, notable d'un nouveau genre, en guêtres et bottines, prédicateur gourmet des comices aux vaches à pis noir. A Rennes même, Le Bastard, surnommé le « laïcisateur », est devenu maire, bien décidé à en découdre avec les congrégations. Waldeck-Rousseau a accepté de troquer les 30 000 francs de revenus annuels que lui rapporte son cabinet contre les 9 000 francs de l'indemnité parlementaire. Il s'est fait élire député de Rennes.

Pendant des mois, il joue les muets du sérail, soigne sa réputation de sérieux et de compétence, s'occupant seulement de la réforme de la magistrature. D'abord réservé à l'égard de Gambetta — il se sent plus proche des notables ferrystes — il n'éprouve aucune sympathie pour les radicaux parisiens, ces braillards du Quartier latin. Gambetta finit néanmoins par l'attirer irrésistiblement par son jugement et son talent, et surtout parce qu'il lui semble capable de dépasser les partis pour rassembler tous les républicains. Il est de ceux qui sont fascinés par le « pouvoir occulte ». Favorable au scrutin de liste, au divorce, aux lois anticléricales, il retrouve à Rennes sa majorité aux élections. A peine réélu, le voici donc ministre de l'Intérieur.

Il rejoint au cabinet les Paul Bert, les Spuller, les Allain-Targé, les Antonin Proust, des fidèles du « cabinet secret ». Il revoit avec plaisir le général Campenon, un officier républicain distingué par Gambetta et nommé ministre de la Guerre. Que Gambetta s'arroge le Quai d'Orsay ne surprend pas : le patron veut marquer de son sceau la politique extérieure, trouver pour la France des alliances, rompre l'isolement. Que les vedettes soient absentes du gouvernement n'étonne que les ignorants : les journalistes politiques savent fort bien que Jules Ferry et Léon Say ne pouvaient en être, que Freycinet a longtemps hésité avant de refuser. Waldeck est à peine surpris de la nomination du réactionnaire général de Miribel comme chef d'état-major, de l'entrée de Canrobert et de Galliffet au Conseil supérieur de la Guerre. Gambetta a choisi les compétences, sans s'attacher à l'étiquette politique. Charles Floquet prend la préfecture de la Seine et Magnin la Banque de France : encore des compétences.

Les députés républicains, même gambettistes, se montrent réservés ou hostiles. A la réunion provoquée par Gambetta afin de rassembler les alliés électoraux, ferrystes et gambettistes, 210 sur 400 sont venus : on enregistre déjà des défections dans le propre groupe du président. Elles vont s'accroître quand on connaîtra l'attitude de Waldeck à l'Intérieur : rompant avec les mauvaises habitudes du parti républicain, il adresse une circulaire comminatoire aux préfets, les prévenant qu'il ne tiendra aucun compte des recommandations. Il prétend concentrer tous les pouvoirs entre les mains des préfets et des ministres, et dépouiller les parlementaires de leur influence locale. Une sourde hargne se répand aussitôt dans les travées du Palais-Bourbon. Elle se change en hostilité déclarée quand Gambetta engage presque immédiatement le débat sur le scrutin de liste, que les députés considèrent pour la plupart comme préjudiciable à leurs intérêts locaux. Ils ont fait leur trou dans l'arrondissement, battant sur le terrain les royalistes. Qu'on les y laisse !

Pour faire passer les réformes de fond que le pays attend, Gambetta estime cette réforme indispensable. Il s'engage complètement, proposant d'inscrire le scrutin de liste dans la Constitution. Le 26 janvier 1882, désavoué par la Chambre, il donne sa démission. Son « grand ministère » n'a duré que soixante-dix-sept jours...

L'isolement de la République en Europe

Gambetta meurt peu de temps après, le 31 décembre 1882, au moment où il s'apprêtait à épouser civilement sa compagne Léonie Léon, fille d'un commandant d'infanterie, attaché militaire du duc d'Orléans. Cette disparition inquiète ceux qui attendaient de lui une politique de revanche. On lui fait des funérailles grandioses. Lui disparu, il n'existe plus au Parlement d'énergie capable de rallier une volonté nationale. Gambetta, qui admirait fort Henri IV, a échoué dans sa politique de ralliement : les Burgraves du Palais-Bourbon et le maître grincheux, économe, parcimonieux de l'Élysée ont rendu dérisoire son « grand ministère » en le faisant chuter sur une loi électorale...

Les propos antiparlementaires commencent à fleurir dans les milieux parisiens les plus gambettistes : selon le dramaturge Ludovic Halévy, si Gambetta parlait de la Chambre avec « un mépris évident », il montrait en revanche de l'enthousiasme pour « l'Assemblée nationale réactionnaire de 1871 ». C'est qu'il vaut mieux « avoir affaire à des ennemis intelligents qu'à des amis stupides », et Halévy de conclure, songeant à cette « plate et basse » assemblée : « Le fait est qu'il n'y a guère que lui dans cette Chambre. » Est-ce aussi l'avis de son nouvel ami Alphonse de Rothschild, avec lequel il se « vautre famillionnairement », selon le mot d'Henri Heine, sur un canapé du Quai d'Orsay ? Son amie Juliette Adam regrette qu'il ait échoué dans sa politique extérieure et qu'il n'ait pu imposer au Parlement une expédition en Égypte : après l'occupation de la Tunisie, une présence française affirmée sur le Nil aurait sans doute fait plaisir à ses amis de Marseille, les armateurs de la Chambre de commerce, et aux actionnaires du canal de Suez.

L'Égypte était pourtant une proie alléchante : après la Tunisie, une opération de même nature pouvait en rendre la France maîtresse. L'influence française y était déjà manifeste : grands travaux urbains de sociétés françaises, entrepôts de commerçants d'Alexandrie ou du Caire, importateurs d'articles de luxe, tribunaux spéciaux, écoles, toute une société franco-égyptienne sur les bords du Nil, autour du canal de Suez et de ses administrateurs. Le khédive Ismaïl, couvert de dettes, avait vendu ses parts de Suez au gouvernement anglais. Il avait été ensuite destitué, remplacé par un personnage falot, Tewfik, parfaitement dévoué aux administrateurs anglais et français qui mettaient la main sur le pays. Les officiers de l'armée avaient alors organisé un mouvement national de résistance pour prendre le pouvoir et chasser les étrangers. Désirant prévenir ces troubles, Gambetta avait proposé au premier ministre britannique, Gladstone, une intervention commune ; les chancelleries européennes s'en étaient émues, ainsi que le parlement français, désireux de maintenir la paix.

La paix était bismarckienne. Gambetta accordait la plus grande attention aux mouvements nationalistes slaves dans l'Empire austro-hongrois. Les Russes avaient tendance à intervenir sur l'échiquier balkanique, au nom d'une politique panslave qui s'était affirmée très tôt. Dès 1875, le tsar avait demandé l'aide de la France contre les Turcs : les Serbes de Bosnie-Herzégovine et du Monténégro s'étaient insurgés. Les Bulgares à leur tour s'étaient soulevés. Les puissances européennes, au nom de la défense des populations chrétiennes, intervinrent auprès du sultan. Les Jeunes-Turcs prirent le pouvoir à Constantinople, remplaçant Abdul-Aziz par Mourad. Les bachi-bouzouks répandirent la terreur en Bulgarie, et les Serbes entrèrent en guerre contre les Turcs. Mais la France refusa alors d'intervenir aux côtés des Russes que les Autrichiens, soutenus par Bismarck, ne laissaient pas maîtres d'agir dans les Balkans. Les Habsbourg avaient aussi leurs Slaves qu'ils voulaient tenir en laisse et redoutaient le panslavisme. Cela n'empêcha pas le tsar de partir en guerre seul et d'imposer aux Turcs l'armistice de San Stefano en 1878. La Bulgarie fut déclarée indépendante, sous la protection des Russes qui pénétrèrent ainsi dans le « ventre mou » de l'Europe.

Bismarck prit alors l'initiative de réunir un congrès international à Berlin. C'est à cette occasion que Gambetta aurait eu l'intention de rencontrer le chancelier : « Il est venu, écrivait-il à Léonie Léon, le moment de profiter des ambitions rivales pour poser nos légitimes revendications et fonder avec lui [Birsmarck] un ordre nouveau. » La rencontre n'eut pas lieu, Gambetta craignant les réactions de son opinion publique et d'abord celles de ses partisans. Mais les Français (Waddington et l'ambassadeur de France à Berlin, le comte de Saint-Vallier) furent présents au congrès, où l'Autriche reçut le droit d'occuper la Bosnie et l'Herzégovine (que les Russes lui avaient déjà promises par convention secrète). L'Angleterre reçut, à l'indignation de Waddington, l'île stratégique de Chypre, sur la route des Indes. La France, qui protégeait la Roumanie et la Grèce, intervint pour les pèlerinages en Terre sainte, la protection des Lieux saints et le libre exercice des cultes chrétiens dans l'Empire turc. Les Français découvrirent à Berlin la spectaculaire rivalité entre Russes et Allemands en Europe : une alliance avec Saint-Pétersbourg devenait possible.

Mais Gambetta se rendait parfaitement compte que la prudence s'imposait, Bismarck restant maître du jeu. Par le traité secret de Vienne du 24 septembre 1879, il avait en effet conclu une alliance de « défense réciproque » avec l'Autriche-Hongrie. Les deux puissances affirmaient leur solidarité complète en cas d'attaque de la Russie contre l'un d'eux. Bismarck ne parvint pas à rassurer les Français, que l'expédition de Tunisie avait fâchés avec l'Angleterre de Gladstone et surtout avec l'Italie qui s'estimait lésée, en raison du grand nombre de ses nationaux installés dans ce pays. En octobre 1881, au moment où allait se constituer le « grand ministère », le roi Humbert d'Italie rendit visite à François-Joseph à Vienne. Un traité secret fut conclu quelques semaines plus tard : la Triple Alliance (Rome, Vienne et Berlin) était un succès inespéré pour Bismarck. L'Angleterre, sa rivale en Méditerranée, ne pouvait l'aider. La France était désormais isolée. On comprend que Gambetta ait eu les mains liées : il prenait le pouvoir à un moment de crise que toute imprudence pouvait rendre dangereuse. Il n'était du reste pas secondé par le personnel d'un ministère des Affaires étrangères insuffisamment épuré. Quant aux chancelleries européennes, elles demeuraient sur la réserve : la République radicale n'inspirait pas confiance. Gambetta, à travers son discours de Cherbourg sur la « justice immanente », apparaissait à Bismarck comme « un homme battant du tambour dans la chambre d'un malade ». Il lui reprochait d'« agiter l'Europe », donnant ainsi des arguments aux républicains modérés, ferrystes et grévystes, qui traitaient le Cahorsin d'aventurier et répudiaient le culte de la revanche instauré par la toute nouvelle Ligue des Patriotes créée par Henri Martin en 1882. En avril, le nouveau tsar Alexandre III, au lieu de poursuivre le rapprochement avec les Français, prit pour ministre des Affaires étrangères le Balte Nicolas de Giers, partisan du système de paix bismarckien. Jamais l'isolement de la France n'avait été plus total : Gambetta n'avait pas eu, pendant son trop court consulat, la moindre marge de manœuvre.

La grande dépression

Par surcroît, si l'Europe se fermait, le monde entier devenait un danger pour l'économie française, bientôt touchée de plein fouet par la « grande dépression ». Une surprise pour les contemporains : ils n'étaient pas habitués aux crises financières et industrielles de cette ampleur. Ce fut une première à la Bourse de Paris, et la vive réaction des milieux d'affaires ne pouvait manquer d'avoir des conséquences sur le personnel politique.

Celui-ci était conscient de l'essoufflement de l'économie française depuis quelques années. La seconde industrialisation — celle des aciers spéciaux, des textiles artificiels, des produits chimiques — tardait. L'Allemagne et les États-Unis prenaient une avance inquiétante et la France restait sur place. La production industrielle avait diminué de 2,36 % en 1855-1860 à 1,32 % : les exportations stagnaient, les importations de produits étrangers, moins chers, augmentaient.

Pour relancer l'activité sidérurgique et secondairement désenclaver les régions rurales, Freycinet avait lancé un plan de développement ferroviaire. Les petits chemins de fer — aujourd'hui disparus — devaient créer de nouveaux marchés et stimuler la demande intérieure. L'objectif était la construction de 16 000 kilomètres de « chemins de fer de sous-préfecture » : une dépense de 4 milliards à répartir sur dix ans, touchant aussi les canaux et les ports. La construction ferroviaire, la métallurgie et les mines avaient été puissamment stimulées. Le plan avait favorisé la reconversion des sidérurgistes de l'Est et du bassin de la Loire, mais la spéculation boursière avait accompagné cette distribution de la manne publique : les valeurs industrielles avaient quintuplé de 1879 à 1880. L'action du P.L.M., le chemin de fer de Marseille, avait augmenté d'un tiers de 1880 à 1881, celle de Suez des trois quarts, celle de l'Union générale, la nouvelle banque de Bontoux, avait triplé.

En janvier 1882, cette société où les grands intérêts catholiques étaient nettement majoritaires, s'effondra brusquement, entraînant dans sa faillite un certain nombre de banques d'affaires et affectant les valeurs minières, métallurgiques et du bâtiment. Les porteurs vendaient pour racheter du papier d'État, singulièrement alléchant depuis que les cours avaient baissé, dans l'inquiétude qu'inspiraient les projets de Gambetta sur la conversion du « 3 % » et le rachat des grandes compagnies de chemin de fer. La Bourse de Lyon, très engagée dans l'affaire Bontoux, s'effondra, menaçant le Crédit lyonnais d'Henri Germain. Une partie du public conservateur se trouvait ainsi ruiné et prêt à entendre les sirènes qui s'en prenaient violemment à « la banque juive et protestante », rendue responsable du cataclysme par la presse de droite.

La crise a sur l'industrie de sérieuses conséquences : si elle n'empêche pas la reconversion de la sidérurgie, l'installation des convertisseurs inventés par l'anglais Thomas tarde. Ils permettent pourtant d'utiliser le minerai de fer phosphoreux de Lorraine, la « minette ». Si Schneider et de Wendel construisent une usine à Jœuf (Meurthe-et-Moselle) en 1880-1882, on repousse d'autres investissements jusqu'à la fin du siècle. On choisit l'acier Martin à Decazeville, les aciers fins à Imphy (Nièvre). La Lorraine devient la première région de l'acier et de la fonte au coke. La fonderie et l'armement se développent avec des normes modernes, dans la région du centre-Loire, à Givors dans le Lyonnais, dans le Forez. Les fours à puddler diminuent, les anciennes forges ferment, des firmes respectables s'effondrent comme Terrenoire (Loire), la Voulte (Ardèche) et Bessèges (Gard). Les métallurgistes sont contraints à la reconversion, des régions industrielles traditionnelles en pâtissent et le chômage s'étend. Les mines de charbon des rebords du plateau central, les moins compétitives, sont menacées.

Il faut aussi changer les machines dans l'industrie textile, et jusqu'aux fabrications. La mode s'en mêle pour déclarer invendables les tissus de lin d'Armentières et les soies lourdes de Lyon. Elle exige désormais des mousselines, des crêpes, des tissus mélangés, des impressions modernes. Gillet, à Lyon, doit industrialiser les apprêts et la teinturerie. Les machines à bras sont vouées à la casse, les métiers mécaniques sont installés dans les usines de coton de l'Est ou de Normandie. La laine du Nord s'équipe.

La concurrence rend partout l'investissement nécessaire. Faute d'argent disponible, on recule souvent à tort l'exploitation des nouveaux procédés techniques. Dans certains domaines, l'industrie accuse dix ans de retard sur l'Allemagne : c'est vrai de la chimie, où la société Alais-Camargue de Pechiney repousse aux calendes grecques le projet de l'ingénieur Héroult de fabrication électrolytique de l'aluminium. Il rejette aussi le brevet de chlorates électrolytiques de Gall, qui fonde Ugine pour appliquer son procédé. Saint-Gobain ne se met pas à la page de la chimie organique et des colorants par carbochimie. Les Allemands prennent ainsi de l'avance. Les premières réalisations électriques de Desprez, à partir de 1882, se heurtent au monopole des sociétés d'éclairage au gaz qui freinent tout progrès en s'appuyant sur un groupe de pression politique. L'industrie du meuble est elle aussi touchée par la concurrence allemande. Les soieries et la porcelaine sont menacées, des ateliers ferment en grand nombre. Des industries semi-rurales, dans le textile notamment, ne fournissent plus au monde agricole le complément de ressources dont il a besoin.

L'agriculture est la plus touchée : la production massive des pays neufs rend moins cher l'hectolitre de blé, livré au Havre. Les importations agricoles dépassent bientôt les exportations. Les céréales canadiennes ou australiennes envahissent l'Europe encore libre-échangiste, faisant baisser les prix d'un cinquième et les recettes des producteurs d'un dixième. Une crise spécifique, celle du phylloxéra, puceron qui attaque tragiquement les vignes, ajoute au marasme. 367 000 hectares de vignes sont détruits en Languedoc, et les autres régions viticoles sont atteintes à partir de 1880. Les plants américains, résistant au puceron, ne se mettent en place que lentement : ils ne touchent que 17 départements en 1881. Vingt années seront nécessaires pour que la surface sinistrée soit entièrement replantée : 35 milliards d'investissements pour une valeur de production réduite de 44 % ! Les agriculteurs du Midi sont en outre affectés par la mévente de la soie française, concurrencée par la japonaise et la chinoise : la baisse du prix des cocons atteint 40 % en 1882. La valeur de la production s'effondre dans l'Ardèche, le Gard, la Drôme et le Vaucluse : quatre départements doublement sinistrés, sans qu'existe alors de solidarité nationale. Ils ne peuvent même plus se rattraper sur la garance, qui chute brusquement devant la conquête victorieuse de l'alizarine artificielle, colorant moins cher pour les pantalons rouges des soldats. En 1882, la culture de cette plante a pratiquement disparu. Les autres industrielles, le colza, l'olivier, souffrent de l'importation des arachides. Beaucoup de cultures nationales sont ainsi appelées à disparaître devant le progrès de la distribution et la reconversion des zones de production dans le monde.

Le prix du grain a baissé de 27 % de 1880 à 1875, le beurre, la pomme de terre refluent également. Seule la betterave à sucre maintient ses cours, ainsi que le vin, mais en raison seulement de la chute brutale de la production : les vignobles les moins touchés, le Blésois, le Beaujolais, la Bourgogne, en profitent puissamment. La baisse des produits alimentairés, de 1875 à 1900, sera de 32 à 39 %. Dans les campagnes, on dénonce la concurrence étrangère et l'incapacité du gouvernement. On commence à exiger aide et protection.

La crise agricole n'engendre pas, toutefois, d'exode rural massif (moins de 3 %). Pourquoi quitter la terre, quand le marché du travail industriel est fermé, quand le bâtiment est lui aussi en crise ? Autant survivre dans le cadre de l'économie villageoise... L'exode touche seulement les salariés agricoles qui vont tenter fortune à la ville, accentuant ainsi le déficit en main-d'œuvre des campagnes non mécanisées.

Les premières victimes de la grande dépression sont les rentiers du sol, les notables. On comprend leurs réticences à s'engager dans le combat politique des années 1880 : ils ont déjà fort à faire pour tenter de sauver leurs revenus. Les fermiers leur tiennent la dragée haute, exigeant la réduction des baux. Impossible de vendre la terre, dont la valeur a beaucoup baissé. Dans certaines régions, les fermiers ne payent plus leur terme qu'avec retard. Les fermages baissent de 15 à 44 % selon les régions, le revenu des rentiers régresse d'un quart au moins, parfois d'un tiers. La tendance à investir dans les valeurs mobilières et non plus dans la terre s'accentue. Dès qu'ils peuvent se libérer, les gros propriétaires vendent. Les revenus ruraux sont devenus trop faibles, sauf dans les régions les plus riches : Beauce, Brie, plaine de France. Le portefeuille boursier sera en 1895 de deux fois et demie supérieur à ce qu'il était en 1875. L'argent de la terre va se placer en valeurs mobilières, dans un mouvement de fond qui ne s'interrompra plus. La fortune française ne change pas de mains, elle cherche ailleurs sa rémunération.

La France républicaine compte désormais des zones entières sinistrées : l'Aude, les Pyrénées-Orientales, les pays de la Garonne et ceux de la Méditerranée. Seules la Bretagne, les Alpes-Maritimes maintiennent leurs revenus, grâce au chemin de fer, ainsi que les plus riches terres à blé ou d'élevage. Partout ailleurs, le paysan se laisse gagner par le mécontentement. Les petits surtout sont touchés, et le départ de certains renforce la puissance des gros bonnets de village qui ont les moyens de racheter. La revendication essentielle est celle de la protection. A tous ces paysans sinistrés et déçus les républicains tiennent un langage positif : regroupez-vous et profitez des progrès de la science. Mais il faudra deux décennies avant que ce langage ne soit vraiment entendu.

Le docteur Brousse fait bande à part

L'État n'a pas les moyens, en 1882, de lutter contre la crise : son budget est anémique. Les députés interviennent constamment pour faire détaxer ou diminuer les impôts de leurs électeurs ruraux. Le fisc se fait moins rigoureux, les recettes baissent. « Les recommandations parlementaires, déplore le ministre des Finances Léon Say, s'étendent jusqu'aux contribuables mauvais payeurs. » « L'abus qui va le plus loin, ajoute cet honnête économiste, est la demande en remises d'amendes. [...] Il y a des redevables contre lesquels les agents n'ont plus le courage de verbaliser. La fraude devient le droit commun. » Les impôts indirects, qui apportaient de solides plus-values dans les années 1870, baissent dangereusement : la consommation est moins forte et les fraudes innombrables... La tendance des gouvernements est au dégrèvement, au financement des travaux publics par l'emprunt. Le budget finit toutefois par augmenter en raison des intérêts de la dette et des dépenses militaires. La Chambre doit en effet voter des crédits supplémentaires, ce qui rend le budget déficitaire. Les adversaires du cabinet ont beau jeu de dénoncer les « chemins de fer électoraux », les travaux confiés à des entrepreneurs amis du parti républicain, qui se chargent de la construction des voies, des routes, des écoles : un marché lucratif qui est l'occasion de quelques scandaleux abus.

La crise donne enfin un coup d'arrêt aux réformes politiques et favorise le retour de l'esprit conservateur. Gambetta tombé, le centre droit républicain revient aux affaires avec l'équipe Freycinet (qui prend, en plus de la présidence du Conseil, les Affaires étrangères) et Ferry qui retrouve l'Instruction publique. On entre dans une ère de majorités fragiles, les radicaux pouvant à tout moment faire chuter le gouvernement en votant, avec la droite contre lui. Les radicaux ? Clemenceau est le seul capable d'hériter de l'*aura* patriotique de Gambetta : il commence sa longue carrière de « tombeur de ministères ». Tous les articles du programme gambettiste ou radical se trouvent successivement éliminés : pas d'élection des juges, report de la réforme constitutionnelle aux calendes grecques. Léon Say, le ministre des Finances, s'empresse de rassurer son ami Alphonse de Rothschild : il n'est plus question, avec la crise, de toucher aux sociétés de chemin de fer et moins encore à la rente ; la finance redevient strictement orthodoxe. Say peut d'ailleurs être tranquille : le président de la commission du Budget qui succède à Gambetta n'est autre que Wilson, le gendre de Grévy, un député fort accommodant. Pas question non plus de créer un maire de Paris : le gouvernement fait voter la loi de 1882 sur l'organisation municipale qui écarte certes des conseils les plus gros contribuables des communes, adopte l'élection de tous les maires, mais maintient le régime particulier de Paris. Toutes les idées suspectées de complaisance envers la Commune sont écartées.

Seule tient le cap l'action scolaire, que Ferry assume jusqu'au bout : il fait voter la loi du 29 mars 1882 laïcisant définitivement l'école. L'instituteur n'a même plus à enseigner le catéchisme, et tous les enfants doivent prendre le chemin des nouvelles écoles, sous peine de sanctions contre les parents. Une commission scolaire est mise en place dans chaque commune pour la surveillance de l'obligation et le contrôle de la fréquentation. Très souvent, les municipalités n'avaient pas attendu le vote de la loi pour laïciser : à Paris, les agents du préfet, qui avaient déjà expulsé les frères et les sœurs enseignants, enlevaient les crucifix dans les salles de classe. Les catholiques avaient aussitôt ouvert des écoles libres (126 pendant le seul mois de mai 1881). Les parents d'élèves de ces écoles avaient violemment critiqué le manuel d'histoire diffusé par Paul Bert, où l'on expliquait qu'avant 1789 l'idée de patrie n'existait pas en France. Le duc de Broglie demanda à Jules Ferry s'il autoriserait le livre de son prédécesseur.

Pourtant, la rentrée scolaire ne suscitait pas de troubles graves. Les catholiques, au lieu de résister, s'étaient mobilisés pour créer un enseignement parallèle. Chesnelong et Keller présidaient la nouvelle Société d'éducation et d'enseignement qui organisait la reconversion. Le « denier des écoles catholiques » recevait des sommes considérables (7 millions rien qu'à Paris) : 50 000 enfants furent ainsi immédiatement accueillis. L'objectif de la société catholique était d'ouvrir un établissement libre dès qu'une école était laïcisée. L'action catholique consistait désormais à lutter contre les manuels introduits par les laïques dans leurs écoles. Les deux France scolaires se faisaient face, quelquefois dans le même village. Selon les régions, l'instituteur, « hussard noir de la République », était un conquérant ou un persécuté. Il devait presque toujours compter sur la concurrence de l'école du curé.

Freycinet trébuche, non sur l'école, mais sur l'Égypte. Il veut en effet participer à l'intervention anglaise, lever des troupes, envoyer des navires. La droite et Clemenceau s'insurgent contre cette idée, et le président du Conseil est renversé. Duclerc, qui lui succède, est du centre gauche, de l'union ex-gambettiste. Son « ministère de bains de mer » dure l'espace d'un été, il est presque aussitôt démissionnaire.

Les possédants s'inquiètent de cette instabilité, au moment où des bombes anarchistes à la dynamite explosent dans Lyon, où les ouvriers de Montceau-les-Mines, en Saône-et-Loire, insultent leur directeur calotin, qui prétend leur faire observer les exercices religieux, et s'en prennent à l'église elle-même. Le parti socialiste n'a pas eu d'élu au Parlement aux élections de 1881, mais ses militants, avec la crise, risquent de gagner des adhérents en grand nombre. Déjà les fidèles du docteur Brousse ont obtenu, au congrès de Reims de 1881, que les candidats ouvriers socialistes puissent rédiger leurs programmes dans les comités de leurs circonscriptions, sans être tenus par les textes généraux diffusés par Guesde, véritables repoussoirs pour les électeurs. Dans le *Prolétaire*, Brousse réclame une « politique des possibilités » et fonde ainsi le « possibilisme », doctrine de l'action réaliste, qui veut partir tout de suite à l'assaut des municipalités, puis de l'appareil d'État, pour améliorer concrètement le sort de la classe ouvrière.

Dans l'*Égalité*, Guesde tempête et persiste, blâme ce qu'il appelle le « fédéralisme communaliste ». Il n'est pas suivi par la fédération du Centre (Paris) et donne sa démission, se retirant dans sa fédération du Nord pour y fonder un nouveau parti. La rupture est officialisée en 1882 au congrès de Saint-Étienne. La majorité broussiste vote l'exclusion des guesdistes, leur reprochant « d'avoir, au profit de la domination marxiste, essayé d'imposer au public le programme et le mode d'organisation d'une coterie ». Un nouveau parti ouvrier est alors constitué par Guesde au congrès de Roanne, qui affirme d'emblée que ses candidats proposeront un programme unique et révolutionnaire.

A Lille et à Montluçon, on est guesdiste. A Paris et à Montceau-les-Mines, on est broussiste. Les anarchistes se trouvent isolés dans des formations de plus en plus violentes, les anciens blanquistes enfermés dans leur C.R.C. (Comité Révolutionnaire Central). Le mouvement socialiste est pulvérisé en sectes. Cependant, il inquiète : les guesdistes ne seraient pas les maîtres de l'électorat ouvrier de Roanne s'ils n'étaient intervenus puissamment dans la grande grève du textile de février-mars 1882. Les broussistes sont des électoralistes actifs qui peuvent emporter bien des mairies. Ils dénoncent les marxistes : « Leur chef est à Londres, disent-ils, comme le pape est à Rome. Ils sont les ultramontains du socialisme. » Mais les notables frémissent malgré tout à l'idée que ces modérés — qui ne sont pas modérément socialistes ! — puissent s'emparer des budgets municipaux et lever les impôts à leur convenance. Le *Parti ouvrier socialiste révolutionnaire* de Brousse n'inspire pas plus confiance que le *Parti ouvrier français* de Guesde, qui dispose dans le Nord, à Roanne, sur le bassin de Montluçon-Commentry et dans quelques grandes villes, de militants dévoués et actifs comme Dormoy à Montluçon ou Fouilland à Roanne. Les deux partis éditent chacun un journal et se sont donné pour tâche de conquérir les masses ouvrières. Il est à craindre qu'avec le chômage et les grèves, pense-t-on à droite, ils n'y réussissent que trop bien.

Deux ans de pouvoir pour Jules Ferry

Le monde des affaires compte donc sur Ferry pour rétablir la sécurité économique dans la stabilité politique. Le 19 février 1883, le Vosgien trouve enfin une vraie chance de gouverner, et plus seulement de s'occuper de l'école. S'il garde l'Instruction publique comme ministère — « rue de Grenelle, dit-il, je suis comme sans portefeuille, il n'y a plus de question, et l'horloge est remontée pour longtemps » —, il veut débloquer l'économie et la société françaises par tous les moyens dont il dispose. La crise qui affecte l'Europe lui paraît dommageable au développement des institutions. Il faut agir, et vite.

Challemel-Lacour, qu'il place au Quai d'Orsay, est l'otage des gambettistes : « Il a l'air d'un terroriste et c'est l'homme du monde qui pense le plus près de moi. » Nul doute qu'il ne poursuive la politique de paix des opportunistes, dans la recherche d'alliances pacifiques pour la France, en particulier avec l'Angleterre. A l'Intérieur, le subtil et honnête Waldeck-

Rousseau paraît capable de faire voter une loi toute prête sur les associations ouvrières. Le ministre de la Justice, Tirard, saura poursuivre l'épuration des juges. Cochery reste aux Postes et Télégraphes, dont il poursuit l'équipement indispensable au développement du marché intérieur, et Hérisson, au Commerce, s'efforcera de lutter contre la crise. Les trois groupes opportunistes sont représentés dans le cabinet : la Gauche radicale (à ne pas confondre avec les radicaux), l'Union républicaine et la Gauche républicaine. Ferry s'est même attaché l'ancien centre gauche thiériste. Le cabinet restera deux ans au pouvoir. Depuis l'avènement de la République, c'est une exceptionnelle longévité.

Ferry se présente comme le ministre des réformes. A condition de ne pas « aborder toutes les questions à la fois », il est possible, affirme-t-il, de réformer l'armée, la magistrature, et d'instaurer la liberté syndicale. Il commence par expulser de l'armée les trois princes d'Orléans et s'apprête à engager son train de réformes, quand un incident vient douloureusement lui rappeler que le sentiment national, encore aiguisé par la crise économique, peut provoquer à la moindre occasion des troubles violents, surtout dans Paris. Ferry le notable, Ferry le provincial ne peut maîtriser de tels tumultes — il l'a appris à ses dépens pendant la Commune. Le 29 septembre 1883, le roi d'Espagne Alphonse XII est reçu à Paris, venant de Strasbourg où il a défilé, aux côtés de l'empereur, dans la tenue honorifique d'un colonel des uhlans. Les radicaux l'accusent d'avoir insulté le sentiment national français et l'accueillent par des cris hostiles. La presse radicale a mobilisé les manifestants, et la Ligue des Patriotes de Déroulède est de la fête. Wilson, le gendre de Grévy, émet des doutes, dans son journal la *Petite France*, sur le patriotisme de Ferry : accueillera-t-il le uhlan ? Grévy vient pourtant en personne l'attendre à la gare du Nord. On doit changer l'itinéraire pour éviter les manifestants. A la demande instante de Ferry, Grévy présente des excuses, invite son hôte à dîner. Le président du Conseil exige que Wilson désavoue son journal, que Thibaudin, le ministre de la Guerre de la Gauche radicale, accusé de mollesse contre les manifestants, quitte son poste : il est remplacé par le général gambettiste Campenon, ce qui doit rassurer les patriotes. Félix Faure retrouve les Colonies : de ce côté-là, le président du Conseil cherche à trouver des compensations pour la France.

Ferry dénonce au Havre les « intransigeants » qui sont « pour la République un péril ». Pour lui, à l'évidence, « le péril est à gauche » : avec les radicaux, on ne peut avoir ni politique étrangère ni politique coloniale. Effrayé par ce discours, le « jacobin » Challemel-Lacour donne sa démission en novembre, et Ferry prend lui-même le Quai d'Orsay, abandonnant l'Instruction publique au placide Armand Fallières. De plus en plus s'affirme l'intention du cabinet de rechercher à l'extérieur une large ouverture, de lancer une politique d'expansion dans la sécurité. C'est, pour Ferry, la seule réponse appropriée à la crise.

A l'intérieur, on liquide, on peaufine, on stabilise. Les radicaux tiennent à l'élection des juges, l'un des articles du programme communard. La Chambre a donné son accord de principe, mais le projet de loi est rejeté quand il est présenté. Ferry décide alors de diminuer le nombre des sièges de juges, ce qui permet de supprimer les inamovibles. « L'intérêt public, dit le garde des Sceaux, veut que l'on fasse sortir de la magistrature des hommes qui n'ont pas su se résigner à accepter loyalement les institutions que le pays s'est données. » L'inamovibilité est suspendue, le temps d'une épuration : mesure inouïe qui met en question la séparation des pouvoirs. Elle est votée sans discussion. Il est vrai que la droite avait montré dans un passé récent encore moins de respect pour les principes.

La mesure va dans le sens des vœux radicaux, même si elle rend inutile l'élection des magistrats. L'essentiel n'était-il pas de se débarrasser des plus réactionnaires d'entre eux ? En revanche, sur les compagnies de chemin de fer, le conflit est vif. Si les radicaux sont pour le rachat, Ferry estime que le budget de l'État ne le permet pas et se propose même d'abandonner au privé la construction et l'exploitation des lignes du plan Freycinet. Les souvenirs de 1870 sont bien présents : les directeurs des compagnies, disent les radicaux, sont des royalistes dépourvus de patriotisme, on doit leur ôter des mains un outil essentiel de la défense nationale. Il est aussi de l'intérêt du commerce français, en temps de crise, d'obtenir une baisse des tarifs, ce que les compagnies se refusent à admettre. On les accuse d'avoir organisé en commun un programme de propagande dans la presse. En définitive, la loi renouvelant la concession sera votée par la Chambre, bien que le rachat reste le fer de lance des campagnes radicales.

La loi définitive de 1884 sur l'organisation municipale va encore à l'encontre des nostalgies communalistes des radicaux. Certes, tous les maires sont élus et les débats des conseils sont publics (ce qui indigne la droite), mais la tutelle administrative du préfet sur les communes reste lourde. Elles n'ont pratiquement pas d'autonomie financière, sauf à voter des « centimes additionnels aux contributions directes » pour faire face à certaines dépenses urgentes jugées indispensables. De même, le Parlement accepte le divorce par la loi Naquet de 1884, mais le Sénat l'assortit de conditions si draconiennes (on interdit le remariage entre un époux adultère et sa « complice ») que seuls des cas exceptionnels peuvent obtenir satisfaction. Heureusement, la jurisprudence, jouant sur les textes, en décidera autrement...

Waldeck-Rousseau face aux premiers meneurs syndicalistes

Pour reconnaître officiellement l'existence des syndicats, il fallait distinguer cette « liberté d'association » de celle que l'on déniait aux congrégations. Waldeck-Rousseau, fin juriste, fut chargé de la mise au point de ce projet de loi, et aussi, comme ministre de l'Intérieur, du maintien de l'ordre. Il s'acquitta des deux tâches avec une égale efficacité.

Les grèves ont repris depuis 1878. La plupart sont des mouvements subits, sans préavis ni négociations, des grèves sauvages. Elles affectent plutôt la grande industrie que la petite, les usines chimiques, les mines, les transports, surtout au sein des grandes compagnies[1]. Partout où il existe des

1. M. Perrot, *Jeunesse de la grève*, Paris, 1984, p. 33.

organisations tolérées, on constate que les grèves sont précédées de préavis, comme dans les Bouches-du-Rhône, la Loire, le Rhône : autant de raisons pour souhaiter la légalisation du mouvement syndical.

La grève subite inquiète, car elle ressemble à une émeute. La foule des ouvriers sort des ateliers en chantant la *Marseillaise* ou la *Carmagnole* et se répand dans les rues. Ainsi les mineurs du Gard ont-ils quitté le fond, le 1er mai 1880, sans but précis, en demandant « la révolution sociale ». A Anzin, en 1878, des mineurs ont coupé les cordes des cages, entraînant leurs camarades à manifester en chantant. Ceux des Ferrières, dans le bassin de Commentry, sont coutumiers de ces brusques flambées de colère. Cela dit, ces grèves non préparées échouent très fréquemment. L'une des tâches du syndicalisme est de les proscrire et d'en faire « des actes volontaires et réfléchis ». Les grèves annoncées n'ont-elles pas au contraire 70 % de chances de succès ?

De 1877 à 1881, les progrès de l'organisation sont sensibles, mais 39 % seulement des conflits ont alors une direction syndicale. On dénombre seulement 478 syndicats et 65 000 syndiqués. La progression mesurée des effectifs ne touche qu'une minorité d'ouvriers, elle ne concerne pas les ateliers de Paris et de Lyon, mais des mines et des usines de province, dans l'Allier, à Montluçon et Commentry, dans le Cher, le Gard, l'Hérault, le Puy-de-Dôme et le Tarn. D'abord réticents, les journaux socialistes, surtout le broussiste *Prolétaire*, soutiennent les grévistes, comprenant tout l'intérêt du mouvement syndical. Il appuie en 1879 le mouvement violent des tisseurs de Vienne. Au congrès de Marseille, les guesdistes louent à leur tour les mérites de la grève, à condition qu'elle soit organisée. La justice frappe lourdement les instigateurs qui deviennent des vedettes du mouvement ouvrier. Des noms de chefs syndicalistes pittoresques sortent des dossiers de justice étudiés par Michèle Perrot : Vincent, dit l'Espagnol, leader de la grande grève des textiles de Roubaix en 1880, le Frisé, le Bossu, Jambe-de-Bois et le Marquis, un fondeur à l'allure « aisée, soignée ». Mange-Sucre et Coupeur-de-Têtes sont les sobriquets des meneurs de Bessèges, dans le Gard, et d'ailleurs. Pour mystifier les espions de la police, les militants s'affublent de surnoms. On connaît ainsi Pierre Martin, dit le Bossu, l'anarchiste de Vienne, Jourdan, l'écrivain public de Bessèges « qui marche avec des béquilles », et Henri Marius, un petit homme de 1,54 m. Christou Thivrier est un militant de Commentry, et Dormoy, de l'usine Saint-Jacques de Montluçon. Basly, le « beau parleur » des mines du Nord, ne songe qu'à « faire rendre gorge aux capitalistes ». Ces meneurs sont violents, décidés. Beaucoup sont des « rouleurs », ouvriers nomades qui changent constamment de chantiers ou de fabriques. La répression les chasse d'une région à l'autre : on en retrouve expulsés du Creusot sur les carreaux de Montceau-les-Mines. Lazare Fauchet, animateur des grèves de la verrerie de Saint-Léger, vient de Montluçon où il dirigeait le comité de grève. Le mouleur Saulnier se déplace constamment, organisant des chambres syndicales à Grenoble, Saint-Étienne, Le Creusot. Chassé de la mine, Basly devient vendeur de journaux, et Dormoy le Montluçonnais parcourt les rues de sa ville en poussant une petite voiture de marchand d'huile. Ils ne cessent pas de militer, ouvrant parfois des cabarets, comme Terich à Limoges. L'ancien mineur Jean-Pierre Blanc devient représentant de commerce. Ni les syndicats, ni les partis, ni les journaux ne peuvent alors s'offrir de permanents. Pourtant, les meneurs sont des militants infatigables que rien ne peut décourager : une nouvelle race d'agitateurs dont les politiciens doivent tenir compte.

Parmi les dirigeants des mouvements de grève, beaucoup de politiques qui sont en même temps militants dans l'une des sectes socialistes : Dormoy est guesdiste, Lachize, de Lyon, blanquiste, comme Baudin à Vierzon. Très vite, ils inventent des méthodes de lutte efficaces, comme la grève tournante, qui met le patronat dans l'embarras. Il en est de même des mouvements qui font spontanément tache d'huile. Mais la crise économique, entraînant le chômage, impose jusqu'en 1886 le ralentissement des actions sociales et le gouvernement profite de l'accalmie pour tenter d'organiser les syndicats.

Les idées sociales de Waldeck-Rousseau ne sont évidemment pas plus avancées que celles des radicaux, qui nient la lutte des classes et pensent que les solutions aux conflits d'intérêts sont politiques. Gambetta s'est efforcé de prendre sous sa protection les cheminots. Il a fait décorer de la Légion d'honneur — ce qui a scandalisé la presse de droite — beaucoup d'anciens ouvriers des chemins de fer. A l'Union républicaine, Waldeck-Rousseau a pu se frotter d'idées sociales, éprouver la difficulté — mais aussi la nécessité — des réformes, sur la durée de la journée de travail par exemple. Il a fait davantage en prenant contact avec l'Union des chambres syndicales et en s'intéressant au syndicalisme modéré. Il entend longuement à l'Union une délégation de mineurs dont fait partie Michel Rondelet, l'organisateur du syndicat des mineurs de la Loire, qui a assuré le triomphe d'une municipalité radicale à Saint-Étienne en 1881[1]. Il est heureusement surpris de voir l'animateur prendre position contre les grèves et proclamer la nécessité de « la solidarité du patron et de l'ouvrier ». Waldeck-Rousseau en conclut qu'il existe dans le monde syndical des éléments de dialogue avec lesquels le pouvoir doit jouer en développant des formules d'association qu'une nouvelle loi rendra possibles.

Cela n'empêche nullement le ministre de l'Intérieur de Ferry d'intervenir avec la dernière énergie sur le front du travail : il sait que l'Union nationale du commerce et de l'industrie, la principale organisation patronale, est furieusement hostile, avec ses 8 000 adhérents, surtout parisiens, à une reconnaissance officielle des syndicats. En 1882-1883, la situation sociale est explosive dans la Région parisienne, en raison de la crise du bâtiment. Le marasme entraîne des manifestations qui suscitent la panique dans les milieux patronaux. Waldeck-Rousseau interdit les défilés ouvriers, surveille les réunions, fait arrêter plusieurs dirigeants, dont Louise Michel, condamnée à six ans de prison. Même énergie dans la répression en 1883, quand les chômeurs organisent une marche sur la Bourse. Le préfet de police, le gambettiste Camescasse, l'aide à réprimer les menées anarchistes. Waldeck-Rousseau veut apparaître comme le défenseur de l'ordre. Il se réjouit des progrès des chambres syndicales de mineurs : Basly, devenu aussi modéré que Rondelet, domine le mouve-

1. Sorlin, *op. cit.*, p. 261.

ment dans le Nord. Menacée par la crise, la mine d'Anzin diminue son personnel en 1884 : les modérés ne peuvent empêcher les mineurs de se mettre en grève. Le préfet Cambon rencontre Basly, qui l'assure de ses intentions pacifiques. Mais la direction licencie à nouveau, et Basly se trouve débordé par les socialistes et les anarchistes qui durcissent le mouvement, désormais combattu par Waldeck-Rousseau qui réprime la grève par les moyens les plus rudes. Le ministre se préoccupe simultanément de faire voter la loi sur les associations ouvrières, dont le texte est prêt. Les journaux socialistes attaquent le projet avec véhémence, la presse bourgeoise admet qu'il n'est pas dangereux pour les grands intérêts patronaux : ainsi Waldeck-Rousseau attache-t-il son nom à la loi qui autorise les personnes d'une même profession à constituer des associations jouissant de la personnalité civile, mais seulement pour la défense « des intérêts économiques ». Les syndicats peuvent fonder entre eux des unions et des fédérations. Ils sont enfin reconnus par la République opportuniste.

Les radicaux combattent Ferry

Ferry, Grévy, Waldeck-Rousseau pouvaient espérer, par ce texte, rallier le monde ouvrier à une République modérée en dégageant des équipes syndicales acquises à la sagesse et à la patience du réformisme. Ils croyaient ainsi arracher les masses d'électeurs à la double propagande des gauches et des droites. Ayant écarté la révision constitutionnelle — les Chambres réunies le 4 août 1884 n'avaient voté que des ajustements de détail, comme l'interdiction faite à un membre des familles régnantes de se porter candidat à la présidence de la République —, ayant réformé le Sénat dans le sens d'une disparition progressive des sièges inamovibles et d'une répartition plus juste entre les villes et les campagnes, Ferry entreprit de se garder à droite : le duc de Broglie venait d'être battu au Sénat, et les royalistes se réveillaient douloureusement de leurs échecs. La mort du comte de Chambord, le 24 août 1883, quelques mois avant le renouvellement sénatorial, avait pourtant unifié le mouvement : le marquis de Dreux-Brézé avait dissous les comités légitimistes et le comte de Paris était devenu le chef d'un parti unifié, alors que la division des bonapartistes était à son comble. La propagande royaliste se faisait plus active. Les journaux du parti attaquaient la gestion républicaine, la gabegie des ministères et surtout la politique de laïcisation des écoles et des hôpitaux de Paris. Le plus grand nombre des évêques, comme l'écrit Mgr Lecanuet[1], étaient monarchistes. Le *Monde*, la *Défense*, le *Français*, la *Croix*, l'*Univers* considéraient la République « comme le règne de Satan » et mêlaient allègrement causes catholique et monarchiste. « La France catholique aura raison de la France républicaine », affirmait Eugène Veuillot. Des services funèbres pour la mort d'Henri V avaient été célébrés dans les cathédrales, et la *Croix* avait paru encadrée de noir. La même presse s'était indignée que la révision constitutionnelle de 1884 eût osé supprimer les prières publiques à l'ouverture des sessions parlementaires.

Une partie de la France n'acceptait toujours pas la société civile. Elle s'indignait de la suppression des crucifix dans les écoles et les prétoires, de l'interdiction de la messe du Saint-Esprit pour la rentrée des tribunaux : les magistrats ne devaient plus s'inspirer de la justice divine. Tous les symboles de la laïcisation étaient énumérés et critiqués. Le nouveau ministre de la Guerre n'avait-il pas prescrit aux troupes rendant les honneurs aux militaires morts en service de se tenir en dehors des édifices du culte ? Scandale, que la suppression des sentinelles à la porte des palais épiscopaux, que l'absence des pantalons rouges aux grandes processions nationales ! La France, sur ordre, se déchristianisait. On confiait aux maires la clé des églises pour qu'ils puissent faire sonner les cloches lors des cérémonies civiles. Dans les petits actes de la vie quotidienne, le « peuple de Dieu » s'estimait constamment brimé. Le renvoi des populaires bonnes sœurs des hôpitaux de Paris avait porté à son comble la colère de l'opinion catholique. Les sœurs de Saint-Vincent-de-Paul avaient été expulsées sans ménagements de Laennec, de même

1. *Op. cit.*, p. 181.

que celles de Saint-Thomas-de-Villeneuve des Enfants-Malades, et les augustines de l'Hôtel-Dieu. La population avait fleuri de lilas blanc les voitures qui évacuaient les sœurs de la Charité. On avait aussi supprimé les aumôniers des hôpitaux. Cette non-assistance aux malades en danger de mort semblait un crime aux yeux des catholiques.

Une vive campagne avait également été développée contre la loi du radical Naquet sur le divorce. Le pape allait-il protéger les siens ? Léon XIII, dans l'encyclique *Nobilissima Gallorum Gens* de février 1884, recommandait certes aux évêques de défendre l'Église, mais leur prescrivait de ne pas paraître « inspirés par des considérations humaines ou hostiles au gouvernement établi ». Le souci du Saint-Père était manifestement d'éviter la rupture complète entre l'Église de France et l'État français.

Il rejoignait ainsi Jules Ferry qui ne souhaitait pas plus la séparation que la révision constitutionnelle. Cherchant désormais l'apaisement, il prétendait s'appuyer « sur le noble et généreux complice, le pontife pacifique qui règne au Vatican ». Il n'en sanctionnait pas moins les évêques les plus hostiles et les curés qui prêchaient en chaire contre l'école laïque. L'opposition catholique avait perdu la bataille parlementaire, mais elle subsistait, très ardente, sur le terrain et soutenait désormais sans partage la cause orléaniste.

Ferry avait imposé ses réformes au clergé, sans faiblesse, mais sans provocation. Il avait aussi créé une législation libérale qui suscitait la violente opposition des radicaux. Ceux-ci s'attaquaient surtout à la Constitution, et leur demande de révision devenait un programme politique mobilisateur. Une Ligue républicaine pour la révision des lois constitutionnelles avait attiré aux radicaux extrêmes, à partir de 1883, les faveurs d'une partie du groupe de la Gauche radicale, qui se scinda : l'opposition, autour de Clemenceau, de Pelletan et de leur journal la *Justice* s'en trouva renforcée. Elle refusait de « laisser la France aux mains de politiciens opportunistes » et prétendait parler au nom du pays, las des intrigues électorales, des combinaisons de Grévy, et de la politique coloniale que l'on jugeait, autour de Clemenceau, contraire aux intérêts nationaux. Le médecin vendéen prenait ainsi la relève, dans la défense des valeurs nationales, du « Garibaldi français » : Ferry devenait l'ami de l'Europe allemande. Il oubliait la « revanche » pour ne plus songer qu'à planter le drapeau tricolore dans les sables ou les savanes d'Afrique.

Le terrain d'attaque était toujours l'envoi de troupes outre-mer. Cette utilisation des soldats dans les expéditions coloniales n'était pas populaire, elle entraînait des dépassements budgétaires et des pertes en hommes. La France ne disposait pas alors d'une armée coloniale composée de volontaires. Pour réprimer la grande révolte kabyle d'Algérie, la République naissante ne pouvait aligner que quatre régiments d'infanterie coloniale et un régiment d'artillerie. « Marsouins et bigors » conservaient leurs traditions d'intervention outre-mer, avec une flotte réduite en 1872 à 157 unités, au lieu des 439 bâtiments envisagés dans le programme de 1867. Thiers n'avait pas jugé utile de renforcer la marine, pas plus que Gambetta, qui se défiait de ces unités réactionnaires même si elles s'étaient battues courageusement pendant le siège de Paris, à Bazeilles, au Mans, à Villersexel. Depuis 1871, les maladies tropicales affaiblissaient les unités squelettiques envoyées au Sénégal ou en Indochine. Les hommes mouraient de dysenterie et de malaria à l'hôpital de Saigon.

A partir de 1876, on avait encore restreint les effectifs, la marine devant réduire son budget et désaffecter les ports de guerre de Lorient et de Rochefort. Le radical Périn était alors intervenu pour interdire au gouvernement de l'ordre moral d'accroître ses troupes de marine. La France, disait-il, ne devait pas acquérir de nouvelles colonies. Gambetta affirmait qu'il ne voyait pas l'utilité des marsouins. Il prédisait à l'aventure cochinchinoise une issue mexicaine. Mais comment tenir les colonies existantes avec seulement 18 000 hommes ? Les marsouins avaient participé à la répression de la Commune. Thiers avait prétendu les conserver comme force contrerévolutionnaire, mais nullement les étoffer pour les lancer à la conquête de colonies nouvelles. Ils étaient chargés de l'ordre à la Guadeloupe et en Martinique, les citoyens français de ces îles sucrières n'étant pas astreints au service militaire, malgré les protestations des élus locaux. Si les marsouins avaient donc leur utilité répressive, il n'était pas question de les employer pour la conquête. Ils étaient trop peu nombreux pour assumer les deux fonctions. On avait dû en détourner plus de 4 000 pour réprimer une révolte canaque en Nouvelle-Calédonie en 1878. Cette guerre inexpiable avait fait d'innombrables victimes, et le général de Trintinian avait établi un rapport sur « les erreurs qu'il faut éviter si l'on veut que la colonisation réussisse », déplorant les atrocités commises par les troupes françaises. Les horreurs de la répression n'étaient pas de nature à pousser les radicaux dans la voie d'une politique coloniale. Ils la refusaient absolument.

Ferry ne disposait donc pas d'une armée opérationnelle. L'idée d'un corps colonial composé de volontaires était de droite : elle avait été défendue, dans les années 1870, par le duc d'Aumale et son frère Henri d'Orléans. Après 1879, c'est la droite républicaine qui reprend ces idées à son compte. L'économiste Leroy-Beaulieu, qui pense « que la colonisation est la seule grande entreprise que la destinée nous permette », prend nettement parti : « Toute puissance coloniale doit avoir une armée coloniale composée d'engagés volontaires et, disons nettement le mot, de mercenaires. »

Rien n'est plus contraire à l'idéal radical et même gambettiste. L'armée de la nation, composée de tous les citoyens, doit assumer pour eux toutes les charges de la France. On s'oppose à ce que ces recrues soient détournées de la mission qui seule justifie l'impôt du sang : la défense de la patrie. En vain l'opportuniste Guichard cite-t-il à la Chambre l'exemple de l'Angleterre[1] ; les républicains refusent toute « armée prétorienne », contre le baron Reille qui considère l'armée coloniale comme un corps de « rédemption pour les hommes turbulents ». Une évolution pourtant se dessine, quand Paul Bert, gambettiste éprouvé, propose en 1881 « de former le contingent colonial par un recrutement dans les colonies mêmes », complété par des engagements et, s'il le faut, « des prélèvements sur les engagements cantonaux de la métropole ». Cette hypothèse fait horreur aux radicaux : elle est pourtant la seule que puisse envisager Ferry dans ses desseins expansionnistes. Il devra pour l'heure se contenter de l'emploi

1. Jauffret, *op. cit.*, t. 2, p. 717.

de tirailleurs algériens, de légionnaires et d'unités de marine, marsouins et bigors. Il peut ainsi disposer de 35 000 hommes au Tonkin, ce qui lui sera vivement reproché.

Pourtant, Ferry croit avec force à l'expansion coloniale, au point d'en faire un élément du destin national de la France. Il s'en est maintes fois expliqué : la politique des États industriels est devenue planétaire. La France doit être présente sur toutes les mers du monde, comme l'Angleterre, et sur tous les continents. Responsable en 1881 de la conquête de la Tunisie, il vise des colonies riches en hommes et en ressources : l'Annam et le Tonkin, Madagascar et le Congo. Ferry se défend toutefois de mener une politique systématique et ne justifiera les conquêtes qu'après coup. Il s'est engagé, dit-il en 1884, « parce que les événements nous conduisent bien plus que nous ne les conduisons », en raison des « opportunités ». J.-M. Gaillard[1] pense que le véritable initiateur de l'expansion coloniale française a été Gambetta et non Ferry. « Il parle haut, disait de lui Juliette Adam, de politique d'expansion au-dehors, politique d'énergie et non de piétinement sur place. » Puisque tout est bloqué pour l'instant en Europe, autant s'étendre à l'extérieur. Ferry n'est pas un fondateur d'empire, il n'a pas de « programme colonial », il sait que le colonialisme, impopulaire, est rejeté par les députés, et qu'il faut tromper la Chambre, la violer, pour lui imposer les conquêtes qui s'offrent et qu'il serait fou de refuser. Pour lui, l'intérêt de la nation exige que l'on s'engage, même contre l'avis de ses représentants et le pacifisme de la grande majorité des Français. Il y va de l'intérêt du pays, au sens le plus matériel d'abord.

« Ne se mêler de rien est [pour la France] aussi mauvais que de se mêler de tout », a-t-il déclaré à la Chambre en 1881, protestant contre la politique du « recueillement ». Le mouvement colonial étant européen, il serait déraisonnable de se tenir à l'écart : « Que le drapeau français se retire du Tonkin, comme plusieurs le conseillent, et l'Allemagne ou l'Espagne nous y remplaceront sur l'heure. » Ces « débouchés lointains » sont un objet de concurrence, qu'on le veuille ou

1. *Op. cit.*, p. 532.

non, pour les nations industrielles en crise, et d'invoquer « l'avantage qu'il y a pour les vieux et riches pays de porter dans les pays neufs des travailleurs et des capitaux ». Ces pays, grâce à la science et aux progrès des communications et des transports, sont désormais à portée de main. Que dire des « nécessités de la production industrielle, incessamment croissante, et tenue de s'accroître sous peine de mort » ? Il faut s'assurer de ces « marchés inexplorés » qui seront, à long terme, fructueux. Ferry ne veut pas d'une « politique de coin du feu » pour la France : « Nous rêvons pour elle d'autres destinées. »

L'aventure coloniale

Le président du Conseil a constamment milité pour l'assimilation des territoires occupés par la France : il a demandé que la Guyane et le Sénégal soient représentés à la Chambre, comme l'Algérie où il a voulu créer un enseignement supérieur à Alger. Albert Grévy (frère du président de la République), gouverneur depuis 1879, avait accéléré la disparition du régime militaire. On voulait que l'Algérie fût gouvernée comme un territoire français. Pourtant, les Français n'y étaient que 233 000, sur 459 000 Européens et plus de 25 millions d'« indigènes ». Il est vrai que la confiscation des terres de Kabylie avait permis de multiplier les établissements de colons, dotés de domaines de 50 hectares : 11 000 familles établies de 1871 à 1884. On transformait les territoires nomades en terres sédentaires, on obligeait les Arabes à devenir propriétaires, ce qui permettait aux spéculateurs d'acheter leurs terres à bas prix et de les revendre aux colons. Jules Ferry apercevait les limites de cette politique d'assimilation qui livrait les Arabes aux pieds-noirs. Il était devenu partisan d'une administration décentralisée à l'anglaise, avec un vrai gouverneur général. Cela n'empêchait pas la France d'investir dans l'équipement du pays, dotant chaque commune d'au moins une école primaire, ouverte aux enfants européens et indigènes.

Partisan en Tunisie d'une occupation légère, Ferry n'avait

pas souhaité l'annexer à l'Algérie, comme le demandaient les députés algériens. Elle restait sous la dépendance du ministère des Affaires étrangères, conservant son souverain et son administration. Un résident français, Paul Cambon, dirigeait le territoire sur le modèle anglais des Indes, et le dey s'était engagé à promulguer les réformes que les Français jugeraient utiles. Une nuée d'entrepreneurs et de spéculateurs s'abattit sur le pays, arrachant des concessions minières, des lignes de chemin de fer à construire, des terres de colonisation. On saisit les biens tabous des fondations religieuses. On attira les paysans siciliens comme main-d'œuvre rurale : ils finirent par se rendre acquéreurs de petites terres, constituant ainsi le noyau de l'immigration italienne, plus importante que la française. Pour Jules Ferry, ce territoire, qui ne serait pas rentable avant longtemps, devait être une colonie d'exploitation, à cause de la richesse de son sous-sol en phosphates.

En Afrique noire, la colonie du Sénégal était constituée d'une ligne de postes au bord du fleuve, coupée par la Gambie anglaise des rivières du Sud. Le général Brière de L'Isle avait repris le projet Faidherbe d'extension vers l'est et de pénétration dans le bassin du Niger. Avec des moyens très réduits, on entreprit de construire une route stratégique, jalonnée de fortins, entre Kayes sur le Sénégal et Bamako sur le Niger : 550 kilomètres, dont 55 de chemin de fer depuis Kayes. Trois expéditions de marsouins et de tirailleurs sénégalais furent nécessaires pour éliminer sur la rive gauche du Niger le chef toucouleur Ahmadou, fils d'El Hadj-Omar (redoutable par ses guerriers peuls armés de fusils européens), et Samory sur la rive droite. La Chambre, en 1884, avait coupé tout crédit, étant peu intéressée par une conquête pourtant fort économique du Niger. Par une série de conventions passées avec l'Angleterre, l'Allemagne et le Portugal, la France s'était réservé la domination de l'Afrique occidentale intérieure, entre le Sénégal et le Sahara. Elle était limitée, au sud, par la remontée sur le fleuve de l'*United African Company* britannique, qui organisait sur les riches espaces du bas Niger la colonie de la Nigeria. Le ministre anglais Salisbury se plaisait alors à dire que « le coq gaulois aime avoir des terres légères à gratter ».

Les Français avaient pourtant aussi des établissements dans le Sud, sur la côte des Esclaves : des comptoirs en Guinée et sur la côte de l'Ivoire. Plus au sud, les missionnaires avaient évangélisé les indigènes du Gabon, exploré en 1875 par Savorgnan de Brazza. Un crédit lui avait été voté en 1879 pour qu'il traite avec les chefs indigènes et fasse flotter le drapeau sur les terres du bas Congo. Un traité fut conclu en 1880 avec le roi Makoko, établissant la France de l'embouchure du Congo à l'Oubangui. Franceville et Libreville furent fondées. Une immense colonie se trouva ainsi délimitée. Les forces de la conquête représentaient 30 chefs civils, 30 militaires et marins, 175 tirailleurs sénégalais, 150 terrassiers et 1 200 porteurs. 26 postes furent créés en 1883-1885. On pouvait difficilement imaginer expédition moins coûteuse.

Plus difficile était la pénétration de Madagascar où les missions protestantes anglaises étaient actives. Sainte-Marie, Nossi-Bé et d'autres petites îles avaient été occupées par la marine française, un protectorat avait été établi sur la côte nord-ouest. Mais les Hovas, soutenus par les Anglais, résistaient à l'est, autour de Tamatave. Ces guerriers intervenaient sur le territoire occupé par les Français, poussant les Sakhalaves à la révolte. La France envoya en 1883 la marine occuper Majunga et bombarder Tamatave. En 1885, Paris reconnut par traité la souveraineté de la reine Hova sur toute l'île et lui délégua un résident français. La baie de Diégo-Suarez fut cédée à la France, qui pouvait y établir un port militaire. Cet accord n'aboutit qu'à des conflits permanents et la Chambre se lassait de voter des crédits, mais Ferry n'était pas peu satisfait d'avoir pris pied sur la grande île dont le commerce malais avec l'Inde était lucratif et encourageant pour l'avenir. Diégo-Suarez était une base de départ avantageuse pour la navigation dans l'océan Indien et les mers de Chine.

Ferry avait mis au point, pour réaliser la conquête, une méthode de trucage efficace : il demandait des crédits insuffisants pour ne pas alerter l'opinion, envoyait les troupes par « petits paquets », commençait les campagnes sans en aviser la Chambre, engageait l'honneur du drapeau jusqu'au point de non-retour, et justifiait ensuite le vote de crédits et l'envoi de moyens plus conséquents au nom du « prestige de la France ». Créé en 1883, un Conseil supérieur des colonies formé de délégués élus des colonies « créoles » (Algérie, Martinique, Guadeloupe, Réunion, puis Sénégal, Guyane et Cochinchine) soutenait le gouvernement et créait un groupe de pression pour persuader la presse d'agir sur une opinion constamment hostile. Pour justifier l'expédition du Tonkin en 1883, Ferry déclara que c'était « une affaire française et une question de patrie ». Pourquoi le Tonkin ? C'est « l'instinct profond qui a poussé nos prédécesseurs vers l'embouchure du fleuve Rouge », clé du marché chinois. Faut-il renoncer ? « Il s'agit de l'avenir de cinquante ou cent ans, ce qui sera l'héritage de nos enfants, le pain de nos ouvriers. » Même s'il faut s'entendre ponctuellement avec l'Allemagne (la participation française au congrès de Berlin, en 1885, a été nécessaire pour fixer les zones d'influence en Afrique équatoriale), même si des frictions avec l'Angleterre sont à redouter, il faut poursuivre l'entreprise, surtout sur les marchés fabuleux de l'Extrême-Orient qui ont déjà enrichi tant de vendeurs de coton manchestériens et de marchands de sucre des Antilles anglaises.

C'est bien le fleuve Rouge et non le Mékong cochinchinois, barré de rapides, qui donne l'accès à la Chine. Le lieutenant de vaisseau Garnier, avec 2 canonnières et 175 marins, avait pris la citadelle d'Hanoi dès 1873. Il avait conquis le delta avant d'être tué par les pirates chinois, les Pavillons Noirs. La France, par le traité de Saigon, avait reconnu en 1874 la souveraineté du roi d'Annam. Celui-ci ouvrit le fleuve Rouge au trafic, mais reconnut la souveraineté de l'empereur de Chine, son protecteur. Les Chinois envoyèrent aussitôt des troupes au Tonkin. Le roi d'Annam dénonça le traité, au grand scandale de Gambetta, en 1882. Le capitaine de vaisseau Rivière, envoyé avec de maigres troupes, reprit Hanoi, mais fut tué, comme Garnier, par les Pavillons Noirs (1883).

La France envoie alors une division maritime, avec l'amiral Courbet. Joffre, jeune officier du génie, est du voyage, car il faut fortifier Keelung, capitale de Formose, pour disposer d'une base d'opération. Le protectorat français est imposé à l'Annam. Le général Bouet monte de Cochinchine avec

2 500 hommes, dégage Hanoi, repousse les Pavillons Noirs mais se heurte à une armée chinoise. En 1884, le corps expéditionnaire français est déjà de 15 000 hommes. On a envoyé des renforts. Par le traité de Tien-Tsin de mai 1884, l'empereur de Chine reconnaît le traité franco-annamite de 1874. Mais la guerre reprend. Le jeune roi d'Annam étant mort brusquement, le protectorat français est accepté par son frère. Des opérations sont engagées sur la frontière chinoise, sans déclaration de guerre, pour ne pas alerter les députés. Les Chinois s'emparent de la place de Tuyen-Quan où s'illustre le sergent Bobillot, célèbre sapeur du génie, spécialiste des contre-mines. Des renforts français reprennent le poste, ainsi que Lang-Son. Les Chinois passent alors à l'offensive, contraignant l'adversaire à évacuer Lang-Son. Ils sont pourtant si peu sûrs de la victoire qu'ils offrent bientôt d'abandonner leur souveraineté sur l'Annam. Débarrassée de la Chine, la France a désormais le champ libre, mais elle a perdu dans l'affaire de Lang-Son son président du Conseil Jules Ferry.

La chute de « Ferry-Tonkin » et le triomphe de Clemenceau

Il tombe en effet, fier de son œuvre, après deux ans et trois mois de pouvoir, satisfait d'avoir engagé la « grande nation » de 1789 sur les mers de Chine, sur le détroit de Messine, dans l'océan Indien, sur les fleuves Niger et Sénégal. C'est sa conception de la « revanche », que n'aurait pas désavouée Gambetta, lui-même partisan de la colonisation. Cette œuvre était de nature à réconcilier la République avec l'Église, car, s'il avait mené à l'intérieur le combat laïque avec fermeté, il n'avait pas ménagé son appui aux missions catholiques, partie prenante dans l'aventure outre-mer.

L'archevêque d'Alger, Lavigerie, avait lui-même conduit une tentative de christianisation de la Tunisie, à partir de Saint-Louis de Carthage. Les pères blancs, les sœurs africaines, les dames de Sion, les sœurs du Bon-Secours de Troyes et d'autres congrégations l'avaient aidé à fonder des églises, des écoles, des hôpitaux. Lavigerie assumait outre-mer ce qui avait été le rôle traditionnel de l'Église en France : assistance et éducation. Quand le nouveau cardinal — Léon XIII l'avait élevé à la pourpre sur proposition du gouvernement français, en juin 1882 — était entré dans Tunis, la foule avait dételé ses chevaux et l'avait porté en triomphe. « C'est un Richelieu que cet évêque ! » disait de lui Jules Ferry. Cambon, nommé résident à Tunis, lui avait écrit : « M. Jules Ferry fera pour vous tout ce que vous voudrez. » Il avait entrepris une tournée de prêches à travers la France pour trouver l'argent nécessaire à son œuvre, il entendait soutenir vigoureusement l'action des pères blancs envoyés par le pape pour évangéliser l'Afrique équatoriale. Il avait prêché la croisade antiesclavagiste contre les pays où l'on cédait « plusieurs femmes pour une chèvre, un enfant pour un paquet de sel ». Il avait soutenu de tout son poids les missionnaires de Zanzibar et les sœurs de Saint-Joseph de Cluny installées au Sénégal. Il aidait la Société des missionnaires de Lyon qui essaimait dans le golfe de Guinée et les pères du Saint-Esprit sur le Niger. Ferry intervint pour aider Mgr Lavigerie, recevant le père Augouard, fondateur de la première mission française au Congo, et lui remettant une somme importante pour ses œuvres. Le père put ainsi rassembler sur le fleuve une flottille dont le plus grand bateau était baptisé *Léon XIII*... Comment ne pas reconnaître, à Madagascar, l'œuvre des jésuites qui devaient fonder en dix ans 9 écoles normales, 400 écoles, bâtir 83 églises, 277 chapelles et convertir 136 000 indigènes ? La France n'avait pas de meilleurs alliés contre la propagande ennemie diffusée par les missions anglicanes. Ferry appréciait aussi le rôle des congrégations françaises au Proche-Orient, contre les missionnaires catholiques allemands qui avaient planté en 1884 le drapeau du Kaiser sur le monastère du Mont-Carmel. Il n'ignorait pas les souffrances du clergé catholique au Tonkin : en 1883, le père Béchet avait été décapité avec sept de ses fidèles. En France, Mgr Freppel vola pour une fois au secours de Ferry en déclarant en 1883 : « Évacuer le Tonkin, ce serait reculer devant la Chine et perdre à jamais notre influence en Extrême-Orient. » Souvent martyrisés, les missionnaires avaient converti, en 1885, plus de 300 000 indigènes. Le Vatican concevait les espoirs les plus fous : pourquoi ne pas tenter à nouveau, comme jadis, de pénétrer la Chine ?

Léon XIII, satisfait de ces résultats, songeait à calmer l'Église de France, toujours sur la brèche dans la lutte contre la République, et il en vint sans doute à considérer la chute de « Ferry-Tonkin » comme dommageable à son œuvre de rapprochement, tant il redoutait les outrances anticléricales de son « tombeur », Clemenceau. Le radical vindicatif avait en effet profité d'une dépêche incomplète du général de Négrier, indiquant l'abandon de Lang-Son et la retraite de l'armée, pour conclure au désastre, et reprocher à Ferry d'avoir « trompé le pays, de s'être rendu coupable de haute trahison ». C'est le radical modéré Brisson qui forma un cabinet de transition pour préparer les élections. Le but de cette « concentration républicaine » était d'unir pour un temps des familles politiques ennemies afin de lutter contre les conservateurs. Brisson n'eut pas la moindre difficulté à faire ratifier le traité de Tien-Tsin, qu'avait préparé Ferry, pas plus qu'à proposer le scrutin de liste — il est vrai qu'un deuxième tour était maintenu pour élire les candidats qui n'avaient pas obtenu la majorité absolue.

Les élections se présentaient mal, même si le cabinet avait rassemblé, dans sa formule de défense, opportunistes et radicaux de droite. Sur le terrain, les républicains divisés devaient faire face à une droite unie et vigoureusement critique, qui présentait des listes communes d'« opposition conservatrice », royalistes et bonapartistes mêlés. Léon Say et ses amis de l'ancien centre gauche de Thiers mêlaient leurs critiques à celles de la droite. Les radicaux présentaient partout des candidats contre les opportunistes : on courait à la catastrophe. Le 4 octobre 1885, la gauche républicaine ne réunit que 4,1 millions de voix contre 3,5 aux conservateurs. La « discipline républicaine », qui faisait une obligation de voter au second tour pour le candidat le mieux placé, rétablit l'équilibre : même les libéraux se désistèrent en faveur de radicaux. Avec 54 % des voix, les républicains obtinrent 65 % des sièges : ils étaient 383 contre 201 conservateurs.

Clemenceau avait fait rédiger un programme radical

comportant une fois de plus la séparation de l'Église et de l'État et l'impôt sur le revenu. Il y avait ajouté la révision de la Constitution dans un sens démocratique, la « condamnation de la politique d'aventures et de conquêtes » et la loi militaire impliquant un service universel de trois ans. Ces réformes, ainsi que les lois de protection sociale, étaient considérées comme prioritaires. Il ne pouvait donc y avoir d'alliance de gouvernement entre ferrystes et clemencistes : tout les séparait.

Il est vrai qu'une Alliance républicaine des comités radicaux et progressistes tenait un langage moins dur, s'efforçant de « faire taire les rancunes pour travailler à la concentration républicaine ». Ces radicaux mous, de tendance conciliatrice, acceptaient l'idée et même l'armée coloniale : ils étaient mûrs pour la relève du pouvoir, et Floquet, élu président de la Chambre, était le porte-parole de cette « gauche radicale ». Les radicaux socialistes, demandaient, toujours intransigeants et hantés par les souvenirs de la Commune, l'élection des juges et ajoutaient à l'impôt sur le revenu un impôt sur le capital et les successions. Ils estimaient que les citoyens devaient avoir les moyens de révoquer les élus à tout moment, et exigeaient que l'armée fût consacrée à la seule défense du pays. La coloration vigoureusement sociale de leur programme les distinguait de Clemenceau et de ses amis.

Le scrutin du 4 octobre fut une surprise et les républicains de pouvoir en furent secoués. Des régions entières, le Nord, l'Ouest, le sud du Massif central, restaient acquises aux conservateurs, et la remontée spectaculaire du second tour s'était faite au profit des adversaires radicaux. Le centre gauche était laminé, les opportunistes en perte de vitesse. Clemenceau était devenu l'arbitre. Grévy n'avait pas plus envie de le convier au banquet du pouvoir qu'il n'avait, jadis, favorisé Gambetta. Une fois encore, le rôle du président de la République s'affirmait avec éclat : il avait l'étrange faculté de désigner des chefs de gouvernement que le suffrage universel n'avait pas mis en vedette, et d'écarter au contraire les chefs trop populaires. Il garda Brisson qui avait, somme toute, gagné les élections, et celui-ci fit voter à 4 voix de majorité les crédits pour le Tonkin. La relève s'effectuait petitement, en catimini : sans les voix des conservateurs, on aurait dû rapatrier le corps expéditionnaire.

Le mandat de Grévy vint à expiration. Il dut sa réélection à un incident provoqué par la droite qui poussa les voix républicaines à le soutenir. Il retrouva une Chambre ingouvernable, divisée en trois partis égaux : les conservateurs, les opportunistes et les radicaux. On entrait, avec Freycinet, dans l'ère des « replâtrages » : la « souris grise », attirée par le fromage frais, était de retour.

Le loup dans la bergerie

Avec qui gouverner, sinon avec les radicaux ? La déclaration d'investiture leur promettait monts et merveilles — l'abandon des aventures coloniales, la marche « mesurée et prudente » vers les réformes — et faisait allusion « au difficile problème de la séparation de l'Église et de l'État ». Clemenceau, qui disposait personnellement de 60 voix, avait imposé le directeur de l'infanterie comme ministre de la Guerre. Ce général Boulanger était, disait-il, un patriote intransigeant.

Pour les militaires de l'état-major, les expéditions coloniales avaient le tort de dégarnir les frontières, dont le dispositif défensif était financé par une loi peu généreuse. De 1871 à 1885, les plans militaires français (numérotés de 1 à 7) étaient tous défensifs : devant les forteresses considérables bâties par les Allemands autour de Metz et de Strasbourg — véritable boulevard militaire —, ils articulaient la défense autour des quatre places fortes de Verdun, Toul, Épinal et Belfort. Depuis 1878, on avait réalisé des projets de concentration plus serrée et rapprochée, grâce à l'utilisation judicieuse des chemins de fer, les zones de rassemblement de la frontière. A partir de 1880, le Conseil supérieur de la guerre avait été remplacé par un Conseil des présidents des comités d'armes qui projetait d'organiser une solide position supplémentaire de défense autour de Toul-Nancy, en s'appuyant sur la ligne du Grand-Couronné.

L'état-major avait déploré l'expédition de Tunisie, qui avait absorbé 5 bataillons de chasseurs et 53 des quatrièmes bataillons que le ministère avait mis en place dans les régiments. Le rapprochement de l'Italie et de l'Allemagne l'avait obligé à créer 7 groupes alpins chargés de la défense de la frontière sud-est. Il critiquait aussi avec vigueur l'envoi de jeunes gens du contingent en Indochine. La loi militaire de Thiers n'était manifestement pas adaptée à la double mission imposée à l'armée. Elle lui interdisait de surcroît de concevoir contre l'Allemagne des opérations offensives au moment où les nouveaux types d'obus rendaient les fortifications vulnérables. L'inquiétude de Clemenceau n'était donc pas, du côté de la « ligne bleue des Vosges », sans fondements.

Le climat politique ne manquait pas d'être assombri par le durcissement des relations franco-allemandes à la suite de la chute de Ferry. Qu'un parti radical devenu, avec Clemenceau, dépositaire des valeurs nationales désignât le ministre de la Guerre pouvait apparaître à l'extérieur comme une provocation : on verrait bientôt Bismarck prononcer au Reichstag le nom de Boulanger pour obtenir une augmentation des crédits militaires.

Ce général était républicain, il venait de chasser des garnisons parisiennes les officiers des régiments de cavalerie connus pour leurs opinions royalistes et de les expédier en province. Il avait obtenu de la Chambre « la confiance en son énergie et son dévouement à la République ». Une loi votée en mai 1886 interdit aux princes des anciennes familles régnantes toute fonction et tout mandat ; le duc d'Aumale et le duc de Chartres furent radiés de l'armée. Interpellé, Boulanger répondit que tout officier était propriétaire de son grade, à condition de l'avoir obtenu conformément à la loi. Le duc d'Aumale avait été nommé sous-lieutenant à quinze ans, lieutenant général à vingt et un ans... L'opposition fut alors désarmée, et la majorité fit voter l'affichage du discours.

Clemenceau commençait à regretter son initiative. Ce général devenait trop populaire. A la revue du 14 juillet, au bois de Boulogne, il avait été acclamé par la foule parisienne, toujours prompte à suivre les bravaches. La rengaine *En revenant de la revue* faisait florès dans les cafés-concerts où le public se levait pour applaudir le nom du « brave général Boulanger ». La République bloquée du président Grévy avait-elle si vite trouvé un maître ? La tendance, dans le pays, revenait à droite : pour la première fois, les républicains perdaient des sièges au renouvellement des conseils généraux de l'été. On était toujours en pleine crise économique et le chômage n'empêchait pas la reprise de grèves violentes, à Decazeville où un ingénieur avait été tué, à Vierzon où l'on avait dû engager l'armée. Le ministère Freycinet, sans majorité solide, se retira au premier incident, laissant la place au modéré Goblet, qui conserva à son poste le « général Revanche ».

Depuis 1885, le président de la Ligue des Patriotes est Paul Déroulède, une sorte de barde nationaliste, de tendance radicale. Ses *Chants du Soldat* connaissent une immense popularité. Il nourrit son inspiration du thème de la revanche, qui a envahi la littérature populaire et même scolaire. La fonction de la Ligue des Patriotes est essentiellement éducative. Elle se propose d'assurer « l'organisation de l'éducation militaire et patriotique par le livre, la gymnastique et le tir ». Le « sonneur de clairon » soutient le général Boulanger dans son action quand il exige de la Chambre un crédit supplémentaire pour l'achat de matériel de guerre, et qu'il fait établir des baraquements près de la frontière pour y loger des régiments supplémentaires. Le climat qui s'est encore refroidi avec l'Allemagne donne à penser aux radicaux que ces mesures sont prudentes.

Le général-ministre soigne sa popularité dans l'armée : il améliore la nourriture et l'hygiène, crée un service de contrôle pour s'assurer que les conditions matérielles du soldat sont convenables. Il autorise le port de la barbe dans la troupe, fait peindre les guérites en bleu, blanc, rouge et ne manque aucune occasion de parader à cheval devant le front des régiments.

Un incident grave lui donne soudain l'occasion de s'affirmer. Un commissaire de police français vient d'être arrêté près de la frontière par des agents allemands en territoire français. Les nouvelles de Berlin sont alors alarmantes. L'ambassadeur a fait savoir au gouvernement que l'Allemagne songe à écraser la France « par mesure de précaution ». Le commissaire Schnaebelé a été arrêté pour espionnage, mais, finalement, le gouvernement allemand reconnaît que son arrestation est irrégulière et le relâche. Les rodomontades de Boulanger à cette occasion n'ont pas moins inquiété, à Paris comme à Berlin.

Un conflit entre le gouvernement et la Chambre s'ouvre à propos du Budget, et l'on veut en profiter pour tenter d'éliminer Boulanger du nouveau cabinet. Inconnu lors de la constitution du ministère de janvier 1886, le général breton (il est né à Rennes en 1837) a fait son chemin. Il a jadis fréquenté à Nantes, au lycée, un jeune Vendéen dont le père était un avocat républicain : son amitié avec Clemenceau ne datait donc pas d'hier, mais ils avaient eu peu d'occasions de se revoir. Boulanger, sous-lieutenant dans un régiment de tirailleurs, avait servi en Algérie, avait reçu une blessure dans la campagne de Kabylie et obtenu la Légion d'honneur. En 1860, il se trouvait en Chine, à nouveau blessé et promu. Un soldat incontestable, qui s'était partout couvert de gloire. Dans l'atmosphère de surchauffe patriotique de l'année 1887, il n'était certes pas facile de se passer de lui.

Georges Ernest Jean Marie Boulanger est devenu en moins d'un an l'homme politique le plus populaire de France. Ce ministre qui n'est pas député connaît Paris depuis peu : il y est entré comme colonel en 1870, au moment du siège. Il en est sorti à Buzenval, avec les milliers de mobiles bientôt transformés en fuyards. Il a commandé le 114e de ligne, un régiment irréprochable, sous le feu des Prussiens. Il s'est terré avec ses hommes au fort de Montrouge, pendant la Commune. Au cours de la Semaine sanglante, il s'est présenté à la barrière d'Enfer avec son régiment, dans les troupes de Thiers. Il a reçu une balle au-dessus du coude, au coin de la rue Mouffetard et de la rue du Pot-de-Fer. Un gosse de vingt ans, qui tirait au jugé, l'a touché. En vain a-t-il cherché à empêcher ses soldats de l'exécuter.

Sa réputation de bravoure est solidement établie depuis la bataille de Champigny où il a eu l'épaule fracassée par une balle : il s'est fait porter par quatre sapeurs pour continuer à donner ses ordres. Son peu de zèle pendant la Semaine sanglante lui valut d'être rétrogradé par la commission de révision des grades. On lui retira le galon qu'il avait gagné à Champigny. Il enrageait de se retrouver lieutenant-colonel bien qu'il fût, à trente-trois ans, commandeur de la Légion d'honneur.

On finit par le nommer à la tête du 133e d'infanterie. Jadis instructeur à Saint-Cyr, c'est un vrai fantassin qui tient garnison à Bellay, dans le 7e corps du duc d'Aumale. Désireux d'être nommé très vite général, il déploie sous l'ordre moral un zèle insensé, se rend au pèlerinage de Paray-le-Monial, boudé par Galliffet, où il chante de sa belle voix grave le cantique du Sacré-Cœur. On le voit défiler, parmi les notables en redingote, à la procession de la fête pastorale de la Saint-Anselme, s'arrêtant pieusement aux reposoirs. Il suit les offices du dimanche et n'hésite pas à dîner chez l'évêque de Bugey, Mgr Luçon. Il a pour femme une dévote qui élève ses deux filles « dans la religion ». Il se rend déjà populaire parmi les soldats du 133e qu'il accable pourtant de marches forcées. Quand le duc d'Aumale quitte le 7e corps en 1879, il lui écrit pour lui demander sa recommandation. Le duc, bien qu'il le juge « mal élevé », pense qu'il peut faire un bon général de brigade de cavalerie : le voici nommé à Valence. Les hussards accueillent mal ce général sans particule, qui vient de l'infanterie. « Pourquoi pas un facteur rural ? » demandent les officiers au mess. Il les convie à un festin, à l'hôtel du Dauphin. Après le pousse-café, il les entraîne au galop sur le champ de manœuvre. L'époque est au cheval, et les officiers sont domptés.

Les « répugnants » de la Drôme (ainsi les officiers légitimistes appellent-ils les hommes politiques républicains), Madier de Montjau, larmoyant député dont le père avait voté en 1793 la mort de Louis XVI, et Émile Loubet, l'heureux époux de la fille des quincailliers Picard, devenu député et maire de Montélimar, aimaient ce général à l'allure fière devenu furieusement républicain. En 1880, alors que ses collègues avaient la faiblesse d'afficher encore leurs opinions conservatrices, une telle recrue était une aubaine. Qu'il eût de surcroît une aventure amoureuse avec la fille du marquis de Pravons, dont la passion pour les hussards était connue, n'était pas pour déplaire. Que Boulanger fît la noce rassurait les politiques : un général qui séduit les filles de l'aristocratie ne peut être un méchant homme.

Pour toutes ces raisons, mais aussi pour sa prestance, Boulanger partit comme chef de la mission militaire représentant la France aux fêtes du centenaire de l'indépendance des États-Unis en 1883. Le voilà sur le paquebot le *Canada*, avec le marquis de Rochambeau, Noailles et Beaumont, le petit-fils de La Fayette. A Yorktown, il ne supporte pas qu'on arbore le drapeau allemand sous prétexte que l'armée française entretenait, lors de la guerre d'indépendance, des mercenaires venus d'outre-Rhin. Il tempête, menace, fait retirer l'emblème. Le comte Dillon, fils d'un général qui s'est fait massacrer par ses soldats pendant la Révolution, et marchand de câbles transatlantiques à New York, est séduit par la fracassante personnalité de l'officier.

Nommé directeur de l'infanterie en 1882, le général voit défiler les ministères. Jules Ferry, en 1884, le nomme divisionnaire et l'expédie en Tunisie où il se fâche très vite avec Paul Cambon, mais où il gagne un officier d'ordonnance qui ne le quittera plus, le lieutenant Driant. A Paris, Campenon, le général gambettiste, lui a fait des promesses. Rien ne vient, et Georges Boulanger enrage. Le fils du petit avoué de Rennes trouve sa carrière trop lente. Quand il devient ministre, à quarante-huit ans, il entend mettre les bouchées doubles. Personne ne le connaît encore au Palais-Bourbon. On s'informe. « Moi, je le connais, dit le colonel de Linage, je suis son camarade de promotion. Vous allez voir le plus grand metteur en scène qui ait jamais existé. Qu'on réunisse cent généraux et, au milieu de tous, c'est lui seul qu'on verra ! »

Georges se procure un bel équipage, aux chevaux bien choisis, et contraint cocher et laquais à porter, sur leur livrée tourterelle, des cocardes tricolores. Le cheveu blond, le teint hâlé, les yeux bleus et la barbe rousse, l'homme de cheval au nez puissant, aux épaules larges, au port avantageux, a tout pour séduire les Parisiennes... et pour inquiéter les parlementaires. Pourtant, Clemenceau voit d'un assez bon œil ce ministre athlétique qui déloge des casernes parisiennes les officiers ci-devant. « C'est un nouvel Augereau, dit-il à la buvette de la Chambre, si la réaction bouge, nous aurons, avec lui, notre petit Fructidor ! » Il s'est bien conduit à Decazeville, employant contre les grévistes sa tactique tunisienne : montrer la troupe en si grande force que toute idée de résistance soit découragée. Voilà de quoi rassurer les opportunistes : Boulanger n'est pas un radical extrême.

Depuis le 14 juillet 1886, Jules Grévy le sait capable de remuer les foules. Le général a bien préparé son entrée. Il s'est procuré chez Marx, le grand marchand de chevaux de l'avenue des Champs-Élysées, un superbe cheval russe qui a été la monture d'un chef timbalier dans les gardes d'Alexandre III. D'un noir brillant, *Tunis* est superbe, éclatant, grand et fort, la croupe arrondie, l'encolure noble. Quarante mille soldats sont alignés sur le champ de course. Les tribunes sont pleines, la pelouse envahie. Le général, culotte de casimir rose, dolman turquoise ceint d'un baudrier de moire amarante, coiffé du bicorne à plumes blanches, est la vedette de la journée. Personne ne regarde les petits hommes habillés de noir de la tribune présidentielle. Au son de la *Marche indienne* de Sellenick, *Tunis*, au petit galop, entraîne son maître dans la parade. Le cri immense de « Vive Boulanger ! » agresse les tympans du vieux Grévy. Le soir, Paris est en liesse, Paulus chante ses couplets dans les caf'conc', les gens sautent sur les tables au nom de Boulanger.

L'opération-spectacle se poursuit. Le général achète pour 400 000 francs une maison en rotonde en face de l'Opéra, au coin de la rue de la Paix, et inaugure bientôt le Cercle national des armées de terre et de mer sur l'une des places les plus populaires de la capitale, dans un grand concours de cuirassiers en uniforme de gala portant des torches. Il faut lui frayer un chemin pour qu'il puisse entrer au cercle, dans la foule vibrante. Au retour, il est porté en triomphe jusqu'à son hôtel du Louvre. « Il y a un homme que nous avons entendu acclamer ainsi, disent entre eux de vieux officiers. Et celui-là, il est devenu empereur ! »

Une telle frénésie ne manque pas d'attirer au général des dévouements spontanés. Il se constitue rapidement une clientèle composée surtout de journalistes. Léonide Leblanc, demi-mondaine qui tient un salon républicain fréquenté par Floquet, Clemenceau et Lockroy, lui envoie des baisers quand elle le rencontre au Bois. N'a-t-il pas accepté de prendre un arrêté d'expulsion contre le duc d'Aumale ? Traité de lâche au Sénat par un vieux légitimiste, le baron de Lareinty, Boulanger s'abstient de tirer au duel et s'arrange pour que tout Paris le sache. Les journalistes ne sont-ils pas sans cesse à ses trousses ?

Dillon, l'homme d'affaires, commence à s'intéresser à ce prodigieux personnage : « J'ai trouvé 8 millions pour les jeter à l'eau, dit-il, j'en trouverai bien 5 pour miser sur la popularité de Boulanger. » Voilà le général coté en Bourse ! On prend des paris. Le radical Naquet ne le quitte pas. Il dîne avec lui au Café anglais ou chez Durand. Boulanger tient toujours l'affiche à gauche. Pierre Denis, typographe et ancien communard, est à ses côtés, comme Henri Rochefort qui met sa plume à son service. Le beau Laguerre, précocement usé par la noce (et surnommé Chi-Chi Pourri), est de ceux qui le soutiennent au Parlement. Le journaliste Labruyère, célèbre pour avoir escaladé à cheval, un jour de beuverie, l'escalier de la Madeleine, écrit des articles à sa louange dans le *Cri de Paris*. Mermeix, alias Terrail, chante sa gloire dans le *Gaulois* d'Arthur Meyer, puis dans la *France*. Il a bientôt pour supporter Paul Déroulède, qui rentre d'une patriotique tournée en Europe, et plus spécialement en Russie. Le 17 octobre 1886, celui-ci débarque à la gare du Nord. A ses partisans, venus nombreux l'accueillir, il lance : « Pendant tout mon voyage, le nom d'un homme, le nom d'un vaillant soldat m'a servi de palladium, c'est celui du chef suprême de notre armée, celui du général Boulanger ! » Le colonel Driant a présenté les deux hommes, et Déroulède, qui peut toujours « rassembler cent mille Parisiens », fait désormais partie de la cohorte des fanatiques, avec Le Hérissé, Laur, Andrieux et Charles Chincholle, journaliste du *Figaro*.

Le faux départ de Boulanger

La campagne de propagande du général est remarquablement organisée : le photographe Pierre Petit lui tire des clichés avantageux, les camelots, sur les boulevards, vendent pour 10 centimes sa biographie. Sur la couverture, il est représenté à cheval, en grand uniforme, saluant dans la même attitude que le prince-président, Louis-Napoléon Bonaparte. Au verso, on l'aperçoit passant en revue ses hommes au Tonkin. L'imprimeur Clavel a tiré la brochure à 100 000 exemplaires ; on y loue ses qualités de père de famille : « Il n'est faible, explique-t-on, que pour ses enfants. » Pierre Denis, l'ancien communard, s'indigne en vain de cette hagiographie : « Nous ne sommes pas, dit-il, une nation de pédérastes, pour nous engouer d'un homme uniquement parce qu'il est beau. » Mais l'*Almanach illustré du général Boulanger*, chez le même éditeur, est encore un énorme succès de vente : « Le général est plein de sa mission, conclut ce nouvel ouvrage, il sent qu'il tient en main les germes de nos destinées et de nos gloires futures. » 300 chansons boulangistes sont écrites, sans compter les livraisons à bon marché. Le général est toujours associé à la vaillance des « pioupious » et au relèvement militaire. Le journal l'*Estafette* offre à ses lecteurs une photographie en pied : il tire à plusieurs centaines de milliers d'exemplaires. Le *Figaro* lui consacre un numéro spécial en couleurs. Le portrait du général en grand uniforme, ressemblant à s'y méprendre à celui de Napoléon III, est si répandu dans les provinces que les maires croient nécessaire de l'afficher aux côtés de Marianne ! On estime à 5 millions le nombre de ses photographies diffusées en France. La propagande va plus loin : on reproduit son effigie sur des mouchoirs de soie, sur des assiettes ; le général remplace le petit cochon à la foire au pain d'épices ; on trouve dans Paris des manches de blaireaux, des pipes, des crochets à bottines à son effigie...

Il ne peut sortir sans attirer la foule, il n'y a plus pour lui d'incognito. Le député Cordier déclare dans un salon : « Je donnerais de bon cœur 20 000 francs à celui qui mettrait un peu de poison dans la tasse de café que le général Boulanger prendra ce soir. » La presse s'empare du ragot : le général fait aussitôt inviter à dîner le député Cordier, le plaçant à ses côtés. La moindre anecdote est mise à profit par les journalistes amis pour nourrir le courant publicitaire. A la démission du cabinet Freycinet, Rochefort feint de s'inquiéter, dans son journal l'*Intransigeant* : « Nous savons, écrit-il, que si vingt ou trente mille Parisiens réclamaient par la force la réinstallation du général, il y aurait la troupe pour mettre à la raison les réclamants. Seulement, est-il bien établi qu'elle ne passerait pas de leur côté ? Voilà ce qu'il serait important de savoir et ce que personne ne sait. » Boulanger, général de coup d'État ? Il s'est amouraché de l'épouse d'un officier de petite noblesse, Pierre de Bonnemain, et il est tout à sa liaison. Les Renseignements généraux produisent des notes rassurantes. Un général épris comme un sous-lieutenant ne peut être un factieux !

C'est pourtant un imprudent, pense Grévy. N'a-t-il pas cru bon d'écrire au tsar une lettre officielle, sans consulter personne ? La presse allemande ne l'a-t-elle pas pris à partie dans l'affaire Schnaebelé ? Il faut se débarrasser de lui. Les radicaux défendent encore, contre les opportunistes, la présence de Boulanger au cabinet. Le Sénat doit intervenir pour empêcher Freycinet de le récupérer dans son cabinet. Un bureau de l'Union des droites s'est constitué pour répondre à l'Union des gauches qui regroupe désormais des ferrystes et d'anciens gambettistes. La droite orléaniste et la bonapartiste marchent désormais de conserve et le baron de Mackau, qui les dirige, rend visite à Grévy pour lui affirmer qu'il ne combattra pas un cabinet républicain modéré. Grévy désigne alors l'ancien gambettiste Rouvier, bien vu des banquiers. Boulanger est exclu de ce ministère d'affaires, qui ne comprend pas de chefs radicaux, mais seulement quelques otages de la Gauche radicale. Cette formation promet aux catholiques l'apaisement dans la lutte contre le clergé et les congrégations. Clemenceau dénonce aussitôt ce « pacte de réaction », ce « ministère de division ». Rouvier, pour parer à ces charges furieuses, affirme qu'il ne prendra pas le pouvoir s'il n'est assuré d'une majorité « républicaine » excluant les voix de droite. Il est alors investi.

Il s'occupe aussitôt, pour désarmer les boulangistes, de faire voter la loi militaire du service de trois ans, rendue nécessaire par les préoccupations de l'état-major. Celui-ci s'oriente vers des plans offensifs qui rendent indispensable la formation de gros bataillons à forte puissance de feu. Le nouveau fusil Lebel, les mitrailleuses, le canon de campagne à tir rapide, que l'on espère faire sortir rapidement des arsenaux, deviennent les armes privilégiées de l'offensive : plus de forts ni d'artillerie lourde. Boulanger, dans ce domaine, a mené une action efficace. Dès 1887, on a levé 149 000 recrues de la classe 1886, versées dans la première partie du contingent. Tous les conscrits reconnus bons pour le service ont été encasernés. On a changé l'esprit de la loi de 1872 avant même d'en modifier le texte. Il est désormais acquis que tous les Français doivent un service militaire égal, y compris les séminaristes. C'est, pour l'opinion patriote, pour les gambettistes d'hier et les boulangistes de l'heure, un succès manifeste.

Ce n'est pas assez pour les désarmer. Furieux de l'éviction de leur idole, ils participent massivement à la campagne pour l'élection partielle du 22 mai à Paris. Rochefort conseille de mettre sur les bulletins le nom de Boulanger. Le général, sans être candidat, recueille 100 000 voix ! Des conseils municipaux et généraux de province parviennent au ministère de l'Intérieur de très nombreuses adresses réclamant son retour au ministère. On crie, à la sortie de l'Opéra : « C'est Boulanger qu'il nous faut ! » Le 14 juillet approche, et le gouvernement craint le pire. Il décide alors, comme l'écrit Rochefort, « de déporter le général Boulanger et de lui assigner comme lieu de détention les montagnes d'Auvergne » : il doit rejoindre le 13e corps, à Clermont-Ferrand.

Le départ est homérique, le vendredi 8 juillet 1887 : à la gare de Lyon, à 6 heures de l'après-midi, le public bloque l'hôtel du Louvre dont une seule grille est ouverte. La voiture du général sort à 19 heures, suivie de trois fiacres, sous les cris de « Vive Boulanger ! A bas Grévy ! Vive l'armée ! » L'attelage est arrêté, on se fraie un passage. Le général répond aux acclamations en levant son chapeau. La foule se presse sur tout le parcours. A la gare, impossible d'avancer : la foule veut dételer les chevaux. Huit agents délivrent le général que des fanatiques veulent porter en triomphe. Déroulède se trouve sur le quai, avec les députés Daguerre et Andrieux. Boulanger grimpe dans un compartiment de 3e classe. La foule — des bourgeois, des gosses, mais aussi beaucoup d'ouvriers — bloque le train. On chante la *Marseillaise*. La locomotive, les wagons sont noirs de monde. On change de train, le général s'éclipse dans un second convoi. Les gens le suivent, s'agglutinent, escaladent la locomotive. Il est 21 heures, la foule est toujours aussi dense. Le général demande qu'on dégage le quai pour faire quelques pas. On le laisse passer. Il grimpe alors sur la locomotive qui démarre aussitôt, avec plus d'une centaine de personnes agglutinées. A Charenton, neuf trains de banlieue et un rapide sont restés en souffrance. Dans la rue de Lyon, on chante encore la *Marseillaise*. Mais le général est bel et bien parti pour Clermont-Ferrand. Rouvier s'en tirera-t-il à si bon compte ?

Qui vote pour Boulanger ?

Les 100 000 faux suffrages parisiens inquiétaient les augures. Qui avait pu voter pour Boulanger ? Pas seulement des bourgeois de gauche, assurément ! La droite tournait-elle casaque pour soutenir le général plébiscitaire ? Les masses populaires étaient-elles retournées par la propagande, acquises au coup de force ? Que pensait l'armée ? Autant de questions que se posaient les députés radicaux, à commencer par Clemenceau qui se sentait douloureusement responsable de cette étrange aventure. La République était-elle si fragile qu'un général de province suffît à la mettre en péril ? On s'étonnait de l'importance de la propagande. Qui finançait les tireurs de photographies ? Les radicaux étaient désormais sur la réserve.

Clemenceau, surpris par la popularité soudaine du général, trouvait qu'elle était « venue trop vite à quelqu'un qui aimait trop le bruit ». Ferry raillait à Épinal le « saint Arnaud de café-concert ». On soupçonnait à gauche que le général pourrait bien regrouper autour de lui, grâce à l'habile Dillon, d'importantes forces financières capables d'orienter le mouvement d'opinion vers quelque restauration conservatrice. Les Bonaparte n'avaient pas de candidat sérieux, mais les royalistes en avaient un, unique : le comte de Paris. Il avait récemment reçu à Jersey les anciens zouaves du baron de Charette, les représentants des légitimistes bretons. Jules de Lareinty avait été récemment élu à la Chambre avec l'appui des voix bonapartistes en Loire-Inférieure. L'entente électorale pouvait se généraliser, les conservateurs faire front. Avec le comte de

Mun, qui venait de prononcer un discours remarqué sur l'armée, ils avaient un orateur de classe nationale. Pourtant, chacun comprenait, note Philippe Levillain, « que le départ tapageur du général Boulanger pour Clermont-Ferrand, le 8 juillet, brouillait les données du jeu[1] ». Dans un premier temps, modérés et conservateurs soutinrent le gouvernement, redoutant des élections anticipées qui se feraient à leur détriment et à l'avantage exclusif du général, lequel, en développant ses thèmes nationalistes, risquait de confisquer à son profit la clientèle de la droite.

Dans cet esprit de défense commune, le marquis de Breteuil avait réuni les fonds de souscripteurs, dont le plus important était le baron de Hirsch, célèbre banquier autrichien, pour fonder un comité électoral ouvert non seulement aux impérialistes, mais aussi aux républicains modérés. Avec 15 millions et des représentants dans chaque département, on pouvait préparer sérieusement les élections. « Prince flegmatique » frappé par la loi d'exil, aimant la chasse et le tourisme, le comte de Paris est entouré, comme jadis Henri V, de proches qui partagent sa vie de nomade, et d'un comité politique où méditent les figures graves du duc de Broglie et du duc de La Rochefoucauld-Bisaccia, avec le fidèle Bocher et Lambert de Sainte-Croix. Pendant l'été de 1887, ce comité pousse le prince à faire une déclaration dans le style des messages d'Henri V, pour dire « à la France combien la monarchie lui est nécessaire et combien son rétablissement en serait facile ». Elle pourrait en effet être rétablie soit par une Assemblée constituante, soit par plébiscite. Naturellement, le régime de Philippe VII qui, pour la première fois, acceptait une origine plébiscitaire comme un vulgaire bonapartiste, restaurerait l'Église dans ses privilèges, rétablirait la liberté scolaire et celle des associations, tout en assurant, comme le souhaitait le comte de Mun, la promotion des couches « nouvelles » et l'amélioration de la condition des « classes souffrantes ».

Ce discours est d'autant plus efficace que la République est dans le plus cruel embarras, en raison de la découverte du

1. P. Levillain, *Boulanger ou le fossoyeur de la monarchie*, Paris, 1982, p. 35.

scandale des décorations : le gendre du président Grévy, Daniel Wilson, un député qui dispose d'un groupe de presse, est compromis dans une affaire de trafic de Légions d'honneur. Les conservateurs, exploitant aussitôt la situation, envoient le baron de Charette à Sheen House, la résidence anglaise du prince, pour le tenir en éveil. Le baron de Jouvenel lui demande audience pour le comte de Dillon, qui propose de mettre Boulanger au service de la restauration. On ne retrouverait jamais une pareille occasion : le préfet de police était révoqué, le garde des Sceaux démissionnaire, une commission d'enquête désignée. Le régime était discrédité.

Pour obtenir la démission de Grévy, les Chambres s'opposaient à la constitution de tout ministère. Des négociations occultes allaient bon train entre Clemenceau et Boulanger, Grévy, Floquet et Freycinet. Les deux derniers refusaient de former un cabinet avec le général ; le premier exigeait la démission préalable de Grévy, son vieil adversaire. Le président de la République annonça son départ le 30 novembre, pour chercher encore à gagner du temps. Un rassemblement considérable de manifestants se pressa devant la Chambre qui s'ajourna, refusant de siéger tant que la démission ne serait pas effective : le 2 décembre, elle le fut enfin. Grévy partit...

Les radicaux s'agitaient dans la rue pour barrer le pouvoir à son successeur probable, Ferry-Famine, Ferry-Tonkin. Ils siégeaient en permanence à l'Hôtel de Ville dans un climat de préémeute. On étudiait les mesures à prendre au cas où Ferry serait élu. Clemenceau attachait une telle importance à la fonction présidentielle qu'il ne voulait pas qu'elle fût investie par son plus redoutable adversaire. Il savait que Ferry, à l'Élysée, lui barrerait à jamais le pouvoir. La bataille fut rude à Versailles où s'étaient réunies les Chambres. L'union des gauches avait décidé de se mettre d'accord sur un seul candidat ; quatre participèrent à la course : Freycinet, Floquet, Brisson et Sadi Carnot. Au deuxième tour de cette consultation des gauches, le modéré Freycinet resta seul contre Ferry, mais ne recueillit que 190 voix. La droite vota pour le gouverneur de Paris, le général Saussier. Carnot, grâce aux voix radicales, devançait Ferry. Celui-ci se désista au deuxième tour en sa faveur, lui faisant obtenir 616 voix. Petit-fils du grand Lazare Carnot, fils d'un ministre républicain de 1848, polytechnicien comme Freycinet, député de son département natal, la Côte-d'Or, depuis 1871, ce député de la Gauche républicaine forma un cabinet dirigé par Tirard, n'ayant pu obtenir les voix radicales. Le nouveau président du Conseil n'avait toujours pas de majorité, et la République semblait condamnée à l'instabilité ministérielle. « Je n'ai plus qu'à me faire marchand de légumes », dit alors Clemenceau avec sa rude franchise.

Les droites aussi se trouvaient dans l'impasse : le baron de Mackau songea alors à utiliser Boulanger pour gagner les élections. Il n'avait besoin que de 500 000 voix pour l'emporter et ne souhaitait nullement que Philippe VII revendiquât trop fort la monarchie, craignant un éclatement des droites. Si le prince voulait aller à la bataille sous ses propres couleurs, il était sûr de la perdre. Le recours à Boulanger était providentiel puisqu'il permettait de rester muet sur la forme du régime futur. Le général pouvait espérer profiter d'une droite empêtrée dans ses contradictions.

Le boulangisme, affirme le journaliste Thiébault, commence alors à pénétrer chez le paysan. Il est déjà installé dans les milieux ouvriers, notamment parisiens. La crise et le chômage rendent populaire la protestation du général contre le régime. Thiébault organise alors une entrevue entre Boulanger et le prince Napoléon, en Suisse. L'idée de faire voter aux élections partielles pour un général inéligible est encore de Thiébault : il recueille ainsi d'innombrables suffrages dans les Hautes-Alpes, la Loire, le Maine-et-Loire et le Loiret, la Côte-d'Or (département du président de la République), la Marne et la Haute-Marne. Tirard le met alors, par décret, en non-activité. Le 25 mars, les Parisiens, qui sont allés l'attendre en foule dans une gare de banlieue en chantant « il reviendra quand le tambour battra », lui font un triomphe quand ils apprennent qu'il vient de recueillir 45 000 voix dans l'Aisne et 12 000 dans le Rhône. Le 27 mars, Tirard le met d'office à la retraite. Il a maintenant toutes chances de devenir, selon le vœu de ses partisans, « l'élu unique de la France » : sa mise à la retraite l'a en effet rendu éligible...

Les royalistes entrent dans le jeu

Tant qu'il était inéligible, Boulanger n'avait pas eu à faire campagne. Il se contentait de laisser faire ses partisans qui donnaient, dans les journaux, des consignes de vote. Ces fausses élections ne coûtaient pas cher, et Dillon pouvait facilement subvenir aux dépenses. Une fois à la retraite, le général peut se porter candidat. Dillon lance alors le quotidien la *Cocarde*, qui diffuse le programme boulangiste et ses slogans : dissolution, révision, constituante. 400 000 exemplaires sont emportés. Le général se présente dans l'Aisne où il arrive en tête du ballottage, devant le conservateur Jacquemard et le radical Paul Doumer, avec 45 000 voix. « Ce qui est sérieux, dit alors le marquis de Breteuil, c'est le boulangisme. » Rochefort le soutient dans l'*Intransigeant*, les députés radicaux, Daguerre et Naquet le poussent, un mouvement se crée à gauche, que les bonapartistes encouragent déjà secrètement. Les royalistes décident alors d'intervenir. Breteuil commence à subventionner Dillon par un versement de 100 000 francs empruntés au banquier Hirsch. Carnot vient de confier la présidence du Conseil au radical Charles Floquet, et le ferryste Méline a battu d'extrême justesse le radical Clemenceau à la présidence de la Chambre. Les progrès de la gauche sont manifestes et de nature à mobiliser l'électorat de droite. Boulanger en est-il capable ? Rien n'est plus méfiant qu'un notable quand il faut investir de l'argent à fonds perdus : même s'il gagne, le général conduira-t-il sur la ligne d'arrivée le cheval royaliste ?

Son élection triomphale en Dordogne, par 59 000 voix contre 35 000 au candidat républicain, fait taire les scrupules et apaise les doutes. C'est bien Boulanger qu'il nous faut ! disent à leur tour les royalistes. Mackau négocie avec le général : il est convenu qu'il ne se présentera pas dans les départements où les conservateurs sont les maîtres. Il n'attaquera pas davantage les fiefs radicaux : il frappera dans les circonscriptions molles, celles que tiennent les opportunistes. Une fois élu, il démissionnera immédiatement pour faire passer après lui un candidat boulangiste : il se constituera ainsi, au hasard des élections partielles, un groupe à la Chambre, en attendant la consultation générale que l'on souhaite la plus rapprochée possible.

L'élection de Lille constitue un nouveau test : le général l'emporte par 172 000 voix contre 75 000 au candidat opportuniste et 9 600 au radical. Il a surtout bénéficié des voix des ouvriers et des habitants des centres urbains. Les députés royalistes, de Mun, Mackau, Breteuil, font le voyage de Londres pour convaincre Philippe VII de s'engager dans l'affaire boulangiste. Ils considèrent que le mouvement monarchiste n'a aucune chance de l'emporter seul dans une opinion parfaitement indifférente, qui ne connaît plus la monarchie que par ouï-dire. Les *Instructions de 1886*, signées du prince, ne mentionnent rien d'autre qu'un projet de stabilisation de la constitution républicaine de 1875, avec substitution de Philippe VII au président de la République. Il n'y a pas de quoi inquiéter les Français, certes, mais pas non plus de quoi les faire rêver. Pourquoi ne pas attacher le char royaliste au prodigieux mouvement de redressement national proposé par ce général qui a pris dans l'opinion publique la succession de Gambetta ? Le prince frémit à cette évocation qui sent le bonapartisme. Il s'était préparé à réchauffer le zèle de ses « vieilles troupes royales », à organiser un vrai parti royaliste, voilà qu'on lui propose d'entrer, avec tant d'autres, dans une auberge espagnole ! Il finit pourtant par s'y résigner, parce qu'on lui promet qu'on ne se jettera pas « à la tête du général » et que chacun mènera le combat sous son drapeau en se ralliant seulement aux thèmes communs à toute la fronde : dissolution, révision, Assemblée constituante. Dillon l'assure que Boulanger fera voter « militairement » une Constitution dont les termes seront arrêtés en commun avec le prince : pas de surprise à redouter. L'année 1889, conclut le comte avec humour, sera celle de la restauration.

La royauté avait longtemps rêvé d'un militaire restaurateur du régime, d'un connétable de service : Boulanger prenait ainsi la suite de Mac-Mahon et de Ducrot. Plus que ses deux prédécesseurs, il avait le pouvoir magique de rassembler les foules. Son entrée au Palais-Bourbon, le 19 avril 1888, en témoigne.

Le palais a été mis en état d'alerte, la police est mobilisée. Le général sort de l'hôtel du Louvre dans son landau attelé de deux alezans brûlés portant des cocardes vertes et rouges aux oreilles. Le cocher et le valet de pied ont l'œillet rouge à la boutonnière, signe de ralliement des partisans. Le général a Déroulède à ses côtés. On jette des fleurs de toutes les fenêtres, la foule suit la voiture, bouscule le service d'ordre. Les sous-sols de la Chambre sont bourrés de soldats. Quand le général s'assied, à l'extrême gauche, Floquet lui lance, sarcastique : « A votre âge, Napoléon était mort ! »

Où trouver l'argent pour constituer la machine électorale destinée à assurer la conquête du nouveau Bonaparte ? Dillon devient gourmand : il a d'abord demandé 25 000 francs, puis 100 000. L'insatiable *manager* réclame à présent aux royalistes 3 millions. Hirsch, quant à lui, estime que 50 millions sont nécessaires et qu'il faut monter une opération de banque. Le comte de Paris n'offre, sur sa cassette, que 500 000 francs. On convient de verser 100 000 francs mensuels au général, dont 40 000 destinés à la presse, 45 000 aux voyages, à la propagande et aux élections, 25 000 aux frais personnels du général[1]. Aussitôt la presse du parti conservateur entre en campagne, exigeant dissolution et révision. Clemenceau et Ranc, que ce bruit de bottes inquiète, fondent, pour la « défense de la République », la Société des droits de l'homme et du citoyen. Joffrin, conseiller municipal socialiste, se trouve aux côtés de Clemenceau. Dans les deux camps, on bat le rappel. Un Comité de la consultation nationale définissant l'action « parallèle » des droites pour les prochaines élections se met en place aux côtés du Comité de « protestation nationale » de Boulanger. Mais les royalistes sont réticents, méfiants, leur presse divisée. L'échec de Déroulède à l'élection partielle des Charentes (il se présentait sous les couleurs boulangistes) les inquiète. Le boulangisme semble en baisse, les conservateurs risquent de perdre les élections. La duchesse d'Uzès prend alors brusquement parti : « Eh bien, moi, dit-elle, je vais faire la monarchie sans le comte de Paris, avec le général, et je mets 3 millions à sa disposition. » C'est pour

1. Levillain, *op. cit.*, p. 94.

elle un sacrifice, mais elle estime que ses enfants « n'ont pas besoin d'être riches si la République s'éternise ». Elle consulte, par courtoisie, le prince à Coblence, puis un comité de contrôle des fonds est constitué, sous la surveillance des ducs qui n'ont pas dans le général la confiance aveugle qu'affiche la duchesse.

Boulanger s'installe aussitôt dans un hôtel coquet et coûteux de la rue Dum-d'Urville, proche du Trocadéro, abandonnant l'hôtel du Louvre, au cœur de Paris, où il a connu sa popularité. Le 12 juillet, il exige à la Chambre la dissolution, s'attirant une diatribe de Charles Floquet : « Vous qui avez passé des sacristies dans les antichambres des princes, vous ne craignez pas de jeter l'outrage à tous ces républicains éprouvés et dont le plus modeste a rendu à la République plus de services que vous ne pourrez jamais lui faire de mal. Savez-vous quelle est la dissolution inévitable ? C'est celle de votre parti. » Boulanger, qui traite le président du Conseil de « pion mal élevé », annonce sa démission. Floquet le provoque en duel. C'est un usage dans la République : même Gambetta s'est battu au pistolet, et Clemenceau s'est fait une réputation de bretteur. Le résultat de la rencontre étonne : le lourd Floquet l'emporte, Boulanger est touché d'une dangereuse blessure à la gorge ! On s'est battu à l'épée, et le général n'a guère pratiqué l'escrime depuis Saint-Cyr. Dillon, qui a accueilli les duellistes dans sa propriété de Neuilly, n'ose pas annoncer la nouvelle à la presse. Comment faire croire que le vaillant général a glissé sur l'argile humide de la pelouse jusqu'à se faire embrocher par un pleutre ? « Le soldat s'est fait mettre hors de combat par un avocat boursouflé », écrit le comte de Mun au colonel de Parseval. Peu après, Floquet se fait acclamer, avantageux, place du Carrousel où il inaugure une statue de Gambetta. En a-t-on fini avec le *condottiere* ?

Mordre sur l'électorat populaire

Une catastrophe ne vient jamais seule : le 22 juillet, candidat dans l'Ardèche, Boulanger est battu par un républicain. Les royalistes se sont abstenus : vifs reproches du général à la duchesse d'Uzès. A quoi lui sert l'alliance ? La duchesse se fâche à son tour, et le comte de Paris fait de vagues promesses pour les élections prochaines. Boulanger insiste. On lui garantit la neutralité des royalistes du Nord, ce qui lui permet d'être élu avec 130 000 voix contre 97 000 au candidat opportuniste. Même succès en Charente-Inférieure et dans la Somme. Le général est de nouveau en selle par un triple succès que le comte de Paris estime « un peu trop considérable ». Jusqu'au bout, Boulanger devra lutter contre la méfiance du camp royaliste et la réserve du prince qui n'a nulle envie de voir afficher ses liens avec l'aventurier.

De son côté, le général risque de perdre sa clientèle radicale s'il se rend trop suspect de compromission avec les œillets blancs. Les deux partenaires s'accordent pour rester dans l'imprécision des programmes, dans le flou des ententes multiples, dans les négociations au coup par coup dans les circonscriptions. Nombreuses sont les « voies parallèles » d'accès au pouvoir, et nul ne s'en plaint, sauf le comte de Paris qui voudrait pouvoir compter sur la loyauté du général sans lui donner d'autres subsides que l'argent de la duchesse d'Uzès. L'intention des royalistes était de « pousser Boulanger partout où les conservateurs en avaient besoin pour vaincre, quitte à lui fermer les départements sûrs, tant pour lui tenir la longe courte que pour conserver une force autonome, capable de lui imposer une résolution monarchiste[1] ». A un dîner où sont invités Albert de Mun, Henri de Breteuil, Arthur Meyer et la duchesse d'Uzès, le général rassure les conspirateurs — il est d'accord avec le prince : « La révolution se fait lentement et légalement. » Il vient encore de recevoir des témoignages d'affection des 2 000 cochers de fiacre de Paris et des ouvriers des chantiers de l'Exposition Universelle. « J'ai renoncé, déclare-t-il, à l'idée de tout brusquer. Dites au prince que je concentre tous mes efforts [...] sur les départements où les républicains ont la majorité ; à lui d'organiser ceux dont il est le maître. » Le général sait parfaitement que 11 départements comme le Calvados, le Morbihan et la Loire-

1. Levillain, *op. cit.*, p. 118.

Inférieure lui sont interdits et que les royalistes du Vaucluse, de l'Ardèche et de l'Ille-et-Vilaine auront du mal à convaincre leurs électeurs de voter pour les amis radicaux de Boulanger, Laguerre et Le Hérissé. Dans l'Ardèche, le général a une revanche à prendre, il est naturel qu'il veuille être candidat, même si les royalistes le combattent. On estime à vingt et un le nombre des départements où il peut l'emporter. Il en faudrait une trentaine pour dépasser le résultat de Thiers en 1871 : vingt-six. Les négociations sont difficiles, car il faut ratisser les circonscriptions où les conservateurs ont des chances égales à celles du général.

Si personne n'est d'accord dans la coalition sur les formes de la future restauration, on peut se rassembler sur le thème d'une nouvelle Constitution, sans préciser laquelle. Philippe VII n'est pas plus susceptible de faire l'unanimité, dans sa croisade conservatrice, que jadis Henri V. La royauté n'a pas progressé d'un pouce, et les hommes de l'orléanisme des années 1870 sont définitivement compromis par l'échec du 16 mai. Le baron de Mackau ne veut pas entendre parler de la candidature du duc de Broglie. Seule la cause catholique pourrait encore animer une majorité monarchique car elle a, comme le sait Albert de Mun, de larges assises populaires. Mais le *Syllabus* est oublié, le pape se montre désireux d'un rapprochement avec la République, et le vieux discours réactionnaire des ducs n'est pas de nature à mordre sur l'électorat populaire, sauf s'il se renouvelle en s'appuyant sur une Église devenue sensible à la question sociale. Ainsi pense Albert de Mun, que la mascarade boulangiste irrite : elle est cependant positive dans la mesure où elle emporte dans une bourrasque tricolore les idées surannées des « vieilles bandes » royalistes. Après Boulanger, croit de Mun, le prince ne pourra plus être le même.

Le futur Philippe VII se trouvait pour l'heure dans la situation des royalistes de 1871 à qui Thiers demandait de commencer par reconnaître la République avant de les aider à restaurer le roi. Mais Boulanger ne pouvait éviter de crier « Vive la République ! » Quand il se présenta à Paris, en janvier 1889, contre le radical modéré Édouard Jacques, président du conseil général de la Seine, il devait piper les voix des radicaux intransigeants, celles des ouvriers et du petit peuple. Néré établit avec force que les ouvriers ont très largement suivi le mouvement boulangiste[1]. Les accords du général et des royalistes ne seront pas connus avant 1890. Les journaux ne prennent pas au sérieux l'information diffusée par une feuille de Clermont-Ferrand sur l'engagement de la duchesse d'Uzès dans le mouvement. On peut croire, à gauche, que les soupçons qui pèsent sur Boulanger ont pour source essentielle le ministère de l'Intérieur. De nombreux comités boulangistes se flattent de leur étiquette « socialiste ». L'antiparlementarisme et le nationalisme sont pour l'instant plus à gauche qu'à droite. Daguerre, le lieutenant de Boulanger, constitue dans les Vosges un syndicat du bâtiment, le candidat boulangiste utilise à Troyes le syndicat de bonnetiers, l'union syndicale des ouvriers tailleurs de pierre et des maçons de Carcassonne est à « la Boulange », comme le syndicat des dockers de Bordeaux ou celui de Marseille, dont les membres arborent volontiers la cocarde ou l'œillet rouge pour protester contre l'invasion des travailleurs étrangers. On peut être surpris de l'engagement d'un Boulé, du syndicat des tailleurs de pierre parisiens, dans la fronde, tout comme du chef syndical Lachize à Lyon, qui anime la grève des tisseurs de Thizy.

Les violents mots d'ordre des boulangistes plaisent aux masses ouvrières qui attribuent la crise et les bas salaires à l'entente des patrons et des opportunistes. L'essor du boulangisme s'accompagne d'un vif redressement du militantisme syndical. Cette reprise date de 1886 et s'accélère à partir de 1888[2]. Même les chefs politiques socialistes sont partagés. Lafargue, le gendre de Marx, estime que le général « n'a pas l'étoffe d'un conspirateur[3] » et que le raz de marée peut « revêtir une forme socialiste si on le laisse se développer librement ». En vain Engels multiplie-t-il, de Londres, les mises en garde : si Jules Guesde songe à démasquer « les

1. J. Néré, *La Crise industrielle de 1882 et le mouvement boulangiste*, université de Paris-Sorbonne, t. 2, pp. 625-626. (Thèse d'État non publiée.)
2. Perrot, *op. cit.*, p. 55.
3. Willard, *op. cit.*, p. 37.

entreprises césariennes », il pense qu'il n'a pas à choisir, dans cette « querelle de famille bourgeoise », « entre la peste et le choléra ». Comment pourrait-il ramer à contre-courant, alors que dans son fief du Nord ses candidats n'ont pas recueilli plus de 6 000 voix contre 130 000 au général ? Les socialistes allemands reprocheront durement aux Français leur faiblesse cocardière. Pour Willard, « les guesdistes, en dépit des sentiments internationalistes maintes fois affirmés, capitulent sans combat devant la vague boulangiste ». On voit à Bordeaux le parti socialiste cautionner la fusion des comités avec ses amis, les bonapartistes et les boulangistes : le socialiste Jourde est élu dans ces conditions. A Lyon, les socialistes bénéficient aussi du soutien boulangiste. A l'évidence, si le général négociait son financement avec la duchesse d'Uzès, ses partisans recherchaient sur le terrain d'autres soutiens, qui ne leur étaient pas ménagés. On comprend la grimace du royal émigré de Sheen House...

Défendre la République

Des bandes violentes parcourent la capitale, arrachant les affiches, provoquant des rixes pendant la campagne. Édouard Jacques — « Jacques Ulatoire », comme l'écrit Rochefort — est défendu par des gaillards en blouses blanches, les traits dissimulés par de vastes casquettes. Le général a aussi ses partisans musclés, et Rochefort se bat à l'épée contre Lissagaray. Le jour des résultats, quand on apprend que Boulanger l'emporte sur son adversaire par plus de 80 000 suffrages, on promène le mannequin de « frère Jacques » sur les boulevards, entouré de bougies comme pour un enterrement. Pas de gardiens de la paix, pas de gendarmes, le pouvoir reste muet. L'état-major boulangiste dîne au restaurant Durand, place de la Madeleine. A 22 heures, on abaisse le rideau de fer pour éviter la cohue. On dit au général que Georges de Labruyère attend avec une centaine de sous-officiers de l'armée d'Afrique. Marchera-t-il sur l'Élysée ?

Boulanger avait la majorité dans tous les arrondissements

de Paris, sauf le 3e. Il avait obtenu à la fois les voix des conservateurs et celles des ouvriers. Déroulède et les autres chefs de la Ligue des Patriotes regardaient leur montre : le pouvoir était à prendre cette nuit-là. La police était absente et la troupe acquise, le général n'avait que la Seine à traverser. Mais il refusa de se compromettre : ayant promis d'agir dans la légalité, il restait fidèle à ses engagements. Les républicains profitèrent de ce court répit pour faire voter une nouvelle loi électorale abolissant le scrutin de liste, qui leur avait été si dommageable, pour revenir à l'arrondissement. Ils pensaient ainsi endiguer le raz de marée en s'appuyant sur les notables solides et sur les comités locaux restés actifs et fidèles, notamment dans le Sud.

La majorité s'était débarrassée de Floquet pour faire de nouveau appel à Tirard. Freycinet, pressenti, avait refusé de prendre les mesures de répression qui s'imposaient contre les boulangistes. On mesure de nouveau le rôle capital du président de la République dans la crise : contre les partisans de la révision, la coalition des conservateurs et des extrêmes radicaux, la logique voulait que le président Carnot appelât Ferry, mais celui-ci était trop impopulaire pour pouvoir se charger de la défense républicaine. Le choix de Tirard n'était pas innocent : à soixante ans, le vieux notable avait été député de Paris, inscrit à la Gauche républicaine ferryste depuis 1871, avant de devenir sénateur inamovible. Ancien membre du conseil général de la Commune, il avait démissionné dès le premier jour pour rejoindre, comme Ferry lui-même, le camp de l'ordre. Ministre du Commerce en 1879 dans le cabinet Waddington, il était de la race des Dufaure et des Thiers que l'émeute n'impressionne pas. Il détestait, comme Ferry son maître, l'irrationnel en politique. Freycinet, rallié, prenait la Guerre. A l'Intérieur, le choix de Constans était significatif. On lui demandait un jour à la Chambre ce qu'il avait fait de son frère : « Je l'ai mangé, dit-il. — Ne riez pas, s'écria Rochefort, il en est capable ! » L'ancien magistrat impérial à « figure plate d'émouchet » était un homme de décision et de réflexion. Si Tirard se jurait au Parlement partisan d'une « politique large, tolérante et sage », la répression se préparait. Constans désarma d'abord le front social en donnant ordre aux préfets de ne pas recevoir les délégués des syndicats, à Bordeaux comme à Troyes, qui venaient présenter leurs revendications. Sous un prétexte futile, la Ligue des Patriotes fut dissoute, et les membres du comité poursuivis pour délit de société secrète. Le Sénat avait reçu de la Constitution le pouvoir de s'ériger en Haute Cour pour juger des crimes politiques. Il n'en avait jamais usé. Il était temps d'y songer, suggéraient les ferrystes. Le cabinet proposa à la Chambre une loi définissant la procédure de jugement, et Constans fit courir dans Paris le bruit que des arrestations étaient possibles.

Les royalistes étaient partagés. Pour de Mun et Mackau, Boulanger ne devait pas se laisser prendre. Henri de Breteuil s'indignait au contraire qu'il songeât à fuir. Sans doute Constans voulait-il l'arrêter par surprise avant que les poursuites ne fussent ordonnées, mais le général fut informé, le 31 mars, de son arrestation imminente. Le 1er avril, il prit le train pour Bruxelles. Fallait-il s'emparer de l'Élysée, comme le suggérait Le Hérissé, arrêter Constans et Freycinet ? Mais les généraux de l'armée de Paris ne pouvaient être gagnés aussi vite à un complot aussi risqué. Le plan de Constans était habile : en menaçant le général de la prison, il l'amenait à se découvrir et à commettre des erreurs. Le gouvernement belge s'apprêtant à l'expulser, Boulanger gagna Londres, où il continua à diriger les élections, prononçant à l'*Alexander Palace* un grand discours où il dressait le peuple contre les gras notables républicains qui abusaient du pouvoir. Ses déclarations inquiétaient ses amis de gauche qui le trouvaient de plus en plus proche du clergé. Sa fuite avait déconcerté certains de ses partisans, qui s'étaient détachés de lui. Dillon, Rochefort étaient également poursuivis en Haute Cour. Qui gagnerait les élections ?

L'Exposition Universelle attirait tous les regards et faisait oublier les affrontements politiques : 25 millions d'entrées en six mois, un record d'affluence. Entre le pavillon des danseuses javanaises et la galerie des machines, la tour métallique de 300 mètres, chef-d'œuvre de l'ingénieur Gustave Eiffel, construite par les « écureuils » en un rien de temps sous l'œil extasié des badauds, fut inaugurée le 31 mars par le président du Conseil Tirard. Celui-ci s'arrêta au premier étage, les ascenseurs n'étant pas encore en service. Seul Lockroy eut le courage de grimper par l'escalier au sommet, pour y décorer Eiffel de la Légion d'honneur. Le monument, plus que le cheval noir de Boulanger — qui avait du reste disparu de l'hippodrome de Longchamp —, fascinait alors la foule.

Pour tenir en respect le général — qui pouvait encore se présenter sans être présent —, la Chambre décida d'interdire les candidatures multiples et de contraindre les candidats à se déclarer officiellement. Alors que son nom remportait 12 sièges sur 80 aux élections cantonales, le général fut condamné par contumace à la déportation dans une enceinte fortifiée, pour complot et attentat visant à changer la forme du gouvernement. Il était devenu inéligible.

Cela n'empêchait pas les électeurs de mettre le nom de Boulanger dans l'urne, mais le cœur n'y était plus. La droite rédigeait ses « cahiers de 1889 » contre la République, le comte de Paris, par son manifeste du 28 août, se déclarait favorable à la révision, embouchant la trompette boulangiste pour récupérer sa mise. Le prince Victor, candidat bonapartiste, demandait la consultation du peuple par plébiscite. Beaucoup de membres du clergé soutenaient de leur propagande les candidats conservateurs ou boulangistes. Les républicains mirent souvent une sourdine à leur intransigeance et firent enfin voter la loi militaire de trois ans, qui réduisait d'un an le service pour toute une série de privilégiés dont les étudiants, les enseignants et les séminaristes. Jamais on n'avait tant voté : le gouvernement recueillit au premier tour 3,9 millions de voix, contre 3,4 millions aux conservateurs. C'était pour ces derniers un beau succès, mais la droite fut une fois encore victime de la discipline républicaine au second tour : la Chambre était analogue à la précédente — 366 républicains, 172 conservateurs et seulement 38 boulangistes. Le cadenas du scrutin d'arrondissement avait verrouillé la République des notables. Même si Ferry avait été battu à Saint-Dié, même si les nouveaux députés étaient nombreux (284, dont 173 républicains), même si les ouvriers parisiens, lyonnais et marseillais avaient voté massivement pour les révisionnistes, la victoire de l'ordre républicain était franche et incontestable :

force restait à la loi. Les radicaux étaient divisés, humiliés. Beaucoup d'entre eux avaient suivi le général. Plus que jamais, la République s'affirmait libérale et conservatrice : thiériste.

Un véritable séisme...

Restait une profonde nostalgie chez les jeunes, émus par ce grand mouvement national et social qui dépassait notablement les cadres du parti conservateur. Un Barrès, élu à Nancy, vibrait d'indignation devant les malheurs du général que les gros bonnets de la finance et du Parlement avaient ligoté et bâillonné. *L'Appel au soldat* du candidat « socialiste et révisionniste » évoquait les acteurs parisiens du tumulte, les journalistes à dix sous la ligne, les épaves comme Fanfournot, les camelots et les bateleurs. Les pages sur l'exil sont poignantes : Barrès y montre le général encombré de solliciteurs débarquant tous les jours à Jersey où se languit sa maîtresse tuberculeuse, puis abandonné de tous, « immobile dans cet isolement ». Découragé par les élections au conseil municipal de Paris où ses partisans n'obtiendront que deux sièges, le général, qui a perdu madame de Bonnemain, se suicidera sur sa tombe à Bruxelles en décembre 1891...

La fin mélodramatique de l'aventure masquait mal ses trois conséquences politiques. Les plus obtus des opportunistes se rendaient parfaitement compte que rien ne serait plus comme avant. Les radicaux étaient certes victimes des républicains de droite qui, dans l'immédiat, avec leurs 200 élus, semblaient les bénéficiaires de l'aventure. Mais ils étaient surtout menacés à terme par les déçus du social-révisionnisme qui, désormais, reporteraient leurs suffrages sur les candidats exclusivement ouvriers. Une conjoncture économique désastreuse maintenait la pression sociale et décourageait toute alliance des militants ouvriers avec les partis bourgeois. Seules les divisions des sectes rendraient ces tendances politiquement inoffensives en neutralisant les voix ouvrières. La réussite de la manifestation du 1er mai 1890, les grèves violentes de Fourmies, l'année suivante, le développement de l'anarcho-syndicalisme autour de l'idée de grève générale révolutionnaire, la conquête par les socialistes des municipalités et les premières élections de députés socialistes à la Chambre indiquaient, dans des sens divers et souvent opposés, que le mouvement ouvrier, mis en évidence par l'affaire Boulanger, ne parvenait pas à trouver au sein de la République un développement normal : une partie importante de l'électorat se trouvait ainsi tenue en lisière plus sûrement qu'au temps du suffrage censitaire. Les députés socialistes apparaissaient comme des intrus. L'expérience du boulangisme leur rendait seulement souhaitable la disparition du régime libéral bourgeois au profit d'une République révolutionnaire, exclusivement socialiste, insensible aux sirènes du nationalisme cocardier.

Deuxième conséquence du naufrage : le retour au conservatisme républicain libérait les forces de l'irrationnel qui n'étaient désormais plus canalisées. Le désaveu du « général Revanche », l'éclat de la célébration des fêtes du premier centenaire de la Révolution indiquaient la volonté des conservateurs ferrystes de considérer l'évolution de la France républicaine, commencée en 1789, comme achevée. Clemenceau, qui avait renoncé à ses thèses révisionnistes et même à celle de la séparation, fut le seul à protester quand un député de droite, en janvier 1891, s'offusqua que l'on eût sifflé l'acteur Coquelin, jouant le *Thermidor* de Victorien Sardou, une pièce hostile à la Terreur, au Théâtre-Français : « Que nous le voulions ou non, dit-il, que cela nous plaise ou que cela nous chagrine, la Révolution française est un bloc. » C'était vrai pour lui, mais non pour Ferry ou pour le sénateur Tirard.

Refusant toute réponse sociale à la crise, les conservateurs républicains n'admettaient guère l'emportement patriotique et condamnaient les effets oratoires de Déroulède en qui ils dénonçaient un complice des ennemis de la République. De la sorte, n'ayant réalisé ni l'alliance russe que le barde patriote et le général Boulanger appelaient de leurs vœux, ni la loi militaire véritablement égalitaire qui eût permis d'envisager la revanche, les républicains cédaient leur nationalisme à une extrême droite non plus révisionniste mais putschiste, désireuse de se débarrasser une fois pour toutes d'un régime considéré comme traître à la patrie. La Ligue des Patriotes, née dans l'ombre du radicalisme, entraînerait désormais ses fanatiques à des manifestations hostiles à la démocratie, favorables à un régime d'ordre garant des valeurs nationales. La collusion de Déroulède et de Boulanger était décisive : le « nationalisme » était né. Il allait connaître une longue carrière.

Celui-ci ne peut se satisfaire du légalisme orléaniste. Philippe Levillain fait judicieusement observer que le « complot royaliste » a été ourdi entre deux partenaires, le général et le comte de Paris, dont aucun ne souhaitait vraiment le pouvoir[1]. On assiste en 1891 à la réédition du fiasco d'Henri V. Pas plus que le prétendant légitimiste, Philippe VII n'est capable « de traverser la Seine à la nage, un sabre entre les dents », selon la forte expression de Bismarck. Il en résulte que le « rêve du connétable », une fois de plus déçu, se solde par la survivance d'un monarchisme-croupion refusant désormais « la puissance des forces inconscientes », qui terrorisent le prince. Que des notables aussi rassis que de Mun, Breteuil ou Mackau y aient succombé semble démontrer l'immensité de l'écueil. Pour gagner 500 000 voix, la monarchie a failli perdre son âme. Elle la retrouve à présent, mais dans une autre dimension. La personne du prince n'est plus en question : on peut, à la limite, s'en passer puisque la monarchie a cessé de nourrir l'espoir d'une restauration. Si elle revient dix ans plus tard, c'est comme idéologie pure, dans l'*Action française*, et sous la plume « classisante » de Charles Maurras. Elle a cessé d'être un combat politique pour devenir idée, idéal : le roi de France n'a plus besoin de trône pour régner, il est celui qu'aucune assemblée ne pourra plus décapiter ou chasser du pouvoir, puisqu'il n'existe qu'en abstraction.

L'œuvre positive des opportunistes

Dans ces conditions, une alliance des conservateurs devient possible, sur fond de crise économique et de péril social. La dernière tentative de la France du XIXe siècle pour réaliser,

1. *Op. cit.*, pp. 165 et suiv.

sous une forme républicaine que personne ne conteste plus sérieusement, une alliance des classes dominantes s'accomplit sous la houlette des opportunistes triomphants. Ils exercent en effet le pouvoir de 1889 à 1895 et ne font jusqu'en 1893 qu'une petite part aux radicaux modérés... Après une éclipse de courte durée, ils reprennent les affaires en main de 1896 à 1899 : on peut donc parler d'une décennie opportuniste ou modérée. S'ils demeurent si longtemps au gouvernement, c'est que ces hommes apportent à leur électorat une série de réponses précises.

Ils s'attachent d'abord les paysans en votant les lois tarifaires que ceux-ci exigeaient depuis longtemps. Beaucoup d'industriels qu'inquiétait la hausse formidable de la production et des ventes allemandes à l'étranger partageaient cette revendication et demandaient que le traité de Francfort fût révisé, puisqu'il empêchait la France d'élever ses droits de douane à la frontière allemande au-dessus de ceux accordés à un autre État — c'était la clause de la « nation la plus favorisée ». La République n'était plus ainsi maîtresse de ses tarifs, ni de la défense de son espace économique en temps de crise. On allait à un « Sedan industriel », disaient les patrons du textile vosgien et normand, ceux de la métallurgie du Nord et de l'Est.

Le Vosgien Jules Méline, ministre de l'Agriculture, sut convaincre les électeurs que les revendications des ruraux et celles des maîtres de forges ou d'usines textiles étaient solidaires. Les viticulteurs du Midi, les soyeux lyonnais et les autres défenseurs du libre-échange étaient trop affectés par la crise pour pouvoir lutter, et la baisse des prix agricoles était si angoissante qu'un groupe de plus en plus nombreux de parlementaires entendit ce discours. Les traités de commerce ne furent pas renouvelés, les douanes établirent des tarifs uniformes pour tous les États, sauf pour ceux avec lesquels furent passés des accords pour des droits minima. On admit les matières brutes en franchise, les matières premières avec des droits légers. Le reste fut lourdement taxé. Les tarifs ne pouvaient être modifiés que par la loi. Ces mesures prises par Méline furent accueillies avec une immense faveur dans les campagnes qui se rallièrent alors massivement au régime républicain.

Celui-ci devait apporter la preuve qu'il était soucieux des intérêts français dans le monde : la conclusion de l'alliance russe donna satisfaction aux nationalistes les plus exigeants. Boulanger en avait plus que rêvé, le renvoi de Bismarck par le nouvel empereur Guillaume II, en 1890, la rendit possible. Le tsar Alexandre III n'aimait pas la République, mais il avait besoin d'armes et d'argent. La France y pourvut dès 1888 : un emprunt de 500 millions fut couvert et on livra à Saint-Pétersbourg les premiers fusils Lebel. D'autres emprunts suivirent et le gouvernement français, pour plaire au tsar, expulsa des révolutionnaires russes émigrés impliqués dans un faux complot.

Un incident fit franchir aux Français un pas supplémentaire. Guillaume II multipliait les avances. Il avait même envoyé sa mère à Paris, où elle circulait incognito. Mais les nationalistes organisaient des manifestations. Le ministre allemand des Affaires étrangères fit savoir que « la tolérance avait des bornes ». La tension franco-allemande reprit de plus belle, au moment où les Russes s'inquiétaient d'un rapprochement entre Berlin et Londres. Le ministre du tsar, Giers, souhaitait un « accord intime » mais secret avec la République. Il ne pouvait être question d'un traité puisque le président Carnot aurait dû, pour le rendre effectif, le faire ratifier par les Chambres — ce que le tsar, qui ne souhaitait pas de publicité, refusait absolument.

La visite en Russie de l'escadre française, reçue le 25 juillet 1891 à Kronstadt par le souverain, concrétisa le projet d'entente rédigé à Paris le 26 juillet. Les deux nations s'engageaient, si la paix « était menacée sur l'initiative de la Triple Alliance », à se mettre « d'accord pour utiliser simultanément leurs forces ». Giers vint à Paris se concerter avec le président de la République Sadi Carnot pour mener en Orient une politique commune. Le chancelier allemand, Caprivi, en profita pour réclamer un supplément de crédits militaires au Reichstag, cependant que les Français demandaient aux Russes un accord militaire. Le général de Miribel envisageait contre les empires centraux la « mobilisation simultanée » de plus de 3 millions d'hommes. Le général de Boisdeffre, sous-chef d'état-major de l'armée, présenta en juillet 1892 à Saint-Pétersbourg un projet de convention. Le tsar acceptait de mobiliser immédiatement 800 000 hommes (1,3 million en France) pour une « guerre défensive » en cas d'extrême danger. Rien pourtant n'était encore vraiment acquis quand le tsar envoya à son tour une escadre à Toulon en 1893, passée en revue par le président Carnot. La foule française cria « Vive la tsarine ! » et fit aux marins russes un accueil délirant. La convention militaire fut enfin adoptée, par un échange de lettres, le 4 janvier 1894. Le système de la « paix armée » était définitivement établi en Europe, et les nations « civilisées » étaient à la merci d'une déflagration. L'opinion française, insensible à ce danger, obnubilée par la menace allemande, exaspérée par vingt ans de contrainte bismarckienne, croyait sortir du tunnel et accéder enfin, après un trop long recueillement, à l'existence internationale. On ne pouvait qu'en créditer, dans l'opinion, la République des modérés.

Ayant ainsi provisoirement désarmé les nationalistes, les opportunistes croyaient pouvoir se concilier l'autre France, celle des catholiques, toujours ulcérés par les lois laïques, qui avaient fourni les gros bataillons des trois millions de votes conservateurs. L'insistance répétée du pape Léon XIII, qui suggérait aux catholiques français de renoncer à leur isolement, irritait les radicaux, même modérés, qui soutenaient la majorité : Tirard, puis Freycinet avaient difficilement maintenu le cap jusqu'en février 1892. Le nouveau chef du gouvernement, Émile Loubet, avait dû promettre de « défendre les lois républicaines ». Étaient-elles menacées ? En moins d'un an, le pape avait publié deux encycliques : *Rerum Novarum* (15 mai 1891) engageait les catholiques à découvrir le problème social pour lui apporter des solutions législatives ; *Inter Sollicitudines* (16 février 1892) exhortait les fidèles français à accepter le régime. Dès novembre 1890, Mgr Lavigerie, archevêque d'Alger, avait porté un toast à la République au cours d'un dîner à l'escadre de Méditerranée. Les catholiques suivraient-ils ? Pas les royalistes, assurément. Pas forcément les évêques, qui nourrissaient trop de rancune envers l'État. Les circonstances politiques ne se prêtaient guère à l'ouverture, et la marge de manœuvre du président Loubet, guetté par les radicaux, était faible. Pourtant, des voix s'élevaient dans le peuple catholique pour faire écho à la parole du pape : Albert de Mun et Jacques Piou abandonnèrent la cause de Philippe VII pour emboucher, avec le prince d'Arenberg, la trompette du ralliement. Élu président du Sénat en 1893, Jules Ferry leur répondit sur l'autre rive : « Notre République est ouverte à tous, elle n'est la propriété d'aucune secte, d'aucun groupe, ce groupe fût-il celui des hommes qui l'ont fondée. Le grand mouvement de ralliement qui s'opère est conduit par la force des choses et par les intérêts les plus élevés de la patrie. » Cette voix autorisée fut entendue, même si Clemenceau s'en indigna : « Vous ne ramènerez pas l'Église, répondit-il, parce que l'Église veut précisément le contraire de ce que nous voulons. » De fait, les militants de l'Union de la France chrétienne dénoncèrent le « ralliement » comme un empiétement du pape dans la politique intérieure française. Les évêques de Mende, d'Avignon et de Nancy se signalèrent par leur opposition déclarée. Le pape dut dissoudre l'Union de la France chrétienne et convoquer à Rome l'archevêque de Paris. L'affaire du ralliement s'engageait mal. Pourtant, elle allait se développer en apportant bon nombre de voix catholiques à la future droite républicaine. Pour l'heure, les négociations étaient bloquées par la mauvaise volonté des évêques et par le scandale de Panama, qui discrédita le personnel opportuniste et provoqua en novembre 1892 la chute de Loubet.

« Une caverne de voleurs » : Panama et la chute des opportunistes

Un scandale de grande taille : Barrès a dénoncé dans *Leurs Figures* les 104 « petits veaux de la Chambre » qui touchèrent de l'argent pour soutenir de leurs votes les finances lourdement déficitaires de la Compagnie du canal de Panama, animée par le créateur de Suez, le Français Ferdinand de

Lesseps. L'affaire jette un jour cru sur l'un des aspects de la politique opportuniste : son libéralisme absolu en matière économique. L'équilibre du budget est atteint par des recettes ordinaires et quelques emprunts : pas de modification du système fiscal, pas d'« inquisition » ni d'impôt sur le revenu, à l'anglaise ou à l'allemande, rien qui puisse inquiéter les 500 000 rentiers dont les banques et l'État lui-même recherchent constamment les faveurs. Tout le système économique, explique Jean Bouvier[1], « va devenir de plus en plus un magasin à succursales mutiples, vendant du titre à la clientèle ». Les banques ont vendu beaucoup de « Panama », réalisant un profit parfaitement inhabituel de 5,67 % pour frais d'émission, au lieu de 2 %. Les journaux parisiens ont été « arrosés ». Enfin, les hommes politiques ont « touché » des chèques par l'intermédiaire de personnages douteux : le financier Joseph de Reinach et l'aventurier et homme d'affaires américain d'origine française Cornelius Herz. L'un des principaux gagnants de l'opération a été le Crédit lyonnais, et les premiers perdants, Ferdinand de Lesseps et son équipe de techniciens qui ont eu le tort de sous-estimer l'importance des travaux et de recourir à des emprunts de plus en plus coûteux pour leur trésorerie. Pour vendre des titres à toute force, ils ont été aidés par la presse achetée, diffusant dans le public une publicité mensongère. Ils ont convoqué des milliers d'actionnaires au Cirque d'Hiver, pour leur démontrer le bien-fondé de leurs investissements. Ils ont ainsi créé le personnage du « gogo » : le rentier abusé par les bobards des gens de finance.

Le personnel opportuniste est fortement compromis : les boulangistes, qui ont eu vent du scandale, ouvrent le feu quand la Compagnie de Suez est mise en liquidation judiciaire. En novembre 1892, l'antisémite Drumont déclenche la campagne dans la *Libre Parole*, suivi par le journal boulangiste la *Cocarde* qui passe pour être informé par Constans, désireux de porter un coup à ses ennemis radicaux. On sait que l'un des intermédiaires de l'affaire, Cornelius Herz, subventionne la *Justice* de Clemenceau. Le député catholique et ex-

1. *Les Deux Scandales de Panama*, Paris, 1964, p. 203.

boulangiste Jules Delahaye reproche à Charles Floquet d'avoir utilisé les fonds de la Compagnie pour subventionner la campagne antiboulangiste dans le Nord. Une commission présidée par le radical Brisson est désignée pour faire toute la lumière. Lorsque Reinach meurt subitement, un autre intermédiaire, Arton, prend la fuite. Le cabinet Loubet, accusé de négligence — il n'a pas fait apposer les scellés sur les papiers de Reinach —, doit alors démissionner. Boulangistes et radicaux triomphent : le scandale se révèle payant.

Le *Figaro* attaque Clemenceau et le ministre des Finances Rouvier, tous deux amis de Herz, qui s'est enfui à Londres. Le nouveau cabinet Ribot est rapidement débordé : Tirard doit remplacer au pied levé Rouvier démissionnaire, rue de Rivoli. Freycinet est également cité, ainsi que Jules Roche et Ranc. On découvre le 30 novembre les talons de chèques tirés par Herz pour le compte des sénateurs Albert Grévy, Léon Renault et d'autres hommes politiques opportunistes. On lève les immunités parlementaires pour poursuivre les suspects. Clemenceau échange plusieurs balles avec Paul Déroulède, sans résultat. On arrête l'ancien ministre des Travaux publics, Baïhaut, qui a touché 375 000 francs. Rouvier a reçu lui aussi une forte somme pour financer la campagne antiboulangiste et il se retrouve dans la galère de Charles Floquet. Arton aurait distribué des chèques à 104 députés ! En mars, le ministre est de nouveau par terre, remplacé par un cabinet présidé par Dupuy, lequel déclare sentencieusement à la tribune, sans doute pour dissiper les relents du scandale : « L'aisance et la fortune ne s'acquièrent que par le travail. » La plupart des accusés sont toutefois acquittés, sauf Baïhaut, Lesseps et l'ingénieur Eiffel (qui a préparé le projet d'écluses pour le canal). Le scandale rejaillit sur toute la Chambre : le nom du frère de Ferry, qui vient de mourir, est prononcé à propos de l'un des organismes financiers de Panama. Les radicaux Floquet et Clemenceau — celui-ci s'est pourtant défendu comme un beau diable — doivent disparaître de la scène de même qu'un grand nombre d'opportunistes. Le frère de Grévy, déjà éclaboussé par l'affaire Wilson, fait partie des accusés. Racontant l'installation à Paris de son père Jules, maire du Havre et député depuis 1885, André Siegfried note que le nouvel élu, ayant l'impression d'être « entré dans une caverne de voleurs », est tenté de démissionner sur-le-champ.

Pourtant, rien ne change : Charles Dupuy, président du Conseil et ministre de l'Intérieur, ferme la bourse du travail, assure l'ordre dans la rue, empêchant toute manifestation. Cependant que radicaux et socialistes se rapprochent, Dupuy lance un appel aux catholiques ralliés. Les élections de 1893 marqueront l'échec apparent de ces derniers, qui n'ont gardé autour de Jacques Piou qu'une trentaine de sièges. Les monarchistes s'effondrent, réduits à 60 élus. Mais les voix des catholiques ont fait élire au second tour plus de 300 gouvernementaux, contre 140 radicaux et 50 socialistes. Que Piou et de Mun soient eux-mêmes battus n'implique nullement un échec de l'opération lancée par le pape. Le Saint-Père a efficacement contribué à la formation d'une nouvelle droite en France.

L'avenir immédiat lui donne pourtant tort : Charles Dupuy, parti en décembre 1893, revient dès mai 1894 après un intermède Casimir-Perier. Il ne se montre pas menaçant pour les catholiques, mais pour les socialistes qu'il frappe de ses « lois scélérates », votées après l'assassinat de Sadi Carnot à Lyon par l'anarchiste Caserio (24 juin 1894). Jean Casimir-Perier est alors élu président de la République, abandonnant la présidence du Conseil à Dupuy. Celui-ci réprime les grèves avec une telle énergie qu'il finit par galvaniser l'union des socialistes et des radicaux.

Un groupe de la majorité fait dissidence pour ne pas se couper des radicaux, et le gouvernement tombe en janvier 1895. Parce qu'il estime impossible de jouer son rôle et qu'il refuse d'appeler au pouvoir un radical, le grand bourgeois Casimir-Perier abandonne l'Élysée en janvier 1895. Il est remplacé par le modéré Félix Faure, qui l'emporte sur le radical Brisson. Le ballet des présidents du Conseil reprend : le radical Bourgeois après le modéré Ribot. Le projet d'impôt sur le revenu, avancé timidement par Ribot, plus fermement par le ministre des Finances, le radical Paul Doumer, mobilise contre lui les sénateurs qui donnent le signal de la danse du scalp : l'épouvantail fiscal ramène la majorité à droite. Le cabinet Méline, qui dure plus de deux ans, jusqu'aux élections de 1898, dénonce « l'anticléricalisme des radicaux pour tromper la faim des électeurs ». Il gouverne au centre droit dans l'esprit le plus immobiliste qui se puisse imaginer. La République semble avoir enfin trouvé un port en eaux calmes... C'est faire bon marché de l'impatience des francs-maçons et des frémissements du drapeau rouge.

CHAPITRE V

Les francs-maçons

« Les francs-maçons sont partout ! » disent les catholiques qui les rendent responsables des lois scolaires. « Cornelius Herz est un agent de l'Allemagne ! » hurle à la tribune Paul Déroulède, cependant que Drumont dénonce, dans un pamphlet haineux, La France juive, *la finance et la presse dominées par les « apatrides ». Une France du refus se met en place à côté d'une France de la révolte, symbolisée par le drapeau rouge.*

Les républicains modérés qui exercent le pouvoir avec Jules Méline sont fiers de la « grande nation » et de son nouvel empire colonial, de l'alliance russe et de l'armée. Ils estiment qu'ils ont construit une œuvre solide qui pourra résister aux orages. Ils s'acheminent vers le XXe siècle avec la conscience d'avoir fortifié le régime que leur ont légué les fondateurs. Ni les scandales ni les crises n'ont pu détruire la République. La prospérité revient, qui dissipera le malaise social en rendant à la Cérès ses belles couleurs.

L'affaire Dreyfus, à partir de 1894, marque la fin du rêve. Autour du cas du capitaine juif condamné au bagne par erreur, l'opinion se déchaîne, deux camps se heurtent, la République se trouve de nouveau en danger en 1898 et 1899. Des ligues violentes multiplient les désordres dans la rue, à croire que tous les Français vont en venir aux mains. La crise passée, on retrouve la République, mais elle n'est plus soutenue que d'un seul côté. Les espoirs du pape Léon XIII se sont envolés : la grande majorité des catholiques se range dans le camp des opposants.

On s'achemine désormais vers l'issue qui a effrayé tant de républicains modérés : la séparation de l'Église et de l'État. Non pas une décision sereine, prise d'un commun accord, mais un divorce violent, parfois tragique, provoquant de longs et ardents débats politiques. Il n'y a point de guerre civile, certes, et les ligueurs de part et d'autre agitent des sabres en carton, mais en 1905, quand surgissent de nouvelles crises sociales violentes, les républicains ont le sentiment d'être profondément, peut-être irrémédiablement divisés par « toute l'étendue de la question religieuse », selon le mot de Clemenceau. A la droite opportuniste, la Gauche radicale, au pouvoir de 1899 à 1905, impose ses défis et prétend parfaire l'œuvre de la Révolution française en rompant toute attache avec Rome. Ainsi fonde-t-elle la « République des comités », celle des francs-maçons.

Pas plus que les jésuites, leurs ennemis traditionnels, les francs-maçons n'ont bonne presse : on les accuse de tous les péchés. Jadis, au temps heureux des Lumières, ils recrutaient dans les évêchés, les états-majors, les hôtels princiers et même à la Cour. Ils ont désormais pour adeptes des employés des postes et des instituteurs de village. Initiés au cours de cérémonies mystérieuses, ils parlent entre eux un langage abscons, se reconnaissent par des signes cabalistiques, se revêtent en loge d'ornements étranges, s'enterrent les uns les autres civilement, souvent dans le drapeau rouge, n'envoient pas leurs enfants au catéchisme, ne se marient pas à l'église : ils se placent hors du jeu social, à ses frontières, se vouant au marginalisme des sectes. Ce ne sont pas des Français comme les autres. Se proclamant tous frères et amis du genre humain, on peut suspecter leur patriotisme. N'y a-t-il pas aussi des maçons en Allemagne ? Leur patrie est au ciel du Dieu architecte qu'ils vénèrent, et leur communauté n'est pas nationale. Ni chrétiens ni Français, ils sont à peine tolérables.

Ils agissent en secret, tirent les ficelles de l'État. Les grandes décisions, discutées au Parlement, se préparent en fait dans l'obscurité des loges. Un tout petit nombre d'hommes imposent ainsi à la nation des décisions inspirées par le plus évident parti pris, sans réponse, sans riposte possible puisque l'adversaire s'avance masqué. Ils sont d'autant plus dangereux qu'ils sont inconnus. Il est urgent de les montrer au grand jour, de dénoncer leurs intrigues et leur soif absolue de pouvoir. Leur action clandestine, ou parallèle, a pour résultat d'écarter l'Église et la communauté des fidèles des décisions politiques, toujours prises au profit exclusif de la secte. La dispersion des congrégations est leur œuvre, il suffit de lire la grande presse catholique pour s'en convaincre. Ils sont à l'origine des lois scolaires et participent tous les jours, grâce au dévouement des instituteurs affidés, au grand complot contre la jeunesse de France.

La plupart des évêques ont en ces termes dénoncé leurs pratiques et mis leurs intrigues en évidence, le clergé leur voue une haine inexpiable et leur déclare une guerre sans merci. Car ces originaux, ces marginaux ne sont pas d'inoffensifs spectateurs, mais des sectaires combatifs, de dangereux alliés du Malin qu'il faut extirper du corps social pour régénérer la nation. Ainsi parle la presse des assomptionnistes, qui prospère chaque année davantage. Le pape lui-même a donné le signal de la croisade. Le très tolérant Léon XIII n'a-t-il pas écrit dans une encyclique particulière : « Notre meilleur et plus solide espoir de guérison est dans la vertu de cette religion divine que les francs-maçons haïssent. Que les gens de bien s'unissent donc aussi, et forment une immense coalition de prières et d'efforts. » Pour Drumont l'antisémite, « le juif s'est fait franc-maçon ». En le frappant, on fait d'une pierre deux coups. C'est Mgr Lecanuet qui l'écrit : « Les colères déchaînées par *La France juive*, les sympathies que le clergé manifeste pour M. Drumont, le mouvement antisémite qui grandira les années suivantes, tout cela va rendre la guerre religieuse plus implacable encore[1]. » Les francs-maçons et les juifs se trouvent désormais associés dans la même dénonciation.

Les reproches adressés aux francs-maçons par les conservateurs catholiques se comprennent : convaincus de la nécessité de poursuivre jusqu'au bout l'œuvre de la Révolution française et de détacher un État neutre de l'Église romaine,

1. *Op. cit.*, p. 341.

ils ont souvent joué les premiers rôles dans l'organisation du parti républicain et la fondation du régime. Ils ont milité de toutes leurs forces contre Mac-Mahon lors de la crise du 16 mai : « Vous êtes restés sur la brèche, repoussant l'ennemi pied à pied » ; ainsi les félicitait le frère Combes, de la loge d'Aurillac[1]. On ne sait quand ni comment les loges se peuplèrent de nouvelles recrues, payant une cotisation plus faible. Sans doute à la fin des années 1880. Jusqu'alors, elles étaient dirigées par des médecins, des gens de loi, des professeurs et des journalistes, et leurs adhérents étaient des petits commerçants, des artisans, des patrons de bistrots ou des percepteurs. On n'ignore pas que l'ordre se dépense pour recruter chez les instituteurs et les militaires, afin de constituer un encadrement social efficace. La maçonnerie ne cherche pas des vedettes, mais des troupes. Elle ne compte dans ses rangs ni Victor Hugo, ni Zola, ni Renan. Elle montre assez de passion démocratique pour recruter parfois des femmes : une loge mixte est créée en 1893 rue de Sèvres, à Paris, qui donne naissance quelques années plus tard à une obédience, celle du Droit humain. Les cotisations se trouvent réduites de nouveau en 1893 pour permettre l'accession aux loges des ouvriers. Est-ce la conséquence de *Rerum Novarum* ?

Selon Pierre Chevallier, les frères, alors acquis aux idées collectivistes, militent pour la protection sociale. Ils se sentent en harmonie avec le journal de Clemenceau, la *Justice*, et s'ils ont connu dans le passé de nombreux adhérents opportunistes (dont Jules Ferry), ils constatent avec tristesse que 3 000 modérés les abandonnent en 1891 en raison de la sympathie affichée par la majorité des maçons pour le programme radical, qui comporte en première priorité la séparation de l'Église et de l'État. Ils ne peuvent en effet concevoir la société civile comme une hiérarchie de fidèles et de clercs sous le trône de Dieu. La désacralisation du pouvoir, sa soumission à la Raison, aux principes démocratiques et libéraux, leur paraissent essentielles : ils sont donc les véri-

1. P. Chevallier, *Histoire de la franc-maçonnerie française*, Paris, 1984, t. 3, p. 9.

tables ennemis des évêques et de l'ancienne conception théocratique du trône et de l'autel.

On ne peut réconcilier les croyants de la vérité révélée et les partisans du triomphe de la raison humaine. L'urne électorale devient, dans cette perspective, l'instrument de l'affranchissement spirituel et les maçons ne peuvent manquer de s'engager en politique : ils ont à libérer les âmes de la « superstition ». Ils sont, à leur manière, des prosélytes. On peut trouver les traces de ce nouveau combat contre « l'Infâme » des héritiers de Voltaire dans les bibliothèques maçonniques : le frère Courdaveaux publie en 1889 à la librairie protestante Fischbascher ses *Conférences sur l'histoire de l'Église faites dans les loges de France et de Belgique*, où il soumet les dogmes à l'examen de la raison critique. La maçonnerie peut à la rigueur s'entendre avec le protestantisme, lui aussi critique et antidogmatique : Ferdinand Buisson, Steeg et Pécaut seront des hommes politiques à la fois maçons et protestants. Ils ne peuvent s'accorder avec les catholiques et ne sont pas loin de souhaiter, comme sous la Grande Révolution, la désaffection des églises : le frère Delpech, sénateur de l'Ariège, ne déclare-t-il pas au discours de clôture du convent de 1895 (dix ans avant la séparation) : « Nous nous rendrons sur les hauteurs de Montmartre, précédés de notre bannière, ornée de nos insignes symboliques, et nous irons chanter un hymne de paix sous les coupoles du monument destiné aujourd'hui au Sacré-Cœur de Marie Alacoque. Nous y proclamerons la déchéance définitive du pape, la ruine du corps jésuitique, le triomphe de la libre pensée, et sur le fronton du temple nous inscrirons : offert à la France et à l'humanité en souvenir des crimes de l'Église[1]. » Certains frères extrêmes voulaient supprimer de la Constitution le principe de la liberté de pensée : à quoi bon l'accorder aux dogmatiques de la religion révélée, puisqu'ils sont les adversaires résolus de toute liberté ? Le frère Lafferre, président du conseil de l'ordre, reconnaissait que la maçonnerie était antireligieuse, et pas seulement anticléricale, mais qu'il fallait se défier de substituer un dogmatisme à un autre. On

1. Chevallier, *op. cit.*, p. 59.

se proposait donc, en 1885, de supprimer de la constitution maçonnique l'article assurant le respect « de la foi religieuse et des opinions politiques des membres ». Sous la poussée du positivisme et du scientisme, on se débarrassait des oripeaux du XVIIIe siècle, du Dieu architecte et de la pensée rousseauiste. Croyant à la perfectibilité indéfinie de l'esprit humain, les maçons n'avaient plus besoin de religion, mais seulement de morale. Ils prétendaient donner eux-mêmes l'exemple de l'abandon des « superstitions ».

Le fer de lance de la bataille laïque

Ils attachaient une attention toute particulière à l'enseignement laïque, source de l'action possible de la maçonnerie sur les jeunes esprits, et à l'affiliation des instituteurs aux loges. La parenté de la maçonnerie et de la Ligue de l'enseignement, fondée en 1865 par l'instituteur socialiste Jean Macé, n'était pas un mystère. La maçonnerie n'avait pas fondé la Ligue, mais Macé, dans un souci d'efficacité, se fit maçon en 1866, et 15 loges en devinrent membres, appelant la Ligue leur « fille aînée ». Léon Bourgeois et Ferdinand Buisson, deux hommes politiques francs-maçons, en furent présidents. Le Denier des écoles laïques, la Société du sou des écoles, la Société républicaine d'instruction gravitaient autour de la Ligue, qui aurait compté 47 000 membres en 1904 et deux fois plus en 1908. Beaucoup de maçons militaient dans les sociétés de libre pensée, en particulier dans la Ligue anticléricale qui regroupait 17 000 membres en 1890.

Le conseil de l'ordre, en 1891, avait décidé de développer ces cercles de libre pensée. On voulait ériger l'humanité à la place de Dieu, lancer la croisade de la Raison. Francis de Pressensé et A. Delpech fondèrent l'Organisation des œuvres laïques à l'Université populaire de la rue Mouffetard. Les universitaires Aulard, Séailles, Lavisse, séduits par l'idée, voulaient entreprendre « l'éducation républicaine des jeunes générations ». Pour eux, le redressement français passait par l'abandon des valeurs religieuses, par l'adoption d'une morale positive kantienne, soucieuse d'efficacité et de progrès. Etber, le penseur de la jeunesse laïque, se réclamait de la Révolution : elle est, disait-il, comme la République, « un acte de foi en la nature humaine ». L'esprit laïque avait de la ferveur, une puissance de rayonnement qui s'exprimaient dans la revue les *Annales*. Au début du siècle, des congrès internationaux de la libre pensée se réunissaient dans de nombreuses villes d'Europe, et une association nationale fut créée en France, présidée par Buisson, Aulard, Séailles, Sembat, et se donnant pour but de « fonder la Cité laïque ». Le savant Berthelot accepta d'y siéger aux côtés de Lavisse et d'Anatole France. Très nombreux étaient les francs-maçons parmi les 150 membres de sa commission exécutive. On y relève les noms de Lafferre, de Messimy et des radicaux du Sud-Ouest Sarraut et Huc, directeur de la *Dépêche de Toulouse*. Un quotidien, l'*Action*, se disait « l'organe politique et social de la libre pensée ». Ces rationalistes ne toléraient pas la cohabitation des enseignements et exigeaient le monopole d'État. Aulard, l'intransigeant, ne cachait pas son intention d'abolir la religion au nom de la tradition philosophique du parti républicain : « Détruire la religion, écrivait-il dans l'*Action*, ça a été le but plus ou moins avoué des philosophes du XVIIIe siècle. [...] C'est ce qu'ont voulu les politiques dirigeants de la République. Hommes libres du XIXe siècle, serons-nous plus pusillanimes qu'eux ? Cette destruction [n'est-elle pas] indispensable pour fonder rationnellement la nouvelle cité politique et sociale ? » Buisson reprenait Aulard : non pas détruire, mais laïciser les religions... Séailles, de son côté, demandait que l'on pût discuter de la religion « sans insulter bêtement Jésus » et s'élevait contre le fanatisme de la libre pensée. Les professeurs désapprouvaient hautement les excès de l'anticléricalisme militant, les chansons provocatrices de Léon Taxil (*Aux urnes citoyens, contre les cléricaux : votons !* [bis], *et que nos voix dispersent les corbeaux !*) ou la marche anticléricale de Montehus citée par René Rémond[1].

Les maçons, adeptes de cet esprit nouveau, surveillaient de près, tous comme les catholiques intransigeants, la rédaction des manuels destinés à l'enseignement primaire. Une commis-

1. *L'Anticléricalisme en France de 1815 à nos jours*, Paris, 1976, p. 208.

sion avait été créée à cette fin en 1880 au Grand-Orient. Les lois de 1881 et 1882 avaient répondu au désir des loges, pourtant tolérantes à l'égard des écoles libres. Les maçons s'interdisaient seulement toute compromission dans les cérémonies religieuses et n'envoyaient pas leurs enfants dans les établissements religieux. Le convent de 1899 estima qu'une telle pratique constituait pour un maçon un délit. Beaucoup soutenaient qu'ils ne pouvaient faire partie d'une Église : ainsi les radicaux Mayoux ou Maurice Violette critiquaient-ils Delpech, partisan d'interdire de loge les seuls prosélytes notoires d'un culte religieux.

Il y avait donc loin de la coupe aux lèvres : si les maçons les plus extrêmes prêchaient l'intolérance et se comportaient comme des militants de la libre pensée, d'autres soutenaient dans les loges la nécessité d'un progrès par étapes et s'accommodaient fort bien de la tolérance, qu'ils affichaient même, l'opposant à l'intransigeance catholique. Ils prétendaient agir par l'influence et diffuser secrètement les lumières de la Raison, s'entourant du secret pour protéger leur pouvoir politique. La presse maçonnique avouée comptait seulement quelques titres à faible tirage, comme le *Monde maçonnique* et la *Chaîne d'union* ou, après 1902, l'*Acacia*. Mais les maçons Gambetta et Joseph Reinach diffusaient leurs idées dans la *République française*. Le puissant *Journal des instituteurs* était aux mains des loges, et les frères écrivaient nombreux dans la *Justice* : ainsi Pelletan, Gerville-Réache, Longuet, Millerand et Laguerre. Roche fut directeur du *Siècle*. Le *Rappel* de Vacquerie était maçon. L'influence des loges était déterminante sur les quotidiens régionaux : Corneau, membre du conseil de l'ordre, régnait au *Petit Ardennais* comme Sarraut sur la *Dépêche* ou le docteur Blatin sur le *Petit Clermontois*. Charles Bernardin, un des grands dignitaires, avait fondé dans l'Est *Pour la République*, l'*Étoile de l'Est* et le *Républicain des Vosges*. Le combat maçonnique et la lutte politique allaient de pair. Lucien Victor Meunier, également membre du conseil, dirigeait la *France de Bordeaux et du Sud-Ouest*. On relève l'action laïque du frère Bigot dans le *Phare de Bretagne*. On pourrait citer de nombreux autres quotidiens régionaux où la pensée et l'action maçonniques s'affirmaient. La puissance des loges dans la presse était au moins égale à celle des catholiques.

Les effectifs des frères allaient croissant en raison du succès de la République, qui réussissait sa conquête de la société. Ils étaient sans doute à l'origine de ces bons résultats puisqu'ils constituaient le principal fer de lance de la bataille laïque. Par un effet d'entraînement, cette réussite suscitait des adhésions, elle ne parvint jamais à faire de la maçonnerie un phénomène de masse : 10 000 maçons en France en 1862, estime Chevallier[1], 20 000 en 1889, 32 000 en 1908. Le Grand-Orient recrute, à partir de 1880, surtout dans les Charentes, la Gironde, la Dordogne, le Lot-et-Garonne, le Sud et le Sud-Est, dans le Rhône et la Saône-et-Loire, à Paris et dans sa région, dans le Pas-de-Calais et la Seine-Inférieure : c'est d'abord une constellation de sociétés provinciales. La Grande Loge s'accroît dans les mêmes proportions, en accusant environ deux fois moins d'ateliers que l'obédience de la rue Cadet. Il convient de souligner que la maçonnerie essaimait dans les colonies, notamment en Algérie : encore un terrain où elle affrontait la concurrence de l'Église. Mais comment comparer les 32 000 maçons aux effectifs impressionnants du clergé, la propagande des loges à celle des chaires ? Sur le terrain, l'influence de la maçonnerie semble avoir été surestimée : elle se limitait au milieu urbain, sans pénétrer la France profonde, et ne concernait que les hommes : à l'Église, comme le déplorait Clemenceau, restaient les femmes — raison de plus pour leur refuser le droit de vote.

La circulation des idées maçonniques

Les loges avaient un rôle d'impulsion et une capillarité suffisante — relayée par la presse et les maîtres d'école — pour faire circuler les idées : elles agissaient en somme comme des sociétés de pensée. L'influence des obédiences sur les hommes politiques a été exagérée. Aucun président de la République, de Mac-Mahon à Loubet, dont l'appartenance

1. *Op. cit.*, p. 28.

n'est pas certaine, n'était notoirement maçon. Sans doute Sadi Carnot était-il de sensibilité maçonnique en raison de son hérédité (son père, son grand-père, l'illustre Lazare, et son oncle étaient des maçons). On n'est pas certain qu'il ait été lui-même un initié, pas plus que Jules Grévy. Casimir-Perier était à coup sûr étranger aux loges. Félix Faure avait été membre d'une loge du Havre mais, comme beaucoup d'hommes politiques, avait laissé son adhésion « en sommeil » : une taupe de la maçonnerie, en quelque sorte. Ni Loubet ni Fallières n'en faisaient partie, pas plus que le jeune Raymond Poincaré. Ni Clemenceau, ni Aristide Briand, ni Waldeck-Rousseau n'étaient membres, et les plus connus des maçons, Millerand et Paul Doumer, n'étaient pas d'une fidélité à toute épreuve. Il reste que beaucoup de parlementaires obscurs avaient reçu leur baptême républicain dans les loges dont ils étaient les représentants à la Chambre ou au Sénat que présidait à la fin de sa carrière le prince de l'école laïque, le frère Jules Ferry.

L'utilité de la maçonnerie dans le système parlementaire est manifeste : elle permet d'aider à la carrière de fonctionnaires qui répondront aux démarches des députés et sénateurs chaque fois que ces derniers auront à intervenir en faveur de leurs électeurs. De ce point de vue, les amitiés maçonniques renforcent ces habitudes d'intervention des politiques sur les bureaux que déplorait Waldeck-Rousseau, ministre de l'Intérieur. Pour un jeune député, la maçonnerie offre en outre l'avantage de lui ouvrir l'accès des cercles constitués au Palais-Bourbon ou dans son entourage immédiat, au sein des comités parlementaires proches des grands intérêts agricoles, commerciaux et industriels. La cooptation dans les commissions de la Chambre est également un précieux moyen de promotion, permettant de viser un sous-secrétariat d'État. La maçonnerie intervient discrètement dans le cursus parlementaire, parmi d'autres groupes de pression.

Elle peut jouer un véritable rôle politique actif dans les élections elles-mêmes, en obligeant les candidats, sous peine de renvoi de l'ordre, à observer la discipline républicaine du second tour ; elle peut, sinon « faire voter », du moins s'assurer qu'il n'y a pas détournement des voix républicaines. Quand la cohésion du parti est menacée par les divergences entre radicaux et modérés, les loges interviennent toujours dans le sens de l'unité. Avant les élections de 1885, où la République peut paraître en danger, l'ancien président du conseil de l'ordre du Grand-Orient, Charles Cousin, rédige un article pour la *Chaîne d'union* : il dissuade les maçons de soutenir un programme trop avancé, rappelle les échecs des démocrates-sociaux en 1848 et 1871. Tous les candidats républicains, pourvu qu'ils soient démocrates et anticléricaux, doivent être soutenus dès le premier tour, se soumettre à une discipline commune. Chaque fois qu'une entente est réalisée à la Chambre ou sur le terrain entre radicaux et opportunistes, on peut donc soupçonner à bon droit une intervention discrète mais ferme des frères des deux partis : car l'entente, la « chaîne », la conciliation sont les maîtres mots des maçons.

Pour s'entendre, il faut être d'accord sur les principes qui orientent l'action : on décide donc, en 1890-1891, d'établir un « programme commun de questions » pour les congrès régionaux des loges. Ce texte est adopté à la fin de chaque convent annuel. Les loges donnent donc l'exemple de la démocratie : on discute et on adopte au sommet un projet qui est ensuite discuté et modifié à la base, puis renvoyé aux échelons supérieurs pour l'établissement d'un rapport final. Cette circulation des idées, leur maturation en milieu maçonnique donnent l'impression d'une serre d'élevage où se mijotent les projets de lois pour les parlementaires. « Il n'est pas niable, écrit Pierre Chevallier, qu'un nombre élevé de questions étudiées en loges ont reçu par la suite une sanction législative[1]. » Cette méthode de discussion à trois degrés — loges, congrès régionaux et convent national — se révèle très efficace : elle permet aux « sociétés de pensée » de se transformer en laboratoires de projets. Les frères n'ont nul besoin d'être illustres pour assurer leur influence : ils sont partout présents et bons ouvriers de la démocratie. On estime à 250 le nombre de francs-maçons à la Chambre des députés au début du siècle, à 200 le nombre de sénateurs, soit plus de la moitié des effectifs de la Haute Assemblée.

La constitution de cette démocratie parallèle ne fonctionne

1. *Op. cit.*, p. 47.

que sur un petit nombre d'affidés qui s'efforcent d'étendre leur influence aux milieux jusque-là rétifs des campagnes ou des usines. L'ouverture de la maçonnerie au socialisme est manifeste au début du siècle. Elle encourage la formation de partis politiques, filières efficaces de promotion des hommes et des idées, avec une inclination particulière pour le parti frère, celui des radicaux. Les maçons souhaitent que les rencontres entre démocrates soient permanentes, qu'elles dépassent les courtes périodes électorales, que des habitudes de discussion, de concertation soient prises. Les catholiques se retrouvent tous les dimanches à la messe. Les démocrates estiment qu'ils doivent aussi rendre leurs rencontres régulières, et pas seulement les maçons. A Paris où les radicaux ont perdu, depuis la fin du boulangisme, beaucoup de voix et de sièges, des centres d'accueil doivent être aménagés pour les élus radicaux qui n'ont jamais été plus nombreux (plus de 130), mais qui viennent surtout de province. En Saône-et-Loire, le radicalisme est sérieusement implanté avec Dubief et Sarrien ; il en va de même dans le Sud-Ouest et dans certaines régions du centre. Le recul de Clemenceau, l'avancée de parlementaires maçonniques comme Léon Bourgeois et Camille Pelletan rendent possible une occupation rationnelle du terrain des Assemblées, avec des portes et des fenêtres sur les milieux professionnels extérieurs.

Aux comités radicaux permanents qui se créent en province — parfois à la suggestion des loges — répond une initiative nationale, celle du frère Gustave Mesureur, dignitaire de la Grande Loge et député de la Seine : il constitue en août 1893 une Association pour les réformes républicaines, destinée à regrouper les radicaux, à réagir « contre la politique d'immobilisme et de recul » et à préparer des programmes législatifs, peut-être dans l'arrière-pensée d'utiliser et de prolonger efficacement les travaux préalables accomplis dans les loges. Mais l'audience de l'association est faible, en raison de l'attitude des élus qui répugnent à s'engluer dans des structures molles. Plus efficace est le Comité central d'action républicaine, fondé par des jeunes, le frère Klotz et le frère Renoult, qui veulent dépasser le cadre de la salle Colbert à la Chambre et s'adresser au pays par des réunions géantes. Un certain nombre de comités régionaux envoient des messages de sympathie à ce comité de la rue Tiquetonne. Dans les loges, la poussée sociale est forte, socialistes et libéraux ont pris l'habitude d'une cohabitation qui ne va pas sans heurts. Les vénérables bourgeois des années 1870 se contentaient d'étudier les associations ouvrières ou la distribution du crédit. Les frères étaient favorables au libéralisme, à l'association du capital et du travail, déplorant l'écrasante supériorité des institutions religieuses dans le domaine de l'action sociale. Le drame de la Commune les a touchés de près. De retour dans les « ateliers », les frères socialistes, anciens communards, prétendirent apporter une réponse aux catholiques, comme Albert de Mun et René de La Tour du Pin, qui avaient réussi à constituer en 1884 plus de 400 comités réunissant 50 000 travailleurs chrétiens. De Mun produisait un programme de réformes incluant le repos hebdomadaire et toute une législation protectrice. La maçonnerie se laisserait-elle déborder ?

Paul Doumer et Léon Bourgeois s'étaient signalés à la tête d'un mouvement exigeant l'aide de l'État aux sociétés coopératives qui se constituaient dans les années 1880-1890. Les programmes sociaux devenaient objet d'étude pour les loges : Thélème, en particulier, examinait le capital et les monopoles à partir d'une lecture de Marx, et demandait au conseil de l'ordre de rédiger une nouvelle Déclaration des droits de l'homme et du citoyen à l'occasion du centenaire de la Révolution, affirmant le « droit à l'existence »[1]. A partir de 1890, les sympathisants socialistes étaient nombreux dans les loges, bien qu'elles fussent attachées à la propriété et à la liberté individuelles. Pourtant le frère Bonnardot, futur grand maître de la Grande Loge, avait produit en 1894 un rapport signalé sur le collectivisme. Après l'encyclique *Rerum Novarum*, publiée en mai 1891, les frères avaient abaissé les taux de cotisation, permettant l'entrée de nombreux syndicalistes et socialistes révolutionnaires. L'idéal maçonnique d'entente, de « chaîne », d'union, symbolisé par le rameau d'acacia aux multiples feuilles virevoltantes articulées autour des tiges,

1. Chevallier, *op. cit.*, p. 137.

allait-il être affecté par cette invasion des partisans de la « lutte des classes » ?

Émergence du socialisme

Les maçons sont d'autant plus attentifs au « collectivisme » que l'intérêt de leurs alliés, les instituteurs, se concentre vivement sur ces doctrines. Parfois militants eux-mêmes, ils demandent pour leur profession le droit à la reconnaissance syndicale. Ils s'aperçoivent alors très vite que la doctrine diffusée par Jules Guesde et ses amis bloque l'évolution du réformisme social et développe dans le pays la peur des « rouges », cette hantise des « partageux » qui a discrédité dans les campagnes la République de 1848. Aussi nombre de maçons s'intéressent-ils au social avec la préoccupation d'avancer des solutions au lieu de provoquer la division par l'énoncé de principes : sont examinées couramment en loges la protection sociale, les assurances, les réformes fiscales. L'idée d'une réforme permanente et progressive de la société paraît aux maçons l'application de la notion de perfectibilité de l'homme doué de raison, l'un des aspects majeurs du combat positiviste. Ils sont donc plus ou moins partisans d'une entente avec ceux des socialistes qui ne sont pas d'abord les défenseurs et propagateurs des idées révolutionnaires et « collectivistes ».

Les radicaux sont encore plus en retrait que les maçons : la déconvenue de Clemenceau leur paraît exemplaire, trop démarqué à Paris par les anarchistes et les socialistes extrêmes, il est élu triomphalement dans le Var, département de gauche et se réjouit en 1885 d'avoir épousé le radicalisme provincial contre un radicalisme parisien en perte de vitesse. Opposé publiquement, depuis 1880, au « collectivisme », il intervient fréquemment sur le front des grèves, affirmant sa volonté de rester proche des masses populaires et du « quatrième état », celui des ouvriers, qu'il faut rallier à la République et ne pas laisser détourner du combat démocratique par les héritiers de la violence communarde. S'il reproche aux ouvriers de lancer des grèves sans préavis et dans la précipitation, il est sur le terrain à Bessèges, haranguant les mineurs. Cette vigilance, cette attention soutenue aux problèmes ouvriers ne lui serviront toutefois guère dans le Var où il est mis en ballottage, en 1889, par un avocat parisien d'origine locale qui se dit radical-socialiste. Élu tout de même, mais de justesse, Clemenceau connaît déjà une « situation diminuée[1] », mais poursuit néanmoins sa course, refusant de se laisser couper de la nouvelle gauche socialiste et souhaitant reconquérir les voix radicales sur le terrain ouvrier. Il renoue des liens avec les mineurs de Bessèges et de La Grand-Combe dans le Gard, avec ceux d'Anzin qu'il a aidés en 1884. En 1891, il défend à la Chambre ceux de Fourmies : « Ce quatrième état, dit-il, vous devez ou bien le recevoir par la violence, ou bien l'accueillir à bras ouverts. » Il réclame l'amnistie des grévistes : « Pitié pour la République ! » Il est encore à Carmaux, chez les mineurs du Tarn, pour défendre l'ouvrier Calvignac, maire de la ville et conseiller d'arrondissement, renvoyé de la mine par le directeur, Humblot, soutenu par le président du conseil d'administration, le baron Reille. Clemenceau recommande la négociation et l'apaisement. Il est déjà, sur le front du travail, un « apaiseur » qui juge toute provocation patronale et policière inutile, et réprouve les patrons d'Anzin, qui menacent de licenciement les ouvriers syndiqués, les sommant d'abandonner leur organisation pour rester à la mine. Légaliste, partisan de l'application honnête de la loi de 1884, il combat toutes ses perversions, milite pour une discussion loyale qui ne soit pas un affrontement. Son échec électoral, en 1893, met un terme à cette action sociale. Battu et mis en réserve par l'affaire de Panama, il ne peut empêcher ses camarades de se partager en tendances opposées, comme l'avait prévu le *Temps* en 1892 : « Ou bien le radicalisme se précipitera tête baissée dans le socialisme révolutionnaire par lequel il sera bientôt absorbé et anéanti ; ou bien, sans rien renier de son esprit progressiste, sans se rendre complice, bien entendu, d'aucune réaction politique ou économique, il comprendra que sa place est dans les rangs du parti gouvernemental. » L'éditorialiste du journal protestant plaide, à sa manière, pour le « ralliement » des radicaux.

1. Duroselle, *op. cit.*, p. 259.

Ceux-ci ne pouvaient sans danger accepter le « baiser Lamourette » des opportunistes. La montée du socialisme les contraignait au contraire à rester à gauche. Un sympathisant maçon, l'ancien président du Conseil Goblet, devenu l'un des chefs du radicalisme, proposait dans la toute nouvelle *Petite République française* un programme social. Au Sénat, Combes avait réuni en 1891 radicaux et radicalisants dans le même groupe de la Gauche démocratique, cependant que Pelletan, à la Chambre, cherchait à former un groupe républicain radical-socialiste. Goblet réitéra son offre après Panama, sans plus de succès. Guesde et Vaillant l'emportèrent chez les socialistes et imposèrent leur tactique de classe, refusant toute compromission avec les partis bourgeois. Les socialistes refusaient donc le manifeste du groupe « républicain radical-socialiste » de la Chambre. Le franc-maçon Pelletan avait échoué, et le frère Millerand n'était pas parvenu à fléchir ses amis socialistes en faveur de l'union.

Les refus réitérés des « collectivistes » de reconstituer le front républicain faisaient réfléchir les radicaux, que l'échec de Clemenceau avait affectés. Ils se souvenaient du discours de Salernes, où il avait rejeté avec violence l'alliance avec la droite républicaine des « ralliés » pour prêcher le « nouvel élan des républicains vers les conquêtes sociales, aux côtés des socialistes ». Ceux du Var avaient refusé d'entendre les appels de Jaurès et des mineurs de Carmaux qui refusaient de soutenir Clemenceau au second tour. Au grand scandale de Jaurès, ils avaient retiré leur candidat en faveur d'un modéré. Il fallait se rendre à l'évidence : les appels d'ouverture aux socialistes n'étaient pas payés de retour.

Pour un radical jeune comme Léon Bourgeois — né en 1851, il n'avait vraiment connu ni l'Empire ni la Commune —, l'emploi d'opposant irréductible n'offrait guère de séduction : même s'il refusait, avec Pelletan, de s'entendre avec les modérés, il n'écartait pas, avec Sarrien, Brisson et Combes, l'idée d'un radicalisme gouvernemental. Trois ministres radicaux étaient entrés — pour peu de temps — dans le cabinet Dupuy. Ils n'acceptaient ni la politique de répression sociale ni la main tendue aux catholiques. Il était donc possible de participer sans se compromettre.

Bourgeois accepta en 1895 de former le gouvernement dans cet esprit de conquête maçonnique, ouverte et tolérante à tous les représentants des idées « républicaines », c'est-à-dire fermée aux ennemis de la République. L'idéal, que la composition de la Chambre rendait irréalisable, eût été la formation d'un cabinet radical homogène. Bourgeois se sentait soutenu par les amis du nouveau Comité d'action pour les réformes républicaines, qui regroupait les comités antérieurement mis en place par Mesureur, Klotz et Renoult. Avant Bourgeois, les radicaux Floquet et Brisson avaient déjà exercé le pouvoir, mais le cabinet de 1895, bien que composé de personnalités très diverses, pouvait paraître à dominante radicale. On avait offert au vieux Marcelin Berthelot — un symbole pour la gauche — le portefeuille des Affaires étrangères, à Combes l'Instruction publique. C'était une tradition : après Jules Simon, Jules Ferry, Paul Bert, Lockroy et Léon Bourgeois lui-même, le ministère de la rue de Grenelle avait presque toujours été occupé par des frères. Sarrien régnait à l'Intérieur d'une main de fer. Le ton de la déclaration ministérielle était nouveau. Reprenant la méthode des premiers opportunistes, Bourgeois l'apaiseur prétendait évoquer seulement les réformes sur lesquelles une majorité était possible : l'impôt sur le revenu, par exemple, ou le système des retraites. Cette attitude « positive », qui reléguait au second plan la lutte laïque — Bourgeois avait maintenu le budget des Cultes —, faisait grincer les dents des frères : « Les radicaux ministres, lança Deschanel, ne sont pas des ministres radicaux. »

Perdre de vue les objectifs laïques, c'était pour un radical franc-maçon perdre son âme. Personne n'en tint rigueur à Léon Bourgeois, qui avait accepté de défendre l'impôt sur le revenu et l'épuration des fonctionnaires « dans un véritable esprit républicain ». Il tira au contraire de ses quelques mois de passage au pouvoir un grand prestige et une réputation de conciliateur : il avait inventé et pratiqué une méthode de réformes au coup par coup qui ouvrait au parti la voie du pouvoir. Il était ainsi un initiateur, et devait devenir l'une des autorités morales du radicalisme.

Contre Méline, son successeur, qui ouvre son cabinet à la droite ralliée, le radicalisme retrouve force et unité. L'anticléricalisme est le plus solide des ciments de la gauche, parce que la lutte sur le terrain contre l'ennemi clérical est loin d'être terminée : dans de nombreuses régions, les instituteurs appellent au secours.

Les hussards noirs

Ils sont 120 000 en France, qui mènent un combat difficile avec des moyens réduits : dans chaque village, ils ont progressivement leur « maison d'école ». Ils doivent souvent lutter, pour l'obtenir dans des conditions acceptables, contre une municipalité cléricale. Qui les soutient alors ? Les passages de l'inspecteur primaire sont rares et peu valorisants. Les seuls alliés de l'instituteur sont le maire, le conseiller général, le député. L'amélioration de sa situation, les moyens de sa mission dépendent des élections et du pouvoir politique.

Il doit faire plus que d'installer son école : y rallier la population scolaire. En zone rurale, les habitudes, les attitudes mentales jouent contre l'école. Antoine Prost[1] cite l'exemple de ces parents du Gers « qui n'enverraient pas leurs enfants à l'école, quand on les paierait », ou celui de ce propriétaire du Médoc qui déclare : « Nous avons besoin de vignerons, pas de lecteurs. » Pour l'opinion publique, le débat se ramène à une question : à quoi bon l'éducation ? En allant plus loin, on peut en sous-entendre une autre : à quoi bon dépenser tant d'argent de l'État pour former de futurs intellectuels, du gibier de révolte ? Le premier combat de l'instituteur consiste à justifier l'école. Il doit montrer qu'elle est utile, faire la preuve que le progrès est fécond : il est ainsi amené à sortir de son rôle strictement scolaire, pour devenir conseiller en agriculture, en hygiène, en pratiques sociales, en législation du travail. Il doit tout savoir et répondre aux besoins d'une population donnée, surpassant le curé dans ce rôle. S'il fait la preuve de son efficacité, il aura gagné l'essentiel et dur combat de la pratique scolaire, attiré à lui tous les enfants, en valorisant le diplôme et l'enseignement lui-même. C'est pour-

1. *Op cit.*, p. 99.

quoi il s'attache à donner du prix au certificat d'études primaires, à organiser des manifestations autour de l'examen, à décerner des mentions de « premier du canton ». Il lui faut un système de bourses qui permette aux meilleurs élèves de sortir de leur milieu. Il est l'agent de la compétence rationnelle et de l'évasion sociale, le médecin des plantes et des bêtes, l'avocat des causes difficiles, le missionnaire de l'idée nouvelle du progrès de la société par la connaissance, de la libération des vieux rapports sociaux. Son affectation à l'école d'un village n'est pas le début d'une carrière, mais le lieu désigné d'une mission : le « hussard noir », fanatisé à l'École normale, a pour munitions dans sa giberne les manuels républicains, une chaîne d'arpenteur, un globe terrestre et parfois un microscope. Il peut y ajouter une brosse à dents et du savon de Marseille, pour faire des démonstrations d'hygiène. On compte sur lui, dans les loges, pour réformer l'humanité.

La grande affaire est d'obtenir pour les garçons la fréquentation régulière jusqu'à treize ans, et l'égalité scolaire pour les filles cruellement négligées par les régimes antérieurs. « C'est à la poursuite sur un rythme régulier de la scolarisation féminine, écrit Prost, que la courbe des effectifs globaux de l'enseignement primaire doit de ne pas stagner sous le Second Empire. » Ce rattrapage des filles implique l'action d'institutrices en grand nombre, se substituant aux sœurs. C'est un des points les plus névralgiques du combat scolaire qui fonde non pas l'école primaire (elle existait déjà largement), mais « l'école primaire républicaine ».

L'amélioration matérielle de l'école est rapide quand l'État, en 1885, n'oblige plus les seules communes à construire des bâtiments scolaires et se met à distribuer des subventions directes, avec un logement pour l'enseignant. Les maîtres désignés sortent des écoles normales de garçons et de filles (on en compte 85 en 1891). Le titre exigé pour l'enseignement est le brevet élémentaire. Tous les enseignants ne proviennent pas des écoles normales, mais les promotions sont de plus en plus nombreuses et finissent par suffire aux besoins. Le métier, dont les conditions matérielles ont été améliorées, est si tentant que dans les années 1900 on compte près de 5 000 candidats pour 1 500 places mises annuellement au concours des écoles d'instituteurs. Le prestige de la fonction ne tient pas aux rémunérations — encore qu'elles ne soient nullement négligeables —, mais au rôle social de l'instituteur, devenu secrétaire de mairie dans 20 000 communes au moins, et qui a réussi son implantation dans la plupart des régions.

La « mission » républicaine est menée à bien dans des circonstances souvent difficiles, voire décourageantes. La « foi laïque » de Buisson, qui tient lieu d'idéologie, est « une religion laïque de l'idéal moral, sans dogmes, sans miracles, sans prêtres ». Directeur de l'enseignement primaire de 1879 à 1896, Ferdinand Buisson donne à tous des armes pour lutter contre le clergé, leur ennemi désigné. Les pasteurs protestants Jules Steeg et Félix Pécaut l'assistent dans sa tâche. Pécaut anime l'École normale supérieure de jeunes filles de Fontenay-aux-Roses, destinée à fournir des professeurs aux écoles normales féminines. Tous les jours, sa « conférence matinale » débute après les chants laïques, et Pécaut prêche, enseigne les principes moraux de la laïcité, argumente en bon pasteur sur des cas simples et concrets : un Port-Royal laïque... Buisson insiste sur les valeurs morales que doit véhiculer l'école, inspirées du kantisme et de la raison pratique.

L'essentiel est l'enseignement de l'amour de la patrie, que l'on retrouve dans l'*Histoire de France* de Lavisse, et le culte de la République présentée comme le plus humain et le meilleur des régimes, celui qui garantit la liberté et l'égalité des hommes. L'instituteur, dont les mœurs devaient être exemplaires — « tu exerces une espèce de magistrature des mœurs », lui disait Léon Bourgeois —, était certes « un petit missionnaire des idées modernes », comme le souhaitait Buisson, c'est-à-dire un défenseur de la République comme forme d'État, mais il ne lui appartenait pas d'intervenir dans les luttes politiques, ni de participer aux divisions de l'opinion en s'inscrivant dans un parti. On recherchait sa neutralité, même si l'on attendait de lui qu'il fût, en cas de menaces, le défenseur de la République.

Comment n'en aurait-il pas été l'ardent propagandiste, puisqu'il lui devait tout ? Elle était pour lui la Cérès, la déesse aux épis de blé, celle qui avait doté grassement la mère nourricière, l'Alma Mater, l'Université dont tout provenait.

Les grandes bâtisses de la Sorbonne sortaient de terre, dans un style neutre et sévère, avec toits d'ardoise et fresques de Puvis de Chavanne à l'intérieur, statues de Victor Hugo et de Pasteur dans la cour. Les instituteurs avaient assisté en foule aux funérailles nationales du grand poète, en 1885. Ils organisaient, dans leur commune, les cérémonies du 14 Juillet quand les maires conservateurs boudaient la fête. Ils construisaient les mâts de cocagne et les porte-flambeaux en forme de croix de Lorraine, pour la retraite. Ils apprenaient aux enfants la *Marseillaise* et le *Chant du Départ.* Ils défilaient avec leurs classes dans la fumée rose des feux de Bengale. Ils se faisaient photographier avec les enfants porteurs de flambeaux au sein des sociétés militaires dont ils assurèrent l'entraînement, à partir de 1889, quand ils furent eux-mêmes convoqués au service militaire universel. Ils étaient patriotes tout en chérissant la paix entre les nations, et socialistes sans souhaiter la révolution. Ils admiraient au mur la carte des colonies et trouvaient normal qu'on enseignât « nos ancêtres les Gaulois » aux petits Algériens. Sans doute votaient-ils à chaque élection pour la gauche et soutenaient-ils aux municipales leur maire, dont dépendait la vie scolaire. Mais très peu s'inscrivaient à des partis, ils ne militaient pas, n'adhéraient pas. Comme l'écrit Jacques Ozouf[1], pour eux, « bien faire la classe, c'est la meilleure manière de militer ».

Sont-ils tous francs-maçons, ces instituteurs engagés dans la lutte laïque qui doivent, en Vendée, défendre passionnément leur école contre les maires cléricaux qui multiplient les humiliations et les avanies ? L'école normale leur a enseigné le culte de la liberté, tout particulièrement de la liberté de pensée. Ils répugnent aux Églises, aux sectes, aux rites. Ces « francs-tireurs de la gauche » refusent d'entrer dans une nouvelle religion. Ils n'ont qu'estime et intérêt pour les francs-maçons, mais ne sont généralement pas des leurs. Leurs opinions politiques sont vagues — plutôt des sentiments que des doctrines. Bleus dans l'Ouest et rouges dans le Sud, ils sont représentatifs de la gauche sentimentale, attachés au régime et à certains thèmes de base : le progrès, la justice

1. *Nous, les maîtres d'école*, Paris, 1973, p. 160.

sociale, la liberté, la patrie. Comme le dit un instituteur des Deux-Sèvres à Jacques Ozouf, « j'ai toujours été socialiste, mais radical-socialiste, c'est-à-dire partisan des transformations sociales ayant pour but d'assurer le plein épanouissement de la personne humaine par la collaboration des classes et non par la lutte des classes ». Pour lui, le socialisme est le mouvement qui défend le mieux le programme républicain, une sorte de super-parti radical. Peu importe que les instituteurs soient ou non membres des loges ou des partis politiques : ils ont réussi à rendre présente la République dans les mairies, à la faire briller dans l'imaginaire des petits Français. Le calcul de Ferry s'était révélé juste : ils sont devenus des fondateurs.

L'armée et la nation

La seconde réussite républicaine dans la conquête de la société est l'armée, complémentaire de l'école. Pas plus qu'ils n'ont empêché les catholiques de reconstruire leurs écoles avec l'argent privé et de constituer un enseignement parallèle dans le primaire, les radicaux et francs-maçons n'ont attaqué le corps des officiers dont ils savaient pourtant qu'ils étaient souvent cléricaux, presque toujours conservateurs. C'est qu'ils avaient besoin d'une armée efficace. L'« arche sainte », l'état-major, modifiait d'année en année ses plans de guerre contre l'Allemagne, en fonction des circonstances : de défensive, la stratégie de la rue Saint-Dominique était devenue résolument offensive et rendait nécessaires le rassemblement et l'instruction de grandes masses d'hommes, mobilisables en temps de guerre par le système des réserves. On ne s'était débarrassé, depuis le 16 mai, que des généraux les plus agressifs et les plus marqués dans le combat réactionnaire.

Jamais les gambettistes n'avaient tenu compte des opinions politiques et des confessions religieuses dans la nomination des officiers supérieurs : un Freycinet devait rester ministre de la Guerre pendant la période décisive de la négociation de l'alliance russe, du 3 avril 1890 au 11 janvier 1893, sous trois gouvernements différents. Président de la commission de l'armée au Sénat, il siégea de nouveau, rue Saint-Dominique, du 1er novembre 1898 au 6 mai 1899. Cet ancien polytechnicien était, dans le personnel républicain, le plus compétent pour les questions militaires. Ancien collaborateur de Gambetta pendant la Défense nationale, il pouvait en temps de paix déployer ses talents d'organisateur. Moltke devait publiquement reconnaître qu'il avait beaucoup contribué au redressement de l'armée française, qui commençait d'ailleurs à inquiéter les Allemands. La suppression des dispenses et la démocratisation permettaient d'assurer un service universel, de développer le thème de la défense égale pour tous, et surtout de faire face aux besoins d'effectifs rendus nécessaires par la nouvelle loi militaire allemande du 11 février 1888, qui avait porté de douze à vingt ans la durée des obligations militaires de la réserve.

Les nations européennes s'apprêtaient à faire vivre leurs citoyens sous le casque pendant toute leur vie active. La future guerre totale impliquait la mobilisation de tous et la France ne pouvait échapper à la règle : la loi des trois ans, votée en 1889 — avant l'arrivée de Freycinet au ministère —, semblait réduire le service. Elle augmentait en fait de cinq le nombre des classes affectées à l'armée active et à la territoriale. Il était possible de reconstituer à trois bataillons les régiments territoriaux et de les intégrer dans le plan de défense. L'adoption des plans X, XII et XIII, de 1890 à 1895, obligeait à constituer une masse de sept armées, dont cinq à quatre corps. Manquant encore d'effectifs, malgré le dédoublement des régiments d'infanterie (qui supposait la formation d'un ou de deux corps d'armée à deux, trois ou quatre divisions), Freycinet ordonna immédiatement l'affectation en France du 19e corps d'Algérie, constitué de quatre régiments de zouaves, de quatre de tirailleurs, et complété par huit bataillons de chasseurs. Pour lui, la défense de la France passait avant tout. Il porta toutefois les effectifs des marsouins à huit régiments, pour les opérations extérieures. Après la visite de la flotte française à Kronstadt, le ministre accrut encore les effectifs pour renforcer le caractère offensif de l'armée française et répondre ainsi à l'attente du tsar. Un quatrième bataillon fut créé dans les régiments nationaux, et la loi de 1892 porta à dix le nombre des classes de la réserve (au lieu de sept). On envisageait désormais une offensive au cœur de l'Allemagne, en direction de Mayence, pour couper les communications des Allemands avec l'Alsace-Lorraine. Les plans prévoyaient aussi une entrée en guerre de l'Italie, ainsi que la violation des espaces neutres, suisse et belge. En 1894, les armées du Nord-Est comprenaient dix-sept corps actifs et un corps de marine à trois divisions, plus cinq corps de réserve. Le général Saussier, commandant l'état-major (il avait été candidat conservateur à la présidence de la République), envisageait froidement l'attaque de la place de Metz et le débouché d'une offensive sur Sarrebourg. Freycinet, de retour au ministère en 1898, trouva sur son bureau le plan XIV, élaboré en avril : il insistait sur la formation des unités de première ligne qui devaient être excellentes, sans comporter de réservistes. Composées des plus anciens rappelés, les formations territoriales étaient éliminées de l'armée de campagne et vouées à des tâches plus tranquilles. Enfin, une artillerie lourde d'armée était prévue et les défenses de Nancy renforcées. On considérait en effet comme « vitale » la lutte contre les unités allemandes dont on prévoyait la concentration en Alsace et en Lorraine. Le 19e corps fut maintenu en Algérie en raison de la tension franco-anglaise dans l'affaire de Fachoda. Un soin particulier fut apporté aux circonscriptions de recrutement et aux centres de rassemblement des réservistes afin que ceux-ci se trouvent très rapidement dans les zones de combats en cas de conflit. Le ministre de la Guerre raisonnait constamment comme si la conflagration était pour demain...

Freycinet veillait à ce que l'armée d'active s'entraînât en permanence avec le matériel le plus moderne : fusil Lebel et mitrailleuse de Saint-Étienne, canons de campagne de 75 à tir rapide et obus sans fumée à la mélinite (un nouvel explosif expérimenté dans les poudreries nationales par l'ingénieur Turpin). Le plan de mobilisation par l'utilisation des chemins de fer était soigné : le ministre se souvenait des mésaventures de 1870. Des officiers seraient désormais spécialement rompus à l'utilisation des chemins de fer, au passage des fleuves par ponts mobiles et à la destruction des obstacles. On accordait aux manœuvres une grande importance : elles étaient la vitrine de l'armée, et l'on y invitait les politiques, les observateurs étrangers, les journalistes. On montrait les nouveaux matériels que les constructeurs vendaient ensuite aux armées étrangères. On habituait les recrues du service militaire au déplacement des grandes unités en campagne. On organisait dans les régions concernées d'immenses revues avec des fêtes où la population était conviée. Les manœuvres de Reims et de Châlons étaient célèbres. Elles affectaient toutes les unités des villes de garnison, alors fort nombreuses à la frontière, mais aussi celles de garnisons plus lointaines, Freycinet souhaitant entraîner la troupe aux déplacements en chemin de fer. Les hussards et les cuirassiers devaient apprendre à faire grimper rapidement leurs montures dans les wagons qui leur étaient réservés.

La vie de province est habituée aux garnisons qui animent le commerce et font de la caserne un rendez-vous dans la ville. Les officiers de carrière changent fréquemment d'affectation, afin de ne pas s'encroûter dans la routine. Un Pétain, originaire du Nord, est affecté à sa sortie de Saint-Cyr au 24ᵉ bataillon de chasseurs à pied de Villefranche-sur-Mer. A peine installé, il est envoyé au camp de Valbonne, près de Lyon, pour y suivre les cours de l'école de tir. Il s'entraîne en montagne à l'escalade, puis, de retour à Villefranche, à la natation. Il instruit les recrues à Besançon quand on le désigne pour l'École de guerre à Paris. Il suit alors des stages dans toutes les armes : il tire au canon à Nîmes, manœuvre à Évreux dans les charges de dragons, avant d'être nommé officier d'état-major à Nancy. A chaque grade, il change d'affectation. L'officier français n'a pas le temps de défaire sa cantine, c'est un éternel errant, surtout s'il reste en métropole. Le commandement lui fait accomplir un tour de France des camps et des garnisons. Foch est soumis, dans l'artillerie, à la même noria des casernes.

Seuls y échappent ceux qui choisissent l'outre-mer, comme Joffre, Gallieni et Lyautey. Ils perdent alors le contact avec la troupe métropolitaine. Certes, les recrues qu'ils commandent ne sont pas des mercenaires : ce sont les mauvais numéros du tirage au sort, ceux qui doivent affronter la malaria et la dysenterie, contre des primes assez maigrelettes. Mais la République tient aussi à ce que l'armée qui opère dans les colonies engage des jeunes gens du contingent. Il ne doit pas y avoir deux sortes de militaires, les appelés et les engagés, dans des corps différents. Pas d'armée de *pronunciamento*, pas de Bazaine au Mexique, l'armée coloniale est aussi celle de la France.

Le nouveau système militaire accroît la mobilité des jeunes Français, et le brassage social qui résulte des affectations est destiné, dans l'esprit des ministres, à couler les futurs électeurs dans un moule unique — un moule patriotique. Ils sont, de ce point de vue, déçus : vingt ans après la défaite, l'opinion change, oublie les « petites sœurs jumelles » d'Alsace et de Lorraine, se moque de l'armée où trônent les « culottes de peau ». Le succès du *Cavalier Miserey*, le roman d'Abel Hermant, est significatif de cet état d'esprit. Les colonels de cavalerie font brûler le livre sur le fumier des quartiers. Cette première bouffée littéraire d'antimilitarisme inaugure une longue série d'ouvrages, de pièces de théâtre (*Les Gaietés de l'escadron*), de sketches, de chansons hostiles à la vie de caserne, sinon à l'armée. Le cavalier Miserey est un pauvre diable que la vie militaire corrompt. Le héros des *Sous-offs*, de Lucien Descaves, est un sergent-major acculé au suicide. *Biribi*, de Georges Darien, décrit sans tendresse un bagne militaire. Les sous-offs sont des maquereaux, les officiers de *Biribi* des tortionnaires. *La Débâcle*, de Zola, paraît en 1892 : quelle mise en scène du désastre de 1870 où les officiers supérieurs ont fait la preuve de leur nullité, où l'armée, en dépit des actes d'héroïsme de quelques-uns, montre son incapacité ! Les officiers français ne savent ni manœuvrer ni mourir convenablement à leur poste ; des fonctionnaires en uniforme qui abandonnent leurs soldats à la moindre difficulté, les laissent sans soupe et sans munitions. Beaucoup de ces anciens capitaines et lieutenants de 1870 occupent de hauts grades en 1872 : le roman leur apparaît comme une provocation.

On a osé s'en prendre aux officiers : l'antimilitarisme, dans les années 1890, ne fait que commencer sa carrière. L'utilisation de l'armée dans les grèves ne fera qu'accentuer la tendance. A ces thèmes hostiles à la vie militaire s'ajouteront les théories pacifistes développées par les partis socialistes : on pourra croire alors que la sacro-sainte doctrine de la défense est ébranlée en France. Gardons-nous de juger de l'état de l'opinion par quelques manifestations littéraires, même si l'esprit public change : les jeunes bourgeois « fin de siècle » que l'on veut pousser à toute force à l'armée pour un an respirent sans aucun plaisir l'odeur de chaux, de pétrole, d'alcool, de coaltar, de chair, de sueur, de crasse, de tabac, de cirage et de cuir qui répugne à Lamarque, l'auteur de *Un an de caserne*[1]. En 1891, Rémy de Gourmont ose se moquer de la revanche dans le *Mercure de France*, sous le titre « Le joujou patriotique » : « Le jour viendra peut-être où l'on nous enverra à la frontière ; nous irons sans enthousiasme : ce sera notre tour de nous faire tuer, nous nous ferons tuer avec un réel déplaisir. » Toujours en 1891, une enquête est publiée, révélant la révolte des intellectuels à l'idée de revanche : « J'espère, écrit Jules Renard, que la guerre de 1870-1871 sera bientôt considérée comme un événement historique de moindre importance que l'apparition du *Cid* ou d'une fable de La Fontaine », et Maurice Le Blond : « Chez la jeunesse de vingt ans, le sentiment de la revanche a presque totalement disparu. »

Ces déclarations, ces publications sont en avance sur la grande vague d'antimilitarisme et de pacifisme qui va déferler au début du siècle suivant, ébranler les appareils politiques, ressusciter le vieux pacifisme humanitariste des républicains sous l'Empire. Il est encore trop tôt : en 1894, les officiers de l'armée gardent malgré tout leur prestige, l'institution son efficacité, et les républicains se réjouissent unanimement d'avoir reconstitué « la grande muette », façonné un instrument de guerre dont tout indique qu'il peut affronter l'armée allemande, surtout avec l'allié russe. Paul Bert, dix ans plus tôt, avait installé Déroulède dans une commission du ministère de l'Éducation nationale chargée d'organiser militairement des « bataillons scolaires » en uniformes, armes sur l'épaule, prêts pour les exercices de tir. Jean Macé, directeur de la Ligue de

1. Cité par Raoul Girardet, *op. cit.*, p. 219.

l'enseignement, pacifiste sous l'Empire, rédige en 1885 la préface d'un *Manuel de tir* à l'usage des écoles primaires, des lycées et des bataillons patriotiques. « L'armée, écrit Girardet, se trouve placée en dehors des luttes des partis, au-dessus des oppositions des doctrines et des systèmes. » Ce consentement « universel » n'est pas remis en question, en 1893-1894, par les premiers signes antimilitaristes. Il se trouve au contraire conforté par l'alliance russe qui donne un sens nouveau au nationalisme : la revanche n'est plus un rêve, elle paraît soudain possible.

Si l'on se bat dans les campagnes pour être instituteur, jamais le prestige social de l'officier n'a été plus haut qu'en cette fin de siècle. Il est l'objet des prévenances de tous. Les mères de famille lorgnent les sous-lieutenants sortis de Saint-Cyr qui arrivent en garnison, le rêve des filles est de les rencontrer aux bals de sous-préfecture. Le nombre de candidats à l'école double, triple en quelques années. Les noms à particule recommencent à figurer dans le tableau d'avancement. Ils sont loin d'envahir les hauts grades, réservés aux élèves des grandes écoles, Saint-Cyr et Polytechnique, qui ont suivi les cours de l'École de guerre, créée en 1880. Les Ségur, les Rohan-Chabot et les Clermont-Tonnerre passent pour les créatures de la « jésuitière » : ainsi appelle-t-on le collège des jésuites de la rue des Postes à Versailles, qui compte, on l'a vu, de nombreux jeunes gens reçus à Polytechnique. Il est vrai que l'enseignement religieux a des résultats spectaculaires, puisqu'il fait entrer 1 800 élèves à Saint-Cyr de 1871 à 1887, et que ses anciens élèves forment, en 1887, le tiers de la promotion. On retrouve cette proportion à l'École de guerre en 1898. Si les anciens des jésuites ne sont pas absents des hautes sphères de l'armée, s'ils s'y trouvent en nombre croissant, ils n'y sont pourtant pas en majorité, et le comptage de Girardet a le mérite de rétablir les perspectives. L'armée de la République n'est pas entre leurs mains. La vérité, c'est que beaucoup trouvent intolérable qu'ils n'en soient pas chassés...

On aurait pu entreprendre dans l'armée une chasse aux nobles comme celle qui avait écarté les jeunes gens des grandes familles des ambassades — par exemple, au profit des frères Cambon, des Barère et des Jonnart, issus de cabinets républicains — ou du Conseil d'État, de l'Inspection des finances, rigoureusement fermés aux « ci-devant ». S'ils se sont précipités sur l'armée, c'est que le domaine militaire leur restait ouvert et qu'il correspondait, pour eux, à une vocation traditionnelle. Il n'est guère étonnant que des officiers ayant trouvé refuge dans « l'arche sainte » aient le sentiment de conserver à la nation le bien précieux des traditions militaires, peut-être le futur foyer de la régénération nationale. Ces jeunes nobles se trouvent immédiatement en sympathie avec le discours nationaliste qui sort de la bouche du barde Déroulède : après la tempête boulangiste, les cadres de toute origine — et pas seulement les nobles ou les anciens élèves des jésuites — ont le sentiment de constituer l'élite intangible de la nation, celle que les cabinets ministériels, dans leur valse lamentable, ne doivent pas atteindre. Ainsi se cristallise l'opinion qui place l'armée « au-dessus de la nation ». A force de vouloir la dépolitiser, on a constitué une référence politique transcendante, un point de mire pour tous ceux qui se détachent du régime parlementaire considéré, après Boulanger, comme inefficace, après Panama, comme corrompu. Qu'ils le veuillent ou non, les officiers sont pour le public cocardier un recours contre la République. Au lieu d'assumer le thème (de gauche) de la revanche, ils sont indûment chargés du thème (de droite) de la régénération. Avec le petit peuple parisien devenu nationaliste, l'armée ne va-t-elle pas renoncer à son rôle de « grande muette » pour entrer avec armes et bagages, par la voix autorisée de ses chefs, dans la lutte politique ? On a pu le craindre en 1889. On le craint encore en 1894.

L'appel des colonies

Est-ce un hasard si les plus républicains des officiers se dirigent souvent vers l'outre-mer, las de l'atmosphère des mess et du combat politique douteux ? C'est le cas de Gallieni, de Joffre, initié à la loge protestataire d'Alsace-Lorraine, dont faisaient partie les Crémieux, les Vidal-Naquet, les Jean Macé et les Jules Ferry, les Théodore Reinach et les Chatrian. Le frère Dusacq revendiquait pour sa loge l'honneur d'avoir créé des sociétés de gymnastique et de tir. L'entente entre les loges et la Ligue des Patriotes fut totale jusqu'en 1885. Mais avec le boulangisme, les maçons se détournèrent de la Ligue qui avait fait cause commune avec les nationalistes révisionnistes. Ils n'en étaient pas moins restés patriotes, et la plupart soutenaient ceux de leurs affidés qui, dans l'armée, faisaient carrière outre-mer.

Malgré l'opposition des radicaux, l'œuvre coloniale se développa très vite dans les années 1890. Si tous les maçons n'y étaient pas favorables, beaucoup participaient au mouvement de la conquête. Le noyautage par les frères de l'administration civile embryonnaire, le recrutement des notables d'Algérie ou des Antilles, des hommes d'affaires de Tunisie et d'Indochine, faisaient apparaître la colonisation comme une entreprise dont les chefs sortaient des loges : c'était le cas du frère Ferry, de la loge Alsace-Lorraine, et d'Eugène Étienne, futur rassembleur du lobby colonial à Paris. Même s'ils étaient opposés, dans les années 1880, au Ferry de la Tunisie et du Tonkin, les radicaux devaient par la suite s'engager dans l'administration coloniale jusqu'à en occuper les plus hauts postes : un Lanessan, un Paul Doumer seraient gouverneurs de l'Indochine. La relève était aisée : il suffisait de convaincre ceux des radicaux qui participaient aux gouvernements que l'œuvre était à la fois patriotique — fondatrice d'une plus grande France — et civilisatrice. Dans le même esprit, la maçonnerie soutenait l'œuvre de l'Alliance française, créée en 1884 par le frère Paul Bert et par Charles Tissot pour encourager l'étude du français dans les colonies et à l'étranger. Les maçons n'avaient nullement l'intention de laisser les missions chrétiennes seules maîtresses du terrain outre-mer.

Ayant conquis la Tunisie avec Mgr Lavigerie, celles-ci partaient, comme l'écrit Mgr Lecanuet, « à l'assaut des pays nègres », envoyant des missionnaires jusqu'au Tanganyika pour lutter contre les bandes esclavagistes. Les pères se faisaient massacrer dans le pays touareg, participaient à l'exploration du Sahara. Ils étaient présents au Dahomey, au Niger, à Madagascar, en Indochine, à toutes les étapes de la conquête qui s'accélérait. Depuis 1885, la France dominait l'ensemble du royaume d'Annam et organisait la Cochinchine en colonie (dont les colons étaient représentés dans les deux Chambres). Le député algérien Thomson, nommé gouverneur de Cochinchine, avait imposé le protectorat français au roi Norodom du Cambodge, avec son armée de trois bataillons de tirailleurs annamites, encadrés par des officiers français. Un résident s'établit à Hué pour assurer le protectorat sur le roi d'Annam, qui gardait ses palais, sa cour et son conseil secret. Un résident supérieur, installé à Hanoi, surveillait le Tonkin. Une petite armée avait fait la conquête du Laos, contre le Siam protégé par l'Angleterre. Un traité signé en 1896 reconnaissait le Mékong comme frontière entre le Siam et le Laos.

Paul Bert, nommé en 1886, avait été le premier résident général de l'ensemble des territoires. C'est le frère Paul Doumer, radical et ami de Léon Bourgeois, qui devait obtenir la réunion de tous les territoires sous un gouvernement commun de l'Indochine française, dotée désormais d'un « conseil supérieur » chargé d'établir les budgets et de préparer la mise en valeur à laquelle l'ancien ministre des Finances s'était attaché. La France obtint en 1898 la permission de prolonger le chemin de fer du Tonkin jusqu'à la capitale de la province chinoise du Yunnan : les intérêts français, grâce au ministre radical, pénétraient en Chine.

En Afrique noire, les officiers avaient pratiquement achevé la conquête d'un immense territoire. Joffre avait servi au Soudan, sous Archinard. Il avait participé à la marche sur Tombouctou de 1893, avait formé un camp au carré dans le désert pour éviter les attaques de nuit des nomades, et remonté le grand fleuve Niger en pirogue. L'occupation du Fouta Djalon devait permettre aux Français de se garder des raids des Peuls et de dominer toute la boucle du Niger, occupé en aval par les Anglais de la Nigeria. Sur la côte fut créée en 1899 la Guinée française, puis la Côte-d'Ivoire, qui permit l'établissement de liaisons avec le Niger par l'Afrique intérieure. Plus à l'est, une expédition rassemblée par la marine et l'armée débarqua 2 400 légionnaires (tirailleurs sénégalais et Haoussas), attaqua l'armée du roi Behanzin, qui comptait 3 000 femmes soldats. En 1893, Abomey était prise et le Dahomey constitué en colonie. Des missions permirent d'étendre le territoire jusqu'au Niger et d'organiser un Soudan français. En 1895 fut créée l'Afrique-Occidentale, dotée d'un gouverneur et d'un début d'administration. On parvint en 1898 à traquer Samory, le dernier chef résistant d'Afrique noire, qui fut pris et exilé au Congo. La conquête des cinq colonies était achevée.

Elle se compléta au sud par la colonie de l'Ouest africain, dit Congo-Gabon. Des expéditions furent lancées vers le lac Tchad pour trouver des terres fertiles et assurer la liaison avec les territoires du Niger. Mais les explorateurs se heurtèrent aux guerriers fanatisés du musulman Rabah, chef d'une armée organisée à la turque. Le capitaine Marchand, parti du Congo en 1897, avait pour mission de rejoindre l'Abyssinie (Éthiopie) et de traverser le Nil. Il n'y réussit que trop bien : remontant l'Oubangui, il s'embarqua sur le haut Nil et s'établit dans la forteresse en ruine de Fachoda. Une flottille anglaise surgit aussitôt, réclama la place où Marchand avait hissé le drapeau français. Le gouvernement français donna l'ordre d'évacuer le 4 novembre 1898. Il restait à la France la possibilité d'occuper la région du Tchad et de compléter ainsi son ensemble africain.

Léon Bourgeois, président du Conseil, ne s'était pas opposé à l'expédition de 1895 à Madagascar, qui comptait des soldats du contingent, conformément à la doctrine radicale selon laquelle l'armée d'outre-mer devait être aussi celle de la France et du service militaire universel. 30 000 hommes débarquèrent à Majunga, 5 500 moururent de maladie. Les Hovas n'offrirent que peu de résistance, et la reine Ranavalo fit hisser le drapeau blanc sur le toit de son palais de Tananarive. Elle accepta le protectorat, puis la colonie (1896). Gallieni et Lyautey s'employèrent à la pacification du pays, secoué par de violentes insurrections. Mais la possession de l'île par la France n'était plus contestée.

Pour la première fois, les radicaux avaient toléré l'emploi du contingent dans une expédition coloniale, alors qu'ils avaient vivement protesté au temps de la Tunisie et du Tonkin. Il est vrai qu'à la gauche du parti, la contestation des aventures coloniales restait tout aussi violente, même si les gouvernementaux s'accommodaient de mieux en mieux des ambitions de la France outre-mer, définies dix ans plus tôt par Jules Ferry. Dans les années 1890, la conquête était en cours partout dans le monde, admise par tous les gouvernements successifs, qu'ils fussent de centre droit ou de centre gauche, qu'ils comptassent ou non des radicaux pour ministres. La « grande nation » avait réussi sa percée dans la compétition européenne pour la domination du monde. Elle se réjouissait des exploits, obtenus avec des moyens réduits, de la marine et de l'armée. Sur le terrain colonial, jésuites et francs-maçons s'étaient forcés de s'entendre pour assumer la tâche commune. Jules Méline, président du Conseil, avait pendant deux ans prêché la réconciliation des deux France, celle de la République et celle du pape. Léon XIII y poussait et les opportunistes, estimant leurs conquêtes suffisantes, n'y faisaient pas obstacle. La République avait tissé son réseau d'écoles dans les provinces, développé ses comités électoraux, pris place dans la majorité des mairies et des conseils généraux. Elle tenait le pays bien en main et la reprise économique, à partir de 1895, donnait à Cérès des satisfactions. Pourtant les radicaux s'inquiétaient : le ralliement ne risquait-il pas de compromettre les conquêtes ? L'affaire Boulanger n'avait-elle pas montré la fragilité de l'État républicain ? Un autre incident ne pouvait-il pas emporter l'édifice ? C'est alors que surgit l'affaire Dreyfus, qui remit la question religieuse au cœur des préoccupations politiques.

Les débuts de l'« Affaire »

Elle avait fait dans l'opinion des débuts discrets : qui s'intéressait au sort du « capitaine juif » Alfred Dreyfus, originaire de Mulhouse, arrêté et condamné au bagne pour espionnage par un tribunal militaire jugeant à huis clos ? L'officier avait été dégradé dans la cour de l'École militaire sans que personne proteste : l'affaire était pourtant connue du public à cause d'une campagne organisée contre Dreyfus par la *Libre Parole*, le journal antisémite de Drumont. L'officier, polytechnicien et breveté de l'École de guerre appartenait à l'état-major. Drumont avait titré : « Haute trahison ! Arrestation d'un officier juif ! » Le *Figaro*, plus prudent, parlait le 1er novembre 1894 de « sérieuses présomptions ». Les événements relatés dans la presse remontaient à un certain temps : le capitaine était soumis au secret le plus rigoureux à la prison du Cherche-Midi depuis le 15 octobre. La presse n'avait donc réagi que quinze jours plus tard.

Depuis longtemps, le colonel Sandherr, chef du service de renseignement de l'armée, a informé le ministère de l'existence de fuites. L'activité diplomatique est alors considérable. L'alliance russe se profile à l'horizon, tous les états-majors modifient leurs plans : il faut être informé. Schlieffen, l'auteur du célèbre plan d'invasion de la Belgique, vient d'être nommé en 1890 à la tête du grand état-major allemand. La création du canon de 75 par le colonel Deport et le capitaine Sainte-Claire-Deville date de 1894. En 1892, les obusiers de 120 et de 155 du capitaine Bacquet révolutionnent l'artillerie. Les agents allemands sont vivement intéressés par ces nouveautés.

Le contre-espionnage découvre dans une corbeille à papiers de l'ambassade d'Allemagne une pièce (appelée ensuite le « bordereau ») adressée par un traître à l'attaché militaire Schwartzkoppen et annonçant la livraison de documents dont plusieurs concernent l'artillerie. Immédiatement, Sandherr avertit le gouvernement et le président de la République. On considère l'affaire comme de la plus haute importance. Le général Mercier, ministre de la Guerre, attaqué quotidiennement dans la presse de droite comme « un politicien sans conscience », exige un coupable. « Je ne veux pas, explique-t-il au ministre des Affaires étrangères Hanotaux, qu'on m'accuse d'avoir pactisé avec la trahison. » C'est alors que le colonel d'Aboville, chargé des recherches et grand lecteur de la *Libre Parole* de Drumont, constate une similitude d'écriture entre celle du capitaine Dreyfus, stagiaire à l'état-major, et celle du « bordereau » : « Un juif ! j'aurais dû m'en douter ! » répond Sandherr.

L'antisémitisme est alors florissant et s'étale impudemment dans la presse, jusque dans les grands journaux catholiques. En mai 1892, la *Libre Parole* a commencé la publication d'une série d'articles non signés, intitulée « Les juifs dans l'armée ». « Rothschild, dit-on, se fera communiquer les plans de mobilisation et on pense bien dans quel but. » Sans doute pour les transmettre à ses cousins de Francfort, de Vienne et de Londres... Les lecteurs de la *Libre Parole* sont nombreux dans l'armée, à Paris et dans les grandes villes de province. On estime le tirage du journal à 500 000 exemplaires, ce qui est manifestement exagéré. Mais il est vrai que toute la grande presse emboîte le pas à la *Libre Parole*, comme l'observe fort bien le socialiste Georges Sorel : « Le *Petit Journal*, la *Patrie*, l'*Intransigeant*, la *Libre Parole* s'adressaient à ce menu peuple que le boulangisme avait déjà essayé de soulever contre l'aristocratie républicaine et qui avait été fortement ébranlé par les révélations relatives à Panama. » Voilà donc le « menu peuple » cocardier de nouveau en émoi.

Dès ses débuts, l'affaire bascule dans l'irrationnel. La « main de l'Allemagne » défend le traître, par l'intermédiaire des juifs. Lyautey, dans ses *Lettres du Tonkin* écrites à sa sœur de Langson en 1895, soupçonne cet irrationnel d'avoir été l'une des causes de la condamnation du capitaine : « Il nous semble discerner une pression de la soi-disant opinion ou plutôt de la rue, de la tourbe, de celle qui est toujours emballée à côté. Elle hurle "à la mort" sans savoir, contre ce juif parce qu'il est juif et qu'aujourd'hui l'antisémitisme tient la corde, comme elle hurlait il y a cent ans : "les aristocrates à la lanterne", et en 70 : "à Berlin". » La *Libre Parole* a largement diffusé les thèmes de cet antisémitisme que la crise économique a inculqué aux boutiquiers et aux bistrots. Le public de Drumont a vivement applaudi le marquis de Morès quand il a tué en duel le capitaine Mayer, un officier juif. A ses yeux, ces « gens-là » devraient être exclus de l'armée, de l'Université, de la politique. Le calme *Figaro* a publié une interview de Mercier affirmant, avant même que le jugement ne fût rendu, que la culpabilité de Dreyfus était certaine. Waldeck-Rousseau, saisi par la famille de Dreyfus, a bien obtenu de l'agence Havas un démenti formel, mais la démarche fournit aux antisémites l'occasion de dénoncer les « pressions juives » pour empêcher la vérité d'éclater. Toute la presse suit, y compris le *Petit Parisien* de Jean Dupuy ou le *Petit*

Journal dont le rédacteur en chef, Ernest Judet, est furieusement antidreyfusard. « On veut étouffer l'affaire, a-t-on écrit le 28 octobre dans la *Libre Parole.* Tout Israël est en mouvement. » Le signataire, Henry, est un officier du service de renseignement. « Pourquoi l'autorité militaire garde-t-elle un silence absolu ? » demande le journal le lendemain, et de publier le 1er novembre une manchette sensationnelle : « Si Mercier s'est tu pendant quinze jours, écrit Rochefort, c'est que la juiverie lui a imposé silence. »

L'instruction traîne : l'officier Du Paty de Clam organise une dictée pour confondre le traître en faisant analyser son écriture. Les conclusions des experts sont confuses et la « preuve matérielle [...], fragile ». Casimir-Perier, le président de la République, aurait reçu à la chasse de Marly cette confidence du général Saussier : « Dreyfus n'est pas coupable. Cet imbécile de Mercier s'est mis, encore une fois, le doigt dans l'œil. » Qu'importe ! Le conseil de guerre (à qui Mercier a fait communiquer à l'insu de la défense un dossier secret pour l'impressionner) condamne Dreyfus à l'unanimité. « Ils ont évidemment su des choses que j'ignore », commente Casimir-Perier. Le « traître » doit subir la déportation perpétuelle à l'île du Diable, sur la côte de Guyane. Au même moment, un soldat vient d'être fusillé pour avoir jeté un bouton à la figure d'un officier, excédé par ses remarques. Bazaine, le traître de Metz, a été gracié : justice de classe, commente Jaurès qui s'étonne qu'on n'ait pas condamné à mort ce « capitaine juif ». A la cérémonie de la dégradation où tous les régiments de la place de Paris ont envoyé un détachement, la foule des anciens boulangistes crie : « A mort, le traître ! A mort, Judas ! » Le commandant Guérin, responsable de la cérémonie, conclut ainsi son rapport au général Saussier : « Parade terminée. Dreyfus a protesté de son innocence et crié : "Vive la France !" Pas d'autre incident. »

« *J'accuse* »

On n'entend plus parler de l'affaire pendant deux ans. Quelques rares personnes savent qu'un dossier secret a été porté à la connaissance des juges. Un médecin du Havre, le docteur Gibert, tient de la bouche du nouveau président de la République, Félix Faure, que ces pièces ont été communiquées « pour des raisons d'État ». Develle, un ancien ministre, est également au courant. Calmette, dans le *Figaro*, a écrit un article bienveillant pour Dreyfus. Dans le journal bonapartiste l'*Autorité*, Cassagnac a exposé ses doutes. L'avocat de Dreyfus, Demange, lui aurait fait des confidences. En 1896, la vérité commence à filtrer. A l'état-major, le colonel Picquart, chargé de « nourrir » le dossier, découvre l'identité du véritable traître, un officier d'infanterie d'origine hongroise, le commandant Esterhazy. Il en a la preuve : un « petit bleu » de Schwartzkoppen à l'officier, dérobé à l'ambassade d'Allemagne. Le journaliste et poète juif Bernard Lazare, chargé par Mathieu Dreyfus de la défense du condamné, est informé de la découverte, et Picquart prévient ses chefs qui restent cois. Le journal antidreyfusard l'*Éclair* publie le 15 novembre 1896, en réponse aux soupçons qui commencent à se manifester sur l'affaire, le texte d'une des pièces communiquées secrètement aux juges. Bernard Lazare et Mathieu Dreyfus font en vain le tour des rédactions parisiennes : aucun journal ne veut les soutenir.

Les milieux juifs de Paris sont, si l'on en croit Léon Blum, très réticents : « En règle générale, écrit-il, les juifs avaient accepté la condamnation de Dreyfus comme définitive et comme juste. [...] Ils ne voulaient pas qu'on pût croire qu'ils défendaient Dreyfus parce que Dreyfus était juif. [...] Les juifs riches, les juifs de moyenne bourgeoisie, les juifs fonctionnaires [...] maudissaient secrètement ceux d'entre eux qui, en s'exposant, les livraient à l'adversité séculaire. » C'étaient pourtant des juifs de Carpentras et de Nîmes qui avaient mis en rapport Bernard Lazare et le frère du condamné. Mais leur démarche fut vaine : la presse ne reprit pas la brochure publiée en Belgique par Lazare ; elle l'étouffa ou la présenta comme une manœuvre du « syndicat juif ».

Picquart, envoyé précipitamment en Tunisie, a eu l'occasion d'entrer en contact, par l'avocat Leblois, avec le vice-président du Sénat, le radical Scheurer-Kestner. Les preuves de la culpabilité d'Esterhazy — donc de l'innocence de Dreyfus —

ont « absolument terrassé » l'honnête Alsacien. Il fait la tournée des ministres, après avoir vu Félix Faure. Il ne reçoit que des promesses d'enquête, et le président du Conseil, Méline, se récuse. « Dreyfus a été régulièrement et justement condamné », réplique le gouvernement. Seul Clemenceau, avec son nouveau journal l'*Aurore*, est disposé à entrer en campagne. A la *Justice*, Pelletan refuse de suivre, comme Viviani à la *Petite République*. « Il n'y a pas d'affaire Dreyfus », a déclaré Méline au Sénat sur l'interpellation de Scheurer. L'influence de l'oncle de Jules Ferry, de l'ancien directeur de la *République française* de Gambetta, est pourtant immense sur le milieu politique. L'ancien sénateur du Haut-Rhin s'estime le protecteur naturel des Alsaciens et décide de poursuivre son action. En vain. Le *Figaro*, qui avait publié des lettres d'Esterhazy à sa maîtresse, dans lesquelles il exprimait son souhait d'être « le uhlan qui sabrerait l'armée française », finit par faire amende honorable après une campagne de désabonnements. La presse de droite flétrit en Scheurer un « industriel allemand ». Sur ordre, Pellieux traduit en conseil de guerre le commandant Esterhazy, mais pour l'acquitter. Le tribunal a repris la thèse d'Henry : on a fabriqué des faux pour démasquer un faux coupable. L'auteur de ces faux n'est autre que Picquart, qui sera bientôt interné au mont Valérien. Toutefois, ni la Chambre ni le Sénat ne suivent Scheurer et l'agitation en faveur de la révision du procès de Dreyfus se solde par un échec. « La Chambre flétrit les meneurs de la campagne odieuse entreprise pour troubler la conscience publique. » Par 325 voix contre 153, les députés approuvent le ministre de la Guerre. Quelques républicains seulement, dont Poincaré et Georges Leygues, ont tenu à se désolidariser (sans inconvénient pour la majorité) de la position adoptée par le ministre.

L'affaire rebondit quand, le 13 janvier 1898, dans un article de l'*Aurore* intitulé « J'accuse », Émile Zola étale le dossier devant l'opinion en mettant en cause avec la dernière virulence le président de la République, le ministre de la Guerre, Billot, et les généraux Boisdeffre et Gonse, membres du tribunal militaire, qui se sont rendus complices du crime, « l'un sans doute par passion cléricale, l'autre peut-être par cet esprit de corps qui fait des bureaux de la Guerre l'arche sainte, inattaquable ». Le texte, vendu à 200 000 exemplaires, est salué par le socialiste Jules Guesde (jusque-là totalement fermé à la campagne révisionniste) comme « le plus grand acte révolutionnaire du siècle ». Zola l'écrivain se dresse en effet, seul ou presque, au nom de la justice et de la vérité, contre toutes les puissances de l'État, contre la raison d'État qui, selon le jeune normalien socialiste Péguy, « n'a pas besoin de raison pour raisonner ». Les puissants ne sont plus maîtres de l'affaire. Zola en a saisi l'opinion : voici revenu le temps des ligues et des frondes.

Albert de Mun, le chef catholique, interpelle aussitôt le gouvernement : « Il ne peut pas attendre plus longtemps. » Méline accepte de traîner Zola en justice à condition que le tribunal ne pose pas la question de la culpabilité de Dreyfus. Le président Delegorgue s'y emploie avec zèle, mais comment empêcher que la gigantesque bataille d'opinion qui divise le pays en deux camps n'ait des échos dans le prétoire ?

Zola a gagné à la cause des « intellectuels » (ainsi les surnomme Clemenceau) de jeunes écrivains comme Gide et Pierre Louÿs, Fernand Gregh, Halévy et Proust. La *Revue blanche* milite pour le dreyfusisme. Au cercle Tristan Bernard, Alphonse Allais se déchaîne, Jules Renard et Capus sont engagés. A l'École normale supérieure, Péguy se fait « sergent recruteur », et Lucien Herr chef de file des élèves. Une campagne de pétitions publiées par l'*Aurore* permet aux intellectuels de se compter : quelques défaillances marquées, comme celle de Marcelin Berthelot et de l'Académie française, mais l'Institut et la Sorbonne sont favorables : Lucien Herr, Péguy et Victor Bérard ouvrent rue Cujas la librairie Georges-Bellais qui devient le centre de propagande de la cause au Quartier latin. Élie Halévy, Anatole France, Péguy et Zola sont, avec Herr et Lavisse, les chefs de la croisade.

Ils éveillent des échos à l'extrême gauche : Sébastien Faure et Louise Michel tiennent meeting pour « le syndicat de la révolte contre l'oppression civile et militaire ». Même les anarchistes sont touchés. Chez les socialistes, Jaurès entraîne ses troupes. Il veut, dit-il, compléter l'action révolutionnaire de Zola « par l'action révolutionnaire du prolétariat ». La brèche est ouverte, il faut « marcher pour toutes les justices qui sont à réaliser ». Entre la 12e et la 13e audience du procès Zola, se crée la Ligue des droits de l'homme et du citoyen, avec Scheurer-Kestner, Ranc, Reinach, Psichari et le sénateur Trarieux. Les instituteurs, les francs-maçons rallient la nouvelle organisation de lutte.

Les ligueurs ont contre eux d'autres ligueurs, ceux de la Ligue antisémite de France de l'agitateur Guérin, qui brûle Zola en effigie, provoque des troubles à Rennes, Lyon, Aix, Toulouse, Bordeaux. Drumont agite l'Algérie où des maisons juives sont pillées. Aux obsèques du maçon antisémite Cayrol, tué au cours d'une rixe, la foule déchaînée massacre le juif Schebat. La presse atteint les limites de la violence : Thiébauld, l'ancien boulangiste, relance l'action de Drumont dans l'*Éclair*. Judet dans le *Petit Journal*, Vervoort dans le *Jour*, Millevoye dans la *Patrie*, Arthur Meyer dans le *Gaulois* emboîtent le pas à Drumont qui ameute les boutiquiers parisiens contre les juifs. Les journaux catholiques s'engagent dans la campagne, reprenant les thèmes antisémites[1]. Outre la *Croix* de Paris et la *Croix du dimanche*, il y a cent éditions de la *Croix* en province, sans compter la *Revue du Pèlerin*, les *Causeries du dimanche*, le *Manuel de propagande*, l'*Organisation catholique des campagnes*. Selon l'historien catholique Capéran, il faut estimer la presse assomptionniste, dirigée par le père de Saint-Vincent-de-Paul Bailly, à 130 millions d'exemplaires par an. Le père laisse imprimer, à l'extrême fin de l'affaire : « De tous côtés, les gens réclament un homme à poigne, décidé à jouer sa vie pour arracher la France aux traîtres, aux sectaires et aux imbéciles qui la livrent à l'étranger. » Mais tous les journaux du groupe n'épousent pas la violence de la *Croix* : cet organe est le seul qui ait accepté de poser le problème de Dreyfus en termes de guerre de religion. Les jésuites n'ont pas voulu prendre cette responsabilité.

En province, la presse est presque totalement antidreyfusarde, y compris la très radicale *Dépêche de Toulouse*, qui refuse de se risquer dans l'aventure révisionniste. De son

1. P. Sorlin, *La Croix et les juifs*, Paris, 1967.

côté, la propagande dreyfusarde utilise le bouche à oreille et pénètre dans les milieux les plus fermés. Proust raconte l'aventure du prince de Guermantes, convaincu de l'innocence du condamné, qui demande à l'abbé Poiré de dire une messe pour Dreyfus et les siens. « Impossible ! répond l'abbé, j'ai déjà une messe pour ce matin ! C'est la princesse de Guermantes qui me l'a commandée ». Le prince ignorait tout des sentiments dreyfusards de sa propre épouse... Dans une autre page de Proust, on voit Swann refuser au jeune juif Bloch une signature sur une pétition. « Il ne faut pas me demander l'impossible », dit Swann et Proust de commenter : « Swann refusa son propre nom. Il le trouvait trop hébraïque pour ne pas faire mauvais effet. Et puis, s'il approuvait tout ce qui touchait à la révision, il ne voulait être mêlé en rien à la campagne antimilitariste. » Si l'aristocratie juive refuse souvent de s'engager, la presse dreyfusarde se renforce. Le *Radical* de Ranc entre dans la bataille aux côtés d'un journal libéral et libre-échangiste, le *Siècle*. Le *Rappel*, la *Lanterne*, la *Petite République* où écrit Jaurès suivent l'*Aurore*. On est surpris, en revanche, de constater la neutralité du journal d'origine protestante le *Temps*. Ses collaborateurs sont très partagés, et la direction est devenue si proche des gouvernements républicains qu'elle s'impose la réserve. Dans l'ensemble, la presse dreyfusarde a des tirages moins massifs que son adversaire.

Mieux vaut une injustice qu'un désordre

A cette époque, l'opinion des salons et des dîners parisiens était déterminante, car elle influait sur les journaux et, par là, sur les parlementaires qui se pressaient nombreux à gauche chez Mme Armand de Caillavet, l'égérie d'Anatole France, ou chez Mme Aubernon de Nerville. Paléologue y donnait l'air du Quai d'Orsay, avec les révisionnistes de la Sorbonne, Séailles et Seignobos. Clemenceau, Poincaré et même Jaurès ne dédaignaient pas de paraître avenue Hoche, chez Mme de Caillavet, tandis que la droite académique se pressait aux Champs-Élysées, chez Mme de Loynes, avec Léon Daudet,

Jules Lemaître, Barrès, Hanotaux, Déroulède et Arthur Meyer. Le Paris mondain se déchirait à belles dents comme cette famille française croquée par Caran d'Ache qui s'était juré, avant le dîner, de ne pas parler de l'Affaire, mais qui ne pouvait finalement éviter le pugilat et la vaisselle cassée : « Ils en ont parlé », commentait le dessinateur.

Le procès Zola se poursuivait dans une atmosphère fiévreuse. Manifestants et ligueurs criaient à la porte du prétoire : « A la Seine, l'Italien ! » On retrouvait le climat de violence antirépublicaine des beaux jours du boulangisme ou de Panama. La déposition de Boisdeffre équivalait à un ultimatum : « Vous êtes le jury, vous êtes la nation. Si la nation n'a plus confiance dans les chefs de son armée, dans ceux qui ont la responsabilité de la défense nationale, ils sont prêts à laisser à d'autres cette lourde tâche. » Allait-on planter là le négociateur de Saint-Pétersbourg pour l'affaire d'un « capitaine juif » ? Nul n'a décrit mieux que Proust, dans *Jean Santeuil*, la haute figure du chef de l'état-major : « Sur son passage, on se découvrait, et il saluait avec beaucoup de politesse comme un homme d'un rang tout à fait prépondérant, aristocrate clérical qui pouvait exciter de l'envie et qui tenait à désarmer en étant très poli. Mais malgré cela, et le premier président de la cour ayant passé, et lui ayant dû saluer comme tout le monde, on sentait à ce qu'il y eut d'un peu forcé dans son salut, au petit tic des yeux qui le termina, que malgré tout il trouvait singulier un temps où le général de Boisdeffre devait comme tout le monde saluer le président du conseil municipal, un homme de rien, qu'il le fallait. Mais il le fit, il savait faire ce qu'il fallait et mieux qu'un autre, avec plus de politesse. » L'ultimatum de Boisdeffre vint à point pour endiguer l'attaque des révisionnistes qui dénonçaient la communication du dossier secret. Les juges étaient impressionnés. « L'acquittement, c'est la guerre », lança ce jour-là Rochefort, défenseur de l'état-major. Le tribunal referma le dossier : Zola fut condamné à 3 000 francs d'amende et un an de prison. « Silence à Drumont l'embusqué ! » décrocha l'*Aurore* au chef de la Ligue antisémite, qui n'avait pas participé aux batailles de 1870. L'intéressé répondit à Clemenceau en l'accusant d'avoir été « l'homme à tout faire du juif allemand Cornelius

Herz ». Un duel fut organisé aux environs de Paris. Trois coups de feu furent tirés, sans résultat. Pour Clemenceau, la bataille continuait.

Les députés ne songeaient qu'à leur réélection : à condition de ne pas parler de l'Affaire, ils furent en général reconduits. La nouvelle droite était formée de 80 conservateurs, de 15 nationalistes (des anciens boulangistes) et de 4 antisémites élus en Algérie. Les 254 modérés s'appelaient désormais « progressistes », et non plus « opportunistes » : ils souhaitaient un rapprochement avec les 104 radicaux, distincts des 74 radicaux-socialistes et des 57 socialistes, et décidés à se débarrasser de Méline, qu'ils estimaient trop compromis avec les catholiques du ralliement. Les jeunes députés du groupe, Poincaré, Leygues, Barthou, situaient de nouveau la République à gauche et se souvenaient avec irritation de l'engagement des pères assomptionnistes et de leur presse dans la campagne aux côtés de la droite. L'attachement aux principes républicains rapprochait donc les radicaux modérés suivant Bourgeois, et les néo-progressistes comme Poincaré. Le franc-maçon Brisson, en se chargeant de la présidence du Conseil, indiquait la tendance. On avait souhaité une « majorité exclusivement républicaine », qui exclût tous les suspects. A la Guerre, Brisson nomma le général Cavaignac, farouche antirévisionniste et député nationaliste. Il n'entrait donc nullement dans le jeu des chefs radicaux de se compromettre dans l'affaire Dreyfus. Leur préoccupation était de poursuivre le combat républicain et de détourner du pouvoir leurs adversaires catholiques. A Méline qui lui lançait : « Vous voulez être les seuls dans la République et la fermer à tour de clé », Bourgeois répondit fermement : « Tous ceux qui sont partisans du maintien de cette influence de la politique pontificale dans nos affaires intérieures sont nécessairement d'un côté du fossé. Tous ceux qui sont opposés à cette intrusion sont nécessairement à gauche de ce fossé et constituent le véritable parti républicain. » Pour l'armée, contre la révision, les radicaux de gouvernement appelaient les républicains à se grouper contre l'Église, bouclant ainsi l'affaire Dreyfus par la voix de Cavaignac qui cita à la tribune des preuves jugées si accablantes contre le traître que la Chambre, d'enthousiasme, en vota l'affichage.

Une des pièces est un faux, comme l'a établi, à la demande du ministre, le capitaine Cuignet. Coup de théâtre : Henry se suicide dans la cellule du mont Valérien où il a été incarcéré. La révision devient possible. Aussitôt Boisdeffre démissionne, ainsi que Cavaignac, et le ministère tombe juste après avoir décidé de saisir la Cour de cassation. Picquart est libéré, Esterhazy en fuite, Panizzardi et Schwartzkoppen nommés à un autre poste. Le suicide d'Henry a fait le vide...

Mais les nationalistes, parmi lesquels Judet et Maurras, se ressaisissent, inventent la théorie du « faux patriotique » : Henry a fabriqué sur ordre une fausse pièce pour n'avoir pas à produire la vraie qui aurait amené la guerre. Le Sénat, inquiet du climat boulangiste qui se développe dans la capitale, indique alors qu'il ne donnera sa confiance qu'à un ministère de défense de la République. Charles Dupuy succède à Brisson et appelle Freycinet à la Guerre, car la « souris blanche », hostile à la révision, peut calmer l'armée. Changeant « son fusil d'épaule », Dupuy veut gouverner à gauche, avec Léon Bourgeois à l'Instruction publique. Les « progressistes » s'agitent, lorgnent eux aussi vers la gauche. A la tribune, Poincaré « libère sa conscience » et lance aux anciens opportunistes et à son ancien ami Méline : « Que serait le patriotisme s'il ne résidait essentiellement dans le respect de nos traditions nationales de justice et de liberté ? »

Les travaux de révision entrepris par la Cour de cassation déclenchent une campagne d'opinion sans précédent : aux meetings, aux conférences, aux débats organisés par la Ligue des droits de l'homme, à la campagne menée personnellement par Jaurès (battu aux élections, pour une série d'articles publiés dans le *Siècle*, « Les preuves », qui connaissent un profond retentissement), à l'engagement militant du jeune Péguy et du vindicatif Clemenceau répond, à droite, la création en décembre 1898 de la Ligue de la Patrie française, animée par Barrès, Jules Lemaître et de distingués académiciens français, survivants d'un autre temps : le duc de Broglie, le comte d'Haussonville et le marquis de Vogüé. Barrès donne au mouvement sa force idéologique en soutenant que le nationalisme ne peut s'accommoder des états d'âme des intellectuels, ces « déracinés » devenus « ennemis de la société ». Il faut abattre les dreyfusards car, « quand même leur client serait innocent, ils demeureraient des criminels ». Pour les adeptes de la Patrie française (un millier d'adhésions par jour, un raz de marée), le respect de l'armée et de la nation passe avant tout. Pour Lemaître, « l'amour de la patrie » doit devenir « l'équivalent de la foi confessionnelle que [les Français] n'ont plus ». L'amour de la patrie exige-t-il que l'on insulte les magistrats de la Cour de cassation ? Les rédacteurs de la *Libre Parole*, de l'*Éclair*, de l'*Intransigeant*, se déchaînent : le président Loew est « un Prussien », les autres magistrats des « complices des juifs ». On publie leurs adresses, pour qu'ils reçoivent des milliers de lettres d'insultes. En définitive, le gouvernement accepte de retirer l'affaire à la seule chambre criminelle de la cour, pour la confier à toutes les chambres réunies : c'est une victoire pour la campagne d'intimidation.

Liquider l'Affaire

Le président de la République, Félix Faure, le président du Conseil, Dupuy, avaient cédé. On ouvrit pour la veuve Henry une souscription dont les listes égrenèrent les plus basses injures. On appelait les juges « les fossoyeurs de la nation ». Rochefort les traitait de « filles de brasserie ». Poincaré, Barthou, Bourgeois protestèrent publiquement contre la reculade du pouvoir. Leur indignation fut assez vive pour avoir des conséquences politiques : Poincaré et Barthou se séparèrent des progressistes et rejoignirent les radicaux, cependant que Waldeck-Rousseau dénonçait au Sénat la « loi de dessaisissement, loi de suspicion, loi de faiblesse ». Le texte fut pourtant voté : seconde victoire des antirévisionnistes.

Quand Loubet remplaça Félix Faure, mort à l'Élysée (« cela ne fait pas un homme de moins en France », commenta Clemenceau), l'agitation nationaliste reprit. On salua l'entrée du nouveau président dans Paris aux cris de : « Vive Panama Ier ! » Les ligues avaient organisé l'accueil tout le long de son retour de Versailles. La droite croyait l'emporter encore par l'intimidation quand fut connu, le 3 juin 1899, l'arrêt de la cour renvoyant l'affaire au conseil de guerre : la révision avait abouti.

Jaurès exulte, Picquart est libéré, Zola, qui s'est enfui en Angleterre, rentre en France. Mercier est accusé de pression sur un tribunal militaire. Aux courses d'Auteuil, les nationalistes, furieux, frappent le président Loubet à coups de canne. Les socialistes mobilisent leurs troupes. On craint pour l'ordre public, comme aux beaux jours du boulangisme. Le jour de l'élection de Loubet, Déroulède n'a-t-il pas voulu entraîner un général et ses troupes sur l'Élysée ?

« J'espère, écrit Clemenceau, que tous les républicains, sans distinction de nuances, ont fini par découvrir la connexion de l'affaire Dreyfus avec les idées représentatives de la République elle-même. [...] Devant l'Église et la monarchie menaçantes, il est grand temps pour le parti républicain de se reprendre et de donner à la République un gouvernement. » Charles Dupuy tombé, personne ne l'a remplacé. Qui Loubet va-t-il choisir ? Dans la déclaration de Clemenceau (qui n'est pas alors parlementaire, comme Jaurès), on sent poindre le désir d'une récupération politique de l'Affaire : puisque les catholiques se sont compromis massivement contre le projet de révision, ils doivent payer le prix de leur défaite. Une majorité vraiment républicaine devient possible. Le bruit de complot, que l'on lance alors, devrait hâter sa formation. Péguy pense que cette rumeur n'est en fait qu'une machination du syndicat dreyfusard : « Dès le lendemain de la journée d'Auteuil, devait-il écrire, a commencé la comédie de la République en danger. La concentration des groupes républicains, qui semblait impossible, s'est faite et le parti socialiste a été le fondant paradoxal de la combinaison. »

C'est vrai, Jaurès a milité dans un comité de vigilance, aux côtés de Guesde, d'Allemane, de Viviani et de Vaillant. L'Affaire a refait aussi, pour un temps, l'unité des socialistes. De Mun a beau jeu de ridiculiser à la tribune le prétendu « complot », celui-ci a une utilité politique manifeste : permettre aux socialistes de rejoindre le camp des radicaux et de constituer, avec les progressistes dissidents comme Poincaré, cette majorité qui va porter au pouvoir, à 25 voix près, le cabinet Waldeck-Rousseau. Étrange formation où le socialiste Millerand occupe le ministère du Commerce, alors qu'on appelle à la Guerre le fusilleur des Versaillais, Galliffet. Dans ce « ministère de combat », le radical Caillaux est aux Finances. Il raconte dans ses *Mémoires* la scène de la nomination du vieux marquis que Waldeck appelle aux affaires pour rétablir l'ordre dans l'armée : « Waldeck-Rousseau regarde M. Millerand en parlant. Le nouveau ministre du Commerce ne fait pas d'objection. »

Waldeck s'est souvenu que Galliffet avait jadis joui de la confiance de Gambetta et qu'il était le seul à pouvoir « attester la confiance du gouvernement dans l'armée nationale ». En bon gambettiste, il ne voulait pas que la conclusion de l'affaire Dreyfus se fît contre l'armée. Il avait trouvé, selon la tradition, un homme efficace qui ne fût pas républicain : « La mise à la retraite qui l'atteignait en pleine vigueur, dit encore Caillaux, ne le faisait descendre qu'à peine de son piédestal. Les divisions que créait l'affaire Dreyfus l'inquiétaient. C'est pour remettre les choses en place qu'il avait accepté de faire partie du ministère. » Cette nomination fait hurler les socialistes sur les travées de la Chambre : « Assassin, présent ! » répond le marquis aux invectives. Millerand n'est pas moins hué par l'extrême droite nationaliste. Le centre hésite, mais le frère Brisson l'exhorte : « Votez, non pour le gouvernement, mais pour la République ! » Sortant de la séance avec sa maigre majorité, Waldeck exhale dans un soupir : « J'ai eu la sensation d'une cage de fauves. »

Il faut en terminer avec l'Affaire, vite et par tous les moyens. Galliffet rétablit l'ordre promptement, au prix de quelques mutations. Mais Dreyfus ? S'il est innocent, faut-il condamner le ministre Mercier ? « Il faut choisir, écrit Barrès : Dreyfus ou les grands chefs. » Que vaut l'honneur de Dreyfus contre celui de l'armée tout entière ? La *Croix* écrit cyniquement : « Dreyfus est-il innocent ou coupable ? On se demande qui l'emportera des ennemis de l'armée ou de ses amis. » En plaçant la bataille sur ce terrain, on s'expose à n'avoir pas un regard « pour cette boule de chair vivante » qui, rentrant après cinq ans de bagne, « vient d'Amérique, dit Barrès, rouler au milieu de notre bataille ». Qu'importe ! La raison d'État, plus que jamais, compte seule. Elle exige cette fois que Dreyfus soit absous, mais sans atteinte à l'honneur des militaires. Dans l'atmosphère inouïe de Rennes assiégée par les état-majors et les troupes des deux camps (un nationaliste blesse dans la rue l'avocat de Dreyfus, Labori), dans la fièvre des campagnes de presse, le verdict tombe, qui scandalise l'opinion internationale : dix ans de travaux forcés ! Dreyfus va-t-il repartir pour le bagne ? Il est aussitôt gracié. Il sera plus tard réintégré dans l'armée et décoré de la Légion d'honneur. Les campagnes de presse cessent aussitôt, comme par enchantement. Qui, dans les rédactions, s'intéressait à l'homme ? Il n'est plus un symbole politique, on l'oublie. « Si nous parlions d'autre chose ? » dit le nationaliste Ernest Judet. Galliffet peut conclure dans une circulaire aux chefs de corps : « L'incident est clos. Vive l'armée, celle qui n'appartient à aucun parti, mais seulement à la France ! »

Reprise de la lutte contre les congrégations

Waldeck-Rousseau triomphait : il avait liquidé l'affaire Dreyfus. Il avait approuvé la Haute Cour qui avait absous tous les accusés d'attentat contre la sûreté de l'État et condamné seulement trois d'entre eux — Déroulède, l'antisémite Guérin et Buffet — à des peines de dix ans de bannissement ou d'emprisonnement. Les comités nationalistes se trouvaient désorganisés : l'ordre revint dans la rue, et Paris, qui venait d'élire 32 nationalistes et 9 conservateurs (contre 16 radicaux et 19 socialistes), poursuivait son glissement vers l'extrême droite, amorcé sous le boulangisme, sans que l'ordre public en fût affecté.

L'Exposition Universelle de 1900 contribuait à calmer les esprits. Un banquet des maires, réunissant 22 000 élus dans la capitale, fut l'occasion d'afficher la sérénité du gouvernement. Une majorité nouvelle se formait, grossie de nouveaux dissidents progressistes. Sans adversaires à gauche, les républicains n'avaient plus désormais qu'un ennemi à droite. Ils constituaient contre lui un « bloc », celui des partisans de la

Révolution française. Des modifications dans la procédure parlementaire éliminèrent les votes de défiance par surprise. On réserva un seul jour de la semaine aux interpellations. Cette nouvelle procédure, qui n'empêchait pas de faire tomber les gouvernements, obligeait l'opposition à se concerter pour en imposer la chute.

Waldeck connut donc un répit qui lui permit d'engager la lutte contre les congrégations. A partir de 1898, l'affaire Dreyfus avait placé presque constamment les assomptionnistes au cœur de la bataille. Sans doute y avait-il en France des fidèles révisionnistes. Mais, comme le fait remarquer Capéran, les journaux de droite voulaient « cacher à leur clientèle qu'il y avait des catholiques dreyfusards », tandis que ceux de la gauche voulaient laisser ignorer « les dreyfusards catholiques ». Sous-estimés, ils laissaient le devant de la scène aux ligueurs frénétiques, comme le père Didon, aux rédacteurs antisémites de la *Croix* qui poussaient à l'élimination politique des adversaires de l'armée et de la religion.

Il reste que la nouvelle coalition des antiparlementaires, des catholiques et des antisémites avait de quoi inquiéter, surtout si elle pouvait s'appuyer sur l'armée. Les républicains concluaient de la vaste mobilisation catholique et du relatif succès des conservateurs aux élections de 1898 que leurs adversaires n'avaient pas désarmé, que le « ralliement » n'était que de la poudre aux yeux. La presse avait, pendant l'Affaire, fait la redoutable démonstration de sa puissance. Ses campagnes en appelaient au sentiment direct des foules. On exploitait l'indignation contre les traîtres et les espions, l'antisémitisme brutal, la défense sentimentale de l'armée, la haine d'un Parlement inefficace et corrompu, tous les thèmes irrationnels dont raffolait le public parisien. Les journaux avaient contraint le gouvernement, la Chambre, les grands corps de l'État à prendre parti, contre leur volonté et leur intérêt, dans une bataille dont les méthodes n'étaient en rien libérales ou démocratiques. Ils mobilisaient, imposaient, contraignaient, emportaient, constituaient une puissance révolutionnaire dont Jaurès venait d'ailleurs de faire lui aussi l'expérience avec sa série d'articles intitulée « Les preuves ». Parlementaires battus, Jaurès et Clemenceau avaient plus d'influence dans leurs journaux qu'à la tribune. Ils ralliaient mieux les consciences par un article que par un discours. Une partie très importante de la presse antirépublicaine étant catholique, il devenait urgent de priver l'adversaire d'une arme aussi efficace.

Dans l'ensemble, le tirage des quotidiens a doublé ou triplé de 1870 à 1910. Leur impact est plus fort, parce que le public est plus nombreux. Le régime libéral permet aux journalistes d'attaquer à loisir et d'accroître la surface imprimée consacrée à la politique intérieure et à ses combats quotidiens : sans atteindre les tirages du *Journal* et du *Petit Journal*, du *Petit Parisien* et du *Matin* (670 000 exemplaires), la *Croix* tire à 140 000, et les progrès sont sensibles d'une année à l'autre. Elle a deux fois plus de lecteurs que l'*Intransigeant*, quatre fois plus que le *Journal des Débats*. Elle profite de l'affaissement des vieux journaux catholiques comme l'*Univers* de Veuillot, qui sombre lentement, combattu par le pape pour ses positions extrêmes et qui chutera brusquement. Une partie de ses rédacteurs a fondé un autre journal, la *Vérité*, qui ne connaîtra pas un sort meilleur. Avant les républicains, l'entourage du pape a compris toute l'importance de la presse moderne et souhaite conquérir une place prépondérante dans le vaste panorama de plus de cent quotidiens représentant alors la presse parisienne. S'adaptant aux goûts d'un public populaire et aux nouvelles techniques d'information, les assomptionnistes ont fait de la *Croix* un grand quotidien. Le père Lecanuet, esprit très moderne, écrira en 1906 : « Il est désolant que l'Église ait compris si tard l'importance considérable de la presse à notre époque. Mieux eût valu fonder des journaux que bâtir des cathédrales ou des couvents. » L'extraordinaire création d'un éventail complet de journaux catholiques autour de la *Croix* répond tardivement mais efficacement à ce besoin. Dans la bataille qui s'engage, les catholiques auront leur presse. La Maison de la bonne presse de Bailly et Picard s'appuie sur le succès du *Pèlerin* qui a grimpé à près de 200 000 exemplaires. Vivement antisémite, la violence de ses caricatures l'apparente à la *Libre Parole illustrée*. Le ton de la *Croix* n'est pas moins combatif : Bailly y jette quotidiennement l'anathème dans ses chroniques signées

« le moine ». La *Croix*, qui a été boulangiste, a mené ensuite le combat contre Dreyfus et les juifs. Avant les élections de 1898, Bailly mobilise sa maison au service des comités électoraux catholiques « Justice-Égalité ». S'il est facile aux républicains, après la victoire de Waldeck en 1899, de « retourner » la grande presse qui a eu des faiblesses antidreyfusardes (Judet a été chassé par Marinoni du *Petit Journal*, et le *Matin* a accueilli, à partir de 1897, le dreyfusard Cornely dans ses colonnes), il est impossible d'agir sur la rédaction de la *Croix* et de neutraliser la « bonne presse ». Waldeck a certes fait de Jean Dupuy, directeur du *Petit Parisien*, son ministre du Commerce, s'assurant ainsi la bienveillance d'un journal antidreyfusard. Il ne peut envisager, contre les « moines ligueurs », que leur élimination.

Il est vrai que l'affaire Dreyfus ayant rejeté les catholiques et leur presse du côté des ennemis du régime, le ralliement de l'Église à la République devenait, du coup, suspect, et les « cléricaux » se trouvaient « démasqués ». Le très radical Thibaudet pouvait écrire : « L'expérience libérale de l'esprit nouveau échoua non du fait de la République, mais du fait de l'Église qui, entraînée moins encore par les évêques que par les congrégations enseignantes et les trente mille prêtres abonnés de la *Libre Parole*, ressuscita le temps des Ligues et prit place, dans les conditions les plus absurdes, parmi les troupes d'assaut de la dernière bataille des vieux partis contre la République. » Accusation d'une rigueur excessive : si les assomptionnistes ont pris parti dans l'affaire Dreyfus, c'était pour éviter qu'il n'y eût une affaire Dreyfus. De l'avis d'un Méline, ils furent poussés dans le camp des ultras par les événements plus que par leur volonté, en dépit des avertissements du pape. On pouvait d'autre part estimer peu sincère le ralliement de certains de leurs ennemis radicaux à la cause dreyfusarde : la *Dépêche de Toulouse* avait refusé jusqu'au dernier moment de se lancer dans la bataille jaurésienne et clemenciste. Léon Bourgeois, le maçon, était resté d'une prudence pythique, tandis que son ami Ranc tissait patiemment, dans l'ombre, les liens qui allaient unir le dreyfusisme à l'anticléricalisme, le détournant ainsi de son objet pour en faire une arme politique. Quant au radical Brisson, il avait constamment choisi, rue Saint-Dominique, des antidreyfusards républicains, ce qui ne l'empêcha pas de profiter, avec ses collègues, des fruits de la victoire...

Préparation de la séparation dans les loges

Brisson s'appuyait sur un Parlement maçonnique dont les membres avaient, au convent de 1899, déjà demandé la séparation de l'Église et de l'État. Ce n'était pas, pour les frères, une idée nouvelle. Ils la méditaient au Grand-Orient depuis 1888. Dès 1880, le vénérable de la loge l'École mutuelle, Francolin, avait proposé d'envoyer à tous les journaux républicains et à tous les élus un projet de séparation. Une Ligue nationale pour la séparation avait été créée par des personnages aussi importants que le frère Boysset, vice-président de la Chambre, et le député de la Gironde Jules Steeg[1]. Le moment était venu de réaliser l'opération.

Habileté des maçons : Brisson a choisi le frère Cavaignac au ministère de la Guerre, un antidreyfusard qui a cependant rendu possible la révision pendant son deuxième cabinet. En 1899, la maçonnerie ne pouvait siéger à la présidence du Conseil sans risquer de faire apparaître comme son œuvre exclusive la liquidation de la révolution dreyfusienne. C'est Waldeck-Rousseau qui vient au pouvoir, mais le socialiste dont il a fait un otage, Millerand, est maçon, tout comme son ministre des Affaires étrangères, Delcassé, et ses autres collaborateurs, Monis, Lanessan et Baudin. La permanence des maçons au gouvernement avant, pendant et après l'affaire Dreyfus fait ainsi apparaître une singulière continuité. Le Comité d'action pour les réformes républicaines, qui joue un rôle essentiel dans les élections de 1898, permet à Gustave Mesureur, son président, de mobiliser les loges. Le même comité Mesureur rassemblera, avant les futures élections, les radicaux-socialistes en un congrès, véritable répétition générale de la fondation du parti radical. A leur convent de 1899, les maçons décident de soutenir la Ligue des droits de l'homme

1. Chevallier, *op. cit.*, t. 3, p. 81.

et assurent son succès, entrant ainsi de plain-pied dans la bataille dreyfusarde. Tous les vénérables de la Région parisienne se réunissent au Grand-Orient, au lendemain des élections municipales de 1900, pour créer la Ligue d'action républicaine. Les comités radicaux, le Comité républicain du commerce et de l'industrie, présidé par le sénateur maçon Mascuraud, préparent et assurent le succès du « bloc des gauches » aux élections de 1902. Les maçons sont donc à l'origine des bons résultats électoraux des gauches et de la constitution au Parlement d'une force radicale puissante, bien décidée à laïciser l'État et à le séparer de l'Église : cette force, au lendemain de l'affaire Dreyfus, a l'occasion de s'exprimer, et Waldeck-Rousseau lui offre une chance de réaliser son programme.

Puissance des maçons : depuis la présidence de Félix Faure, ils investissent constamment, pendant et après l'affaire Dreyfus, les conseils de gouvernement. Pour eux comme pour les autres formations politiques, le combat pour ou contre Dreyfus a été une fin, non un moyen. Le ministère de Léon Bourgeois de 1896 est, écrit Pierre Chevallier, « l'un des plus maçonniques de la IIIe République » (Doumer, Lockroy, Mesureur, Combes et Cavaignac). Méline, qui lui succède, est lui-même maçon, bien que mal aimé dans les loges. Maçon aussi Charles Dupuy, dont on a remarqué l'habileté à passer de la droite à la gauche. L'appel au frère Delcassé, qui va exercer un très long magistère au Quai d'Orsay, fonder l'alliance russe et conclure avec l'Angleterre l'Entente cordiale, n'est pas le fait du hasard. Le ministre négocie et rend compte au président de la République et au président du Conseil : cet homme clef du régime doit être sûr. Le frère Combes, qui succède à Waldeck-Rousseau, garde Delcassé au Quai d'Orsay, fait entrer au ministère les frères Gaston Doumergue et Trouillot, impose le frère Rouvier aux Finances : un cabinet maçonnissime, auquel succédera un autre ministère d'initiés présidé par Rouvier. Jamais la continuité de l'action maçonnique n'a été plus forte en France.

Résolution des maçons : ils ont préparé de longue date la loi de séparation, en réfléchissant dans les loges à la tactique de la lutte contre les congrégations, qui sont les adversaires déterminés de l'instauration de la société laïque. Les loges proposent d'afficher dans les écoles la Déclaration des droits de l'homme et du citoyen, de laïciser l'enseignement primaire et le secondaire. Dès 1890, la loge l'Équerre, de Moulins, propose d'abroger la loi Falloux, suggère de ne pas accepter des fonctionnaires non titulaires de diplômes d'État et d'exiger qu'aucun diplôme français ne soit délivré à des candidats qui n'auraient pas accompli au moins trois ans d'études dans une école ou un lycée d'État. En 1898, le frère Rabier, député du Loiret, suggère une nouvelle réflexion sur l'abrogation de la loi Falloux. En 1899, le conseil de l'ordre du Grand-Orient invite les loges à intervenir sur les députés de l'obédience pour que soit votée la « loi » Rabier. La même obstination se manifeste pour l'établissement du monopole de l'enseignement supérieur. Le docteur Debierre, de Lille, et le frère Dequaire-Grobel militent en ce sens, et le convent de 1902 exerce une nouvelle pression sur les parlementaires[1]. Il faut croire que les maçons ne sont pas unanimes à imposer le monopole scolaire, puisqu'il ne sera pas appliqué, mais l'aspiration dominante des loges est d'en obtenir la réalisation.

Contre les congrégations, la pression maçonnique est à la fois unanime et continue : elle s'exprime dès 1891, quand plusieurs loges demandent que l'on applique la rigueur des lois aux congrégations non autorisées, qui bénéficient encore d'une tolérance des républicains tentés par le ralliement. En 1896, le convent souhaite que l'on attribue au budget des pensions les biens de congrégations dissoutes. Le député de Marseille, Carnaud, suggère que l'on interdise l'enseignement secondaire aux congrégations, autorisées ou non. En 1899, le convent réclame l'exclusion des anciens élèves des pères de la fonction publique. En 1901, il exige que les fonctionnaires envoient leurs enfants dans les établissements d'État. Depuis 1898, le conseil de l'ordre diffuse la « carte graphique » de la fortune des congrégations, alimentant ainsi la propagande du « milliard ». En 1899, pour la première fois, la majorité du convent se prononce pour la séparation immédiate de l'Église et de l'État. Il n'est donc pas niable que la maçonnerie se

1. Chevallier, *op. cit.*, p. 77.

trouve à l'origine des mesures prises par Waldeck-Rousseau. Depuis longtemps, celui-ci souhaitait une loi définissant le statut des associations : les maçons, actifs dans les commissions parlementaires, allaient transformer son projet en machine de guerre contre l'Église.

Le petit père Combes

Waldeck-Rousseau lance quelques ballons d'essai avant d'attaquer de front. La première nécessité politique est d'éliminer les assomptionnistes, mais il veut aussi dissoudre les congrégations d'enseignants rendues responsables de l'esprit de coterie des officiers : ceux-ci doivent trop souvent leur carrière à des pères influents, au ministère, sur les commissions de classement. L'élimination de la puissance occulte des congrégations doit permettre aux frères de maîtriser plus fermement l'appareil de l'État. Le projet discuté dans les loges est présenté en 1899 par le ministre Leygues : un stage scolaire de trois ans serait imposé aux candidats à l'entrée aux grandes écoles. Ce texte n'est cependant pas adopté par la commission de la Chambre où les progressistes ne sont encore que timidement acquis à la reprise de la politique anticléricale. Ils craignent de braver les militaires, très attentifs à la liberté du recrutement de leurs écoles. En revanche, la majorité approuve la dissolution de la congrégation des assomptionnistes et l'institution d'amendes pour les pères coupables d'avoir participé aux luttes électorales. Pour marquer sa volonté de lutte contre l'influence religieuse dans l'armée, Waldeck-Rousseau n'hésite pas à nommer, après la démission de Galliffet en juin 1900, le très républicain général André. La reprise en main se prépare.

Considérée par le président du Conseil comme prioritaire, la loi sur les associations est donc mise en discussion dès la rentrée de 1901. Waldeck-Rousseau, qui maintient des relations correctes avec le Saint-Siège, la juge acceptable. Il exige seulement une soumission spéciale des associations composées en partie d'étrangers. Les autres seront libres de recevoir des legs et d'obtenir la personnalité civile sous certaines conditions.

Les maçons des commissions peaufinent le texte gouvernemental pour en faire une arme de guerre : il faudra une loi, et non un simple décret, avec délibération des Chambres et débat, pour autoriser les ordres religieux, et l'enseignement sera interdit à tout membre d'une congrégation non autorisée. Le Sénat abrège encore le délai prescrit pour les demandes d'autorisation. Waldeck-Rousseau cherche à faciliter l'application de la loi en décidant que la demande d'autorisation ne sera pas nécessaire pour les écoles ouvertes avant le vote du texte. Rejetant la politique du pire, le pape permet aux congrégations de jouer le jeu : 64 associations d'hommes sur 147 et 482 de femmes sur 606 envoient leur demande. Les autres se dispersent ou partent pour l'étranger.

Les polémiques sur les congrégations alimentent la campagne électorale de 1902 qui semble avoir oublié l'affaire Dreyfus. 200 000 voix séparent la droite des catholiques ralliés de Jacques Piou (qui a créé l'Action libérale), les progressistes de la nouvelle Fédération républicaine composée d'anciens modérés, les conservateurs monarchistes et les nationalistes de la Patrie française, des quatre formations de la gauche : républicains de gauche de l'Alliance démocratique, qui regroupe les anciens progressistes amis de Poincaré et de Barthou, les radicaux, les radicaux-socialistes qui viennent de constituer le Parti républicain radical et radical-socialiste, les socialistes enfin, divisés en jaurésiens et guesdistes et qui soutiennent depuis la fin de l'affaire Dreyfus les majorités dites de « bloc des gauches ». L'opposition, en raison d'un découpage électoral défavorable, n'obtient que 200 sièges. Pour avoir la majorité sans les 50 élus socialistes, la gauche radicale doit absolument compter sur les républicains de gauche. Ce concours est d'ailleurs tout acquis au successeur de Waldeck-Rousseau (il abandonne le pouvoir pour raisons de santé), le sénateur Émile Combes, un homme obscur, modeste, mais résolu, que le président du Conseil sortant a chaudement recommandé au président de la République : un homme des loges.

Pour se concilier les anciens progressistes, cet ex-séminariste qui ne veut traiter que la question religieuse choisit Rouvier comme ministre des Finances : il rassure les milieux d'affaires et les rentiers, et sa seule présence écarte le spectre de l'impôt sur le revenu cher aux radicaux et aux socialistes. Il avertit d'entrée de jeu qu'il a l'intention « d'appliquer la loi rigoureusement dans son texte et dans son esprit ». Dès juillet 1902, il fait fermer les écoles de sœurs, en dépit de violentes manifestations catholiques. Déposant au Sénat cinq projets d'autorisation, dont deux concernent les ordres missionnaires, il saisit la Chambre de cinquante-quatre projets rejetant des demandes de congrégations d'hommes, souhaitant ainsi les faire refuser en bloc. Les députés de l'Union démocratique se prononcent contre cette démarche, et Waldeck-Rousseau proteste.

Combes regroupe alors ses projets en trois rubriques : congrégations enseignantes, prédicantes et commerçantes (pour les chartreux). La police ferme les couvents, leurs occupants sont dispersés par les dragons et les gendarmes. Dans une autre charrette, le 26 juin, Combes obtient le rejet des demandes d'autorisation des congrégations de femmes. Poincaré et ses amis de l'Alliance démocratique n'osent pas voter contre, car les combistes ont instauré au Parlement une instance de discipline, la Délégation des gauches, où les délégués des groupes de la majorité définissent ensemble les consignes de vote. La Délégation a recommandé ce jour-là d'approuver le texte. Poincaré est alors représenté par un caricaturiste, barbiche au vent, au Palais-Bourbon. Commentaire : « Il court s'abstenir. » Au Sénat, Waldeck-Rousseau déclare que le rejet des demandes en bloc, par une seule Assemblée, est contraire à l'esprit de la loi. Pourtant, il n'est pas question de revenir sur une disposition acceptée par les Chambres et proposée par Combes dans un souci d'efficacité. Le gouvernement peut donc à loisir s'attaquer, en décembre 1903, aux ordres déjà autorisés. Il supprime, dans un délai de cinq ans, toutes les congrégations autorisées et leur interdit l'enseignement. C'est à peine s'il tolère quelques écoles formant les religieux pour des missions aux colonies et à l'étranger. La loi de 1903 est sa dernière victoire.

Jusque-là, le Vatican a évité la rupture. Mais Combes

prétend aussi intervenir dans la nomination des évêques. Il refuse tout accord préalable, toute négociation. Il nomme les évêques seul, sans l'approbation du Saint-Siège. Le nouveau pape Pie X, successeur de Léon XIII en 1904, donne des signes d'impatience — d'autant plus que le président Loubet rend alors visite au roi d'Italie, ce qui ulcère le Vatican, toujours assiégé par l'État italien. Pie X proteste dans une circulaire adressée confidentiellement aux gouvernements catholiques. Le prince de Monaco met ce document entre les mains de Jaurès qui le publie dans son journal, l'*Humanité*. En mai 1904, le gouvernement français rappelle son ambassadeur auprès du Saint-Siège, sans rompre pour autant les relations diplomatiques.

Mais un nouveau conflit éclate : Combes nomme, sans consulter le nonce, des évêques à Vannes, terre bretonne de mission laïque, et à Nevers. Le pape refuse le candidat de Vannes. Le ministre des Affaires étrangères, Delcassé, prend le risque de la séparation : « Une alliance avec l'Italie, aurait-il déclaré, vaut bien les risques d'une rupture avec le Saint-Siège. » Les manifestations italiennes à l'occasion de la visite de Loubet ont excédé le pape. *Viva la Francia anticlericale !* peut-on lire sur les affiches. Le cardinal Merry del Val proteste officiellement. En France, Jaurès et Clemenceau font campagne pour la séparation.

Le Saint-Siège applique alors une politique de fermeté. Il enjoint à l'évêque Geay, de Laval, de résigner immédiatement sa charge, et à l'évêque Le Nordez, de Dijon, de comparaître à Rome pour faute grave (Le Nordez est accusé d'être franc-maçon, et Geay soupçonné d'une affaire de mœurs). Combes leur interdit d'obéir, le pape maintient. Le 30 juillet 1904, le gouvernement français rompt les relations. Les deux évêques, comprenant qu'ils sont abandonnés, partent aussitôt faire leur soumission à Rome.

Combes aurait immédiatement proposé une loi sur la séparation de l'Église et de l'État s'il en avait eu le temps : mais sa majorité tombe en quenouille. Jaurès, en raison de l'opposition guesdiste, ne peut plus jouer son rôle parlementaire. Millerand s'en prend au ministère sur le terrain social. Progressistes et radicaux-socialistes se divisent. Une affaire scandaleuse porte un coup final au gouvernement Combes : le ministre de la Guerre, qui a supprimé les commissions de classement des officiers, prétend que leur avancement est « dans les mains du Parlement ». Une aussi cynique déclaration du général André indique que, désormais, les nominations seront politiques. Comment choisira-t-on les chefs ? Grâce à une série de fiches établies par des délateurs, des civils, des observateurs bénévoles. Le système de fidélisation du personnel politique a été pratiqué en grand par Combes. Il a clairement prescrit aux préfets, dans sa circulaire du 20 juin 1902, de réserver aux amis du pouvoir « les faveurs dont la République dispose ». Des délégués administratifs, choisis dans chaque commune parmi les partisans de la politique combiste, ont été chargés de renseigner le préfet. Cette même pratique de la « surveillance » et du renseignement politique avait eu des antécédents sous la Grande Révolution : les loges et les comités radicaux ne faisaient que se substituer aux jacobins.

Mais André a commis l'erreur de centraliser ses fiches au Grand-Orient. Un secrétaire en a dérobé quelques-unes pour les communiquer aux officiers de l'armée, aux journalistes nationalistes. Le *Matin* et le *Figaro* lancent alors une campagne contre le « service occulte de renseignements ». Le député Guyot de Villeneuve interpelle le gouvernement à la Chambre, documents en main. Nier n'est plus possible...

Depuis longtemps, les francs-maçons réclamaient dans leurs convents la démocratisation de l'armée, le service militaire sans dispense aucune, la suppression des mess et des ordonnances, de Saint-Cyr et de Saint-Maixent, ainsi que la laïcisation des hôpitaux militaires. On avait supprimé dans la marine la cérémonie de bénédiction des navires de guerre et la messe de rentrée des élèves de l'École navale. Le capitaine Mollin, gendre d'Anatole France, avait été chargé par André d'obtenir sur les officiers tous les renseignements possibles des préfets, des Renseignements généraux *et* des loges maçonniques, appelées « sociétés républicaines ». Plus de 18 000 fiches avaient été collectées, les maçons avaient fait du zèle : trois vénérables seulement sur deux cents avaient refusé de se prêter à la manœuvre.

A la suite de l'interpellation à la Chambre, la confiance au gouvernement Combes fut votée de peu. Un député nationaliste, fondateur de la Ligue des Patriotes, avait giflé André en pleine séance. Celui-ci démissionna le 15 novembre 1904. Le gouvernement Combes ne devait pas lui survivre longtemps : il partait à son tour, le 19 janvier 1905. Mais il léguait à son successeur le projet de loi de séparation...

Les inventaires

Le successeur s'appelle Rouvier, un homme d'affaires tolérant qui détend immédiatement le climat politique. Il est clair qu'il souhaite enterrer le projet de loi mort-né d'impôt sur le revenu, faire passer la loi militaire de deux ans préparée par André et ardemment souhaitée par la gauche, et liquider la séparation.

Le rapporteur à la Chambre est un nouveau venu du socialisme, Aristide Briand, qui passe pour accommodant et habile. Personne ne souhaite s'éterniser. La discussion, commencée en mars 1905, devient tout de suite passionnelle en raison de la suppression du budget des Cultes : la loi prévoit en effet la création d'associations pour recevoir la jouissance des églises et des objets du culte. L'opinion catholique redoute que l'ennemi maçon ne tente de s'infiltrer dans les sociétés ainsi définies. Ces associations ne peuvent en effet, dans le projet du gouvernement, constituer des unions dépassant le cadre départemental, elles doivent rendre des comptes, une intervention administrative est nécessaire pour leur renouvellement décennal.

La séparation pouvait-elle être un régime de liberté ? Ce n'était certes pas l'avis du comte de Mun, mais des ecclésiastiques parlementaires, l'abbé Gayraud, député du Finistère, ou l'abbé Lemire, député du Nord depuis 1893, l'acceptaient « très volontiers », car elle leur paraissait plus avantageuse pour Rome que pour l'État français. Ils voulaient « une séparation libérale et pacificatrice », qui garantît « toutes les libertés et tous les droits de la conscience catholique », et souhaitaient vivement la neutralité confessionnelle, contrairement à la plupart des évêques, indignés par la « spoliation » d'une loi supprimant, avec le budget des Cultes, les traitements ecclésiastiques. L'État avait déjà volé le clergé en 1791 en prenant ses biens, voici qu'il le volait une seconde fois en refusant d'assumer les frais du culte ! Albert de Mun avait raison de dénoncer le « complot maçonnique ». Le pape lui-même intervint pour regretter la déchirure. Cinq cardinaux français rendirent publique une lettre au président de la République où ils protestaient contre le projet et critiquaient notamment « les associations culturelles organisées en dehors de la hiérarchie », qui étaient « la négation même de la constitution de l'Église et une tentative formellement schismatique ». Ils demandaient le maintien du Concordat et du budget des Cultes. L'Église, « libre dans l'État neutre », menaçait de devenir « l'Église persécutée dans l'État sectaire ».

Aux yeux des hommes de la « révolution scolaire », on ne pouvait transiger sur la séparation, seule capable de donner force à l'idée laïque. Pour un Buisson, cette idée exigeait la libération totale de l'homme dans l'ordre moral et social aussi bien que politique. L'achèvement de la Révolution impliquait la prise en charge totale par l'État de l'éducation des citoyens. A l'automne, cette conception s'était imposée à la fois à l'assemblée générale du Grand-Orient, au congrès libre penseur (organisé à Rome dans un esprit de provocation), enfin au congrès radical-socialiste de Toulouse. Comme l'expliquait chez Paul Desjardins un jeune maître de conférences à l'École normale supérieure, Frédéric Rauh, « l'idéal laïque doit être assimilé aux individus ou aux classes économiques faibles, il demande à être appuyé des forces de l'État ».

A la Chambre — devenue, selon Barrès, « le lieu de la lutte entre le catholicisme et l'irréligion » —, la bataille s'engage le 21 mars 1905. Ni Jacques Piou, battu aux élections de 1902, ni de Mun ne sont présents. Les orateurs catholiques s'appellent Henri de Gailhard-Bancel, Léonce de Castelnau, Boni de Castellane : ceux-là défendent la vieille maison. Des voix mieux adaptées à la situation se font entendre, celles de Denys Cochin, des abbés Lemire et Gayraud. Briand s'oppose au contre-projet socialiste d'Allard de « suppression des

Églises par l'État » et donne toute satisfaction aux catholiques sur l'article 4 qui installe les prêtres, approuvés par les évêques, dans les associations cultuelles. Jaurès se réjouit d'entendre certains prêtres affirmer que l'on peut « concilier l'Évangile et les Droits de l'homme ». Ces curés, « démocrates de cœur, libres d'esprit », lui rappellent sans doute ceux de 1789. Il faut éviter de les décevoir avec une nouvelle Constitution civile, un nouveau schisme. « Non, affirme-t-il, la France n'est pas schismatique, elle est révolutionnaire. [...] Notre génie français s'est réservé devant la Réforme, afin de se conserver tout entier pour la Révolution. [...] L'œuvre de la commission est conforme au véritable génie de la France républicaine. » Ce n'est pas l'avis de Pelletan ni des francs-maçons de choc, ceux qui veulent, selon le mot de Briand, « faire une loi qui soit braquée sur l'Église comme un revolver ». Pour Camille Pelletan, il est inadmissible que l'on considère « les biens des fabriques comme la propriété des fidèles », il refuse de livrer à l'Église « un trésor de guerre de 200 ou 300 millions ». L'article 4 est finalement voté dans la plus grande confusion : « La séparation est faite », lance joyeusement Jaurès.

A la Chambre, mais non dans le pays. En effet, l'application de la loi suscita immédiatement une série de conflits : le premier acte de procédure — l'inventaire des objets du culte et du mobilier d'église, qui devait être transmis aux associations — donna aux catholiques l'occasion de défendre la religion par la force. Ils avaient reçu la loi de séparation comme une provocation et entendaient montrer, en accord avec les évêques, voire à l'instigation de certains d'entre eux, qu'ils pouvaient résister à la nouvelle spoliation organisée par les loges. Répertorier les derniers biens qui restaient à l'Église indiquait suffisamment une volonté de se les approprier le jour venu. On avait, pendant la Révolution, plus récemment au cours des événements de la Commune, bu dans les vases sacrés et organisé des saturnales en chasubles. On ne recommencerait pas.

Les receveurs de l'enregistrement, les percepteurs reçoivent l'ordre de se rendre dans les églises pour inventorier les objets. Les évêques protestent et interdisent aux prêtres d'ouvrir les tabernacles, qui abritent les vases sacrés : conflit symbolique, qui parle au peuple. Les incidents sont innombrables, organisés pour la plupart par les conservateurs. La duchesse d'Uzès imagine des schémas de résistance. Les nobles de l'Ariège, grands chasseurs, enferment des ours dans les églises. En Bretagne, en Auvergne, en Flandre, le haut clergé cautionne et encourage. Il faut compter aussi sur la résistance spontanée des villages, qui s'affirme même dans les régions républicaines.

Les Ardennes en sont un bon exemple : les cinq députés élus en 1902 (Dunaime, Hubert, Lassalle, Poulain et Sandrique) ont voté pour la loi, de même que les trois sénateurs (Fagot, Gérard et Goutant). Mais le pape, par l'encyclique *Vehementer nos* du 11 février 1906, a condamné la loi qui « attribue l'administration du culte public non pas au corps hiérarchique divinement institué par le Sauveur, mais à l'association de personnes laïques ». La résistance dans les Ardennes lors des inventaires est plus vive qu'au moment de la fermeture des écoles de sœurs en 1902. A Givet, le curé de l'église Notre-Dame a convoqué ses fidèles. Ils chantent des cantiques en attendant l'arrivée de l'agent des Domaines. Quand celui-ci se présente au portail, le curé Lignot lit une déclaration affirmant que les objets du culte appartiennent aux fidèles qui les ont payés de leurs deniers. Pas d'autre incident. Même protestation pacifique aux églises d'Harcy, de Mohon, de Saint-Hilaire de Givet. Partout les fidèles prient, communient et chantent le *Pace Domine* pendant que les fonctionnaires inventorient. Ailleurs, le curé refuse les clés de l'église, qu'il faut crocheter. « La loi de séparation est une loi injuste, sacrilège, fabriquée par les juifs et les francs-maçons », clame le curé Borgnet, aux Mazures. La résistance est en effet plus vive dans les églises de campagne, d'où l'agent du fisc doit souvent se retirer devant les paysans menaçants. La résistance la plus spectaculaire est celle de l'abbé Ludet à Éteignières, un bourg rural au nord-ouest du département. Polémiste-né, il a créé un journal de combat, la *Riposte des Ardennes*, et règne sans partage sur ses 630 paroissiens. Il attend de pied ferme les « dévaliseurs » qui veulent « trinquer sur l'autel de sainte Anne ». Le percepteur Thévenin est reçu au son des cloches par le curé ganté, revêtu de ses ornements les plus luxueux, qui refuse d'ouvrir l'église. Le percepteur revient avec un arrêté du préfet et quinze gendarmes à cheval. On force la porte, bousculant le curé. Les assaillants sont aussitôt découragés par une odeur d'anhydride sulfureux qui se dégage de cassolettes placées à l'intérieur. On ouvre les fenêtres, on dégage les réseaux de barbelés qui obstruent la porte. On entre de force dans la sacristie, également enfumée, où le prêtre a fait disposer des ornements maçonniques : casseroles, triangle, équerre, compas. Les objets du culte sont cloués dans des caisses vissées l'une à l'autre. Force reste à la loi, mais le curé Ludet pense qu'il a sauvé l'honneur du clergé des Ardennes contre les prédateurs maçonniques.

Partout, les actes de résistance se multiplient. Un ouvrier, Régis, est tué dans un village de Haute-Loire. Dans le Nord, à Boeschepe, le boucher Élie Ghysel reçoit une balle de revolver tirée par le fils du percepteur qui croit son père en danger. Député-maire de Chatou, le franc-maçon Berteaux est aspergé d'eau bénite par une femme pieuse. Le préfet de Seine-et-Oise reçoit un chandelier sur la tête. Aux Sables-d'Olonne, un commissaire est battu. A Paris même, des troubles sont signalés : les fidèles de Notre-Dame-des-Champs et de Saint-François-de-Sales empêchent les inventaires, 2 000 personnes sont massées à l'intérieur de Saint-Pierre-de-Chaillot, sept sont arrêtées à Saint-Thomas-d'Aquin, on se bat à Saint-Roch, à Sainte-Clothilde, à Saint-Pierre-du-Gros-Caillou.

L'église Saint-Urbain de Troyes est l'objet d'un siège. Mony, maire et conseiller général radical, entre en conflit ouvert avec le curé Jossier qui défend son église « bâtie par un pape » : baroud de provocation dans un pays de gauche. Le dialogue du maire et du curé est significatif d'un affrontement politique profond, que le ralliement n'a pu apaiser : « Les promoteurs mêmes de la loi, affirme le second, écrivent dans leurs journaux, à Troyes et partout, que l'inventaire n'est que le prélude d'une confiscation prochaine et inévitable. — C'est la loi, répond le maire. — C'était ainsi au temps où les sociétés étaient régies par les commandements du vieux Bon Dieu créateur de la terre et des cieux ; mais aujourd'hui, régis par les Droits de l'homme, nous savons que la résistance est le plus sacré des devoirs. » Le siège est donné par les gendarmes à pied et à cheval, soutenus par une compagnie de chasseurs et une cinquantaine de dragons. Le préfet est venu en personne, en uniforme, des sapeurs se tiennent prêts à inonder l'église en cas de résistance. Il n'y a de violences que policières : on presse un peu rudement les paroissiens qui chantent des cantiques. Mais le curé tient à ce siège symbolique, de nature à frapper les imaginations et à nourrir de références les combats politiques ultérieurs.

A l'église rurale de Gaube, il y a en revanche des troubles. La foule des fidèles allume un feu pour aveugler les assaillants. On arrête un vieillard. La foule veut dételer les chevaux de l'omnibus, et les pierres sifflent aux oreilles des gendarmes. Comme à Troyes, le curé de Gaube résiste à des assaillants soutenus par la municipalité.

Dans les régions montagneuses ou dans les campagnes du Sud, où il arrive fréquemment que le maire soit conservateur, l'administration doit faire assiéger non seulement une église, mais une collectivité groupée derrière ses représentants officiels. C'est le cas dans le Jura, à La Mouille : les guetteurs, de loin, ont signalé l'arrivée des gendarmes à cheval de Saint-Claude et de Saint-Laurent, les brigades à pied de Morez, La Roxouse et Les Rousses. Les Mouillerands « tous preux et vaillants » de la chanson résistent à la charge des gendarmes qui se ruent sabre au clair contre les défenseurs, clamant des cantiques. Quand l'inventaire est terminé, après le crochetage de l'église, les gendarmes emmènent huit personnes, bientôt condamnées à des peines de prison. Des affrontements ont ensuite lieu à Morez, pendant le jugement, entre catholiques et républicains. Quand les prisonniers reviennent au pays, les notables organisent une fête pour les accueillir, dans le local du Cercle catholique. Le banquet est présidé par le maire et son conseil. Pas une fausse note, pas une voix discordante. Ici, on est catholique.

La bataille est vive, au contraire, dans les villes du Nord, entre catholiques conservateurs et militants socialistes et anarchistes. Ceux que les curés appellent « les apaches » montent une garde armée autour des églises. La résistance est dûment organisée par le clergé et le parti catholique autour de Saint-Éloi de Tourcoing qui arbore des drapeaux tricolores voilés de crêpe. La résistance est parfaitement au point. La « loi maudite, explique le doyen, est tout entière condamnée par le souverain pontife sans restriction ni réserve. C'est fini. Nul ne peut l'accepter ». La lutte est un devoir imposé par Rome qui tombe sur un terrain politique préparé. Le maire de Tourcoing, Dron, principal adversaire du clergé, est attaqué par les catholiques dans des tracts qui mobilisent les ligueurs : « Les catholiques ne laisseront pas profaner leurs églises, proclame l'un d'eux, ils résisteront jusqu'au bout. » Un autre tract proteste contre « le ministère des fiches » et les « francs-mouchards ». Un appel est placardé dans la ville : « Catholiques, à vos postes ! Le pape, notre archevêque, nous ont dicté notre devoir, obéissons ! » Un immense écran de toile blanche est tendu au-dessus de l'église Saint-Christophe ; sur 60 mètres carrés, on peut lire l'inscription suivante en lettres noires : « Aujourd'hui, cambriolage officiel des églises de Tourcoing, œuvre sacrilège de M. Dron et de ses électeurs. »

On organise ensuite la défense des lieux : de lourds camions affrétés par le comité catholique débarquent des matériaux en provenance des usines textiles (des balles de coton brut) ou métallurgiques (des barres de fer, des plaques de tôle, des sacs de ciment, des madriers). Des wagonnets sont installés sur des rails pour transporter les matériaux dans le transept. On mure certaines portes, on installe des chicanes. A la sortie des usines, la foule s'agglutine devant la façade. On entend les cris des ouvriers : « A bas la calotte ! Catholiques, à vos postes ! » lancent les organisateurs, soutenus par le conseiller général conservateur Émile Barrois. Cent cinquante-sept défenseurs prennent effectivement la garde, armés de matraques et de barres à mines. Contre eux, les « apaches », les poches pleines de couteaux et de boulons qu'ils lancent avec des frondes. Une sortie dégage les abords : déjà plusieurs blessés. On a entendu des coups de feu. Les cinq prêtres enfermés font réciter des prières aux fidèles et tiennent toute la nuit.

Au petit matin, les ouvriers se rendent au travail. On lance du clocher des milliers de tracts rédigés par Barrois, où le maire est accusé de mensonge. Les défenseurs reçoivent une nuée de boulons de fonte. De nouveau des blessés. On arrête Mme Leignel qui criait : « Vive la liberté ! » Enfin, l'inspecteur de police arrive sur la place, avec la force armée. Le doyen sort de l'église pour lire sa protestation. Les manifestants crient d'un côté : « A bas les voleurs ! », de l'autre : « Vive la sociale ! Vive la loi ! A bas la calotte ! » On reconnaît au premier rang des émeutiers un leader syndical, Knockaert, de tendance anarchiste, et le rédacteur de la *Croix*, Demory, qui vient d'être blessé. Des femmes parmi les contre-manifestants, des marchandes, des commerçantes, des ouvrières : elles s'opposent au ravitaillement de l'église, elles veulent affamer les défenseurs. Elles arrachent les chapeaux des femmes catholiques qui les traitent de tricoteuses et de mégères. Pour couvrir le son des cantiques, les assaillants chantent l'*Internationale*. Ils mettent à sac le siège du très conservateur *Journal de Roubaix*. La troupe intervient enfin : 500 soldats du 43e de ligne et du 19e de chasseurs à cheval, sans compter les gendarmes et les policiers. Les crocheteurs entrent de force après sommation. Ils mettent beaucoup de temps à franchir les barricades et font céder les portes à coups de hache. Le tocsin sonne quand ils ouvrent la sacristie. L'inventaire terminé, la foule est toujours dense sur la place où les bagarres n'ont pas cessé.

Le dimanche 11 mars, l'affluence est considérable à la messe, dans l'église tendue de noir, décorée d'inscriptions : « Ma maison est une maison de prière, ils en ont fait une caverne de voleurs. » Le doyen de Saint-Christophe remercie ses fidèles : « Vous nous avez montré, au cours de cette semaine, par votre attitude, que jamais la loi de séparation, condamnée par le pape, ne serait acceptée par vous. » Et d'ajouter, pensant au scrutin législatif qui se prépare, et qui doit accorder la victoire à la France d'Henri IV et de Saint Louis : « Il importe, dans les prochaines élections, de ne donner vos suffrages qu'à des hommes soucieux de ne pas faire de la France une nation athée et résolus à rendre à l'Église ce que la loi de séparation vient de lui ravir. »

La bataille des inventaires eut raison du ministère Rouvier qui démissionna après le vote hostile des progressistes que la lutte anticléricale avait fini par gêner. Le ministère formé par le radical Sarrien, avec trois progressistes adversaires de Combes — Barthou, Leygues et Poincaré —, Léon Bourgeois, radical modéré, Clemenceau et le conciliateur Briand, promit de rétablir la paix religieuse. Ordre fut donné de surseoir aux inventaires qui pourraient rendre nécessaire l'emploi de la force. A l'Élysée, Loubet avait été remplacé par le placide Fallières, auparavant président du Sénat, élu contre Paul Doumer, que soutenaient tous les anticombistes. Les catholiques resteraient pour longtemps exclus des instances de l'État et la Délégation des gauches, à la veille des élections de 1906, risquait de se reformer, plus forte que jamais, pour imposer aux élections le triomphe des « républicains » contre un front uni de conservateurs, animés par la haine des radicaux et des francs-maçons, des destructeurs de l'Église, de la famille et de l'armée, et cette fois soutenus par le pape. On retrouvait la division des deux France du 16 mai. Comme on l'avait vu à Tourcoing et dans les capitales ouvrières du Nord, un troisième partenaire était néanmoins entré dans la bataille, sans savoir très bien s'il souhaitait détruire comme les catholiques le régime indigne, ou s'y intégrer par ses élus ; ce parti du drapeau rouge déployé prenait soudain la première place dans les préoccupations des républicains, et particulièrement des maçons.

CHAPITRE VI

Le drapeau rouge

19 novembre 1899 : Waldeck-Rousseau inaugure le monument du triomphe de la République. Le parti ouvrier a fait savoir qu'il y assisterait « avec le drapeau des revendications ouvrières, le drapeau rouge de l'insurrection de 1848 et de la Commune, de l'imminente révolution sociale ».

La police a reçu l'ordre de ne pas laisser déployer l'emblème. Le président de la République a quitté la tribune pour protester contre le drapeau rouge. Contre les trois couleurs de Boulanger, le Paris ouvrier déploie ses symboles.

Portant le deuil des révolutions manquées (drapeau noir), affichant l'espoir des révolutions à venir (drapeau rouge), les ouvriers se situent en marge du monde officiel où l'on inaugure les Cérès. Les chemins des socialistes et des républicains ne se croisent-ils que pour se combattre ? En fait, la bataille électorale — lieu obligé de rencontre — commence dès 1881, avec l'élection des premiers socialistes. La lutte politique devient si efficace, dans les années 1881-1895, que la marche à l'unité, maintenant possible, aboutit à la création d'une seule formation politique socialiste en 1905. On sent se dessiner la courbe qui conduit les socialistes, par un jeu nécessaire d'alliances avec les autres partis de gauche, à la conquête, puis au partage du pouvoir.

Mais c'est compter sans le mouvement ouvrier, dont les pulsions ne s'accommodent pas toujours des intérêts électoraux du parti frère. De ce point de vue, la période 1905-1910 marque l'apogée du drapeau rouge dans sa lutte révolutionnaire contre l'État républicain. Contre l'armée, force d'ordre, l'anarcho-syndicalisme français engage et perd la grande bataille pour la révolution. La République des radicaux a désormais deux ennemis : les catholiques irréconciliables à droite, les porteurs du drapeau rouge à gauche. Elle devient elle-même force d'ordre, de stabilité sociale, gouvernementale, militaire, policière. La guerre sociale a rendu nécessaire le radicalisme de pouvoir : désormais Clemenceau se flatte d'être « le premier flic de France ».

En avril 1905 est fondé le Parti socialiste unifié, Section française de l'Internationale ouvrière. « Il ne doit y avoir qu'un parti socialiste comme il n'y a qu'un prolétariat », disent les attendus de la motion d'Amsterdam. Il est établi une fois pour toutes que « le parti socialiste est un parti de classe qui a pour but de socialiser les moyens de production et d'échange ». Il ne veut plus entendre parler de réformisme. C'est « un parti de lutte des classes et de révolution ». Les élus au Parlement doivent-ils s'abstraire du courant réformateur ? Ils formeront « un groupe unique en face de toutes les factions politiques bourgeoises ». Sans doute pourront-ils voter les lois sociales, mais leur tâche essentielle sera de toujours marcher sous le drapeau rouge de la révolution, de la préparer en affaiblissant l'État bourgeois : leur tout premier devoir est de « refuser les crédits militaires, les crédits de conquête coloniale, les fonds secrets et l'ensemble du budget ».

Refuser les crédits militaires est, en 1905, une attitude difficilement justifiable devant l'opinion, même ouvrière : le Parlement vient de voter la nouvelle loi des deux ans, parfaitement démocratique. Jamais on n'a défini avec plus de rigueur le devoir de tous les Français sans exceptions. Les dispenses accordées en 1889 à certaines catégories d'étudiants sont supprimées. Les futurs officiers, élèves de Saint-Cyr, doivent accomplir un an de service dans l'armée active, aux côtés des conscrits. Sans doute le contingent est-il réduit de 110 000 hommes, en raison de la durée plus courte du service, ce qui affaiblit l'armée de couverture et provoque l'indignation de certains militaires. Mais on croit compenser cette baisse d'effectifs par 65 000 recrues supplémentaires provenant de la suppression des dispenses. On offre une prime aux rengagés pour en accroître le nombre. Enfin, le service est rendu obligatoire pour les citoyens français d'Algérie, ce qui renforce le 19e corps. Cette réforme est considérée par la gauche « blocarde » comme un grand succès. Le général André se réjouissait d'avoir proposé le régime militaire le plus démocratique d'Europe. La « vieille armée » de Thiers, composée en partie de soldats de métier et d'officiers de caste, était appelée à disparaître. Pour Seignobos, historien de gauche et professeur à la Sorbonne, cette réforme est « un pas dans l'évolution démocratique par laquelle l'ancienne armée de soldats professionnels se transforme en une école de la nation armée ». C'est pourtant sur cette armée « démocratique » — qui oblige à des ajustements dramatiques, faute d'effectifs suffisants, les experts des plans de mobilisation au ministère de la Guerre — que l'on compte pour gagner la guerre sociale qui se profile à l'horizon de 1906. Boulanger, ministre de la Guerre, répugnait naguère à employer la troupe dans les conflits sociaux : Clemenceau mobilisera plusieurs régiments pour mater la révolte des vignerons du Languedoc. L'ancien adversaire des armées permanentes devient, de 1902 à 1911, le défenseur de l'ordre appuyé sur l'armée du service obligatoire dans la guerre sociale, l'adversaire naturel du mouvement ouvrier.

Il n'est pas étonnant que se développe alors un antimilitarisme syndical qui surprend et dépasse les élus des villes et du Parlement, fussent-ils d'étiquette socialiste. La thèse de Jules Maurin[1] montre que l'enracinement des militaires dans l'ancienne province du Languedoc est profondément souhaité par la population qui en bénéficie. La réaction des populations de Mende, qui votent à droite, étant catholiques et soumises au pouvoir de notables comme Jacques Piou, est la même que celle des protestants de Florac, qui votent pour le radical Louis Dreyfus, ou celle des ouvriers agricoles de la région de

1. *Armée, guerre, société, soldats languedociens, 1889-1919*, Paris, 1982.

Béziers qui élisent le radical franc-maçon Lafferre, avant de donner leurs voix, en 1906, au socialiste Marcel Cachin. Mais comment ne pas souhaiter la présence des 16 000 hommes du 16ᵉ corps d'armée, qui entretient des garnisons importantes à Montpellier, Béziers et Perpignan (quatre bataillons de deux régiments d'infanterie), et aussi à Sète, Agde, Port-Vendres sur la côte, Lodève et Lunel (un escadron du train), Carcassonne (17ᵉ dragons), Narbonne et Castelnaudary, Mende, Castres, Albi (143ᵉ d'infanterie), soit neuf régiments de ligne et deux de cavalerie, sans compter les sapeurs, artilleurs, gens du train, infirmiers et ouvriers militaires, toute une société étrangère qui vit sur l'habitant, commande des montagnes de boules de pain, des ballots de fourrage pour les chevaux, de l'avoine et du seigle, de la viande, des légumes, du vin et du bois pour le chauffage ? Que dire des commandes de draps et de couvertures pour la troupe, ce marché aussi juteux que celui du vin qui, à partir de 1909, doit être acheté dans la région ? Que dire des 370 débits de boisson biterrois (un pour 135 habitants[1] ?) L'armée, grande pourvoyeuse d'emplois, sauve de la ruine des régions entières, sinistrées par le phylloxéra et la crise du ver à soie, par l'abandon des textiles locaux. Comment les élus pourraient-ils lui être hostiles ? Comment la population des villes pourrait-elle se passer des incessants défilés de la musique militaire, des concerts sur les places, qui font partie de la vie quotidienne ? Même si la création de champs de tir et de manœuvres (au Larzac, par exemple, ouvert en 1890) fait l'objet d'expropriations et inquiète les ruraux, les maires se battent pour obtenir des garnisons : Mende envisage d'emprunter 100 000 francs pour agrandir ses casernes, Marvejols en offre 200 000 pour installer un bataillon dans les locaux du petit séminaire désaffecté. Pézenas demande à cor et à cri le casernement d'un régiment d'infanterie coloniale qui vient d'être affecté à la région en 1901. Béziers guigne le bataillon caserné à Agde et supplie qu'on lui envoie de la cavalerie. Les Languedociens peuvent-ils se douter que ces troupes seront affectées, en 1907, à la répression des émeutes des vignerons ?

1. Maurin, *op. cit.*, p. 177.

Quel que soit pour les municipalités l'intérêt d'entretenir des troupes nombreuses dans les régions militaires, elles ne peuvent rien contre le sentiment d'hostilité à l'armée qui se développe dans les grandes régions de luttes sociales : le Midi viticole et minier, le Nord industriel et même la Bretagne côtière, où la métallurgie s'est installée : c'est le cas à Hennebont, où l'on assiste à l'affrontement violent, en 1903, des grévistes de la forge et de l'armée. Les analyses de Gisèle Le Rouzic[1] montrent bien la révolte des ouvriers des laminoirs, qui doivent parcourir 12 kilomètres pour se rendre à leur travail : vivant un enfer dans l'atelier où circulent des plaques de fer chauffées au rouge et dégageant 500 degrés, travaillant en compagnie d'enfants de douze ans (les « mousses ») qui supportent les plus dures conditions dans l'espoir de devenir un jour lamineurs, couchant la nuit dans des granges, après leurs douze heures de travail, ils ont fini par se syndiquer et par acheter des drapeaux rouges. Ils ont engagé en 1903 contre leurs employeurs une guerre inexpiable : une grève de quarante et un jours. 1 200 hommes y participent, plus que l'effectif d'un bataillon. Pas d'intermédiaire politique, c'est une grève révolutionnaire. Le gouvernement du Bloc des gauches envoie immédiatement sur place, pour soutenir les gendarmes débordés, les hussards en dolman bleu ciel de Pontivy et les fantassins en pantalons rouges de Vannes et de Lorient.

Des militants venus de Paris, Lévy et Bouchet, ont aidé les ouvriers à gagner la bataille. Les soldats ont partagé leur pain pour aider les familles des grévistes non payés. Les « forces rouges » triomphantes défilent dans les rues d'Hennebont au son des clairons et du biniou. Ils sont parvenus à amadouer les militaires, en dépit de quelques affrontements violents. Ils ont fait appel à « l'armée du peuple ». Dans une mesure discrète, ils ont été entendus. Serait-il possible de rallier l'armée à la cause de la révolution ? On n'ose y croire, on maudit la caste des officiers, toujours présente pour ramener le « pioupiou » au devoir social. La répression renforce l'antimilitarisme. A quoi bon avoir voté la loi de 1902, créant

1. *Voyage aux forges d'Hennebont.*

une armée démocratique, si c'est pour la faire tirer sur le peuple ?

Caillaux entre en scène

Les radicaux de pouvoir n'admettent ni la grève révolutionnaire, ni l'antimilitarisme qui entraîne le refus des crédits militaires. Les hommes nouveaux du parti radical sont plus éloignés encore du « collectivisme » que leurs aînés. On se souvient que Clemenceau avait montré le chemin, en s'en séparant avec éclat dans son discours du cirque Fernando, et que Waldeck-Rousseau avait indiqué une direction positive à l'action réformatrice, qui devait rendre indésirable aux ouvriers toute aventure révolutionnaire. Évoquant « la grande évolution sociale qui serait la solution d'avenir et dont les syndicats devraient être les agents décisifs », il suggérait tout un ensemble de réformes, parmi lesquelles « l'accession du salariat à la propriété industrielle et commerciale ». Il n'avait cependant fait appliquer, pendant son ministère, que des réformes institutionnelles, comme la création d'un corps d'inspecteurs du travail, ce qui n'avait pas eu d'effet immédiat sur les conditions de vie des ouvriers.

Les nouveaux chefs radicaux veulent passer à la vitesse supérieure et, pour savoir où ils vont, fixer une doctrine. Aussi Brisson, Bourgeois et Goblet décident-ils de réunir un congrès du parti radical, à l'imitation des socialistes, qui durera trois jours et comprendra non seulement les élus, mais aussi les sympathisants, les journalistes de la presse républicaine, enfin les représentants des loges. Les députés sont relativement hostiles à cette idée, car ils craignent, si l'on s'achemine vers la création d'un parti de militants, que leur liberté d'action et leur influence ne soient réduites. Ils ne veulent pas subir le poids d'une instance supérieure à la représentation populaire qu'ils incarnent. Clemenceau raille le congrès dans le *Bloc*, son nouveau journal. Mesureur le rassure : les travaux n'aboutiront pas à la formulation d'un programme. Déjà les radicaux reculent.

Le congrès se réunit toutefois le 21 juin 1901 dans la salle des sociétés savantes, avec 1 132 délégués, 78 sénateurs et 201 députés. Les autres mandatés sont les représentants de 476 comités, 155 loges, 849 conseils généraux et municipaux, 215 journaux. Le parti se dit « républicain radical *et* radical-socialiste ». On prévoit la mise en place d'un comité exécutif présidé par Mesureur, instance permanente du nouveau parti, de comités dans chaque département, dûment fédérés et composés d'adhérents et de cotisants. On prévoit même une carte d'adhésion avec des timbres. Un secrétariat politique entoure le président Mesureur : Renoult, Bonnet, Sarraut, tous représentants du radicalisme de province. Joseph-Louis Bonnet, choisi comme secrétaire, est un Auvergnat d'Aurillac qui s'est fait connaître dans le journalisme républicain aux côtés du directeur de la *Dépêche*, Sarraut.

Avec autorité, l'équipe du franc-maçon Mesureur oriente les travaux du congrès sur la question sociale. Mais c'est pour condamner le collectivisme avec éclat, et affirmer « l'attachement passionné au principe de la propriété individuelle ». Il s'agit pourtant de « trouver un équilibre social » en faisant agir l'État pour qu'il corrige ce que le système libéral peut avoir d'excessif et d'oppressif. La base de l'action radicale est l'impôt sur le revenu, qui donnera à l'État les moyens de remplir ses devoirs d'assistance et de rééquilibrage, en finançant par exemple la retraite. Il faut rompre avec les « quatre vieilles » : le système fiscal du XIXe siècle, « léger aux riches, lourd aux pauvres, pesant surtout sur la masse des cultivateurs qui forment la majorité et la force du pays ». Ce que veulent les radicaux, c'est « cet impôt progressif sur le revenu qui décharge tous les travailleurs et qui sera particulièrement le grand dégrèvement des villages ».

A cette réforme que l'on commence à combattre dans la presse de droite, le jeune député Joseph Caillaux n'a pas encore attaché son nom, bien qu'il y ait déjà beaucoup travaillé. En 1905, il a quarante-deux ans. Fils d'un ministre du 16 mai, inspecteur des finances, c'est un homme riche, né comme il le dit lui-même de « parents millionnaires ». Il est, dit Jean-Claude Allain, « le légataire d'un des mille Français décédés en laissant derrière eux une fortune dont le montant imposable les rangeait parmi les plus riches du pays[1] ». Pourquoi est-il radical ? Catholique d'éducation, il a préparé Polytechnique — où il a échoué — au collège des jésuites de la rue des Postes à Versailles : « Le fanatisme, dit-il, me devint de plus en plus odieux. » Il se sent alors proche de Gambetta et de Ferry, sans entrer dans les « transes laïques ». Ses amis s'appellent Poincaré, Barthou, Deschanel. Le premier est député depuis 1887, le second depuis 1889. Quant à Deschanel, il représente l'Eure-et-Loir depuis 1885. Ce sont, pour Caillaux, des anciens. Quand Barthou et Poincaré quittent en 1899 les progressistes de Jules Méline pour former l'Union démocratique, qui devient en 1900 l'Alliance démocratique, Caillaux les suit. Mais c'est un solitaire. Choisi par le parti républicain comme fils de son père, décédé en 1896, il est déjà maire d'Yvré-l'Évêque dans la Sarthe, ayant battu le châtelain Raoul de Laborde. Il s'est porté candidat contre le comte de La Rochefoucauld, duc de Bisaccia et de Doudeauville, un vieillard de soixante-treize ans, notable de fondation, constamment élu depuis 1871, qui a refusé de lui céder la place. La victoire de Caillaux est celle de la gauche républicaine dans un des derniers bastions encore tenus en 1898 par la droite conservatrice. Il promet à ses électeurs de n'instituer aucun impôt nouveau, mais de soutenir une réforme fiscale qui se garderait de la « violation du secret des affaires » et de l'« inquisition ». Promesses de notable !

Cet élu rural se classe à la Chambre parmi les spécialistes de l'économie et des finances, aux côtés de Rouvier, de Doumer et de Poincaré. Il est du tout petit nombre de parlementaires qui savent lire un bilan, analyser un budget. Maître de conférences à l'École libre des sciences politiques, Caillaux vient de publier un manuel intitulé *Les Impôts en France, traité technique*, qui lui vaut les éloges les plus flatteurs. En novembre 1898, la commission de législation fiscale l'a chargé d'étudier un projet d'impôt sur le revenu. Le voilà parti : les radicaux lui passent commande !

Ministre des Finances de Waldeck-Rousseau, il réussit une réforme importante, et combien périlleuse, sur le régime fiscal

1. *Joseph Caillaux*, Paris, 1978, vol. II, p. 47.

des boissons, limitant le privilège des bouilleurs de cru aux tout petits bénéficiaires et contrôlant les autres. Il passe ainsi pour un réformateur compétent. Il n'en a que plus d'autorité pour tenter de réaliser le projet qu'il a déposé en 1898 à la commission : conciliant pour les héritiers (qui ne seraient soumis qu'à un impôt « unifié » de 1 %), il serait favorable à un impôt progressif assis sur les signes extérieurs de richesse (donc sans « inquisition », sans « contrôle fiscal »). Qui paierait ? Seulement ceux qui affichent un revenu de 1 500 francs. La taxation serait progressive, mais ne dépasserait pas 4 % au-delà d'un plafond non précisé : les riches peuvent dormir tranquilles. Il s'agit seulement de faire payer les fonctionnaires, les entrepreneurs, les ouvriers les plus favorisés, les forces productives du pays, sans menacer les plus pauvres et en avantageant singulièrement l'immense population des campagnes qui vote désormais pour les républicains et même pour les radicaux. « L'impôt n'est pas, déclare Caillaux, ne peut pas être le rouleau compresseur qui passera sur les grosses fortunes », il ne sera jamais un spoliateur. Ni Waldeck, ni plus tard Rouvier ne le pressent de faire aboutir le projet. Lui-même le laisse savamment en sommeil. Va-t-il le reprendre en 1906 ? Cette forme très édulcorée de justice fiscale est pour l'heure le seul article important du programme social des radicaux.

Les radicaux n'ont pas de programme social

On comprend les critiques socialistes : tout se passe comme si les élus du nouveau parti radical poussaient loin vers la droite le point d'équilibre social de la République, de crainte de léser les grands intérêts et d'intimider les possédants. A défaut de solution législative, les radicaux lancent un programme qui leur tient lieu d'idéologie : le solidarisme. En 1901, Bourgeois y fait référence quand il évoque la « solidarité républicaine et sociale ». Célestin Bouglé affirme que « le solidarisme est en train de devenir une sorte de philosophie officielle de la République ». Aux socialistes qui utilisent les arguments théoriques et semblent disposer, quand ils sont guesdistes, d'un corps de doctrine solide, les radicaux veulent opposer à leur tour une philosophie de combat et d'action sociale. Le livre d'Alfred Fouillée *La Science sociale contemporaine* leur sert de point de référence : le suffrage universel est le seul moyen d'améliorer le contrat social en entraînant des réformes qui imposent à l'ancien contrat les solutions de justice et de droit moral exigées par l'évolution de la société. Cette réflexion sur le fondement et la légitimité de l'action réformatrice convient aux radicaux : Léon Bourgeois publie en 1896 une série d'articles sur le thème de la solidarité. Imposant par exemple la « correction sociale » de l'impôt sur le revenu, cette solidarité morale est indispensable aux hommes qui ne peuvent se satisfaire de leur individualité. Il est clair que les riches n'ont pas acquitté leur dette sociale. « La nation ne jouira de la paix, écrit Bourgeois [il veut dire : de la paix sociale], que lorsqu'elle aura créé un ensemble complet d'assurances qui garantisse tout individu contre les risques de la maladie, des accidents, du chômage, de l'invalidité, de la vieillesse. » La réforme fiscale est donc liée à « l'organisation de l'assurance sociale », car il faut « rétablir l'égalité entre les participants du contrat ». Pas de spoliation donc, une simple correction. La « méthode scientifique », celle de techniciens comme Caillaux, doit s'allier à « l'idée morale » pour assurer « le renouvellement des conceptions sociales ». L'économie d'une nouvelle révolution est à ce prix.

Désormais, les responsables radicaux parleront constamment en termes de « dette sociale », de « réforme sociale », se référant aux thèses solidaristes des Bouglé, des Bourgeois, des Buisson et des Charles Gide. Pour faire aboutir la réforme, en réussir l'équilibrage, on compte sur le parti et ses militants : comme les socialistes, ils ont le devoir d'intervenir sur les faits de société. Le philosophe Alain les met en garde : la conquête du pouvoir ne suffit pas à la réalisation d'un idéal. Le pouvoir corrompt, il crée l'inégalité, il peut dégénérer en tyrannie. Le devoir de résistance du citoyen est au moins égal à son devoir d'obéissance. Il n'est pas question de « respecter par ordre ». Il faut prendre garde au suffrage universel, car « un tyran peut être élu au suffrage universel et n'être pas moins tyran pour cela ». Il est essentiel d'assurer « le contrôle continu et efficace que les gouvernés exercent sur les gouvernants » et de surveiller en permanence l'exécutif, qui est « monarchique nécessairement ». Il faut que le citoyen, et lui seul, dise où l'on doit aller. Pas d'équilibrage social sans la perpétuelle remise en cause, par les électeurs, des gouvernants qui risquent de s'endormir, de renoncer à leur volonté de réforme. Le citoyen doit exiger de son député qu'il ait « l'art de claquer le fouet » dans les bureaux parisiens, pour obtenir ce qu'il exige. La justice promise est à ce prix. Pas besoin de programme social, ni de doctrine économique. Une attention lucide des intéressés suffit. Alain est ainsi le représentant d'une pensée politique qui refuse tout ensemble la doctrine et l'endoctrinement. La République radicale, une fois équilibrée grâce à la vigilance des citoyens qui imposent des lois justes, sera, comme le dit Jean-Thomas Nordmann, « une République provinciale, familiale et pacifique[1] ». Après les opportunistes, les radicaux sont à leur tour devenus des thuriféraires de Cérès, la déesse des moissons.

Leur victoire électorale de 1902 ne les a pas rendus plus entreprenants dans le domaine social : s'ils s'entendent avec les socialistes, c'est dans la lutte contre l'Église. Ils ne parviennent pas à faire voter le rachat par l'État des compagnies de chemin de fer, et proclament hautement leur volonté de défendre la propriété individuelle avant les élections de 1902. Brisson ne fait pas davantage aboutir son projet d'école unique, de monopole de l'enseignement et de gratuité du secondaire. Les socialistes protestent quand le programme social de leurs amis radicaux se borne délibérément à l'impôt sur le revenu et à la promotion scolaire. De plus, dans ces domaines pourtant sans danger, ils ne progressent guère, n'aboutissent pas. Combes s'est bien gardé de remplir le programme social du parti. Il n'a pas repris les conclusions du congrès de Marseille, tenu en 1903, où les radicaux s'étaient prononcés de nouveau pour le monopole de l'enseignement. Il n'a mené à bien que la séparation et la loi militaire des deux ans. Même Pelletan a échoué dans la réforme de la marine, arme « réactionnaire ». Prétendant

1. *Op. cit.*, p. 144.

démocratiser le corps des officiers, il a soutenu les marins et les ouvriers du port dans leurs conflits avec la direction. Contre les anciens de l'École navale, il a favorisé les sous-officiers et les officiers mécaniciens dans les promotions. Sans rien demander aux amiraux, il a baptisé les nouveaux cuirassés *Justice*, *Liberté*, *Démocratie*, il a ralenti la construction des cuirassés, proclamant que l'avenir appartenait aux petites unités, par exemple aux sous-marins comme la *Circé*, création de l'ingénieur Laubeuf, navire révolutionnaire, alors dans un chantier de construction navale. Les idées du vieux quarante-huitard n'étaient pas toutes fausses ni antipathiques à la gauche. Néanmoins, les désordres qui s'accumulaient au ministère et les attaques de la presse devaient le mettre en difficulté sans que les républicains lèvent le doigt pour le défendre : encore une réforme avortée...

Le bouillant Pelletan, qui humilie les amiraux et veut démocratiser la marine, a-t-il un programme social à l'aile gauche du parti radical ? Il reprend en 1905 le thème développé par Sarraut au congrès de 1904 : le renforcement des syndicats par des voies législatives. Il évoque « les extensions abusives de la propriété » qui font « des grosses concentrations de capitaux un instrument écrasant de domination ». Pourquoi ne pas attribuer à l'État les plus énormes de ces entreprises, celles qui répondent à des « fonctions nationales » ? Il revient ainsi à la nationalisation des chemins de fer, vieux slogan gambettiste qui ne surprend pas à gauche : c'est le serpent de mer des campagnes électorales. Plus nouvelle sous la plume d'un radical est la revendication de la journée de travail de huit heures : pour le monde ouvrier, il est vrai, cette pétition est vieille de quinze ans. Autre reprise, l'idée de Waldeck-Rousseau de coopération et de participation aux bénéfices. Rien, dans le programme social du parti radical, ne peut attirer l'électeur socialiste, rien ne peut effrayer vraiment l'électeur bourgeois. Aux adeptes de la « lutte des classes », les radicaux répondent : association, participation, négociation, les maîtres mots de la réflexion sociale des loges.

« *Le maître d'école et ses trois gosses* »

Les alliés de droite du parti radical, les honorables membres de l'Alliance démocratique, les amis de Joseph Caillaux, ne sont certes pas plus hardis. A la Délégation des gauches, Jaurès peut s'étonner de l'attitude de ces étranges alliés qui, même sur le terrain pourtant solide de la lutte anticléricale, accusent de sérieuses réticences. Georges Leygues, protégé d'Armand Fallières, vient comme lui du Sud et n'est ni radical ni franc-maçon. Ce fils d'un violoneux de village aurait pu être félibre, tant il possédait bien la belle langue poétique du bas Quercy. Il est devenu député en 1885, ayant longtemps milité dans la Ligue des Patriotes et fondé l'*Avenir du Lot-et-Garonne*, premier journal républicain à Villeneuve-sur-Lot, dont il avait été élu maire à vingt-cinq ans. Trois ans plus tard, il a battu à la députation un notable bonapartiste, Sarrette, qui avait dix-neuf ans d'ancienneté à la Chambre. Cet homme nouveau a été ministre de l'Instruction publique à vingt-sept ans, dans un cabinet Charles Dupuy : l'ancien étudiant en droit de Toulouse n'entre pas rue de Grenelle pour organiser des concours de poésie occitane. Son masque sarrasin impose des réformes de fond : en 1902, sous Waldeck-Rousseau, il crée le baccalauréat sans latin, avec sciences et langues étrangères, au grand scandale des humanistes. Ministre de l'Intérieur dans le cabinet Ribot de 1895, il a fait preuve contre les anarchistes de la plus grande énergie : il possède en 1906 l'expérience de deux grands ministères et la conviction qu'on ne peut intégrer à la gauche républicaine les adeptes du « collectivisme ».

D'aussi modeste naissance (son père était quincaillier à Oloron) et tout aussi vivement républicain que Leygues (il a battu en 1889 un notable conservateur solidement implanté, à l'âge de vingt-sept ans), Barthou est encore plus anticollectiviste. Il a commencé sa carrière, après une licence en droit à Bordeaux, comme journaliste au très républicain *Indépendant* de Pau. Il a été choisi par un comité composé de notables des « nouvelles couches » gambettistes : des avocats, des notaires, des médecins et des commerçants. Il leur a donné toute satisfaction en s'opposant aussi bien aux « ralliés » qu'aux révolutionnaires. S'il devient ministre de l'Intérieur de Jules Méline en 1896, c'est parce qu'il offre le double avantage de montrer de la fermeté à gauche, et d'être « une sorte de garant dans le domaine de la laïcité[1] ». Répondant, en 1898, au député-maire radical de Tourcoing, Gustave Dron, qui reproche au gouvernement Méline sa « complicité » à l'égard de la réaction et se plaint d'une « recrudescence du cléricalisme telle qu'on n'en avait pas vu de pareille depuis vingt ans », Barthou affirme qu'il veut bien accepter les « ralliés », à condition qu'ils ne mettent pas en cause la loi scolaire. Plus tard, en 1902, il leur reproche « de n'avoir tenté d'entrer dans la République que pour en chasser l'esprit républicain ». L'affaire Dreyfus est passée par là : comme Poincaré et Leygues, Barthou a quitté la vieille maison opportuniste repeinte par le vieux Méline aux couleurs progressistes. Il peut ainsi entrer dans la majorité Combes avec armes et bagages, et voter les lois laïques avec quelques réserves : il est contre le monopole de l'enseignement, comme Clemenceau, Buisson et Bourgeois. S'il est pour l'abrogation de la loi Falloux, la survivance des collèges privés ne le gêne pas dès lors que les grades sont accordés par l'État. Mais en prenant parti pour l'expulsion des congrégations enseignantes, il se coupe des notables qui l'ont fait élire : le comité lui reproche sa participation au gouvernement combiste. Barthou s'emploie alors à démanteler cet organisme gênant en y faisant entrer les maires des communes rurales (80 % de ses électeurs sont des paysans), avec lesquels il tisse un réseau serré de services rendus et de postes distribués, selon la pure technique d'Émile Combes. Il intervient pour la grêle, le phylloxéra, les affectations militaires des conscrits qui veulent tous servir au 49ᵉ d'infanterie à Bayonne, au 18ᵉ à Pau. Il s'occupe personnellement de la carrière des fonctionnaires de son arrondissement. C'est un homme installé, un nouveau notable, qui n'a plus rien à craindre du suffrage universel et qui n'a pas contre lui

1. J.-M. Mayeur, « Barthou et la question religieuse », in *Barthou, un homme, une époque*, actes du colloque de Pau (9-10 novembre 1984), Pau, 1986.

de candidat des collectivistes. Pourquoi prendrait-il leur programme en considération ?

Il s'est niché à Paris, dans la nouvelle organisation de l'Alliance républicaine, comme un chat du Béarn, voluptueux et calme. S'il n'est pas sur la liste des fondateurs, il figure très vite dans les instances du mouvement, et assiste le président Adolphe Carnot, frère de Sadi. Il en restera vice-président pendant presque toute sa carrière. L'Alliance, organisation souple, se propose d'accueillir tous les soldats de « l'armée républicaine », ceux qui ont fait le coup de feu le 16 mai, plus tard sous Boulanger, puis au temps de l'affaire Dreyfus contre « les forces de la réaction cléricale », tous ceux qui veulent « faire cause commune avec les radicaux et radicaux-socialistes pour défendre les conquêtes de la Révolution et de la science ». Ont-ils un autre dénominateur commun, ceux qui entrent dans cette « institution d'arbitrage, de conciliation et de réconciliation » ? Un seul : le collectivisme est l'ennemi à abattre. Le mouvement n'est pas antisocial, mais souhaite réaliser « avec méthode et sans violence » les réformes nécessaires. On ne peut concevoir le progrès que dans la légalité. C'est l'ancien ministre de l'Intérieur qui parle.

Ni Barthou, ni Georges Leygues, ni Raymond Poincaré ne sont maçons. Le député lorrain a été élu pour la première fois dans l'arrondissement de Commercy, à vingt-sept ans, lors d'une élection partielle. D'origine bourgeoise, il n'est pas, comme ses deux jeunes collègues, des « nouvelles couches ». Sa famille maternelle se compose de notables orléanistes, et son père est ingénieur des Ponts-et-Chaussées. Son grand-père Ficatier chassait à courre et lui a procuré le bout de terrain qui lui permet de se porter candidat dans la Meuse, son père étant depuis longtemps installé à Paris. Le jeune Raymond a fait son droit. Loin d'être un républicain ardent, il n'a pas la fougue de son ami Millerand qui fréquente comme lui la pension Laveur de la rue Serpente. Brillant au Palais (il a été premier secrétaire de la Conférence des avocats), il ne songe pas à plaider, comme Millerand, pour les mineurs de Carmaux ou les grévistes de Fourmies. Au cabinet de Me du Buit comme chez le ministre Jules Develle, dont il est chef de cabinet, il étonne par son calme d'opportuniste pour qui la République est seulement un régime garantissant l'ordre et la dignité de la France. Conseiller général de Pierrefitte dans le canton de Commercy, en 1889, il doit tout à son patron, même cette élection où il a battu, grâce au journal de Develle et à ses amis du comité, un radical boulangiste et un conservateur. Dans une nouvelle élection triangulaire en 1889, il l'a emporté de justesse contre le boulangiste. Rapporteur général du Budget à trente-cinq ans, il doit, comme Caillaux, ses brillants débuts de carrière à sa compétence financière. Les maroquins se succèdent : l'Instruction publique sous Charles Dupuy, puis les Finances où il enterre l'impôt sur le revenu. Il ne manque aucune occasion de s'en prendre aux socialistes qui, depuis 1893, ont des adeptes à la Chambre : « Avec ce parti de l'agitation, de la violence, déclare-t-il, il est trop évident qu'aucune entente politique n'est possible. »

C'est pourtant cette entente qu'il doit accepter, tout comme Émile Combes, quand il entre en 1902, convenablement réélu, dans le Bloc des gauches. Après un soutien timide au cabinet Waldeck-Rousseau, il multiplie les marques de réserve à l'égard du combisme. Cela ne l'empêche pas d'en être solidaire, avec ses amis de l'Alliance démocratique. Les socialistes ne s'y trompent pas : ces jeunes gens ne sont pas leurs alliés, et ne sont même pas les amis des radicaux.

Loubet président

Clemenceau a la dent dure pour les protégés de Charles Dupuy, « le maître d'école et ses trois gosses » : Poincaré, Leygues, Barthou. Ils sont, dit-il « de la génération qui trouva la République faite et n'eut pour souci que de s'y installer ». C'est bien en effet d'une nouvelle génération qu'il s'agit, et le nouveau président de la République, Loubet, en les imposant constamment dans les cabinets, parvient à assurer le renouvellement du régime après la très grave crise de Panama qui a plus ou moins justement discrédité l'ancien personnel. Ils appartiennent aux deux régions les plus prolifiques en consuls :

la Lorraine et le Sud-Ouest. Pour les représentants du mouvement ouvrier, le président de la République joue le jeu de sa fonction — celui de Grévy qui récusa Gambetta, celui de Casimir-Perier qui écarta Clemenceau —, il est entièrement préoccupé par la lutte anticléricale, complice de Combes, son homme lige, qui ne veut pas entendre parler de la question sociale. On peut lui faire confiance pour écarter toutes les combinaisons favorables au vote des lois de protection sociale ou de justice fiscale.

Élu président de la République par 483 voix contre Méline, Loubet était bien, cependant, le candidat des gauches en 1899. Compromis, mais très indirectement, dans le scandale de Panama, il tenait à assurer le renouvellement d'élites républicaines opposées à la fois aux conservateurs, devenus nationalistes et putschistes, et aux nouveaux venus socialistes, contre lesquels les républicains devaient faire front. Il avait dû résister, à son arrivée, à une violente campagne organisée par la *Libre Parole*, l'*Intransigeant* et l'*Autorité*. Conscient d'avoir à défendre le régime à la fin de l'affaire Dreyfus, il souhaitait que des modérés s'en chargent et déplorait l'échec de Dupuy. Il avait, selon Combarieu[1], immédiatement convoqué Poincaré. « Waldeck, lui aurait-il dit, était une des colonnes de ce parti gambettiste qui a fait son temps et ne répond plus aux circonstances présentes. » Loubet serait heureux que Poincaré accepte. N'ont-ils pas les « mêmes principes libéraux, le même désir que la paix sociale suive une prompte et légale solution de l'affaire » ? Poincaré consulte, mais les radicaux refusent de le suivre, et il ne peut s'engager sans eux. « Les exigences des radicaux, commente Combarieu, ont fait obstacle irréductible à une politique d'union dont ils ne seraient pas les maîtres. »

Qui Loubet reçoit-il ensuite ? Brisson, qui conseille un ministère Delcassé, Méline, Rouvier : des hommes du centre droit. S'il désigne finalement Waldeck-Rousseau, c'est que tous ses interlocuteurs lui ont recommandé de le pressentir. Loubet, élu opportuniste de la Drôme depuis 1876, puis

1. A. Combarieu, *Sept Ans à l'Élysée avec le président Émile Loubet*, Paris, 1932, p. 21.

sénateur en 1885, a été jadis le ministre de Tirard, avant d'être lui-même président du Conseil en 1892. Les syndicalistes le connaissent bien : il avait été ministre de l'Intérieur lors des grèves de Carmaux, puis de Lens et de Liévin. Ils savent que l'homme de Montélimar possède, dans la lutte sociale, une détermination sans faille qu'il cache volontiers sous des paroles paternes. Quand il a reçu à l'Exposition Universelle, le 18 août 1900, les 22 000 maires — en un gigantesque banquet au cours duquel la maison Potel et Chabot a servi, sous deux tentes de 500 et 800 mètres de long, 150 douzaines de canetons de Rouen, 2 tonnes de saumon, 2 400 faisans et autant de poulardes de Bresse, une tonne de raisin et 2,5 tonnes de filet de bœuf, avec 1 200 litres de mayonnaise —, il posait au réconciliateur des Français, en bon serviteur d'une France prospère dotée d'une République moderne. On voulait éblouir l'électorat rural : son bataillon de maîtres d'hôtel était relié par téléphone à la cuisine, et les garçons poussaient entre les tables des petites automobiles. Pour Loubet et ses amis, le progrès devait se faire dans l'ordre : « Nous voulons la France libre, forte et glorieuse, s'écria l'homme de Montélimar quand les maires eurent absorbé leurs 18 000 bouteilles de vin, une France unie au-dedans sous le règne de la loi et du droit, protégée par ses soldats et ses policiers des anarchistes et des révolutionnaires. »

Inaugurant à Lyon un monument au président Sadi Carnot (assassiné par l'anarchiste Caserio), il tance le maire radical Augagneur qui prétend l'empêcher d'assister au banquet des libéraux de la chambre de commerce. C'est Augagneur qui cède : le président se rend sans restriction à l'invitation de la droite lyonnaise et se fait « follement applaudir ». Quand il déjeune peu après chez Raymond Poincaré, celui-ci critique vivement la politique du cabinet Waldeck sans que Loubet la défende. Elle favorise, dit Poincaré, « les progrès des socialistes ». Le député lorrain est le préféré, le chouchou du président qui dîne chez lui, dit Combarieu, « dans l'intimité ». Quand il déjeune chez le député-maire de Saint-Quentin, François Hugues, c'est encore pour entendre Hanotaux s'opposer avec esprit à une réforme de l'orthographe... et faire l'éloge de Raymond Poincaré qui devrait reconstituer, avec ses amis, le nouveau centre républicain enfoncé par la défaite de Méline. Parlant des élections proches, Loubet les considère comme fort importantes, puisqu'elles détermineront plus tard le choix du président de la République. Il attribue à sa fonction un rôle éminent de protecteur de l'État anticollectiviste : « Si les Chambres sont élues favorablement, dit-il, elles pourront enfin donner naissance à une majorité solide et pénétrée d'un esprit libéral. » La majorité que souhaite Loubet n'est donc pas du tout celle du Bloc des gauches.

Il n'hésite pas à recevoir en 1901 un syndicat de « jaunes » antirévolutionnaires à l'Élysée : ces délégués de la bourse indépendante du travail viennent l'assurer qu'ils sont partisans de « l'accord entre le capital et le travail ». Radicaux-socialistes et socialistes protestent : « J'ai été fidèle à ma politique, répond-il. La loi de 1884 est faite pour tous. » Quand Waldeck démissionne en 1899, il appelle d'abord son vieux complice Brisson, un radical très modéré. S'il se résigne ensuite à Combes, c'est à la demande pressante de Waldeck et de Bourgeois. Il le convoque, raconte Combarieu, « pour s'entendre avec lui sur les grandes lignes du programme qu'il présentera aux Chambres, lui laissant, selon la tradition, toute liberté pour les détails et même pour le choix de ses futurs collègues ». Les élections étant marquées à gauche, le président veut obtenir de Combes des garanties : « Pas de rachat de la Compagnie de l'Ouest, pas d'impôt global et progressif sur le revenu. » Tels sont les interdits mentionnés dans la lettre de course du nouveau président du Conseil. Dira-t-on que l'influence du locataire de l'Élysée sur la politique est nulle ? On le soupçonne, au contraire, d'être trop interventionniste. Quand il prône, au cours d'un voyage à Alger, l'entente des modérés et des radicaux, il intervient dans le débat politique et imagine une autre majorité que celle du Bloc des gauches. Il nuit délibéremment à Combes, et Clemenceau le lui reproche vivement, se plaignant, dans la presse, de sa maison, de sa « clique » qui recrute au Parlement des adversaires de Combes en vue de construire une autre majorité. C'est sans aucun doute avec son accord que Waldeck-Rousseau va dire au Sénat, en mai 1903, que sa loi sur les associations a été faussée par Combes, que rien ne va plus, qu'on est en pleine intolérance.

Waldeck et Poincaré sont soutenus, dans leur cabale, par Millerand qui reproche au président du Conseil d'avoir bloqué l'étude de la loi sur les retraites ouvrières. Le cabinet a du plomb dans l'aile. Loubet se demande déjà, en mars 1904, par qui le remplacer. Waldeck refuse, mais, comme toujours, conseille : Millerand n'est pas possible dans les circonstances actuelles, mieux vaudrait Georges Leygues. « Il a du talent, dit Loubet, de l'intelligence, un jugement sain et droit » — et puis, c'est un homme du Sud. Le « Périclès de la République », l'oracle, a tranché : la candidature de Millerand, encore trop socialiste, est prématurée ; puisque Poincaré refuse tout, autant prendre un autre des « trois gosses » de Dupuy. Va pour Leygues ! Quand le cabinet Combes tombe enfin, en janvier 1905, il faut sept jours pour dénouer la crise. Waldeck, mort, n'est plus là pour soutenir Leygues.

Loubet reçoit alors Fallières, président du Sénat, qui recommande avec insistance Rouvier, seul capable, selon lui, de liquider l'affaire des fiches dans l'armée : « Les sénateurs, dit-il, en ont assez d'être traités de mouchards. » Ce sera Rouvier ou Poincaré. Mais Poincaré, pourtant estimé au Sénat, « s'est tenu trop à l'écart ». Les deux hommes manifestent la même volonté de ne pas faire aboutir l'impôt sur le revenu : c'est assez pour que Fallières les recommande. Doumer le radical est du même bord : la seule réforme sociale qu'il préconise est celle des retraites ouvrières, à condition d'être prudent et de faire largement appel « aux sociétés de secours mutuel ». L'entrée de Millerand dans les calculs politiques se précise : il est cité comme président possible par Doumer, par le progressiste Prevet et par Sarrien. Jaurès, reçu lui aussi à l'Élysée, ne fait pas non plus d'objection : c'est Rouvier, avec des radicaux de second rang, qui est investi. Quand Loubet rentre, le 17 janvier 1906, à Montélimar, son successeur Fallières, qui vient de Villeneuve-sur-Lot, est élu contre Doumer. Il a été le candidat du Bloc des gauches. Sera-t-il plus ouvert au dialogue social ?

Il ne le semble pas : le distingué président du Sénat a été député de l'arrondissement de Nérac de 1876 à 1890, avant d'être élu à la Haute Assemblée. Comme son prédecesseur, il a été ministre dans le cabinet Tirard, puis chez Freycinet. Il a dû son élection à la présidence du Sénat à son vote contre le dessaisissement de la chambre criminelle de la Cour de cassation au cours de l'affaire Dreyfus, prenant ainsi la tête du camp révisionniste. C'est Clemenceau qui a fait l'élection de Versailles : en portant au pinacle cet homme tranquille et discret, mais indiscutablement républicain, il a éliminé l'ambitieux Doumer, qu'il accuse d'avoir enterré l'impôt sur le revenu après l'avoir proposé dix ans auparavant, et d'avoir ourdi la chute de Combes. En imposant Fallières, lui-même prépare sa rentrée politique. Après l'intermède Sarrien, il est en effet appelé au pouvoir par Fallières le 19 octobre 1906 : pour tenir tête à la vague sociale, le président de la République désigne le plus dur, le plus âpre, le plus combatif des adversaires des socialistes.

Répression antiouvrière

Pour contenir le front du travail, le gouvernement républicain dispose de forces illimitées, puisqu'il peut faire appel à l'armée. L'État se réserve d'intervenir sur les grands conflits en offrant sa médiation, mais sa tâche essentielle est de sauvegarder l'ordre.

Clemenceau, ministre de l'Intérieur de Sarrien, dispose d'un réseau de policiers spécialisés dans la surveillance des groupes syndicaux et des groupuscules anarchistes. Des indicateurs alimentent le fichier central de la police. Souvent ces mouchards se trouvent fort bien placés et l'on découvre que tel militant actif, voire estimé de ses camarades, a travaillé pour « la Rousse »[1]. Ce sont parfois d'anciens communards qui noyautent les milieux anarchistes. La police utilise aussi les concierges, les patrons de bistrot, les gérants d'hôtel. Michelle Perrot raconte que pendant la grève d'Anzin, la police envoie un agent qui se présente comme démarcheur dans le bassin minier pour glaner des renseignements. Les préfets rémunè-

1. Perrot, *op. cit.*, p. 290.

rent les « mouchards » sur des fonds spéciaux. Pendant les grandes grèves des mineurs de Decazeville en 1886 et des métallurgistes de Vierzon, on envoie sur place des agents qui se mêlent aux grévistes et les dénoncent. Paul Cambon, quand il est préfet du Nord, adresse régulièrement à son ministre des rapports sur une situation sociale qui ne cesse d'inquiéter le gouvernement. On assure que certains patrons, comme Cail, sont reliés au ministère de l'Intérieur par fil spécial. C'est en tout cas la directive que Waldeck a donnée aux préfets : rester en contact direct avec les patrons et se tenir informé afin de ne jamais être pris de court.

Pour ce qui est de l'emploi de la troupe, la doctrine de Waldeck est très restrictive. La circulaire aux préfets de 1884 recommande de ne faire appel qu'aux gendarmes. On ne peut engager la ligne que dans des circonstances exceptionnelles et avec l'accord formel du cabinet. L'armée manifeste généralement peu d'enthousiasme pour ces missions, et les préfets se plaignent parfois de la mauvaise volonté de la troupe : ainsi, en 1882 à Montceau-les-Mines, on doit consigner les soldats pour éviter les fraternisations. Boulanger s'est rendu populaire dans les bataillons en prenant position à la Chambre, en 1886, contre l'emploi de l'armée en pareil cas. Il s'est en même temps concilié les ouvriers. Il n'envoie les lignards à Decazeville « que pour protéger les mineurs contre eux-mêmes », dit-il. Ils doivent rester l'arme au pied, sans prendre parti, et il se réjouira si « chaque soldat partage avec un mineur sa soupe et sa ration de pain ». Ces paroles sonnent aux oreilles des journalistes de droite comme un scandale. Pourtant, une tradition s'instaure : les officiers essaient d'éviter toute provocation et répriment avec mesure. Pendant la commémoration sanglante de la Commune au Père-Lachaise en 1885, la cavalerie charge sabre au clair, mais ne tire pas — ce qui n'évite pas 3 morts et 87 blessés, c'est une bavure de taille que le gouvernement regrette En 1906, quand Clemenceau prend le pouvoir, la classe ouvrière a derrière elle plus de quinze ans d'expérience des luttes violentes et révolutionnaires.

Les cabinets opportunistes ne se sont pas montrés soucieux de châtier durement des grèves qui avaient la crise économique et le chômage pour motifs. Ils devenaient en revanche plus attentifs et moins pondérés dès qu'un mouvement révolutionnaire se dessinait, à partir de 1890, au sein du monde ouvrier. Déjà en 1889, broussistes et blanquistes ont mobilisé sur le thème — devenu international — de la journée de huit heures : slogan révolutionnaire en France où l'on travaille couramment douze heures par jour. Le blanquiste Vaillant, ancien de la Commune, ameute ses troupes dans son journal le *Cri du Peuple* et prépare au congrès de Bordeaux, en 1888, la journée du 10 février 1889 qui doit être, selon Lafargue, « une agitation collective et combinée ». Il s'agit de la « mobilisation de l'armée socialiste révolutionnaire ». En lisant ces éditoriaux, la police ne peut manquer d'organiser une répression en rapport avec la manifestation prévue : on comprend en effet, dans les milieux politiques, que le mouvement ouvrier entre dans une phase nouvelle. S'il reste dans la légalité, il prétend utiliser la rue pour faire connaître au public des revendications sans rapport avec la situation sociale réelle, il utilise la provocation pour préparer la révolution. Sa tactique n'est plus syndicale ni réformiste, comme l'avait souhaité Waldeck, mais bien révolutionnaire.

La mobilisation du 10 février touche 60 villes en France. C'est assurément un succès : 10 000 ouvriers lyonnais ont répondu à l'appel, 2 000 à Marseille. A Paris, où toute manifestation est interdite, des délégations portent place Beauvau une lettre exigeant la journée de huit heures. Une nouvelle manifestation est organisée le 24 du même mois ; ce jour-là, les policiers sont prévenus, on consigne la troupe, y compris les artilleurs de Vincennes et la garnison de Versailles. Ce déploiement de forces, dû aux soins de Charles Floquet, est si spectaculaire, un an après la fin de l'affaire Boulanger, que les ouvriers découragés se retrouvent à peine un millier sur la place de l'Hôtel-de-Ville. La police a renforcé ses effectifs de mouchards. On apprend par eux que les syndicalistes parisiens ont des contacts avec les mouvements étrangers, qu'ils projettent pour 1889, année de l'Exposition Universelle, une grande première : un congrès international ouvrier en plein Paris. La Fédération des travailleurs socialistes du docteur Brousse est chargée de son organisation.

Brousse et Guesde ne parvenant pas à se mettre d'accord, il n'y a pas un congrès, mais deux : le premier est marxiste, animé par les guesdistes salle Pétrelle, avec les blanquistes de Vaillant et la Fédération nationale des syndicats. L'autre, non marxiste, se tient avec le docteur Brousse rue de Lancry et groupe beaucoup de délégués étrangers, venus principalement d'Angleterre. Les Allemands (Bebel, Liebknecht, Bernstein) sont allés au congrès marxiste. L'Italien Cipriani et le Belge Vandervelde ont siégé dans les deux assemblées, prêchant pour l'unité du mouvement. Une résolution est votée à l'unanimité pour mettre sur pied, le même jour, une manifestation géante des syndicats des « deux mondes ». La date choisie est le 1er mai 1890, peut-être sur proposition de l'American Federation of Labour.

Les organisateurs français de la manifestation sont bien connus de la police : ce sont les apôtres du premier socialisme, des militants qui mènent la lutte sur tous les fronts, politique et syndical. Les militants du Parti ouvrier français de Jules Guesde, ouvriers eux-mêmes, mêlés aux luttes sociales depuis le début des années 1880, sont au premier rang : Delory à Lille, Delcluze à Calais, Carrette à Roubaix, Coulet à Marseille, Gabriel Farjat à Lyon, Fovilland chez les tisserands de Roanne, Corgeron chez les bonnetiers de Troyes, et Langrand à Saint-Quentin, fort connu du préfet de Reims. Mais le plus actif est sans doute Jean Dormoy, natif comme les deux communards Félix Pyat et Édouard Vaillant de Vierzon-village. Ce fils de couvreur, fixé à Montluçon, est de ceux qui y ont proclamé la République en septembre 1870 ; il était alors âgé de dix-neuf ans. Ayant d'abord milité dans le parti républicain, il fait venir Guesde qui prend la parole à l'hôtel de ville de Montluçon, dès le 17 juin 1880. Les ouvriers sont nombreux dans cette ville qui possède six grandes fabriques, dont les usines sidérurgiques Saint-Jacques, sur le Cher, où travaille Dormoy. Les mineurs de Ferrières, les ouvriers de Commentry entendent également Guesde. Renvoyé de Saint-Jacques, Dormoy se fait marchand d'huile. Il crée des groupes guesdistes à Commentry, Durdat-Larrequille, Doyet, Bezenet, qu'il lance à l'assaut des municipalités car ces combats, dit-il, sont « un moyen de propagande, un procédé pour compter ses forces en vue du vrai combat ». Dormoy est un révolutionnaire. Quand il rassemble 673 suffrages sur sa liste aux élections municipales de Montluçon en janvier 1881, il déploie le drapeau rouge et fait crier à ses amis : « Vive la révolution sociale ! » Il a la satisfaction de faire élire, à Commentry, Christophe Thivrier : pour la première fois, le drapeau de la Sociale flotte sur une mairie française. Commentry est rouge ; les « collectos » ont gagné.

Il est alors sérieusement surveillé par la police qui l'arrête sous un faux prétexte. C'est Guesde qui plaide à son procès : il ne peut lui éviter six mois d'internement à Sainte-Pélagie. Guesde et Lafargue le prennent en amitié, lui prêtent des livres, des articles, font en prison son éducation de militant. Sa candidature est présentée par ses amis aux élections cantonales de Montmarault. Il leur fait passer des tracts sur l'appropriation capitaliste : plus de 600 voix se portent sur le candidat de la Sociale. Quand il est libéré, la répression policière s'acharne sur lui : on l'empêche de vendre son huile, on intimide ses clients. Ils n'en est que plus populaire et commence sa carrière de représentant des ouvriers montluçonnais dans tous les congrès du mouvement. Candidat dans sa ville avec Lafargue aux élections législatives de 1885, il échoue mais se fait élire conseiller municipal trois ans plus tard. En 1889, il est conseiller d'arrondissement ; en 1892, il emporte la mairie avant de faire son entrée au conseil général en 1898 : belle carrière d'un militant de la révolution qui s'intègre par étapes dans les structures légales de l'État républicain. Qui songerait encore à se moquer de « Jean du Crassier » et du marchand d'huile de noix ?

Le premier 1er Mai

Dormoy est assez connu en France, du fait de ses multiples interventions, pour attirer à Montluçon, en 1887, le deuxième congrès de la Fédération nationale des syndicats. Il arbore le drapeau rouge, malgré la police, et engage tous les travailleurs à préparer la révolution qui « socialisera les moyens de production » — le langage marxiste est entré dans le discours des militants. La revendication des huit heures est présentée par Dormoy comme une action révolutionnaire : elle sert de point de ralliement, comme le drapeau rouge, à tous ceux qui attendent de la prochaine grande manifestation qu'elle soit le prélude à la commotion décisive qui fera chanceler le régime vermoulu des opportunistes. Son collègue Raymond Lavigne, un Bordelais, prépare avec lui le 1er mai 1890. Commerçant en vins, celui-ci a acquis une grande autorité dans le milieu ouvrier du Sud-Ouest. Dévoué au guesdisme, il a le sens de la propagande et de l'organisation. Multipliant brochures, tracts, articles d'explication, il s'oppose vivement à Briand, délégué du syndicat de la brosserie de Paris au congrès de Nantes. La grève générale que défendent les anarchistes est, dit-il, « une épée d'avocat dont la bourgeoisie se rit ». Dénonçant Briand comme « agent provocateur », il ne veut pas non plus entendre parler des libertaires.

Il croit à l'utilité de la manifestation du 1er mai pour compter les forces du mouvement ouvrier et mesurer sa capacité de mobilisation. Une commission de guesdistes, de blanquistes et de syndiqués la prépare bien qu'elle ne soit pas reconnue par les broussistes. « Je suis persuadé que ce sera un fiasco », déclare au *Temps* le broussiste Jules Joffrin, l'un des adversaires de Clemenceau, député du 18e arrondissement de Paris. Il est impossible, explique-t-il, de mobiliser deux cent mille ouvriers un jour de semaine. Basly, secrétaire du syndicat des mineurs du Pas-de-Calais, déclare de son côté au *Radical* que les responsables de la journée sont « des anarchistes, boulangistes et autres gens qui pêchent en eaux troubles ». Il est vrai que les « fidèles de Notre-Dame-de-l'Anarchie », comme les appelle Jules Guesde, boudent la manifestation, n'y percevant pas un acte de rupture. Constans a du reste durement frappé les militants fichés par la police : on perquisitionne à l'imprimerie du *Révolté*, on arrête Sébastien Faure, Merlino, Louise Michel et un groupe de militants. La mobilisation n'en a pas moins commencé dans les villes ouvrières. Guesde a expédié un tract de convocation à la « manifestation des deux mondes », au bas duquel on trouve la signature des premiers députés socialistes : Boyer, Baudin, Thivrier, Lachize et Franconie, ainsi que celle des socialistes élus au conseil municipal de Paris (dont Longuet et Vaillant). Le Parti ouvrier français de Guesde et le Comité révolutionnaire central, blanquiste, ont demandé aux militants « de chaque quartier » d'animer des réunions pour la journée de huit heures et de faire signer des pétitions. Les chambres syndicales ont donné rendez-vous à leurs membres place de la Concorde, pour porter au Palais-Bourbon une pétition que Guesde appelle « les premiers cahiers du travail ». La journée doit être une fête. Il est recommandé d'éviter toute violence.

Le pouvoir n'est pas surpris : il mobilise onze régiments d'infanterie (le 6e de cuirassiers, les 27e et 28e et 8e dragons, le 5e chasseurs de Rambouillet et les artilleurs de Vincennes, la Garde républicaine et la compagnie de gendarmerie de la Seine). 600 gardiens de la paix sont prêts à l'action, avec ordre de disperser le moindre attroupement et d'interdire les manifestations. Dans la troupe, les permissions sont suspendues, les soldats consignés en tenue de campagne dans leurs casernes. On triple la protection des monuments publics, la bourse du travail est fermée et gardée. Les soldats établissent des postes aux barrières pour empêcher les ouvriers de banlieue de renforcer les effectifs parisiens. Dans la nuit, Poubelle, préfet de la Seine, fait répandre sur les boulevards une mince couche de sable pour faciliter les charges de cavalerie. Les régiments se forment en faisceaux dans les Tuileries, des soldats s'entassent dans les caves du Palais-Bourbon et de la Madeleine. Beaucoup de bourgeois des beaux quartiers sont partis à la campagne.

La foule est immense quand les délégués escortés de gardes municipaux arrivent au Palais-Bourbon. A-t-on cru, ce jour-là, à la révolution ? On interdit aux manifestants sans titres de suivre les élus. Les forces de police font évacuer la place de la Concorde. Cluseret, ex-général de la Commune, ancien officier nordiste de la guerre de Sécession et député socialiste du Var, attend les délégués à la grille du palais. Floquet, président, reçoit leur pétition. Il n'y a pas d'incidents graves dans la capitale, hormis quelques charges de cavalerie, mais 300 arrestations ont lieu. On assure qu'on a conduit au poste un vieillard qui ne circulait pas assez vite sur les Champs-Élysées. Il décline son identité : maréchal de Mac-Mahon. Le soir, plus de 80 réunions se tiennent dans les quartiers de Paris : le premier 1er Mai a été une réussite.

138 villes de province ont manifesté. A Troyes, les ouvriers ont défendu leur drapeau rouge contre la police et chanté la *Chanson des huit heures* composée par Pédron. Les ateliers ont tous été désertés dans la région de Roanne et dans les mines de la Loire, de l'Allier, du Gard. Le préfet du Nord a fait sortir un bataillon de la caserne pour contenir les milliers de grévistes de Roubaix. Les seuls incidents violents sont provoqués à Vienne par les libertaires : Pierre Martin, dit le Bossu, bien connu de la police, est un animateur du mouvement anarchiste jurassien qui a des correspondants à Lyon et dans la région — Louise Michel et Tennevin sont venus de Paris pour préparer la journée. Le chômage est complet le 1er mai. Les gendarmes chargent les manifestants qui arborent les drapeaux rouge et noir. La foule résiste, dresse des barricades, envahit les quelques usines où l'on prétend travailler. L'une d'elles est dévastée : les femmes défilent avec une pièce de drap de 43 mètres de long. Il y aura des condamnations. Si Louise Michel est relâchée comme « irresponsable » (on la fait passer pour folle), Tennevin est condamné à deux ans, Pierre Martin à cinq ans. Ils ont l'occasion d'exposer longuement les doctrines anarchistes devant le jury. La journée chaude de Vienne a été leur œuvre, ils la revendiquent et Guesde n'y a été pour rien.

En 1891, toutes les formations socialistes ont compris l'intérêt de perpétuer la célébration du 1er Mai, et recommandent aux élus du parti de transférer dans leurs mairies les crédits prévus pour le 14 Juillet au profit du jour de la fête ouvrière. « La bourgeoisie rit jaune et sue de peur », écrit le *Prolétaire*. De nouveau, la gendarmerie, la police et la troupe sont sur les dents et touchent un quart de rhum à la caserne Babylone, avec des cartouches à balles. Les groupes manifestent à part et envoient, comme l'année précédente, des délégués à la Chambre. On ne déplore de blessés qu'à Lyon, où la police charge une délégation qui apporte des fleurs sur la tombe des canuts massacrés en 1831, en arborant des drapeaux rouges, et à Charleville, où le chansonnier du *Temps des Cerises*, Jean-Baptiste Clément, est condamné à deux ans de prison. Les milieux officiels croient s'en être sortis à bon compte. Pourtant, en fin de journée, on leur annonce deux catastrophes.

Le massacre de Fourmies

A Clichy, la police a enlevé le matin des drapeaux rouges et noirs accrochés durant la nuit par les anarchistes aux poteaux télégraphiques. L'après-midi, elle a chargé un cortège pacifique venu de Levallois et s'est emparée du drapeau rouge. Brève bagarre. La colonne s'est reformée, elle est attaquée plus loin, rue de la Fabrique. On chante la *Carmagnole*. Le commissaire veut à toute force s'emparer du drapeau rouge. Nouvelle charge. Cette fois, des coups de feu éclatent : trois blessés. Un jury condamne à trois ans de prison l'anarchiste Decamps qui déclare pathétiquement : « Ma tête ? On peut la couper, je la livre, je la porterai fière et droite devant l'échafaud. » Ces condamnations de Clichy (qui ne touchent que deux personnes) exaspèrent un milieu anarchiste sensibilisé à la violence : en juin, une bombe explosera sous la fenêtre du commissaire de Levallois-Perret. Les attentats se poursuivront en 1892, contre le conseiller Benoît, l'avocat général Bulot, puis au restaurant Véry dont un garçon, Lhérot, a dénoncé Ravachol.

Mais Clichy n'est rien à côté de Fourmies : cette petite ville du textile de la région d'Avesnes se préparait à fêter joyeusement le 1er Mai. Les patrons, inquiets du passage du socialiste Lafargue (gendre de Marx) dans la cité aux briques luisantes et de la création d'un groupe socialiste dans une communauté où le clergé enregistrait 1 200 communions d'hommes au cours d'une retraite, ont décidé d'intimider les ouvriers en annonçant l'ouverture des usines le 1er mai. Le maire opportuniste a obtenu du préfet l'envoi des gendarmes à cheval et de compagnies des 84e et 145e d'infanterie. La ville, qui s'apprêtait à donner un bal et une représentation théâtrale, est soudain occupée par les lignards en tenue de campagne. On fait bon accueil aux soldats, recrutés dans la région. On promène dans les rues, selon la tradition, un arbre de Mai enguirlandé. Les grévistes tentent de débaucher ceux de l'usine la Sans-Pareille qui ne suivent pas le mouvement. Les gendarmes attaquent et arrêtent deux ouvriers menottes aux mains. Nouvelles charges : une bande de 200 jeunes gens, vers 18 heures, s'avance vers la mairie. La blonde Maria Blondeau, dix-neuf ans, se trouve en tête du cortège, avec un conscrit de l'année porteur d'un drapeau tricolore : ils veulent demander la libération des prisonniers. Les soldats croisent la baïonnette, on leur jette des pierres. A soixante mètres, les Lebel se déchargent au commandement : 80 personnes restent sur le pavé : il y a dix morts, dont Maria Blondeau, le conscrit, ainsi que des enfants.

30 000 personnes suivent le convoi des victimes, drapeau rouge en tête, pendant que douze escadrons de cavalerie et neuf compagnies d'infanterie prennent position. Le député socialiste Ernest Roche brandit à la Chambre une des chemises ensanglantées. Pour la première fois depuis longtemps, l'armée a tiré sur le peuple. La Chambre censure le discours de Roche, l'exclut, car il n'a pas le droit de traiter les soldats français d'assassins. On refuse de désigner une commission d'enquête. « C'est le quatrième état qui se lève et qui arrive à la conquête du pouvoir, dit alors Clemenceau. Qui pourrait soutenir ici, ou devant l'Europe, devant le monde civilisé, que les faits qui se sont passés à Fourmies avant la fusillade justifient la mort de ces femmes, de ces enfants, dont le sang a pour si longtemps rougi le pavé ? Il y a quelque part sur le pavé de Fourmies une tache de sang innocent qu'il faut laver à tout prix... Prenez garde ! Les morts sont de grands convertisseurs, il faut s'occuper des morts ! » Albert de Mun, orateur de la droite, s'émeut de ces gens « qu'on enterre dans les larmes » et prédit « un trouble profond dans les âmes, une situation effroyable créée entre les ouvriers et les patrons ». L'encyclique *Rerum Novarum* est publiée le 15 mai suivant : pour ceux des catholiques qui ne sont pas sourds à la misère sociale, Fourmies marque le départ vers un nouveau militantisme, et le comte de Mun montre la voie.

Pour l'antimilitarisme, quelle aubaine ! Le 145e de ligne est accueilli dans ses villes de garnison, Le Cateau et Maubeuge, aux cris de : « A l'eau ! Assassins ! » On le déplace à Montmédy, où il est tout aussi mal vu de la population. Le 22 juin, quand les conducteurs de tramway de Bordeaux se mettent en grève et que les hussards occupent la rue, on leur crie : « Fourmies ! » La référence au massacre devient le cri de ralliement des combattants de la lutte sociale. Il est alors courant d'évoquer dans les discours socialistes « ceux qui sont tombés sous les Lebel de la République patronale ». Le mouvement des huit heures a ses martyrs qui pérennisent le 1er Mai. Le gai mois de mai deviendra, pendant des lustres, la fête du souvenir et des morts ouvrières. La condamnation de Lafargue, considéré comme responsable des événements de Fourmies, est la preuve du mauvais usage de la répression : contre cette « justice du coin des bois », les socialistes mobilisent les électeurs qui désignent triomphalement Lafargue comme député de Lille en novembre 1891. Aux élections municipales de 1892, qui tombent le 1er Mai, les attentats anarchistes et le procès de Ravachol détournent des listes socialistes plus de 610 000 électeurs. Ce 1er mai est terne, triste, sans ressort. L'anné 1892 est celle de la grande guerre des mineurs de Carmaux où, de nouveau, la troupe intervient. Une relation d'hostilité durable s'installe entre l'armée de la République et la classe ouvrière.

Certes, depuis 1891, la revendication de la journée de huit heures a réussi sa percée puisqu'elle fait désormais partie de tous les programmes, mais les manifestants des années 1890 sont de moins en moins nombreux. On s'habitue de part et d'autre aux incidents. La parade des drapeaux rouges est toujours un prétexte aux charges de la police et de l'armée. On y ajoute, en 1894, un insigne à la boutonnière : un triangle de cuir rouge surmonté du bonnet phrygien avec, aux trois angles, le chiffre huit. Les officiels en déduisent que le mouvement s'est calmé. Le *Temps* croit pouvoir écrire en 1895 : « Le premier mai se meurt, le premier mai est mort. » Le socialiste Cipriani ironise : « Hier, écrit-il dans la *Petite République*, on faisait des révolutions, aujourd'hui des processions. » En 1895, le coiffeur René Chauvin, député guesdiste, vend dans son salon proche de la gare Saint-Lazare « le savon des trois huit et du premier mai ». Un magasin des trois huit, rue Montmartre, propose aux militants des chocolats, des montres, du papier à lettres à la marque du 1er Mai. En vain Briand demande-t-il que cette journée soit intégrée dans une grève générale révolutionnaire. Elle n'est plus que l'occasion de pâles défilés agrémentés de la vente d'objets dérisoires. Seul Fernand Pelloutier, secrétaire de la Fédération des bourses du travail, embouche la trompette de la grève générale.

Les guesdistes y sont toujours opposés. L'affaire Dreyfus et les élections sont de puissants dérivatifs : épuisés par les campagnes électorales incessantes, les militants négligent de plus en plus la journée-vitrine du mouvement. Désormais, ce sont les grèves qui tiennent la vedette : plus de 900 en 1900 (739 l'année précédente). On chôme très peu le 1er mai 1903 bien que l'on inaugure, cette année-là, avec une forte participation ouvrière, le monument aux victimes de Fourmies[1]. Les ouvriers ont en fait deux objectifs prioritaires : les grèves et les élections.

Les grèves d'abord : le nombre de syndiqués s'accroît constamment d'année en année, ils sont plus de 400 000 en 1894 contre 139 000 en 1890. On compte seulement 14 bourses du travail groupant les ouvriers d'une même région en 1892, mais 51 en 1898, qui accueillent 375 000 adhérents. Fédérées depuis 1892, elles participent aux grandes grèves, particulièrement fréquentes et longues chez les mineurs. Ceux de Carvin, dans le Pas-de-Calais, tiennent 53 jours en 1890 et obtiennent qu'on négocie sur les diminutions de salaires. L'année suivante, ceux de Vigoigne, dans le Nord, cessent le travail pendant 87 jours. En février 1901, à Waziers, à Monchecourt, à Harnes, dans le Pas-de-Calais, une grève d'une semaine constitue une réussite, mais la grande grève de novembre 1902, bien qu'elle mobilise 71 000 mineurs pendant 52 jours, est un échec : ils n'obtiennent ni le salaire minimum ni la réduction de la journée de travail. Les ouvriers font confiance aux syndicats, uniquement préoccupés de l'amélioration des conditions de travail, et se méfient des guesdistes qui privilégient les luttes politiques. Aussi les chambres de métiers concurrencent-elles sérieusement la Fédération nationale des syndicats créée par les guesdistes. Le congrès de

1. M. Dommanget, *Histoire du 1er Mai*, Paris, 1972, p. 209.

Marseille, en 1892, se laisse entraîner par Briand qui fait voter le principe de la grève générale : le syndicalisme révolutionnaire est né. Clemenceau, ministre de l'Intérieur, trouvera ses enfants devant lui en 1906, dressés, entraînés, décidés à faire de la grève générale un moyen de « lutte directe contre le patronat », une approche concrète de la révolution.

Briand et Pelloutier

Briand l'anarchiste se repose sur une des gloires du mouvement ouvrier français, Fernand Pelloutier : depuis 1895, celui-ci est secrétaire de la Fédération des bourses du travail, et le mouvement syndical français est un peu son œuvre. A partir de 1892, il met au point avec Briand sa doctrine de la grève générale, qu'il prend soin de distinguer de l'anarchisme terroriste.

Rejeton d'une famille républicaine ayant pour lointains ascendants des Vaudois persécutés par François Ier, Fernand Pelloutier est un jeune Nantais, fils d'un commis des postes, élevé à Saint-Nazaire. Il a fait sa carrière dans un journal régional, la *Démocratie de l'Ouest*, où il a connu Aristide Briand, également Nantais d'origine et fils du marchand de vins du café de la Croix-Verte. Au lieu d'aider son père au comptoir, Aristide a fait des études, comme Pelloutier, au collège de Saint-Nazaire. Le temps de faire son droit à Paris (en payant lui-même ses études), le voilà de retour à Saint-Nazaire où son père a acheté un caf'conc'. Il débute aussitôt au journal, « organe des intérêts ouvriers, commerciaux, agricoles et maritimes de Saint-Nazaire et de Paimbeuf ». Pelloutier est encore collégien quand il rencontre le journaliste débutant. Quelques années plus tard, en 1886, Briand est déjà célèbre pour s'être battu en duel, à l'épée, contre le président de la chambre de commerce, Duval. Inscrit au barreau de la ville, il est aussi rédacteur en chef de la *Démocratie de l'Ouest*. C'est alors qu'on le refuse à la loge maçonnique le Trait d'Union : il est jugé trop proche des socialistes, et les frères de Saint-Nazaire sont radicaux. En 1888, à la veille des élections municipales, le père de Fernand Pelloutier fonde, avec ses deux fils, un nouveau journal, l'*Ouest républicain*, dont il propose la direction politique à Briand, qui accepte aussitôt. Il se présente en effet comme « radical révisionniste » à la députation : le secours d'un journal de gauche lui sera précieux.

Il est battu, mais il n'a que vingt-sept ans. Deuxième duel : la *Démocratie de l'Ouest* l'a accusé d'avoir monnayé son désistement entre les deux tours, d'avoir touché 4 000 francs. En outre, une vilaine affaire judiciaire vient briser sa carrière : il a été surpris par un garde champêtre dans des ébats amoureux en plein air, avec l'épouse d'un banquier et la fille d'un des patrons de la *Démocratie de l'Ouest* : le voilà radié de l'ordre des avocats, acculé à une longue série de procès. Seuls Pelloutier et ses amis ouvriers lui ont gardé leur chaude estime. Il n'est plus dès lors attiré que par les socialistes.

Pelloutier l'a remplacé comme rédacteur en chef de la *Démocratie de l'Ouest.* Dès son entrée en fonction, le jeune homme s'est empressé de déclarer à ses collaborateurs : « Je suis socialiste, dans la plus large acception du mot. L'abolition du capital, voilà mon unique but ! » Violemment anticlérical, très hostile aux opportunistes, il est pour la République qui donne sa chance au socialisme, et retrouve avec plaisir son ami Briand.

Dès 1892, il a commencé à lancer dans son journal l'idée de grève générale. Les grèves partielles connaissent en effet 60 % d'échecs, et les ouvriers s'usent en vain dans des luttes où le patronat est sûr de l'emporter grâce à l'appui de l'État et à la division de ses adversaires. Furieusement hostile aux anarchistes poseurs de bombes qui font à la réputation du syndicalisme le plus grand tort, partisan de donner la priorité à l'action syndicale, il n'est pas pour autant hostile au mouvement politique puisqu'il s'inscrit au parti guesdiste. Jacques Julliard[1] le remarque judicieusement : « Alors que le syndicalisme révolutionnaire du début du XXe siècle, animé par les anarchistes et les militants ouvriers, est en réaction

1. *Fernand Pelloutier et les origines du syndicalisme d'action directe*, Paris, 1971.

contre le socialisme politique [de Jules Guesde], le syndicalisme de synthèse vers lequel s'oriente alors Pelloutier constitue bien plutôt la traduction la plus haute et l'aboutissement normal de l'action socialiste. » On trouve ainsi, à l'origine des bourses du travail, des socialistes de toute obédience, même guesdistes.

Éloigné de Saint-Nazaire — son père vient d'être victime d'une mutation arbitraire —, Pelloutier rédige avec Briand une sorte de mémoire intitulé *De la révolution par la grève générale* : c'est pour lui la « révolution des producteurs », qu'il oppose au coup de force blanquiste, lequel n'a pour résultat que de changer les élites. Les bourses du travail doivent prendre la tête du mouvement, se constituer un « trésor de guerre », créer des entrepôts alimentés par des coopératives de consommation, elles-mêmes financées par les ouvriers. Projet utopique, irréaliste, que les deux complices s'efforcent de justifier. Ils démontrent que les grèves classiques, comme les manifestations du 1er Mai, mettent les travailleurs entre les mains de la police, capable de mener des actions provocatrices. Ils développent leurs thèmes en août 1892, devant 13 000 ouvriers en grève des Chantiers de la Loire. Ils y trouvent un public réceptif, mais la grève se termine trop vite pour qu'ils puissent en prendre la tête. Pelloutier parvient ensuite à convaincre à Tours les congressistes du parti possibiliste — le parti de Brousse, qui s'attache à orienter l'action ouvrière vers ce qui est *possible*, d'où le nom de ce mouvement réformiste — des vertus de la grève générale comme outil efficace contre le patronat. Il fait approuver à l'unanimité le choix de cette arme « pacifique et légale » ; « un rêve absurde », commente le *Temps*.

Il revient à Briand de le faire adopter par les délégués du 5e congrès national de la Fédération des syndicats réuni à Marseille. D'accord avec Pelloutier, il n'hésite pas, pour l'emporter, à rompre avec le socialisme politique. « Il y a trois moyens de donner le pouvoir au peuple, écrit-il à Guesde : l'insurrection — nous sommes contre —, le suffrage universel — trop long ! — et la grève générale. Plus d'électoralisme ! La priorité absolue doit être donnée à l'action syndicale. » C'est un langage que Guesde ne peut entendre, même si

Pelloutier explique que la grève générale peut ne pas être une grève généralisée, mais se limiter aux transports et aux industries alimentaires afin de faire pression sur les pouvoirs publics. Au congrès de Marseille, Briand convainc assez facilement les ouvriers, au point que Guesde, furieux, croit bon de descendre dans l'arène pour justifier le droit à l'insurrection : « Il n'y a pas d'exemple, dans le siècle, d'un parti qui ait abouti légalement. » Mais Briand a obtenu son vote et emporté l'enthousiasme de certains congressistes, comme Thivrier de Commentry, qui a jeté sur le bureau sa médaille de député, offrant à Jules Guesde sa démission.

C'est à Paris, où il retrouve Pelloutier en 1893, que Briand poursuit ses réflexions sur la grève générale, tout en collaborant à la *Lanterne*. Poussé par Pelloutier, il se présente aux élections législatives à La Villette, quartier très ouvrier. Avec l'étiquette vague de « socialiste révolutionnaire », il compte recueillir les voix des syndicalistes contre ses trois concurrents socialistes : un indépendant, Clovis Hugues, survivant de la Commune de Marseille, un broussiste et un allemaniste. Mais il a beaucoup de mal à se distinguer de ce dernier. En 1890, Allemane s'était séparé des broussistes parce qu'il reprochait au docteur d'être trop réformiste. Partisan de la grève générale révolutionnaire, le nouveau parti qu'il a créé, le Parti ouvrier socialiste révolutionnaire, professe une idéologie parfaitement conforme à celle de Briand. C'est Hugues qui est élu : Briand ne sera pas, cette année-là, de la cohorte des 48 députés socialistes reçus à la Chambre. Son échec le renvoie à l'action syndicale, il est plus pelloutiste que jamais.

Briand flirte alors avec les anarchistes, fréquente leurs cafés, leurs imprimeries et les prétoires où ils sont jugés — il suit ainsi de près le « procès des trente » où Sébastien Faure et Paul Reclus ont été acquittés, en août 1894. C'est à cette époque qu'il se laisse tenter par un ordre singulier, imité de la maçonnerie et des *Knights of Labour* américains, les Chevaliers du Travail, qui comprend un rituel d'initiation et recrute en milieu ouvrier. La tentative n'a pas grand succès. Le leader s'en détourne d'ailleurs pour devenir directeur de la *Lanterne* qu'Eugène Péreire vient de racheter. Avec Millerand et Jaurès, qui écrivent dans la *Petite République*, Briand journaliste fait passer tous les jours le message socialiste dans le public. Pas pour longtemps : engagé timidement dans l'affaire Dreyfus (on trouve sa signature au bas de la pétition des « intellectuels »), il est battu aux élections de 1898, et chassé de la *Lanterne* où Péreire, excédé des attaques antisémites de Drumont, l'a remplacé par Millerand. A ce moment-là survient la rupture de Briand et de Pelloutier. Tous deux demeurent partisans de la grève générale, mais le premier entend rester dans le cadre de l'ordre et de la légalité, tandis que le second s'affirme révolutionnaire. Pelloutier se sépare aussi de plus en plus de Guesde, et serait plus proche des allemanistes, partisans comme lui de la grève générale. Ce qu'il reproche à Guesde, c'est d'être un collectiviste étatiste et non, comme lui, anarchiste. C'est décidément dans le cadre des bourses de métiers que se situe son action. C'est là seulement qu'il trouve des militants en accord avec ses idées.

Dans la mesure où les partisans d'Allemane sont de moins en moins nombreux, le clivage au sein du mouvement oppose politiques et syndiqués. Libertaires, ces derniers ne veulent pas entendre parler de la lutte politique, des élections, des mairies et de la Chambre. Ils veulent détruire le capitalisme en bloc, sans s'embarrasser d'une lente et décevante conquête de l'État. De la lutte syndicale, Pelloutier a fait l'expérience patiente. Il raconte avec effusion ses premiers combats dans Paris en 1893, aux côtés des ouvriers et des étudiants, contre le président du Conseil et ministre de l'Intérieur Charles Dupuy. Alexandre Zévaès évoque, dans ses *Notes et souvenirs d'un militant*, le Quartier latin d'alors, que fréquentait aussi Pelloutier : la littérature, avec Verlaine et Moréas, cultive le symbole et le genre « décadent », mais l'ardente jeunesse socialiste a fondé une Association générale qui se retrouve à la Source, au Soufflot, au Procope, ignorant les rivalités des sectes, pour constituer une communauté d'action et de pensée. Une centaine d'étudiants sont réunis dans le Groupe des étudiants socialistes révolutionnaires internationalistes de Paris. Édouard Vaillant, le blanquiste, les encourage. Albert Bonnet, Léon Thivrier (le fils de Christophe, député de Commentry), les étudiants en médecine Dardelin et Mouchotte sont, avec Zévaès et Jules Thiercelin, les plus en vue. Furieusement anticléricaux, ils troublent pendant le Carême les sermons du jésuite Lemoigne à l'église de Saint-Merri, apportant la glose marxiste dans un milieu qui entend condamner en chaire la Révolution française. On crie : « Vive la Commune ! A bas la calotte ! » Les chaises volent, on chante la *Carmagnole*. Breton, futur secrétaire de la rédaction du journal du C.R.C., le *Parti socialiste*, grimpe en chaire pour insulter le dogme. Arrêté, il est condamné à deux ans de prison malgré une brillante plaidoirie de René Viviani.

Quand les guesdistes se détachent du groupe pour fonder une section du P.O.F., les autres, dont Zévaès, passent à l'anarchisme. Ils vulgarisent les idées de Kropotkine et d'Élisée Reclus, et pratiquent l'entrisme dans les syndicats. Pelloutier se sent chez lui parmi ces jeunes militants qui organisent des conférences où Jaurès, Millerand et Viviani prennent la parole. Ils font tant de bruit que le comte de Mun signale à la Chambre les inquiétants progrès du socialisme au Quartier latin. En juillet 1893, le quartier connaît une très forte agitation : après un monôme des Beaux-Arts qui dégénère, Charles Dupuy déchaîne la police. Il y a des bagarres, des bris de glaces dans les cafés, un consommateur tué par un agent. Une manifestation géante s'organise alors boulevard Saint-Michel : 4 000 étudiants en colère marchent vers la préfecture de police, conspuant le préfet Lozet, sans rencontrer de résistance. Ils se rendent alors à l'hôpital de la Charité, pour se joindre au cortège funèbre de la victime, un certain Nuger, représentant de commerce de Clermont-Ferrand. Puis ils se dirigent vers le Palais-Bourbon, et de nouveau vers la préfecture où cette fois la police les charge à la baïonnette. Ils ripostent à coups de canne, mais des coups de revolver retentissent. Le 4 juillet, le quartier est en état de siège. Les dragons, les cuirassiers, la Garde républicaine bivouaquent au Luxembourg. Charles Dupuy craint une émeute, et les magasins ferment. Au soir, on met le feu aux tramways et l'on dresse des barricades. Les kiosques à journaux flambent, des devantures sont forcées. Radicaux et socialistes ameutent la population : « Parisiens, défendez-vous ! » titre la *Petite République*. La bourse du travail est fermée, les interpellations pleuvent à la Chambre. Lorsque

Dupuy flétrit les « professionnels de l'émeute », Millerand réplique, menaçant : « Les hommes qui sont au banc du gouvernement ont assumé une terrible responsabilité en creusant un fossé entre les travailleurs et la République bourgeoise. » Ce fossé, Briand, Clemenceau, Millerand lui-même contribueront plus tard à l'élargir, par peur de la révolution. Mais, pour l'heure, ils sont du côté des émeutiers. Dupuy, partisan de la plus grande fermeté dans le combat social, approuve les juges du tribunal correctionnel qui condamnent une trentaine d'étudiants de gauche à des peines de prison. Il n'y a d'ailleurs pas que des étudiants : la liste des personnes arrêtées montre que la population parisienne a largement participé aux émeutes. On y trouve des journaliers, des cuisiniers, des garçons de café et même... des épiciers.

Les étudiants socialistes veulent faire du 14 juillet une journée de deuil, et le conseil municipal les suit. Ni drapeaux ni lampions, mais des écriteaux bordés de noir : « Fermé pour cause de deuil national », à la devanture des magasins. Les élections approchent. Jaurès vient célébrer la courageuse jeunesse du Quartier latin : « L'idée socialiste est dès maintenant proclamée sur la vieille montagne Sainte-Geneviève. » Viviani fait campagne, et gagne l'élection. Pelloutier dénonce pour sa part « l'abominable canaille qui siège au ministère de l'Intérieur ». Il parle d'atrocités, évoque avec quelque exagération la Semaine sanglante. Il est convaincu que Paris vient de donner le signal de la révolution sociale et que les bourses du travail doivent y jouer leur rôle. Son activité de militant est efficace, reconnue de tous, au point qu'on lui confie en 1895 le secrétariat de la nouvelle fédération. Il y sera réélu jusqu'à sa mort. La Fédération nationale des bourses du travail entre ainsi en rivalité avec la Fédération nationale des syndicats, d'obédience guesdiste, et en triomphe aisément. Les rivaux de Jules Guesde, les allemanistes et les blanquistes, ont aidé de tout leur poids à sa fondation et lui ont donné ses couleurs violentes et anarchisantes. Au congrès de Nantes, en 1894, des représentants des deux organisations (bourses et syndicats) sont invités à la fusion. Les guesdistes n'y sont pas prêts, et Pelloutier prend alors l'initiative de préparer le congrès d'unification prévu à Limoges en 1895, en donnant pour instructions aux bourses de se multiplier, aux professions de s'organiser et d'institutionnaliser des contacts réguliers entre les deux structures, afin d'harmoniser l'action. La Confédération Générale du Travail (C.G.T.) est enfin constituée, mais Pelloutier redoute déjà qu'elle ne soit livrée aux politiques. Il défendra avec acharnement sa vocation exclusivement syndicale et révolutionnaire.

Pelloutier n'est pas satisfait des conditions de réalisation de l'unité : il estime que la Fédération, qui regroupe 46 bourses, est plus importante que la poussière des syndicats qui prétendent être représentés à égalité. Jusqu'à sa mort en 1901, il défendra l'indépendance des bourses à l'intérieur de la C.G.T. Il reste qu'une grande organisation est ainsi appelée à vivre et que sa tradition d'apolitisme et de révolution violente se maintient intacte jusqu'en 1906. Les socialistes politiques ne peuvent manquer d'en tenir le plus grand compte, car seuls les syndicats fournissent réellement des troupes à leur combat.

Guesde et Brousse

Reste le mouvement politique. Si Pelloutier et les militants syndicalistes se montrent vivement hostiles à l'armée, aux entreprises coloniales, à l'impérialisme patriote, les politiques sont beaucoup moins virulents : c'est qu'ils ont à faire la conquête d'un électorat composite. La formation la plus intransigeante est sans conteste celle de Jules Guesde, bête noire de la police qui fiche ses militants, les traque et tente de les incarcérer au moindre prétexte : on ne veut pas de députés socialistes à la Chambre, ni de maires socialistes dans les villes.

Or Guesde participe, avec les amis du docteur Brousse, à la conquête des mairies. Dès 1885, et même 1881, ses amis sont conviés aux luttes politiques. La fondation du parti socialiste date en effet du congrès de Marseille de 1879. C'est alors qu'ont été imaginées les six régions de Paris, de Lille, de Bordeaux, de Marseille, d'Alger et de Lyon, et qu'on a décidé, pour diriger cette fédération, la nomination d'un comité exécutif de 19 membres.

Guesde s'appuie d'abord sur l'Union fédérative du centre (Paris), pour prendre le pouvoir dans le parti. Il sait que les blanquistes font bande à part dans le Comité révolutionnaire central, il doit compter sur la tendance anticollectiviste qui s'exprime à Lille comme à Bordeaux. C'est alors qu'il diffuse son programme marxiste, qui connaît un certain succès à Lyon, à Saint-Étienne, Marseille, Montluçon et Le Creusot. Les anarchistes (comme Pelloutier) sont alors les alliés de Guesde contre les « coopérateurs » antimarxistes, et bientôt contre Brousse et ses amis, qui comptent de nombreux adeptes dans le Sud-Ouest et le Nord. Lyon est infesté d'anarchistes, comme Marseille, et Guesde n'y contient Brousse qu'avec leur aide. Le congrès du Havre, en 1880, consacre le programme marxiste, mais aussi la scission avec les coopérateurs.

Sous le signe du drapeau rouge, le parti guesdiste marche à l'échec : 40 000 voix seulement dans toute la France aux municipales de 1881, 65 000 aux législatives. Les anarchistes font alors bande à part, refusant toute action électorale pour se consacrer désormais, comme Pelloutier, au syndicalisme révolutionnaire.

Les « politiques », guesdistes ou blanquistes, sont des violents qui ne considèrent pas les élections comme une modalité de prise du pouvoir, mais seulement de propagande. Il n'est donc pas question pour eux d'alliances avec les partis bourgeois, ni pour leurs élus à la Chambre de participation aux jeux byzantins du pouvoir. Le centre gauche de Bourgeois leur est aussi indifférent que le centre droit de Dupuy. Ils n'ont pas renoncé à l'insurrection, à la constitution d'un pouvoir ouvrier et paysan, mais ils veulent s'y préparer, forger un puissant parti, attendre le moment favorable : le « Grand Soir » est encore à portée.

Ce « tout ou rien » paraît absurde au docteur Brousse, ancien disciple de Bakounine, ex-leader de la Fédération jurassienne : pour cet anarcho-communaliste, le succès est au débouché de la conquête municipale. Puisque les bourgeois offrent leurs villes par l'élection des maires, profitons-en ! dit le bon docteur qui présente alors des candidats partout. Sans s'encombrer des principes et des exclusives théoriques inspirés par les marxistes de Londres, le parti broussiste développe le socialisme municipal, adaptation du vieux communalisme : dans les municipalités occupées et organisées, on peut réaliser des formes de socialisme, et le mouvement fera tache d'huile. Telle est l'espérance des possibilistes, qu'ils soutiennent dans leur journal le *Prolétaire*.

Ils ne quittent pas le parti ouvrier, ils le maintiennent : ce sont les guesdistes qui partent, abandonnant Paris et la Seine où le docteur Brousse règne en maître, pour rejoindre leurs amis de Montluçon, Commentry, Roanne et Lyon. Guesde, Deville et Lafargue jurent de relever le défi de Brousse et de constituer le premier parti ouvrier de France. Propagandistes infatigables, ils se font les pèlerins du marxisme sur tous les champs de foire, dans toutes les salles des fêtes de province. Partout le Parti ouvrier français s'oppose au Parti ouvrier socialiste révolutionnaire, et Guesde à Brousse. Les électeurs sont peu nombreux, les cadres indigents, les masses amorphes et indisciplinées. Les encadrer, les dynamiser, les instruire : tels sont les objectifs inlassablement poursuivis par les équipes socialistes pendant vingt ans. En 1906, cet immense travail commence à porter ses fruits.

Les dirigeants guesdistes ont pendant longtemps proclamé l'imminence de la crise révolutionnaire qui devait emporter le régime bourgeois : ils l'ont annoncée en 1886 pendant la grève de Decazeville, en 1887 lors des manifestations violentes des Parisiens contre Jules Ferry, en 1888 lors de la grande grève des terrassiers, à l'occasion des 1er mai 1890 et 1891. Ils ont toujours pu surmonter les déceptions causées par leur messianisme, imposer l'espérance d'une nouvelle attente. Seule la révolution mérite dévouement et sacrifice. Les guesdistes privilégient cet objectif politique et ne mènent pas le combat pour améliorer la condition ouvrière. S'ils soutiennent les grèves, c'est par devoir de propagande. S'ils entrent dans les syndicats, c'est pour les contrôler : ainsi deux guesdistes, Carrette et Lefebvre, créent-ils la Fédération des mineurs du Nord. Il faut faire, dit Lavigne, « l'éducation socialiste des syndicats ». Le P.O.F. n'est encore que le « sergent instructeur et recruteur », réduit à une douzaine de noyaux actifs[1]. Le chiffre des adhérents, selon Willard, n'est probablement pas supérieur à 2 000 en 1890.

Mais quelle activité, quel dévouement ! Les chefs sont des pèlerins qui ne tiennent pas en place. Ces commis voyageurs du marxisme se dépensent sans compter. En vain ! Sur le plan électoral, les espérances sont de nouveau déçues : en 1885, à peine 20 000 suffrages. La greffe marxiste ne prend pas en France. « Nous ne comptions pas, écrit Lafargue à Engels, sur une défaite aussi honteuse. » Nouveau revers en 1889 : 25 000 voix. Seuls les Montluçonnais ont donné 7 750 voix, et Thivrier a été élu dans l'Allier. Ce député, en blouse et en sabots, est alors l'unique porte-parole de Jules Guesde au Parlement. Il est vrai qu'aux municipales, les résultats sont plus encourageants : il y a des conseillers municipaux guesdistes à Roanne comme à Montluçon, à Roubaix, Calais et Armentières. En 1889, dit encore Willard, « le P.O.F. a élargi son audience. Mais il demeure un agrégat de propagandistes et ne s'affirme pas comme un parti capable de mobiliser, d'entraîner les masses ». C'est la lutte ouvrière, dans les années 1890, qui lui offre ses bataillons. Ils s'engouffrent dans le P.O.F., plus cohérent, plus porteur d'espoirs. Les broussistes viennent d'être affaiblis par une nouvelle scission : l'ancien ouvrier Allemane a quitté le docteur Brousse avec ses amis, pour former une autre secte à Châtellerault en octobre 1890, le Parti Ouvrier Socialiste Révolutionnaire (P.O.S.R.), qui dénonce les compromissions des broussistes avec les radicaux bourgeois. Le Comité Central Révolutionnaire (C.C.R.), secte blanquiste de Vaillant, recrute à Belleville, haut lieu de la Commune, dans la Nièvre métallurgiste et dans les cercles ouvriers du Cher, il n'est pas une menace plus sérieuse pour le parti de Guesde, le P.O.F., qui a reconquis le Nord et la Loire, limité l'influence broussiste à Paris et dans les faubourgs des villes textiles flamandes. Utilisant les grèves et les 1er Mai comme instruments de propagande, les guesdistes bénéficient plus que les autres de la poussée des effectifs. Willard montre qu'ils profitent du

1. Willard, *op. cit.*, p. 39.

1er Mai pour prendre la tête des manifestations, même à Paris où pourtant les broussistes dominent la bourse du travail. L'élection de Lafargue à Lille en 1891, après Fourmies, est considérée comme une grande victoire guesdiste.

Le parti comprend alors que, s'il veut étendre son influence, il doit assumer les revendications matérielles des ouvriers. Le succès de la campagne pour les huit heures l'incite à formuler un programme de réformes que Guesde justifie en affirmant : « Plus le travailleur aura conquis de moyens d'action, plus il aura réduit la misère qui le déprime aujourd'hui, plus il sera fort et énergique pour la lutte suprême. » Réclamer la réglementation du travail des femmes et des enfants n'implique donc pas, il faut que cela se sache, que l'on renonce au « Grand Soir ».

La conquête des mairies

Cette attitude nouvelle ne détourne nullement le P.O.F. de l'action politique : au contraire, il élargit sa base d'intervention, attaquant en toutes occasions les différents aspects de la politique modérée et radicale. Il s'oppose à l'expédition du général Dodds au Dahomey, rejette l'idée d'une guerre qui serait livrée pour l'Alsace et la Lorraine. « Le sang prolétarien, déclare Guesde en 1892 au moment où se négocie l'alliance russe, appartient au prolétariat, qui ne le versera que pour sa propre cause. » On dénonce dans les meetings « l'infâme tsarisme russe, torturant les prisonniers politiques et fouettant les femmes ». Une manifestation est organisée en 1893 contre l'arrestation par la police de cinq patriotes polonais à Paris. La droite commence à dénoncer la propagande des « sans-patrie » quand l'Allemand Liebknecht participe à un congrès tenu à Marseille. Les liens qui se resserrent en 1889 avec la social-démocratie allemande vont lui permettre de désigner les guesdistes comme des « agents de l'étranger ».

Cette contre-offensive ne les empêche pas de s'affirmer dans la campagne municipale de 1892. Ils poussent le souci de propagande jusqu'à recopier les listes électorales, à Calais, pour apporter aux gens, à domicile, le programme collectiviste, qui met l'accent sur les assurances, le travail des enfants, la santé, la vieillesse. Des comités de quartier sont organisés à Bordeaux. 234 réunions publiques sont assurées pendant la période électorale. Les militants passent sur place des accords avec les autres candidats bourgeois, pourvu qu'ils soient démocrates, pour être sûrs de l'emporter : ils s'allient ainsi aux radicaux à Marseille, Nîmes, Montpellier, Béziers. Le parti triple ses suffrages de 1888 et obtient 60 000 voix. Les mairies de Narbonne et de Commentry sont acquises, celles de Montluçon, Roubaix et Caudry conquises de haute lutte. Le « quatrième État » a désormais ses pions sur l'échiquier électoral de la France. « Treize collectivistes » sont élus aux conseils généraux. Lafargue écrit alors à Guesde : « Le suffrage universel va devenir une arme terrible, maintenant que les ouvriers commencent à connaître son maniement. »

Mais c'est aussi une arme à double tranchant, et la première étape des conquêtes guesdistes peut apparaître comme le début d'une « ère nouvelle », tant espérée par les radicaux et autres républicains de gauche, celle de l'intégration, sous une forme paisible et légale, des effectifs ouvriers dans le cadre politique démocratique.

Le succès se confirme aux élections de 1893 où le parti de Guesde présente des listes dans toutes les circonscriptions. On décide d'ajouter au programme ouvrier des articles qui concernent les campagnes, pour gagner l'électorat rural que l'on sait disponible dans certaines régions : l'Allier, la Creuse, le Var. Les journaliers, les métayers, les petits propriétaires peuvent aussi être mobilisés. Ne sont-ils pas les victimes des grands seigneurs de la terre et de la politique de classe de l'État ? Dans ses *Visites aux paysans du Centre*, Daniel Halévy rencontre Émile Guillaumin, qui travaille à la ferme d'Ygrande, en Bourbonnais où son père est métayer. Un syndicat s'est constitué avec une caisse de crédit mutuel, contre les « fermiers généraux » des grands propriétaires. Il existe déjà dans le Sud et dans la Brie des syndicats de journaliers. Ici les métayers se sont groupés pour protester contre les corvées et l'« impôt colonique » imposé par le maître au moment des contrats. Celui-ci veut récupérer sur le dos des métayers les taxes foncières qu'il est seul à acquitter. On vote donc socialiste, sans être du tout partisan de la collectivisation des terres. Ce qu'on souhaite, c'est devenir propriétaire d'une dizaine de bons hectares. S'il veut attirer cette clientèle, Guesde devra moduler ses refrains collectivistes. On est tout prêt à l'entendre.

Peut-il déloger Brousse des faubourgs urbains parisiens ? A Saint-Denis, la population est en pleine croissance : 50 000 habitants en 1890, 60 000 dix ans plus tard. Les entreprises industrielles se sont multipliées, comme la tréfilerie Mouton ou la manufacture de pianos Pleyel. Les ouvriers des moteurs des Ateliers et Chantiers de la Loire sont les voisins des 600 employés de l'orfèvrerie Christofle, qui décore la table des riches. Les maroquiniers de chez Combe, qui sont plus d'un millier, peuvent-ils s'entendre avec les salariés loqueteux de la Société des matières colorantes, où les acides teignent les cheveux des ouvrières ? La puante tannerie Floquet, la manufacture de mitrailleuses Hotchkiss, l'usine des Compteurs Aster sont très souvent syndiquées. Saint-Denis a plus d'ouvriers que les grandes fabriques d'Ivry, Boulogne ou Aubervilliers[1]. Ces établissements, souvent dangereux et insalubres, font de leurs employés des révoltés qui couchent le soir dans d'abominables taudis. La rivière du Croult, qui traverse la ville, est un égout à ciel ouvert. Saint-Denis a besoin d'une municipalité simplement soucieuse du bien-être public et de l'hygiène urbaine. Un tiers seulement des logements ouvriers disposent de l'eau courante. Les Bretons de Lannion et Loudéac, immigrés à Saint-Denis, sont des déracinés qui fraternisent avec les travailleurs belges, suisses, italiens et allemands, tous réduits à la même vie misérable.

Ces hommes ont massivement voté boulangiste aux élections de 1889 — les Bretons les premiers. Ils ont ensuite été blanquistes : les mécaniciens, tourneurs et ajusteurs adhèrent au C.N.R. et ne veulent pas entendre parler de Jules Guesde. D'autres sont broussistes ou allemanistes. En 1892, 23 révolutionnaires sont élus au conseil municipal, et le

1. J.-P. Brunet, *Saint-Denis, la Ville rouge, 1898-1939*, Paris, 1980, p. 18.

blanquiste André Walter est désigné comme maire, ce qui surprend beaucoup le préfet de la Seine et inquiète le préfet de police : la banlieue devient rouge. Le socialisme municipal qui est selon Benoît Malon « la moitié de la question sociale » montre alors le bout de l'oreille : on demande la suppression du budget des Cultes et l'affectation des sommes ainsi dégagées à l'action communale, qui serait également héritière « de toutes les successions ». La suppression des octrois devrait soulager le commerce et la municipalisation des services des eaux, du gaz, des omnibus et des tramways par expropriation des sociétés à monopoles, offrir des recettes abondantes. Les blanquistes, qui ont déjà conquis dans le Cher les mairies de Vierzon et de Saint-Amand, ont une certaine expérience de la gestion municipale : ils veulent instaurer, comme les broussistes, des crèches et des hôpitaux, des cantines scolaires et des maternités. Vaillant crée la Fédération nationale des conseillers municipaux socialistes de France, organe de liaison appelé à diffuser les thèmes de la révolution communale. Les blanquistes de Saint-Ouen entreprennent de réunir un congrès national où se rendraient des délégués de Commentry, de Toulon, et aussi Carrette, le nouveau maire guesdiste de Roubaix. Un programme commun est dégagé, qui porte sur les travaux d'hygiène, de constructions d'intérêt collectif et d'habitat social.

Très vite, la municipalité nouvelle de Saint-Denis rencontre de sérieuses difficultés : elle trouble la population catholique en entrant en conflit avec le curé à qui l'on veut interdire d'accompagner les morts de l'église au cimetière. Les socialistes souhaitent transformer la basilique en musée et la maison de la Légion d'honneur en orphelinat. Ils se trouvent également en conflit avec les officiers du 155e d'infanterie qui tient garnison dans la ville. Le maire refuse de célébrer le 14 Juillet pour protester contre la politique de répression des gouvernements modérés. Quand on renoue avec la tradition, en 1895, c'est pour déposer une gerbe devant la statue de la République en criant : « Vive la Commune ! Vive la Révolution sociale ! » On ne peut faire visiter la basilique où reposent les rois de France par les officiers russes de l'amiral Avellane, en octobre 1893 : seuls les broussistes montrent quelque sympathie pour les Russes, tous les autres sont contre.

Le drapeau rouge flotte désormais sur le toit de la mairie de Saint-Denis. Cette provocation choque profondément la droite opportuniste et même les radicaux. Cela n'empêche pas les socialistes de faire entrer Walter au Parlement en 1893 : avec Édouard Vaillant, élu du 20e arrondissement de Paris, Chauvière, du 15e, et Baudin, de Vierzon, il représente le C.R.C. au Palais-Bourbon. A Saint-Denis comme ailleurs, la conquête municipale a précédé et rendu possible la victoire législative. Mais elle n'est nullement due aux guesdistes.

Les socialistes bourgeois deviennent des vedettes

Pas moins de 48 socialistes entrent cette année-là au Palais-Bourbon : les plus nombreux sont les indépendants, inclassables, qui se réclament du socialisme et viennent souvent des rangs du parti radical. Les autres sont issus du C.R.C. ou sont blanquistes, allemanistes et broussistes. Les guesdistes ont seulement 6 élus pour 69 candidats. Pourtant, c'est une victoire : avec près de 90 000 suffrages, les collectivistes deviennent, comme le dit Ernest Labrousse « un facteur constant[1] ». Le parti ouvrier consolide son organisation, accroît le nombre de ses fédérations, se préoccupe de former ses cadres et d'augmenter le tirage de son journal, le *Socialiste*, qui ne possède que 200 abonnés. Le parti compte en 1893 environ 10 000 adhérents et étend son influence dans le Sud à partir de Bordeaux et de Toulon. Mais Guesde se plaint d'avoir des troupes sans cadres. Faut-il attirer vers le petit groupe parlementaire ces chefs indépendants et prestigieux qui savent parler et écrire, les Jaurès et les Millerand ? Engels répond à Guesde, comme un oracle : « Il faut récolter les masses et écarter les militants. »

Il n'est certes pas facile d'« écarter » Jaurès, qui tranche par son talent dans les rangs des élus « indépendants » : à

1. « La montée du socialisme en France depuis un siècle », *Revue socialiste*, n° 1, mai 1946, p. 22.

trente-trois ans, l'homme de Castres, d'origine et d'éducation bourgeoise, est déjà une autorité dans le mouvement, bien qu'il n'appartienne à aucune secte et ne fasse nullement profession de marxisme. Jaurès est français. Il éprouve, enfant, la rage et l'humiliation de la défaite. Il admire Gambetta et les francs-tireurs du Tarn. Son oncle s'est battu sur la Loire contre les Prussiens. Son frère Louis, sorti de l'École navale, veut devenir amiral comme ses deux oncles. A l'École normale supérieure, Jaurès est ardemment républicain. A vingt-deux ans, il est professeur à Albi, puis à la faculté des lettres de Toulouse. On songe à lui — il a vingt-six ans — pour les élections de 1885. Sans doute un jeune et brillant professeur parviendrait-il, sachant parler la langue d'oc, à combattre l'influence du « roi de la Montagne noire », le baron Reille, qui a marié sa fille au marquis de Solages. Ces deux familles tiennent à la fois les terres et les mines : Jaurès, candidat républicain et non pas socialiste, bat au premier tour le baron Reille que cette défaite stupéfie.

Est-il l'un des 101 radicaux ou des 6 socialistes de la Chambre ? Ni l'un ni l'autre : il est « indépendant », mais prétend voter « toutes les réformes qui amélioreront le sort de ceux qui souffrent ». Avec cette profession de foi, il pourrait aussi bien figurer dans les rangs des chrétiens-sociaux du comte de Mun...

Il est bouleversé, pendant la grève de Decazeville en 1886, par l'assassinat de l'ingénieur Watrin, défenestré de son bureau directorial. Il découvre toute l'ampleur de la question sociale et dépose en 1886 un projet de loi sur les retraites ouvrières. Mais il ne se sent pas solidaire des députés socialistes : Camélina, ancien de la Commune, Clovis Hugues, le tonnelier de Nîmes Numa Gilly, le mineur d'Anzin Basly ou l'anarchiste Boyer ne lui inspirent aucune sympathie. Il refuse de voter la motion de censure présentée par Basly, qui fait « l'apologie des watrinades » : il n'est pas pour l'ordre, mais pour la conciliation. A cette époque, il vote le budget des Cultes et celui des expéditions coloniales en Indochine. Il est aussi éloigné que possible d'un Guesde. Il se marie bourgeoisement, religieusement, et ne participe pas à la poussée démagogique de Boulanger qu'il appelle « l'homme-cheval ». En 1889, son oncle est ministre de la Marine — tradition de famille oblige. Jaurès est au premier rang des cérémonies. Cette année-là, la marée boulangiste l'emporte : il est battu par la droite qui l'a accusé pendant la campagne d'être l'un de ces socialistes qui veulent collectiviser les terres. L'intermède parlementaire aura été court, et Jaurès redevient professeur à Toulouse.

A trente ans, il découvre son chemin de Damas : il est converti au socialisme par le bibliothécaire de l'École normale, Lucien Herr, qui n'est nullement guesdiste mais broussiste, puis allemaniste après le congrès de Châtellerault de 1890. Ce lecteur de Hegel aime que le parti d'Allemane s'efforce « d'accomplir l'œuvre de propagande socialiste et d'organisation ouvrière avec les intéressés eux-mêmes, à l'exclusion des politiques ». Une nouvelle génération de socialistes se met en place, prête à mordre : les anciens vieillissent, les jeunes, comme Herr, Jaurès et Millerand, sont bons pour la relève. Le massacre de Fourmies les indigne, la grande grève de Carmaux les mobilise.

Le chef du syndicat des mineurs, Jean-Baptiste Calvignac, élu maire de Carmaux en 1892 et conseiller de l'arrondissement, est un allemaniste. La Compagnie le licencie. Les mineurs exigent sa réintégration. Une grève de dix semaines se déclenche, dont toute la France parle : les chefs socialistes et Clemenceau lui-même, le radical, prennent la parole à Carmaux. Loubet, président du Conseil, a envoyé 1 500 lignards. Péguy et les intellectuels du Quartier latin collectent des fonds pour nourrir les grévistes. Le marquis de Solages démissionne de son siège de député et Reille capitule : il accepte une médiation proposée par Loubet. Calvignac est réintégré. Peu après, Jaurès accepte le programme guesdiste établi par le congrès de 1892 à Marseille, et se porte candidat ouvrier. Il est élu en 1893 par les mineurs de Carmaux au moment où Clemenceau est écarté du Parlement. Il fait ainsi partie, avec ses amis socialistes, les Millerand et les Viviani, de cette nouvelle génération de républicains qui va mener le combat dreyfusard et se retrouver à la fin de l'Affaire dans la majorité de Waldeck-Rousseau, aux côtés des dissidents du progressisme, des gens de son âge : Poincaré, Barthou et Georges Leygues. Barrès se félicite de l'entrée de Jaurès au

Palais-Bourbon. Pour les bourgeois, le socialisme prend un visage humain. Jaurès est l'un des leurs.

Il faut « écarter les chefs », conseille Engels, surtout quand ils n'ont pas de troupes : c'est le cas des socialistes indépendants qui ne sont pas intégrés aux cadres du parti ouvrier. Ils flottent, au hasard des batailles, sans se souder à un groupe. Les anarchistes les indignent : depuis le procès du groupe à Lyon en 1883, ces derniers vivent en marge de la société politique ouvrière. Les cercles de Paris, Marseille et Lyon organisent, à partir de 1892, la « propagande par le fait », reprise des idées développées par Bakounine en Russie. Les prévenus de Lyon ont déjà jeté une bombe dans un restaurant. Ravachol, à son procès, a tonné contre « les bourgeois engraissés » qui répondent « avec un rire méprisant aux larmes des affamés ». Vaillant a lancé une bombe à la Chambre des députés, et le cabinet a alors fait voter les « lois scélérates », permettant de frapper la presse pour provocation au crime et incitation à la désobéissance des militaires. Vaillant a été exécuté. Sadi Carnot, qui a refusé de le gracier, est tombé à Lyon sous les coups de Caserio.

Les socialistes réprouvent vivement l'action directe des anarchistes, mais s'indignent de l'usage que la majorité veut faire des lois scélérates en les retournant contre les militants ouvriers. Après tout, pense Jaurès, la crise anarchiste n'est que le résultat d'une politique de répression sociale. « Vous avez interrompu la vieille chanson qui berçait la misère humaine » lançe-t-il aux députés de la majorité anticléricale, auteurs des lois sur l'école laïque, et la misère humaine s'est réveillée avec des cris. » Et de conclure, à l'adresse de la majorité bourgeoise : « Si vous vous épouvantez aujourd'hui, c'est devant votre œuvre. » Le moyen de lutter contre l'anarchie, c'est de voter des lois justes qui mettront les ouvriers à l'abri des tentations de violence.

Les orateurs socialistes saisissent le moindre prétexte pour développer longuement leurs doctrines à la tribune ; la majorité prend soin de les condamner. Le grand bourgeois Casimir-Perier, actionnaire d'Anzin, sans cesse pris à partie et caricaturé dans la presse socialiste, abandonne l'Élysée en 1895, se plaignant que l'on « égare l'opinion publique ». « Cette liberté d'insuffler la haine sociale, dit-il, continue d'être appelée la liberté de penser ». Il abandonne son poste, persuadé qu'un président de la République ne peut accomplir convenablement sa tâche avec une Chambre où le cabinet est constamment hué, où l'on renverse les gouvernements à plaisir, où les interpellations ne sont que prétextes à propagande. Ce départ est ressenti par les socialistes comme une victoire. C'est évidemment l'influence des « chefs », au premier rang desquels figure Jaurès, qui l'a rendue possible. Guesde ne peut en disconvenir. La popularité et la capacité d'entraînement des élus bourgeois du socialisme indépendant, à la fois députés et journalistes — et même avocats, comme Viviani et Millerand —, sont devenues des facteurs de promotion des idées socialistes dont il faudra désormais tenir compte.

Jaurès et Jules Guesde : deux styles de leaders

Guesde, cependant, renforce son parti : l'appareil est à la hauteur des ambitions, et l'implantation géographique s'accélère. Des assises territoriales, des comités de quartiers dans les villes : pas de structures d'entreprises. Les comités s'imposent une discipline, font rentrer les cotisations. Les groupes s'unissent en fédérations départementales, puis en conseil national. Le congrès, réuni une fois par an, est souverain. Le comité fédéral contrôle l'exécution de ses décisions. Il s'agit donc d'une direction collective.

Jaurès, au congrès de Nantes de 1894, est un délégué parmi d'autres. Le premier par son talent au Parlement, il n'a aucun rôle dans le parti dont il ne fait du reste pas partie. Il n'est qu'un invité, une personnalité extérieure, un isolé. Le conseil national, élu par le congrès, administre le parti. Guesde et Lafargue sont régulièrement élus secrétaires et font figure de chefs. Le second est le gendre de Marx, le premier l'apôtre historique du socialisme marxiste. Guesde est, comme Jaurès, un orateur écouté : « Sa voix grinçante, âpre, commence par déchirer les oreilles, le débit est torrentueux, mais la phrase alerte, vive, précise, a l'art des images et des formules bien frappées, à l'emporte-pièce[1]. » Son enthousiasme est contagieux, sa chaleur communicative. Il participe lui-même aux tournées de propagande, désignant d'autres orateurs. Marcel Cachin, en campagne à Libourne en 1898, parle dans une étable, au milieu des vaches. Guesde, familier des chemins de fer, parcourt cette année-là 3 671 kilomètres et parle devant des foules énormes. Les paysans de Thizy, dans le Rhône, font 12 kilomètres à pied pour venir l'entendre ! Dans le Nord, il organise des fanfares, des orphéons, des cavalcades. Les chansonniers du parti lui écrivent des refrains que les foules reprennent. Guesde est un incroyable animateur.

Jaurès touche aussi l'oreille des foules, mais dans un style différent. L'intellectuel qui séduit Barrès à la bibliothèque du Palais-Bourbon peut atteindre tous les publics. Il n'est pas de ceux qui traitent l'écrivain nationaliste de « calotin ». On peut parler de Dieu avec lui. C'est un grand orateur parlementaire, que la Chambre écoute dans le recueillement — avec exaspération sur les bancs de la droite. Il lance des formules si frappantes, si imagées, que la presse les reprend, les commente, les discute. Cet homme seul n'a certes pas la puissance de Guesde. Il peut être, à l'occasion, un orateur de meeting ou de champ de foire. Il peut parler sur le carreau de la mine et dans les banquets de comices agricoles. Il n'est pas, comme Guesde, dévoué jour et nuit à un parti. Il n'a pas immédiatement l'oreille des militants. Il doit plaider, convaincre, car il n'est pas des leurs.

Guesde envie le rayonnement de ces indépendants dans la presse bourgeoise. Les journaux guesdistes sont nombreux — plus de 130 de 1890 à 1905 — mais ce sont des hebdomadaires à public très limité, qui ont du mal à survivre. Tracts et brochures circulent, mais ne sont guère diffusés qu'à l'intérieur du parti. La force du leader est dans les meetings et les congrès où il réaffirme son opposition au grand thème des disciples d'Allemane et de Pelloutier : la grève générale. Si Guesde a utilisé le combat politique à des fins de propagande, il se refuse à partager l'illusion du nouveau syndicalisme révolutionnaire, qui croit en finir d'un coup avec le capitalisme

1. Willard, *op. cit.*, p. 131.

par ce moyen aventureux. C'est aux dépens des amis de Briand et de Pelloutier, des allemanistes et des broussistes, qu'il renforce la puissante fédération du Nord. Il y est lui-même élu en 1893, à Roubaix. Trois ans plus tard, Lille, Roubaix, Tourcoing, Croix et Wignehies se donnent des maires guesdistes. Il progresse plus difficilement dans le bassin minier du Pas-de-Calais, défendu par les syndicalistes, mais fait triompher Lafargue à Lille, qui devient une « pépinière de militants[1] » : cabaretiers, employés de mairie, colporteurs de journaux sont des collaborateurs bénévoles. La mairie elle-même finit par être enlevée en 1896 et devient un bastion guesdiste. La fédération du Nord finit par rassembler la moitié des militants du parti. Guesde a aussi de solides positions à Troyes, dans la bonneterie, et ses partisans y enlèvent des mairies. Dans la Seine, il commence à s'implanter en banlieue : en 1896, il s'empare de la mairie d'Ivry, mais il reste, pour l'ensemble de la région parisienne, « débile et minoritaire ». Il ne progresse pas non plus dans les Ardennes, entièrement acquises à Jean Allemane. En revanche, ses succès sont brillants dans le centre : l'Allier s'est rallié depuis le début du mouvement, grâce aux métallurgistes de Montluçon et aux mineurs de Commentry et de Montmarault. Il est vrai qu'en 1892, les amis de Thivrier se séparent de Guesde au congrès de Marseille et adhèrent au C.R.C. Une bataille épique oppose en 1898 le blanquiste Létang au guesdiste Constans : guerre fratricide qui se termine tout de même par un désistement et c'est Létang qui est élu. Pourtant, Dormoy reste très populaire et s'appuie sur le syndicalisme dynamique des métallurgistes de Saint-Jacques. Quand il meurt en 1898, 30 000 personnes assistent à ses obsèques.

Les « collectos » sont maîtres des municipalités du pays roannais, et de Roanne même en 1896. Les tisserands de Tarare et Thizy votent pour eux, un groupe stable apparaît à Grenoble et dans le Rhône, à Givors et Villeurbanne. Ils doivent en revanche abandonner Saint-Étienne aux broussistes. A Lyon, tous les groupes socialistes sont représentés, dans un désordre indescriptible. Le Jura, les Alpes, les Vosges

1. Willard, *op. cit.*, p. 235.

sont des terres vierges, mais le Midi est en partie conquis : un guesdisme radicalisé s'empare des mairies, aussi bien dans le Bordelais que dans la région Marseille-Toulon et dans les cités languedociennes. La mairie de Narbonne devient un fief imprenable. A l'élection municipale de 1892, une coalition de radicaux et de guesdistes emporte la mairie de Marseille, à la surprise générale. Dans l'Ouest, le « môle guesdiste » est Nantes : les dirigeants y viennent, comme dans le Sud, des rangs radicaux et de la franc-maçonnerie. Les divisions sont pourtant fortes dans la ville où les broussistes, les blanquistes et même les anarchistes sont nombreux. En 1898, Guesde peut se flatter de ses 16 000 adhérents, de ses 13 députés et des 300 000 voix qu'il a recueillies dans le pays. Ses assises sont stables, ses partisans convaincus. Certes, son mouvement reste faible, comparé à la social-démocratie allemande, mais il dispose du premier parti organisé et constitue une force politique parfaitement adaptée au combat électoral dans les institutions républicaines. Le cousinage au Parlement de ses élus avec les « indépendants » auxquels il donne plus ou moins sa caution lui pose néanmoins problème : doit-il s'engager dans le débat parlementaire et dans la compétition pour le pouvoir ? Doit-il jouer le jeu des radicaux de Léon Bourgeois ? C'est Millerand qui, avec une certaine brutalité, pose le premier la question.

Les ministérialistes

Après les élections de mai 1896 où ils ont conquis une douzaine de mairies, les socialistes se réunissent à Saint-Mandé. Millerand y prononce un discours retentissant dans lequel il développe le programme socialiste tel qu'il l'imagine pour l'avenir. Il demande « que la propriété sociale se substitue à la propriété capitaliste ». Le socialisme ne menace pas les petits propriétaires, puisque leurs biens sont trop dispersés pour pouvoir être l'objet d'une appropriation sociale. En revanche, l'industrie des sucres, par exemple, lui paraît mûre pour la socialisation. Le parti socialiste n'a pas à faire intervenir la révolution pour prendre le pouvoir : il lui suffit

« de poursuivre par le suffrage universel la conquête des pouvoirs publics ».

Millerand évoque donc un socialisme totalement intégré aux institutions. Les socialistes sont-ils internationalistes ? Sans doute, mais ils n'ont pas « l'idée impie et folle de briser la patrie française, incomparable instrument de progrès matériel et moral ». A la fois « patriotes et internationalistes », ils peuvent parfaitement s'allier à leurs cousins radicaux, selon les pratiques électorales qui assurent des succès dans le Sud. 28 députés de la Chambre adhèrent à ce programme, et on décide, en 1899, d'adopter l'*Internationale* comme hymne officiel du mouvement, au lieu de la *Carmagnole* chantée par les blanquistes. Nul ne s'avise alors que ce discours de Saint-Mandé contient un sérieux germe de division.

En 1899, Waldeck-Rousseau offre à Millerand d'entrer dans le ministère. C'est le point de départ d'une violente polémique. Guesdistes, blanquistes et allemanistes réconciliés lancent un *Manifeste à la France ouvrière et socialiste* pour protester contre le ministérialisme : « Le parti socialiste, parti de classe, ne saurait devenir, sous peine de suicide, un parti ministériel. » Un congrès est convoqué en décembre à Paris, où 800 délégués assistent à la querelle des chefs : Jaurès plaide pour Millerand, au nom du grand combat politique rendu nécessaire par l'affaire Dreyfus pour sauver la République menacée. Viviani estime qu'un poste ministériel offre des avantages indéniables pour les fédérations, les villes et les militants. Briand rappelle que les socialistes ont mille fois pratiqué, au cours des élections, l'entente sur le terrain avec des partis bourgeois. Briand apparaît alors comme le fidèle lieutenant de Jaurès. Les guesdistes, qui ont pénétré dans la salle Japy drapeau rouge en tête, en chantant l'*Internationale*, n'ont pas l'intention de se laisser manœuvrer. Emporté par son éloquence, Briand n'hésite certes pas à faire l'éloge de la révolution violente : « Allez-y [à la conquête du pouvoir] avec des piques, des sabres, des pistolets, des fusils ! Loin de vous désapprouver, je me ferai un devoir, le cas échéant, de prendre une place dans vos rangs. » Mais il y a d'autres moyens, et l'orateur insiste pour qu'on les emploie. En fait, Millerand a ouvert la voie à la conquête légale du pouvoir.

Quand Jaurès propose une motion condamnant le ministérialisme, sauf « circonstances exceptionnelles », Guesde promet de la voter, puis se ravise et lit un texte abrupt. « Guesde, lui lance alors Jaurès, vous êtes sourd à l'honneur ! Guesde, vous êtes déchu, c'est une trahison ! [...] Vous êtes déshonoré, Guesde, c'est une félonie ! » Tumulte dans la salle... Millerand n'est pas condamné, mais la motion de Guesde l'emporte. Le ministérialisme ne reçoit pas la caution des formations socialistes. Les principes sont saufs.

Dès lors, deux forces se dessinent dans la configuration socialiste : l'une entend mener le combat, au Parlement comme sur le front du travail, sans compromission avec le pouvoir. Contre cette tendance soutenue par Guesde, celle de Jaurès, qui recommande de jouer le jeu de la démocratie. Qui l'emportera, et que deviendra l'unité du mouvement ? Comment unir, en fait, ceux que l'Histoire sépare ? Les cinq mouvements ouvriers français ne sont-ils pas, en 1900, les héritiers d'un siècle de luttes et de traditions qui ont façonné en profondeur le comportement des militants ? Babeuf, Blanqui et les jacobins terroristes sont les pères du C.R.C., devenu P.S.R. (Parti Socialiste Révolutionnaire) en 1898. Le descendant des conspirateurs buonarottistes, qui a pour devise « Ni Dieu ni maître », l'artisan parisien qui se souvient de 1793, le bûcheron de la forêt de Tronçais ou le mineur de fond des Ferrières s'entendraient bien avec le métallurgiste de la vallée de la Meuse, partisan de Jean Allemane et du P.O.S.R. (Parti Ouvrier Socialiste Révolutionnaire), furieusement ouvriériste, qui rejette les doctrines marxistes et se réclame aussi de Babeuf et de l'Internationale. Mais la fraction allemaniste tend à disparaître, à se confondre avec l'action des syndicats révolutionnaires. Les anarchistes, fils spirituels de Proudhon, sont une troisième famille inconciliable : ils réprouvent avec force l'évolution des formations socialistes vers le système parlementaire. Ces artisans coiffeurs, ces ouvriers chapeliers parisiens, ces manœuvres du textile de Roubaix, de Roanne et de Lyon, sont des violents qui peuvent tout au plus marcher à côté des allemanistes pour teinter d'anarchisme les cellules syndicales, et leur insuffler leur profonde révolte.

La vraie querelle est entre broussistes et guesdistes : ceux de la F.T.S. (Fédération broussiste des Travailleurs Socialistes) sont aussi électoralistes que ceux du P.O.F., mais le départ des allemanistes en 1890 a rendu leur organisation exsangue. Le syndicat des employés et les diverses formations d'artisans gardent au mouvement réformiste du docteur Brousse des positions dans la Seine, à Vienne, sur le Rhône et sur les bords de la Loire. C'est une survivance, mais la relève des broussistes est assurée par les socialistes indépendants, également réformistes et partisans d'une action municipale. Ils ont, avec Jaurès et Millerand, d'illustres représentants à la Chambre et une base authentiquement ouvrière, dans les quartiers parisiens habités encore par les travailleurs (4e, 12e, 13e, 19e, 20e arrondissements), chez les mineurs du Tarn, du Pas-de-Calais, du bassin de la Loire, chez les tullistes de Calais et les canuts lyonnais. L'action des « indépendants » ne passe pas par un appareil : ils sont gens de communication, qui s'expriment dans les meetings et surtout la presse. Ils dominent les grands organes nationaux, et leurs discours à la Chambre sont partout repris et commentés.

Depuis la victoire électorale sur le terrain municipal en 1896, le vent souffle dans le sens de l'unité. Il n'est pas indifférent de remarquer que l'auteur du discours unitaire de Saint-Mandé, accepté alors par Guesde, est le parlementaire indépendant Millerand — qui n'a jamais milité dans les syndicats et découvert depuis peu la classe ouvrière. Sans doute le ministre du Commerce a-t-il été exclu par Guesde en 1899, au prix de forts remous dans les bases méridionales du P.O.F. où de nombreuses voix s'élèvent pour approuver Jaurès et Millerand. Le socialisme parlementaire est du reste loin d'être impopulaire chez les militants. Le massacre de Châlons-sur-Saône — des grévistes tombent sous les balles des Lebel — est l'occasion d'un affrontement à la Chambre où guesdistes et millerandistes se divisent lors du vote sur la création d'une commission d'enquête. Les ministérialistes refusent d'abandonner la majorité Waldeck-Rousseau. Ils se sentent confortés par le vote, en 1900, de la motion Kautsky au congrès international de Paris : l'entrée de Millerand dans le cabinet « est un expédient forcé, transitoire, exceptionnel », qui ne met pas en jeu l'unité du parti. L'intransigeance de

Guesde est coûteuse : son parti perd, surtout dans le Sud, un tiers de ses voix aux élections de 1902, pourtant favorables à la gauche. Jaurès et Briand ont mené une vive campagne pour démanteler la fédération guesdiste du Nord et sont parvenus à lui prendre des voix. Blanquistes, allemanistes et guesdistes se sont réunis pour constituer le Parti socialiste de France, désormais rival du Parti socialiste français, seul représenté à la Délégation des gauches du Parlement. Guesde et Vaillant ont fait sécession, apparaissant comme des diviseurs. Ils revendiquent le drapeau rouge pour eux seuls, en faisant adopter par leur congrès la motion votée en 1903 par le congrès national allemand à Dresde : « Le congrès condamne de la façon la plus énergique les tentatives révisionnistes tendant à [constituer] un parti se contentant de réformer la société bourgeoise. » Guesde lance ainsi au parti de Jaurès un anathème qui vient d'Allemagne...

La marche à l'unité des socialistes

La marche à l'unité, que souhaite Jaurès, laisse de côté deux virtualités du mouvement : l'entente Vaillant-Guesde, premier pas vers l'unité, a permis de constituer le Parti socialiste de France et aboutit, selon les vœux du congrès international d'Amsterdam, à la création d'un parti révolutionnaire unique en avril 1905 à Paris. Le nouveau parti socialiste S.F.I.O. accepte l'interdit des guesdistes : il ne sera pas parlementariste. Jaurès n'a aucun mérite à renoncer : l'action de la majorité « blocarde » est affaiblie, et les socialistes ont repris leur liberté. Il ne fait pas à Guesde de sacrifice majeur. Le Parti socialiste unifié (Section française de l'internationale ouvrière) voit le jour grâce au ralliement de Jaurès et de Briand aux positions défendues par le Parti socialiste de France. Il reste que certains parlementaires ne se résignent pas au processus d'absorption et demeurent en marge, avec Viviani et Millerand, pour constituer un groupe socialiste parlementaire indépendant qui se donne, en somme, toute liberté de participer au pouvoir.

Plus grave est le second rejet : la S.F.I.O. remporte, aux

élections de 1906, 51 sièges grâce à 872 000 voix. Ses positions électorales se précisent. De ce point de vue, l'entente de Jaurès et de Guesde a payé. Si le socialisme français refuse de s'intégrer au pouvoir, il ne manque pas de s'intégrer aux structures démocratiques, et ses chefs, sur ce point, sont d'accord : la voie révolutionnaire n'est pas reniée, elle est remise à plus tard. Aujourd'hui comptent seulement les bulletins de vote.

C'est faire bon marché de l'évolution du monde du travail en ce début du siècle. Les réformettes de Millerand, ministre du Commerce, ont déçu la masse des militants dont la condition matérielle ne s'améliore pas. Les luttes gagnent en force, en violence. On compte plus de 4,6 millions de journées chômées en 1903. Les grèves des tisserands de la Lys et des porcelainiers de Limoges ont été explosives : y a-t-il risque que l'entente des politiques (Jaurès-Guesde-Vaillant) ne parvienne à calmer un mouvement revendicatif de fond qui pousse à la révolution ? Les guesdistes n'ont jamais dominé le mouvement syndical. Les continuateurs de l'œuvre de Pelloutier sont nécessairement hostiles à ce regroupement des politiques qui ne leur paraît pas de nature à satisfaire rapidement les revendications des masses exaspérées.

Le coup de grisou de Courrières, qui provoque la mort de 1 100 mineurs en 1906, marque le début d'une brutale crise de conscience. Depuis 1901, les salaires des mineurs ont constamment baissé, alors que le prix du charbon a recommencé à augmenter. Grâce au rendement accru, les bénéfices des compagnies sont enviables, mais elles ne font aucun effort pour garantir une plus grande sécurité : les bois usagés des galeries ne sont pas remontés en surface. Pas d'alimentation d'air assurée, pas de canalisation d'évacuation des gaz. On dégage les corps des mineurs morts dans les galeries effondrées, on essaie de libérer les ensevelis, en dépit des incendies. Les obsèques, sous la neige, sont tumultueuses : « Le cultivateur, quand il met le feu à sa récolte, est envoyé aux assises, dit Vincent, délégué mineur. Et aux féodaux financiers, on envoie des soldats et des gendarmes pour les protéger contre ceux qui auraient l'audace de faire un mauvais parti à ces criminels. » Une grève spontanée s'improvise alors, malgré les secours gouvernementaux décidés par Clemenceau.

Depuis la création de la C.G.T. en 1895, un nouveau syndicalisme est né, plus violent et résolument apolitique, très ouvert aux tendances anarchistes et à la grève générale. Partout les syndicalistes révolutionnaires prennent le pas sur les réformistes : à Courrières, la fédération syndicale des mineurs du Pas-de-Calais, de tendance syndicaliste révolutionnaire, pousse à l'action le syndicat des mineurs, réformiste, animé par Basly. Les violents ont pour chef l'anarchiste Broutchoux, marchand de journaux, qui est emprisonné dès les débuts de la grève — elle est finalement votée et très suivie. Clemenceau, débarquant en chemin de fer à Arras, se rend en automobile à Lens, affirmant qu'il ne veut pas « envoyer des soldats dans le bassin ». Mais il dit aussi sa volonté de faire respecter « la liberté du travail ». Barthou, ministre des Travaux publics du cabinet Sarrien, ne parvient pas à un accord ; la grève fait tache d'huile : plus de 40 000 grévistes. Il faut envoyer la troupe.

Le ministre de la Guerre, Étienne, ne lésine pas et donne aux soldats le droit de réquisition dans le Pas-de-Calais. L'infanterie campe sur le carreau des mines, pour limiter les heurts entre jeunes et vieux syndiqués, entre grévistes et « jaunes ». La cavalerie est logée dans les bâtiments publics ou dans les villages. Le bassin est en état de siège. Les gendarmes chargent la foule à Denain, à Douchy. Broutchoux vient d'être condamné à deux mois de prison ferme, on arrête d'autres militants anarchistes. Avec les cartouches Favier employées au fond par les mineurs, on terrorise les « jaunes » en plaçant des explosifs dans leur jardin. On coupe aussi les rails du chemin de fer, pour empêcher les mouvements de troupes. Il faut protéger militairement les villas des ingénieurs. On se bat à Liévain, où les femmes de grévistes font un mauvais sort aux épouses des « jaunes », baptisées « rouffionnes ». On se bat à Lens, où l'on pratique le « nettoyage social » de la maison de « l'exploiteur Reumaux », agent général des mines. Un escadron charge sabre au clair, accueilli par une volée de pierres qui tue le lieutenant Lautour. Gendarmes et dragons assomment les grévistes à coups de crosse. La *Croix d'Arras* écrit : « Ce n'est plus une protestation d'ouvriers... c'est une bande de révolutionnaires en émeute. » Le *Gaulois*, soutenu par le *Figaro*, plaint l'armée, « condamnée par Clemenceau à se laisser tuer ». Les métallurgistes du bassin d'Anzin ont aussi cessé le travail : va-t-on vers la grève générale révolutionnaire ? On annonce l'arrêt du travail des mineurs de la Loire et du centre. Les typographes et les facteurs remuent à Paris. On prévoit un 1er mai de révolte sociale. Clemenceau pourra-t-il faire face ?

Il revient à Lens, dans l'espoir de mettre immédiatement un terme au mouvement. Il apprend que les militaires ont eu 14 officiers et 105 hommes blessés, outre le lieutenant Lautour qu'Étienne décore à titre posthume. Le flagrant délit pour fait de grève est institué. On arrête 34 personnes, dont 9 femmes. La correctionnelle juge vite, et les magistrats ont la main lourde : les peines de prison ferme pleuvent. On parle d'un complot anarchiste fomenté par Monatte et Broutchoux, le premier est également arrêté. Dans le même temps, Clemenceau exerce des pressions sur les compagnies, leur rappelant qu'elles sont « seulement concessionnaires, et non propriétaires ». Elles finissent par consentir à rétablir les salaires des mineurs à leur niveau de 1902. Cette victoire à la Pyrrhus permet la reprise du travail. Clemenceau respire. Il vient aussi de mater à Paris la mobilisation révolutionnaire du 1er mai en faisant manœuvrer 45 000 hommes de troupe — au prix de bagarres violentes et de 800 arrestations.

A peine installé comme ministre de l'Intérieur dans le cabinet Sarrien, ce radical de gauche répète au Parlement : « Mon devoir, c'est de faire l'ordre. » Un éclatant débat avec Jaurès permet de mesurer la différence : les anciens combattants du camp dreyfusard sont devenus ennemis. Jaurès a vu beaucoup de vieux amis s'éloigner de lui. Briand est entré dans le cabinet Sarrien, comme jadis Millerand. Il a désormais devant lui le front uni des hommes de gauche devenus briseurs de grève, et le pays dans sa majorité leur donne raison. Aux élections du 20 mai, le Bloc des gauches gagne 60 sièges, les modérés 14 seulement. Les radicaux sont 115, les radicaux-socialistes 132, les socialistes indépendants 20, les socialistes unifiés 59. Pour la première fois, une majorité de gauche, radicale et socialiste, existe réellement. Brisson est élu président de la Chambre : jamais le pouvoir radical n'avait été aussi haut. Il était naturel qu'il offrît la présidence du Conseil à celui qui venait de montrer sa maîtrise sur le front social : la révolution n'était-elle pas encore, malgré les élections, à l'ordre du jour ?

Clemenceau et Briand briseurs de grèves

Clemenceau se dépense sans compter. Il désigne Briand à l'Instruction publique, le dreyfusard Picquart à la Guerre, le progressiste dissident Caillaux — partisan de l'impôt sur le revenu — aux Finances, et crée pour Viviani un ministère du Travail. Au programme : les mesures fiscales attendues par la gauche, la modification de la réglementation des mines, qui permettra à l'État d'intervenir dans les conflits du travail, les retraites ouvrières et la journée de huit heures. Clemenceau, à l'évidence, veut prendre de vitesse, par des réformes hardies, les anarcho-syndicalistes.

Harcelé par le mouvement des grèves révolutionnaires, il n'a pas le temps d'y parvenir. Le vote d'une indemnité de 15 000 francs aux députés a provoqué, dans le pays rural aussi bien que dans les milieux ouvriers, une véritable indignation. Un nouveau conflit avec le Saint-Siège réanime la guerre religieuse et suscite l'opposition du pays catholique. La C.G.T. intensifie sa propagande sur le front du travail, enseignant aux ouvriers la « grève perlée » (d'un chantier, d'un atelier à l'autre, pour prolonger le conflit et causer des dommages financiers graves aux entreprises) et la chasse au « renard » (le jaune). La propagande antimilitariste s'intensifie dans les casernes. Un *Manuel du soldat* est distribué aux conscrits pour leur apprendre à haïr la discipline. L'œuvre du « Sou du soldat » est destinée à distribuer de l'argent aux syndicalistes traqués dans les régiments.

La tactique de la C.G.T. consiste à provoquer le plus grand nombre possible de grèves pour qu'elles fassent tache d'huile en assurant la paralysie de l'État. Les électriciens de Paris commencent en 1907 : le gouvernement tente de les remplacer par des militaires. On emploie aussi la troupe contre les dockers de Nantes. Un essai de grève générale de l'alimentation donne lieu à des arrestations de chefs syndicaux. Cette année-là, les inscrits maritimes font grève dans les ports de Marseille, du Havre et de Dunkerque. Le soulèvement le plus grave est celui des vignerons du Languedoc, qui place toute une région en état d'insurrection. Clemenceau y envoie des troupes qui logent dans les villages, provoquant le mécontentement de la population. Le prix du vin est tombé si bas (10 francs l'hectolitre) qu'une région entière se trouve au bord de la ruine. Les petits propriétaires supplient en vain le gouvernement de réagir contre le sucrage des vins qui permet d'augmenter artificiellement la production. En 1907, l'émeute s'empare de Montpellier, les municipalités viticoles démissionnent. Clemenceau fait arrêter le maire de Narbonne, la foule s'ameute et incendie la sous-préfecture. Un régiment d'infanterie, le 17e, pille une poudrière et marche sur Béziers, affrontant les forces de la répression. Le gouvernement lui promet l'impunité s'il se rend : les mutins récupérés sont aussitôt expédiés dans le Sud tunisien. Clemenceau parvient à neutraliser le principal chef de la rébellion, Marcelin Albert, en le compromettant. Le mouvement s'apaise lorsque la loi contre le sucrage est votée.

A Draveil, pendant la grève des terrassiers, il y a mort d'hommes : des ouvriers sont tués dans les charges des militaires. A ce prix est jugulée la grève générale projetée par les ouvriers du bâtiment. A Méru, dans l'Oise, le secrétaire du syndicat des boutonniers parcourt les rues, menottes aux mains, entre deux gendarmes. La population, qui vit de l'exploitation de la nacre, entre en rébellion. Seule l'action de l'armée et les concessions obtenues des patrons ramènent l'ordre. Joffre, gouverneur militaire de la région, a veillé à ce que la répression ne soit pas violente, mais il n'a pu empêcher les pierres du ballast de faire tinter les cuirasses de ses cavaliers et de désarçonner les hussards. Les troubles ont repris à Hennebont où Alphonse Merrheim vient haranguer les grévistes. Pendant 115 jours, les ouvriers se nourrissent de crabes pêchés à marée basse. Merrheim a persuadé les ouvriers qu'ils n'ont d'amélioration à espérer que par leur action. La

Charte d'Amiens vient d'ailleurs d'interdire au syndicalisme français toute compromission avec la politique.

Ce qui inquiète le plus la presse de droite, c'est la participation des fonctionnaires aux grèves. Les instituteurs veulent se syndiquer, comme les postiers. Les républicains radicaux enragent d'entendre les propos antimilitaristes tenus par des groupements d'instituteurs et de militants de l'école laïque. Clemenceau refuse à la Fédération nationale des syndicats d'instituteurs, fondée en 1906, le droit d'être admise dans les bourses du travail. Un instituteur est révoqué : c'en est trop. Jaurès proclame à la Chambre la rupture entre socialistes et radicaux.

Clemenceau ne cède en rien sur les fonctionnaires, se refusant à réintégrer ceux qu'il a sanctionnés parce qu'ils s'étaient « mis en révolte contre la République française ». Les serviteurs de l'État ont, à son sens, des devoirs particuliers. Il affirme, contre les postiers, qu'il doit absolument remplacer, pour assurer le service public, tous ceux qui déserteront leur poste de travail. 228 agents sont révoqués. A plusieurs reprises, une nette majorité de députés refuse le droit de grève aux fonctionnaires, et Clemenceau profite des débats pour s'en prendre vivement à Jaurès, qu'il accuse d'inciter les ouvriers à la violence. 312 agents supplémentaires sont révoqués. La C.G.T. décrète alors la grève générale pour soutenir les postiers, mais sans résultat notable. La vague des grèves semble enfin s'épuiser. Elle a cependant empêché le gouvernement de mener à bien les réformes de son programme : retraites ouvrières, impôt sur le revenu, réforme des conseils de guerre. Clemenceau démissionne en 1909 à la suite d'une interpellation de Delcassé sur le budget de la Marine. Ce long ministère de près de trois ans permit de briser le mouvement révolutionnaire des syndicats en France.

Nommé par Fallières, l'ex-socialiste Briand, qui lui succéda, devait compléter son œuvre. Jaurès, ulcéré par cette trahison, lui avait lancé au visage en 1907 : « Pas vous et pas ça ! », lui rappelant les paroles imprudentes que le Nantais avait jadis prononcées au congrès Japy. Mais rien n'arrêta Briand. Il engagea aussitôt dans son cabinet ses amis Viviani et Millerand. Dans la tempête sociale, le bon Fallières avait récusé

Caillaux : il lui fallait un homme à poigne, qui pût faire rendre gorge à ses anciens amis anarcho-syndicalistes. Le « traître » Briand n'avait pas beaucoup d'expérience gouvernementale et n'avait été élu député qu'à quarante ans, mais il connaissait mieux que personne les filières syndicales et les réseaux anarchistes. Sa compétence avait jadis servi Jaurès. Il était temps, pensait Fallières, qu'il servît la République.

Il le fit de son mieux, brisant sans trop de dommages la plus puissante et la plus gênante des grèves révolutionnaires, celle des chemins de fer. Pour les anarcho-syndicalistes, c'était la dernière bataille de la grève générale. Les cheminots de la Compagnie du Nord s'étaient mis en grève pour demander 5 francs par jour et le repos hebdomadaire. La C.G.T. avait aussitôt saisi l'occasion. Bientôt la grève générale affecta tous les réseaux : l'opération avait réussi. Des grèves partielles soutenaient les cheminots et pouvaient faire tache d'huile.

Briand prit immédiatement la décision de mobiliser les grévistes sur leur lieu de travail. La police et la gendarmerie pourchassèrent ceux qui sciaient les poteaux du télégraphe et coupaient les voies. Albert Thomas, député socialiste, interpella Briand, lui reprochant de traiter un mouvement de grève comme une insurrection. Jaurès l'accusa d'être « prisonnier des puissances d'argent » — la Compagnie du Nord faisait partie du groupe Rothschild. Briand assura que la mobilisation des cheminots était légale, mais qu'il serait allé, si nécessaire, jusqu'à l'illégalité, dans l'intérêt du pays.

Ainsi parlait l'ancien anarchiste. « Aristide Briand, note dans ses *Mémoires* le duc de Brissac, quoique issu du socialisme, était un homme d'État. » Que pouvait souhaiter de mieux le gendre de Schneider, le digne membre du Jockey Club ? Briand avait désarmé les cheminots, démonté les ressorts de l'anarcho-syndicalisme révolutionnaire : cette grève insurrectionnelle était la dernière. Jaurès, quant à lui, ne pouvait manquer de reconnaître au « traître » une certaine dette : ne l'avait-il pas débarrassé d'un coup de ces pelloutiéristes encombrants, de ces attardés de l'action directe qui gênaient la progression du socialisme électoraliste ? Aux élections de 1910, les « unifiés » progressèrent encore. Jaurès pouvait faire de la S.F.I.O. l'un des grands partis de France, capable de damer le pion aux maçons radicaux, et demain peut-être un parti de gouvernement — à condition, bien sûr, que la guerre restât pour la droite un rêve impossible et qu'aucune secousse internationale ne vînt troubler le jeu français.

En 1911, Briand est renversé, Jaurès soudain se tait : le coup d'Agadir rappelle au monde que la guerre européenne est peut-être pour demain.

TROISIÈME PARTIE

La Gueuse

CHAPITRE VII

L'or et le sang

L'éblouissante Cérès de 1913 a tenu les promesses des fondateurs de la République. Les chiffres records de production, dans l'industrie comme dans l'agriculture, placent la France au rang des déesses qui s'affichent au fronton des gares, sereines, rondes et triomphales. La reprise générale de 1895, faisant ruisseler sur l'Europe l'or d'Afrique du Sud, encourage toutes les entreprises et multiplie les patrons heureux. Les ouvriers et les paysans les plus favorisés finissent par bénéficier des bienfaits de l'expansion et s'intègrent à ce régime qui semble défendre si bien les intérêts de tous. La Bourse est active sans que les « bas de laine » soient vides pour autant, et si tout paysan veut être propriétaire, on trouve dans certaines successions ouvrières des portefeuilles de valeurs. Le rêve de Guizot — « Enrichissez-vous ! » — est-il devenu une réalité ? La promotion, dans cette République plus libérale que démocratique, passe-t-elle encore par l'épargne et la rente ?

Au-delà des « classes moyennes », fermes soutiens du régime, les groupes financiers n'ont d'yeux que pour l'étranger. Banquiers et investisseurs fondent sur le marché russe, élargissent leur champ de prospection au Proche-Orient, attaquent les places d'Amérique latine et, pour les marchands d'armes, les petits États de l'Europe balkanique. Tout marché potentiel est l'objet d'un affrontement : l'Égypte et le Maroc, la Chine et l'Afrique du Sud, où s'est déchaînée contre les Anglais la guerre des Boers. La France est le plus souvent au cœur de ces crises qui mettent en jeu la sécurité des nations.

Qu'il est loin, le temps de la « ligne bleue des Vosges » ! Pourtant, les crises internationales remettent la France et l'Allemagne en rivalité, et l'affaire d'Agadir, en 1911, constitue la première menace grave pour la paix. On peut dire que la France a la finance de sa diplomatie, plutôt que la diplomatie de sa finance : les hommes d'argent, Rouvier, Caillaux, qui souhaitent une entente capitaliste en Europe, sont écartés au profit de ceux qui considèrent l'arme financière comme l'un des éléments du carquois républicain. Ceux-là se gardent de provoquer la guerre, mais ils y pensent sans cesse, de 1911 à 1914. Ils réaliseront autour d'eux l'Union sacrée dans la France en guerre jusqu'en 1917, et se passeront ensuite des socialistes pour exercer le pouvoir jusqu'en 1920 et au-delà. Ces « sauveurs » de la République en guerre s'appellent Poincaré, puis Clemenceau.

La France est, avec l'Angleterre, le pays du monde le plus riche en or. Elle dépasse, pour la capacité de thésaurisation, les États-Unis et l'Allemagne. Sa monnaie, le franc Germinal, a traversé le siècle, intacte. On évalue au tiers de la circulation monétaire la masse des pièces échangées. On se sert de pièces d'or et d'argent au marché, dans les foires, les magasins. L'usage des billets est loin d'être généralisé. La République radicale est encore celle du franc-or.

Le « bas de laine » s'arrondit, surtout depuis le retournement de la tendance internationale qui s'affirme à partir de 1895. Les prix agricoles vont grimper de 40 %, les prix industriels de 36 % jusqu'en 1914. Cette hausse entraîne une vigoureuse croissance de l'activité économique, rapide surtout à partir de 1905. Quand ils évoquent le revenu des Français, les experts s'accordent pour l'estimer en hausse : Lévy-Leboyer[1], parlant du produit national brut de la France, l'évalue à 1,6 % (2,8 % pour l'Allemagne) sur cinquante ans.

1. « La croissance économique en France au XIXe siècle », *Annales ESC*, juillet-août 1968.

Le P.N.B. des Français, calculé par tête, est en hausse moyenne de 1,4 %. Pour François Crouzet[1], cet enrichissement tient à la hausse rapide, à la fin du siècle, des fabrications industrielles : pour un taux de croissance de 1,61 % de 1815 à 1913, l'accélération est nette à partir de 1896 puisqu'on passe à 2,4 %. L'essor est encore plus rapide après 1905 : 3,56 %. Pour les industries les plus modernes, il est alors de 5,2 %. En trente ans, la valeur de la production agricole a progressé d'un demi-milliard. On peut donc parler d'un enrichissement général, d'une prospérité qui s'affirme presque triomphalement.

Si les Français sont plus à l'aise, leurs habitudes d'épargne subsistent, ils ne jettent pas l'argent par les fenêtres. La publicité existe dans la presse dont les tirages deviennent spectaculaires : le *Petit Parisien* et le *Petit Journal* tirent à 1,5 million d'exemplaires, *le Journal* à 1 million, *le Matin* à 700 000. Mais la vente de masse n'en est encore qu'à ses débuts : les douze grands magasins parisiens totalisent 11 000 vendeurs et vendeuses. La majorité des consommateurs fréquente encore les marchés et les épiciers ou « crémiers ». Les magasins succursalistes comme les Docks de France sont des exceptions. Si l'on estime, avec Duroselle[2], à 1,3 million les revenus compris entre 2 500 et 10 000 francs par an, à 188 000 les revenus supérieurs, on peut estimer que la « classe bourgeoise » compte entre 4 et 5 millions de Françaises et de Français qui utilisent un nombre croissant de domestiques : 963 100 en 1901 contre 841 000 en 1895. La « bonne à tout faire » d'un couple petit-bourgeois (qui coûte 500 francs pour l'année) ne doit pas « faire danser l'anse du panier » : ses « livres de comptes » sont soigneusement vérifiés par la « maîtresse de maison » qui a pour charge essentielle de surveiller les bonnes bretonnes, ou quelquefois allemandes, que l'on emploie au logis. « On trouve de moins en moins de bonnes à tout faire, explique Anne Martin-Fugier[3], parce que

1. « Essai de construction d'un indice de production industrielle française au XIXe siècle », *Annales ESC*, janvier-février 1970.
2. *La France et les Français, 1900-1914*, Paris, 1973, p. 68.
3. *La Bourgeoise, la femme au temps de Paul Bourget*, Paris, 1983, p. 184.

la demande s'accroît plus vite que l'offre, celles qui entrent en place ne savent plus rien faire. » Le modèle social reste à l'économie, aux meubles achetés pour une vie entière, rarement à crédit dans les milieux aisés. Il n'est pas question de dilapider les dots (sauf pour les riches noceurs, familiers des salles de jeu), on les recherche au contraire pour accroître les revenus du capital. La mentalité d'épargne et de placement n'est pas en France le privilège de quelques familles fortunées, elle est propre à une partie importante de la population, à ces « classes moyennes » auxquelles les travailleurs rêvent de s'identifier. La réussite ne passe pas seulement par l'achat de meubles Dufayel (récemment installés sur les Champs-Élysées), mais par le placement d'un capital chez le notaire ou dans une banque.

En canotier l'été, melon noir l'hiver, chapeau-claque pour les jours de cérémonie, le petit-bourgeois français porte les pantalons rayés et les redingotes sombres de l'épargnant modèle ou du rentier consciencieux, qui surveille la gestion de ses intérêts. L'habitude est prise, grâce aux notaires, de déposer et de placer l'argent dans les banques. En 1913, les dépôts du Crédit lyonnais atteignent 2 milliards de francs. Il faut évaluer à 5 ou 6 milliards la masse mobilisée par les grandes banques, entre 9 et 9,5 milliards la totalité des sommes rassemblées. Ces organismes ont ainsi les moyens de capillariser leur réseau de succursales pour drainer l'épargne des milieux ruraux. On estime à 1 280 le nombre de ces agences de sous-préfectures qui concurrencent les banques régionales dans la recherche des capitaux sans emploi auxquels on sert un intérêt. L'argent récolté est ensuite mis à la disposition des industriels et des commerçants. La hausse de ces placements ne gêne nullement les caisses d'épargne ou les études de notaires, qui prospèrent. Que conseillent les intermédiaires ? D'acheter des fonds d'État, peu rémunérateurs mais sûrs, et des obligations industrielles françaises d'affaires sérieuses. Curieusement, la part du capital ainsi mobilisé ne sert pas d'abord le développement industriel.

C'est que les industriels ne veulent pas être dans la main des banques. Les petites entreprises sont encore très nombreuses (la moitié des travailleurs sont les salariés de petits patrons payant moins de cinq employés) et non cotées en Bourse. Les industries modernes ne recherchent pas toujours la concentration : les 2 380 entreprises d'énergie électrique sont loin d'être toutes des firmes puissantes. Même l'industrie charbonnière est dispersée : les compagnies moyennes souhaitent rester libres de leurs tarifs et de leurs salaires. La création de l'Entente des Houillères du Nord et du Pas-de-Calais en 1901 fait ressortir les divergences entre petits et gros. Patrick Fridenson[1] établit que bon nombre de constructeurs d'automobiles — industrie de pointe — « se cantonnent volontairement dans l'autofinancement, autant et plus par souci d'indépendance que pour alléger les coûts ». Le recours aux banques est temporaire. Berliet est financé à ses débuts par des capitaux venus du textile, et non par des banques. Seul Peugeot semble avoir eu recours à la banque suisse. Renault se cantonne farouchement dans l'autofinancement. Schneider, pour ne pas être à la merci du marché financier, a laissé à sa société la forme d'une commandite.

La faible part de bénéfices distribués aux actionnaires, l'absence ou la faiblesse des charges sociales, les bas salaires distribués permettent aux surprofits de la reprise des années 1900-1910 de s'investir massivement dans l'entreprise, avec une aide très mesurée des banques. Sur les 2,25 milliards investis chaque année depuis 1900, 71 % proviennent des bénéfices réinvestis[2]. Un tout petit tiers des investissements provient du marché boursier. Au moment où Clemenceau, puis Briand jugulent par l'emploi de l'armée les grandes grèves anarcho-syndicalistes du Nord, du Pas-de-Calais et de la région de la Loire, les profits des sociétés, garantis à la fois par la reprise du marché et par la législation ultra-libérale de l'État, permettent aux entreprises de se moderniser, de lancer toutes les fabrications nouvelles avec une aide très mesurée du système bancaire. Ce caractère particulier du capitalisme français explique largement la résistance et les réticences de l'État bourgeois opportuniste, puis radical, à toute législation fiscale et sociale qui romprait l'équilibre des entreprises et

1. *Histoire des usines Renault*, Paris, 1977, p. 31.
2. M. Rebérioux, *La République radicale*, Paris, 1975, p. 120.

nuirait au progrès. C'est aussi la raison du soin jaloux apporté par les intérêts économiques, très présents dans les comités parlementaires, au maintien du régime libéral.

La seconde révolution industrielle

Moins impressionnants qu'en Allemagne, les progrès sont cependant sensibles : la France prend le virage de la seconde révolution industrielle avec entrain. La puissance électrique installée quadruple de 1900 à 1913, et l'hydroélectricité triple sa capacité grâce aux travaux des chercheurs et entrepreneurs de Grenoble. La croissance de la consommation électrique est de 11 % chaque année : un marché illimité que 6 compagnies exploitent à Paris. Les grandes sociétés électriques se constituent : Thomson-Houston, C.G.E., Électromécanique. Schneider et Fives-Lille créent des départements d'électricité. Le Belge Empain se précipite sur l'alimentation du Métropolitain en énergie : 92 kilomètres de lignes sont disponibles en 1914, la première ayant été inaugurée pour l'Exposition Universelle de 1900. On fait courir sur le pavé des rues les rails des tramways électriques : 99 lignes pour 12 compagnies parisiennes en 1910. On électrifie aussi les rames de banlieue. Un énorme marché est ouvert, car tout doit être fabriqué en même temps : les ampoules, les fils de cuivre et les câbles, les moteurs et les turbines, les barrages en béton Hennebique. Des usines sont créées de toutes pièces dans les Alpes pour fabriquer de l'aluminium par électrolyse, du carbure de calcium, des ferro-alliages, des aciers spéciaux. Allevard et Ugine utilisent déjà des fours électriques pour fondre l'acier.

La croissance n'est pas moindre dans l'automobile, malgré l'atomisation de la production : la France est le premier producteur en Europe, et Clemenceau ou Briand peuvent se rendre en automobile sur les lieux des conflits du travail. Pour le choix des modèles, ils peuvent être embarrassés : outre Renault ou Peugeot, ils ont le choix entre d'innombrables firmes, Panhard, Chenard et Walcker, Salmson et de Dion-Bouton. Renault reçoit des commandes pour fabriquer des taxis par milliers et se renseigne sur les méthodes de son principal concurrent, Ford. Les firmes automobiles offrent 33 000 emplois en 1913, dont 3 500 pour Renault seul. Elles produisent 40 000 voitures par an. On fabrique aussi des camions, des autobus et du matériel militaire. La nouvelle industrie exige des tubes d'acier, des pneumatiques, des compteurs et des moteurs, et crée toute une gamme de sous-traitants. Ainsi, Michelin rassemble à Clermont-Ferrand 10 000 salariés du pneu, s'arrogeant 80 % du marché français. Même effort dans l'industrie chimique où les groupes sont plus concentrés : Saint-Gobain, Solvay, Pechiney, Kuhlmann dominent la chimie des produits de base, tandis que Boussois lance des usines de fabrication de verre plat. Gillet crée dans le Lyonnais une industrie des textiles artificiels, et le celluloïd alimente l'industrie naissante du cinéma. Le duc de Brissac se souvient d'avoir assisté, enfant, en 1912, dans son collège de Normandie, à des représentations des films Lumière. Ce nouveau spectacle a rapidement conquis un public. Les industries de pointe, comme l'aéronautique, le téléphone ou les compteurs, exigent un haut savoir scientifique des ingénieurs, une capacité technologique des ouvriers. Des salaires élevés sont nécessaires pour empêcher les ingénieurs de Renault de s'offrir à la concurrence.

C'est le rôle de l'État de satisfaire à ce besoin de « têtes chercheuses ». On ouvre, en dix ans, trois nouvelles écoles d'arts et métiers, on crée dans les entreprises des filières de formation d'ingénieurs. Jamais la carrière de technicien n'a été plus convoitée. En 1913, grâce aux efforts des républicains et des radicaux, les universités accueillent plus d'étudiants scientifiques (9 000) que les allemandes. Des laboratoires sont installés dans les entreprises : Poulenc à Vitry, Le Châtelier pour la métallographie, Claude pour l'Air liquide. La révolution industrielle entraîne la transformation radicale des industries traditionnelles : Renault demande des aciers très particuliers pour ses moteurs et ses châssis. La sidérurgie doit s'adapter, créer un nouveau système privilégiant les productions à forte plus-value. La « révolution de l'acier » suit l'installation des fours Martin et Thomas : la production de la fonte double, celle de l'acier triple. A partir de 1910, on construit à Denain et Anzin des usines ultra-modernes. Les

Wendel, maîtres de forges lorrains, modernisent aussi leurs installations. Les Schneider, au Creusot, se spécialisent dans les aciers spéciaux et l'armement lourd. Les commandes de cuirassés destinés à la marine sont une bénédiction pour les fabricants d'acier et de canons.

L'industrie française est saisie par un impérieux désir de modernisation, y compris le textile qui se mécanise. Les investissements exigés sont parfois lourds : l'État n'intervient que pour la formation des chercheurs et des ingénieurs. Tout l'effort porte sur les entreprises, qui demandent en échange à être libérées de toute charge et ne veulent pas entendre parler des suggestions ou immixtions du pouvoir dans les conflits du travail. Les Houillères ont, pendant les années sombres, donné l'exemple du refus du dialogue. Le marché des salaires, pense alors le patronat français, doit rester libre si l'on veut que l'industrie progresse, car le coût de l'innovation est de plus en plus élevé.

La France est-elle, par cet effort, compétitive en Europe continentale face à son concurrent et rival allemand ? Elle n'a pas achevé sa révolution agricole et compte encore 9 millions de paysans, soit 43 % de la population active. Ceux-ci se sont reconvertis dans l'élevage, plus rémunérateur, et ont transformé en herbages 1,5 million d'hectares de terres à labours céréalières. 30 % des revenus français viennent encore de la terre. Seule la protection douanière permet à cette agriculture peu mécanisée, qui emploie peu d'engrais, de rester prospère. Il est vrai que des cultures nouvelles rentables se font jour : les fleurs, les fruits et les légumes destinés aux marchés urbains.

La puissance énergétique de la France est faible au regard de celle de l'Allemagne : 41 millions de tonnes de charbon contre 190 millions. Le déséquilibre est encore plus redoutable pour l'acier (4,7 millions de tonnes contre 17,6 millions), et les centres de production français sont tous proches des frontières du Nord et de l'Est, très vulnérables en cas de guerre. Les entreprises chimiques lyonnaises sont loin d'avoir le dynamisme et la puissance de leurs rivales allemandes et suisses qui se sont déjà engagées dans la carbochimie et la chimie de synthèse. Le marché des colorants échappe aux

Français qui ne disposent que de 2 000 chercheurs dans ce domaine contre 30 000 en Allemagne.

Suffisant à peine à fournir le marché intérieur, les entreprises ont du mal à exporter et ne bénéficient pas des excellents réseaux commerciaux allemands dans le monde. Sur l'immense marché électrique qui s'offre dans tous les pays du monde, les producteurs français ne prennent qu'une part modeste de 3,6 %. Ils ne réussissent des percées que dans l'automobile, grâce à Renault, et dans le téléphone. L'imposition de tarifs douaniers n'empêche pas les capitaux étrangers — américains et allemands — de s'investir en France : la plupart des grandes firmes d'électricité (Thomson-Houston) sont étrangères. Krupp installe des aciéries en Normandie, profitant d'un gisement de fer local. Les multinationales amorcent la mise en place de leurs filières : le territoire français n'est pas à l'abri de leurs ambitions, et elles souhaitent le pénétrer encore davantage.

Finance et politique étrangère

Les Français vendent essentiellement des armes, des voitures et des bicyclettes (dont l'usage se répand dans le monde entier), des vêtements et des articles de luxe, des produits agricoles, des alcools et des vins. Ils doivent importer des moteurs, des équipements, des machines industrielles. La flotte de commerce est insuffisante, le réseau des banques à l'étranger très faible. La part du pays dans le commerce mondial, de 12,7 % en 1875, est tombée à 7,6 % alors que l'Allemagne et les États-Unis augmentent constamment leurs ventes. La balance commerciale est déficitaire et, sans le revenu des capitaux placés à l'étranger, la balance des comptes serait dramatiquement déséquilibrée par le déficit chronique des échanges. L'État s'inquiète-t-il de cette situation ? Il compte sans doute sur le développement futur des colonies pour donner un coup de fouet aux exportations. Il mise aussi sur l'essaimage des entreprises françaises à l'étranger.

Si les banques ne sont guère sollicitées par le marché industriel intérieur, elles sont en effet constamment appelées de l'extérieur pour des opérations rémunératrices, plus ou moins soutenues par les ministres des Affaires étrangères. L'exportation des capitaux s'accélère à partir de 1898 et se dirige prioritairement sur la Russie : 12 milliards de francs sur 45 exportés iront ainsi s'investir dans l'empire des tsars. L'essentiel de ce transfert bénéficie aux investissements d'État, mais, en 1914, 19 % de l'argent français va aux entreprises industrielles, dont 65 % dans la métallurgie lourde, le pétrole et les mines de fer. Alliance russe oblige : les Français installent le plus possible d'usines d'armement. Plutôt que d'exporter des marchandises, Schneider et même Renault créent des filiales. En 1914, la firme de Boulogne va construire deux usines à Petrograd et à Rybinsk sur la Volga, pour fabriquer des camions et des moteurs d'avions. Citroën, à la même époque, produit des engrenages à Moscou.

Cette politique est facilitée par l'implantation massive du capital privé français dans les emprunts d'État. Un courant continuel d'échanges a été mis en place par le ministre russe des Finances, le comte de Witte, pour que les banques françaises chargées du placement puissent disposer de fonds de roulement servant régulièrement les intérêts des acheteurs et finançant les campagnes des futurs emprunts. La Bourse française est accueillante aux titres étrangers, à l'inverse de la Bourse de Berlin que les valeurs industrielles allemandes accaparent presque entièrement. R. Girault établit dans sa thèse[1] que « la confiance [entre la France et la Russie] peut devenir obligatoire : en effet, il existe un seuil au-delà duquel le retour en arrière, c'est-à-dire le refus d'un prêt nouveau, paraît impensable, sinon impossible : financièrement, les économies se marient ». Le gouvernement français ne souhaite surtout pas que les liens soient rompus : outre la catastrophe financière que cela impliquerait pour la Russie comme pour les créanciers français, il vise d'abord la permanence et l'approfondissement de l'alliance russe. Il est ainsi amené à financer la politique réactionnaire du tsar, devenu son partenaire privilégié. Il en est de même des emprunts de chemin

1. *Emprunts russes et investissements français en Russie, 1887-1914*, Paris, 1973, p. 33.

de fer que le public assimile à des emprunts d'État, le gouvernement russe ayant racheté l'essentiel des compagnies : il est impensable que Paris n'encourage pas de tout son pouvoir la construction vitale du Transsibérien, du Transcaucasien et des lignes d'intérêt stratégique, permettant aux Russes de mobiliser rapidement en cas de guerre.

Les Français tentent d'obtenir de ces investissements des avantages économiques, mais le tsar se refuse à influencer les villes ou les entreprises pour qu'elles passent commande à ses alliés. Dans le domaine de l'armement ou de l'industrie lourde, une colonisation économique de la Russie est cependant ébauchée : Schneider vend cher ses brevets et son assistance technique à Poutilov, les aciéries de Firminy dominent forges et aciéries du Donetz. Rothschild est présent à Bakou, dans les pétroles du Caucase ; la Banque du Nord, filiale de la Société générale, s'engage dans les mines de l'Oural. Le gouvernement français suit ces efforts de pénétration d'un œil favorable, mais ne peut les appuyer plus fortement. Le souverain russe est pour l'économie libérale, il livre son sous-sol et sa main-d'œuvre : que le meilleur gagne ! Sur le terrain, les investisseurs cohabitent. Les Anglais et les Belges sont présents dans les mines d'Ukraine, et les intérêts allemands (avec Siemens) dans les industries modernes de Pétersbourg. Chez certains radicaux, on reproche assez vivement à la politique russe de ne pas servir assez les exportations françaises. Il est vrai que la vente des brevets et des produits industriels permet aussi à l'Allemagne d'intervenir sur le marché russe. Krupp a installé une usine de blindages à Nicopol-Marioupol. Les Français ne manquent cependant pas d'agressivité : quand le tsar veut renforcer la flotte de la Baltique, sa marine fait un appel d'offres. La firme allemande Blohm et Voss va l'emporter, même sur les usines russes à main-d'œuvre et capitaux locaux. Les autorités arbitrent, après une vive intervention de l'ambassadeur français, puis de Clemenceau et de son ministre des Finances, Caillaux : la firme allemande est indemnisée. C'est une firme anglaise qui reçoit la charge de la construction des cuirassés, mais dans les chantiers russes de la Baltique. Quant aux Français, on leur passe seulement commande des turbines et des chaudières.

L'intervention au niveau gouvernemental n'a pas permis d'obtenir plus. Mais le marché est assez vaste pour que les ambitions occidentales y trouvent un débouché : elles inclinent à l'entente plus qu'à l'affrontement, en Russie comme en Chine.

On constate la même tendance dans l'Empire ottoman. L'État « jeune-turc » représente aussi un débouché pour les fabricants d'armes et les constructeurs de chemins de fer. Le personnel politique français intervient pour affirmer ses intérêts, et déterminer sa politique. De 1903 à 1911, affirme Jacques Thobie dans sa thèse[1], on assiste au « renforcement des groupes nationaux » en Turquie. Le ministre Delcassé lutte avec persévérance contre l'idée de son prédécesseur Rouvier d'une association financière franco-allemande pour la construction du chemin de fer de Bagdad. Delcassé aurait accepté l'internationalisation, mais les Russes et les Anglais se retirent : le tsar ne voit pas d'un bon œil un chemin de fer livrant sur la Corne d'Or les pétroles de Mossoul. Le « Bagdad » permettra aussi la concentration rapide des troupes turques à la frontière du Caucase : c'est une bonne idée allemande, que les Anglais repoussent également. Rouvier, président depuis sa création en 1901 de la Banque française pour le commerce et l'industrie (dont les plus gros actionnaires sont la Banque internationale de Paris et la Banque française de l'Afrique du Sud), estime que le champ du développement est si vaste qu'il nécessite de larges ententes internationales. La participation du capital français ne doit pas être axée sur des intérêts étroitement politiques, mais sur une gamme très variée d'objectifs permettant des alliances souples entre groupes nationaux.

Delcassé, au contraire, estime que la finance constitue l'une des armes de la diplomatie. L'affaire du chemin de fer de Bagdad est de nature à créer des difficultés avec l'allié russe et à indisposer Londres, dont la presse est furieusement hostile au projet. Cela suffit pour qu'il le casse : le « Bagdad » ne sera pas autorisé à se servir de la place financière parisienne

1. *Intérêts et impérialisme français dans l'Empire ottoman*, Paris, 1977, p. 591.

pour le placement de ses emprunts. Delcassé, explique Thobie, « contrairement à Rouvier, éprouve une extrême méfiance envers toute opération financière, toute entreprise dont les capitaux ne sont pas entièrement français ». En 1903, Caillaux dénonce à la Chambre la contradiction : « Il faut ou s'opposer à la construction du "Bagdad", ou s'entendre avec les capitalistes qui en ont la concession. » Accepter le principe de l'œuvre et l'abandonner ensuite à la seule Allemagne paraît insensé. Il est vrai qu'en refusant le marché financier français, on espère rendre l'opération impossible. Ces critiques de Caillaux montrent qu'il se situe dès 1903 du côté de Rouvier contre le « nationalisme » de Delcassé. Pourtant, Rouvier comme Delcassé sont d'accord pour imposer aux Turcs, quand ils souhaitent placer des emprunts à Paris, des clauses de préférence pour les achats industriels, en particulier les armes : cela permettrait d'aider Schneider et les Chantiers de la Méditerranée contre Krupp. Le constructeur allemand a reçu la commande convoitée de 400 canons de montagne. Schneider enlève, par pression politique, le marché de 4 contre-torpilleurs, 11 garde-côtes et une canonnière : une flotte entière doit sortir de ses chantiers. Les Anglais ne sont pas désavantagés puisque le sultan leur a commandé deux *dreadnoughts* : comme le tsar, il veut le bonheur des arsenaux occidentaux. En matière de commandes d'armes, les gouvernants français se réconcilient : ils savent intervenir auprès des États emprunteurs dans l'intérêt des firmes françaises.

Le septennat ministériel de Delcassé

L'opposition Rouvier-Delcassé ou Caillaux-Poincaré connaît des prolongements, au début du siècle, dans les relations internationales. Les sidérurgistes bénéficient des heureuses dispositions des états-majors de marine qui estiment nécessaire la construction de cuirassés géants, tout en acier, dont les canons monstrueux permettraient des batailles d'extermination en haute mer, mais aussi le forcement de fortifications terrestres : les détroits, par exemple, entre mer du Nord et Baltique, entre mer Noire et Méditerranée, entre Méditerranée et océan Atlantique. Ces navires de prestige, les *dreadnoughts* puis les *superdreadnoughts*, sont une spécialité de la marine anglaise qui s'est fixé comme règle d'être toujours plus puissante que les deuxième et troisième marines militaires du monde réunies *(two powers standard)*. La marine française n'a pas la prétention de rattraper son retard sur la britannique. Tout juste peut-elle, en construisant des cuirassés, combler les vides. Elle vient de subir plusieurs accidents cruels, dont l'explosion en rade de Toulon du cuirassé *Iéna*, orgueil de la République, le 12 mars 1907. Lancé en 1898, c'était un *pré-dreadnought* à l'armement lourd : quatre pièces de 305, huit de 164 ; il pesait 12 000 tonnes. L'explosion de la poudre noire, volatile et très dangereuse, a fait 200 morts. En 1911, un autre cuirassé, le *Liberté*, commandé par le capitaine de vaisseau Jaurès, devait sauter à son tour en rade de Toulon, dans des conditions analogues. L'état-major n'avait pas encore maîtrisé la question des origines des explosions, ni analysé le danger de la poudre noire. La faiblesse relative de la flotte française de haute mer permettait difficilement aux arsenaux de traiter des commandes étrangères. Seuls les chantiers navals anglais en avaient la possibilité, avant que les Allemands ne décident de construire, sous la conduite de l'amiral Tirpitz, une puissante flotte de haute mer. La concurrence navale anglo-allemande devenait un élément de déséquilibre : la prépondérance anglaise était menacée. Un nouveau jeu d'alliances pouvait s'imaginer. C'est alors que Théophile Delcassé entra en scène.

Il avait attendu longtemps son heure, le petit Ariégeois peu titré — licencié ès lettres de la faculté de Toulouse. Il avait rencontré à Paris, alors qu'il était pion dans un lycée de la rive gauche, Gambetta qui l'avait engagé dans son équipe de jeunes journalistes à la *République française* où il avait succédé à Barrère dans les rubriques de politique étrangère. Il travaillait aussi pour le *Paris*, quotidien du soir dont Arthur Ranc était rédacteur en chef. « Présente-toi aux municipales ! » lui dit un jour Gambetta. Mais il fut battu en janvier 1881 dans le quartier de Chaillot où il habitait. « Alerte ! Où allons-nous ? » écrivit-il le jour de la chute spectaculaire de son idole à la Chambre, le 26 janvier 1882. Il estimait significative l'expérience de Gambetta : sans exécutif fort, la République ne pouvait avoir de politique suivie, en particulier à l'extérieur. Il était outré de voir Jules Ferry, qu'il admirait, attaqué sur sa politique tonkinoise avec une sorte de férocité par Clemenceau et ses amis. Il approuvait la méthode de gouvernement de Ferry, consistant à prendre de court l'Assemblée, à ne lui présenter les conquêtes coloniales qu'une fois achevées. Ce trucage des rapports avec le législatif lui semblait une nécessité pour l'homme d'État ne pouvant gouverner dans un régime d'Assemblée. Ainsi, Delcassé se trouvait constamment du côté du pouvoir, contre les députés bavards et tumultueux qui tranchaient brutalement à la Chambre les liens si patiemment tissés par les hommes responsables dans les chancelleries.

En 1889, Delcassé remporte ses premiers succès électoraux : il est conseiller général (à trente-sept ans), puis député de Foix. Dès lors, il met les bouchées doubles : son discours contre la politique égyptienne de Freycinet le fait remarquer en 1890. Il critique sa politique « de concessions perpétuelles et malheureusement pas réciproques à l'Angleterre ». Il veut bien conclure une « entente cordiale », mais pas à sens unique. Jusqu'ici, celle-ci n'a été profitable qu'à la seule Angleterre. « Notre patriotisme, dit-il, ne peut indéfiniment se résigner. »

Affirmation précoce des idées qui serviront de base à une grande politique : la Triple Alliance, en 1890, vient d'être conclue entre l'Allemagne, l'Autriche et l'Italie. Delcassé proclame alors à la tribune : « La France étant, j'imagine, une puissance aussi pleinement indépendante que l'Allemagne, l'Autriche et l'Italie, peut très bien faire ce qu'ont cru devoir faire celles-ci sans prendre l'avis de qui que ce soit et sans consulter autre chose que son intérêt. » L'Angleterre et la France, seules nations « qui représentent dans le monde les idées de liberté », doivent être alliées et s'entendre, sur la base de concessions réciproques. Mais dès 1890, Delcassé a l'idée d'une autre alliance, plus efficace, plus utile encore que l'Entente cordiale, car elle prend l'Allemagne « à revers » et rend possible une guerre de revanche : l'alliance russe.

Avant d'être le négociateur privilégié de cette alliance, Delcassé fait un détour par l'Afrique : le voilà sous-secrétaire d'État aux Colonies dans un ministère Ribot en 1893, bientôt ministre et créateur du département de la rue Oudinot qui devient vite la bastille du parti colonial. Il s'emploie à défendre les conquêtes africaines et indochinoises. Il est alors ferryste, colonialiste et marin : il expose avec force au Parlement, en 1896, les insuffisances de la flotte de guerre. Il estime que la France, dont le domaine colonial est constitué, n'a pas la flotte qu'elle mérite, et qu'elle ne peut être absente de la grande compétition anglo-allemande. Ayant hérité à la fois des idées impériales de Ferry et du patriotisme sourcilleux de Gambetta, il s'installe pour la première fois au Quai d'Orsay, le 28 juin 1898, pour accomplir ce que l'on a pu appeler un « septennat ministériel » jusque-là sans exemple, par sa durée, dans l'histoire de la République. C'était la coutume de nommer au même poste l'homme compétent quand les circonstances l'exigeaient : Ferry avait ainsi occupé longtemps la rue de Grenelle, et Freycinet la rue Saint-Dominique. On avait appelé Combes pour réaliser la séparation à chaud, et Briand pour anéantir les partisans de la grève générale révolutionnaire. Delcassé était au Quai de plein droit, presque inamovible. A chaque crise ministérielle, le président de la République demandait expressément au président du Conseil de garder Delcassé aux Affaires étrangères. Il s'était parfaitement identifié à la politique de la France, qui ne pouvait désormais se faire sans lui.

La politique des alliances

A l'origine de la carrière de Théophile Delcassé, la liquidation d'une affaire mal engagée, celle de Fachoda : Marchand amènera-t-il le drapeau sur la forteresse du Nil, cédant aux injonctions de Kitchener ? Il l'amène, la presse nationaliste hurle de colère et le cabinet Brisson tombe. Sous le cabinet Dupuy, qui lui succède, Delcassé a donné lui-même l'ordre d'évacuation. Il s'en est expliqué devant la Chambre, dans une déclaration dont chaque mot porte : « Une situation locale manifestement *inégale*, la comparaison entre les sacrifices trop certains et la médiocrité d'un résultat *d'ailleurs problématique*, avaient dicté au gouvernement, *qui n'avait dans cette entreprise aucune responsabilité*, pas plus dans la décision que dans l'action, une résolution parfaitement honorable, mais non moins cruelle. » A son retour, Marchand serait attendu à Marseille, triomphalement, par les nationalistes en délire. Le 21 mars 1899, Delcassé signa à Londres une convention déterminant les zones d'influence française et britannique dans la région Congo-Nil, complétant les accords de 1898 sur l'Afrique occidentale : on ne devait plus avoir avec Londres de problème de frontières en Afrique. Théophile Delcassé, satisfait, pouvait préparer la seconde étape de son offensive diplomatique.

Il conforta d'abord l'alliance russe : pendant que le jugement de Dreyfus à Rennes attirait toute l'attention des milieux politiques, il fit le voyage de Pétersbourg et en rapporta de nouveaux accords qui n'étaient plus liés à la durée de la Triple Alliance. La France et la Russie se prêteraient main forte « pour le maintien de l'équilibre européen » : aussi bien l'Alsace et la Lorraine que les Balkans pouvaient être l'objet d'un *casus belli*, avec engagement mutuel, uniquement défensif, il est vrai, des deux puissances. Delcassé « a rapporté l'exemplaire français sur sa poitrine, entre la flanelle et la peau, de peur qu'il ne lui soit dérobé », raconte Combarieu. Cet accord n'est-il pas le document le plus important pour la sécurité française et la diplomatie de la République ? Le Quai d'Orsay n'en a qu'une copie. L'original a été remis au président de la République qui l'a rangé « dans le *portefeuille rouge* [c'est nous qui soulignons] enfermé, avec les autres papiers secrets, *dans l'armoire de fer* qui est scellée dans le mur de son cabinet ». A la suite de cet exploit, Delcassé est l'objet « des attentions les plus significatives » de la part des Russes. Il devient l'interlocuteur privilégié, l'homme en qui Nicolas II a confiance. Waldeck ne l'a-t-il pas repris dans sa majorité de gauche au Quai d'Orsay ? L'Ariégeois est inamovible : les frères Cambon à Londres et à Berlin, Camille Barrère à Rome sont les antennes principales de son action diplomatique. Revenant à l'Afrique, il passe un accord secret, grâce à Barrère, avec les Italiens, leur promettant les mains libres en Tripolitaine contre la même promesse concernant le

Maroc. L'offensive marocaine commence alors : Delcassé avertit les Anglais que la France, du fait des frontières communes avec l'Algérie, y trouve un intérêt spécial.

L'alliance russe se resserre sans cesse : Delcassé se rend pour la seconde fois à Pétersbourg, en février 1901, afin d'obtenir la construction vers la frontière allemande de lignes stratégiques et l'accélération de la mobilisation russe en cas de guerre. Le président de la République et son ministre des Affaires étrangères se dépensent sans compter, multipliant les revues navales afin d'éblouir leurs partenaires ou de convaincre les hésitants. Les deux hommes, troquant le haut de forme contre la casquette, impressionnent le roi d'Italie et le duc de Gênes en engouffrant « leurs rotondités civiles et bourgeoises » dans la coque du sous-marin le *Gustave-Zédé.* Plongée réussie : les Français ont montré ce qu'ils avaient de mieux.

Au tsar on veut donner le spectacle des grandes manœuvres. Il accepte de venir en France, avec l'impératrice, en septembre 1901. Le président Loubet l'attend, sous la pluie, à Dunkerque. Impossible de passer la revue de la flotte : à cause de la tempête, Nicolas II et surtout la tsarine sont malades. L'impératrice, « vêtue de noir, un boa blanc autour du cou », paraît triste, contrairement à son époux, fort aise de passer une armée en revue dans la plaine de Reims. Cent mille hommes alignés par le général Brugère défilent devant la tribune. Le tsar rendra l'invitation l'année suivante, montrant au président Loubet son étincelante cavalerie.

L'alliance du Japon et de la Grande-Bretagne, en 1902, met brusquement à l'épreuve la capacité militaire de l'Empire. Delcassé, qui juge la flotte russe nulle, se préoccupe de trouver de nouveaux alliés, sentant qu'un drame se prépare en mer de Chine, et signe un accord avec l'Italie en juillet 1902 : celle-ci promet sa neutralité, même si la France attaque l'Allemagne. Les souverains italiens sont reçus en voyage officiel à Paris. A Londres, où Édouard VII a succédé en 1901 à Victoria, le climat est à l'ouverture : les accords conclus par Delcassé en 1904, connus sous le nom d'« Entente cordiale », se résument à des règlements particuliers sur les pêches à Terre-Neuve, les frontières du Siam et le désistement réciproque de la France en Égypte et de l'Angleterre au Maroc. Un accord complémentaire conclu avec l'Espagne, qui recevra une parcelle du Maroc, donne les mains libres à la France : tout est prêt pour la conquête. Des contacts avec le sultan sont pris à plusieurs reprises pour négocier un statut de protectorat.

En 1905, il est clair que la Russie sera vaincue par le Japon. Des troubles révolutionnaires éclatent dans les grandes villes de l'empire. Le paradoxal allié de la République française menace de s'écrouler. Le 30 mars 1905, Guillaume II débarque à Tanger en uniforme blanc de cuirassier et déclare que l'Allemagne est prête à garantir l'indépendance du Maroc : ce coup d'éclat ruine les patients efforts de Delcassé.

Le président du Conseil, Rouvier, redoute alors une guerre. Les Allemands exigent une conférence internationale, Delcassé propose une négociation directe : refusé ! Doit-il démissionner ? Les Anglais lui promettent leur aide et Paul Cambon croit le moment venu d'envisager une alliance défensive. Rouvier, qui négocie en sourdine sans en informer son ministre, apprend que le Kaiser exige la démission du ministre des Affaires étrangères. « Je ne puis pas faire tomber M. Delcassé sur un froncement de sourcils de l'Allemagne ! » proteste le président du Conseil. C'est pourtant ce qu'il fait, après avoir expliqué à Clemenceau, à Ribot et à Jaurès que le risque de guerre justifie cette humiliation de la France. Elle ne peut imaginer d'entrer dans un conflit sans aucune chance de victoire. Même Loubet laisse alors tomber Delcassé. En 1906, à Algésiras, une conférence internationale reconnaît la légitimité des intérêts français au Maroc. L'Allemagne, en obtenant la tête de Delcassé, a voulu s'assurer du démantèlement du réseau français d'alliances pour constituer entre Berlin et Saint-Pétersbourg une entente « continentale » à laquelle les Français seraient bien obligés de se rallier. Elle a échoué, mais Delcassé est à terre. Le franc-maçon regagne sa loge, laissant agir le frère Rouvier, partisan d'opposer à une politique « sentimentale » une politique « des réalités », c'est-à-dire des banques.

Aristide Briand liquide le Bloc des gauches

La rivalité franco-allemande se poursuit au Maroc comme en Turquie, en dépit des bonnes intentions des banquiers. Pichon, *alter ego* de Clemenceau, et nouveau ministre des Affaires étrangères, a poussé à la conclusion d'une convention anglo-russe en 1907 pour compléter le système d'alliances. Même si, en 1909, au cours d'une crise balkanique, Clemenceau modère l'allié russe en lui représentant que les « intérêts vitaux » de la Russie ne sont pas engagés dans les Balkans, il reste fidèle au système Delcassé de paix armée et d'équilibre des blocs. Briand n'y change rien. Il a trop de soucis à l'intérieur pour envisager une politique étrangère originale : il garde Pichon, créature de Clemenceau.

L'homme qui trouve ses idées à la pêche à la ligne, qui a partagé avec son ami Viviani un pavillon de meulière à Soisy-sous-Montmorency avant de se faire héberger dans la très belle maison de Saint-Cloud que sa maîtresse, Berthe Cerny, tient d'un riche amant, cet orateur à la voix de violoncelle a pour tâche essentielle, outre la défense de l'ordre social, la modification en profondeur de la politique française grâce à l'élimination des anciennes querelles et des vieilles pratiques. Le tournant de 1910 est en effet capital. Briand a réussi l'« apaisement » : il a rendu de nouveau gouvernable au centre droit une Chambre combiste en décomposition. La dissolution des partis traditionnels l'a servi. Chez les socialistes, Dieu ne reconnaît plus les siens, ni l'électeur. Pendant longtemps, Briand lui-même à Saint-Étienne, Zévaès à Grenoble, tout comme Viviani et Millerand, continuent à bénéficier des voix de gauche. Même confusion chez les radicaux : depuis que Caillaux, avec son idée d'impôt sur le revenu, a eu l'idée géniale de faire payer les classes moyennes sans toucher, fût-ce moindrement, aux privilèges des vrais riches, beaucoup de radicaux s'inscrivent non plus dans des sociétés de pensée, mais dans des associations de défense fiscale, ou encore dans cette Association de défense des classes moyennes fondée par Maurice Colrat, un avocat proche de Poincaré. Ils n'ont aucun mal à démontrer que, d'après les cartons fiscaux de Caillaux, un jeune agrégé ou un médecin de campagne gagnant autour de 5 000 francs par an feront les frais non seulement de l'impôt général sur le revenu, mais aussi d'un « impôt complémentaire » progressif. Aux principes égalitaires qui ont eu si longtemps cours dans le parti se substitue désormais, pour un nombre croissant de radicaux, le souci de défendre les intérêts de la France moyenne des fonctionnaires, des travailleurs indépendants, des salariés dotés d'un diplôme.

Le parti s'embourgeoise un peu plus, oublie les racines idéologiques de son combat. Briand, ce « péripatéticien qui s'instruit, assure-t-on, en réfléchissant, et qui réfléchit en déambulant » (Charles Benoist), comprend qu'il est temps de « faire aimer la République » en liquidant l'anticléricalisme. Après tout, l'avancée sociale des chrétiens — très spectaculaire dans le Nord où le père Desbuquois organise des secrétariats sociaux dans les villes, à Lyon où Marius Gonin a fondé les Semaines sociales, dans toute la France où l'Action catholique de la jeunesse reçoit 140 000 adhésions, où l'Action populaire relance un syndicalisme chrétien prometteur — semble autoriser un dialogue plus large, moins ponctuel qu'avec la petite Action libérale populaire de Jacques Piou, une formation de droite qui ne compte guère d'élus. Les catholiques pénètrent non seulement la République, mais la société elle-même. Il est temps, pense Briand, de faire la paix avec eux.

En affirmant à la fin de 1909, dans un débat sur les manuels scolaires, n'être pas favorable au monopole de l'enseignement, Briand s'attira la bienveillante attention de la droite. Pour couper court au conflit sur l'école et sur la liquidation des congrégations, il lança la polémique sur la représentation proportionnelle, un mode de scrutin devant garantir la promotion politique des minorités et faire sortir la démocratie française des « mares stagnantes » : la question divisait tous les partis, sauf les socialistes, unanimement favorables, et certains républicains modérés. Ayant lancé ce brûlot, Briand entreprit aussitôt de faire rejeter la loi en posant la question de confiance. Il avait réussi à égarer l'opinion, juste avant les élections de 1910, qui furent conformes à ses vœux : la droite ne comptait plus que les 34 élus de l'Union libérale de Jacques Piou, et 17 nationalistes.

Les progressistes étaient 75 et les républicains de gauche 73. Les radicaux-socialistes perdaient 8 sièges seulement, revenant à 261, mais renforcés de 30 socialistes indépendants, du style de Viviani ou Millerand. Il y avait une majorité briandiste solide, même si les socialistes, partis à 55, se retrouvaient à 75.

Jaurès, dans la « motion de Toulouse » de 1908, avait défini la ligne du parti : certes, il restait un parti de classe ayant pour but la conquête du pouvoir afin d'instaurer un régime collectiviste, mais il se présentait aussi comme « le parti le plus activement réformateur ». Il fallait « travailler pour l'action électorale et accroître la puissance parlementaire et législative du socialisme ». Heureux résultats pour Jaurès : le socialisme mordait sur l'électorat rural, rassuré par la fin des troubles révolutionnaires. La nouvelle C.G.T. de Jouhaux, Monatte, Merrheim et Dumoulin était en crise après l'échec répété de la grève générale et la lassitude des militants qui attendaient en vain le « dépérissement de l'État ». Briand comptait récupérer les voix ouvrières en faisant enfin passer la loi sur les retraites préparée par Viviani. En discussion depuis 1901, voté en 1910, le texte impliquait une charge pour l'État très supportable, pour une pension minime de 120 francs (et non pas 360) par an. Guesde estimait que les ouvriers y perdaient : on les obligeait à cotiser toute leur vie alors que, pour la plupart, ils mouraient avant soixante-cinq ans.

Le deuxième gouvernement Briand, constitué en novembre 1910, fit l'économie des socialistes indépendants, écarta Millerand (accusé d'avoir touché 300 000 francs d'honoraires dans les procès des liquidateurs de biens des congrégations) et constitua un cabinet de francs-maçons pour se garder à gauche du côté des radicaux. Le grand maître Lafferre remplaça Viviani, le frère Klotz, député de la Somme, devint ministre des Finances, le frère Faure remplaça Doumergue à l'Instruction publique. La droite fut déçue, car l'ouverture tournait court, et la gauche ulcérée par l'élimination des socialistes indépendants : « Le traître, disait Jaurès, a accumulé devant lui les difficultés insolubles. Quoi qu'il arrive, il est perdu. »

Briand démissionna d'ailleurs avant d'être mis en minorité, et le franc-maçon Monis, qui lui succéda, constitua un cabinet encore plus maçonnique, avec Berteaux, ministre de la Guerre, Delcassé et Steeg, ministres de la Marine et de l'Instruction publique, Massé, ministre du Commerce, et Pams, de l'Agriculture, les sous-secrétaires d'État Émile Constant, Malvy (député du Lot), Chaumet et Dujardin-Beaumetz. La moitié du gouvernement venait du sud de la Loire. Caillaux avait décidé de faire sa part au radicalisme méridional. Berteaux, le richissime agent de change qui présidait aux bureaux de la Guerre, était parfaitement d'accord avec le « millionnaire » Caillaux, membre des conseils d'administration du Crédit foncier égyptien et du Crédit foncier argentin, pour mettre en première ligne de l'action du gouvernement l'impôt sur le revenu, qui permettrait à la France de financer ses cuirassés non pas aux frais des propriétaires ou des rentiers, mais des salariés moyens et supérieurs. Il fallait en effet de l'argent pour payer les programmes de la marine : deux cuirassés de 23 000 tonnes furent lancés en septembre. Une loi spéciale autorisa la mise en chantier de deux unités semblables. Six nouveaux cuirassés de type Danton, de 18 000 tonnes, permirent de constituer trois escadres homogènes et une division légère. Delcassé n'était pas revenu pour rien rue Royale.

L'affaire d'Agadir

Le gouvernement des frères ne dure pas, Monis est blessé et son ministre de la Guerre, Berteaux, tué au cours d'un accident à Issy-les-Moulineaux : un avion fauche un peloton de cuirassiers et la tribune présidentielle. Le cabinet tombe le 23 juin 1911. Caillaux accède enfin au pouvoir, confiant à Justin de Selves, parfait gentilhomme protestant, les Affaires étrangères : comme Clemenceau avec Pichon, Caillaux entend tenir lui-même avec Selves les rênes de la diplomatie. C'est donc lui qui prend de plein fouet le choc d'Agadir.

Les Allemands, irrités de l'occupation de Fez par les troupes françaises, reviennent soudain à la politique de menace qu'ils avaient abandonnée depuis 1906. Le « sphinx » Kiderlen-Wächter, secrétaire d'État allemand aux Affaires étrangères, obtient de l'empereur la permission d'envoyer un navire de guerre au Maroc : le *Panther* relâche devant Agadir le 1er juillet 1911. Caillaux, doublant son ministre des Affaires étrangères, mène une négociation parallèle avec un homme d'affaires, Fondère. Joffre, chef d'état-major général, vient de lui assurer qu'il avait peu de chances de gagner la guerre si elle était déclarée. La Russie fait savoir qu'elle considère que les intérêts vitaux de la France ne sont pas en jeu « pour une question de pourboire ». En revanche, l'Angleterre, très émue par la revendication allemande sur le Congo, annonce par la voix de Lloyd George que « la paix à tout prix est une formule inacceptable pour un grand pays », et l'Amirauté met ses unités en état d'alerte. Est-ce la guerre ?

Le personnel diplomatique français ne peut faire front uni, à cause de la négociation parallèle : Paul Cambon se fâche contre Selves, et Selves contre Caillaux. Celui-ci progresse lentement et profite d'une crise financière en Allemagne, qu'il se flatte d'avoir déclenchée en faisant rapatrier les capitaux français à court terme. L'Allemagne veut bien se contenter, par le traité du 4 novembre 1911, de quelques centaines de milliers de kilomètres carrés au Congo. En échange, elle donne carte blanche à la France au Maroc.

Cet accord, jugé raisonnable par les ambassadeurs Cambon, est à l'origine d'une flambée nationaliste en France. Toute la presse de droite tonne contre Caillaux. Les politiques donnent le signal : au banquet de l'Alliance républicaine et démocratique, Poincaré — qui a refusé toute participation aux cabinets Briand, Monis et Caillaux — critique le principe d'une négociation menée sous la contrainte. Calmette, dans le *Figaro*, traite Caillaux de « gredin », et le *Temps* annonce la condamnation du cabinet. L'estocade vient du Sénat : Poincaré, rapporteur général du traité, n'est pas responsable de la chute de Caillaux. C'est Clemenceau, membre de la commission, qui embarrasse le ministre Selves au point de l'acculer à la démission. Caillaux a cru bon de donner sa parole qu'il n'y a pas eu de tractations secrètes. Il doit évidemment partir.

La chute du cabinet permet de mesurer le désarroi de l'institution républicaine devant une crise grave : si la République de Briand a pu faire face à la révolution sociale, celle de Fallières est incapable de mettre en place un gouvernement stable alors que l'Allemagne frappe de plus en plus lourdement à la porte. L'avertissement d'Agadir réveille la droite. « Depuis six mois, écrit le comte de Mun en janvier 1912, il s'est fait un changement dans ce pays, un changement profond dont il a conscience. [...] Tout à coup, ce fut un brusque réveil, le coup d'Agadir avait frappé, comme un coup de baguette magique, le cœur de la France engourdie. » La presse de droite exige un gouvernement « national ». Celle du centre gauche, à l'instar du *Radical*, emboîte le pas : « Du chef de ce gouvernement, il faut attendre une expérience profonde des affaires publiques, une grande autorité morale, le sens profond des volontés du pays et la fermeté des desseins servie par l'énergie des actes. » Comment ne pas reconnaître, dans ce portrait du président idéal, Raymond Poincaré dont le nom est sur toutes les lèvres ? Fallières l'appelle immédiatement. « Je n'ai pas le droit de me dérober », répond-il aussitôt.

Il accède au pouvoir dans les formes, prenant pour lui les Affaires étrangères, il garde Delcassé et lui offre la Marine. Il a longuement consulté, avant de constituer son cabinet, le maître du radicalisme, Léon Bourgeois. Comment gouverner, en effet, sans les voix radicales ? Steeg est à l'Intérieur, ce qui suffit à la rue de Valois (où se trouve le siège du parti), Briand est garde des Sceaux, Klotz et Lebrun, amis de Caillaux, ont les Finances et les Colonies. Jean Dupuy, propriétaire du *Petit Parisien* et membre influent de l'Alliance démocratique, fait partie de l'équipe. Léon Bourgeois lui-même a accepté le Travail. On ne voit dans la formation aucun modéré. Poincaré n'a pas appelé la droite, il est resté dans la majorité « républicaine ». L'objectif n'est nullement de revenir sur les lois scolaires ou sociales : l'ex-socialiste Millerand est à la Guerre, choix significatif, et à Charles Benoist qui lui déclare en commission : « De vous à moi, il n'y a pas tant de différence », Poincaré répond : « De vous à moi, il y a toute l'étendue de la question religieuse. » Il reste ferme sur ce point. C'est à ce prix que s'est négociée l'entente avec les radicaux.

Le cabinet bénéficie d'un fort soutien de la presse : outre

le *Petit Parisien* de Jean Dupuy, il est encensé par le *Figaro*, le *Matin*, l'*Écho de Paris.* Sans doute se serait-il passé de l'appui bruyant de certaines feuilles d'extrême droite, comme l'*Autorité*, la *Libre Parole* ou l'*Action française*, mais l'académicien Raymond Poincaré — élu en 1909 par vingt voix sur trente et un votants — faisait figure, comme le lui disait Ernest Lavisse dans son discours de réception, de « chef d'opinion ». Il était inévitable que toute la presse de droite, sauf peut-être l'*Éclair* de Judet — qui touchait de l'argent de l'Allemagne — se ralliât à sa bannière, qu'il le voulût ou non. Le nationalisme allait-il répudier celui qui incarnait les valeurs patriotiques ? Poincaré ne passait-il pas, depuis dix ans, pour vouloir réviser le système constitutionnel ?

Il était en fait beaucoup plus prudent que ne l'eussent souhaité ses nouveaux et dangereux thuriféraires. Quand il déplorait l'absence d'autorité de l'exécutif et l'amoindrissement de la fonction du président de la République, il se situait dans la lignée de Waldeck-Rousseau. Ses discours, ses articles pouvaient donner à penser que la France, après Agadir, avait mis au pouvoir, comme l'expliquaient les caricaturistes, un Lorrain aux « poings carrés ». Certes, il dénonçait le gouvernement d'Assemblée qui transformait la démocratie en démagogie, mais il pensait qu'une révision constitutionnelle était impensable dans un univers politique où l'on ne pouvait trouver un accord sur la réforme électorale. Sans doute était-il l'un des partisans les plus sincères de la représentation proportionnelle. Il ajoutait modestement qu'une simple réforme réglementaire un peu rigoureuse des usages de la Chambre suffirait à rendre les députés à leur devoir de législateurs, sans qu'ils s'érigeassent en administrateurs ou en juges. « Ils se consoleront, disait-il, de ne pas nommer les gardes forestiers. » Si modérées qu'elles fussent, ces thèses semblaient suspectes à Clemenceau qui avait commencé sa carrière politique en expliquant à ses électeurs de Montmartre que la présence dans la Constitution d'un président de la République était une hérésie, une survivance monarchique. Mais quand il souhaitait regrouper les forces politiques françaises en deux courants simples, conservateurs et libéraux à l'anglaise, Poincaré était porté par un courant favorable :

l'opinion souhaitait l'alternance, celle qui excluait naturellement les socialistes et les royalistes. « Ces vérités, expliquait le *Figaro*, personne jusqu'ici ne les avait jetées au front de nos Assemblées : ceci est un pas décisif. » Poincaré était-il, comme on le murmurait dans Paris, l'un des trois « consuls », avec Deschanel et Barthou ? Il est vrai que son arrivée au pouvoir, après Agadir, était celle de l'homme fort capable de dominer le Parlement, d'imposer la paix civile, de reléguer au second plan les querelles électorales pour travailler à la sécurité extérieure, comme l'avait fait Bonaparte un siècle plus tôt.

Le « grand ministère » de Raymond Poincaré

Le « grand ministère » fut accueilli avec faveur. C'était déjà un cabinet de guerre. Sans s'attarder aux susceptibilités des radicaux qui finissaient par juger, comme Jaurès, le gouvernement par trop modéré, Poincaré, qui s'était installé au Quai d'Orsay, convoquait les ambassadeurs, posait des colles à l'excellent Paul Cambon qui se disait déçu de ses rapports « avec un avocat d'affaires », déclarait à la cantonnade, en parlant de Barrère, que la France avait à Rome « un excellent ambassadeur d'Italie », rappelait Crozier de Vienne parce qu'il avait voulu faire admettre à la cote un emprunt austro-hongrois. Pour être prêt à la guerre, si elle devait surgir (ce qui ne veut pas dire qu'il souhaitait la provoquer), Poincaré estimait indispensable de conforter les alliances de la France. Nommant secrétaire général du Quai d'Orsay son condisciple à Louis-le-Grand, Maurice Paléologue, il rédigeait lui-même les dépêches, lisait le courrier des ambassadeurs. Il avait fait voter par le Sénat le traité de 1911 en assurant que cette signature ne modifiait en rien le système d'alliances du pays. Il avait rejeté l'hypothèse, suggérée par Joffre, d'une invasion de la Belgique par l'armée française en cas de menace. Il avait signé une déclaration commune avec le premier ministre anglais, s'engageant à respecter la neutralité belge. En échange, il avait reçu la promesse d'une consultation militaire précise en cas de menace grave. Du côté russe, il avait fait lui-même le voyage de Saint-Pétersbourg pour resserrer l'alliance avec le tsar. Il avait demandé et obtenu l'engagement d'un programme de dédoublement des voies ferrées conduisant à la frontière. Son retour avait été salué par des manifestations au abords de la gare du Nord. Il avait déclaré à Nantes : « Il faut garder en nous toute la patience, toute l'énergie, toute la fierté d'un peuple *qui ne veut pas la guerre et qui pourtant ne la craint pas.* » C'était le langage que, depuis Agadir, la majorité du pays attendait.

Millerand était alors le plus ardent propagandiste de l'idée nationale. Le ministre de la Guerre avait restauré la coutume des retraites aux flambeaux. La revue militaire du 10 mars 1912 à Vincennes renoua avec les anciennes traditions du culte à l'armée et ne fut pas sans rappeler, par l'émotion de la foule, la première revue de Longchamp présidée par Thiers. La statue de Strasbourg était de nouveau honorée de gerbes de fleurs et les étudiants du Quartier latin manifestaient aux cris de : « Vive l'Alsace ! Vive la Lorraine ! » et même : « A bas l'Allemagne ! » « Ce que j'aime dans la jeunesse d'aujourd'hui, déclarait Lyautey [qui avait obtenu de Poincaré les mains libres au Maroc pour créer le protectorat et pacifier le pays], c'est qu'elle n'a pas peur de la guerre, ni du mot ni de la chose. » L'attaché militaire Pellé écrivait de Berlin pour mettre le gouvernement en garde : la presse allemande utilisait ces manifestations contre la France, présentée comme dangereuse et revancharde. Poincaré pouvait-il être tenu pour responsable des manifestations des nationalistes devant la statue de Strasbourg ?

Il tenait pour un premier devoir de renforcer l'armée et la marine, et d'abord de lutter contre l'antimilitarisme. Il savait que le courant s'inversait aussi dans ce domaine : Jacques Julliard[1] a montré que les masses suivaient de moins en moins les mots d'ordre de la C.G.T. : deux menaces de guerre étaient passées par là, 93 bourses du travail sur 153 refusaient l'antimilitarisme en 1911. Les leaders syndicaux savaient qu'ils ne pouvaient être sûrs de leurs troupes en cas de risque de conflit. « Quarante délégués prirent la parole le 1er octobre

1. « La C.G.T. devant la guerre », *Le Mouvement social*, oct.-déc. 1964.

1911, explique Julliard, lors d'une conférence des bourses et fédérations. Tous sauf un déclarèrent qu'ils ne pouvaient pas compter sur leurs syndicats pour une grève générale en cas de guerre. »

Si la mobilisation doit se faire sans obstacle, compte tenu de ces nouvelles dispositions du monde ouvrier, encore faut-il que l'armée soit efficace. Joffre, chef d'état-major général depuis le 28 juillet 1911, fait les plus grandes réserves à ce sujet. Il a été nommé par Messimy, ministre de la Guerre du cabinet Caillaux, avec pour mission le commandement du principal groupe d'armées en cas de guerre. Il serait donc directement responsable des opérations. Il l'était déjà, puisqu'il avait préparé le plan XVII, tablant sur une guerre courte où l'armée irait à la bataille toutes forces réunies. Le plan avait été adopté à l'unanimité. Il était résolument offensif. Il faut croire que Joffre avait convaincu le personnel politique, puisque le placide Fallières déclarait sans ambages : « Nous sommes résolus à marcher droit à l'ennemi, sans arrière-pensée. L'offensive convient au tempérament de nos soldats et doit nous assurer la victoire, à condition de consacrer à la lutte toutes nos forces, sans exception. » Cela supposait une réorganisation totale de l'armée et un changement de la loi militaire, portant la durée du service de deux à trois ans.

Joffre réclame également une augmentation globale du budget de la Guerre, pour l'aligner sur celui de l'Allemagne, très supérieur. Victime comme Foch, Lanrezac et Maud'hui, de la véritable mystique de l'offensive qui domine l'École de guerre et place le colonel de Grandmaison, chef du bureau des opérations à l'état-major de l'armée, dans une position de mentor, Joffre lui donne raison quand il affirme que « seule l'offensive permet de s'affranchir de la volonté de l'adversaire ». Les Français, à l'évidence, sont décidés à partir en guerre dans un tout autre esprit qu'en 1870. Mais le général est trop prudent pour ne pas demander toutes les sécurités et le maximum de moyens. Il exerce une pression tenace en faveur de la loi de trois ans.

L'avance de l'Allemagne est frappante en matière d'effectifs : ses deux lois successives du 27 mars 1911 et du 14 juin 1912 ont accru son armée de 7 000 officiers, 10 000 sous-officiers et 52 000 hommes. Le colonel Pellé laisse prévoir pour 1913 un effort supplémentaire de 120 000 fantassins et 30 000 cavaliers. Un tableau prévisionnel permet de constater que l'armée d'active allemande comptera 863 000 soldats en 1915 contre 532 000 seulement pour la française. Dans sa logique de chef, Joffre signale le péril. Poincaré restera-t-il sourd aux appels de l'armée ? Depuis la fin de 1912, il prépare en fait son élection à la présidence de la République, réservant à plus tard les problèmes de fond.

S'il est élu, le 17 janvier 1913, c'est contre une manœuvre parlementaire ourdie par Clemenceau dans un climat de passion exceptionnel : Poincaré doit se débarrasser de Millerand et le désavouer, parce qu'il a réintégré un officier, Du Paty de Clam, révoqué en 1900 pour son rôle dans la première condamnation de Dreyfus. Millerand n'en persiste pas moins à affirmer qu'il reste un partisan convaincu de sa candidature. Cependant, Clemenceau lui oppose le richissime marchand de papier à cigarettes Job, Jules Pams, ministre de l'Agriculture. Le bretteur vendéen fait la preuve, en convoquant une « délégation des gauches » volontairement incomplète, que Pams peut battre Poincaré et que celui-ci doit se retirer au nom de la « discipline républicaine ». Poincaré réplique que Pams n'est pas « plus fermement républicain que lui ».

La presse déchaînée donne à l'élection une allure plébiscitaire : « Si le pays lui-même était appelé à désigner le chef de l'État, écrit l'*Écho de Paris*, journal de droite, je sais bien sur quel candidat se porteraient ses préférences. » La candidature de Poincaré, écrit l'*Aurore*, est « un véritable événement national ». Dans la *Liberté*, Georges Berthoulat demande qu'on en finisse avec les « présidents-soliveaux ». Contre Poincaré, les parlementaires clemencistes se déchaînent. Une lettre est distribuée au Sénat et à la Chambre : « Votons tous sans hésiter contre Poincaré qui n'a pas plus de caractère que Boulanger et n'en aura jamais autant que Ratapoil. » Caillaux et Deschanel évoquent l'attitude louche du candidat lors des votes des lois anticléricales. Judet, dans l'*Éclair*, organise un concours — qui sera la présidente ? — non sans faire remarquer que Poincaré n'est pas marié à l'église et que sa femme, Henriette Benucci, est divorcée. Les bonnets à poil du combisme auront-ils raison de l'obstination du candidat ? Une voix de droite l'encourage, celle du comte de Mun : « Jamais depuis quarante ans, écrit celui-ci dans l'*Écho de Paris*, la première magistrature de la République ne fut décernée dans des circonstances aussi graves pour la France. [...] L'Europe, tout entière incertaine et troublée, s'apprête pour une guerre inévitable. [...] Le danger de la patrie, il vient de passer sur nous comme un frisson mortel. » Voilà donc la candidature située sur son vrai terrain, celui du danger extérieur : Poincaré est élu par 483 voix contre 296 à Pams. La droite aussi a voté pour lui.

« *Autour du drapeau* »

Dans ce climat d'angoisse et de pré-guerre, le vrai ralliement se met en place « autour du drapeau ». La presse illustrée, les correspondants des grands journaux ont assez alerté l'opinion sur la puissance du feu, l'action des obus et des balles de mitrailleuses pour que chacun s'attende à une guerre de tranchées aussi dure qu'à Moukden, à des pertes aussi atroces que celles de la guerre des Boers. On sait que le feu tue et que toute nouvelle guerre sera un massacre. Même le placide Jules Renard note dans son *Journal*, avant Agadir, qu'il est terrorisé par l'impitoyable tuerie qui se prépare. Les craintes collectives devant les armements nouveaux (chimiques en particulier) ont incité les États à se rencontrer à La Haye pour tâcher d'humaniser la guerre. On a condamné les gaz, les sous-marins, les bombardements de populations civiles. Le public n'a pas attaché plus d'importance à ces vœux pieux qu'au projet de Léon Bourgeois d'une « Société des nations », formulé en 1910. A la proximité de la guerre s'ajoute désormais la perception de sa fatalité : on estime que l'Europe surarmée est une poudrière et que tout peut sauter au moindre incident. Dans l'esprit des contemporains, le double système d'alliances antagonistes n'implique pas l'équilibre de la terreur, mais une assurance contre l'agression inévitable du bloc rival, toujours suspect de guetter la bonne occasion d'en finir pour atteindre l'hégémonie. Les Français d'après 1911 prennent soudain conscience qu'ils ne peuvent échapper au bain de sang, qu'il est peut-être pour demain, que cette approche impose l'union, la résolution, le courage.

L'union se fait d'abord entre catholiques, sac au dos, sur la route de Chartres. Le temps des pèlerinages est revenu, et même, devant la statue de Jeanne d'Arc, celui des manifestations sur la voie publique : le patriotisme permet tout et conduit Poincaré aux côtés des responsables de la droite devant la statue dorée de la « petite sainte » (qui ne sera canonisée qu'après la guerre). Dans le mouvement tumultueux de l'Association catholique de la jeunesse française, inspirée par de Mun, on pouvait reconnaître, sur la route de Chartres, des royalistes côtoyant de jeunes démocrates. Ceux-ci étaient plus à l'aise, jadis, au Sillon qu'avait fondé le laïque Marc Sangnier. Celui-ci tenait le suffrage universel comme la source unique du pouvoir : de ce fait, il avait été condamné par le nouveau pape Pie X, renouvelant en 1907 la mise en garde de l'Église contre la démocratie. Le Sillon lui-même avait été dénoncé comme hérétique par une lettre du pape du 25 août 1910. Agadir avait néanmoins dissipé ces querelles : les chrétiens sociaux du Nord, les parlementaires impétueusement démocrates comme l'abbé Lemire d'Hazebrouck[1], ou comme l'abbé Gayraud dans le Finistère, pouvaient rejoindre dans son patriotisme vibrant le comte de Mun, fondateur avec La Tour du Pin des Cercles catholiques ouvriers, foncièrement paternalistes. La question sociale passait soudain au second plan, éclipsée par le danger de guerre qui rassemblait les chrétiens : Charles Péguy, l'ancien socialiste, aux côtés de Barrès, l'ancien boulangiste.

A l'évidence, le ralliement des voix de droite à Poincaré était l'indice de ce changement des mentalités : les catholiques oubliaient le passé pour ne plus se consacrer qu'à la défense commune. Ce retour à l'unanimité rendait vaine l'agitation royaliste du nouveau mouvement de l'Action française, qui faisait paraître dans Paris, depuis 1908, un quotidien et organisait une puissante ligue capable de mobiliser 5 000 ou 6 000 jeunes gens devant la statue de Strasbourg. Ces

1. J.-M. Mayeur, *L'Abbé Lemire, prêtre républicain*, Paris, 1969.

militants, mal vus des « vieilles barbes » orléanistes qui entouraient le prince, avaient pour bible l'*Enquête sur la Monarchie* de Charles Maurras, qui dressait contre la République l'image d'un régime patriote, hiérarchisé et décentralisé, image qu'aucun prince ne viendrait ternir puisque, en dépit de sa théorie du coup d'État et de la prise du pouvoir, l'Action française ne se faisait aucune illusion sur les chances d'une restauration qui n'était pas son objectif majeur : son ambition était à la fois intellectuelle (reconstruire une théorie de l'État et de la société) et politique, dans la mesure où son action quotidienne était dirigée exclusivement contre la République et son personnel, présenté comme un ramassis d'incapables et de corrompus. Ce discours mobilisateur n'avait plus d'objet depuis l'élection de Poincaré. En 1913, le nouveau président de la République allait faire de la fête de Jeanne-la-Lorraine un anniversaire national. L'Action française était neutralisée et même canalisée puisque ce sont ses partisans, Gabriel de Tarde et Henri Massis, qui menèrent une *Enquête d'Agathon* auprès de la jeunesse étudiante parisienne, faisant ressortir chez les interrogés l'affirmation vibrante du devoir national et le goût de l'action. Les jeunes ligueurs, loin de demander un roi, se mettaient désormais au service du réarmement moral, premier devoir des Français, pour une fois assumé dans la décence par un hôte de l'Élysée.

L'idéologie positiviste et scientiste des républicains faisait eau de toutes parts. L'Action française était sans doute responsable, avec d'autres organisations patriotiques, des manifestations de la rue de Rivoli ou de la place de la Concorde, mais elle n'était pour rien dans le puissant mouvement des idées, qui, de Bergson à Boutroux, rejetait la pensée de Taine, de Renan et de Comte, pour faire place à l'irrationnel, à la foi, à l'idéalisme d'un néo-spiritualisme français. La mode était à l'action, comme l'exprimaient suffisamment les normaliens de Jean Barois (le personnage du roman de Martin du Gard), au sport, à l'aventure, aux aviateurs, aux explorateurs, et non plus aux traducteurs des Grecs ou aux lecteurs de Hegel. Une jeunesse anti-intellectualiste se presse dans les tribunes de l'Académie française pour entendre le philosophe aveugle Boutroux (qui succédait au général d'artillerie Langlois) faire l'éloge du fantassin à la charge. Le vieux maître rendait à l'individu, au soldat, le sens du sacrifice et de l'héroïsme « contre la science impersonnelle, la matière, le hasard », maîtres probables, avec l'artillerie lourde, du nouveau conflit si la *furia francese*, heureusement enseignée à l'École de guerre, ne venait y mettre bon ordre. Boutroux ne voit-il un remède contre la fatalité d'un écrasement de l'homme que dans cet assaut désespéré ? Devant tant de massacres annoncés, Apollinaire rêve d'« Ader l'aérien », du « Christ qui monte au ciel mieux que les aviateurs ». Il reste sourd au tintamarre des arsenaux où les ouvriers de Krupp, Schneider, Putilov, Skoda et Vickers préparent à la jeunesse européenne cette rencontre tragique avec « la science, la matière et le hasard » qu'avait annoncée le philosophe.

Si le danger de guerre permet à l'unanimisme national d'occuper le terrain des idées, des sentiments de l'opinion publique et de la majorité des journaux, un contre-discours se met patiemment en place autour de Jaurès. Il n'est pas antipatriote, car il n'a nullement l'intention de créer devant l'Allemagne un vide militaire des nations de l'Ouest. Il veut changer le système républicain de défense, sans avoir l'illusion de croire la guerre impossible. Il estime qu'en modifiant d'abord l'armée, on obligera la diplomatie à plus de prudence.

Il est le seul à tenir ce discours, mais son autorité est alors sans égale. Quand Millerand, « au lieu de faire les retraites ouvrières, fait les retraites militaires » (Clemenceau), quand Briand et Viviani passent dans le camp poincariste, Jaurès est un des rares « indépendants » ralliés à la S.F.I.O. à rester dépositaire de la tradition humaniste de la gauche. Il comprend que le vrai débat sur la guerre se noue autour de la loi de trois ans : une nouvelle marche dans l'escalade du réarmement, un autre risque. Il faut combattre non la volonté de se protéger, mais le système contraignant qui donne à l'état-major et à ses doctrines une priorité absolue. Certes, les socialistes n'adressent plus aux officiers, comme en 1902 les radicaux, de griefs politiques. Joffre est un ancien maçon, et l'on a écarté du pouvoir suprême le général de Castelnau parce qu'il sortait de la « jésuitière ». Contre la nouvelle armée que Joffre reprend en main, la gauche n'a pas de critique à formuler : la discipline est sûre, et l'on panse les plaies de l'affaire André. Jaurès n'attaque pas la caste, mais le système : la subordination de la loi militaire à la doctrine de l'offensive lui semble, pour un régime de paix, une hérésie.

Le « divorce entre la pensée militaire et la pensée républicaine et sociale » est la raison de fond de la mauvaise orientation du système de défense : on fait comme si la guerre devait être réglée, compte tenu de la puissance du feu, en une seule grande bataille, comme s'il convenait de prendre immédiatement l'offensive toutes forces réunies, pour ne pas être écrasé. Ces gens ne croient pas « la démocratie républicaine capable de l'effort le plus généreux et le plus utile ». A Foch qui prédit une grande guerre « nationale », Jaurès répond qu'une telle guerre ne peut être que celle d'un peuple « voulant la paix, faisant la preuve qu'il veut la paix, étranger à toute pensée d'agression et à toute combinaison de rapine ». Un autre type de guerre nationale peut être livré par une nation « ayant réalisé une grande réforme sociale » et assaillie sur son territoire « par les pouvoirs d'oligarchie ». Jaurès est net : en dehors de ces deux hypothèses, « il n'est pas permis de parler désormais de guerre nationale ». Il admire que Foch (qui a subi des préjudices de carrière à la suite de l'affaire des fiches) rende hommage à Gambetta : c'est en effet sa foi dans la capacité de résistance du peuple qui l'a animé dans la Défense nationale et plus tard dans sa tâche de reconstruction de l'armée. Il est clair que, pour associer le peuple, tout le peuple, à l'effort de défense, il ne faut pas l'encaserner pendant trois ans : les milices régionales seront plus efficaces pour conduire une guerre défensive, car elles seront animées par la force de résistance des peuples agressés et soudés par l'agression.

Son livre *L'Armée nouvelle* date de 1910. Après Agadir, Jaurès peut-il maintenir ces positions ? Il espère trouver un écho dans les grandes nations militaires, chez les camarades socialistes. Sans une réforme comparable accomplie dans tous les États européens, l'« armée nouvelle » ne risque-t-elle pas de placer le pays dans une position d'infériorité ? L'aile extrême de la gauche révolutionnaire allemande traite le projet de « croyances obstinées petites-bourgeoises » (Rosa Luxemburg). On sait que Lénine s'achemine vers une conception de la guerre impérialiste que les révolutionnaires ne doivent pas combattre, puisqu'elle ouvre des voies larges et imprévues à la révolution. Seuls les sociaux démocrates peuvent partager le pacifisme de Jaurès. Refuseront-ils de voter, en cas de danger, les crédits militaires ?

Double action, possible et nécessaire : courir les congrès socialistes internationaux, en obtenant de tous les partis la condamnation de la guerre et une résolution prônant la grève générale en cas de conflit, obtenir des gouvernements bourgeois un engagement positif en faveur de la paix, en jouant sur la crainte qu'ils ont de paraître, face à leur opinion publique, responsables d'une sanglante boucherie. Dans cet esprit, Jaurès ménage Poincaré et décide de faire confiance à ses paroles d'apaisement. N'a-t-il pas, en 1912, plaidé au Sénat la cause du traité, donc celle de la négociation ? A l'antimilitarisme syndical se substitue désormais la vigilance pacifiste de l'*Humanité*, le journal de Jaurès (dont la vente progresse de 30 000 exemplaires en 1912). Celui-ci est confiant : la S.D. vient de remporter en Allemagne un triomphe aux élections (110 députés). En France, les lecteurs de l'*Humanité* sont de plus en plus nombreux, ainsi que les adhérents au parti. Les élections de mai ont permis aux socialistes d'enlever 260 mairies. L'Europe socialiste se construit, le temps et la paix travaillent pour elle : le devoir de surveillance des gouvernements bellicistes s'en trouve renforcé. Si Lénine n'espère qu'en la guerre, elle est *aussi*, pour Jaurès, une catastrophe pour le parti S.F.I.O.

Le conseil de cabinet réuni par Briand vient de déclarer à la Chambre qu'« il n'est possible à un peuple d'être efficacement pacifique qu'à condition d'être toujours prêt à la guerre ». Le ministère ne tient pas longtemps. Il est renversé le 18 mars par le Sénat à propos de la loi électorale, alors qu'il vient de déposer à la Chambre le projet de loi des trois ans. Poincaré use de sa prérogative présidentielle (comme jadis Grévy pour barrer la route à Gambetta) pour désigner des présidents du Conseil favorables à cette loi, alors qu'elle compte de très nombreux ennemis dans les rangs socialistes et indépendants (comme Viviani) et chez les radicaux. Une bataille de presse d'une violence inouïe s'engage, où la *Croix* traite Jaurès d'ami de Guillaume II, ce qui est la moindre des insultes que l'on peut lire à droite. Les gros tirages de la presse gouvernementale, du *Matin* au *Figaro*, soutiennent le projet. Le maintien des libérables sous les drapeaux provoque de violentes manifestations antimilitaristes à Toul, Belfort, Mâcon et Rodez. La police surveille un Comité de défense des soldats où militent des syndicalistes révolutionnaires (Monatte, Jouhaux) aux côtés d'Anatole France et d'un jeune avocat bien vu des bourses du travail, Pierre Laval. Les gendarmes multiplient les enquêtes pour inscrire les suspects sur le « carnet B » qui doit permettre de les arrêter en cas de danger de guerre. La discussion est vive à la Chambre où Jaurès condamne à la fois l'alliance russe et l'aventure marocaine, mais le projet est néanmoins voté grâce à une forte minorité radicale, aux voix du centre et de la droite. Il est également adopté par le Sénat où Clemenceau et Léon Bourgeois le défendent efficacement. Élu au congrès de Pau président du parti radical, Caillaux, adversaire de la loi, renverse alors le cabinet Barthou, récemment formé, auquel il reproche d'avoir « endormi » l'impôt sur le revenu. Pour assurer le vote de la loi, Poincaré s'est accommodé de l'instabilité ministérielle. Il fait un long tour de consultations avant de trouver un successeur possible au ministère Barthou. Quand le radical Doumergue accepte finalement, sous la pression de Bourgeois, c'est pour désigner Caillaux aux Finances : le nouvel impôt financera la loi, et ainsi la gauche n'y perdra rien. « Nul d'entre vous, déclare Doumergue lors de la séance d'investiture, n'attend que nous vous proposions de rouvrir le débat sur la loi militaire récemment votée. C'est la loi. » Pour Jaurès, c'est la guerre. Pour Poincaré, c'est une chance de ne pas être écrasé si la guerre ne peut être évitée.

Réarmer et resserrer les alliances

L'impôt donne tardivement les moyens d'accroître les dépenses militaires sans grever le budget : Caillaux en attend 150 millions. Il ne l'étend pas à la rente française, et Jaurès le lui reproche à tort. C'est par calcul politique et non par conviction qu'il a exempté les très nombreux porteurs. Il a de même sauvegardé la propriété, puisque son « impôt sur le capital », au nom ronflant, ne taxe progressivement les héritages que pour un maximum de 2,5 %. Les agriculteurs, clientèle électorale, sont exonérés à 75 %. Les salariés moyens et supérieurs, les professions libérales, les entrepreneurs, les agents actifs de la France moderne sont donc les cibles privilégiées du fisc. Cinq cent mille contribuables dont on devait connaître, avant de les frapper, les revenus globaux allaient donc être les victimes du nouveau système. Il faut remarquer que le taux de 5 % maximum de la tranche supérieure, à partir de 25 000 francs de revenus, ne pouvait s'accroître au-delà de ce plafond. Le revenu de la propriété bâtie (celui des propriétaires d'immeubles urbains) était imposé à partir d'une déduction de 25 à 40 %. La réforme avait l'avantage de frapper les forces du travail et du capital actif : « Plusieurs millions de salariés ne payaient aucun impôt, parce qu'ils ne possédaient ni biens fonciers, ni immeubles, ni valeurs mobilières assujetties à l'impôt[1]. » Jadis les riches, seuls soumis au *cens*, prétendaient de ce fait gouverner seuls l'État et le représenter. Puisque les Français sans fortune (mais non sans revenus) votaient désormais et participaient aux institutions, n'était-il pas juste qu'ils paient leur part du budget au lieu de le laisser à la charge des propriétaires et des notables ? Ainsi Caillaux concevait-il la justice fiscale. Un coup de bourse sur la rente avait permis à des malins de profiter des hésitations du ministre : si peu démocratique qu'il fût, le projet, ainsi que la taxation de la rente, fut rejeté par le Sénat qui savait défendre la propriété. Ainsi se bâtit la réputation du Caillaux démocrate, nouveau Bayard luttant contre « les inégalités ». Mais qui voulait alors, en France, taxer les héritages et les biens ?

Poincaré poursuivait cependant, avec l'aide de Doumergue, la politique de réarmement et de resserrement des alliances : il avait fait un tour de France triomphal, expliquant à chaque occasion les nécessités de la paix armée. Les municipalités

1. Allain, *op. cit.*, p. 243.

socialistes comme celle de Toulouse le boudaient-elles ? Il prononçait un discours d'union nationale avec une force accrue. Caillaux, grand adversaire de la loi des trois ans, s'attira de violentes attaques de la part d'un journaliste du *Figaro*, Calmette. Le 17 mars 1914, l'épouse du ministre des Finances tua de six coups de revolver le journaliste dans son bureau. Le « ploutocrate-démagogue » dénoncé par Briand dans son discours de Saint-Étienne dut démissionner, non sans s'être bien légèrement compromis dans le scandale du financier Rochette qui éclata alors à la Chambre : Caillaux avait osé intervenir dans cette affaire auprès d'un procureur général de la République ! La commission désignée déclara qu'il avait commis « le plus déplorable abus d'influence, mais qu'il n'y avait pas crime ».

Aux élections du printemps, Caillaux, qui dirigeait les listes de gauche avec Jaurès sur le thème de la paix, fut réélu sans difficulté. La Chambre de 1914 était à majorité de gauche, avec autant de socialistes qu'en Allemagne (102), 172 radicaux-socialistes et 66 de la gauche radicale. On comptait en outre 29 républicains-socialistes, 53 républicains de gauche, 23 briandistes, contre 69 modérés et 80 députés des diverses droites. Pour Poincaré, qui voulait à toute force maintenir la loi des trois ans, cette Chambre élue sur le thème de la paix était ingouvernable. Il eut beaucoup de mal, au départ de Doumergue, à constituer un cabinet favorable à ses vues. Pouvait-il, nouveau Mac-Mahon, dissoudre la Chambre ? Il sut convaincre Viviani, en lui faisant part des avertissements donnés par le roi des Belges sur la psychose de guerre régnant autour de Guillaume II à Berlin (le calme Jules Cambon avait cédé à l'affolement). Quinze jours avant l'attentat de Sarajevo, le 14 juin 1914, cet autre transfuge du socialisme constitua finalement le cabinet qui devait faire face à la guerre.

A plusieurs reprises, durant les conflits balkaniques où les petites nations engagées sollicitaient sans cesse leurs protecteurs autrichien et russe, Poincaré et le chancelier allemand étaient intervenus pour éviter la généralisation du conflit. En novembre 1912, en mars 1913, Paris avait télégraphié à Pétersbourg pour dissuader les Russes d'entrer en guerre, alors que les Bulgares s'approchaient de Constantinople. Berlin avait modéré Vienne, que les succès des Serbes exaspéraient. Le président français avait protesté contre le traité serbo-bulgare que le Russe Hartwig, ministre du tsar, avait négocié : il considérait qu'il n'avait pas à intervenir en faveur d'un allié qui se compromettait dans la poudrière balkanique, d'autant que les chemins de fer stratégiques et le réarmement russe restaient à la traîne. L'empire des tsars apparaissait dès lors comme un allié dangereux et inutile.

L'influence pacificatrice et l'autorité de Poincaré étaient si solidement établies en 1914 que l'opinion n'avait pas été émue outre mesure de l'assassinat de Sarajevo : le président serait-il parti en Russie avec René Viviani, laissant la France à Bienvenu-Martin, s'il avait eu le moindre doute sur la paix ? Ainsi pensait Jaurès, et tous les Français. Ils ne pouvaient pas savoir, pas plus que Poincaré, que le 4 juillet à Potsdam, le Kaiser Guillaume II avait pris cette fois la décision de soutenir jusqu'au bout son allié autrichien. Fort des révélations d'Albert Ier que lui avait communiquées Jules Cambon, Poincaré partit prévenir le tsar et le persuader qu'il n'y avait plus un jour à perdre pour se préparer à la guerre, mais qu'il était essentiel de conserver son sang-froid et d'éviter toute provocation si l'on voulait conserver quelque chance de l'engager dans des conditions convenables. Il n'était évidemment pas question de prendre d'autre initiative que pacifique.

Jaurès sait que le mouvement international socialiste sera de peu de secours si une crise grave survient. La question de la guerre a été débattue pour la première fois au congrès de Stuttgart en 1907. La délégation française a proposé, en cas de mobilisation, l'insurrection et la grève générale. L'Autrichien Adler a fait des réserves, comme le Belge Vandervelde. Les Allemands Bebel et Vollmar ont parlé de « pieuse utopie ». Une motion vague a été votée sur les moyens d'action « qui varient naturellement selon l'acuité de la lutte des classes [dans chaque pays] et la situation politique générale ». De nouveau en 1910, au congrès de Copenhague, le Français Vaillant et l'Anglais Keir Hardie ont proposé, sans succès, un texte sur la grève générale. Le congrès de Bâle, en 1912, n'a pas été plus positif. Les syndicalistes ont été, en France, les seuls à préconiser des méthodes de violence.

Jaurès et les politiques restent dans les limites de la légalité. Ils espèrent mobiliser les foules par leur presse, et entendent peser de tous leurs moyens sur les gouvernements, en France comme en Allemagne. Mais les événements se précipitent et Jaurès, pendant que les responsables français se trouvent en Russie, n'a ni informations ni moyens d'action. Il apprend que l'Autriche a remis à la Serbie un ultimatum inacceptable le 23 juillet, que la Serbie a mobilisé, ainsi que l'Autriche-Hongrie. L'Allemagne intervient les 26 et 27 auprès de la France pour qu'elle pousse la Russie à la modération. On demande une démarche semblable à Vienne, que l'Allemagne repousse. Le chancelier Bethmann-Hollweg se refuse « à traîner l'Autriche, à l'occasion de son différend avec la Serbie, devant un tribunal européen ». Quand Vienne déclare la guerre à la Serbie, Jaurès ne se laisse pas prendre au piège de la « guerre localisée ». Il a plaidé pour la grève générale au congrès extraordinaire des socialistes réuni à Paris, contre Jules Guesde qui a soutenu qu'elle favoriserait les autocrates fauteurs de guerre, russe et austro-hongrois, où cette forme de lutte était impensable. La *Bataille syndicaliste* a organisé, le 27 juillet à Paris, une formidable manifestation.

Mais, le 28, la bombe est désamorcée : la C.G.T. évoque la « lourde responsabilité de l'Autriche-Hongrie devant l'Histoire » et demande au gouvernement d'œuvrer pour la paix. L'agression contre la Serbie a retourné l'opinion. Jaurès, le 29, recommande au parti socialiste le « sang-froid », tout en suivant avec passion les tentatives de médiation. Il n'est plus question de prôner la grève générale, mais de mobiliser les masses socialistes par l'Internationale, de créer un phénomène d'opinion qui fasse reculer militaires et gouvernants. Il fait le voyage de Bruxelles pour réclamer avec les autres socialistes, au cours d'un meeting angoissé au Cirque royal, des manifestations dans tous les pays d'Europe contre la guerre, à l'exemple du défilé organisé par les socialistes allemands dans les rues de Berlin. Pendant les deux derniers jours de juillet, alors que la note anglaise de Grey vient d'échouer et que le tsar a signé l'oukase de mobilisation générale, des manifestations ont lieu à Brest, Reims et Lyon. Jaurès, le 31, a multiplié les démarches auprès du gouvernement, mobilisé ses collègues de la Chambre et préparé un important article pour l'*Humanité*. Il est assassiné à 21 h 40, au café du Croissant. Le dernier combattant de la paix vient de disparaître. La voie est libre pour le carnage...

La République dans la guerre

Les affiches blanches aux petits drapeaux entrecroisés sont apposées dans toute la France le 1er août : comme en Allemagne, c'est la mobilisation générale. Bethmann-Hollweg a parfaitement convaincu ses socialistes que le Kaiser avait tout fait pour sauver la paix, uniquement menacée par l'impérialisme russe. Il est allé jusqu'à recevoir le leader de la social-démocratie, Südekum, pour obtenir sa renonciation à la grève générale. Dès le 31 juillet, les socialistes allemands ont accepté de voter les crédits militaires. Même évolution en France après l'assassinat de Jaurès : les drapeaux rouges cèdent le pas aux tricolores. Le 2 août à la salle Wagram, les anciens de 1870, Camélinat et Vaillant, ont les larmes aux yeux. Cachin affirme qu'ils partiront à la frontière « comme des hommes conscients et libres, amis des hommes de l'univers tout entier ». Le 4, sur la tombe de Jaurès, Jouhaux intègre les ouvriers, « soldats de la liberté », à la défense nationale. Le ralliement de toutes les forces politiques, de la droite en gants blancs du comte de Mun aux drapeaux rouges de la C.G.T., porte un nom dans l'histoire de la République : l'Union sacrée.

Sans doute le départ des Français aux armées n'eut-il pas partout ce caractère d'enthousiasme braillard des manifestations de la gare de l'Est. Bien des femmes pleuraient dans les campagnes en voyant partir maris et fils avant les moissons. Mais l'évidence de l'agression frappait l'opinion. Il ne fut pas nécessaire de mettre en place l'appareil répressif : tous les appelés rejoignirent leur corps. « Nous sommes partis, soldats de la République, disait Péguy, pour le désarmement général et la dernière des guerres. »

La mobilisation et la concentration des troupes sont réussies, mais les premières batailles s'avèrent de sanglants échecs.

L'invasion de la Belgique a surpris, l'avance des trois armées allemandes vers le nord de la France paralyse l'armée qui s'obstine aux offensives dans le Nord-Est. A l'Élysée, Poincaré, sans nouvelles du front, téléphone à Nancy : pas de réponse. « Vous êtes victime des généraux de la jésuitière », lui lance Clemenceau qui ne le lâche pas d'une semelle. Le président se tourne vers Viviani. « C'est au gouvernement tout entier, lui dit-il d'un ton pincé, qu'il appartient, sous sa responsabilité devant le Parlement, de déterminer les conditions générales dans lesquelles doit se poursuivre la guerre. Il est indispensable que le G.Q.G. (grand quartier général) ne s'isole pas dans une tour d'ivoire et ne se dérobe pas à tout contrôle. » Il faudrait qu'il contrôle lui-même ses troupes et qu'il soit informé sur l'avance allemande.

La retraite est largement commencée quand Poincaré constitue un second cabinet Viviani d'Union sacrée, avec les deux grands transfuges socialistes qui pour l'heure éclipsent les radicaux : Briand est vice-président du Conseil et garde des Sceaux ; Millerand succède à Messimy rue Saint-Dominique. La nouveauté est la présence au gouvernement de deux socialistes purs et durs, Jules Guesde, ministre d'État, et Marcel Sembat, chroniqueur à l'*Humanité*, disciple de Jaurès, député de Paris, aux Travaux publics. L'ouverture se fait surtout à gauche, avec quelques caciques du radicalisme comme Doumergue et Sarraut. L'influent Malvy est à l'Intérieur, le « carnet B » sous le bras. Le vieux Delcassé est symboliquement aux Affaires étrangères. Georges et Edouard Bonnefous[1] font remarquer l'absence de tout député de la droite et du centre droit dans l'Union.

A peine installé, le cabinet de guerre apprend qu'il doit se replier, sous les sarcasmes de Clemenceau, sur Bordeaux. Von Kluck approche de Meaux, il n'y a plus une minute à perdre. Les Parisiens qui restent dans la capitale seront toujours reconnaissants à Gallieni, nommé chef du camp retranché, de leur avoir juré qu'il « remplirait jusqu'au bout » son mandat de défense contre l'envahisseur. Députés et ministres ne sont pas présents dans la capitale aux heures d'angoisse des taxis

1. *Histoire politique de la Troisième République*, Paris, t. 2, p. 41.

de la Marne. Poincaré a pris le 2 septembre, à la gare de la Muette, le train spécial qui le conduit à Bordeaux où il s'installe piteusement à la préfecture, Chambre et Sénat étant logés dans deux cafés-concerts, l'Alhambra et l'Apollo. Les soupers du Chapon fin, les intrigues et les faux bruits rendent la République pitoyable aux yeux des Bordelais qui se souviennent de 1870. Leur cache-t-on un nouveau Sedan ?

C'est la Marne ! Poincaré ne tient plus en place et veut aller au front, dans sa célèbre tenue de chauffeur. Il obtient de Joffre que le gouvernement et le Parlement rentrent à Paris le 22 décembre. Lui-même est à l'Élysée dès le 10. Il apprend que trois députés (Goujon, Proust et Nortier) ont été tués au combat. La Chambre voile leurs sièges de crêpe et entend l'éloge du comte de Mun, mort à Bordeaux. Toutes les élections sont ajournées jusqu'à la fin des hostilités.

4 622 000 Français sont sous les armes alors que la guerre s'enlise dans les tranchées. On fait le compte des survivants, des disparus : 900 000 hommes manquent déjà à l'appel, au bout de cinq mois d'opérations, dont 300 000 tués. Pendant cette effroyable période, l'*Homme libre* de Clemenceau, devenu après interdiction par la censure l'*Homme enchaîné*, est le seul organe d'information de l'opinion. Le vieux leader entre en guerre à sa manière, dénonçant l'insuffisance des munitions, le transport des blessés à la tête dans des wagons à bestiaux, les défaillances des généraux politiciens. Joffre « limoge » — c'est-à-dire exile dans le chef-lieu de la Haute-Vienne (l'expression date de cete époque) — les mauvais chefs, autant que possible, mais il ne peut éviter les critiques qui s'accumulent au Parlement. On s'enlise dans la guerre, et les promesses d'offensive victorieuse déçoivent, quand on apprend le nombre des morts, au fil des semaines. La guerre des tranchées est inévitable, et la tentative anglaise de créer un second front dans les Dardanelles a échoué. On a certes réussi à faire entrer l'Italie dans la guerre (Poincaré est intervenu pour obtenir du tsar des concessions de territoires slaves aux dépens des Serbes en Istrie, Dalmatie, Trentin et Albanie). En revanche, les tergiversations de Delcassé avec les Bulgares ont déconsidéré le ministère, et les intrigues de Briand en Grèce avec le premier ministre Vénizélos se sont révélées

désastreuses : on a débarqué à Salonique, mais les Bulgares ont envahi la Serbie abandonnée, et la Grèce n'est pas entrée en guerre parce que Vénizélos, désapprouvé par son roi germanophile, a dû démissionner.

La politique se ranime brusquement après ces échecs, l'opposition exige des changements, en particulier dans la conduite de la guerre. On veut éliminer Joffre. Clemenceau et Paul Doumer sont du complot. On lui reproche de ne pas vouloir informer le Parlement et de lancer de ruineuses offensives sans contrôle. Les socialistes exigent que la Chambre siège en permanence et demandent des missions aux armées. On admet, au compte-gouttes, des enquêtes de parlementaires. On commence à murmurer que les nominations faites par Joffre sont partiales et désastreuses, qu'il ne désigne pas assez de généraux républicains. Sarrail, général radical, dénigre le général en chef qui le remet à la disposition du ministère. On s'empresse de l'envoyer dans l'armée d'Orient. Cet incident grossit encore le chiffre des adversaires de Joffre chez les radicaux amis de Sarrail. Pour affaiblir Millerand, qui s'isole dans le bastion de la rue Saint-Dominique, Viviani multiplie les sous-secrétaires d'État : le socialiste Thomas est nommé aux Munitions, le modéré Thierry à l'Intendance, le radical Justin Godard à la Santé militaire, l'aviation est gérée par René Besnard. Mais Viviani ne parvient pas à déboulonner le ministre de la Guerre de son piédestal, pas plus qu'à changer Joffre, comme le lui suggère Briand. Il se lasse et démissionne le 29 octobre 1915.

Au cours des quatre interminables offensives manquées de 1915, 31 000 hommes sont morts en moyenne chaque mois. On parle, dans les couloirs de la Chambre, du « massacre de l'infanterie française ». Comment poursuivre longtemps la guerre à un tel rythme ? Quand les hommes meurent par centaines de milliers, la valse des cabinets recommence. Clemenceau refuse un maroquin que lui propose Briand. Le jeu parlementaire indigne l'opinion. Poincaré, impuissant, se demande si la République pourra résister à la guerre.

La mise en question de l'Union sacrée et le renvoi de Joffre

Briand replâtre, mobilise les caciques. Aux côtés de Viviani, il marie Combes et le catholique Denys Cochin. Tous les vieillards sont présents, de Léon Bourgeois à Freycinet, de Ribot à l'ancêtre Jules Méline. Gallieni, à la Guerre, entreprend la manœuvre dont rêve Briand : éliminer Joffre en lui donnant un poste supérieur : le voilà nommé commandant en chef des armées françaises et non plus simplement de celles du Nord-Est. Est-ce le début de la fin ?

Les socialistes s'impatientent, estimant que la guerre longue et meurtrière n'a pas de but avouable, et certains commencent à dénoncer l'Union sacrée. Renaudel et Longuet se sont rendus à Londres, au nom du parti, à une conférence socialiste interalliée en février 1915. Ils y ont dénoncé le régime tsariste. Un peu plus tard, la fédération de la Haute-Vienne a fait circuler une motion demandant l'accueil « de toute proposition de paix, d'où qu'elle vienne ». On commence à soutenir la thèse des responsabilités partagées de la guerre. Le 14 juillet, Jean Longuet prend, au conseil national socialiste, la tête des délégations contestataires de la Haute-Vienne, du Rhône et de l'Isère : ces « minoritaires » refusent de voter une motion patriotique. C'est le début d'une longue campagne pour la « paix des peuples ». Les syndicalistes emboîtent le pas : l'Union des métaux, la plus ardente à préconiser la « paix sans victoire », prend langue avec les syndicats italiens et suisses. Une réunion est organisée en Suisse à Zimmerwald avec 38 participants dont deux Allemands et deux Français, Bourderon et Merrheim. Les chefs de la minorité du parti social-démocrate russe, Lénine et Trotski, exilés, viennent y condamner la guerre impérialiste. La rencontre des délégués ennemis en terrain neutre apparaît à l'opinion politique comme une trahison. Elle ne trouble pas encore l'Union sacrée, où les ministres socialistes demeurent, mais constitue un germe menaçant de discorde. Elle avertit le personnel républicain, qui croyait au ralliement universel, que le pacifisme révolutionnaire n'est pas mort.

Le découragement est immense au début de 1916, quand s'engage une troisième année de guerre. L'offensive de Verdun, le 21 février 1916, fait ressortir des négligences dans le système des fortifications. On a laissé prendre le fort de Douaumont par surprise, parce que l'on n'a même pas songé à le défendre. Les 600 000 morts de l'armée française, à la fin de 1915, étaient déjà imputés à l'impéritie des généraux qui lançaient des offensives sans aucun souci de ménager les hommes. Les 270 000 morts français de Verdun indignent les députés anciens combattants, qui exigent du gouvernement plus d'attention à la survie des héroïques « poilus ». Pour la première fois, le président du Conseil accepte l'idée d'une délibération des Chambres en « comités secrets », sans comptes rendus, pour discuter des questions militaires.

Maginot mène l'attaque contre Joffre au Sénat : il lui reproche l'incapacité du génie à aménager des tranchées solides, l'infériorité du matériel, l'impréparation des offensives. Il estime que Verdun est, sous le rapport des pertes, « un gros échec ». Abel Ferry surenchérit, réclame des têtes. Mais Briand l'emporte et sauve de justesse Joffre, qui refuse désormais que le ministre de la Guerre, Roques, visite le front sans qu'il l'accompagne.

Malheureusement, les batailles de la Somme, entreprises avec un nouveau matériel d'artillerie lourde (les 155) et d'infanterie, ne donnent pas les résultats espérés : les pertes sont très sévères et les Allemands épuisés parviennent à se ressaisir. Pour le moral de l'armée française, cet échec est grave. La propagande socialiste et pacifiste commence à s'infiltrer dans les armées par des voies secrètes. On apprend qu'une autre conférence s'est tenue en avril à Kienthal, en Suisse, avec trois délégués français, Alexandre Blanc, Brizon et Raffin-Dugens : des inconnus qui deviennent vite célèbres. Brizon interpelle la Chambre : « On n'a pas le droit de jeter les milliards du peuple dans l'abîme et les hommes sous le feu roulant de la mort. On peut et doit négocier. » Des vociférations accueillent ces propos, mais 26 députés votent ce jour-là contre le gouvernement : l'opposition des syndicalistes durs a trouvé la voix de l'instituteur Brizon pour s'exprimer devant la Chambre. L'Union sacrée s'effiloche.

L'action syndicale était encore plus préoccupante : la France en guerre avait changé de paysage industriel. L'occupation par les Allemands des dix départements les plus riches en mines et en usines avait obligé les responsables à une reconversion qui ne donnait pas toute satisfaction : le pays produisait 20 millions de tonnes de charbon par an au lieu de 40. Des sidérurgistes et métallurgistes dépendait le sort de la bataille. On avait un besoin énorme de munitions en acier. Pour le satisfaire, on avait accru la capacité des ateliers, des usines entières s'étaient reconverties, à Firminy par exemple, ou à Saint-Chamond : on produisait ainsi 116 000 obus par jour en 1916 au lieu de 4 000 en 1914, mais le gouvernement ne pouvait tolérer les grèves, sous peine de tarir l'approvisionnement des batteries au front. On avait dû augmenter dans de semblables proportions la production des poudres, des balles, des casques Adrian. 350 000 hommes avaient été retirés du front pour les usines de guerre, et 150 000 dans les autres industries, les mines, la métallurgie. Les nouvelles usines étaient concentrées dans la Région parisienne et le centre. On redoutait la grève à l'égal des désertions.

Le personnel des usines, composé à 40 % d'anciens « poilus », était sensible aux mots d'ordre lancés par le nouveau Comité pour la reprise des relations internationales constitué en 1916 par la Fédération de la métallurgie et par le groupe de la Vie ouvrière, animé par Monatte et Merrheim, mais aussi par un réfugié russe, Trotski, que le ministre de l'Intérieur Malvy devait expulser en Espagne. Poincaré recevait alors à l'Élysée un grand nombre de lettres qui lui demandaient d'ouvrir des négociations de paix. Il attribuait ces initiatives aux instituteurs syndiqués. N'ayant pas la moindre perspective de victoire, il n'éveilla pas dans la presse un enthousiasme particulier quand il déclara à Nancy : « Ni directement ni indirectement nos ennemis ne nous ont offert la paix. Mais nous ne voulons pas qu'ils nous l'offrent, nous voulons qu'ils nous la demandent. » Cette intransigeance pouvait sembler excessive, après tant de morts. Poincaré, qui savait Briand très sensible aux pulsions de l'opinion publique, craignait de le voir entraîné « dans une aventure funeste », à des négociations secrètes avec l'ennemi par exemple.

Briand savait qu'il ne pouvait sauver son cabinet qu'en se séparant de Joffre. La colère des parlementaires contre « ces messieurs de Chantilly » passait la mesure. On imputait au général en chef le désastre de Roumanie, dans la mesure où Sarrail n'avait pas reçu de renforts. On commença par rendre indépendant du Q.G. de Chantilly le commandement de l'armée de Salonique. Puis on nomma Lyautey ministre de la Guerre. Contre Poincaré, qui soutenait le général Pétain à la succession de Joffre, Briand choisit Nivelle, un artilleur qui lui en imposait par ses vues techniques modernes et son désir d'obtenir une victoire rapide par une offensive d'un style nouveau. Joffre, fait maréchal, devint membre consultatif du comité de guerre qui comprenait Briand, Ribot, le ministre des Finances, et Thomas, le spécialiste des armements, avec l'amiral Lacaze pour la Marine. Joffre démissionna alors, libérant ainsi Briand et sauvant son ministère.

Guesde et Sembat s'étaient retirés, mais il restait le socialiste Thomas : la fiction de l'Union sacrée était maintenue. La présence radicale devint plus marquée, avec l'entrée du Lyonnais Édouard Herriot au cabinet, comme ministre du Ravitaillement : un premier poste. Denys Cochin, l'otage catholique, fut chargé du blocus et Malvy maintenu à l'Intérieur, bien que fort critiqué : on lui reprochait de laisser se développer, même aux armées, la propagande pacifiste. C'était un nouveau replâtrage qui ne répondait pas à l'attente du pays, las de l'incohérence du pouvoir. Le ministère était-il pour la guerre jusqu'à la victoire, comme Poincaré l'affirmait, ou pour une paix de compromis à l'américaine, comme on en soupçonnait Briand ?

Le président américain Wilson, qui n'était pas encore belligérant, avait suggéré aux Européens de rendre publics leurs buts de guerre, mais les Allemands avaient prudemment refusé : ils ne tenaient pas à faire savoir à leurs combattants qu'ils risquaient la mort dans une guerre de conquêtes. Les Alliés, le 12 janvier 1917, répondirent en énonçant de vagues principes de « libération des minorités nationales ». Ils n'étaient précis que pour l'Alsace-Lorraine et la Pologne, qui devaient être libérées. Cette réponse permit à Wilson de prononcer devant le Congrès, le 22 janvier 1917, un discours où il employa pour la première fois l'expression « paix sans victoire. » Il devenait ainsi la référence morale de tous les pacifistes et des minoritaires du parti socialiste. Ces obscurs n'avaient pas de chef en France : ils l'avaient trouvé en Amérique.

Le pacifisme

Pour éclairer sa lanterne, Briand fait secrètement sonder le Comité des forges et l'état-major de l'armée : il souhaite connaître les « buts de guerre » des hommes d'affaires et des responsables de la sécurité nationale. Il constitue ainsi le futur dossier des revendications françaises, et crée un comité formé de professeurs de la Sorbonne (les géographes Vidal de La Blache et de Martonne, les historiens Lavisse, Aulard et Seignobos), pour l'affiner et le rendre plus efficace. Veut-il avoir des armes pour une négociation immédiate ? Il est étonné du peu de chaleur des alliés britanniques concernant la revendication française sur l'Alsace et la Lorraine : qu'ils demandent un plébiscite paraît irrecevable en France. Quelques jours avant la chute de Nicolas II, Doumergue, chargé par Briand de négocier les buts de guerre français auprès du tsar, a écrit que la France promettait de « laisser la Russie régler comme elle l'entendrait les questions relatives à sa frontière occidentale ». Pour avoir des satisfactions sur le Rhin, la France vient donc de lâcher la Pologne : le document tombera aux mains des Soviets qui en feront bon usage.

La divulgation des buts de guerre français risque d'avoir un effet désastreux sur l'opinion de gauche. Les hommes du front, les travailleurs de l'arrière ne veulent pas entendre parler pour l'Alsace des « frontières de 1790 » au lieu de celles de 1870 et se moquent des ambitions françaises en Orient. Du reste, en Grèce, les affaires tournent mal. Il faut attendre juin 1917 pour que le roi Constantin abdique et qu'un gouvernement favorable aux Alliés soit mis en place. La situation est encore plus désastreuse sur le front français quand l'offensive Nivelle échoue. Les Allemands, bien embusqués dans leur nouvelle « ligne Siegfried », attendent les assaillants de pied ferme et leur causent de lourdes pertes. Briand n'est plus là pour couvrir l'opération au Parlement : il vient de démissionner en raison d'un incident qui a opposé son ministre de la Guerre, Lyautey, aux députés du comité secret. Lyautey, démissionnaire, laisse Briand sur le sable. Au vieux progressiste Alexandre Ribot revient la charge de reprendre en main l'armée après l'offensive désastreuse. Il nomme aussitôt le mathématicien de gauche Painlevé rue Saint-Dominique. La guerre a fait disparaître les exclusives et les affrontements du passé. Déjà Méline a été membre d'un précédent gouvernement que Ribot, homme du centre droit, a été chargé de constituer devant une Chambre radical-socialiste. Le gouvernement n'étonne plus personne : il faut à tout prix maintenir la fiction de l'Union sacrée. Seul Ribot, l'académicien septuagénaire, peut encore y parvenir.

Les pertes étaient lourdes (271 000 hommes) mais le nombre des tués (35 000) était plutôt inférieur à celui des précédentes offensives. La déception était considérable : ces hommes étaient morts pour rien, l'état-major n'avait pas obtenu de résultats notables. Une vague de désertions gagna, à partir du 17 avril, toute la zone du front concernée par l'offensive du Chemin-des-Dames. De proche en proche, les deux tiers de l'armée furent contaminés. On chantait l'*Internationale*, on refusait de sortir de la tranchée. On criait « A bas la guerre ! » et quelquefois « Vive la révolution ! ». Pétain comprit que les revendications pour de meilleures conditions de vie étaient l'essentiel. L'action des meneurs socialistes et pacifistes, qui ébruitaient dans les unités les nouvelles venues de Russie et demandaient la constitution de soviets de soldats, n'était pas assez efficace pour inquiéter l'état-major. Pétain, d'accord avec Poincaré, décida de limiter la répression au minimum et d'accorder à la troupe ce qu'elle demandait : des cantonnements convenables, une nourriture régulière, des permissions organisées. En octobre, l'analyse du contrôle postal permit à Pétain de s'assurer que la vague de révolte était terminée : 88 % des hommes se disaient, dans leurs lettres, satisfaits du nouveau régime militaire.

A l'arrière, sur le front du travail, les grèves faisaient rage. En dépit du rationnement et de la fixation des prix, le pouvoir d'achat des ouvriers baissait en raison de la hausse générale. L'emploi des femmes et des travailleurs étrangers (coloniaux ou chinois pour la plupart) désarmait les syndicats qui ne parvenaient pas à encadrer leurs nouvelles troupes, ni à éviter les grèves sauvages. Celle des « cousettes », sur les Champs-Élysées en janvier 1917, avait retenu l'attention des photographes de presse. Elle fut suivie de mouvements plus graves dans les usines d'armement, le bâtiment, les services publics : 100 000 grévistes à Paris, 300 000 en province. On ne comptait plus les journées de travail perdues. La production de guerre en fut affectée. Pourtant, aucune de ces actions n'était révolutionnaire ni même politique. Ce n'est pas en milieu ouvrier que les pacifistes trouvaient le meilleur écho.

Il faut en effet tenir compte d'un pacifisme « bourgeois »[1] qui se développe en 1917, d'abord dans certains salons surveillés par la police, comme celui de la comtesse de Griffuelhe, où Caillaux paraît. Des personnalités mondaines sont ainsi fichées, suivies, espionnées. On sait que la Suisse est un repaire d'espions et de réfugiés politiques. Le Français Romain Rolland, auteur d'un ouvrage pacifiste, *Au-dessus de la mêlée*, paru en 1915, est entouré de directeurs de revues, de journalistes acquis à l'idée de la paix sans victoire et qui développent une propagande clandestine. En 1916, l'écrivain reçoit le prix Nobel de la Paix, et son roman *Clerambault* obtient un grand succès, de même que le livre de l'ancien combattant Henri Barbusse, *Le Feu*, couronné par le prix Goncourt. Le public découvre avec horreur les aspects terrifiants d'une guerre qu'il n'aurait pu soupçonner dans les articles de Maurice Barrès ou des autres correspondants officiels de la presse non caviardée. Henri Bataille le dramaturge, l'écrivain Victor Margueritte, le philosophe Alain se sont ralliés eux aussi à la paix sans victoire, ne voyant d'autre issue au conflit. Alain, engagé volontaire à quarante ans, est désormais convaincu que jamais cette guerre ne pourra aboutir à la paix désirée : autant en rechercher immédiatement l'issue.

Une certaine presse s'orientait vers le pacifisme. Dans le *Pays*, des professeurs partisans du retour à la France de

1. Duroselle, *op. cit.*

l'Alsace et de la Lorraine et connus pour leurs sentiments de gauche (Séailles, Victor Basch, Aulard, Bouglé, Seignobos) assuraient que toutes les occasions étaient bonnes pour faire la paix, qu'aucune n'était à négliger. On évoquait aussi, autour de Charles Gide, les contacts pris en terrain neutre par des hommes d'affaires allemands et français : le sidérurgiste Le Chatelier, le représentant de Mannesmann, Moritz Meyer... Même dans l'armée, on pouvait trouver des officiers partisans de la négociation. Les milieux politiques les plus réceptifs étaient les radicaux-socialistes amis de Caillaux : Turmel et Paul Meunier collaboraient au *Bonnet rouge*, une revue qui défendait les thèses de la paix sans victoire. Au parti radical, Anatole de Monzie soutenait ouvertement Caillaux, qui avait cependant commis des imprudences : voyageant au Brésil, il avait en 1914 qualifié la guerre contre l'Allemagne « de folie et de crime ». Il avait aussi entretenu des rapports que la police jugeait suspects avec l'espion Lipscher, Marx, le banquier de Mannheim, et le diplomate allemand Lancken. Il voyait volontiers le directeur du *Bonnet rouge*, Almereyda, enfin, il connaissait l'espion Bolo Pacha. La droite ne rêvait que de lapider Caillaux, car il pouvait devenir un recours en cas de catastrophe, pour traiter avec l'Allemagne. Qu'il le voulût ou non, il apparaissait comme le chef de file clandestin de ce courant encore incertain et qui n'osait pas toujours se montrer au grand jour.

Les socialistes et les syndicalistes étaient plus que pacifistes : l'exemple russe entraînait les plus extrêmes à militer pour la révolution immédiate, seule capable à leurs yeux de ramener la paix. Dès le 27 mars, le Comité des ouvriers et soldats de Russie — c'est-à-dire les députés des soviets —, lançait un appel mondial pour la paix. Les ouvriers français apprenaient bientôt qu'une conférence socialiste internationale devait se réunir à Stockholm. Aussitôt les socialistes réclamaient des passeports : cette conférence ouvrière entreprendrait-elle des négociations de paix ? En avait-elle les moyens ? Le gouvernement décida alors, à la demande de Ribot, de réunir un comité secret pour en discuter. Pour le président du Conseil, la réponse n'était pas douteuse : on ne pouvait admettre que la paix fût l'œuvre d'un parti et non de la nation tout entière. Il n'y avait donc pas lieu d'accorder aux socialistes de passeports pour Stockholm.

Les soviets dans le paysage politique français

Pour la première fois dans son histoire, la République constate l'irruption, dans son champ politique, d'idées, de mots d'ordre, de campagnes d'opinion dont la source se trouve à l'étranger. On avait suffisamment dénoncé, pendant les années de la conquête, l'ingérence « romaine » des jésuites et autres agents du pape pour s'en croire vacciné. Et voici qu'un nouveau pouvoir international, celui de la Révolution bolchevique, prend soudain toute la place et commence à ordonner les tendances d'un parti socialiste flottant, divisé, angoissé, qui ne sait plus à quel saint se vouer : c'est désormais pour ou contre les soviets que se prononceront les politiques de la gauche. Le pouvoir en est déjà conscient.

Une première mission est partie pour la Russie avec le ministre Albert Thomas. Des délégués socialistes, Lafont, Cachin et Moutet, ont été désignés. Au parti, la tendance minoritaire (pour la paix immédiate) a encore progressé : 1 407 voix, le 15 janvier 1917, contre 1 537 aux majoritaires. Le 13 avril, à Petrograd, les délégués découvrent le formidable désordre de l'État russe. L'armée n'est plus commandée, les soldats sont soumis à la propagande des bolcheviks qui réclament la paix immédiate. Thomas est convaincu que la Russie va se retirer de la guerre. Il est pourtant majoritaire de son parti, comme Cachin. Les Russes ont montré aux délégués le texte des accords du tsar avec la France sur les buts de guerre, accablants pour Briand : ainsi la France recherche bien une paix de victoire, avec annexions et indemnités. Les socialistes rentrent à Paris convertis à l'idée d'une négociation immédiate : pourquoi ne pas aller à Stockholm ? Puisque la victoire n'est pas possible, du fait de la défection russe, toutes les occasions de dialogue sont bonnes à prendre. Le 28 mai, le majoritaire Auriol et le minoritaire Pressemane plaident ensemble pour la participation française à la rencontre internationale.

Au comité secret, Cachin attaque Briand sur la délégation de pouvoirs qu'il a accordée à Doumergue pour négocier avec le gouvernement du tsar. Briand ne trouve pas de réponse plausible. Le radical Augagneur demande que l'on réduise les buts de guerre, afin de désamorcer toute critique, et Ribot prend acte. Il déclare que la France est « éloignée de toute pensée de conquête et d'asservissement des populations étrangères ». Mais il ajoute, au Sénat : « La paix ne passera pas par Stockholm, mais par la victoire. » Rien d'important n'est dit désormais à la tribune de la Chambre, mais tout est exprimé dans les comités secrets. Le public est-il au courant ? Il y a des fuites, et les journaux polémiquent autour des bribes d'informations qu'ils reçoivent. C'est le cas de l'*Action française* qui ne laisse rien passer concernant les pacifistes ou les « traîtres ». Informer un journal est un moyen, pour les membres des comités, de relancer une campagne d'opinion, d'obtenir du pouvoir des résultats sans vote. Clemenceau recourt volontiers à cette méthode. Les comités ne ménagent personne : ils accusent ainsi le président de la République, heureusement défendu par Ribot, d'être responsable du massacre du Chemin-des-Dames puisqu'il a nommé Nivelle et couvert son opération. Le lieutenant Ybarnégaray, qui revient de la ferme Heurtebise, sur le plateau de Craonne, ne mâche pas ses mots : il faut punir Nivelle, Mangin et Micheler. Pour le premier, un exil à Alger est une peine trop douce. Selon le capitaine Albert Lebrun, il n'est pas admissible que les blessés n'aient pas été soignés humainement. Le député du Sénégal, Diagne, vient aussi protester contre le massacre des tirailleurs. Chacun s'exprime librement, et Ribot promet d'enquêter. Cela évite des débats gênants en salle des séances. En siégeant à huis clos, la Chambre a choisi d'occulter la guerre.

Elle ne peut toutefois empêcher les affaires graves de déboucher sur l'avant-scène, au risque de scandaliser l'opinion. Dans un comité secret du Sénat qui siège du 19 au 22 juillet, Clemenceau attaque violemment Malvy pour avoir laissé se développer la propagande pacifiste et ne pas avoir poursuivi les auteurs connus de tracts antimilitaristes. Or Malvy vient de faire arrêter l'aventurier et ami de Caillaux Almeyreda, du *Bonnet rouge*. Le journal a reçu jusque-là des subventions du ministère de l'Intérieur, qui les supprime immédiatement. Almeyreda devait toucher de l'argent des mains du banquier Marx en Suisse, mais son agent, Duval, a été arrêté en possession d'un chèque de 150 000 francs. Loin de saisir le chèque, Leymarie, directeur de cabinet de Malvy, l'a rendu à Almeyreda ! Malvy n'a d'autre solution que de faire arrêter son collaborateur en même temps qu'Almeyreda, et d'obtenir la démission de Leymarie. Quant au *Bonnet rouge*, il se trouve suspendu. Quatre jours après son arrestation, Almeyreda sera retrouvé mort dans sa cellule. Le 31 août, Malvy démissionne ainsi que Ribot : Clemenceau s'est servi du comité secret et de la presse pour renverser le ministère.

Poincaré décide alors d'appeler Painlevé. Pour la première fois depuis le début de la guerre, un cabinet se constitue sans socialistes : les progrès du courant pacifiste sont tels qu'une majorité d'Union sacrée n'est plus possible. Parmi les socialistes, les majoritaires ont sans doute considéré que leur participation au pouvoir donnait à la minorité un prestige chaque jour accru. Convaincus, depuis le retour de Russie de Cachin, que la victoire n'est plus possible, ils n'entendent plus être solidaires des partisans de la paix de victoire.

Le bruit court dans Paris que des négociations secrètes ont été menées, au temps du ministère Ribot, par Briand avec l'Allemand Lancken, par l'intermédiaire des Belges. Dans le cabinet Painlevé, Ribot remplace Briand au Quai d'Orsay. Tout danger de paix séparée ou de négociations avec l'Allemagne paraît écarté, et le prestige de Briand s'en trouve amoindri.

On exige de Painlevé qu'il fasse preuve de rigueur et qu'il poursuive les traîtres. Un agent venait de découvrir, dans le vestiaire du député radical-socialiste Turmel, 25 000 francs en billets de 1 000 francs de la Banque nationale suisse, et leur propriétaire s'était bien gardé de les réclamer à la questure. Il fut arrêté, interrogé, fouillé, on découvrit qu'avec son épouse il avait rapporté de Suisse plus de 300 000 francs. L'affaire emplit aussitôt les journaux. Quelques jours plus tard, on apprit que le gouvernement détenait la preuve, grâce à une enquête effectuée à sa demande par les autorités américaines, que l'espion Bolo Pacha avait touché d'un administrateur de la Deutsche Bank résidant à New York la somme de 1 683 000 dollars. Bolo fut arrêté le 29 septembre. Le garde des Sceaux, Raoul Péret, établit que le traître entretenait des relations suivies avec le président de la cour d'appel de Paris, Monier, dont la déchéance fut aussitôt prononcée. Le sénateur Humbert, directeur du *Journal*, qui touchait aussi de l'argent allemand vint dénoncer Lenoir et Desouches, qui avaient, dit-il, acquis son journal avec des billets de banque français très usagés, récupérés par les Allemands dans les territoires envahis. Les deux comparses furent arrêtés, et Humbert, fortement suspecté, épié et suivi, serait lui-même mis sous les verrous en février 1918. Léon Daudet, directeur de *l'Action française*, écrit une lettre au président du Conseil Painlevé : « M. Malvy, ex-ministre de l'Intérieur, est un traître. [...] Des documents d'une authenticité indiscutable montrent la main de M. Malvy et de la Sûreté générale dans les mutineries militaires. »

A la demande de Malvy, Painlevé lit cette lettre à la tribune de la Chambre : le ministre radical demande « si, par des lettres ou des papiers distribués sous le manteau, on va livrer en pâture à la haine d'un journal les républicains d'abord, la République ensuite ».

Clemenceau contre Caillaux

La faiblesse de l'État apparaît clairement dans cette succession d'affaires d'espionnage ou de compromissions étalées par la presse. Dans l'*Homme enchaîné*, Clemenceau ne manque aucune occasion d'intervenir, toujours dans le même sens : le gouvernement doit assumer la guerre jusqu'au bout. Donner à penser qu'il peut céder, c'est insulter les combattants et tromper l'opinion. Est-il exact qu'un « haut personnage politique », Briand, a été mêlé à un projet « d'ignominieuse paix séparée » ? Celui-ci demande aussitôt à s'expliquer devant un comité secret : une approche a été envisagée, assure Ribot, mais elle n'a pas abouti parce que Lancken, le négociateur, n'avait pas « apporté l'Alsace-Lorraine ». L'entrevue n'a donc pas eu lieu. Qu'elle ait été seulement envisagée suffit à scandaliser Clemenceau qui, malgré son âge (il a alors soixante-seize ans), finit par incarner le jusqu'au-boutisme par la vigueur avec laquelle il accuse quotidiennement dans l'*Homme enchaîné* les tièdes et les traîtres.

Poincaré, qui n'aime guère le vieux radical, envisage pourtant de faire appel à lui quand le ministère Painlevé est renversé. « Clemenceau, dit-il alors à Barthou, paraît en ce moment désigné par l'opinion publique, parce qu'il veut aller jusqu'au bout dans la guerre et dans les affaires judiciaires. [...] Je n'ai pas le droit, dans ces conditions, de l'écarter à cause seulement de son attitude envers moi. » Le 14 novembre, celui que l'on appelle « le Tigre » est convoqué à l'Élysée, il en sort président du Conseil désigné. La face de la guerre va changer pour la France : c'est un républicain qui assume désormais sans faiblesse la politique d'engagement total du pays jusqu'à la victoire.

Les socialistes ne sont pas du voyage. Ils ont crié, à la chute de Painlevé : « Vive la République ! A bas Clemenceau ! » Ils ont exprimé leur aversion pour un pouvoir personnel qui s'installe au Parlement sans dire son nom et qui veut museler la République pour imposer la paix de victoire, éliminant par la force des tribunaux militaires toute contestation. Clemenceau réconcilie les majoritaires et les minoritaires : qu'ils soient favorables à la révolution russe qui exige la paix immédiate, ou seulement à Wilson — le président américain formule avec ses « quatorze points » les principes d'une paix sans victoire — les socialistes condamnent d'avance Clemenceau et sa paix « sur le tambour », de revanche et de haine de l'Allemagne. 64 d'entre eux refusent l'investiture, 25 s'abstiennent, ainsi que 15 radicaux-socialistes, dont Caillaux et Malvy. Mais 418 députés reçoivent avec enthousiasme l'énergique déclaration du nouveau président du Conseil : « Le pays connaîtra qu'il est défendu. »

C'est promettre la répression contre les suspects : le préfet de police et le directeur de la Sûreté générale qu'avait nommés Malvy sont remplacés, et lui-même, à sa demande, est envoyé en Haute Cour. L'immunité parlementaire de Caillaux est levée le 22 décembre, son arrestation ordonnée le 14 janvier 1918. Un mois plus tard, Bolo Pacha est condamné à mort.

Clemenceau a la main lourde : « Ma politique intérieure et ma politique étrangère, c'est tout un, répond-il à ses interpellateurs : politique intérieure, je fais la guerre, politique extérieure, je fais toujours la guerre... C'est nous qui aurons le dernier quart d'heure. »

Le Tigre veut imposer au pays un dirigisme de guerre comparable à celui que subissent les Britanniques et que les Américains commencent à mettre en place. L'entrée en guerre des États-Unis, en avril 1917, est la conséquence de la guerre sous-marine à outrance menée par les Allemands. Ceux-ci prétendent amener la Grande-Bretagne à céder en coulant 600 000 tonnes de navires par mois, même s'ils arborent le pavillon neutre. Cette décision et les résultats obtenus par les sous-marins allemands obligent les Alliés à une étroite concertation et à des décisions communes pour l'approvisionnement : des comités interalliés sont mis en place, ayant toute autorité pour les transports, les achats de vivres et de matières premières. Il n'est plus question pour la France de faire cavalier seul. La loi du 3 avril 1918 interdit l'exportation des capitaux et les importations de valeurs mobilières. Les armateurs privés doivent placer tous leurs navires sous les ordres de l'État qui assure les approvisionnements. Le ministre du Ravitaillement, Vilgrain, fait voter en février 1918 une loi permettant au gouvernement de prendre par décret toutes mesures utiles à l'alimentation de la population. La carte de rationnement est instaurée à Paris, étendue en juin à toute la France. Clémentel, ministre du Commerce, a négocié le principe de la mise en commun du tonnage disponible, pour le ravitaillement des pays en guerre. En dehors de ce subtil et énergique négociateur qui discute tous les jours du ravitaillement de la France avec les comités interalliés concernés, le cabinet Clemenceau ne comporte pas de personnalités, pas d'anciens présidents du Conseil, pas de gloires parlementaires : Pams et Pichon tiennent respectivement l'Intérieur et le Quai d'Orsay, et le Tigre a surtout fait appel à des radicaux-socialistes, sans se donner la peine de nommer des représentants de la droite : la presse de cette tendance, du *Matin* à *l'Action française*, lui est largement acquise.

Clemenceau gouverne seul, exerçant une sorte de dictature

d'opinion. Il néglige de convoquer ses ministres plus d'une fois par semaine : ainsi Poincaré est-il tenu dans l'ignorance des affaires. Georges Mandel et le général Mordacq, qui dirigent ses cabinets civil et militaire, éloignent de lui les parlementaires. Il travaille avec ses collaborateurs directs, sans se préoccuper de la susceptibilité des groupes de la Chambre. Les circonstances sont si difficiles, à la fin de 1917, que cette dictature de fait est pleinement acceptée.

La deuxième révolution russe, qui se traduit par l'armistice de Brest-Litovsk avec l'Allemagne (15 décembre 1917), implique pour la France un double danger de subversion intérieure et d'offensive allemande, avec une importante supériorité d'effectifs que Pétain chiffre à 30 divisions. En fait, les Allemands disposeront de 40 divisions de réserve supplémentaires sur le front de l'Ouest à partir du début de 1918. La nouvelle tactique mise au point par Ludendorff à Riga — synchronisation parfaite de l'artillerie et des troupes d'assaut spéciales — leur permet de percer quand ils le veulent n'importe quel front d'armée. La France peut donc, au dernier moment, perdre la guerre. L'absence d'un commandement allié unique risque de se faire cruellement sentir quand les Allemands voudront user de leur supériorité. Ils ont hâte d'en finir avant que les divisions américaines ne franchissent l'Atlantique. Qui gagnera la course de vitesse ?

Les cinq coups de boutoir successifs que Ludendorff lance contre les lignes franco-britanniques du 21 mars au 15 juillet 1918 mettent la solidité du gouvernement Clemenceau à l'épreuve. Non que le Parlement soit en rien une menace : il est trop terrorisé pour nuire à l'union des énergies nationales que le président du Conseil exige. Mais Clemenceau doit résoudre de difficiles conflits entre les chefs et imposer, avec l'aide de Lloyd George, l'unité de commandement en la personne de Foch. Le désaccord permanent entre Pétain et le général anglais Haig, qui suit la première offensive allemande, a rendu nécessaire, lors d'une conférence tenue à Doullens, la *coordination* de l'action de toutes les armées alliées (26 mars). Foch a ensuite reçu la « direction stratégique » de ces armées, avant d'être nommé le 14 mai « commandant en chef des armées alliées en France ».

La deuxième tâche de Clemenceau est de défendre Foch et Pétain contre les attaques dont ils sont l'objet au Parlement. Un million de Parisiens ont fui, on parle à nouveau d'un départ du gouvernement, et le canon géant Krupp lâche ses obus sur Paris. Au début de juin, en pleine bataille, les socialistes interpellent Clemenceau qui défend bec et ongles le commandement et refuse le comité secret : « Abandonner les chefs qui ont bien mérité de la patrie, répond-il, est une lâcheté dont je suis incapable. » 110 voix se portent contre lui (les 85 socialistes, 16 radicaux-socialistes, et quelques autres) et 377 voix pour. Contre la tornade de la gauche (les interventions sont, ce 4 juin, de la plus extrême violence), il n'a pas cédé d'un pouce.

Quand l'attaque française du 18 juillet persuade Ludendorff qu'une victoire allemande est impossible sur le front ouest, l'atmosphère change totalement au Parlement français. Il devient clair que la victoire est proche. Cela modifie les perspectives, et Clemenceau doit faire face à une agitation révolutionnaire accrue. Mais ce n'est pas le parti socialiste qui donne le signal. Annie Kriegel[1] a judicieusement souligné qu'un courant centriste se dessine dans le parti : refusant l'extrémisme bolchevique et le socialisme national d'Albert Thomas, il se précipite dans les bras du wilsonisme. C'est, écrit-elle, à la fois « une politique de rechange au jusqu'au-boutisme en honneur depuis 1914 », et « une politique de rechange au défaitisme bolchevique ». L'extrême gauche zimmerwaldienne n'inquiète plus Clemenceau puisqu'elle se trouve marginalisée au sein du parti, qui subit d'ailleurs une impressionnante perte d'effectifs. Si, en octobre 1918, les ex-minoritaires sont devenus la majorité, c'est bien parce qu'ils ont viré au wilsonisme.

Plus gênants sont les syndicalistes zimmerwaldiens, qui lancent une vague de grèves en mai 1918, en pleine offensive de Ludendorff. Le secrétaire du syndicat des métaux de Firminy, Andrieux, déclare le 1er mai : « Puisque nos gouvernants sont incapables de mettre fin à la guerre, il faut la faire cesser par la force. » Le 18, la grève s'étend à toute la région.

1. *Aux origines du communisme français*, Paris, 1964, t. 1, p. 232.

On crie : « A bas la guerre ! » et l'on défile derrière le drapeau rouge. Existe-t-il donc en France un mouvement syndical révolutionnaire ?

Il est incontestablement dirigé par des ouvriers et des mobilisés, et coordonné par le Comité de défense syndicaliste, fraction extrémiste, mais la synchronisation laisse à désirer : les grèves de la Région parisienne se terminent le 18 mai quand commencent celles de la Loire. Seul un secteur est vraiment affecté, celui de la métallurgie — il est vrai qu'il est vital pour les fabrications de guerre. Le reste de la France n'est pas cependant touché. Pour Jean-Jacques Becker[1], ces grèves sont « sans ambiguïté, politiques » puisqu'il était question de « mettre fin à la boucherie » : des grèves pour la paix, « jusqu'à la paix ». Contrairement à l'idée reçue, le gouvernement Clemenceau, qui mesure parfaitement le danger, se garde de réagir par une brutalité inconsidérée. Il montre sa force mais n'en use pas. Il manœuvre « avec infiniment de souplesse ». Il ne fait pas arrêter les dirigeants, il n'envoie les grévistes au front qu'au déclin du mouvement, quand la répression ne risque pas de déclencher des grèves de solidarité. Becker souligne tout ce que le défaitisme implicite dans l'attitude des grévistes peut avoir d'inconfortable et d'ambigu : ils n'osent pas avouer que la paix passe nécessairement par la défaite. « La majorité des ouvriers, comme l'ensemble de la nation, continuait à croire qu'il n'était pas de son intérêt de perdre cette guerre. » Pour ce qui est du rôle joué par Merrheim, du syndicat des métaux, dans la négociation, Becker pense que « le pacifiste en chef des tourneurs d'obus » est intervenu avec efficacité dans le sens de la reprise du travail dans la Région parisienne, parce qu'il « redoutait une révolution de type bolchevique dont il rejetait les méthodes ». Quand Clemenceau frappe enfin Raymond Péricat, du Comité de défense syndicaliste, considéré comme le principal meneur du mouvement, il ne soulève aucune vague, à croire, comme le dit Becker, que « les ouvriers sont restés solidaires du reste

1. *La France en guerre, 1914-1918. La grande mutation*, Paris, 1988, p. 104.

de la communauté nationale ». Ainsi Clemenceau peut-il finir la guerre sans avoir à redouter la révolution.

Dernier écueil : la date de l'armistice et la négociation directe entre Wilson et les Allemands. Entre le 5 et le 26 octobre ont lieu trois échanges de notes dans lesquels les Alliés n'ont rien à voir puisqu'ils ne sont pas consultés. C'est seulement le 28 octobre que le colonel House vient à Paris négocier de la part de Wilson. Faut-il entrer dans le jeu, ou, comme le suggère Poincaré, considérer comme impossible une signature de l'armistice « tant que l'ennemi occupera une partie quelconque de notre territoire ou de celui de la Belgique » ? Clemenceau, qui n'accepte pas qu'on l'accuse de vouloir « couper les jarrets à nos soldats », fait un éclat et se range à l'avis et aux conditions de Foch, au nom de l'économie des vies humaines. Le Tigre a déjà été follement acclamé à la Chambre quand il est venu, le 6 novembre, évoquer l'armistice avec l'Autriche-Hongrie. Il reçoit un triomphe le 11 novembre. « Au nom du peuple français, dit-il dans l'hémicycle, au nom de la République française, j'envoie le salut de la France, unie et indivisible, à l'Alsace et à la Lorraine retrouvées. »

L'impossible paix de victoire

L'ancien maire du 18e arrondissement sous la Commune, qui a vécu toute l'histoire de cette république, a identifié le régime à la victoire. Elle s'est enfin levée, l'aube de la revanche, et le drapeau tricolore flottera de nouveau sur la place Kléber rebaptisée à Strasbourg. Metz la lorraine jettera bas les statues impériales de bronze. Les armées qui libèrent l'Alsace sont, comme en 93, celles de la République : ceux de l'an II ont fait des émules, et c'est ainsi que Clemenceau les salue.

L'adversaire de Ferry-le-Tonkinois ne sera plus hanté par la « ligne bleue des Vosges ». Le Rhin — c'est justice — doit être français et non plus allemand. Le vieil impérialiste réalise plus que le rêve de Gambetta : la France, redevenue première en Europe, a de nouveau mission d'exporter la République. Nul n'a les yeux plus doux pour les Tchèques et les Polonais que Clemenceau : c'est qu'il veut une Europe française et démocratique, débarrassée des trônes et des princes. Des républiques camperont sur les terres naguère soumises à la double monarchie. Bénès le Tchèque, Vénizélos le Crétois : tels sont les amis, les émules de Clemenceau, qui a un faible pour Paderewski, le pianiste polonais. Nul n'applaudit plus fort que lui à l'« éclosion des peuples », surtout quand ils consacrent l'éclatement de l'empire catholique des Habsbourg. Une seule idée nouvelle déplaît fortement à ce démocrate : la révolution bolchevique. Ses souvenirs de la Commune lui donnent à penser qu'elle n'est pas viable, mais qu'elle peut se propager très vite, à la façon d'une épizootie, si l'on ne dresse pas contre elle un « cordon sanitaire ».

Le discours républicain est alors dominant. On réclame pour l'Alsace les frontières de 1791, les généraux en occupation vont fleurir à Mayence la tombe de Hoche et multiplient les parades proconsulaires. On prétend faire oublier aux Allemands du Rhin la domination prussienne et impériale, les attirer vers Paris, nouvelle Athènes de la civilisation. Les journalistes des grands quotidiens multiplient les voyages et enquêtes sur le Rhin : Mac Orlan est l'un de ces reporters, voyageur sur le fleuve comme jadis Hugo. La République de Clemenceau se veut rayonnante, plus que dominante, et sans faiblesse pour les ennemis de la liberté.

Son autorité est au plus haut. Quelques voix discordantes à la Chambre : celles des socialistes. Le Sénat adopte un texte à la romaine : « Le citoyen Georges Clemenceau, président du Conseil et ministre de la Guerre, le maréchal Foch, généralissime des armées alliées, ont bien mérité de la patrie. » Ce texte est discuté à la Chambre en présence des députés protestataires d'Alsace et de Lorraine au Reichstag, Weill et l'abbé Wetterlé, qui sont « admis aux honneurs de la séance ». Le socialiste Renaudel propose de limiter cet hommage à la seule République, sans mentionner de personnalités. La Chambre passe outre. Renaudel propose alors d'associer à Clemenceau Foch et le président Wilson, qui a « bien mérité de l'humanité ». La Chambre suggère de rendre ultérieurement hommage à Wilson et vote le texte du Sénat à l'unanimité, moins la voix de Renaudel. « Si j'avais le souci de ma gloire, je mourrais maintenant », dit Clemenceau.

Il avait recueilli — plus que Poincaré — l'essentiel des folles acclamations des villes libérées : Colmar et Mulhouse, le 17 novembre, Metz le 19. Pétain est fait maréchal sur le front des troupes. En public, poussé par « un mouvement irrésistible », Poincaré embrasse le Tigre. Le 25 novembre, c'est la fête dans Strasbourg reconquise. L'Académie française ouvre ses portes au sauveur de la patrie. Va-t-il partir en pleine apothéose ?

Il reste, parce qu'il veut faire la paix et maintenir sur le Parlement la pression politique. Pourtant, des impatiences se manifestent : avec la rencontre de Versailles qui s'annonce, Briand le négociateur estime que son heure a sonné. Poincaré, apprenant que Wilson vient en personne négocier à Paris, n'entend pas être exclu des délibérations. Le président n'acceptera pas plus longtemps la condition de « prisonnier de l'Élysée » que lui a imposée Clemenceau. Il est dans la tradition du pouvoir présidentiel de négocier la paix, et ce juriste s'estime mieux placé que le brouillon Vendéen pour tenir tête au professeur de droit qui débarque à Brest.

Que Wilson soit salué par une mobilisation générale de la C.G.T. à son arrivée le 13 décembre n'effarouche pas Clemenceau. Banderoles et drapeaux rouges lui font constamment escorte jusqu'à l'hôtel Crillon. Mais ce déploiement inquiète beaucoup de députés, et la presse de droite commence à se demander si l'Américain ne vient pas à Paris imposer une paix favorable à l'Allemagne. L'opposition parlementaire se saisit de ces craintes, exprimées surtout par Jacques Bainville dans l'*Action française*. Clemenceau, qui a longtemps séjourné dans sa jeunesse aux États-Unis, s'en tire d'un mot : il parle de la « noble candeur » du président (en américain *honnêteté*, en français, *naïveté*). Cela suffit à désarmer provisoirement l'hostilité des amis de Briand qui lui reprochent de vouloir faire la paix seul, sans en informer personne. Clemenceau saura bien montrer au candide juriste toute la complexité des « réalités » européennes et imposer une paix du droit qui fasse leur part aux exigences des vainqueurs. Briand lui-même lui donne sa voix lors du débat du 30 décembre 1918. Il est clair désormais que le vieux leader ne lâchera pas le pouvoir avant d'avoir signé la paix. Ses adversaires se le tiennent pour dit.

La paix perdue de Versailles

Ils poursuivent néanmoins dans leur presse une campagne insinuante. Les journaux briandistes, le *Matin*, le *Journal*, l'*Intransigeant* et l'*Œuvre*, l'*Éclair*, l'*Avenir*, la *République française* répandent le soupçon que Wilson a sur l'Europe des positions arrêtées et qu'il s'oppose en tout à la paix de victoire. Une autre presse soutient Clemenceau, affectant de penser, comme le *Petit Parisien*, le *Petit Journal*, le *Temps*, le *Pays*, le *Radical*, qu'il peut récupérer Wilson, se servir de ses idées pour faire passer le dossier de la France. « Les deux points de vue, affirme Gustave Lanson dans le *Radical*, ne sont pas contradictoires. »

La censure reste vigilante, et les comptes rendus des négociations de paix n'y échappent pas. Les journaux sont tenus dans l'ignorance des travaux du conseil des Dix, puis du conseil des Quatre qui se réunit à partir du 24 mars avec Wilson, Lloyd George, l'Italien Orlando et Clemenceau. Les ardeurs wilsoniennes des socialistes ont eu le temps de se refroidir. Le plan de la S.D.N., rendu public en février, les déçoit : « Au lieu d'une société des peuples, c'est une société des États », dit Cachin. Sans l'armée internationale que propose Léon Bourgeois, comment la S.D.N. pourra-t-elle punir les sociétaires récalcitrants ? Wilson n'est plus, pour la gauche française, « le nouveau Jaurès ».

Il n'est plus, dans la presse de droite, l'homme de la « paix du droit », puisqu'il refuse son droit à la France. On entend la protestation maladroite mais sincère du maréchal Foch qui révèle, dans une série d'irritantes interviews, les vues de l'état-major sur la sécurité : le généralissime présente la « barrière du Rhin », avec ou sans États-tampons, et l'occupation permanente de la rive gauche comme l'exigence de la sécurité française. On sait que Clemenceau n'obtient qu'une occupation temporaire, avec la promesse d'une garantie anglo-saxonne en cas d'agression. L'*Action française* a beau jeu de souligner que ces garanties étant solidaires, la Grande-Bretagne ne sera pas engagée en Europe si le Sénat des États-Unis, comme il est à craindre, refuse de signer le traité. En vain les « comités de la rive gauche du Rhin » tentent-ils de seconder, comme Barrès dans l'*Écho de Paris*, la campagne entreprise par Foch. Les positions des Alliés sont prises et quand le général Mangin, commandant la 10e armée française qui occupe la Rhénanie, apporte son aide à l'autonomiste Dorten qui proclame une « République rhénane », il se fait semoncer par le président du Conseil qui lui interdit de se mêler des affaires politiques.

Enfin signé à la fin de juin 1919, le traité de Versailles est décevant pour l'opinion publique qui n'a aucune idée des blocages rencontrés par Clemenceau dans la négociation.

L'attitude négative des Allemands, qui prétendent négocier et non recevoir une paix imposée, réconcilie Wilson et Clemenceau, et le président français obtient satisfaction sur le principe des indemnités, baptisées « réparations ». Il est vrai que l'opinion française s'impatiente de plus en plus. « Le Boche paiera », a-t-on promis aux rentiers, qui constatent la baisse de moitié du franc et le quadruplement des prix depuis 1913. Klotz a ficelé un budget sans courage, renonçant à faire voter son « impôt sur le capital ». Clemenceau a dû faire face à une opposition socialiste de plus en plus décidée : les effectifs du parti S.F.I.O. ont quadruplé, ceux de la C.G.T. triplé. Les lenteurs de la démobilisation, le chômage et la vie chère ont donné la parole aux extrémistes. Même si le gouvernement fait voter très vite la loi des huit heures, il ne peut éviter la grève générale du 1er mai : 2 morts, plus de 100 arrestations, 700 blessés. Les grèves éclatent partout, mais d'abord dans la métallurgie. Au parti socialiste, les communistes, partisans de la reconnaissance de la IIIe Internationale, recueillent, avec Loriot, 270 voix au congrès et constituent une nouvelle minorité, qui déborde sur sa gauche la tendance Longuet. Les socialistes enragent de voir Clemenceau encourager contre les bolcheviks une « politique de la Sainte Alliance », maintenant 140 000 hommes dans l'armée d'Orient. Pourquoi les Français n'évacuent-ils pas Odessa, sinon pour soutenir les Russes blancs de l'amiral Koltchak ? Une mutinerie éclate sur les navires de la flotte française : ils doivent être retirés du port. Un projet de grève générale lancé par le comité confédéral de la C.G.T. et destiné à s'étendre à toute l'Europe échoue le 21 juillet. Une fois de plus, Clemenceau a montré sa résolution sur le plan social.

La manière forte est imposée aux Allemands pour les contraindre à signer. La cérémonie du 29 juin, dans la galerie des Glaces de Versailles, est infiniment moins populaire qu'on aurait pu le prévoir. La presse constate l'absence ou la rareté des représentants des poilus dans l'assistance — les femmes du monde y sont plus nombreuses. Clemenceau peut bien dire à Mordacq : « Voilà une bonne journée pour la France ! » Personne n'applaudit Wilson quand il monte à bord du *George Washington* dans le port de Brest. Au lieu de régler d'un coup tous les problèmes de la France, la paix de Clemenceau en fait surgir chaque jour de nouveaux. Les Français assistent nombreux à la fête émouvante du 14 Juillet, mais ne peuvent oublier leurs 1 394 000 morts. Ils s'étonnent de voir leur crédit ruiné, les dettes accumulées, la monnaie fondante. Ils s'inquiètent du relèvement possible de l'Allemagne, comme s'ils n'avaient pas les moyens de le contrôler. Sans doute la droite approuve-t-elle le rapporteur du traité, Barthou, quand il en explique les faiblesses et qu'il en réclame, avant Poincaré, l'exécution « avec une rigueur inexorable ». On sent bien qu'il n'y a dans ce texte ni garantie de paiement, comme le souligne Vincent Auriol, ni garantie tout court, comme l'établit Barthou. Clemenceau rappelle opportunément, lors du débat, que la France n'a pas négocié seule, et « qu'elle n'aurait pu conduire la guerre jusqu'au bout si les Alliés n'étaient pas venus ». Et d'ajouter, excédé par les critiques de la gauche et de la droite : « Voilà la vérité ! »

A-t-il perdu sa popularité ? Nullement. Les élections de novembre 1919 lui donnent une formidable majorité : le « Bloc national », dont les candidats se réclament de lui, obtient, grâce au nouveau scrutin de liste à un tour (avec prime à la majorité), une bizarre majorité élargie sur la droite grâce aux manœuvres de Millerand : 380 élus contre 180 à la gauche. Le recul en sièges de la S.F.I.O. (qui gagne pourtant quelques voix par rapport à 1914) est spectaculaire. Les partis de gauche paient leur désunion.

Les nouveaux élus sont nombreux, la relève parfaitement assurée. Les Blum, les Herriot, les Paul Reynaud, les Loucheur, qui entrent à la Chambre, sont environnés d'anciens combattants comme Édouard Daladier ou Maginot. Ces jeunes gens vont envoyer Clemenceau à la retraite quand il aura la faiblesse de laisser ses amis avancer sa candidature à la présidence de la République. « Votre gloire n'y gagnera pas », lui disait son collaborateur Mordacq. Inquiet sur l'avenir du traité, il croyait devoir rester aux affaires pour atténuer les « incertitudes » de la victoire. Mais un esprit nouveau avait préludé aux élections : les républicains avaient accepté sur leurs listes, à l'instigation de Millerand, de nombreux candidats catholiques de l'Action libérale, voire même des catholiques de droite comme Maurice Barrès. Clemenceau était resté de marbre face à cette nouvelle ouverture. Sans doute avait-il banni de son esprit l'anticléricalisme virulent — la guerre était passée par là —, mais il avait néanmoins refusé, « par respect pour la séparation », d'assister au *Te Deum* de la victoire organisé à Notre-Dame par Mgr Amette, le 17 novembre. Briand, son adversaire politique, put rassembler discrètement dans les couloirs toutes les voix catholiques en expliquant que Clemenceau était hostile à la reprise des négociations diplomatiques avec le Vatican et qu'il y aurait, à sa mort, des obsèques civiles à l'Élysée... La conjonction de cette opposition de circonstance et de celle, plus traditionnelle, des socialistes et des radicaux caillautistes (Caillaux venait d'être condamné en Haute Cour à trois ans de prison) suffit à faire échouer la candidature : au vote préparatoire des députés et sénateurs républicains, Clemenceau arriva après Deschanel. Il écrivit aussitôt qu'il retirait « à ses amis l'autorisation de poser sa candidature ». Le 17 janvier 1920 il partit pour sa propriété normande de Bernouville. Le 18, il donna à Poincaré la démission du cabinet. La République des nouveaux députés venait de tuer le père, seul survivant de la République conquérante.

CHAPITRE VIII

Les survivants

Après les élections de novembre 1919 et le renvoi de Clemenceau, les Français ont le sentiment de piétiner. Au regard des pertes de la guerre, le renouvellement réel de la représentation parlementaire passe inaperçu : on est moins attentif à la montée des hommes nouveaux qu'à la permanence des cadres, aux partis poussiéreux qui reprennent leur place et n'ont rien oublié de leurs anciennes querelles. Pour les anciens combattants, un changement s'impose : la République de grand-papa est morte. Il faut lui substituer un régime plus nerveux, plus musclé, qui permette à la France d'atteindre cette efficacité économique et technique que l'on a tant admirée chez les Américains, et d'éviter les abîmes de la révolution bolchevique à laquelle on ne trouve que des effets négatifs. On en veut plus au régime de retarder indéfiniment cet aggiornamento *qu'on ne le félicite d'avoir donné au pays les moyens d'être vainqueur. Cette impatience de changement est celle de la France jeune qui veut miser sur l'avenir. Elle s'exprime dans toutes les formations politiques, dans toutes les classes de la société.*

Une autre France compte sur les survivants de l'avant-guerre pour restaurer en dignité et en puissance la Cérès des années 1900. Celle-là considère l'intervention américaine comme un épisode sans lendemain et ne s'inquiète pas de la révolution russe, qui ne peut mordre sur la solide santé des sociétés de l'Ouest, à condition que celles-ci retrouvent leurs défenses traditionnelles : monnaie stable, Bourse active, budgets équi-

librés. Sur qui compter pour assurer rapidement cette restauration ? Sur les réparations allemandes, qui doivent permettre au pays d'éponger sa dette et de financer sa reconstruction. Depuis que le Sénat américain, le 19 novembre 1919, a refusé de ratifier le traité, il est clair qu'il faut s'en tenir aux articles acceptés par les Allemands et obtenir d'eux le plus possible. Cette tendance de l'opinion trouve des porte-parole dans l'ancien personnel de gouvernement, qui occupe les postes essentiels : A l'Élysée, Millerand remplace Deschanel, malade ; Poincaré est disponible pour de nouvelles charges. Briand et Barthou caracolent autour du pouvoir. Le centre droit, regroupé par l'Alliance démocratique, occupe, grâce aux élections de 1919, tout l'espace politique : il a seul la parole. Il va s'efforcer, avec un bonheur inégal, de panser les plaies du pays et de le convaincre qu'il n'a rien perdu de son ancienne vigueur.

On commence à soupçonner que la Chambre « bleu horizon » n'était pas tout à fait aussi à droite qu'on l'a dit. Les « Burgraves » de l'Alliance républicaine et démocratique — le parti de Poincaré, de Barthou, de Leygues et de Millerand — appelaient les républicains à se rassembler contre le péril bolchevique sans exclusive d'aucune sorte : c'était passer l'éponge sur les querelles du passé. L'événement avait donné tort à ceux qui pensaient, comme Maurras, que la guerre devait avantager les régimes autoritaires : les démocraties l'avaient emporté. Les « nationalistes » n'avaient donc plus la moindre raison de refuser la République. Le ralliement des catholiques était possible sans arrière-pensées. Certes, cet amalgame, dans la vieille formation républicaine, de tendances venues d'ailleurs indignait les radicaux comme Herriot, qui refusa de figurer sur les listes du Bloc national, mais nombre de ses amis acceptèrent au contraire. Comme l'écrit René Rémond[1], l'élection « n'est pas une revanche de la droite sur la gauche. C'est davantage un prolongement de l'union réalisée en 1914, qui a survécu aux circonstances, mais amputée à gauche et passablement rétrécie ». L'étiquette « nationale »

1. *Notre siècle*, Paris, 1988, p. 52.

est loin de ne désigner que l'ancien produit nationaliste : elle n'est plus la marque d'une sorte d'activisme politique, mais le « bloc » ouvert à tous ceux qui, dans la situation de la France, privilégient ses intérêts fondamentaux. Ce « bloc » ne se ferme pas à d'autres familles politiques françaises, mais seulement à celles dont les mots d'ordre sont inspirés par des idées étrangères. Le « bloc » est à la fois hostile à la théorie américaine d'une institution internationale d'arbitrage et au glissement des socialistes vers des mots d'ordre révolutionnaires de type bolchevique.

Du bloc n'émanent, dans l'immédiat après-guerre, que des gouvernements très strictement républicains : les présidents du Conseil qui se succèdent au pouvoir ne sont jamais des catholiques ralliés, mais d'anciens socialistes comme Millerand et Briand, ou progressistes comme Georges Leygues et Poincaré. Les radicaux sont présents dans toutes les formations, ils détiennent constamment le ministère de l'Intérieur. Certains départements ministériels leur sont quasiment affermés : ainsi Albert Sarraut est-il très stable aux Colonies, et le docteur Queuille à l'Agriculture. A aucun moment la majorité ne remet en question les lois républicaines, non plus que les institutions. Au risque de décevoir les partisans d'un régime plus musclé, les cabinets de l'après-guerre ressemblent étrangement à leurs prédécesseurs : ils s'inscrivent dans la lignée d'une Union sacrée « rétrécie ». Si le dosage est plus centre droit que centre gauche, c'est que les hommes ont évolué : les Briand, les Millerand, les Barthou sont devenus des partisans de la restauration de l'ordre républicain. Ils ont même tendance à en souhaiter le renforcement.

Sur les neuf groupes qui composent l'hémicycle, le plus important, situé le plus à droite, est celui de l'Entente républicaine et démocratique (183 membres). Il compte dans ses rangs le général de Castelnau, François de Wendel et Maurice Barrès. Comment suspecter le républicanisme des Georges Bonnefous, des Arago, des Louis Marin ou du nouveau député de Lorraine Robert Schuman qui se pressent sur ses bancs ? Ces députés mêlent le plus souvent leurs votes à ceux de la Gauche républicaine démocratique (100 élus), émanation de l'Alliance avec Maurice Colrat, collaborateur de

Poincaré, Raoul Péret et Jules Siegfried. Faut-il rappeler que les élus de l'Alliance, qui s'apprêtent à rétablir les relations diplomatiques avec le Vatican, étaient de ceux qui avaient quitté en 1899 le groupe progressiste de Méline pour se joindre au Bloc des gauches : les voilà resitués au centre droit, comme les députés de l'Action républicaine et sociale (Paul Reynaud et le célèbre producteur de champagne Taittinger) ou les républicains de gauche qui comptent dans leurs rangs le marquis de Chambrun, Tardieu et Georges Leygues.

Ces quatre groupes ont la majorité : ils n'ont nul besoin d'une alliance radicale. S'ils la sollicitent, c'est parce que les radicaux sont prépondérants au Sénat, comme le confirme l'élection des conseillers généraux. Ainsi, les élus républicains ont évolué vers la droite, mais ils ne cessent pas pour autant de croire aux institutions. S'ils évoquent timidement un ajustement constitutionnel, c'est pour renforcer l'exécutif, le libérer de la tyrannie des commissions de la Chambre. Clemenceau lui-même avait suggéré cette évolution. Millerand, dans un discours prononcé à Paris au Ba-Ta-Clan, l'avait dit à plusieurs reprises : il y avait des « modifications souhaitables », car « la confusion des pouvoirs est le germe de toute tyrannie ». Pour affirmer avec éclat leurs convictions républicaines et attacher au régime le prestige de la victoire, Millerand devait célébrer le même jour, 11 novembre 1920, le cinquantième anniversaire de la République et la fin de la guerre : le soldat inconnu fut transporté sous l'Arc de Triomphe et le cœur de Gambetta, ardent partisan de la revanche, transféré au Panthéon. Pouvait-on souhaiter plus de solennité ?

Les électeurs avaient voulu changer les mœurs parlementaires en renouvelant la Chambre. Ils avaient voté pour des anciens combattants, écartant systématiquement les sortants. On n'avait jamais vu pareille hécatombe : parmi les battus, 62 radicaux, 43 socialistes, 23 de la droite, 10 républicains socialistes. Le ministre Clémentel, le dignitaire franc-maçon Lafferre faisaient partie des vaincus. Pour assurer sa réélection, Aristide Briand, qui figurait au même groupe que le producteur de cognac Jean Hennessy (républicains socialistes), avait abandonné la Loire pour s'en revenir à Nantes. 247 sortants seulement étaient réélus et 369 députés entraient pour la première fois au Palais-Bourbon. Pouvait-on leur parler un langage nouveau ?

Les hardiesses que se permirent les cabinets Millerand puis Georges Leygues furent bien timides. On souligna le mérite du président du Conseil qui avait choisi le ministre des Finances François-Marsal en dehors du Parlement. Où l'avait-il connu ? Au cabinet de Paul Doumer, qui avait fait sa carrière bancaire. On plaçait un préfet à la tête de l'administration des régions libérées ? C'était pour les soustraire aux passions politiques que leur régime religieux spécial (l'Alsace et la Lorraine demeuraient sous le régime concordataire) ne manquerait pas de soulever. Timidité dans la présentation du budget, retour à une gestion orthodoxe des finances, avec emprunt en rente française à 6 % exempts d'impôt. L'énorme dette publique absorbait une grande partie des recettes de l'État pour le service des intérêts, et la France entrait dans un cycle de déficit budgétaire dont on ne pourrait se tirer par des jeux d'écriture. Millerand essuyait les plâtres de l'après-guerre, et après lui son homme-lige, Georges Leygues. Du moins purent-ils rétablir les relations diplomatiques avec le Vatican, ce que le retour de l'Alsace et de la Lorraine rendait nécessaire : ils n'avaient pas eu les moyens d'offrir à leur public électoral le retour à l'âge d'or de l'avant-guerre que, peut-être, certains d'entre eux avaient cru possible.

La reprise des luttes sociales

La gauche n'a nullement perdu ses positions municipales mais elle les a au contraire confortées, malgré les divisions du mouvement ouvrier. A Saint-Denis, les ouvriers ont suivi en masse les ordres de grève générale en 1919 et ont même acclamé les soviets, l'échec du mouvement n'a pas découragé les militants ouvriers. La liste où figurait le « mécanicien syndicaliste » Bestel, avec Philippe, l'ancien maire S.F.I.O., l'a facilement emporté sur la liste radicale. L'*Humanité* revendique la conquête de 24 mairies en Seine-banlieue, dont Aubervilliers (où le socialiste Pierre Laval est élu maire). La conquête gagne Choisy-le-Roi, Issy-les-Moulineaux, Le Kremlin-Bicêtre. Cachin, dans son éditorial de l'*Humanité*, parle de ces élections comme d'une revanche sur les législatives. Une manifestation nationale s'organise à Saint-Denis pour fêter les nouveaux élus de la Région parisienne. 8 000 personnes défilent derrière des fanfares qui jouent la *Jeune Garde*, l'*Internationale* et l'*Hymne aux braves soldats du 17e*. On défile dans la rue de la Légion-d'Honneur puis devant la mairie où l'on a disposé un buste illuminé de Jaurès[1].

Après la fête au village, c'est la reprise des violents mouvements de grève — celle des cheminots, étudiée par Annie Kriegel[2], qui soude la classe ouvrière dans un combat très dur contre le pouvoir politique bourgeois, que la révolution soviétique a rendu méfiant et soupçonneux. Les soviets ont-ils des émissaires à Paris ? Le mouvement de débrayage commence au P.L.M. en février 1920 et gagne presque aussitôt les autres réseaux du chemin de fer. Le gouvernement soutient les compagnies qui ne lâchent rien. Le mouvement s'épuise, puis rebondit le 1er mai, quand la fédération des cheminots C.G.T. demande le soutien de la confédération et lance un ordre de grève illimitée. Le dirigeant de la centrale, Léon Jouhaux, laisse à contrecœur l'organisation s'engager. Les mineurs de charbon, les dockers et les marins suivent. Les travailleurs du gaz et de l'électricité contribuent à la paralysie. On constate aussi le succès de mots d'ordre dans le bâtiment et la métallurgie : est-ce la grève générale ? La France entière semble frappée d'immobilité : on n'a jamais assisté à un mouvement d'une telle ampleur. Des secours s'organisent, des bénévoles conduisent les autobus, métros et tramways. A la fin de mai, les compagnies n'ont toujours pas cédé. 15 000 cheminots sont licenciés, dont l'ingénieur Lucien Midol, futur maire d'Athis-Mons. Le mouvement cesse de lui-même devant la résistance imprévue de l'État et du patronat, solidaires dans la lutte contre la hausse des prix.

Cet échec n'empêche pas les effectifs du mouvement

1. Brunet, *op. cit.*, p. 237.
2. *Op. cit.*, t. 1 pp. 360 et suiv.

syndical et du parti socialiste de s'accroître, mais l'irruption de la révolution russe suggère des prises de contact et pose des questions aux militants. Pour répondre à leur curiosité et satisfaire la leur, Cachin et Frossard, le secrétaire général du parti, se rendent en Russie le 31 mai 1920. Ils sont si éblouis par la révolution en marche, par la lutte des soviets contre les armées blanches soutenues par la France et la Grande-Bretagne, qu'ils préconisent aussitôt l'adhésion de la S.F.I.O. à la IIIe Internationale de Moscou.

Celle-ci pose à ce moment neuf « conditions » dont la mainmise communiste sur la C.G.T., la subordination complète du groupe parlementaire, le changement de nom du parti, devenu « communiste », l'acceptation de l'action légale *et* illégale, la promesse enfin de considérer immédiatement comme exécutoires les décisions de l'Internationale. En août, dans l'*Humanité*, Cachin et Frossard écrivent une série d'articles, « Ce que nous avons vu en Russie » : « Entre Lénine et Jaurès, écrit Renaudel, il faut choisir. » Cachin a choisi. Sans doute proteste-t-il quand les neuf conditions deviennent vingt et une : il lui déplaît que les exclusions de militants soient imposées au parti par l'Internationale, c'est-à-dire par Moscou. Pourtant, le courant probolchevique grandit sans cesse dans les fédérations, même si le vieux Jules Guesde (il a alors soixante-quinze ans) se prononce par lettre contre l'acceptation des vingt et une conditions. Quand s'ouvre le congrès de Tours, le 25 décembre 1920, les mandats des délégués ne laissent aucun doute : on va vers la scission, et c'est la tendance la plus dure, celle de Cachin-Frossard, qui l'emporte.

Le plus grand enthousiasme se rencontre dans les milieux ruraux de conquête récente. En revanche, dans certaines sections ouvrières (le Nord par exemple), en revanche, l'exclusion possible de Longuet, un minoritaire du temps de guerre qui n'accepte pas les « conditions », semble intolérable. Les dockers de Dunkerque, qui ont fait grève pour ne pas charger des armes à destination des Russes blancs, font connaître leur hostilité à l'Internationale de Moscou. Léon Blum mène un beau combat à retardement où il explique que le désaccord n'est pas entre réformistes et révolutionnaires, mais entre des révolutionnaires qui n'ont pas la même idée de la révolution. Il marque son aversion pour les organismes clandestins nommés par Moscou, capables de donner des ordres aux représentants élus du parti français. Il n'admet pas la subordination autoritaire du syndical au politique. « Il faut, dit-il, que quelqu'un reste garder la vieille maison. »

A-t-il convaincu? Clara Zetkin, interdite de séjour en France, fait son entrée dans la salle du congrès au nom du bolchevisme allemand: « Votre unité, lance-t-elle, est une maison en ruine. C'est une prison où la droite tient enchaînée la gauche. [...] Par tous les moyens, légaux et illégaux, vous devez collaborer à la révolution mondiale. » Les factions françaises ne l'intéressent pas: qu'il reste seulement une tendance, mais vraiment révolutionnaire. On va voter. Arrive un télégramme de Zinoviev, chef de l'Internationale. Signé de Lénine, de Trotski, de Boukharine et de Rosmer, il impose au congrès l'exclusion de Longuet et des minoritaires du temps de guerre, qui n'ont pas reconnu la IIIe Internationale. « Je ne crois pas, dit le zimmerwaldien Raffin-Dugens, farouche adversaire de Clemenceau en 1917, que le parti français puisse obéir aveuglément à des ordres venus du dehors. »

On vote : la scission est consommée. Frossard et Cachin deviennent communistes, entraînant avec eux l'*Humanité*. Blum et ses amis éprouvent une grande tristesse. La reconstruction de la « vieille maison » demandera du temps et des efforts. La scission politique, suivie d'une rupture syndicale, laisse les socialistes sur le sable. Restent à Blum et à Longuet le journal le *Populaire*, 56 députés sur 68, un certain nombre de mairies et 30 000 militants sur 180 000. Quelques môles de résistance apparaissent: le Nord et le Pas-de-Calais, les Bouches-du-Rhône, la Gironde, la Haute-Garonne. La lutte est vive, dans les mairies de banlieue, pour ou contre l'adhésion au communisme. A Saint-Denis, les jeunes mènent campagne. Henri Lozeray, secrétaire de la jeunesse socialiste de Saint-Denis, et Jacques Doriot, un ajusteur, boxeur amateur, multiplient les explications sur les tréteaux. Finalement, le maire Gaston Philippe est rallié, et avec lui toute l'équipe. Ailleurs, la S.F.I.O. maintient ses positions municipales: à Colombes, elle résiste victorieusement, et elle n'est inquiétée ni à Puteaux, ni à Montreuil, ni à Alfortville. Elle garde les hôtels de ville de Strasbourg, Lille, Grenoble et Brest. La presse socialiste de province reste vigoureuse, et le *Populaire* se renfloue.

Le tandem Léon Blum-Paul Faure renoue avec les militants des fédérations, et la confiance revient. On sort du tunnel plus vite qu'on ne l'espérait. La solide C.G.T. de Jouhaux garde les gros effectifs syndicaux, contre la C.G.T.U. constituée par les communistes au congrès de Lille en juillet 1921. Si la grande rupture apporte au mouvement ouvrier français une combativité accrue, il est clair qu'il a changé de nature : plus que jamais, la S.F.I.O. attend le succès de son combat électoral, tandis que la S.F.I.C. (Section Française de l'Internationale Communiste) s'oriente vers l'action illégale et violente, en relation étroite avec Moscou. Un « parti de l'étranger », comme on dit à droite, s'est constitué en France. Il risque de bouleverser l'échiquier déjà sensible des forces politiques françaises en introduisant dans le jeu un élément à la fois incontournable et inassimilable.

Embellie économique

L'intégration de la classe ouvrière à la société française est cependant facilitée par les efforts convergents de plusieurs acteurs économiques et sociaux. Le retour de l'Alsace et de la Lorraine dans la communauté nationale a eu pour conséquence de renforcer le syndicalisme chrétien : la C.F.T.C. (Confédération Française des Travailleurs Chrétiens) est par essence intégrationniste. Le municipalisme développe également une politique sociale, souvent sous l'influence des élus socialistes, aboutissant à des résultats positifs et parfois spectaculaires : l'État est trop accaparé par ses difficultés financières et par les charges de la reconstruction pour prendre l'initiative. Des maires s'en chargent : Henri Sellier, qui vient d'être élu à Suresnes, est socialiste « allemaniste » depuis l'âge de quinze ans. Il est appelé en 1914 à l'Office public d'H.B.M. de Paris et de la Seine qui vient d'être créé, en raison de sa compétence pour le coopératisme. Il dirige à la fin de la guerre l'Office public d'hygiène sociale de la Seine, qui lutte contre la tuberculose. Cet hygiéniste convaincu se lance dans la construction populaire et s'enthousiasme pour la cité-jardin de Draveil, construite en 1913 par l'architecte Jean Walter. Il incite l'Office des H.B.M. à constituer des réserves foncières autour de Paris pour lancer de vastes programmes. Un mouvement est engagé qui aboutira à de nombreuses créations. Dans le Nord, dans l'Est, les patrons entreprennent eux-mêmes la reconstruction de logements ouvriers détruits et lancent de nouveaux programmes en fonction des besoins d'urbanisation. Ils sont aidés par l'ancien ministre Clémentel, favorable à l'engagement de crédits d'État dans la construction, par l'intermédiaire de la Caisse des dépôts et consignations ou d'une banque nouvellement créée, le Crédit national. Aidant les chambres de commerce, constituant la Confédération générale de la production française, Clémentel va au-devant de la reprise souhaitée par tous les industriels du pays. Ce ministre éclairé, en contact avec les milieux de pointe français ou anglo-saxons, a pu mesurer l'effet des nouvelles techniques de production sur les conditions de travail des ouvriers et la capacité d'intégration de la main-d'œuvre au mouvement général du progrès. Le marasme des finances de l'État après la guerre ne doit pas masquer le redéploiement rapide et massif de l'activité industrielle, immédiatement sollicitée par l'ampleur des besoins, et par l'apparition de nouvelles demandes : alimentation en énergie électrique et pétrolière. Avec un budget déficitaire et des responsables politiques d'un autre âge, la France s'engouffre dans la seconde révolution industrielle.

Les vrais chefs de ce mouvement ne s'appellent pas Poincaré ou Briand, mais Mercier, Michelin ou Renault. Ils ont des contacts fréquents avec les industriels américains, multiplient les missions d'études d'ingénieurs et sont convaincus que le fordisme et le taylorisme, avec la mécanisation, peuvent bouleverser les rapports du monde ouvrier et de la société française en commençant par accorder aux travailleurs une place économique dans le système et en transformant, à la manière de Ford, le producteur en premier consommateur. L'amélioration des techniques entraîne donc le développement d'une idéologie, voire d'une action politique : Mercier, le tout-puissant patron de la C.F.P. (Compagnie Française des Pétroles) et de l'électricité (Lyonnaise des Eaux et de l'Électricité), franchit le pas en créant le Redressement français, qui va intervenir dans les luttes politiques des années 1920.

Quand il faut équiper la France entière en lignes à haute tension, en transformateurs, en centres de distribution, centrales, barrages, pompes à essence, pipelines, on s'impatiente d'une situation politique bloquée, on souhaite une amélioration rapide des rapports sociaux. Cette exigence correspond à une préoccupation d'ensemble de l'opinion : chez les socialistes, le polytechnicien Jules Moch fait partie d'un groupe de « rationalisateurs » qui n'est pas sans contacts avec le Bureau international du travail de Genève où Thomas, l'ancien ministre des Armements, est un partisan fervent de ce nouveau saint-simonisme. Jouhaux, leader de la C.G.T., est lui-même séduit par un syndicalisme à l'américaine. Dans certaines branches essentielles — l'automobile, la mécanique, l'armement, l'aéronautique —, la diffusion des méthodes de l'organisation scientifique du travail produit des résultats spectaculaires. Michelin et les Chemins de fer du P.O. Midi jouent un rôle pionnier dans ce domaine de la rationalisation qui triomphe dans l'automobile, et jusque dans la sidérurgie : Pont-à-Mousson a recours à ces procédés pour le finissage de ses objets de fonte. Les gains de productivité ainsi obtenus permettent de diminuer les prix et d'attaquer de nouveaux marchés. Les industriels les plus dynamiques des années 1920 n'ont pas de problème particulier de financement. Pourtant, ils investissent dans la modernisation des entreprises des sommes considérables.

Le secteur de pointe est si dynamique qu'il favorise une redistribution de la main-d'œuvre sur la carte industrielle de la France. Après quelques mois de flottement dus à la nécessaire reconversion des usines de guerre (on compte jusqu'à 500 000 chômeurs en 1920), on embauche en masse dans les grandes entreprises qui doublent leurs effectifs de 1906 à 1931 (1 440 000). Sans doute la percée des grands (Renault, Citroën ou Peugeot dans l'automobile) laisse-t-elle subsister, en marge, un grand nombre de petits, y compris dans l'industrie très en pointe de l'électricité. Mais les firmes les plus dynamiques détiennent l'essentiel des parts de marché et se concentrent pour investir. La masse des travailleurs n'augmente pas sensiblement en France et reste largement distribuée dans le réseau des petites et moyennes entreprises. Mais le perfectionnement des méthodes de travail des usines nouvelles permet d'engager de nouveaux travailleurs venus de la campagne (40 000 départs par an en moyenne) ou des ouvriers dont les emplois ont été « détruits » dans les branches en voie de disparition. Les jeunes, en particulier, sont fascinés par le modernisme de l'automobile ou de l'électricité. La Région parisienne gonfle de 950 000 habitants en dix ans, dont la moitié en Seine-et-Oise, sous l'effet des implantations d'usines nouvelles. On comprend pourquoi la politique de logements à bon marché d'Henri Sellier revêt une urgence toute particulière.

C'est aussi le cas dans le Nord où la politique d'immigration des sociétés minières attire de nombreux travailleurs étrangers : ils sont 2,4 millions dans la France de 1926. 54 % des mineurs de fond du Nord-Pas-de-Calais sont des Polonais recrutés par conventions d'État. La concentration d'étrangers est surtout forte dans la Région parisienne, avec un taux record de 39 % à Clichy. La France est le deuxième pays mondial d'émigration. Cela mesure son excellente santé économique. L'« entre-deux-guerres » n'est nullement pour le pays une époque de décadence, comme une vision superficielle de l'histoire politique pourrait le donner à penser.

L'État joue d'ailleurs pleinement son rôle dans l'équipement. Il tente de lutter contre les multinationales pétrolières en créant la Compagnie française des pétroles, dont il détient 35 % du capital (avec les banques d'affaires). Il obtient 23,75 % des parts du gisement de l'Irak Petroleum Company. Ne pouvant lutter contre les trois énormes firmes anglo-saxonnes, il ferme le marché intérieur en le contrôlant strictement et en obligeant les multinationales à raffiner en France. La part d'initiative de la puissance publique s'affirme dans l'hydro-électricité : des sociétés d'économie mixte sont mises en place pour équiper le Rhône et la Dordogne. Une assistance particulière est consentie aux compagnies de chemin de fer (l'État en possède déjà deux) ainsi qu'aux Messageries maritimes qu'il faut renflouer en 1920. Les P.T.T. mènent une politique dynamique d'équipement dans le secteur du téléphone, et le directeur Pellenc se lance dans une concurrence acharnée contre les radios privées en développant des stations régionales d'État financées par les P.T.T. La création d'un ministère de l'Air, en 1928, indique assez que l'État considère son rôle d'impulsion et de soutien comme essentiel dans un domaine encore pionnier : en 1923, Latécoère lance le vol Toulouse-Casablanca-Dakar. Les exploits de Mermoz et de l'Aéropostale datent de 1927-1931.

Le miracle français

Les retombées du boom industriel ne peuvent passer inaperçues : les concessionnaires d'automobiles s'installent sur les routes que les services des Ponts et Chaussées goudronnent hâtivement. Les campagnes participent manifestement à l'engouement pour l'automobile, puisque les deux tiers du parc français sont affectés aux villages et villes de moins de 20 000 habitants. On ne peut pourtant pas dire que le monde rural soit l'objet de soins particuliers de la part des pouvoirs publics : ils se contentent d'y poursuivre les travaux d'électrification et de créer un Office national du crédit agricole. Le plan Queuille de modernisation de l'agriculture est rejeté en 1927, les remembrements sont timides, la mécanisation insuffisante. De nombreux petits exploitants sont éliminés et la désertification des villages est en cours dans certaines régions du Sud et du centre. Les progrès réalisés sont dus exclusivement à l'énergie de 2,5 millions d'exploitants dont la moitié n'emploient pas un seul salarié, et de 8 millions de paysans qui commencent à acheter des engrais azotés et à substituer l'élevage à la culture céréalière. L'État ne les a guère aidés, sauf par sa politique douanière qui leur assure une protection.

On ne peut pas dire que les ruines de la guerre aient empêché l'économie française de décoller rapidement : certes, les années 1920 et 1921 sont stagnantes, mais de décembre

1921 à décembre 1924, pendant une grande partie de la législature « bleu horizon », on assiste à un boom spectaculaire de la production qui, globalement, double. Le revenu national de 1929 dépasse d'un tiers celui de 1913, la croissance du produit national brut par habitant est supérieure à celle de tous les autres pays européens. On produit 55 millions de tonnes de charbon au lieu de 40 en 1914, et deux fois plus d'acier. Les besoins de l'automobile provoquent une hausse inouïe de l'extraction du minerai de fer dont la France devient alors, avec 50 millions de tonnes, le premier producteur mondial. L'industrie du Nord-Est et du Nord doit fournir cinq fois plus de tôles et de « produits plats », trois fois plus de tubes d'acier. 250 000 véhicules sortent des usines en 1929 contre 45 000 en 1913 : c'est la première industrie européenne. L'expansion est continue, la création d'emplois permanente, la France devient largement exportatrice de produits industriels et vend à l'étranger 4,3 millions de tonnes de produits sidérurgiques en 1928. Les petits États des Balkans deviennent des clients privilégiés, les grandes firmes installent des filiales dans toute l'Europe. Les difficultés monétaires favorisent les ventes en offrant à l'étranger des produits moins chers.

La crise des finances de l'État ne doit pas masquer ce bouillonnement industriel qui affecte une partie importante de la population et oblige le mouvement syndical non communiste à s'adapter s'il ne veut pas perdre sa clientèle : les ouvriers français croient au progrès et à l'enrichissement. Après l'échec des grèves révolutionnaires de 1919-1920 et l'apparition de la IIIe Internationale, le syndicalisme fait l'objet, dans les entreprises, d'une répression constante qui décourage le militantisme. La C.G.T. non communiste devient réformiste et formule autrement ses revendications : elle exige que le patronat mette en place des organes de formation et qu'il associe les ouvriers à la réorganisation du travail. Sans doute les patrons ne sont-ils pas prêts à jouer la carte de la « démocratie industrielle », mais ils se réjouissent assurément de la régression brutale du syndicalisme violent dans les ateliers. L'intégration est en bonne voie, pourvu que la politique industrielle poursuive ses succès.

Les dirigeants de l'industrie, Wendel, Mercier, Renault,

n'en étaient que plus impatients de voir l'État régler le problème financier et sortir la République des formes désuètes du parlementarisme rural des années 1880. Mais une masse importante de Français exigeaient pour leur part de l'État protection et indemnisation : ceux-là ne rêvaient pas d'expansion ni de progrès, mais s'indignaient des folles dépenses des nouveaux riches dans les casinos de Nice ou de Deauville, et du train de vie des profiteurs de guerre. Ces victimes de la rente, ces pensionnés de l'État, vivant de ses subsides, se trouvaient directement frappées par la dépréciation et l'instabilité de la monnaie. « Ils ont des droits sur nous », disait Clemenceau des « gueules cassées », ces handicapés des tranchées. Un Français sur dix était pensionné, les veuves de guerre étaient plus de 500 000, on estimait à 55 milliards de francs les pertes physiques et matérielles dues à la guerre, soit quinze mois du revenu national de 1913. Les pertes humaines avaient entraîné un cortège de deuils et de misères. Aucun gouvernement ne pouvait manquer, sans encourir de graves troubles, de reconnaître cette dette : un ministère des Pensions avait été créé. Il coûtait cher, et ses administrés, regroupés en associations d'anciens combattants, montraient une vigilance particulière dans le domaine de la politique financière.

D'autres perdants faisaient entendre leur voix : les rentiers. On avait assez loué leur civisme pendant la guerre pour qu'ils se sentissent solidaires de la victoire, même s'ils n'étaient pas allés au front. Les réserves de l'épargne française étaient importantes en 1914, et les gouvernements de guerre y avaient largement fait appel, puisque la masse des impôts n'avait été augmentée que de 23 milliards de francs au cours des hostilités. L'emprunt avait alimenté la quasi-totalité des dépenses de guerre. La création des bons du Trésor à court terme, appelés « bons de la défense nationale », avait valeur de discours politique. Les particuliers avaient livré leur or contre un certificat de civisme. La totalité des réserves françaises était ainsi partie en fumée.

Restaient les intérêts très lourds, malgré la dépréciation de la monnaie : la dette intérieure atteignait 153 milliards en 1921. Le service des intérêts concernait un grand nombre de ménages. Le seul emprunt de la Victoire avait touché 7 millions de porteurs : 4 familles sur 5. Ces rentiers avaient beaucoup perdu en raison de la hausse des prix, et perdaient chaque année davantage. Les autres placements n'étaient pas plus avantagés. Le classique « 3 % », valeur sûre du XIXe siècle, ne cotait plus que 60 francs en 1919. Les valeurs de chemins de fer, que l'on retrouvait dans tous les héritages, avaient subi des baisses désastreuses. Les actions P.L.M., cotées à 2 000 francs en 1900, se retrouvaient à 700. Celles de la Compagnie du Nord, considérées avant la guerre comme la seconde valeur française, étaient fortement dépréciées. Les plus grandes déconvenues venaient de l'étranger : 50 milliards y avaient été placés avant la guerre, dont 12 en Russie, qui rapportaient 2 à 2,5 milliards, soit 25 % des revenus du portefeuille, répartis sur au moins un demi-million de porteurs. Il fallait faire son deuil des fonds russes. Les porteurs de consolidé anglais avaient perdu 40 % de leur capital, et les acheteurs des 3 milliards de papier mexicain avaient été ruinés par la chute de Porfirio Diaz. Les pertes étaient également sensibles sur les valeurs investies en Turquie et même au Transvaal. Seuls les investisseurs très informés qui pouvaient jouer sur les valeurs industrielles gagnaient encore de l'argent en Bourse. Les petits porteurs s'estimaient grugés par les démarcheurs des banques. Les revenus invisibles des capitaux placés à l'étranger, qui équilibraient avant la guerre la balance des comptes, connurent une réduction considérable. Une large fraction de la population, qui en subissait les conséquences, réclamait une politique financière ferme à l'encontre de l'Allemagne. Paierait-elle, oui ou non, les frais de guerre ? Aucun gouvernement français ne pouvait manquer d'aborder cette question, surtout pas un gouvernement de droite.

L'Allemagne ne paiera pas

Les réponses venues d'outre-Rhin se révélaient de plus en plus décevantes : il devint rapidement clair que l'opinion allemande considérait le traité de Versailles comme un *diktat* et que le nouvel État cherchait à se libérer de ses obligations.

Les regards des rentiers, des pensionnés, de toutes les victimes de la guerre se tournaient alors en France vers l'infatigable dénonciateur des manquements de l'Allemagne, vers le partisan d'une politique d'application sans faiblesse des clauses de Versailles : l'ancien président de la République Raymond Poincaré.

Chaque fois qu'il prend la parole, il insiste sur la nécessité de faire payer l'Allemagne. Il déclare à Verdun en 1920 : « Nous sommes maîtres de prendre des mesures de coercition. » Telle est, dit-il, « l'adjuration de Verdun ». Avec son « physique d'employé de bureau, proprement habillé », il apparaît alors au journaliste anglais Sisley Huddleston comme un petit homme d'une pâleur maladive qui a « appris pendant sa longue carrière comment serrer la main au prix du moindre effort possible ». Dans son bureau, il a souvent les yeux baissés, ou bien gênés, ou affolés. Quand il s'anime, « il parle avec une rapidité inhabituelle et une grande précision, sur un ton haut perché, d'une voix métallique ». Clemenceau parti, il n'a pas de raison de créer des difficultés aux présidents du Conseil qui se succèdent et qui sont tous ses amis politiques.

S'il prend position, c'est pour répondre aux critiques internationales qui choisissent pour cible la paix de Versailles, particulièrement celles de l'économiste anglais John Maynard Keynes. Celui-ci estime que les réparations allemandes risquent d'entraîner la ruine de l'Europe entière. Sophisme ! répond Poincaré : n'est-il pas anormal que le vaincu puisse se relever aussi vite que le vainqueur ? Tous les quinze jours, il donne un article à la *Revue des Deux Mondes* pour faire connaître sa position, qu'il développe également dans le *Matin*. L'Allemagne poursuit sa concentration industrielle, et les puissants groupes qui s'y forment ne sont pas frappés par l'inflation — dont on peut penser qu'elle se développe avec la complicité de l'État, l'Allemagne voulant échapper à la sanction. Dans son discours d'inauguration de la conférence de la paix à Versailles, Poincaré, alors président, avait tenu à souligner la responsabilité complète de l'Allemagne dans le conflit. Il n'y avait donc pas lieu de la ménager, mais d'exiger son dû.

D'aussi bonnes dispositions suggèrent au gouvernement

d'utiliser les dons de l'avocat d'affaires en le nommant président de la commission des Réparations, qui doit dresser le bilan exact de la dette de guerre. Il s'oppose d'ailleurs d'entrée de jeu aux experts anglais, convaincus de la nécessité de ménager financièrement le vaincu. Les experts ont-ils un pouvoir de décision ? Nullement : les gouvernements se concertent fréquemment et suscitent vingt-quatre conférences en moins de trois ans. Chacune se termine par une modification des clauses de réparations, sans que Poincaré puisse s'y opposer. « Nous ne sommes pas assez riches, écrit-il grincheusement, pour offrir des présents à ceux qui nous ont volés et, si dignes de pitié que soient les vaincus, peut-être avons-nous nous-mêmes le droit de vivre. » En 1920, à la conférence de San Remo, Lloyd George exige que le principe d'un paiement forfaitaire soit consenti en faveur des Allemands. « Nous glissons, proclame Poincaré, comme sur un plan incliné, vers la révision du traité. » En mai, à Hythe, les Alliés ont admis l'Allemagne à la discussion sur sa capacité de paiement. On lui a donné un prochain rendez-vous à Spa. « La commission des Réparations est simplement dessaisie », estime Poincaré. Pourquoi en resterait-il président ? Il démissionne aussitôt.

D'autres réductions sont consenties à l'Allemagne à la conférence de Spa. La mauvaise volonté allemande devient alors l'un des thèmes les plus discutés au Parlement. Poincaré, qui reproche au gouvernement Leygues de ne pas équilibrer son budget en faisant voter des impôts nouveaux, redoute une nouvelle conférence internationale qui réduirait encore la créance allemande. Comment imaginer un budget français en équilibre sans les versements venus d'outre-Rhin ? L'arrivée au pouvoir de Briand ne le rassure pas : l'ancien anarchiste annonce aussitôt qu'il s'est réservé les Affaires étrangères. L'extrême droite déclenche alors une dure polémique, rappelant qu'une délégation de députés avait rencontré Millerand à l'Élysée pour lui demander d'appeler Poincaré. Si Briand arrivait aux affaires, c'était en somme contre Poincaré.

Briand connaît la situation en Allemagne : une tentative de putsch vient d'être brisée par une grève générale. L'inflation poursuit ses méfaits et place l'opinion à la merci des mouvements extrêmes. Briand sait que les responsables britanniques, très émus par cette situation, souhaitent un règlement définitif du contentieux de Versailles entre l'Allemagne et les Alliés. Il sait enfin qu'une opposition se dessine en France même, dans les milieux d'affaires directement concernés par les rapports commerciaux franco-allemands : ceux-ci souhaitent la fin du désordre en Allemagne.

Que Philippe Berthelot — tenu par Clemenceau à l'écart des négociations de Versailles — devienne alors secrétaire général du Quai d'Orsay suffit à indiquer la tendance du nouveau ministère : « Singulier mélange de fonctionnaire passionné pour le bien public et d'esthète affamé de sensations neuves, dit de lui Jacques Chastenet, il s'est fait une clientèle ardemment dévouée parmi les diplomates que tourmente le démon littéraire : Paul Claudel, Jean Giraudoux, Paul Morand, Alexis Léger, Henri Hoppenot, d'autres encore. » Fils d'un savant républicain qui figure avec Hugo au panthéon des grands ancêtres de la République, il jouit d'un double pouvoir de compétence et d'influence. Il connaît les dossiers et dispose des hommes de terrain capables de relayer sa politique. Que son appartement du boulevard Montparnasse soit devenu « un des foyers intellectuels de ce Paris frémissant, cocasse et cynique » des années 20, n'est pas fait pour déplaire à Briand. Inversement, Berthelot ne peut juger sacrilège qu'un homme politique d'inclination pacifiste songe à nouer avec l'Allemagne des relations normales : au temps de Dada et des surréalistes, on peut espérer faire sauter le traité de Versailles en même temps que la tour Eiffel... On souhaite dans ces milieux qu'un camouflet soit infligé à Poincaré et à Tardieu, ce collaborateur de Clemenceau qui se croit investi du devoir de défendre le traité.

A la conférence de Paris du début de 1921, Briand a accepté la réduction de la créance allemande à 148 milliards, dont 77 reviennent à la France. Cette amputation, qui réduit la part française de 45 milliards de francs-or, scandalise Poincaré : pourquoi faire des cadeaux à l'Allemagne ? Ne voit-on pas qu'elle organise l'inflation pour se dérober aux paiements ? Nos aïeux n'ont-ils pas acquitté rubis sur l'ongle les milliards de Bismarck ? Ils n'avaient cependant rien détruit en Allemagne... La crainte se fait jour à la Chambre que les résultats de la conférence de Paris ne soient d'ailleurs pas définitifs : on s'apprête à lâcher plus encore. Au Sénat, on change le président de la commission des Affaires étrangères pour affirmer sa volonté politique : Poincaré remplace Selves. Il est clair que les sénateurs sont décidés à empêcher de nouveaux abandons.

Les événements se précipitent. Devant la mauvaise foi et le refus de payer des Allemands, Briand fait occuper trois villes de la Ruhr. Pour en sortir, une nouvelle conférence, tenue à Londres, réduit encore la créance à 132 milliards, avec possibilité d'opérer un prélèvement sur les droits de douanes. Les gouvernements français successifs, écrit alors Poincaré dans la *Revue des Deux Mondes*, ont convaincu l'opinion qu'« au lieu de naviguer par nos propres moyens, nous étions remorqués ».

Les difficultés des maîtres de forges

L'accusation décisive est lancée : les affaires du pays ne doivent pas se traiter à Londres ou dans les villes de plaisance de la Riviera dei Fiori. Poincaré lance alors depuis le Cercle national de Bordeaux un solennel avertissement : « L'heure est venue de répéter aux Allemands comme à Verdun : on ne passe plus ! » Le langage patriotique est retrouvé : l'homme au canotier d'un autre âge, au col cassé, à la taille courte du chasseur à pied, n'a pris aucune ride, il est bien le même, et ses partisans le reconnaissent avec satisfaction. En cas de nouvelle concession à l'Allemagne, on compte bien qu'il « mettra la main au collet » de Briand.

L'occasion s'en présente très vite, car le premier ministre anglais part pour Cannes où il doit rencontrer Briand le 5 janvier 1922. Le Britannique propose au Français une garantie militaire de son pays en cas d'invasion, en échange de délais accordés à l'Allemagne. Le 8 janvier, pour se détendre, les deux négociateurs jouent au golf : un photographe surprend Briand obéissant à un conseil de Lloyd George. Le cliché de la « partie de golf de Cannes » est aussitôt repris à la une des journaux parisiens. Briand se trouve accablé de télégrammes : de Poincaré au Sénat, de Millerand à l'Élysée, qui convoque, contrairement à l'usage, un Conseil des ministres sans son chef. Il n'est pas question, lui dit-on, de concéder le moindre abandon sans convocation des Chambres. La droite tire à boulets rouges sur Briand : Daudet tonne, Barrès gémit, Maurras grince. De retour à Paris, le chef du gouvernement est renversé par une Chambre houleuse : « D'autres feront mieux », dit-il en quittant l'hémicycle.

La conférence est ajournée et Poincaré aussitôt désigné par Millerand. Les conditions de l'expérience d'une politique dure à l'égard de l'Allemagne sont réunies : Poincaré a pour lui l'opinion de droite, la presse, une majorité au Parlement. « C'est une folie de distinguer entre M. Poincaré et le peuple français », câble à Londres le journaliste Sisley Huddleston, sans doute surpris par l'accueil fait par le Parlement et le public au nouveau président du Conseil.

Les milieux d'affaires dominants sont-ils à l'origine de son retour au pouvoir ? Jean-Noël Jeanneney[1] montre que la thèse allemande, exprimée en 1922 par la *Kölnische Zeitung* et présentant Wendel comme le mauvais génie de Poincaré, est manifestement fausse. Il est aussi peu probable que le Comité des forges se soit servi de Millerand pour convaincre Poincaré. Quant aux allégations de l'*Humanité* sur un plan d'occupation de la Ruhr préparé au Comité des forges, elles ne sont pas plus plausibles. Pour Pierre Renouvin, l'opération n'avait pas été « déterminée par la pression des milieux d'affaires [...], elle avait été le fruit d'une délibération politique qui avait négligé l'avis des économistes ». Jacques Bariéty[2] est aussi de cet avis, au moins pour les débuts de l'engagement français. Le diplomate André François-Poncet, très lié au Comité des forges, estimait que l'occupation de la Ruhr devait « porter à la sidérurgie française un nouveau coup ». Il est vrai que les Wendel furent sans doute réticents, craignant d'être privés de

1. *François de Wendel en République. L'argent et le pouvoir*, Paris, 1976.
2. *L'Évolution des relations franco-allemandes après la Première Guerre mondiale*, Paris, 1975.

leur approvisionnement en coke allemand. Il n'est pas si sûr, estime Renouvin, que le groupe Schneider n'ait pas poussé à la rigueur : ayant repris en main les intérêts allemands dans la sidérurgie normande (Schneider avait nommé son gendre, le duc de Brissac, directeur technique), il souhaitait peut-être empêcher une rapide reconstitution de son rival Krupp. Les Schneider, qui recevaient dans leur palais de la Verrerie toutes les têtes couronnées et organisaient des visites guidées de leurs usines à l'intention des acheteurs de sous-marins et de tourelles blindées, constituaient alors une puissance politique considérable, capable d'influer sur l'opinion par la presse aussi bien que les Wendel. Les sidérurgistes n'étaient-ils pas les rois de l'époque ?

Les deux groupes ont tiré profit du partage des dépouilles allemandes en Lorraine désannexée et en Normandie. Les mines et les usines allemandes ont été payées à très bas prix, en créances de dommages de guerre. François et son cousin Guy de Wendel sont tous les deux députés à la Chambre bleu horizon. Le premier a figuré sur la même liste qu'Albert Lebrun et Louis Marin. Il a protesté, au moment du traité de Versailles, contre l'absence de clauses concernant la livraison du charbon allemand au titre des réparations. Il s'est montré dès 1920 partisan d'occuper la Ruhr, parce que ses approvisionnements en coke étaient insuffisants, mais Poincaré lui a ménagé un accueil extrêmement froid. L'action de Wendel ne faiblit pas : il intervient auprès du ministre des Travaux publics... et les concessions accordées à Spa par les Alliés se traduisent, à la fin de 1920, par des livraisons accélérées de combustible. Mais ces livraisons retombent à partir de février 1921, et c'est une nouvelle déception pour les sidérurgistes français. Quand Briand, en avril, est critiqué au Sénat, il semble qu'une occupation de la Ruhr soit étudiée par son ministre Loucheur, qui en avertit Wendel. Pendant la conférence de Cannes, l'industriel, explique Jeanneney, « abandonne sans esprit de retour la majorité de Briand ». Il n'a donc pas plus imposé la fermeté qu'il n'a pu empêcher les concessions : la clé du problème de la Ruhr est bien politique.

Il est clair, cependant, que les forges de Lorraine sont directement touchées par la politique allemande de non-exécution et de résistance au traité. A la fin de 1921, la chute du mark est spectaculaire, mais ce qui gêne surtout Wendel, c'est la raréfaction des livraisons de coke, aggravée par la grève des chemins de fer allemands : il doit fermer trois hauts fourneaux. Peut-il s'appuyer sur le Comité des forges pour protester ? Jeanneney montre que celui-ci est divisé, tiraillé par des pulsions contradictoires. Il faut en outre tenir compte de l'influence des charbonniers du Comité des houillères, tout-puissant sur le ministre Loucheur, que Peyerimhoff a maintes fois réussi à influencer car il est l'avocat du groupe. L'impuissance relative de Wendel ne doit cependant pas dissimuler qu'il est le premier intéressé à la saisie du coke en Allemagne. La garantie donnée à des promesses financières par des banquiers internationaux lui paraît de peu de valeur en raison du naufrage du mark. Il ne croit qu'aux livraisons en nature, qui sont de l'intérêt de son groupe et aussi de la France — il ne peut espérer d'autres satisfactions. Il n'est partisan ni d'une négociation directe avec les magnats allemands, comme le suggérait Loucheur, ni d'une prise de participation dans les affaires d'outre-Rhin recommandée par Paul Reynaud : il souhaite une politique de force, avec saisie du produit des douanes, des téléphones et des chemins de fer, en Rhénanie plutôt que dans la Ruhr. Il ne rencontre que prudence et méfiance chez Millerand et Poincaré à qui il rend visite. Poincaré est en effet convaincu que toute occupation territoriale de la Rhénanie ne peut que braquer définitivement l'Angleterre.

Premier retour de Poincaré

Poincaré a fourbi ses armes, constitué un cabinet serré d'amis politiques sûrs (Barthou et Colrat, Maginot et Chéron) et n'a que deux otages radicaux (Sarraut et Laffont), mais sa majorité peut se passer de la totalité des voix de leur parti. Il bénéficie d'ailleurs, sans les avoir recherchées, des voix de l'extrême droite, puisque Léon Daudet annonce bruyamment qu'il soutiendra le ministère. La « trêve patriotique » réclamée par le président du Conseil fut largement observée, puisqu'il recueillit à la Chambre 472 voix contre 107 : les socialistes et les communistes avaient voté contre, les radicaux s'étaient pour la plupart abstenus. Le Rebendard du roman de Giraudoux, *Bella*, présenté comme un maniaque du nationalisme passant son temps à prononcer des discours devant les monuments aux morts, était cependant loin de faire l'unanimité chez les radicaux. L'élimination de Philippe Berthelot du Quai d'Orsay — on lui reprochait d'être intervenu pour sauver les affaires de la Banque industrielle de Chine, dirigée par son propre frère — lui avait aliéné tout le clan briandiste. « Ce que veulent les Lorrains qui nous guident, expliquait l'intellectuel Albert Thibaudet, un radical de tendance pourtant modérée, c'est le retour à ce qu'ils appellent l'occasion perdue du 11 novembre 1918 : achever la guerre, casser les reins d'un peuple, détruire Carthage. [...] L'explication à la lorraine consiste à tout expliquer par la perversité d'en face. »

Précisément, les communistes, forts des révélations du *Livre noir* publié par les Soviets, contestaient la thèse de la responsabilité allemande et accusaient Poincaré d'avoir en 1914 poussé les Russes au conflit. « L'ère d'une politique nouvelle s'ouvrira bientôt peut-être, disait à la tribune de la Chambre le communiste Vaillant-Couturier, mais la condition première c'est que vous, Monsieur Poincaré, qui portez une part de responsabilité, qui avez agi sans doute selon votre conscience, mais à qui la conscience universelle demandera des comptes, vous rentriez dans l'ombre. [...] Pour beaucoup d'anciens combattants enfin conscients, vous portez une responsabilité terrible, Poincaré-la-guerre ! » Une carte postale, tirée à des centaines de milliers d'exemplaires, fut distribuée partout, représentant Poincaré clignant de l'œil lors d'une cérémonie, avec la légende suivante : « L'homme qui rit dans les cimetières. »

Le président du Conseil perdit son calme jusqu'à traiter à la Chambre le député Berthon « d'abominable gredin » et comprit qu'il avait affaire à une campagne organisée ayant pour but de déstabiliser la politique de stricte application de la paix de Versailles. Il avait donné l'ordre à Barthou, représentant de la France à la conférence de Gênes, de ne faire aucune concession ni aux Allemands ni aux Soviétiques présents. Le Béarnais avait assisté l'arme au pied à la signature du pacte de Rapallo, un accord commercial entre Allemands et Russes qui impliquait la reconnaissance du régime des Soviets. Ainsi s'expliquaient les attaques violentes du parti communiste : Moscou défendait désormais sur la paix le point de vue allemand des responsabilités partagées.

Poincaré savait qu'il devait rendre des comptes, présenter au plus juste la défense du dossier français. Il n'en avait pas le temps dans l'immédiat. Plus se dessinaient les oppositions, plus il voulait aller vite : prenant prétexte de nouveaux manquements allemands au traité, il donna l'ordre de mettre en action le plan prévu, après avoir épuisé les possibilités de négociation avec le nouveau premier ministre anglais Bonar Law.

Le 11 janvier 1923, les troupes du général Degoutte pénétrèrent dans la Ruhr. « L'Allemagne ne nous a pas donné le charbon qu'elle nous devait, expliqua Poincaré à la Chambre. Il est naturel que nous allions le chercher maintenant sur le carreau des mines. » Il ne s'agissait pas d'une entreprise militaire, ni d'un plan d'autonomie rhénane : une stricte mesure de force destinée à prendre un gage. 452 députés votèrent la confiance, 72 seulement se prononcèrent contre. Herriot s'abstint, attendant de voir.

Comme le Parlement, la presse approuva dans sa majorité. Castelnau se réjouit de ces « résolutions viriles ». Pour Pertinax « Il fallait ramener l'Allemagne dans l'ordre de Versailles ». Barrès soutint chaudement le gouvernement dans l'*Écho de Paris*. Henri Bidou, dans le *Figaro*, jugea l'opération prometteuse. Elle était, il est vrai, critiquée par les radicaux, pas seulement par les communistes et les socialistes. Jean Hennessy émit des réserves dans l'*Œuvre*, ainsi que Gustave Théry : « Ce qui est difficile, ce n'est pas d'entrer dans la Ruhr, c'est d'en sortir. » Herriot reprocha à Poincaré d'avoir recours aux « derviches hurleurs du nationalisme ». Tardieu présenta l'opération comme capitale, cruciale : « Elle est le Verdun de la paix. Elle ne pourra pas se recommencer. »

Pendant un mois, les aciéries de l'Est sont fort handicapées par l'occupation de la Ruhr : le charbon n'arrive plus. Il faut fermer de nouveaux hauts fourneaux. Aussi Wendel se plaint-il de n'avoir pas été consulté au sujet de l'opération, qui fait perdre beaucoup d'argent à son groupe. Pourtant sa famille semble décidée à tenir jusqu'au bout. Il faut attendre le 23 mars pour que le coke allemand arrive de nouveau. En mai, la sidérurgie lorraine est repartie, la bataille de la Ruhr est gagnée pour les Français.

Les Allemands sont à bout ; le dollar est passé de 10 000 marks en janvier à 100 000 en juin, ils ne contrôlent plus leur inflation. Pour la première fois, l'industrie allemande s'arrête, faute d'énergie. Le chômage se répand, avec les troubles sociaux. En Rhénanie, les mouvements séparatistes reprennent. Stresemann remplace le chancelier Cuno bien décidé à sortir de l'impasse. Mais peut-on traiter avec un État qui n'a plus ni impôts, ni monnaie, ni douanes, ni autonomie d'entreprises ? Millerand, ancien avocat du Comité des forges, incline à penser que des accords directs entre groupes industriels permettraient de sortir de l'impasse. Une organisation commune des houillères et de la sidérurgie pourrait jeter les bases d'une nouvelle Europe. Il suffirait alors de conclure avec l'Allemagne des accords de sécurité. Le patronat français soutient-il cette idée ?

Wendel reste fidèle, si l'on suit Jeanneney[1], à sa doctrine de l'implantation française en Rhénanie : cela suppose l'occupation de têtes de pont et la renégociation du traité de Versailles. Une fois de plus, le patronat est désuni : Wendel et Pinot sont en désaccord, de même que Peyerimhoff et Schneider. Poincaré accepte que l'on prenne des participations dans les charbonnages allemands à hauteur d'un équivalent de production de 3,5 millions de tonnes annuelles, mais refuse d'encourager tout accord direct entre les deux patronats. Personne ne se soucie d'aider les autonomistes rhénans qui se regroupent autour du docteur Adenauer, bourgmestre de Cologne, et du banquier Hagen. Poincaré ne se préoccupe que de faire échouer la manœuvre Millerand, dont il perçoit les dangers politiques. Il dit à son ministre des Régions libérées, Charles Reibel : « Je ne ferai pas cette politique, et si l'on me forçait à la faire, je donnerais plutôt la démission

1. *Op. cit.*, p. 168.

de mon cabinet. » A Foch, venu lui dire : « Si on ne cause pas immédiatement avec l'Allemagne, c'est une occasion à jamais perdue », il répond que son rôle n'est pas de sortir de la légalité des traités. Quand l'ambassadeur Margerie lui télégraphie de Berlin pour lui suggérer de façon pressante de s'entendre avec l'industrie, dernière force valide du Reich, il répond sèchement : « Mettre les frais de ce télégramme à la charge personnelle de l'ambassadeur. » S'il n'y a plus d'État allemand, Poincaré entend ainsi marquer à ceux qui l'auraient oublié qu'il existe encore un État en France.

Le 24 octobre, le gouvernement allemand prévint Bruxelles et Paris que les livraisons régulières de charbon allaient reprendre à condition qu'une réunion internationale révise la capacité de paiement de l'Allemagne. C'était reconnaître la défaite et rouvrir la porte aux négociations. Poincaré n'avait dès lors plus aucune raison de rester dans la Ruhr. En Rhénanie, les troupes françaises assistaient à la répression violente des menées séparatistes. Le docteur Schacht, ministre de la République de Weimar, restaurait rapidement la monnaie de son pays, grâce à un plan de redressement du mark très strictement exécuté. Il devenait de nouveau possible de faire payer l'Allemagne. L'expert américain reconnu par les négociateurs, le général Dawes, fit accepter son plan par le gouvernement français le 18 avril 1924 : les Allemands paieraient entre 1 et 2,5 milliards de marks-or, sous garantie de recettes domaniales et fiscales. L'évacuation de la Ruhr était inscrite dans cet accord.

La bombe d'Évreux

Poincaré sauvait la mise, son crédit moral était intact, il avait rendu politiquement acceptable une solution technique que l'opinion de droite aurait, sans lui, refusée avec indignation. La réussite des techniciens français qui avaient vaincu la « résistance passive » était pour beaucoup dans cette heureuse issue. Il reste que l'*Action française* et l'*Écho de Paris* accusaient Poincaré d'avoir renoncé. On disait à Barrès : « Le président n'aime pas la chasse. — Comme tous les lièvres », répondait férocement le Lorrain. Et Maurras : « On peut être assuré qu'il s'appliquera jour et nuit à se faire de l'opposition à lui-même. » Le caricaturiste Gassier le représentait sur un tas de charbon : « Vous direz à ceux qui vous envoient que je suis ici par la force des baïonnettes et que je n'en sortirai que par la volonté du peuple. » Le président du Conseil avait implicitement admis que le traité de Versailles était révisable, puisqu'il renonçait désormais à en revendiquer l'application intégrale : une politique s'écroulait.

Fallait-il garder le pouvoir ou partir, comme Briand après Cannes, en lançant : « d'autres feront mieux » ? L'heure du retour de Briand n'avait pas sonné : ceux qui se pressaient à la porte de Millerand étaient les radicaux, toutes phalanges réunies, qui entendaient, après un trop long intermède, reprendre le pouvoir que le centre droit leur avait ravi. Aux élections de 1924, ils utiliseraient la politique étrangère comme principal cheval de bataille.

Millerand leur était involontairement d'un puissant secours par ses imprudences verbales. Il se montrait en effet convaincu qu'il convenait de mettre l'accent sur un thème mobilisateur, celui de la réforme constitutionnelle, si l'on voulait récupérer les voix de droite après la difficile affaire de la Ruhr. Le président de la République et le gouvernement, dans un État moderne, assurant à l'extérieur des responsabilités accrues ainsi que la direction de la révolution industrielle, devaient recevoir plus de pouvoirs sous peine de se trouver à la merci du grand mouvement révolutionnaire internationaliste qui investissait déjà l'extrême gauche et risquait de mettre les institutions en péril. La Cérès des gares demandait la permission de se faire les muscles — au besoin en cheveux courts et en tailleur Channel, selon la mode nouvelle — pour faire face aux défis du communisme. Maurras et Daudet tenaient cette cure de rajeunissement pour improbable, sinon impossible. Poincaré disparu, ils recommenceraient à dire que Marianne n'était qu'une gueuse.

A Évreux, le 14 octobre 1924, Millerand était sorti de sa neutralité constitutionnelle pour soutenir publiquement l'œuvre du Bloc national et demander un renforcement de l'exécutif. En climat préélectoral, cette « bombe d'Évreux » fit des ravages. Que pouvaient répondre les représentants du centre droit ? Millerand les rendait muets, sous les insultes du nouveau journal de la gauche, le *Quotidien*, qui criait au coup d'État ! Comment défendre le point de vue présidentiel sans lâcher le centre gauche, les républicains de progrès, les briandistes et les membres zélés de l'Alliance républicaine et démocratique pour se retrouver avec les nationalistes de l'Action française ? Millerand obligeait l'Alliance républicaine à remettre en question sa participation au Bloc national. « Quelle piquante aventure, disait François Albert, si le discours d'Évreux nous valait une bataille électorale où les uns se réclameraient de M. Poincaré, parce que les autres auraient pris M. Millerand pour drapeau ! » Le patronat allait-il départager les candidats ? Prendre parti pour un État moderne tel que le souhaitait Millerand, détaché d'un parlementarisme tatillon, véritable République présidentielle ?

Il semble que tous les crédits de l'Union des intérêts économiques, collectés pour la droite par Ernest Billiet (qui avait déjà organisé la campagne de 1919), aient soutenu les candidats poincaristes se réclamant du Bloc national. Wendel a remplacé Arago, en difficulté avec le fisc pour avoir dissimulé en partie l'héritage de son beau-père Jean Dupuy, propriétaire du *Petit Parisien* et grand ami de Poincaré[1]. Il veille à ce que les fonds versés par les industriels et les banquiers soient utilisés à bon escient. Il finance un gigantesque banquet de 1 200 couverts à Luna Park où Poincaré prend la parole.

La droite d'affaires peut le soutenir, il a obtenu le maximum du traité de Versailles. Les usines mises sous séquestre en Lorraine et en Alsace ont été distribuées aux industriels ou transformées (comme l'O.N.I.A. en Office de l'azote). Les brevets chimiques allemands ont permis à l'industrie française de trouver un nouvel essor. A partir de 1920, sauf interruptions exceptionnelles, la France a reçu en moyenne 7 millions de tonnes de charbon ou de coke au titre des réparations. L'économie de l'Alsace-Lorraine a gardé, jusqu'au début de 1925, l'accès en franchise au marché allemand.

1. Jeanneney, *op. cit.*, p. 180.

Beaucoup d'industriels souhaitent une entente avec l'Allemagne : les liens économiques en Europe sont essentiellement franco-allemands. Si les anciens adversaires n'ont pas payé la somme énorme de 132 milliards de marks-or prévue au titre des réparations, ils se sont acquittés de 22 milliards, dont 9 sont allés à la France, soit 11 milliards de francs-or : le tiers de la créance, ce qui n'est pas négligeable. La France a en outre obtenu une part pétrolière en Irak confisquée à l'Allemagne, et une zone d'influence au Proche-Orient, en Syrie et au Liban, en plus des anciennes colonies allemandes d'Afrique qui complètent heureusement son ensemble colonial : le Togo et une partie du Cameroun. A Luna Park, la droite manifeste à Poincaré sa reconnaissance d'avoir obtenu le maximum de ce qui pouvait être obtenu. Chacun s'accorde désormais à vouloir passer l'éponge.

Pour que la prospérité perdure, il faut à l'évidence que le Bloc national remporte, grâce à Poincaré, les élections. A l'exemple de Millerand, le président du Conseil s'engagera-t-il dans la bataille ? Il n'en est pas question. Que les entrepreneurs français se réjouissent de voir bien menée la politique de la France est leur affaire. Poincaré n'est pas à leur service, et l'État dépasse les intérêts particuliers. Le long discours de Luna Park déçoit tous ceux qui attendaient un engagement vigoureux du président en faveur de sa majorité. Poincaré n'a pas, dans son discours, un seul mot d'encouragement à voter pour les candidats du Bloc. Il les ignore, ne les soutient pas, évite toute polémique. « Le discours, écrit le spécialiste du *Figaro*, décourage l'exégèse. C'est de la neutralité. Ce n'est pas un programme. » C'est tout juste si le président a condamné « le mariage du feu et de l'eau » (des socialistes et des radicaux). Il refuse de s'engager, c'est l'évidence, dans un combat électoral où il ferait figure de chef de majorité. Restant obstinément libéral, il prétend aller jusqu'au bout de sa politique : le gouvernement, qui représente l'État, n'a pas à défendre une majorité devant les électeurs et à fausser ainsi le jeu démocratique. Que les Français se décident en toute liberté. Poincaré s'en lave les mains.

La mobilisation de la gauche cartelliste

La droite est-elle la seule à bénéficier de la manne des milieux économiques ? Il ne le semble pas, si l'on en juge par l'énormité des moyens mis en œuvre par la coalition de gauche aux élections : les radicaux ont en effet distribué 2,5 millions de journaux électoraux, imprimé 14 millions de tracts et 40 000 affiches[1]. Ils disposent d'une infrastructure de presse qui leur permet de mener efficacement leur combat. Leur « manager », qui revient des États-Unis, s'appelle Henri Dumay.

Cet ancien collaborateur du *Petit Parisien* a appris outre-Atlantique les techniques de la publicité et de la promotion médiatique. Dumay commence par fonder un hebdomadaire, le *Progrès civique*, en faisant appel à de prestigieuses signatures universitaires, bien connues du public de gauche, Aulard et Buisson. Il lance des formules modernes : « Ce journal vous appartient, dit-il aux lecteurs. Écrivez-nous ! » Le succès de cette première entreprise incite Dumay à lancer le *Quotidien*, « un journal honnête pour les honnêtes gens », en favorisant les souscriptions des lecteurs du *Progrès civique* qui sont des fonctionnaires et des petits commerçants. Dumay émet encore 12 millions d'actions et 9 millions d'obligations : le journal devient ainsi la propriété de quarante mille citoyens associés « pour défendre et perfectionner les institutions républicaines ». Il oublie de dire, ajoute Nordmann, que se joignent à ces souscripteurs « quelques puissants financiers qui restent longtemps dans l'ombre », mais vont se révéler au temps du Cartel : Horace Finaly notamment.

Le succès du *Quotidien* n'est pas le seul atout du parti radical. Il fait depuis 1920 une cure de rajeunissement sous la présidence d'Édouard Herriot. Derrière le Lyonnais une nouvelle génération de responsables vient aux affaires, éliminant les radicaux barbus de l'avant-guerre, engageant d'authentiques anciens combattans comme Édouard Daladier. Herriot et ces hommes nouveaux multiplient meetings et

1. Nordmann, *op. cit.*, p. 207.

campagnes de recrutement chez les jeunes, développant sur de vieux schémas des thèmes originaux : ainsi la laïcité devient-elle l'« école unique », dada du vieux Buisson repris et réactivé par de jeunes professeurs, « compagnons de l'université nouvelle ». Ces fanatiques de la laïcité s'opposent violemment à la proportionnelle scolaire mijotée par la droite, qui distribuerait la manne de l'État au prorata des élèves inscrits dans les écoles, à l'enseignement public et privé. Le monopole permettrait de développer une école accessible à tous, gratuite aussi dans le secondaire, fondant les Français encore divisés dans un moule civique unique, substituant la sélection du mérite à celle de l'argent. L'école que défendent les articles du *Quotidien* est celle du progrès social : elle resitue les radicaux à gauche dans le combat laïque.

Même renouvellement en politique fiscale : les décrets-lois de Poincaré et les « doubles décimes » sont vivement critiqués : on veut un impôt nouveau, « sur le capital ». Pour plus de justice sociale, on propose d'élargir l'assiette très insuffisante de l'impôt sur le revenu. On souhaite dans ce domaine plus de hardiesse, pour rendre l'État capable d'assumer ses missions de modernité, avec des fonds qui ne proviennent pas des emprunts. La timidité fiscale est en effet la source essentielle des embarras du budget depuis la paix. A trop vouloir privilégier le rentier et l'épargnant, on empêche le pays de participer au mouvement de l'économie moderne, qui exige une stimulation des investissements, une prise en main des secteurs de base. La fiscalité ainsi conçue prend une couleur nouvelle qui n'est pas sans inquiéter de nombreux délégués. Mais cela permet un rapprochement fructueux avec l'électorat socialiste et facilite les ententes électorales.

Le programme de politique étrangère — et l'importance qui lui est attribuée — est une innovation dans le parti. Même si Léon Bourgeois dénonce les insuffisances de la Société des Nations, les radicaux s'en emparent pour en faire la plate-forme d'un vaste schéma d'ententes internationales : avec l'Allemagne, que les caillautistes rêvent de voir représentée à Genève ; avec l'U.R.S.S., qu'Édouard Herriot vient de visiter. Les radicaux ont ainsi la prétention de travailler à la reconstruction d'une Europe pacifique, contre la droite qui n'a même plus à offrir à ses électeurs la défense du traité de Versailles. L'adoption des thèses pacifistes est pleinement dans le goût de l'époque et sollicite avec bonheur les couches les plus jeunes de l'électorat.

La montée des dictatures en Europe, après l'Italie mussolinienne, permet au parti de se faire le champion de la défense des libertés et de rajeunir, de ce point de vue, l'idéologie républicaine. Il est dès lors possible de remettre à jour les vieilles organisations de combat qui datent au moins de l'affaire Dreyfus et au-delà : la Ligue des droits de l'homme et la Ligue de l'enseignement. Les instituteurs s'engagent résolument dans le combat électoral, participent à la diffusion du *Quotidien*, distribuent les tracts, tiennent des réunions. La Ligue de la République, organe de liaison des forces de gauche contre le Bloc national, créée en 1921, est l'association la plus active : elle reprend les termes du programme de Belleville en les modernisant, pour les rendre acceptables à la fois aux radicaux et aux socialistes. Paul Painlevé, qui la préside, attire quelques militants de la S.F.I.O. qui se voient aussitôt menacés d'exclusion s'ils entrent dans une « formation bourgeoise ». Les contacts établis avec les socialistes pour les manifestations et défilés en commun sont fructueux. Dans les loges maçonniques, la réflexion sur la politique étrangère a rapproché les frères des partis rivaux. Au niveau local, les fédérations radicales, dynamisées par Herriot, préparent les élections en étroit accord avec les socialistes. Les partielles, qui viennent d'envoyer Franklin-Bouillon et Léon Meyer à la Chambre, semblent aux radicaux de bon augure : l'union peut être bénéfique. Ils considèrent qu'ils ont bien fait d'abandonner la majorité de Poincaré.

Si les radicaux voient d'un bon œil une entente électorale avec les socialistes, la réciproque n'est pas évidente : le parti déchiré à Tours reste marxiste et antiparticipationniste. Certes, une tendance « de droite », avec Renaudel et Paul-Boncour, voudrait s'ouvrir aux démocrates de gauche et reconstituer un « bloc » comparable à celui de 1902, mais Longuet veut au contraire gauchir le parti et Blum lui donne raison.

Le *Populaire*, organe de la S.F.I.O. depuis 1921, qui n'a pas le dynamisme du *Quotidien*, défend inlassablement les thèmes de liberté républicaine et de vigilance internationale. En dépit des constantes attaques qu'il subit à la Chambre — en termes insoutenables de la part des antisémites de l'extrême droite —, Blum ne saurait confondre pacifisme et défense de la paix : il signale au Parlement, soudain très attentif, la résurgence du nationalisme allemand. Le danger de l'opération Poincaré dans la Ruhr, explique-t-il, réside dans la tentative de putsch Hitler-Ludendorff à Munich. Il n'est pas entendu à gauche seulement : à droite, Louis Marin prête l'oreille. « L'occupation de la Ruhr, dit-il, en surexcitant le sentiment national, ne pouvait que favoriser les partis qui, en Allemagne comme en France, exploitent professionnellement le sentiment national. » Rien dans l'attitude de Blum qui ressemble au pacifisme sentimental de Paul Faure, élu au Creusot contre le candidat des Schneider, et « pacifiste de guerre » en 1917. La S.D.N. n'est pas pour Blum une panacée, mais une tribune où il faut porter la lutte contre les forces antidémocratiques qui risquent de se lever en Europe. Il est, de ce point de vue, très en avance sur ses collègues.

Est-ce une raison pour refuser la main des radicaux ? Il ne le pense pas. Il remarque toutefois que la progression des effectifs de son parti (80 000 adhérents en janvier 1924) ne rend pas indispensable une alliance avec les autres démocrates : la S.F.I.O. peut espérer faire la conquête de nombreux fiefs radicaux. Mais un changement de majorité s'annonce dès 1923, quand les radicaux cessent de voter avec la majorité poincariste. Faut-il en profiter ?

Paul Faure s'achemine vers une théorie des alliances électorales. Le guesdiste Compère-Morel trouve le premier la formule à Lille, en 1923, au grand soulagement de l'assistance : si la participation au pouvoir est prohibée, l'alliance électorale est acceptable. Au moment où les communistes s'enferrent dans une conception très étroite de la lutte « classe contre classe » sans alliance d'aucune sorte, les socialistes admettent l'ouverture : au congrès de Marseille, en 1924, Blum défend l'idée d'un « cartel d'une minute », celle qui sert à glisser le bulletin dans l'urne. On reprend ensuite sa liberté. Il précise qu'aucune alliance ne peut être négociée sans l'accord de la commission administrative du parti, car l'objectif de la manœuvre doit rester exclusivement de faire échec au candidat du Bloc national si les socialistes ne sont pas en mesure d'être seuls vainqueurs. Sur cette base, socialistes et radicaux peuvent affronter la bataille ensemble.

L'alternance à la mode de 1924

La campagne est très dure pour les socialistes, en raison de la pugnacité des candidats communistes dans les zones suburbaines. Blum ne peut se faire entendre sous les préaux du 11ᵉ arrondissement de Paris. Il est hué par les salles hurlantes, faites par les bolcheviks : le parti communiste utilise de jeunes militants comme Maurice Thorez, chargés de porter la contradiction dans les réunions socialistes. Ils viennent ainsi agresser le « citoyen Bracke » dans le 15ᵉ arrondissement. Les contradicteurs sont trois. La salle leur est favorable : ils soulèvent une tempête non pas contre Bracke, qui n'est pas venu, mais contre Moret, Kironski et Delépine. Thorez organise très fréquemment des opérations semblables dans le Pas-de-Calais. Secrétaire fédéral de ce département, il s'emploie à rendre la vie impossible aux députés de la S.F.I.O. A Arras, il veut empêcher Cadot, Maës et Évrard de parler : mais ceux-ci sont sur leurs terres et leurs militants parviennent sans peine à ramener le jeune homme à la raison. Pris dans les querelles du parti communiste russe, attendant en vain la révolution en Allemagne, les militants n'imaginent pas de changer de tactique à l'égard de la gauche française : ils sont encore exclusivement des agitateurs.

Les élections du 11 mai assurent la victoire du Cartel des gauches. Les adversaires de droite réunissent pourtant plus de voix : 4 539 000 contre 3 394 416. Les communistes obtiennent plus de 875 000 suffrages, ce qui est considérable, mais ils n'ont que 26 élus. Les candidats de gauche ont été servis par une loi électorale offrant une prime aux alliances. Ils ont ainsi obtenu 266 sièges contre 229 aux conservateurs et à l'Union républicaine, 47 aux républicains de gauche et divers du centre gauche. Les socialistes ont 105 élus, les radicaux

140 et les républicains socialistes 44. C'est une défaite amère pour le bloc national, un désaveu pour Poincaré. Tardieu, Léon Daudet, le général de Castelnau sont battus. « Présidents, allez-vous-en ! » titre le *Quotidien* après la victoire.

Poincaré n'a pas l'intention de s'incruster et déclare au conseil général de la Meuse : « Nous devons aujourd'hui laisser à l'opposition d'hier la responsabilité du pouvoir. » Contre la menace du fascisme, qui se précise en Europe, le seul remède lui paraît être l'alternance démocratique. « Ceux d'entre nous, dit-il aux Meusiens, qui seraient disposés à user de déloyauté pour entraver l'expérience dont le pays semble avoir eu le désir, seraient indignes d'être citoyens dans une nation libre. » C'est ainsi qu'un démocrate concevait jadis la démocratie. A Maurras, qui prétendait que l'expérience Poincaré serait la dernière et que la République allait désormais connaître les premiers soubresauts de l'agonie, il répondait que l'alternance garantissait la longue survie d'un régime qui devait donner à tous la parole. Car Poincaré, le jardinier de Sampigny, était d'abord un démocrate, dans la lignée de Ferry et de Gambetta.

« Mon cher Blum, l'évidente volonté du pays est que notre collaboration se poursuive dans les conseils du gouvernement. » Ainsi Herriot demanda-t-il la participation de son collègue normalien et agrégé Léon Blum. Remués par la victoire, les socialistes seraient-ils sensibles aux sirènes radicales ? La bataille pour la présidence de la République les avait refroidis : pouvaient-ils imaginer que les radicaux contraindraient réellement Millerand à partir ? La campagne s'était faite contre lui : on le présentait comme un nouveau Mac-Mahon (on n'osait pas dire un Mussolini), un ambitieux rêvant d'une dictature. Comment cohabiter avec un président de la République dont on avait répété qu'il était le pire adversaire de la République ?

« Les places, toutes les places, et tout de suite ! » Ce slogan du *Quotidien* résumait l'état d'esprit des radicaux au lendemain de la victoire. L'intransigeance des « cartellistes » était telle qu'ils entendaient placer leurs amis dans les moindres rouages de la machine parlementaire. « Ce noyautage, écrivent

Édouard et Georges Bonnefous[1], des divers services de la Chambre — voire un peu plus tard de l'administration — exaspéra les groupes non cartellistes. Ce fut le premier grief adressé au Cartel, et ce restera l'un des plus fréquemment invoqués. » La première des places à prendre était donc l'Élysée.

C'est la presse cartelliste — le *Quotidien*, l'*Œuvre* de Gustave Téry, l'*Ère nouvelle* — qui mène la danse. Les journaux à grand tirage ne suivent pas. L'agitation contre Millerand est essentiellement parlementaire. Le groupe radical, mené par Herriot et Daladier, se réunit le 2 juin, estimant, fait-il dire à la presse, « que M. Alexandre Millerand, président de la République, a, contrairement à l'esprit de la Constitution, soutenu une politique personnelle ». Sa présence à l'Élysée « blesserait la conscience républicaine », serait la source de conflits continuels et représenterait donc « un danger constant pour le régime ».

Les socialistes se réunissent de leur côté. Blum est intervenu pour faire refuser tout appui à un gouvernement désigné par l'actuel président de la République : c'est aller au-delà du texte d'Herriot. Contre Renaudel et Marius Moutet, Blum a imposé une formulation extrême. Les élus du Cartel se réunissent en commun, le lundi 2 juin, au palais d'Orsay. Blum a accepté de figurer aux côtés de Painlevé et d'Herriot parmi les chefs de la majorité. Painlevé est entouré de ses amis du groupe « républicain-socialiste et socialiste français » : Briand, Jean Hennessy, l'amiral Louis Jaurès et l'avocat de Moro-Giafferi. La motion du groupe radical devient, après cette réunion, celle du Cartel tout entier : Blum, Herriot, Painlevé et Briand sont d'accord pour demander le départ de Millerand, et Painlevé pose sa candidature à l'Élysée.

Le soutien de Blum donne à réfléchir : il n'est certes pas moins républicain qu'Herriot et fort attaché au système parlementaire qui, selon la doctrine jaurésienne, est le seul qui puisse abriter le socialisme pendant le temps nécessaire au laborieux enfantement de la révolution. Il ne nourrit pas de respect superstitieux pour la Constitution de 1875. Le seul

1. *Histoire de la Troisième République*, Paris, 1960, t. 4, p. 8.

maître, comme le dit Painlevé, est le suffrage universel. « Quand il a fait entendre sa voix, chacun doit s'incliner devant son verdict. » L'institution présidentielle elle-même doit se soumettre, comme l'a fait jadis Mac-Mahon, quand elle est manifestement mise en question par un scrutin clair. Quand Painlevé est élu, grâce aux voix du Cartel (296 suffrages contre 209 à Maginot, candidat des droites), président de la Chambre, il affirme aussitôt : « C'est *l'élu du parti* que vous avez élevé à cette haute fonction. » Pour Blum comme pour Painlevé, le scrutin législatif, étant la seule consultation directe de l'électorat, doit avoir le pas sur les autres. L'Assemblée est le seul miroir non déformé de l'opinion, et le régime d'assemblée la seule démocratie : président, partez !

Brusque retour au radicalisme de combat des années 1870 : jadis, Clemenceau demandait l'abolition du Sénat et même de cette charge pompeuse, quasiment monarchique, de la présidence de la République : « Il y a deux organes inutiles, disait-il, quand Poincaré occupait l'Élysée : la prostate et le président de la République. » Cette crispation de la gauche tenait à l'évolution de l'institution et à la nature de l'élection présidentielle depuis 1913 : que des candidats de poids se fussent présentés (Poincaré, puis Clemenceau en 1920) indiquait suffisamment que l'on attachait du prix à la fonction, qu'elle devait dépasser son simple rôle de pondération pour devenir essentielle en certains domaines : les Affaires étrangères ou la défense de l'ordre social par exemple. Contre cette dérive présidentialiste, l'élection de Deschanel, en 1920, avait déjà marqué un coup d'arrêt. Celle de Millerand, imparable pour la gauche minoritaire dans la Chambre bleu horizon, demandait une revanche : président, partez !

Le président de la République est renvoyé

Millerand avait une défense prête, mais point d'armes. Le résultat des élections était net, et il avait pris parti pour le perdant. Il ne pouvait dissoudre la Chambre qu'après l'avis du Sénat, pour moitié acquis au Cartel. Que donneraient de nouvelles élections ? Le précédent de Mac-Mahon et du 16 mai n'était-il point accablant ? La dissolution était un sabre de bois qu'aucun président ne pouvait brandir sans dommage pour son camp.

On pouvait développer l'autre thèse, celle qui défendait la fonction d'arbitrage de l'hôte de l'Élysée. On rappelait qu'en 1917, Poincaré avait désigné comme président du Conseil son ennemi Clemenceau et qu'il avait très récemment refusé de s'engager dans le combat électoral, ne voulant pas réduire les prérogatives de sa charge de président du Conseil, responsable de la politique de l'État, à celle d'un chef de parti. De ce point de vue, la République (c'est-à-dire l'ensemble des institutions soumises à élection) avait pour devoir d'assurer l'équilibre et la permanence de l'État, sa stabilité et sa solidité. Pour qu'elle ne fût point à la merci d'un parti, les républicains, dans leur sagesse, avaient institutionnalisé des instances de pondération, élues au second degré : le Sénat et la présidence. Amoindrir la présidence en obligeant l'hôte de l'Élysée à démissionner, c'était aller contre le vœu des fondateurs et commettre une sorte de sacrilège. Poincaré aurait sans doute pu tenir ce discours : pas Millerand, puisqu'il avait, comme le lui reprochait Herriot, utilisé sa fonction pour avantager ses amis politiques, sortant ainsi de la sacro-sainte neutralité. Le cas Millerand n'était défendable d'aucun point de vue. Il est vrai qu'il mettait les institutions en doute, sinon en péril, ce que les républicains détestaient.

La Gauche républicaine démocratique — groupe parlementaire auquel adhèrent les membres du nouveau Parti républicain démocratique et social, version 1920 de la vieille Alliance démocratique : le parti de Carnot, de Barthou et de Poincaré — estime cependant « que l'agitation inconstitutionnelle créée contre le chef de l'État est de nature à nuire, dans le présent et dans l'avenir, aux institutions républicaines ». Pour sortir de la crise, la droite suggère que Millerand forme un gouvernement qui lise à la Chambre le message présidentiel et engage un débat. Millerand a déjà pris l'initiative de désigner François-Marsal, qui se présente au Palais-Bourbon le 10 juin : la France attend un gouvernement depuis déjà huit jours.

Une motion préjudicielle est alors déposée par la gauche, refusant « d'entrer en relation avec un ministère qui, par sa composition, est la négation même des droits du Parlement ». François-Marsal n'a pu en effet réunir que des ministres non cartellistes : il ne peut se faire entendre. « Laissez parler cet homme, grince Cachin. Il parle au nom de 27 conseils d'administration ! »

Par 328 voix (celles du Cartel) contre 317, la motion Herriot est adoptée. Le gouvernement quitte aussitôt la salle : la manœuvre de Millerand vient d'échouer. On ne discutera pas au Palais-Bourbon de la fonction présidentielle ni de la défense de la République. Déplorant « ce précédent redoutable qui fait de la présidence de la République l'enjeu des luttes électorales, qui introduit par un détour le plébiscite dans nos mœurs politiques », Millerand démissionne, et le Sénat convoque aussitôt les députés à Versailles pour élire un président.

En séance préparatoire, les cartellistes décident de n'admettre que les parlementaires ayant voté la motion Herriot et l'affichage du discours de Painlevé, à l'exclusion des communistes. Au matin du 12, ils sont donc entre eux dans la salle de Brosse. Doumergue, président du Sénat, sollicité par ses amis, déclare qu'il ne sera pas candidat parce qu'il veut être désigné par l'ensemble des groupes républicains et non par quelques-uns seulement. Le scrutin lui accorde, bien qu'il ne se présente pas aux suffrages, 149 suffrages contre 306 à Painlevé. Il est clair que si Doumergue maintient sa candidature, attirant ainsi sur son nom les voix de la droite hostile à Painlevé, le vote sera difficile. On demande donc à ce républicain scrupuleux de se retirer : « Comment le ferai-je, répond-il, puisque je n'ai pas été candidat ? »

L'ensemble du collège électoral entre enfin le 13 juin 1924 dans la salle du Congrès à Versailles en présence d'une foule considérable. On remarque que Poincaré et Painlevé — conséquence de l'ordre alphabétique — siègent côte à côte, que les communistes ne manquent pas à l'appel. On se montre du doigt l'agitateur Doriot, le grand orateur Vaillant-Couturier, et le « mutin de la mer Noire », André Marty, qui a consenti à laisser au vestiaire sa célèbre tenue kaki. Gaston Doumergue est élu sans difficulté par 515 voix contre 309 à

Painlevé : les sénateurs n'ont pas suivi les ardents cartellistes de la Chambre.

« Nul plus que moi ne demeurera au-dessus des partis pour être entre eux l'arbitre impartial », déclare d'entrée de jeu le nouveau président. La conception la plus traditionnelle de la République se trouve ainsi réaffirmée : pour beaucoup, c'est l'essentiel. Ceux qui connaissent le protestant cévenol, le sénateur du Gard à la longue et patiente carrière, l'ancien ministre de Combes, l'ardent défenseur de la légitimité républicaine, savent que le régime se trouve en de bonnes mains. C'est aussi bien l'avis de Poincaré que d'Herriot. Il ne fallait pas être grand clerc pour prévoir que Doumergue, aussitôt tirés les cent un coups de canon, appellerait à l'Élysée le maire de Lyon.

Le gouvernement de Herriot voulait que le changement de politique fût clair, et que des mesures immédiates, puissamment symboliques, satisfassent l'électorat. L'homme dont les caricaturistes avaient fait connaître la silhouette familière (fort embonpoint, pipe et chapeau mou) avait constitué, faute du soutien socialiste, un cabinet radical presque homogène et annoncé son désir de rompre les relations diplomatiques tout juste rétablies avec le Vatican : « Il n'y a pas lieu, disait Herriot, de traiter le représentant respecté de la religion catholique comme un souverain *sensu proprio*, et donc il n'y a pas de raison de lui envoyer un ambassadeur. » Il était aussi question d'introduire les lois laïques en Alsace et en Lorraine, bien que Robert Schuman eût argué que 21 députés des régions libérées sur 24 demeuraient partisans de l'ancien régime concordataire. D'entrée de jeu, Herriot prétendait donner satisfaction à sa clientèle anticléricale. Cette position déchaîna à la Chambre de violentes réactions.

On s'insultait, en ce temps-là : les communistes se servaient de la tribune pour agresser les socialistes qualifiés de traîtres, et des bagarres éclataient fréquemment sur les bancs. Herriot reconnut le gouvernement soviétique, mais en précisant que le gouvernement français réservait les droits des possesseurs de fonds russes. Quand Millerand s'indigna que l'on eût cru bon d'installer « en plein Paris, sous la bannière croisée de la faucille et du marteau, le quartier général de la révolution », il déclencha un tollé à l'extrême gauche. La bataille reprit de plus belle quand on proposa l'amnistie des déserteurs devant l'ennemi et des condamnés de la Haute Cour : le général de Saint-Just fit, de son banc, le geste de coucher Malvy en joue. La bagarre devint générale. On ne comptait plus les vêtements déchirés, les visages bosselés, les faux cols arrachés. Les communistes s'emportaient contre les « généraux assassins » et réclamaient l'amnistie pour les insoumis et les réfractaires, ainsi que la réintégration des cheminots révoqués à la suite de la grande grève de 1920. On avait suggéré au Sénat, qui avait jadis condamné Caillaux et Malvy en se constituant en Haute Cour, de se déjuger en les absolvant. Poincaré avait accepté d'innocenter Malvy, mais non Caillaux. Les deux hommes furent pourtant amnistiés, ce qui provoqua l'indignation outrancière de Daudet dans l'*Action française* : la République n'avait pas de mémoire, elle blanchissait les traîtres !

L'État cartelliste

L'État cartelliste était installé : les amis d'Herriot occupaient neuf présidences de commissions parlementaires, les socialistes sept, les républicains socialistes deux. Vincent Auriol présidait celle des Finances et Franklin-Bouillon celle des Affaires étrangères. Rares étaient les commissions, tenues par les hommes de droite, comme celle de l'Armée, où Maginot avait été élu. Dans l'administration, les changements suscitaient maints commentaires : un civil, Steeg, remplaça Lyautey comme résident général au Maroc, et le général franc-maçon Sarrail fut substitué à Weygand en Syrie. Les vieux ambassadeurs rentrèrent : Barrère, Jusserand, Saint-Aulaire, Charles Benoist. Quelques-uns des nouveaux promus avaient une compétence douteuse, comme Jean Hennessy, riche promoteur de la campagne électorale, remercié par un poste à Berne. Les préfets avaient valsé, et l'on surnommait le général Nollet, ministre de la Guerre, « André II ». Les mutations opérées par Daladier dans l'administration coloniale ne passèrent pas inaperçues. On les exagérait volontiers. On se croyait, à droite, revenu aux temps sombres de l'intolérance.

Les quelques mesures antireligieuses prises dans l'immédiat (dissolution de la congrégation des clarisses d'Alençon et suppression des crédits de l'ambassade au Vatican) provoquèrent un nouveau tumulte catholique : la simple menace du rattachement de l'Alsace au régime administratif français (avec suppression du Concordat) suffisait à émouvoir l'opinion. Les préfets signalèrent des manifestations non seulement en Alsace et en Lorraine, mais en Vendée, en Bretagne : on avait réveillé, après une longue période de tolérance, le vieux démon de la guerre religieuse. Les catholiques se trouvaient de ce fait rejetés dans l'opposition de droite qui défendait naturellement leurs thèses, parfois avec excès. Leurs organisations se rassemblèrent en une Fédération nationale catholique présidée par un ancien député, le général de Castelnau, héros de la défense du Grand-Couronné de Nancy, qui avait perdu plusieurs fils à la guerre. Les dirigeants de la ligue pouvaient revendiquer, en juillet 1925, 1,8 million de partisans : cela donnait à réfléchir.

Le transfert des cendres de Jaurès au Panthéon, le 23 novembre 1924, était destiné, dans l'esprit de Herriot, à rendre évidente et frappante l'unité du Cartel face aux forces hostiles à la République qui se reconstituaient. La Ligue républicaine nationale de Millerand ressemblait à celle de la Patrie française. La Ligue des chefs de section de Binet-Valmer groupait les anciens combattants, sans arrière-pensée politique, mais avec le souci de maintenir l'ordre social et d'imposer le respect des droits des combattants. Georges Valois, ancien de l'Action française, allait fonder le Faisceau, inspiré de l'exemple mussolinien, pour promouvoir, par des manifestations de rue, un régime fort, anticommuniste et désireux de construire une société nouvelle. Les Jeunesses patriotes, fondées par Taittinger, arboraient béret et insigne : ces nationalistes étaient la réplique des anciens ligueurs de la Ligue des Patriotes, avec un fort accent antiparlementaire. Ces jeunes gens armés de gourdins et de matraques multipliaient les manifestations aux côtés des « camelots du roi » (groupes d'action de la ligue d'Action française) et des étudiants des Phalanges universitaires. Ceux qui refusaient de laisser la rue à ces agités entendaient manifester leur attachement au régime et à la liberté et se retrouvaient au Quartier latin dans la L.A.U.R.S. (Ligue d'Action Universitaire Républicaine et Socialiste). Ces groupes n'étaient pas tous constitués lors du transfert des cendres de Jaurès, mais le désir de provoquer des troubles existait déjà : les années 20 connurent la résurgence de la violence politique.

Le gouvernement souhaitait une cérémonie d'un lustre inusité. On avait imaginé des groupes de pleureuses pour accueillir le cercueil devant le Panthéon. Les restes de Jaurès, ramenés d'Albi, furent d'abord exposés dans la salle Mirabeau, au Palais-Bourbon. Après une veillée funèbre, ils furent transportés en un long cortège flanqué de torchères écarlates. Le corps fut accueilli au son des trompettes d'*Aïda*, porté par vingt-deux mineurs de Carmaux en tenue de travail. Toutes les organisations de gauche, de la Ligue des droits de l'homme à la Ligue de la République, étaient du cortège. Les communistes s'étaient donné rendez-vous aux Champs-Élysées pour protester contre « l'accaparement de Jaurès par le Cartel ». Pendant que les discours officiels retentissaient sous la voûte du Panthéon, en rangs serrés, ils scandaient des slogans sur le parvis, bannières rouges déployées, troublant ainsi par leur violence la manifestation unitaire de la gauche et inspirant à la droite la plus vive terreur.

D'autres mesures prises par Herriot provoquent encore l'opinion modérée : il accepte l'extension du droit syndical à la fonction publique, ce qui scandalise les poincaristes. Il admet la constitution de syndicats de fonctionnaires et d'instituteurs. Il blanchit les cheminots et les enseignants condamnés en 1920 pour faits de grève. La création du Conseil économique fait entrer les syndicats dans les institutions de l'État, même si cet organisme n'a qu'un rôle consultatif. Pour les « derviches hurleurs » de la droite, pour les lecteurs de l'*Action française*, le président du Conseil fait le jeu des communistes et justifie ainsi, puisque la défense antirévolutionnaire est débordée au Parlement, la constitution de ligues. Certaines sont d'apparence fasciste mais toutes (même celle de Millerand) demandent un renforcement du pouvoir exécutif. Au nom de l'action anticommuniste, une certaine droite bascule alors dans l'antiparlementarisme.

Les griefs contre Herriot tiennent aussi à sa politique étrangère. Certes, Poincaré, encore aux affaires, avait amorcé la négociation de sortie de la Ruhr. Mais, très soucieux de renouer les liens de l'Entente cordiale, surtout avec un premier ministre travailliste, le maire de Lyon se laisse prendre aux conseils de la « gouvernante anglaise » : fumant sur la pelouse des Chequers « une pipe démocratique où les peuples voulaient reconnaître le calumet de la paix », il se prête à tous les accommodements. Signés très vite, les accords de Londres impliquaient la renonciation de la France à maintenir des troupes dans la Ruhr. L'occupation de la Rhénanie ne serait donc plus liée à l'exécution du traité de Versailles. On acceptait en outre l'aménagement du plan Dawes. C'était céder aux Anglais sur toute la ligne. L'opinion de droite protesta avec vigueur.

Herriot n'avait que la S.D.N. en tête, il se rendit à la session de septembre 1924, chargée des problèmes de sécurité, pour y faire applaudir son programme « d'arbitrage, de sécurité, de désarmement ». Le protocole de Genève, voté à l'unanimité par l'assemblée générale de la S.D.N., prévoyait que tous les conflits devaient être soumis à la Cour internationale de justice ou à l'arbitrage de la Société des Nations. En cas de refus, le conseil pouvait, à la majorité des deux tiers, décider de sanctions. Les signataires s'engageaient à participer à une conférence générale sur le désarmement. Fort de la nouvelle entente cordiale qu'il venait de restaurer Herriot put alors lancer un appel lyrique à la constitution d'États-Unis d'Europe. Malheureusement, deux mois plus tard, la majorité changea à Londres, et le nouveau gouvernement britannique rejeta le protocole de Genève.

Tant d'échecs inclinèrent à la prudence en matière religieuse : Herriot jeta du lest, admit la survivance du Concordat en Alsace et en Lorraine, reconstitua une mission française chargée des territoires libérés auprès du Saint-Siège, renonça à engager le fer contre les congréganistes. La violence de la réaction catholique l'avait surpris. Dès la fin de 1924, il n'était plus en mesure de mener un combat politique d'importance sans risquer de perdre : Millerand ne venait-il pas d'être triomphalement élu, malgré la gauche, sénateur de l'Orne ?

Il est clair que ni la politique étrangère ni la politique religieuse n'avaient obtenu de résultats assez heureux pour souder la majorité cartelliste. Les socialistes s'inquiétaient des concessions de dernière heure dans l'affaire du Vatican et reprochaient surtout au gouvernement l'absence de toute politique financière, au moment où la droite se préparait à livrer bataille sur ce terrain. Le ministre Clémentel était en effet, en matière financière, un libéral refusant de transgresser les règles du Trésor et d'accord avec Herriot pour accroître le volume des avances du Trésor à l'État. Le Cartel a-t-il été victime, en ce domaine, d'un complot de la droite d'argent ?

Le combat de François de Wendel

La Banque de France était la banque de l'État, mais non une banque d'État. Son gouverneur, Georges Robineau, le meilleur connaisseur des problèmes monétaires, jouissait de l'estime du conseil dont les régents étaient de hauts fonctionnaires, mais surtout des représentants des grands intérêts comme Guy de Wendel et Édouard de Rothschild, Ernest Mallet et le baron Davillier, le baron de Neuflize et Dervillé, représentant avec Heine des banques d'affaires (Union parisienne et Banque de Paris et des Pays-Bas). Au début de mars 1924 — avant les élections, donc —, le franc fléchit brusquement sur le marché des changes : il donnait depuis plusieurs mois des signes inquiétants de mauvaise santé. Poincaré imagine alors des remèdes drastiques, car la confiance dans la monnaie s'émousse. Il envisage deux grands emprunts internationaux pour disposer d'une importante marge de manœuvre contre la spéculation et amorcer le redressement en agissant sur la dette publique. Au lieu de recourir à l'emprunt intérieur pour rééquilibrer le budget, le gouvernement Poincaré prend l'impopulaire décision de relever uniformément de 20 % tous les impôts afin de soulager le Trésor public. La crise financière n'est donc pas une création du Cartel, qui la découvre en accédant au pouvoir.

Il se trouve que la politique étrangère entreprise par Herriot inquiète et indigne certains milieux d'affaires : Wendel est à ce point ulcéré par la conférence de Londres, qu'il décide de se procurer un groupe de presse pour alerter l'opinion (projet qu'il réalisera plus tard) et de financer, dans l'immédiat, la Ligue nationale républicaine de Millerand. La chute d'Herriot lui paraît « une œuvre de salut public »[1], et « si sa position à la Banque de France peut lui permettre d'y contribuer, il n'aura pas de scrupule à en tirer parti ». Mais que peut-il faire ? Il sait que Robineau est tout prêt à s'entendre avec les radicaux, ne souhaitant pas leur refuser ce qu'il a accordé aux modérés : des avances de la Banque au Trésor. Parmi les régents, Rothschild n'est pas sûr : Wendel le sent prêt aux accommodements. Il aime en Clémentel « l'Auvergnat bon garçon ». Wendel partage l'estime quasi universelle des hommes d'affaires pour cet homme adroit, comme pour l'honnête Robineau. Il n'en est que plus stupéfait d'apprendre, en décembre 1924, que le gouverneur présente à ses régents des bilans truqués. Depuis mars, celui-ci réduit la colonne correspondant au montant de la circulation des billets dans le but, louable, de cacher « la crevaison du plafond[2] ». Un sous-gouverneur alerte Clémentel, qui décide alors avec Herriot de ne rien dire tant qu'ils n'auront pas lancé l'emprunt dont ils attendent tout, en novembre. Mais, en décembre, Robineau prend l'initiative d'alerter officiellement le conseil de régence : nul ne peut plus ignorer la vérité.

Que faire ? Où trouver les ressources nécessaires pour compenser, arrêter l'hémorragie ? Herriot estime expédient de poursuivre la dissimulation, avec la complicité des régents, que ce délai arrange. Pour leur être agréable, il consent, entre deux bouffées de pipe, à supprimer l'institution du bordereau de coupons qui gênait beaucoup les détenteurs de portefeuilles, car il empêchait la fraude fiscale. L'inflation prévisible, d'un montant de 3 milliards de francs, n'est nullement imputable au Cartel, et les régents de droite doivent se résigner à cette idée désagréable. Édouard de Rothschild souhaite qu'on accorde un délai à Herriot, « le temps d'arranger les choses », et qu'on n'attaque pas Robineau. Mais la

1. Jeanneney, *op. cit.*, p. 200.
2. Jeanneney, *op. cit.*, p. 212.

circulation des billets augmente sans cesse : elle s'est accrue de 500 millions en février 1925, on ne pourra plus cacher ce dépassement. Herriot refuse la régularisation que réclame la Banque. Il a admis, pour suivre son parti, la déclaration des avoirs à l'étranger, ce qui indigne la droite, et il prétend encore obtenir de nouveaux délais, de nouvelles avances. Une fois de plus, Clémentel fait appel aux avances indirectes de neuf établissements de crédit pour soulager la Banque de France. Un nouveau sursis est accordé quand le gouvernement l'autorise à utiliser 30 millions de dollars prélevés sur un emprunt réalisé auprès de la banque Morgan aux États-Unis.

Wendel tente alors d'intervenir pour abattre le cabinet en obligeant le gouverneur Robineau à régulariser la situation financière de la Banque. Ainsi le pot aux roses sera-t-il rendu public, Herriot étranglé, le Cartel disloqué. Les autres régents seront-ils d'accord ? Ils le soutiennent, et c'est au gouvernement d'être plongé dans l'embarras. Clémentel choisit d'assumer, en la dissimulant sous un écran protecteur, la politique d'inflation, seule compatible avec l'intérêt des entreprises françaises et du commerce à l'étranger. Mais les idées déflationnistes exercent sur l'opinion publique, même de gauche, une séduction telle qu'Herriot se précipite à la tribune, désavoue Clémentel en affirmant qu'il ne recourra jamais « au plus monstrueux des expédients ». Il annonce « un projet de loi longuement réfléchi », dans lequel tout le monde reconnaît l'impôt sur le capital. Indigné, Clémentel démissionne. Anatole de Monzie, qui le remplace, prépare une contribution « volontaire » de 10 % qui deviendra obligatoire en cas de refus de paiement. Ce projet bâclé est loin d'être voté, et dans l'immédiat, il faut bien endosser l'inflation. Bérenger (il est rapporteur de la commission du Budget) dévoile au Sénat, le 7 avril, que la Banque de France a commis des irrégularités. Herriot est alors renversé par 156 voix contre 132. « Je suis enchanté, dit Wendel, la livre est restée à 93, et Herriot est par terre. »

C'est vrai, conclut Jeanneney, Wendel et d'autres capitaines d'industrie ont, par passion politique, fait tomber le cabinet Herriot, mais « le chef radical s'est fait le premier responsable de la victoire de Wendel [...] par ses ignorances et ses maladresses ». Ces vicissitudes sont subodorées, bientôt connues par le nombreux public que les difficultés financières de l'État concernent, par tous les Français atteints dans leur vie quotidienne par la faillite de la monnaie : car « percer le plafond » des avances de la Banque est présenté dans la presse comme l'équivalent d'une banqueroute, comme si l'État pouvait être mis en faillite. Les idées reçues par les « Français moyens » (une expression chère à Herriot) impliquent une défense impérieuse de la monnaie et du franc Germinal. Qu'il n'ait pu être protégé ne pouvait que fournir l'occasion d'une ample remise en question des certitudes, où les politiques ne trouveraient pas leur compte.

La gauche elle-même se pose des questions. Un radical aussi convaincu qu'Albert Thibaudet se laisse aller à présenter le fumeur de bouffarde sous un jour peu flatteur. « N'oubliez pas, quand vous rencontrez Herriot, que le modeste ruban rouge de sa boutonnière lui a été donné par Combes, qu'il est resté combiste, comme Albert Thomas est jauressiste, comme Clemenceau est aujourd'hui le dernier homme d'État du Second Empire [...], que ces radicaux de cinquante ans restent fidèles aux idées et aux personnes de leurs vingt ans. » Ces idées sont celles de la République laïque et de l'État libéral, elles n'ont plus rien à voir avec l'Europe des techniciens bancaires, des industriels de la rationalisation.

L'Europe chère à Thibaudet ne peut se faire avec les quinquagénaires de la République de 1900. Mêmes critiques à droite, contre Poincaré qui reste le héros du petit porteur. Un Lucien Romier, directeur du *Figaro*, qui publie en 1925 chez Grasset *Explications de notre temps*, constate que les vieilles gloires du régime sont dépassées par la dure compétition internationale de l'après-guerre, où les heurts entre nations atteignent une sorte d'intensité « religieuse » jamais égalée, en dépit des professions de foi internationalistes des adeptes de l'esprit de Genève. Les hommes politiques n'ont pas les moyens matériels d'agir et ne disposent en outre d'aucune impulsion nationale, d'aucun désir collectif nettement exprimé. Les ministres, dans ces conditions, ne peuvent que se montrer « sceptiques » et « irresponsables ». Romier ne se livre pas, comme Thibaudet, à une critique de l'ancienne génération car, selon lui, des hommes jeunes ne feraient pas mieux et seraient tout autant frappés d'impuissance. Seul le président du Conseil a quelque capacité d'action, mais « chez cet homme, vous observerez à son insu des gestes d'impuissance. Il sait n'avoir autour de lui ni le personnel ni les instruments techniques qui lui permettraient d'aborder certains problèmes. Aussi son réflexe constant sera-t-il de s'en tenir à la ligne historique, à la ligne éprouvée de notre politique, de courir à l'essentiel, dût-il sacrifier consciemment l'accessoire, ou bien, si grand qu'il soit [on reconnaît derrière l'incidente le personnage de Poincaré], d'abriter sa personnalité derrière la "forme" constitutionnelle, les "habitudes" administratives et la "volonté parlementaire" ». L'échec d'Herriot et celui de Poincaré sont ceux des « vieux chefs expérimentés » fonctionnant dans un système libéral qui n'est plus adapté à l'état du monde.

L'échec de Caillaux

Voyez l'Angleterre, poursuit Romier : elle entoure son premier ministre d'une armée de fonctionnaires spécialisés. Le président du Conseil français, mal outillé, n'a pour collaborateurs que des ministres politiques, impuissants par essence, et des bureaux dont l'indépendance est relative : ceux du ministère des Finances dépendent de la Banque de France, dont les régents appartiennent au privé. Le pouvoir ne dispose pas de cette cohorte d'experts indépendants qui permettrait d'agir, de lancer une politique nationale de redressement. L'État libéral, remarque encore le directeur du *Figaro*, ne représente que « l'équilibre des intérêts », une société figée qui ne peut se mouvoir sans risque. « Pour avoir mis l'avarice au-dessus du travail », la bourgeoisie française a dégénéré. L'État doit-il en priorité assurer la sauvegarde des rentiers d'un autre âge, alors que « des liasses de titres de rente ne valent pas, dans un village, des charrues et des engrais » ? Les économies des Français n'ont pas été employées utilement dans l'économie nationale, mais ont nourri la spéculation ou soutenu des travaux à l'étranger. La désillusion due à ces placements entraîne une méfiance commune contre l'étranger, les banquiers agioteurs et l'État complice. Les rentiers ont-ils changé d'attitude ? Nullement : ils persistent à souscrire aux emprunts d'État sans exiger qu'il soit fait de leur argent un emploi productif, un investissement. Peuple de fils uniques, peuple médiocre qui n'a su tirer aucun enseignement de la guerre. Il n'est pas étonnant qu'il se livre aux mêmes dirigeants politiques : eux non plus n'ont pas changé.

Ce n'est pas un hasard si Jacques Bainville, journaliste de l'*Action française*, publie en 1919 un guide intitulé *Comment placer sa fortune*. Il s'adressait à une épargne totalement désorientée par les pertes éprouvées pendant la guerre et qui s'apprêtait à commettre les mêmes erreurs : Bainville voulait l'en préserver. On persistait en effet à penser qu'il fallait investir dans les valeurs à revenu fixe ou les emprunts d'État. Le journaliste historien n'avait aucune peine à montrer que les obligations s'étaient constamment dévaluées jusqu'à représenter en 1925 environ le tiers de leur pouvoir d'achat de 1914. La dépréciation des actions était moins nette, et surtout plus inégale, mais le placement en valeurs variables se révélait trop risqué pour attirer la clientèle des petits épargnants. Ceux-ci continuaient donc à souscrire aux bons du Trésor, dans l'espoir que l'État assurerait un jour la stabilisation si longtemps attendue et qu'à ce moment-là les « honnêtes gens » de Poincaré comme les « Français moyens » d'Herriot trouveraient leur revanche. Or rien n'était plus improbable, expliquait Bainville : « Il n'y a pas de rente perpétuelle, il n'y a que les concessions de cimetière qui soient à perpétuité. » Mais qui l'entendait ? Pendant que les habiles spéculaient sur les monnaies ou achetaient des diamants, des tableaux, des objets d'art moderne, la masse des petits porteurs se ruait plus que jamais sur le papier d'État. « Le détroussement de l'épargne, écrivit dix ans plus tard le même Bainville dans son *Journal*, s'accomplit avec de puissantes complicités. » A qui faire confiance ? La crise de 1924 avait poussé au paroxysme la défiance du public. La circulation monétaire était huit fois plus importante qu'en 1910, et les prix de détail avaient quadruplé. Si le franc s'était stabilisé, c'était à la baisse par rapport à la livre. L'esprit public grondait contre la « finance internationale » qui jouait à la baisse de la devise, sans comprendre les causes de cette vulnérabilité du franc. Il était clair cependant — et c'était un fait nouveau — que les Français n'avaient plus confiance en leur monnaie.

Dans ces conditions, l'échec du Cartel n'est que l'occasion d'un défoulement politique de tous ces porteurs déçus, de ces spéculateurs égarés, de ces épargnants désespérés qui veulent attribuer à leur déception une cause parlementaire. On s'indigne de ce que Doumergue n'appelle pas immédiatement au pouvoir le seul qui puisse rétablir « la confiance » et prendre les mesures utiles au redressement du franc : Poincaré. Mais la logique parlementaire s'oppose à cette soudaine exigence : il n'y a pas de majorité, dans la Chambre élue en 1924, pour un cabinet de centre droit. Le président doit appeler Painlevé, seul susceptible de souder les voix radicales et socialistes, pivot de la majorité. Painlevé répond parfaitement à l'appel des cartellistes et désigne Briand au Quai d'Orsay, Caillaux aux Finances.

Ce dernier choix comble Blum, qui en félicite le président du Conseil. La réputation de Caillaux est telle qu'on n'imagine pas, à gauche, une politique libérale conduite par le promoteur de l'impôt sur le revenu : c'est une fiscalité de gauche que l'on attend du miraculé de Mamers. « De même que nous fûmes avec Clemenceau quand il nomma le général Picquart ministre de la Guerre, devait déclarer Blum à la tribune, nous louons aujourd'hui M. Painlevé d'avoir eu le courage de faire le même geste en choisissant pour collaborateur M. Joseph Caillaux, et nous lui apportons nos voix. » Que l'opposition se déchaîne est bon signe : cela ressoude la majorité.

La gauche socialiste est moins enthousiasmée par la désignation de Briand l'« endormeur », terrifiant raton-laveur qui peut dissoudre n'importe quelle salade majoritaire en la grignotant dans les couloirs. Mais sa présence au Quai d'Orsay signifie politique d'arbitrage et d'entente avec la nouvelle Allemagne. Blum peut-il s'y opposer ? Un rapprochement se dessine déjà dans les chancelleries, qui aboutira aux accords de Locarno en octobre 1925. Un nouveau système international d'arbitrage assurera la sécurité européenne. Les frontières franco-allemandes et germano-belges seront garanties par la

Grande-Bretagne et l'Italie. « C'est le plus grand événement depuis la guerre », devait écrire, dans le *Matin*, Henry de Jouvenel. L'entrée de l'Allemagne à la S.D.N. était inscrite à terme dans les accords. L'engagement de Briand dans le ministère Painlevé avait cette signification précise : il était choisi pour négocier avec Stresemann et régler enfin le contentieux franco-allemand pour rendre la guerre impossible.

L'opération Caillaux était plus ambiguë : on attendait chez les socialistes qu'il présentât un projet de « prélèvement sur le capital ». On avait besoin d'un expert pour réaliser ce nouvel impôt délicat que la gauche portait au pinacle, tout en évitant l'évasion des capitaux. La déception fut vive autour de Léon Blum et de Vincent Auriol : Caillaux se borna à puiser dans les cartons du ministère Herriot en lançant un emprunt original, avec garantie de change et exemption d'impôt sur le revenu. Il sollicita une nouvelle avance à la Banque de France : pas un mot de l'impôt sur le capital.

Le groupe socialiste, dans ces conditions, cessa de soutenir le gouvernement : il n'y avait plus à la Chambre de majorité cartelliste. Caillaux ne pouvait tenir qu'en briguant une partie des voix de l'opposition. 196 députés du Cartel avaient voté contre ses projets financiers. Par un singulier paradoxe, au congrès radical de Nice, Herriot défend contre Caillaux l'impôt sur le capital : « Malgré mon affection pour M. Painlevé, s'il a besoin seulement d'une voix de droite pour gouverner, je dirai à tous mes amis de voter contre lui. » La menace est claire. Caillaux est couvert de fleurs par Herriot qui évoque ses services et aussi ses « malheurs » (« on m'a reproché quelquefois d'introduire la sensibilité dans la politique. Si je n'étais pas sensible, serais-je donc républicain ? »), mais il n'est pas question de le laisser présenter ses projets financiers avec le concours de la droite. Herriot, qui vient de l'emporter au scrutin municipal de Lyon avec l'appui des socialistes, connaît le prix de l'union de la gauche. Painlevé doit tirer les conclusions du congrès de Nice et condamner la stratégie de Caillaux. Le cabinet se retire le 27 octobre : exemple significatif de l'influence directe d'un congrès politique sur la vie parlementaire...

Briand, l'idole de Genève

Painlevé revient aux affaires avec des collaborateurs de gauche : la machine politique tourne, cependant que la crise financière s'accélère. Le président Doumergue poursuit inlassablement son jeu de désignations conformes au balancier parlementaire. Il n'est pas à l'écoute de l'opinion publique, mais seulement des murmures de la Chambre. On divise en deux les Finances : le Trésor à Painlevé, le Budget au radical Georges Bonnet. Il s'agit d'obtenir une consolidation de l'immense dette publique par une contribution « exceptionnelle » : voilà qui peut satisfaire la gauche, mais inquiète la droite et les voix charnières de la « gauche radicale » manquent à Painlevé qui trébuche un mois à peine après sa désignation. Doumergue est satisfait car il avait besoin de « faire la preuve » qu'une majorité de gauche était impossible avant d'appeler Briand.

Celui-ci passe pour un manipulateur de majorité, mais son retour est difficilement contestable par la gauche, en raison de la tâche qui reste à accomplir en politique étrangère : l'entrée de l'Allemagne à la S.D.N. se profile à l'horizon. Les socialistes ne vont pas jusqu'à soutenir l'homme de la répression des grèves de 1910, il doit donc compter seulement sur les voix radicales et convaincre Herriot qui ne veut en aucun cas se séparer de la gauche socialiste. Que la livre soit à 116 francs, que les prix montent, voilà qui n'empêche pas Briand de poursuivre ses combinaisons : il compte sur les exigences de la politique étrangère pour justifier son gouvernement. Il prend dans son équipe de nombreux collaborateurs de groupes charnières, le sénateur Renoult, de la Gauche radicale, et le républicain de gauche Georges Leygues à la Marine. Painlevé a accepté d'être ministre de la Guerre, Daladier de l'Instruction publique, Monzie des Travaux publics, Loucheur des Finances, le secteur clé. Il n'y fait pas long feu : la crise financière se déchaîne, et le président du Conseil use coup sur coup quatre ministres des Finances. La Chambre refuse constamment de voter, sous l'impulsion des socialistes, les mesures d'inspiration forcément libérale qui lui sont présentées comme seules susceptibles de rétablir la « confiance ». Néanmoins, la Gauche radicale, groupe déterminant dans cette Chambre instable, n'accorde jamais son appui (c'est le groupe de Louis Loucheur et de Laurent-Eynac) aux mesures d'esprit socialiste préconisées par la commission des Finances. La situation n'a pas d'issue parlementaire.

Le dernier cabinet Briand tombe au mois de juin, toujours sur la question financière. Raoul Péret, dernier en date des ministres des Finances, voulait « rassurer les possédants » et rompre avec les méthodes des financiers du Cartel, en déclarant excessifs les impôts frappant les valeurs mobilières. La livre grimpe à 179 francs, et Péret — « Raoul paierait s'il pouvait », ironise l'*Action française* — doit jeter ses dernières réserves sur le marché : les fonds Morgan empruntés jadis par Poincaré pour obtenir la stabilisation des changes. Cette intervention, dépourvue du soutien de la Banque de France, ne peut réussir. En se retirant, Raoul Péret déclare : « Le pays, pour reprendre confiance, attend une réconciliation des partis. Il considère, dans les heures graves qu'il traverse, que tous les partis devraient se trouver représentés au sein du gouvernement et être associés aux responsabilités du pouvoir. Un ministère d'union nationale peut seul, à ses yeux, amener le salut du franc. » Mais Doumergue n'estime toujours pas le moment venu. Pour qu'une « opération Poincaré » de rassemblement national soit possible, il faut épuiser toutes les possibilités parlementaires de la majorité cartelliste, « faire la preuve », une fois de plus, que l'on ne pourra atteindre la quadrature du cercle. Une autre tentative Herriot devra être tentée, puisque les radicaux font défaut à Briand.

La monnaie n'attendait pas : une solution rapide s'imposait. Avant de quitter la rue de Rivoli, Péret avait chargé un comité d'experts de rechercher les modalités techniques du redressement. Charles Sergent, président de la banque de l'Union parisienne, en était le pivot : autour de lui, les représentants des cinq grandes banques de dépôts, Émile Moreau, directeur de la banque d'Algérie, et Raymond Philippe, de la banque Lazard, qui avait réalisé l'opération sur les changes pour le compte de Poincaré en 1924. Peyerimhoff représentait les entreprises, Ritz et Jèze la pensée économique. Le comité avait travaillé et tenait à la disposition du pouvoir un dossier précis de redressement. Qui pourrait l'appliquer ?

Herriot n'était certainement pas le mieux placé, et pourtant la logique parlementaire voulait qu'il fût rappelé. La « folle nuit » du 20 juin ne devait pas lui permettre de trouver d'issue. Tous se dérobaient à ses appels : Lucien Romier, directeur du *Figaro*, qui s'était signalé par ses travaux sur les questions monétaires, refusa les Finances, de même que Maurice Bokanowski et François Pietri. Herriot n'avait pu convaincre les plus compétents des gens de droite de devenir les otages de son ministère. Il les avait tirés de leur lit pour rien. Son champ de manœuvres à droite était barré par Louis Marin, qui rendit public un ordre du jour de son groupe, l'Union républicaine démocratique : « M. Herriot n'est pas qualifié pour ramener la confiance indispensable au salut du franc, ni pour réaliser l'union réclamée par le pays pour le redressement financier. » A l'aube, Herriot renonça.

Il devenait possible de s'approcher d'une formule d'union nationale, mais Doumergue, redoutant un échec, ne devait pas rappeler Poincaré tout de suite : ce fût l'échec assuré. Il convia de nouveau pour un tour de piste, Briand, chef cartelliste, et celui-ci offrit à Poincaré les Finances. « Très bien, dit le Lorrain. Je vous préviens que je demanderai à la Chambre de voter immédiatement huit milliards d'impôts nouveaux. » C'était fournir des armes à Briand pour imposer de nouveau Caillaux : les experts demandaient rue de Rivoli un technicien dont le public reconnût la compétence. Celle du radical monoclé était incontestable.

Le familier de Genève pouvait de nouveau déployer ses charmes à la Société des Nations. Devenu le héros de la société parisienne, celle-là même que fréquentaient Philippe Berthelot, les gens de lettres du Quai d'Orsay et les financiers partisans de l'ouverture avec l'Allemagne, Briand apprend à « parler européen » : « une langue nouvelle, dit-il, qu'il faudra bien qu'on apprenne ». A soixante ans, le « pèlerin de la paix » est un partisan convaincu des « États-Unis d'Europe ». Quand il sort de l'hôtel des Bergues avec Philippe Berthelot, à qui il a fait rendre son poste de secrétaire général du Quai d'Orsay, pour prendre la parole à la tribune internationale, il est porteur d'avenir, faiseur d'histoire, arrangeur génial d'une partition à deux voix : Stresemann et lui, devant un Baldwin ravi. On compte sur son talent pour faire accepter en France la nouvelle alliance, arche de l'Europe, entre Paris et Berlin. Dans l'immédiat, il doit installer en douceur son duettiste à Genève, sans autre éclat que la proclamation d'un pacifisme théâtral dont les termes font le tour du monde : « Arrière, les fusils, les canons et les mitrailleuses, place à la conciliation et à la paix ! » Il soulève une tempête, le public lui fait une ovation, comme à l'Opéra. Des hommes graves pleurent, des femmes veulent toucher son habit, lui font un cortège de triomphe. Au premier rang, dans les tribunes, une veuve en noire, très émue : Édith Bolling Wilson. Briand vient de réaliser, en un discours, la conquête de l'univers civilisé, celui-là même qui va se déchirer treize ans plus tard.

Herriot organise la mise à mort de Caillaux

Son talon d'Achille est le « plan des experts », confié à Caillaux qui n'hésite pas à donner aux techniciens de la finance des postes de responsabilité : ainsi l'économiste Charles Rist devient-il sous-gouverneur de la Banque de France et Moreau gouverneur. Les politiques s'inquiètent, de Vincent Auriol à Louis Marin : que cache cette machination ? On suggère que les financiers internationaux veulent réaliser simultanément en France, en Angleterre et en Allemagne, la stabilisation des monnaies pour apurer les comptes et rembourser les dettes.

Les experts font connaître leur plan, attendu comme les Tables de la loi : « Un syllogisme composé, explique Pietri, sous-secrétaire d'État aux Finances et bon connaisseur de la galaxie Caillaux : il faut équilibrer le budget, donc il faut des impôts. Mais l'équilibre du budget et les impôts ne servent à rien si l'on ne résorbe pas les bons. Pour résorber les bons, il faut pouvoir à la fois les amortir peu à peu et les rembourser à tout moment. D'où amortissement, système d'avances, etc. Mais ni l'équilibre, ni l'amortissement ni le remboursement ne joueront si l'on maintient un franc instable. Pour avoir un franc stable, il faut une réserve de disponibilités que seul l'étranger peut nous fournir. Pour avoir cette réserve et les crédits étrangers nécessaires, il faut régler les dettes internationales et ratifier les accords. »

Une analyse ponctuée comme un programme : le Corse a vu juste, la clé de la réussite est le règlement par la France de ses énormes dettes de guerre contractées en Angleterre et aux États-Unis, au moment précis où il devient clair que l'Allemagne s'est dégagée de l'essentiel de ses remboursements. Le négociateur français Bérenger est revenu d'Amérique avec un échéancier : 6,847 milliards. Naturellement, les Américains ont refusé la proposition française de lier ces remboursements aux règlements des Allemands au titre du plan Dawes. Les Français doivent payer quoi qu'il arrive, qu'ils soient eux-mêmes remboursés ou non.

L'accord est signé depuis le 29 avril. Personne n'a osé le soumettre au Parlement : Pietri a beau jeu de souligner à quel point le redressement de l'État dépend étroitement des banques anglo-saxonnes. « Les États-Unis, écrit Jacques Bardoux, obtiennent de la France alliée, pour prix de leur participation, une somme presque égale à celle qui est due par l'envahisseur allemand et qu'il ne paiera jamais entièrement. » C'est oublier que la créance française est due, pour une large part, à des banques privées américaines, et non à l'État fédéral, tandis que la dette allemande dépend entièrement de la République et de son budget. On ne peut à la fois refuser de rembourser la banque Morgan, qui a prêté beaucoup d'argent pendant la guerre, et solliciter de nouveau son concours. Cela n'empêche pas, en France, les partis nationalistes et les ligues de déclencher une violente campagne contre la ratification, et de rendre le Cartel responsable de l'accord d'« abandon » signé par le sénateur Bérenger. D'entrée de jeu, la droite récuse l'analyse des experts.

Ils ne sont pas mieux reçus à gauche, en raison des mesures fiscales qu'ils préconisent. Alléger la fiscalité sur la Bourse et le capital, rendre la sécurité aux capitaux en abrogeant la loi qui en réglemente l'exportation : voilà de quoi indigner Blum et Auriol. Socialistes et radicaux, d'accord sur le principe d'une fiscalité frappant la fortune, ne peuvent revenir au libéralisme : le dossier Caillaux n'est pas plaidable à gauche. Aussi prend-il la Chambre de front en demandant, le 6 juillet 1926, les pleins pouvoirs.

Aussitôt l'opposition se déchaîne, de Blum à Tardieu, qui apostrophe Briand : « Vous avez été un gros mangeur de ministres des Finances et un gros mangeur de milliards. » Caillaux fait un pas en arrière, puis deux pas en avant, le 17 juillet, la livre ayant dépassé le cours de 200 francs. C'est alors Herriot qui mène l'hallali. Quittant la tribune présidentielle où il siège en habit, il revient en complet veston à son banc de député et demande la parole. Silence dans l'hémicycle : une séance de mise à mort commence, dans la grande tradition parlementaire. « Je ne me sentirais pas autorisé à l'immense honneur de diriger les travaux de la Chambre si cette Chambre était diminuée. » Louis Marin ne juge pas Caillaux, « dont le passé divise les Français », capable d'imposer l'union nationale. Tardieu provoque une énorme sensation en accusant le ministre des Finances de franchir le Rubicon et d'aspirer à la dictature. Le cabinet est renversé. Est-ce enfin l'heure de Poincaré ?

Pas encore : Herriot a sonné la mise à mort, c'est lui qui doit revenir en piste. Ainsi le veut la tradition républicaine. La livre est à 222 francs. Les gens retirent leurs économies des guichets des caisses d'épargne, on fait la queue à la porte des banques. Les femmes se ruent dans les grands magasins, achetant du sucre, des bas de soie, des parfums et même des chapeaux. Les touristes anglais et américains sont hués quand ils visitent Notre-Dame. Herriot trouve un ministre des Finances en la personne d'Anatole de Monzie, qui monte courageusement à la tribune, « le visage tiré par trois jours sans sommeil, inondé d'une sueur qu'il éponge sans relâche[1] ». Le ministère est renversé dès sa présentation, comme le prévoyait Doumergue. La foule massée aux abords du Palais-Bourbon applaudit, vocifère, manifeste. La police doit protéger les députés sortant de séance. Les ministres attendent

1. Georges Suarez, *De Poincaré à Poincaré.*

longtemps avant d'être conduits en automobile fermée à l'Élysée où ils vont remettre leur démission.

Pour beaucoup de ligueurs, de camelots du roi assiégeant alors le Parlement, la « Gueuse » est à l'agonie, emportée par la banqueroute. Le pouvoir est-il au bout des cannes ? C'est alors que Doumergue sort de sa manche la carte qu'il préparait depuis le début de la crise et qu'il peut enfin jouer : le joker Poincaré.

Le retour de Poincaré

L'opinion se calme instantanément. Le sauveur à barbiche est sorti de l'Élysée de son petit pas pressé, sans un regard pour les journalistes. « Le franc est sauvé ! » crie-t-on dans les salles de rédaction, dans les halls des banques, dans les cafés autour de la Bourse, dans les magasins désertés par les acheteurs trop pressés. Les rentiers respirent : dès l'arrivée de Poincaré, la livre baisse d'elle-même, sans sollicitation. Magique, la « confiance » opère le miracle salué par les chauffeurs de taxis de Paris, qui jouent désormais la hausse. Poincaré veut restaurer le franc sans faire appel aux crédits étrangers et négocier ensuite les dettes extérieures sans être soumis au chantage des banques américaines. Peut-il réussir ?

Il s'en donne les moyens politiques. A lire la composition de son ministère, les extrêmes manifestent de l'impatience : la Gueuse se redresse en mobilisant les gérontes ! Maurras ne peut cacher son dépit : « Autres hommes, écrit-il, même esprit », et il suggère que Poincaré fera la politique de Caillaux. Autres adversaires : les communistes. « On ne vous voit qu'aux jours de malheur », lance Cachin au passage de l'ancien chasseur à pied dans la salle des Quatre-Colonnes. Il est clair, pour ces prophètes de catastrophe, que si un homme est capable de sauver la démocratie parlementaire en péril, c'est Poincaré et lui seul. Il s'est installé dans une position de force : Herriot à l'Instruction publique, Painlevé à la Guerre, Briand au Quai d'Orsay — trois leaders du Cartel. L'Intérieur est au radical Sarraut, l'Agriculture au radical Queuille. Marin, à droite, siège aux Pensions, et Tardieu aux Travaux publics.

L'ami des grands industriels, Maurice Bokanowski, est au Commerce.

Sauf Millerand, toute la vieille garde est présente : Barthou et Georges Leygues, six anciens présidents du Conseil, toutes les têtes familières au public, le dernier carré des vieux républicains autour d'un président du Conseil de soixante-six ans. Tous ou presque quitteront définitivement le pouvoir quasiment en même temps que lui. Les « survivants » sont aux affaires, pour la grande bataille du franc. Poincaré a choisi un combat de fantassins, sans préjugé d'état-major, sans doctrine. On tire à vue, puis on se couvre, on avance par bonds comme à Verdun.

Les fonctionnaires des Finances doivent marcher au canon. Le président n'est pas d'humeur à supporter leur indépendance. Il indigne aussi, par ses propos abrupts, l'excellent gouverneur de la Banque de France, Moreau qu'il estime cependant. On lui rapporte ce propos d'Édouard de Rothschild : « Surtout, que Poincaré ne fasse rien. Qu'il ramène seulement la confiance. » Le directeur du mouvement des fonds, Brunet, et le gouverneur, Moreau, savent qu'il fait tout lui-même et qu'il ne tolère pas la contradiction, ni les idées personnelles de ses collaborateurs.

Entre la thèse libérale, qui attend une revalorisation du franc jusqu'à sa valeur de Germinal, et la thèse des experts modernes, qui veulent « stabiliser » en tenant compte de l'exigence de l'économie et tout particulièrement des contraintes des industries d'exportation, Poincaré considère qu'il n'a pas à choisir dans l'immédiat. Comptable seulement des intérêts de l'État, il ne veut ni revaloriser sans tenir compte des exigences sociales, ni stabiliser en se mettant dans les mains des banques étrangères. Il réprouve que Moreau concocte un redressement français en consultant Sir Montagu Norman, gouverneur de la Banque d'Angleterre, ou Benjamin Strong, gouverneur de la *Federal Reserve Bank* de New York. Il faut se servir de ces excellents partenaires, non les servir.

Le pouvoir politique en France est-il en mesure d'opérer une réforme monétaire efficace sans les pouvoirs particuliers que réclamait Caillaux ? Poincaré est-il capable d'obtenir des mesures rapides du Parlement, de se concilier la presse économique ? Les financiers et les jeunes inspecteurs des Finances qui voient en lui, avec Jacques Rueff, « un survivant de l'époque des notables », ont de sérieux doutes. Pourtant, les Français le soutiennent avec un ensemble si touchant que tout semble soudain possible : les contribuables, spectacle peu habituel, s'acquittent immédiatement des acomptes de leurs impôts de l'année pour soulager le Trésor. Fort de cette confiance retrouvée, Poincaré peut remonter à l'envers l'écheveau du syllogisme énoncé par le caillautiste Pietri : en premier lieu, il demande et obtient des Chambres non pas 8, mais 11 milliards de francs d'impôts nouveaux qui ne touchent ni la fortune ni les revenus, puisqu'ils portent majoritairement sur la consommation : point de querelle fiscale d'école, point d'affrontements politiques, le recours aux techniques de la tradition libérale, celle de Thiers. Il ne veut pas, dit-il aux députés, que l'État « perde 11 000 francs par minute, 600 000 francs par heure, 16 millions par jour ». Il a déjà pallié les difficultés de trésorerie en imposant un expédient à Moreau. La Banque de France le suit vaille que vaille, et la loi de finances est votée sans difficultés, non sans qu'il ait lancé aux sénateurs un avertissement que l'émotion récente de la rue leur a rendu parfaitement perceptible : il ne faut pas « que le régime parlementaire soit incompatible avec l'autorité, incapable de se prêter au vote rapide des mesures qu'impose la crise financière ». A ceux qui lui demandent ses projets immédiats : « Avant de stabiliser le franc, répond-il, je crois bon de ne pas le laisser dans le fossé. » On n'objecte pas à un ministre aussi sûr de lui : il l'emporte.

C'est pour aussitôt solenniser la création de la Caisse autonome d'amortissement, dotée en fonds propres des produits des tabacs, qu'il inaugure en grande pompe à Versailles : il s'agit de rassurer les porteurs de bons dont la dette sera consolidée. Ils sont ainsi certains de ne pas tout perdre : deuxième étape décisive, qui éloigne des guichets des banques la foule des porteurs anxieux. Une loi, permettant à la Banque de France d'acheter librement l'or et les devises étrangères contre de nouveaux billets ainsi gagés, produit d'autres effets miraculeux, la livre chute de nouveau à 156,50 francs, les acheteurs de francs prévoient que Moreau pourra désormais intervenir librement sur les changes et que la devise va poursuivre sa hausse.

La mariée est trop belle ! Les industriels s'inquiètent : si le franc monte encore, comment Renault et Citroën vendront-ils leurs automobiles, et Schneider ses sous-marins ? Un groupe de pression se met alors en place autour de Bokanowski. Il s'agit de convaincre le président de stabiliser le franc, c'est-à-dire de faire le constat de sa dévaluation par rapport au franc Germinal. Ce groupe pense encore, comme Caillaux, qu'on ne peut stabiliser sans faire ratifier les accords sur les dettes. Que Poincaré les défende au Parlement ! Moreau, qui est du complot, demande à Marcel Hutin, de l'*Écho de Paris*, d'amorcer une campagne. Le président cédera-t-il ? Il ne veut ni des troubles sociaux qu'entraînerait la revalorisation, ni du blocage politique que laisse prévoir une stabilisation hâtive. Les Chambres partent en vacances sans qu'il soit intervenu, sans qu'il ait même fait part à quiconque de ses intentions.

La première dévaluation du franc

Le « sphinx » de la rue de Rivoli prend son temps. Pourquoi se précipiter ? Le franc est sauvé. Il suffit de le laisser grimper et d'analyser les conséquences de cette revalorisation de fait sur l'économie. Il sera bien temps de l'arrêter s'il y a danger. Appliquant toujours la tactique du fantassin, Poincaré n'est pas sourd aux remarques de Charles Gide qui laisse prévoir une crise économique grave si la livre dépasse la cote de 75. Contre l'avis du tempétueux « stabilisateur » Édouard de Rothschild, il accepte la suggestion de Moreau de permettre à la Banque d'acheter les billets étrangers au cours du change : c'est reconnaître de fait la vraie valeur du franc. Il y consent.

Allant plus loin, Moreau ouvre ses guichets aux vendeurs de pièces d'or et d'argent, en leur fixant aussi un cours réel. On abandonne manifestement le retour à la parité d'avant-guerre. Le public se bouscule aux guichets. Rien que sur Paris, on compte plus de mille vendeurs par jour ! La Banque de France doit ouvrir des guichets supplémentaires, face à cette véritable ruée... En une semaine, 160 millions de francs en monnaie précieuse sont engrangés, les services sont débordés au point qu'il faut suspendre les achats. Le stock de la Banque est revendu à l'étranger à raison de 10 tonnes par jour, contre des devises. Une masse d'intervention est ainsi constituée, sans aucun recours à l'emprunt.

En octobre, le mouvement de hausse du franc se précipite. La livre est bientôt à 120 francs. On dit que Citroën est en difficulté. Le mouvement est trop rapide, il nuit aux ventes à l'extérieur. Poincaré se renseigne et apprend que le constructeur d'automobiles embauche des ouvriers : il n'est donc pas vraiment inquiet... Les problèmes deviennent pourtant sérieux en décembre. Le Creusot a perdu de l'argent en payant trop cher ses approvisionnements. Poincaré charge alors Jacques Rueff, jeune inspecteur des Finances, d'un rapport sur l'optimum d'une éventuelle stabilisation du franc : Rueff conclut à un niveau de la livre compris entre 120 et 145 francs, comme Rist. Lorsque le président du Conseil consulte les dirigeants syndicaux, Jouhaux souligne les risques de chômage en cas de revalorisation. Poincaré veut savoir exactement, explique Rueff, « quel est pour chaque industriel le niveau du change à partir duquel il devrait réduire ses salaires pour conserver ses débouchés ». Ce souci est révélateur : le président ne conçoit pas de solution financière sans analyser ses effets sociaux sur la main-d'œuvre, et pas seulement sur la rente. Il s'engage alors sur la voie de la « stabilisation », comme le souhaite Moreau, et choisit le cours le plus bas possible (122,25 francs) pour maintenir le niveau des salaires : c'est donc bien sa préoccupation première.

Pendant toute l'année 1927, il élude la stabilisation officielle, s'en tenant au cours de fait établi grâce aux interventions du gouverneur Moreau sur les marchés, un sursis qui lui permet d'apprécier les effets du redressement monétaire sur l'activité économique. La consommation intérieure est satisfaisante, comme la production industrielle, et le pouvoir d'achat s'est plutôt amélioré sans que le chômage apparaisse. La Banque de France a continué d'acheter des devises à l'extérieur, elle possède assez de livres sterling pour racheter tout l'or de la Banque d'Angleterre. De nouveau se pose la question de la revalorisation. On murmure dans le public que la banque centrale y est hostile parce qu'elle a acheté trop de devises et qu'une nouvelle hausse du franc lui causerait des dommages. Moreau, excédé, va voir Doumergue, qui lui laisse entendre qu'il « penche pour la revalorisation » : « Pour la première fois de ma carrière, dit le gouverneur, je suis amené à me demander si le régime que nous avons permet de gouverner la France suivant ses véritables intérêts. » Il pressent la capitulation des politiques sous la pression de leur électorat de droite, la victoire du clan des rentiers. Wendel et son journal la *Nation* ont repris leur campagne. Que faire ? L'État vient de lancer un emprunt à 6 %, magnifiquement couvert. Il a remboursé les avances de la Banque et ne dépend plus d'elle.

Des nuages viennent alourdir le ciel politique : les radicaux, poussés par Daladier et Sarraut, ont affirmé leur désir de ne pas se séparer des socialistes, Blum multiplie les réserves sur « l'expérience Poincaré ». A droite, la Fédération républicaine loue Louis Marin pour sa « vigilance ». Moreau agit alors sur la presse pour calmer le jeu : Romier multiplie les articles en province pour demander « la trêve des partis ». Grosclaude, de l'Association des porteurs de rente française, est chargé d'apaiser ses adhérents. Quelle sera la nouvelle Chambre de 1928 ?

A la satisfaction de Moreau, Poincaré, cette fois, s'engage : sans se prononcer sur la future réforme monétaire, il demande au public, le 25 mars à Bordeaux, de soutenir ses candidats d'union nationale. L'indiscipline de la gauche est telle que les poincaristes l'emportent facilement : ils sont 390 au Parlement. Blum est battu, les radicaux ont perdu 15 sièges. Romier est pleinement satisfait. La réforme pourra s'accomplir dans le calme. Mais Poincaré redoute ce renforcement de la droite qui risque de démobiliser les radicaux de gouvernement. Il tient en effet à sa formule d'union et se désole de cette « Chambre introuvable » dont il ne connaît pas les nouveaux membres. Raison de plus pour jouer serré et conclure vite.

Moreau tient campagne, aidé par les industriels exportateurs, Citroën, Renault, Michelin, Pechiney, Schneider. Il inspire de nouveaux articles à Marcel Hutin dans l'*Écho de*

Paris, à Jeny dans le *Temps*, créant un mouvement favorable à la stabilisation de droit. De violents pamphlets, directement rédigés par des banquiers comme Raymond Philippe, ou inspirés par eux, courent Paris. A l'inverse, les revalorisateurs reprennent la hache de guerre dans la *Nation*, même si Wendel ne suit plus Louis Marin que de loin. Bainville, dans l'*Action française*, soutient les revalorisateurs : la droite rentière mobilise.

La campagne de presse a bientôt des conséquences politiques, au point que Marin propose sa démission à Poincaré. « Vous n'y songez pas, répond ce dernier, si vous partez, je pars aussi ! » Le groupe de Marin se rallie alors aux positions du président du Conseil, lequel se hâte, le 21 juin, de présenter sa solution au Parlement : il n'a voulu, dit-il, ni brimer les rentiers, ni peser sur les salaires. Les textes de loi sont déposés un samedi, après la fermeture de la Bourse. Les Chambres votent le dimanche 24 juin. Dès le lundi 25 à l'aube, les textes sont promulgués, décourageant la spéculation. Le franc Germinal est dévalué des quatre cinquièmes, équivalant à 4,92 francs Poincaré. La livre est à la parité de 124,21 francs. La stabilisation légale est enfin prononcée, au terme d'un processus de redressement entrepris deux ans plus tôt. Poincaré a gagné son pari contre les experts.

L'union politique n'a plus de sens : au premier incident, les radicaux sollicités par leur parti reprennent leur liberté. La tendance Daladier-Caillaux-Malvy l'emporte sur les réticences de Herriot au congrès d'Angers. Les ministres doivent démissionner sur injonction de l'appareil. Poincaré constitue aussitôt un cabinet où les amis de Painlevé (républicains-socialistes) remplacent ceux de Herriot et l'attelage, délesté, poursuit sa route. Le président du Conseil grimace en apprenant en 1929 que les Allemands ont demandé la révision du plan Dawes, qu'un nouveau plan Young réduira leur créance à 37 milliards de marks-or, et que l'occupation des territoires ennemis perd toute signification puisque la dette est commercialisée et que les finances de l'État allemand retrouvent leur pleine indépendance : c'est la liquidation pure et simple du traité de Versailles.

Épuisé, Poincaré se fait un devoir de rester au pouvoir, car il est le seul capable de défendre devant la Chambre le dernier chapitre du dossier, celui des dettes interalliées. Les formations politiques l'attendent : il sait que le débat sera difficile. En trois interminables séances, il fait face aux critiques de la Gauche radicale et de la droite de Louis Marin. Par une chaleur accablante, il plaide des heures durant, de sa voix métallique d'avocat d'affaires, décourageant les objections. Mais le 17 juillet, sa place est vide : il est à l'hôpital. Il ne paraîtra plus à la Chambre, ni au Sénat, ni à son ministère. Il entre dans une retraite forcée où la mort viendra le cueillir en octobre 1934.

A cette date, tous les hommes politiques de sa génération auront disparu de la scène. Une autre République se met en place dans les convulsions de la crise et du second avant-guerre.

CHAPITRE IX

Les héritiers

Puissante, équilibrée, souveraine, la République de 1930 porte en terre ses vieux serviteurs, assurée de la relève : les Tardieu, les Blum, les Laval, les Daladier se pressent aux portes du pouvoir, tous jeunes gens d'un excellent mérite. Ce sont des héritiers convenables : bons principes et cartes gravées. Pas de surprises : ils ont promis devant notaire de maintenir l'empire colonial, même s'ils sont de gauche, ainsi que la parité-or du franc et l'alliance anglaise. Ils se sont même engagés à envoyer à la révision le char de l'État, afin qu'il roule mieux.

Couverte d'or par la réforme Poincaré, riche en blé (les moissons de 1929 ont été les plus abondantes depuis 1913) et en fer lorrain, pauvre en fils mais désormais attentive à l'éducation de ses enfants adoptifs de couleur, la République reste fidèle à ses origines militaires et rurales, et souhaite rester immobile dans un monde en mouvement, à l'abri des remparts douaniers et bétonnés, garantie sur mer par sa flotte et par celle de l'allié britannique.

Le système poincariste tient jusqu'en 1932. La première victoire de la gauche inquiète, mais Herriot rassure : la brèche est vite colmatée — on luttera contre la crise avec des moyens de chez nous. Pas question d'acclimater le fascisme, le régime parlementaire montrera, une fois de plus, sa ductilité. La crise frappe plus fort, en 1935. A la bourrasque économique qui fouette les vitres de la Banque de France s'ajoute la hantise des armées rouge et brunes, celle de Moscou, celles de Rome et de Berlin, qui s'entraînent outre-Pyrénées sur le dos des Espagnols. La ligne Maginot est-elle un abri sûr ? Le franc-or ne risque-t-il pas de fondre ? Que restera-t-il de l'empire colonial quand les communistes chers à Malraux auront révolutionné la Chine, l'Indochine, l'Afrique du Nord et Madagascar ?

Le Front populaire, en 1936, apporte des réponses neuves, à l'américaine. Le seul moyen de rétablir la cohésion nationale est d'intégrer la classe ouvrière, de sorte qu'elle ne soit plus l'armée secrète de la IIIe Internationale. On n'y voit à droite qu'une agression néfaste, et le sol se dérobe sous les rénovateurs pressés par la crise, hantés par la guerre. Les gouvernements qui succèdent à Blum jusqu'à Sedan sont intégralement, scrupuleusement républicains. Il est trop facile de dire que le second Sedan est la défaite de la République : c'est, une fois de plus, celle de la France.

19 octobre 1929 : début de la crise mondiale à Wall Street, les cours de la Bourse s'effondrent. En France, le départ de Poincaré date de juillet 1929. Pendant de longs mois, sa politique se poursuit sous un gouvernement Briand qui n'a même pas changé les ministres de son prédécesseur. Il a proposé deux maroquins aux radicaux, qui ont refusé « ces deux places de concierge dans un palace ». Tout va bien à bord. Briand, qui vient de signer des accords de désarmement avec l'Américain Kellog, peut poursuivre sa politique de paix sans être inquiété : les radicaux ont décidé de faire une cure de rajeunissement en dehors du pouvoir.

L'Allemagne réarme clandestinement. Hitler se prépare à prendre le pouvoir alors que Briand parcourt les rues de Genève, applaudi par les passants : il vient de proposer les États-Unis d'Europe. Le plan Young, révisé à La Haye, a mis au point l'évacuation anticipée de la Rhénanie. Maginot, le ministre de la Guerre, approuve. Cette caution d'un homme de l'Est, d'un ancien combattant de droite, semble indiquer que l'unanimité s'est faite, définitivement, sur le désarmement international et le pacifisme. Les liens renoués avec les États-Unis après la ratification de l'accord sur les dettes semblent amorcer une nouvelle donne internationale marquée par le souci de réussir ce que Wilson, en 1919, a manqué. Mais les observateurs politiques d'Europe centrale remarquent à quel point le projet d'États-Unis d'Europe est accueilli froidement par les gouvernements européens : « C'est un enterrement de première classe », note le premier ministre tchécoslovaque, Benès. Le 3 octobre meurt Stresemann : le briandisme, soudain, sonne creux.

Il s'appuie en France sur une fausse sécurité politique : les élections municipales, ce baromètre de l'opinion, ont révélé en mai l'étrange percée des communistes qui ont arraché neuf places de conseillers municipaux à Paris et vingt-six mairies, surtout dans la « banlieue rouge » où ils triomphent des socialistes. Ces victoires affectent le milieu politique, qui s'interroge. Faut-il les attribuer au prestige de la révolution soviétique qui a su créer un régime redoutable, éliminant les armées blanches soutenues par les Occidentaux ?

Certains pensent que la force des communistes mesure la faiblesse de la politique sociale des républicains : ils ont pris le pouvoir dans les municipalités les plus déshéritées, les plus anarchiques, celles qui manquent de logements et qui accueillent sans cesse de nouveaux travailleurs. Dès 1928, le plan Loucheur a montré que la droite prenait conscience de l'immense problème du logement. « L'une des premières tâches qui nous sollicitent, disait Poincaré, est celle de résoudre non seulement le problème capital des H.B.M., mais en général, aussi bien à la campagne qu'à la ville, le problème plus vaste et non moins urgent du logement hygiénique, sain, clair, aéré et accessible à ceux qui ne disposent que de ressources moyennes. » Les communistes exigeaient alors un million de logements, dont 200 000 pour la Région parisienne. Loucheur en proposait 260 000, pour toute la France, à construire en cinq ans. L'accès à la propriété fut facilité, des immeubles locatifs construits dans Paris pour les familles les plus démunies. Mais ce programme, financé par la Caisse des dépôts, était manifestement insuffisant : les communistes avaient raison, il ne couvrait que la moitié des besoins. A Saint-Denis, ils exploitèrent à fond les difficultés de logement pour l'emporter aux élections de 1929 : ils recueillirent plus de la moitié des suffrages. Si Doriot ne fut pas élu maire, c'est qu'il se trouvait alors en prison. Quand l'orphéon municipal eut joué l'*Internationale*, le métallurgiste Villaumé s'installa dans le fauteuil de maire. Il apprit que le P.C. avait enlevé les huit mairies, dont Ivry qu'il tenait déjà en 1925, et qu'il en avait gagné de nouvelles à Pierrefitte, Alfortville et Bagnolet.

Les communistes ne sont pas des maires comme les autres. Ils mobilisent la population, l'encadrent, l'associent à la gestion municipale par de fréquentes réunions. La jeunesse surtout est sollicitée : les Jeunesses communistes, mises en place par le parti en 1925, fournissent des groupes de maintien de l'ordre : on en compte 40, soit 400 personnes dans la Région parisienne. Ils ont défilé en 1926 dans leur blouse kaki à ceinturon, avec béret basque et canne. Les J.G.A. (Jeunes Gardes Antifascistes) comptent en 1927 un millier de membres mobilisables, entraînés au combat de rue dans les manifestations. Le parti invite les femmes à se présenter aux réunions électorales, organise des colonies de vacances, mobilise en permanence l'imposant personnel de la mairie qu'il utilise à des tâches politiques. Il s'infiltre dans les organisations de défense des locataires, chez les anciens combattants, les zoniers, les mal lotis. Le succès de cette propagande dans les villes de banlieue est spectaculaire : Jacques Duclos, le tombeur de Blum à Charonne, a su mobiliser les déshérités, les révoltés, les nouveaux révolutionnaires. En 1929, l'installation politique du communisme en France n'en est qu'à ses débuts, mais elle a emporté assez de bastions pour inquiéter à la fois la droite et le parti socialiste.

Les résultats des municipales de mai se traduisent nécessairement par une poussée de la gauche aux sénatoriales partielles du 20 octobre : socialistes et radicaux gagnent des sièges. Depuis 1928, les seconds ont rompu avec la politique de Herriot qui avait apporté sa caution au ministère d'union nationale de Poincaré. Il avait perdu, à la mairie de Lyon, le soutien des socialistes, et Caillaux apparaissait de nouveau contre lui comme le champion de l'union de la gauche. Le grand suzerain Maurice Sarraut, maître de la toute-puissante *Dépêche* de Toulouse et des investitures radicales dans la région du Sud-Ouest, lui avait succédé à la tête du parti. Que le patriarche de Toulouse donne alors comme directive aux militants la lutte anticommuniste et le rapprochement sur cette base avec les socialistes est significatif. A ceux-ci, que les communistes prétendent plumer comme volaille, Sarraut propose de nouveau l'alliance : « Le communiste, explique-t-il, nie la patrie, il nie le suffrage universel, il nie le progrès, il n'aperçoit qu'une solution simpliste, la révolution violente et destructive. » Et son frère Albert de surenchérir, parodiant ou adaptant Gambetta : « Le communisme, voilà l'ennemi ! » Blum a beau émettre des réserves, expliquer que la ligne de son parti demeure révolutionnaire, « la lutte des classes est un des dogmes du parti socialiste, répond Sarraut, et la dictature du prolétariat un de ses verbes préférés, mais nous savons ce que parler veut dire ».

Daladier, qui succède à Sarraut à la présidence du parti, se montre encore plus ardent à rechercher l'alliance socialiste. Cet ancien mitrailleur d'aviation de la Grande Guerre, fils d'un boulanger de Carpentras, a suivi à Lyon les cours de Herriot avant d'être reçu à l'agrégation d'histoire. Député du Vaucluse depuis 1919, ancien ministre des Colonies, il mène la guerre contre l'autre Édouard, et pousse le parti à sortir de l'union nationale. L'intransigeant « taureau du Vaucuse » se déclare partisan d'exclure les députés indisciplinés. Le parlementarisme de combat lui paraît l'unique moyen de sauver la démocratie, l'ouverture du marché intérieur aux classes les plus nombreuses, grâce à une élévation des salaires réels, l'unique moyen de combattre les communistes, qui sont aussi ses ennemis. La radicalisation du parti socialiste lui semble, comme à Maurice Sarraut, inévitable.

A cette nouvelle alliance, il faut se préparer. Si les élections de 1928 le déçoivent, il se félicite d'avoir opéré le rapprochement de son parti avec la C.G.T. Que demande Léon Jouhaux ? La stabilisation de la monnaie et la rationalisation de la production, mais aussi le développement des contrats collectifs, l'institution d'un contrôle ouvrier sur la gestion des entreprises, la surveillance par l'État des ententes industrielles, des garanties contre le chômage, l'école unique et des logements sociaux : ce programme peut être celui des valoisiens, sans la moindre modification. Daladier salue l'aube d'un travaillisme français et souhaite que la réflexion syndicale revitalise son vieux parti, car « les hommes doivent être considérés non seulement comme citoyens, mais comme producteurs ». Qu'un député radical, président de son parti, s'intéresse à l'organisation scientifique du travail au point de la placer en tête des thèmes de ses réflexions montre que la plus importante des forces politiques françaises se pose au premier chef, sous la menace communiste, le problème de la modernisation du pays.

Tardieu : la modernisation

Pour Daladier, rechercher l'alliance socialiste n'est donc pas réchauffer le Cartel. Il s'agit d'engager Blum et ses amis dans la voie de la modernisation. Il faut aussi mobiliser les intellectuels, les jeunes, toutes les forces de progrès — Daladier donne l'exemple de la modernisation, par l'essor du militantisme, en portant le nombre des fédérations radicales de 48 à 80. Le mouvement ne doit pas se tarir, si décevants que soient les résultats des élections : pour la première fois, en 1928, les socialistes obtiennent plus de voix que les radicaux (1 700 000 contre 1 650 000), même s'ils ont moins de sièges. 80 députés radicaux sur 125 ont dû leur élection au report des voix des électeurs socialistes au second tour. Ce transfert de l'électorat de la mouvance radicale vers les terres socialistes n'est pas sans inquiéter les vieux parlementaires, mais Daladier n'en a cure : fort de 30 000 nouvelles adhésions, il pousse dans le sens de l'union des gauches, obtient au congrès d'Angers la sortie des ministres radicaux du cabinet d'union nationale, refuse de participer à la combinaison Briand et obtient lui-même des élus socialistes une promesse de participation quand Doumergue lui propose, à la chute de Briand, de former le ministère. Mais le conseil national de la S.F.I.O. refuse la participation et oblige Daladier à se retirer. Le bouillant Vauclusien ne s'afflige pas de son échec, et si l'élection de Blum à Narbonne en 1929, contre un radical soutenu par la *Dépêche du Midi*, lui plante une banderille, il poursuit sa charge contre les bonzes du parti, qui ne voient de salut que dans leurs circonscriptions. C'est la bataille de la « modernité » qu'il faut gagner.

Le mot est à la mode et touche aussi les nouveaux leaders de la droite. Tardieu, qui arrive au pouvoir en novembre 1929, le « mirobolant » Tardieu, bête noire de l'Action française, connaît bien les États-Unis où son patron Clemenceau l'a envoyé pendant la guerre pour s'occuper de l'approvisionnement des armées françaises. Ancien normalien, reçu premier au concours des Affaires étrangères, journaliste vedette du *Temps*, ce député des salons de Seine-et-Oise a fait une partie de la guerre dans les chasseurs à pied. Son fume-cigarette cerclé d'or est à peine moins méprisant pour les députés de province que le monocle de Caillaux. Parisien plein de morgue et de gouaille, il éblouit quand il parle, à défaut de convaincre. Il est de la trempe d'André Citroën et des grands patrons les plus dynamiques des industries de pointe. Si l'austère Wendel s'en méfie, il est adulé par Ernest et Gustave Mercier, les rois de l'électricité, et estimé par Schneider. Ministre des Travaux publics dans le cabinet Poincaré, il s'est rendu compte du sous-équipement du pays en moyens de transport, d'énergie, de communications. S'il lance un grand programme de travaux publics, ce n'est pas pour lutter contre la crise (peu perceptible encore en France), mais pour engager l'avenir. « Ne tirez pas sur moi, dit-il à la gauche, car j'ai vos enfants sur les bras ! »

Il veut lancer un « programme quinquennal d'outillage national », les travaux du grand canal d'Alsace, construire à l'est la ligne Maginot, bâtir le barrage de Kembs. L'agriculture recevra 1,75 milliard pour les adductions d'eau, l'électrification, les assurances agricoles. Des crédits équivalents seront affectés, dans les centres urbains, à la lutte contre la tuberculose, à la dotation de laboratoires et à la construction d'écoles. Le transport de l'énergie électrique devient prioritaire. L'équipement de l'empire, pour une fois, n'est pas oublié : un vaste emprunt de plus de 3 milliards devrait permettre de relancer la colonisation.

Les députés sont-ils sensibles à l'importance de ce programme de rénovation ? Non, sans doute : ils sont plutôt déçus que le président du Conseil ne leur parle pas de politique. On lui reproche d'avoir lu à la tribune un prospectus, et non un programme. Il obtient tout de même un petit scrutin de confiance mais ne désarme pas la vigilante opposition des gauches. Comment dès lors Tardieu réussirait-il ? C'est un homme isolé, sans appareil, sans parti, qui bénéficie d'une majorité poincariste prolongée, sans soutien radical : ses assises politiques sont trop minces pour que son action soit durable. De plus, il est desservi par la conjoncture : comment prétendre prolonger la prospérité alors que la crise se propage par vagues énormes sur l'Europe ?

Briand, resté au Quai d'Orsay, poursuit sa politique d'évacuation de la Rhénanie et discute à Londres du désarmement naval, avec un ministre de la Marine quasiment inamovible de cabinet en cabinet, Georges Leygues : son installation rue Royale remonte à la guerre, puisqu'il a été ministre pour la première fois de 1917 à 1920. Il passe pour le réorganisateur de la grande flotte française de l'après-guerre. Il occupe à nouveau son poste depuis le 28 novembre 1925 et applique avec énergie le statut naval de 1924, qui a prévu la réalisation sur vingt ans d'une flotte de 725 000 tonnes, supérieure aux concurrentes allemande et italienne. La mission assignée à cette flotte est la défense des côtes, la sécurité de l'empire et surtout des liaisons avec l'Afrique du Nord. Georges Leygues se bat régulièrement avec les Finances pour obtenir ses dotations en croiseurs légers et en sous-marins : c'est lui que Briand convie à Londres pour assister à une conférence internationale de limitation des armements navals.

Les États-Unis prétendent se doter d'une flotte au moins égale à celle de la Grande-Bretagne et supérieure d'au moins 40 % à celle du Japon. La Grande-Bretagne exige deux fois plus de navires de guerre que l'Italie et la France réunies. Elle refuse de limiter le tonnage au global, demande des réductions de programmes adaptées à chaque catégorie de navire et suggère même la suppression des sous-marins, armes à bon marché, armes de pauvres. Naturellement, Georges Leygues ne peut accepter cette prétention. La discussion se prolonge si longtemps que le gouvernement Tardieu finit par tomber sans qu'elle aboutisse. Voilà qui permet de mesurer l'inefficacité prodigieuse du discours briandiste sur le désarmement universel. Il est clair qu'en 1930, toutes les nations du monde réarment furieusement.

Tardieu n'a pu résister aux attaques conjuguées des radicaux et des socialistes. Il n'a pu conclure le débat sur les assurances sociales que la droite réprouve, parce qu'elles imposent des charges aux patrons et provoqueront la mise en place d'une bureaucratie dépensière. Le ministre Loucheur proteste : « Je n'emploierai pas plus de 151 fonctionnaires, jure-t-il, et l'assurance-maladie ne coûtera jamais à l'État que 260 francs par tête d'assuré. » Léon Blum s'indigne qu'on discute : on a bien trouvé de l'argent pour construire la ligne Maginot ! De l'argent ? Le ministre des Finances Chéron se vante d'en avoir : une caisse excédentaire de 18 milliards — la « cassette du père Gaspard », dit le *Canard enchaîné*. Confidence imprudente : en l'absence de Tardieu, cloué au lit par la grippe, le gouvernement est renversé.

Après un intermède radical imposé par le scrupuleux président Doumergue et qui ne trouve pas d'issue parlementaire, Tardieu, sur le conseil de Poincaré malade, revient avec le même cabinet sauf Chéron, remplacé par un jeune député de l'Alliance démocratique, Paul Reynaud. L'expérience Tardieu peut se poursuivre et même se durcir : l'émergence de la crise l'oblige à jeter du lest dans le domaine fiscal, à dégrever, comme le souhaitait la gauche, de nombreuses catégories de contribuables. Il n'en maintient pas moins son programme d'équipement national. Les socialistes le trouvent encore trop faible, en demandent le renforcement. Le texte est voté après un retard inexplicable. Le gouvernement maintient aussi fermement ses positions sur la construction de la ligne Maginot — l'essentiel de l'effort de défense — et Georges Leygues revient de Londres en ayant signé le 25 avril 1930 un traité naval qui tient la France et l'Italie en dehors des limitations de tonnage. Le 17 juin, Briand se flatte de pouvoir annoncer l'évacuation complète de la Rhénanie par les troupes françaises, le 30 du même mois. Aux élections allemandes du 14 septembre, le parti national-socialiste d'Hitler obtient 107 députés au lieu de 12. La politique pacifiste de Briand apparaît alors comme totalement dépassée.

La droite au pouvoir rêve d'équipement et de modernisation, et souhaite développer l'attrait de la place financière de Paris pour créer un marché capable de mobiliser les capitaux en excès dans les banques françaises. Déjà les experts recommencent à déplorer l'importance de la circulation monétaire, qui a augmenté de 10 milliards en un an. Les déflationnistes montrent le bout de l'oreille : les capitaux doivent quitter le territoire pour s'investir dans des valeurs étrangères. Paul Reynaud propose donc de détaxer le marché boursier qui est, dit-il, « le plus cher du monde » : il faut ramener de 25 % à 18 % l'impôt sur les valeurs étrangères. Tollé chez les socialistes et chez les radicaux qui exigent l'impôt « sur le capital », premier article de leur programme. Pourquoi faciliterait-on, dit Bedouce, l'exode des capitaux français vers la Serbie ou la Roumanie, alors que la France en a besoin sur son territoire pour sa modernisation ? La Chambre adopte toutefois les propositions de Reynaud, car elle n'a pas renoncé à faire le bonheur de l'épargne.

Tardieu, en revanche, fait son deuil du soutien des radicaux, qu'il attaque vivement dans son discours de Dijon du 1er juin 1930. Il se plaint de la lutte continuelle que les caciques du parti lui imposent, comme si la rénovation française ne devait pas être un objectif commun. Les radicaux ne sont pas 200 à la Chambre, comme avant 1914, mais seulement 125, et donc en position de « collaborer » sans pouvoir « commander ». Tardieu s'emporte contre ce parti qui ne possède « ni privilège héréditaire, ni hypothèque légale, ni droit éminent sur ce qu'il appelle volontiers les leviers de commande, par exemple sur le ministère de l'Intérieur ». Il met ainsi l'accent, avec pétulance, sur la chute lente mais continue des effectifs radicaux depuis la guerre. Il n'a nul besoin de faire la preuve que l'alliance avec les socialistes a été désastreuse pour les valoisiens : les chiffres et les élections partielles parlent d'eux-mêmes. Il entend persuader les plus tièdes que la modernisation dont parle Daladier est un leurre, parce que les socialistes constituent bel et bien un parti révolutionnaire dont l'objectif n'est pas de gouverner.

Tardieu tombe par accident, sans avoir eu le temps de rallier le moindre valoisien. C'est le scandale Oustric qui l'emporte : la faillite de la banque provinciale Adam, qui disposait des fonds de 55 000 clients, inquiétait le gouvernement qui avait essayé de renflouer l'établissement. Était-ce pour sauver la banque ou bien le cabinet ? demandaient les feuilles d'opposition, rappelant que le garde des Sceaux Péret avait travaillé comme avocat pour Oustric. Deux autres ministres étant compromis dans l'affaire, Tardieu fut renversé au Sénat le 4 décembre 1930 : la crise économique ramenait au Parlement, comme au temps de la Grande Dépression, son cortège de scandales...

Le successeur désigné de Poincaré, l'héritier de Clemenceau, le seul politique français qui fût un homme d'État ouvert à l'extérieur, le seul capable de comprendre le mouvement économique qui fût acquis à l'idée d'une nécessaire évolution sociale et du déblocage politique, quittait le pouvoir sans espoir de retour. Ce Parisien avait eu l'insolence de se dire ouvertement de droite et d'humilier les radicaux : sans doute était-il ainsi fidèle à l'évolution de Poincaré lui-même, qui avait bien dû se passer du parti valoisien en 1928, abandonné par ses ministres radicaux qui, sur injonction de leur congrès, avaient alors quitté le gouvernement. Le prétexte de l'opposition radicale était archaïque. On avait reproché à Poincaré de faire la part trop belle aux missions religieuses, on avait suspecté ses sentiments laïques, comme en 1902... Bon gré, mal gré, Poincaré avait dû lui-même en finir avec la fiction du gouvernement au centre, soutenu par des coalitions faites de pièces et de morceaux, rassemblant des majorités de circonstance : art de la pêche à la ligne dans lequel Briand était passé maître.

Tardieu n'avait fait que suivre une politique toute tracée, avec une majorité issue des élections de 1928 qui, grâce au retour au soutien d'arrondissement, garantissait arithmétiquement au pouvoir la stabilité, même dans l'hypothèse d'une opposition radicale. François Goguel[1] a montré que les électeurs radicaux n'étaient plus tout à fait de gauche, puisque 400 000 d'entre eux au moins, qui avaient voté radical au premier tour, avaient reporté leurs voix sur des candidats de droite. Les deux tiers seulement des députés radicaux devaient leur élection aux voix de la gauche, les autres se trouvaient disponibles pour le regroupement à droite que leur suggérait

1. *La Politique et les partis sous la IIIe République*, Paris, 1946.

Franklin-Bouillon. Mais Tardieu n'avait pas l'habileté des vieux chefs : son grand projet de parti conservateur libéral à l'anglaise, dégagé des archaïsmes et des préjugés, capable de servir un pays ouvert à la modernité, ne pouvait aboutir qu'au prix d'un nouveau changement de mode du scrutin. Il avait eu le singulier courage de proposer à la Chambre un projet de système uninominal à un tour calqué sur l'exemple britannique, imposant le regroupement obligatoire des partis en deux grands mouvements : le Sénat avait enterré sa réforme.

Paradoxalement, le bilan de Tardieu était plus positif dans le domaine social que sur le plan économique, bien que le temps lui eût manqué pour suivre les effets du plan d'équipement qui avait subi au départ bien des retards parlementaires. Tardieu avait maintenu et soutenu l'œuvre de Loucheur dans le logement, conservé la politique poincariste d'aide aux locataires, instauré la retraite du combattant, achevé la loi sur les assurances sociales qui permit à la France de rattraper son retard sur l'étranger, généralisé les allocations familiales en obligeant les entreprises à s'affilier à des caisses. Un ministère de la Santé publique avait été créé pour lutter contre les fléaux sociaux. La gratuité de l'enseignement secondaire montra le prix que l'on attachait à la formation et à l'élargissement d'élites capables d'encadrer le puissant mouvement d'industrialisation qui s'annonçait et le gonflement des services. Tardieu, qui avait commencé sa carrière au cabinet de Waldeck-Rousseau, avait eu des préoccupations sociales dans la lignée de celles des grands opportunistes.

La ligne Maginot et l'empire

Il avait aussi le souci de la défense nationale. Attentif, autant que Blum, au cliquetis des armes et au bruit des bottes qui se rapprochaient du Rhin au moment précis ou Briand négociait l'évacuation de la Rhénanie, il avait obtenu, en maintenant Georges Leygues au ministère de la Marine, que le réarmement naval. Il devait ainsi doter la France d'une des trois grandes flottes qu'elle a possédées dans son histoire. Tardieu avait affronté, pour imposer ce choix, la volonté de la Grande-Bretagne, en ardente rivalité avec l'Italie mussolinienne dont les chantiers navals travaillaient jour et nuit. Il avait également accéléré la mise en chantier de la ligne Maginot.

Il n'avait toutefois pas innové dans la stratégie : l'état-major était acquis à la défensive depuis le 7 décembre 1926, date à laquelle la commission de Défense du territoire avait remis son rapport sur une ligne fortifiée du Nord-Est au ministre de la Guerre Paul Painlevé. Ce rapport contenait « en germe les structures de la future ligne Maginot et son tracé approximatif[1] ». Entre « Hotchkiss et Vauban », Painlevé avait choisi Vauban. Les gros ouvrages bétonnés se dessinaient déjà sur les plans. D'autres commissions se succédèrent, celle de la Défense des frontières, celles de l'Organisation des régions fortifiées. En 1927, Painlevé — dont le maintien au ministère de la Guerre jusqu'en 1929 ne s'explique que par la nécessité d'une action continue en faveur de la ligne — signe le programme de construction : 3,3 milliards (sur lesquels 400 millions avaient déjà été accordés) allaient permettre de construire la forteresse la plus moderne du monde, avec les canons lourds et les coupoles mobiles de Schneider.

Maginot, ministre de la Guerre après Painlevé, n'eut aucune peine à montrer que la loi de 1926, qui avait ramené le service militaire à un an, laissait la frontière ouverte. L'Allemagne était déjà en mesure d'y précipiter 400 000 hommes dotés de moyens mécaniques, protégés par une aviation ressuscitée. Les classes creuses de 1935 allaient faire fondre les effectifs de l'infanterie française. La forteresse se révélait donc essentielle pour contenir le premier choc. La Chambre fit une ovation au projet. La France s'engagea ainsi dans une politique que Tardieu n'avait pas choisie — mais qu'il fit aboutir — de stratégie défensive de protection du territoire.

Dans la lignée opportuniste, Tardieu se montre en revanche très offensif dans les colonies. Sans être dominante, la part prise par l'empire dans les échanges commerciaux s'accroît sensiblement durant les dix années de l'après-guerre, et le chef du gouvernement peut aisément constater que cette part

1. R. Bruge, *Faites sauter la ligne Maginot*, Paris, 1973, p. 57.

est devenue la première, devant la Grande-Bretagne, en 1928. A cette date, la courbe du commerce extérieur commence à être affectée par les prémices de la crise : elle ne se maintient que par le renfort du commerce avec les colonies qui joue le rôle d'« amortisseur »[1]. Le marché colonial représente alors plus du tiers des ventes de produits français à l'extérieur. Le rythme de croissance des importations est plus rapide encore, en raison des besoins d'une métropole industrialisée qui requiert du caoutchouc, des minérais, des phosphates, du coton. Les importations en provenance des colonies se développent à un rythme double de celles en provenance de l'étranger : en 1928, l'empire colonial apparaît comme le premier exportateur vers la France, dépassant les États-Unis. A l'évidence, non seulement la « mise en valeur » des colonies est en bonne voie, mais on compte aussi sur elles pour faire face à la crise.

Les obstacles politiques y avaient été levés. Avec d'importants moyens, on avait jugulé la révolte d'Abd el-Krim au Maroc. En 1925, contre le petit fonctionnaire de la zone espagnole qui avait soulevé les tribus du Rif et bravé pendant plus d'un an l'autorité de Lyautey, la Chambre du Cartel avait envoyé Pétain et les chars. « La question marocaine, disait Painlevé, est au premier chef une question nationale. C'est l'avenir de l'Afrique du Nord qui est en jeu. » Et de lire à la tribune une déclaration de Zinoviev devant le comité exécutif de la IIIe Internationale : « Abd el-Krim fera la paix avec l'Espagne. Alors Moscou portera toute son action contre la France. Abd el-Krim créera de graves ennuis à la France. C'est un des atouts les plus importants que nous possédions, et nous l'utiliserons. » Cela permit de faire taire l'opposition communiste et d'incarcérer Jacques Doriot, qui avait pris la tête d'une campagne de manifestations violentes contre la guerre. Painlevé voulait aussi impressionner les socialistes et les associer à sa politique : Blum avait déployé toute sa diplomatie — alors que les fédérations de son parti se prononçaient toutes contre la guerre — pour éviter la rupture du Cartel. A la même époque, les Druzes s'étaient révoltés

1. Marseille, *op. cit.*, p. 44.

en Syrie sous mandat français, et le général Sarrail, nommé par Herriot, ne dominait pas plus la situation que Lyautey au Maroc. Painlevé avait obtenu de Herriot le rappel de Sarrail (remplacé par un civil, Jouvenel) à condition de rappeler aussi Lyautey, renvoyé sans tambours ni trompettes, et d'accorder d'importants moyens à Pétain. Après bien des tâtonnements, ce dernier l'avait emporté, Malvy ayant négocié un accord de coopération militaire avec les Espagnols. La guerre se prolongea jusqu'en mai 1926 afin d'obtenir la reddition d'Abd el-Krim, que la République, fidèle à ses méthodes, devait déporter à la Réunion. Le 28 mai, le président Herriot fit voter par la Chambre un message de félicitations aux troupes. Tardieu, en 1930, n'avait donc aucun mérite à promouvoir la politique coloniale : elle était largement le fait de la gauche.

Dès 1914, l'empire approvisionnait la France en corps gras, en sucre, en céréales pour pâtes et semoules, en superphosphates. Cette fonction devait s'accroître pour les huiles, les cotonnades, le savon. L'industrie chimique et textile et même la métallurgie importaient des matières premières de l'outremer français. Les révoltes n'étaient plus à craindre : celle de 1930, en Indochine, fut impitoyablement brisée. Les colonies devenaient un paisible marché, les Blancs achetant aux Blancs des automobiles et des biens d'équipement, du ciment et des machines, les indigènes représentant un marché croissant pour les sucres, les cotonnades et le savon. Entre 1920 et 1929[1], pour 46 sociétés françaises créées à l'étranger, 187 se fondent aux colonies, 10 milliards s'y sont investis, soit un tiers de l'investissement extérieur. « L'empire était devenu le champ privilégié de l'exportation française de capitaux », et l'investissement public constituait l'essentiel des ressources consacrées aux grands travaux, celles que Tardieu mobilisait massivement.

Pas plus que dans le domaine de la défense, il ne fut outremer un initiateur. Le ministre des Colonies, dont la longévité à ce poste ne manque pas de surprendre, était le radical Albert Sarraut, frère du propriétaire de la *Dépêche du Midi.*

1. Marseille, *op. cit.*, p. 102.

Les radicaux connaissaient l'influence des grands groupes financiers et industriels de l'outre-mer sur la politique française : la banque de l'Indochine, les phosphates de Gafsa ou les charbonnages du Tonkin entendaient bénéficier d'investissements publics (transports, hygiène et éducation, recherche pétrolière et minière) donnant aux capitalistes, selon le mot de Lénine, des « commodités ». Dès 1921, Sarraut avait formulé un programme général de mise en valeur qui correspondait aux besoins d'expansion du capitalisme. « Il faut ouvrir pour les colonies, disait-il, une ère de productivité qui peut seulement être assurée par un effort prévoyant et continu. » Et de sélectionner « les centres principaux de production des matières et denrées nécessaires à la métropole, les grands dépôts naturels de richesse, les points capitaux où la France doit pouvoir puiser les ressources qui lui sont utiles », tout en recommandant la diffusion de l'hygiène et de l'éducation, « sans craindre de former un encadrement indigène qui ne pourra que créer des liens durables avec la France ». Le dernier point du programme avait de quoi inquiéter les milieux coloniaux traditionnels d'Algérie et d'Indochine, qui redoutaient en permanence des révoltes indigènes, mais Sarraut avait poursuivi sa politique de promotion avec obstination. Tardieu trouvait là un terrain bien préparé par les radicaux de l'après-guerre.

Il savait que la crise frappait précocement certains secteurs en France et que la politique d'intervention aux colonies devait s'intensifier : les exportations avaient chuté dès 1927. La France se montrait d'autant plus sensible à la crise qu'elle était devenue exportatrice : 25 % de sa production industrielle globale étaient vendus à l'étranger, ce pourcentage atteignant 67 % pour les soieries et les rayonnes, 50 % pour les lainages, 40 % pour la métallurgie (contre 15 % pour l'Angleterre et 5 % pour les États-Unis), 34 % pour les automobiles. Les textiles, l'automobile et les caoutchoucs furent les trois premiers secteurs à fléchir pour cause de surproduction. Les succursales de la Banque de France relevèrent bientôt, dans toutes les régions, un ralentissement des affaires et une baisse des prix de gros. Les travailleurs étrangers regagnèrent leur pays en grand nombre (770 000 en 1931) et l'on évalue alors à 10 % le taux du chômage réel, même s'il n'apparaît pas dans les statistiques officielles.

1930 : pour le centenaire de l'expédition d'Alger, le président de la République Gaston Doumergue franchit la Méditerranée et apporte le salut de l'État aux trois départements français, sous les caméras des actualités filmées. L'année suivante, il visite Tunis, tandis qu'à Paris campe au bois de Vincennes une gigantesque Exposition coloniale. Le nouveau ministre des Colonies, Paul Reynaud, inaugure un émetteur de radio à ondes courtes capable de toucher tous les territoires français à travers le monde. Entre autres merveilles, 33 millions de visiteurs découvrent à l'Exposition la réplique du temple d'Angkor. Le stock d'or de la Banque de France est de 55 milliards, l'excédent budgétaire de 4 milliards. Le rythme de croissance industrielle a été de 5 % par an. La moitié des Français vivent dans des communes de moins de 2 000 habitants, mais les investissements massifs de l'après-guerre ont fait du pays l'un des premiers du monde pour le développement. Le plan Tardieu n'est donc pas un simple prolongement de la « prospérité » à laquelle on avait assisté sous le ministère Poincaré, mais bien une opération de relance d'une économie déjà touchée. Les politiques qui lui succèdent éprouvent les premiers symptômes du dérèglement qui s'annonce.

Laval, le nouveau Briand

Après l'intermède du radical Steeg (du 13 décembre 1930 au 22 janvier 1931), la Chambre donnait au pays le spectacle de l'instabilité et de l'impuissance, ce qui promettait un bel avenir aux contempteurs de la « Gueuse ». On soulignait le foisonnement archaïque des groupes parlementaires, l'irresponsabilité de députés inscrits à plusieurs groupes en même temps. En fait, les forces politiques s'étaient regroupées depuis la guerre en quatre grandes masses et les partis s'étaient organisés, renforçant les bases régionales de leur action et leur discipline de vote : les socialistes et les radicaux, à gauche, équilibraient à droite l'Union républicaine démocratique de Wendel et Marin, et l'Alliance républicaine de Barthou et Leygues. Mais les deux pôles de droite et de gauche ne mobilisaient pas avec assez de rigueur les députés des petites formations du centre (Républicains de gauche, Gauche démocratique, Gauche sociale et radicale) qui faisaient et défaisaient les majorités, se prêtaient à toutes les intrigues permettant d'obtenir des maroquins. Les scandales financiers liés à la crise (l'affaire Oustric, les difficultés de l'Aéropostale) créaient un climat de suspicion, cependant que l'instabilité ministérielle annihilait le travail parlementaire : en souffrance dans les commissions, le plan d'outillage national de Tardieu ne serait jamais repris.

En appelant Laval, le 27 janvier 1931, Gaston Doumergue imposait au Parlement un nouveau Briand. Spécialiste des combinaisons parlementaires et de l'érosion des majorités, cet Auvergnat de Châteldon était en fait le contraire de son modèle : terne et embarrassé à la tribune, habile dans la salle des Quatre-Colonnes ou dans le silence de son cabinet, où il recevait volontiers les chefs syndicaux — car cet ancien socialiste « minoritaire de guerre » s'était fait une réputation de négociateur des conflits sociaux —, il avait déjà occupé des emplois obscurs dans les cabinets Painlevé, Briand, puis Tardieu, passant allègrement de la gauche cartelliste à la droite poincariste sans que nul remarquât qu'il avait changé de camp, tant « Pedro », comme son père bistrotier du Puy-de-Dôme, savait plaire à tous sans jamais s'imposer. Fils de cabaretier comme Briand, il avait fait son droit et plaidé pour les syndicats. Il refusait alors les honoraires des cégétistes, qui se cotisaient pour lui faire des cadeaux. Il avait été remarqué par Ernest Lafont, grand bourgeois socialiste et député de la Seine, qui lui avait procuré sa clientèle ouvrière, les chauffeurs de taxis, les boyaudiers de la Villette. Il écrivait alors dans la *Bataille syndicaliste*, le quotidien de la C.G.T. Il avait eu le bonheur de faire acquitter Manhès, un anarchiste victime d'une provocation policière, accusé de détention d'explosifs et d'émission de tracts révolutionnaires. Cette victoire avait établi sa réputation dans le milieu : le « bougnat » avait été élu en 1914 dans la circonscription d'Aubervilliers, sur une liste S.F.I.O. Il était socialiste depuis 1903.

Il est, en 1914, l'un des deux députés inscrits sur le « carnet B » de Malvy. Exempté définitif, il ne connaîtra pas le front. Longuettiste et pacifiste pendant la guerre, il refuse à Mandel, en 1917, le poste de secrétaire d'État que lui offre Clemenceau. Selon Fred Kupferman, son plus récent biographe[1], il sert alors d'intermédiaire pour permettre à Clemenceau de négocier la fin de la grève des métallurgistes avec Merrheim. Il y a désormais « une fêlure dans ses convictions ». Persuadé que Clemenceau a les moyens de gagner la guerre, il pense que les socialistes commettent une erreur tactique en choisissant de le combattre. Marcel Cachin lui-même ne devait-il pas « pleurer à Strasbourg, emporté par l'enthousiasme alsacien, en 1918 » ? Battu aux élections de 1919, Laval plaide encore pour la C.G.T. Il défend « le gros Jouhaux », mais s'installe dans un quartier chic, Villa Saïd, tout près de l'avenue Foch. La « petite Auvergne » d'Aubervilliers fait voter pour lui quand il se présente aux municipales en 1923. Il n'est déjà plus socialiste depuis un an, et se fait même élire au détriment d'une liste S.F.I.O. concurrente. Il n'en est pas moins « copain » avec Sellier de Suresnes, ou Doriot de Saint-Denis. Féodal débonnaire, c'est alors un « Louis XI de grande banlieue ». Élu en 1924 comme « socialiste indépendant » sur une liste caillautiste et cartelliste, il se dit toujours de gauche et travaille à l'amnistie de Caillaux, ce qui lui vaut un beau poste aux Travaux publics dans le cabinet Painlevé. Son indépendance lui permet de voler d'un ministère à l'autre, puis de changer de majorité au point de se faire recruter par Tardieu, grand amateur de renégats. Sénateur, propriétaire du *Moniteur du Puy-de-Dôme*, de *Radio-Lyon*, d'une régie de publicité et d'une imprimerie, associé au groupe de presse régionale du sénateur Patenôtre (le fils d'un ambassadeur de France et d'une richissime propriétaire de journaux américains) qui chante ses louanges, il est déjà un homme d'affaires arrivé quand Tardieu, qui s'est « entiché de lui », le nomme ministre du Travail, avec pour tâche de faire passer la loi sur les assurances sociales, ce dont il s'acquitte à merveille. Il arrange au passage une grève dure

1. *Laval*, Paris, 1987.

de 150 000 ouvriers du textile qui gêne Jean Prouvost, patron de *Paris-Midi* et de *Paris-Soir*. Double réussite de « Pedro » : Prouvost est comblé, et le maire socialiste de Lille, Roger Salengro, offre une gerbe de roses à Mme Laval. Tel est le « maquignon à la cravate blanche » que la Chambre investit le 30 janvier 1931. Il a Briand pour ministre des Affaires étrangères.

Avec une majorité qui se réduit, Laval doit affronter les plus graves tempêtes internationales : il n'est pas bon d'être riche quand les faillites se multiplient alentour. Le président des États-Unis, Hoover, sollicite de la France qu'elle vienne au secours des finances allemandes : les progrès des nazis sont tels qu'il s'agit d'une œuvre de salut public. Comment aider le chancelier Brüning, alors qu'à la Chambre le radical de droite Franklin-Bouillon fait observer qu'en cas de guerre, les Français auraient moins d'effectifs aux frontières que les Allemands ? Comment ne pas tenir compte des réserves de la droite vis-à-vis de la politique de Briand, alors que l'Autriche s'achemine vers une entente économique avec l'Allemagne qui préfigure singulièrement l'Anschluss ? La ruine de la *Danat* (Darmstädter und Nationalbank) et le défilé de 150 000 Casques d'acier devant le Kronprinz symbolisent la faillite totale du pseudo-système de sécurité européenne imaginé par Briand.

L'homme de Genève est gravement abattu par son échec à la présidence de la République : on lui a préféré Paul Doumer, on le persuade que Tardieu et Laval ne sont pas étrangers à ses malheurs. Il n'en persiste pas moins à rechercher, aux côtés de Laval, une négociation avec Brüning. Il propose de remettre d'un an la créance française, ce qui est accepté par la Chambre. Mais la situation allemande ne s'arrange pas pour autant : il faut consentir 100 millions de dollars de crédits à la Reichsbank. Briand, très malade, et Laval se rendent à Berlin où le docteur Goebbels contient ses S.S., laissant les sociaux-démocrates manifester aux cris de : « Vive Briand ! Vive la paix ! » On renfloue la Reichsbank, on sauve la Banque d'Angleterre. Sur la scène internationale, Laval est devenu indispensable, grâce aux réserves d'or de la Banque de France. Il effectue ensuite aux États-Unis, où il est proclamé dans la presse « *the man of the year* », un voyage triomphal avec son *brain trust* de financiers : Jacques Rueff, Charles Rist et Boissard. Il défile à New York sous les serpentins de la 5e Avenue il affirme solennellement, à Washington avec le président Hoover, sa foi « dans la restauration de l'économie mondiale sur le maintien de l'étalon-or ». La Banque d'Angleterre vient de renoncer à la convertibilité de sa monnaie, dévaluant la livre de 40 %. En France, la production baisse de 17,5 %, celle de l'acier du tiers. On avoue 50 000 chômeurs en mars, 190 000 en décembre. La Compagnie générale transatlantique et l'Aéropostale sont au bord de la faillite. Les prix du blé, de la viande et du vin s'effondrent. Il faut donner des primes à l'arrachage des vignes.

Briand disparaît dans ce climat catastrophique. Laval s'installe au Quai d'Orsay. Comme les élections approchent, il ne peut refuser à Tardieu, qui a fait sa carrière, de proposer à la Chambre la loi électorale anglaise dont il rêve. Sans illusions, il défend ce projet qui est l'occasion de sa chute. Dans toute l'Europe, les tarifs douaniers s'élèvent, les banques font faillite. La France, isolée et déjà touchée (même moindrement), attend une nouvelle majorité.

Duclos contre Blum

L'expérience Laval est fatale à l'ancienne majorité poincariste : la gauche l'emporte aux élections de 1932. Un vif mouvement de rajeunissement du parti radical a précédé la consultation : les « jeunes-turcs », Pierre Cot, Jacques Kaiser, Jean Zay et Bertrand de Jouvenel, qui gravitent autour de Daladier tout en étant attentifs au discours de Léon Blum, s'entendent avec Bayet, Émile Roche ou Mistler, plus proches de Herriot, accueillent des militants comme Mendès France, Bergery et Martinaud-Déplat, et tentent par des réunions, des campagnes de presse, des interventions aux congrès, de « secouer le cocotier » des vieux chefs au moment où Herriot, en délicatesse avec la gauche dans sa mairie de Lyon, dénonce « le socialisme en peau de lapin ».

La crise suggère à ces jeunes esprits une réflexion ardente sur l'ordre économique de la France, qu'ils dénoncent comme fauteur de désordres et d'inégalités. Partisans de l'organisation et de la rationalisation, ils exigent, avec Jouvenel, une plus grande intervention de l'État et même, avec Mendès France, un contrôle de l'économie. Ils suivent Jean Mistler quand celui-ci réclame une réforme du système parlementaire par l'accroissement du rôle des commissions, le rajeunissement des comités électoraux et la discipline des partis. S'ils n'ont pas en politique étrangère de vues différentes de celles de leurs aînés — ils restent briandistes, malgré les menaces qui s'accumulent en Allemagne —, ils souhaitent le rajeunissement de leur parti et l'entente avec les socialistes sur un contrat de gouvernement.

Les socialistes sont-ils prêts à les accueillir ? A plus d'une reprise, le courant de droite du parti, avec Renaudel et Paul-Boncour, a voulu se porter à la rencontre des radicaux, mais il a toujours été retenu par Blum que tiraient à gauche ceux de la tendance Longuet. La fédération de la Seine avait été particulièrement hostile à toute participation au pouvoir, même en 1924, après la victoire du Cartel. Blum, Bracke, Lebas s'étaient alors prononcés en faveur du soutien sans participation. Ils ne devaient pas tenir sur cette position bien longtemps, du fait des attaques de Bracke et de Zyronski, de la fédération de la Seine : ceux-ci n'acceptaient pas que des socialistes soutinssent le gouvernement Painlevé qui conduisait la répression au Maroc et en Syrie. Les victoires socialistes aux municipales, avec la conquête de mairies importantes (Bordeaux, Toulouse, Nîmes et Rennes), semblaient donner raison à Zyronski : le soutien aux gouvernements bourgeois constituait un piège. Le scandale fut immense dans les fédérations quand le socialiste du Puy-de-Dôme Alexandre Varenne, fondateur de la *Montagne*, accepta le poste de gouverneur général de l'Indochine offert par le radical franc-maçon Léon Perrier. Varenne, maçon lui-même, devenait ainsi le successeur du frère Paul Doumer, élu des droites à l'Élysée, qui avait occupé le poste de 1896 à 1902, et du frère Sarraut, gouverneur de 1911 à 1914 et de 1916 à 1919.

L'opposition des fédérations n'empêcha pas Blum de poser,

au congrès de la Bellevilloise en 1926, le problème du pouvoir, quitte à diviser le parti. Pourrait-il rester longtemps sur la berge alors que ses succès électoraux le poussaient à l'exercice du pouvoir ? Blum distinguait précisément l'*exercice* — par quoi le parti prendrait un jour ses responsabilités en restant, seul ou avec des alliés, maître du jeu — de la *conquête*, qui n'avait pas de justification en soi si elle ne s'accompagnait d'un véritable contrat de gouvernement permettant aux militants de contrôler la réalisation des réformes.

L'arrivée de Poincaré avait brutalement mis un terme à ces subtils distinguos. L'unité était refaite, coulée dans le bronze, soudée par la violente hostilité vouée par les communistes à la S.F.I.O. : entre Tardieu et Thorez, Blum tenait le cap. Que les communistes fussent un parti à part n'était pas douteux : qui aurait risqué une alliance avec ces partisans du « centralisme démocratique » à la russe, qui installaient des cellules d'entreprise obéissant à la discipline rigoureuse de la IIIe Internationale ? Pas question pour les agitateurs de la révolution d'entrer dans le jeu parlementaire, sauf pour se servir des élections à des fins de propagande : en 1924 comme en 1928, ils refusèrent toute alliance avec les partis bourgeois dans lesquels ils incluaient cette social-démocratie française, contre qui ils n'avaient pas de mots assez durs.

Blum, de son côté, dénonçait dans le *Populaire* « la discipline et la hiérarchie militaire, la mobilisation permanente d'une troupe de choc, la préparation du coup de main, la surexcitation des haines civiles, des haines religieuses, des haines de race, la guerre intérieure, la guerre coloniale, la guerre étrangère. Partout l'appel à la violence, partout l'espoir en la force ! ». Les méthodes des communistes sont irrecevables pour des démocrates : « duplicité, esprit de délation ou de trahison, haine, calomnie systématique », tels sont les sentiments qu'ils veulent propager dans la classe ouvrière. Et de rappeler le mot de Guesde : « Comment ferons-nous pour construire la société nouvelle si, au jour de la victoire, vous avez pourri tous nos matériaux humains ? » L'homme le plus insulté de France, la tête de Turc de la presse nationaliste et des députés d'Action française, s'indigne de ces ordres qui viennent, de Moscou, « salir, tarer, déshonorer ». Que les élus communistes se maintiennent au second tour des élections contre les autres candidats de gauche est confondant : « A qui fera-t-on croire, écrit encore Blum, que les travailleurs communistes de France, s'ils avaient eu à décider eux-mêmes, s'ils avaient été simplement consultés, se seraient prononcés pour le maintien général de leurs candidats au second tour ? [...] La IIIe Internationale manœuvre [les travailleurs français] comme des pions sur l'échiquier. » Ils servent à faire la preuve, par leur ardeur révolutionnaire, que Staline n'a pas démérité du parti, que le communisme reste une force révolutionnaire de par le monde, contrairement à ce que prétend désormais Trotski.

Le candidat qui l'emporte contre Blum en 1928 à Charonne est un modèle d'agitateur : ancien membre de l'Association républicaine des anciens combattants, Jacques Duclos, qui a combattu à Verdun, est l'un des premiers militants du parti. Cet ancien apprenti pâtissier a le profil dont Moscou raffole : il est, comme Thorez, disponible pour une action révolutionnaire violente et pour une formation accélérée d'agitateur et de propagandiste. Il est secrétaire de section, dans le sillage de Vaillant-Couturier, dès 1921. Il colle les affiches, fait le coup de poing, entraîne les jeunes à la discussion politique. Il participe vivement à la campagne de 1924, improvise tous les soirs un discours sous les préaux d'école, aux côtés de Marcel Cachin. On le désigne bientôt pour suivre les cours de l'« université » de Bobigny qui forme les cadres militants dans une baraque Adrian mise à la disposition du parti par la municipalité communiste, où les militants français sont mêlés à des élèves belges et luxembourgeois. Il est de toutes les manifestations contre la guerre du Rif, participe à la grève générale du 12 octobre 1925, à la suite de laquelle un communiste est tué à Puteaux, et Doriot arrêté et emprisonné pour avoir rossé un gendarme. Il est lui-même candidat à une élection partielle en 1926, contre Paul Reynaud et Henri de Kerillis. Ceux-ci, crânement, ont accepté une rencontre contradictoire au gymnase Japy où ils ont été accueillis par les militants déchaînés. C'est ainsi que Duclos devient l'un des 26 élus communistes de la Chambre et bientôt, en même temps que Benoît Frachon, membre du comité central du parti où il rejoint Maurice Thorez. Il s'occupe alors tout spécialement de la propagande antimilitariste dans les casernes. Condamné à un an de prison à ce titre, il se retrouve à la Santé en 1927, au quartier des politiques avec Cachin, Doriot, Barbé et Monmousseau, secrétaire de la C.G.T. Condamné à six fois cinq ans de prison, il est sauvé par l'amnistie parlementaire plaidée à la Chambre par le jeune radical Bergery. Avec un faux passeport, il se rend pour la première fois en U.R.S.S. où il est reçu par Staline — qui s'appuie, contre Trotski, sur les partis de l'Internationale — et devient ainsi l'un des protagonistes les plus acharnés de la tactique « classe contre classe ». Tel est l'homme qui rencontre ses électeurs, déguisé en receveur d'autobus pour tromper la police. Les militants accusent Blum de donner, en se présentant contre Duclos, « une justification aux condamnations scandaleuses prononcées contre lui ». L'éblouissant penseur de la S.F.I.O. est battu par le jeune et cynique agitateur.

Sans doute prend-il sa revanche en 1929, mais en se présentant à Béziers, dans une circonscription rurale où Sarraut écarte Mistler, qui veut se porter candidat contre lui. Cachin est venu l'affronter dans les préaux et les vignes. Il n'en est pas moins élu au premier tour.

Marcel Déat demande la participation des socialistes

Quelle tentation pour Blum quand Daladier, chargé par Doumergue d'un de ces « tours de piste » dont il a le secret, à la suite du retrait de Poincaré en 1929, lui offre le ministère de la Justice et trois autres maroquins dans son gouvernement ! Même Paul Faure le pousse à accepter, mais il refuse avant même que le conseil national n'ait fait connaître son hostilité, car s'il ne se juge pas, comme il l'écrit dans le *Populaire*, « inapte » au pouvoir, il n'a nulle envie d'exposer les socialistes au risque de « confusion » avec le parti radical, et de s'offrir ainsi aux coups des communistes, ses véritables adversaires. Comme toujours, Blum théorise : impossible pour la S.F.I.O. d'assumer le pouvoir sans en avoir la direction avec une large et stable majorité parlementaire. C'est remettre l'« exercice » du pouvoir aux calendes grecques.

En 1932, quelle attitude choisir ? La droite du parti socialiste est musclée par Marcel Déat, un agrégé de philosophie, ancien combattant, député de la Marne, qui demande la représentation de la minorité dont il est le chef — elle détient les deux cinquièmes des mandats — dans les instances du parti et pousse à la participation au pouvoir. Au congrès de 1930, à Bordeaux, avec son homme-lige Adrien Marquet, il regroupe autour de lui les anciens du participationnisme : Renaudel, Paul-Boncour, Compère-Morel, avec une « jeune garde prétorienne », les Montagnon, les Cayrel, les Bonnafous. A Tours, en mai 1931, Blum annonce pour la S.F.I.O. un gain de 25 % aux élections. Il faudra s'engager, précise-t-il, et obtenir les réformes urgentes qu'exigent les militants : assurance-chômage, nationalisation des compagnies d'assurances et des transports ferroviaires, réduction des crédits militaires. Veut-il calmer les déatistes ? Il semble considérer alors que le parti est capable de partager dans la responsabilité du pouvoir.

Mais le résultat des élections le met à l'épreuve. Les radicaux ont déçu : le mouvement de rénovation qui s'annonçait parmi eux a tourné court. Pris de panique à la perspective de connaître à nouveau l'échec du Cartel dans une conjoncture économique désastreuse, Herriot, réélu président du parti radical, s'ingénie à multiplier les obstacles à l'entente avec les socialistes qui, de leur côté, restent sur la réserve. Quelle réponse à la crise le parti radical prétend-il apporter ? Sur le plan international, il est conscient du danger militaire et politique qui se précise outre-Rhin, mais reste fidèle aux vieux thèmes pacifistes d'arbitrage et de désarmement. Sur le plan économique, en revanche, une poussée s'est manifestée au congrès de Paris en 1931. Le congrès considère l'intervention de l'État comme indispensable à la réorganisation de l'économie. Il envisage la création d'une société nationale de transports ferroviaires et d'un office du blé. Le « contrôle de la nation sur l'économie », préconisé par les Roche, les Kayser, les Cot et autres membres de l'entourage de Daladier, exige l'engagement par l'État de grands travaux pour lutter contre le chômage, alors que Tardieu, revenu aux affaires après le départ de Laval, ne souffle plus mot de son plan d'« équipement national ».

La droite n'a plus les moyens de se lancer dans une politique d'investissements. Les radicaux accusent Tardieu d'avoir dilapidé les réserves de Poincaré, de recourir de nouveau à une politique d'emprunt, alors qu'il faut plus que jamais une rigueur fiscale accrue. Herriot prend la tête de ce mouvement d'opposition à la droite, sans pour autant engager le parti dans une négociation avec la S.F.I.O. Il donne l'impression d'être en retrait, de faire cavalier seul, au risque de décevoir les « jeunes-turcs » favorables à un programme commun de la gauche. Comment pourrait-on établir une telle plate-forme alors que l'on n'est pas sûr, dans l'aggravation de la crise, de pouvoir tenir le moindre engagement ?

La victoire de la gauche aux élections de 1932, qui lui donne 334 élus pour 259 à la droite, embarrasse à la fois les radicaux et les socialistes : s'ils ont moins de voix que leurs concurrents, les radicaux ont davantage de sièges : 157 contre 130. Mais la moitié d'entre eux ont été élus au second tour grâce à des voix socialistes. Entre les deux tours, le président de la République Paul Doumer a été assassiné, à la Journée du livre des écrivains anciens combattants, par le Russe blanc Gorgouloff. Les radicaux, s'associant au puissant mouvement parlementaire qui souhaitait offrir à Albert Lebrun, président modéré du Sénat, une élection de maréchal, s'éloignaient de la sorte des socialistes, partisans d'une candidature de la gauche, qui finalement avaient présenté Paul Faure.

Les socialistes feraient-ils des offres précises d'alliance électorale ? Blum évoqua les articles qu'il jugeait essentiels à une entente : nationalisations, assurance-chômage et réduction des crédits militaires. Herriot fit répondre qu'il n'engagerait les conversations qu'après le congrès socialiste. « C'est le langage, tonna Paul Faure, des hommes qui reculent au moment de l'action, celui des politiciens à la petite semaine, prêts d'avance à toutes les reculades ! » Mais Herriot ne se laissa pas impressionner : « Paul Faure est le tambour du parti socialiste, il fait du bruit, mais il est creux. »

Comme l'avait prévu Herriot, les véritables négociations ne

s'engageraient qu'après les élections. Réunis le 29 mai au gymnase Huyghens, les socialistes rédigèrent des « cahiers » contenant les points indispensables à leur participation. Certains étaient acceptables par les radicaux : l'arbitrage et le désarmement, la réduction des dépenses militaires, l'office du blé, l'assurance-chômage et l'amnistie pour les délits politiques. Mais ils jugeaient inapplicable la semaine de quarante heures et ils estimaient trop coûteuse pour les finances publiques la nationalisation des chemins de fer. Ils émettaient même des réserves sur la réduction des crédits de la défense nationale, jugée irréaliste. Le désaccord était grand, et seul Bergery, chez les radicaux, plaida pour l'acceptation des conditions socialistes. Sagement, Daladier se déroba : Herriot avait la voie libre.

Il avait la charge de former un ministère sans la participation des socialistes et sans engagement de soutien. La seule issue était celle indiquée par le maçon Camille Chautemps : une ouverture au centre. Paul-Boncour, dernier transfuge du parti socialiste, fut paradoxalement désigné comme ministre de la Guerre, la Marine restant à Georges Leygues. Daladier accepta de siéger aux Travaux publics, avec Chautemps à l'Intérieur, tandis que l'orthodoxe Germain Martin s'installait rue de Rivoli. Herriot avait tiré les conclusions de 1925 : il ne tenait pas à renouveler l'aventure financière, et n'eut pas recours à Caillaux. Tel quel, le cabinet ne fut pas accepté par la droite. Tardieu abandonna son groupe des Républicains de gauche pour former un Centre républicain : il n'acceptait pas la suggestion de Flandin et de Pietri de soutenir Herriot pour diviser son parti.

A peine investi, Herriot se trouva confronté à la pression des événements extérieurs. Les affaires d'Allemagne allaient leur train, que l'on ne pouvait ignorer à Paris. Comment envisager le désarmement promis avec emphase dans le programme, alors que la France se trouvait seule, désarmée face à une Allemagne qui réarmait clandestinement ? Le président du Conseil avait là-dessus plus que des soupçons, puisqu'au cours du débat de politique extérieure du 28 octobre 1932, il affirma que la délégation française chargée d'aller négocier à Genève sur le désarmement exigerait « qu'en

Allemagne la Reichswehr disparaisse en tant que force armée ». Vœu pieux, si « un contrôle international » n'était pas organisé. A quoi bon affirmer le droit spécial des pays ayant des charges coloniales à recevoir des forces armées supplémentaires, si l'on ne pouvait croire au désarmement allemand et italien ? Que deviendrait la sécurité de la France et de l'Angleterre si elles ne bénéficiaient pas de la garantie des États-Unis prévue au traité de Versailles ? Paul-Boncour, député de Carmaux et ministre de la Guerre, fut chargé de transmettre à Genève ce catalogue doux-amer des reproches adressés par la France à ses anciens alliés.

Herriot se précipita ensuite dans la négociation avec l'U.R.S.S. d'un pacte de non-agression, avec deux objectifs : sauver de la menace de l'Armée rouge la Roumanie alliée, et désarmer le Parti communiste français à l'intérieur. Il était spécifié qu'aucun des deux signataires ne pourrait « attaquer une tierce puissance » : ainsi l'U.R.S.S. n'entrerait pas en guerre, on pouvait l'espérer, pour arracher la Bessarabie à la Roumanie. Les émigrés russes continueraient à bénéficier de la protection de la France et le gouvernement soviétique s'engageait « à renoncer à toute agitation ou propagande ayant pour but de porter atteinte à l'intégrité territoriale ou au régime politique de la France ». Une tendance était manifeste chez les radicaux : ajourner le désarmement et conclure avec les États des accords particuliers tant que la sécurité européenne ne serait pas fermement établie à Genève. Paul-Boncour expliqua qu'il avait quitté le parti socialiste au congrès de Tours parce que celui-ci avait voté à une très grande majorité les crédits de la défense nationale[1]. « A Genève, dit-il, terre d'écoute s'il en fut, je voyais la guerre qui s'approchait. » Qu'Herriot l'eût nommé rue Saint-Dominique indiquait la tendance : le maire de Lyon, poussé par Daladier et les « jeunes-turcs », était revenu de l'« esprit de Genève ». « Herriot a chaussé les bottes de Tardieu », dit Bergery. Il relança le débat sur les dettes, le politisant de nouveau. Puisque les Allemands, à Lausanne, avaient obtenu l'annulation des réparations contre un paiement forfaitaire de

1. Bonnefous, *op. cit.*, p. 134.

3 milliards de francs-or, on demanda aux Américains de réduire la dette française et d'accorder un moratoire. La Chambre refusa tout paiement tant qu'un nouvel accord ne serait pas signé. Elle refusa aussi sa confiance au gouvernement Herriot.

Réarmement et orthodoxie financière

Quatre cabinets se succèdent alors en moins d'un an, tous révélateurs d'une orientation précise. Que Lebrun ait noté sur son carnet le nom de Paul-Boncour n'est pas un hasard : l'ancien socialiste est partisan du réarmement et partage les idées de Herriot sur l'orthodoxie financière. Le milieu politique n'a pas alors d'autre ambition que de naviguer à vue en attendant la fin de la crise et de prendre des assurances contre la menace allemande. Ainsi conçoit-il l'intérêt national.

Paul-Boncour — dont la ressemblance physique avec Robespierre est frappante — poursuit l'ouverture amorcée par Herriot et nomme secrétaires d'État quelques « jeunes-turcs », comme Jean Mistler et François de Tessan. Pourquoi choisir le richissime député de Seine-et-Oise Raymond Patenôtre ? Parce qu'il est maître d'une partie de la presse régionale et qu'il a des idées dynamiques sur le réarmement. Estimant que la France n'est pas défendue, il veut engager une campagne sur ce thème. A demi américain, il pense que la conception française de la déflation monétaire est une hérésie, et qu'il faut s'orienter, pour sortir de la crise, vers une politique de défense du pouvoir d'achat. Le bon jeune homme n'a pas encore la parole, mais il est présent à la table où siège, aux Finances, un Henri Chéron de tradition poincariste. L'heure des innovations n'est pas venue. Paul-Boncour tient pourtant ses promesses, les départements militaires sont en bonnes mains : Georges Leygues poursuit l'armement de la grande flotte et Daladier, l'ancien mitrailleur, est à la Guerre. Que le bouillant Pierre Cot soit l'adjoint direct de Paul-Boncour au Quai d'Orsay est aussi l'indice d'une évolution des « jeunes-turcs » : ils ne croient plus au briandisme... Le cabinet ne tient que quarante jours : ses idées nouvelles inquiètent. Le président n'a-t-il pas déclaré, dans sa ville natale de Saint-Aignan, qu'il veut associer les syndicats à l'élaboration de la politique financière ? N'a-t-il pas chargé Patenôtre de rédiger un projet de ce genre ? Il faut, dit Paul-Boncour, « agir, réformer, organiser cette société née de la guerre qui s'épuise sur les vieilles formules ». La discussion entre Henri Chéron et le « cartel confédéré des services publics » ne pouvait être positive : comment les syndicats auraient-ils accepté les formules déflationnistes du ministère ? La contradiction résidait à l'intérieur du cabinet. Bénéficiant au départ du soutien de Blum, il sauta sur la première mine rencontrée, remplacé aussitôt par un cabinet Daladier qui dura neuf mois, avec Paul-Boncour aux Affaires étrangères.

Une certaine conjuration se mit en place au sein de cet éphémère gouvernement, qui confirma une tendance : le président du Conseil s'installa comme Clemenceau rue Saint-Dominique et, conservant la Marine à Leygues, prit Pierre Cot au ministère de l'Air, Patenôtre à l'Économie nationale. Le réarmement était à l'étude : ceux qui en éprouvaient l'urgent besoin purent alors consulter les cartons. Ce qu'ils découvrirent les laissa abasourdis : la France ne disposait pas de fabrication d'avions en série et manquait cruellement d'armes modernes.

On découvre ainsi que depuis la création du ministère de l'Air, le 2 octobre 1928, les doctrines flottent et les fabrications piétinent. Pétain, inspecteur général de l'armée, en est resté aux théories de la dernière guerre où l'aviation n'intervenait qu'en accompagnement des opérations d'infanterie. Elle doit donc être directement reliée au commandement unique. Il s'oppose formellement à la création d'un commandement autonome de l'aviation, à une « réserve générale aéronautique ». La création d'une armée de l'air « est à ses yeux anarchique et de nature à compromettre la défense nationale[1] ». Weygand, qui lui succède en 1931 comme inspecteur général de l'armée, partage ses vues sur l'emploi et le

1. Marcel Spivak, « Les problèmes posés à l'armée de terre par la création du ministère de l'Air et les perspectives d'indépendance de l'armée de l'air. 1928-1934 », Fondation pour les études de la Défense nationale, 1984.

commandement de l'aviation. Sans doute est-il partisan d'un réarmement aérien rapide — « Nous n'avons pour le moment qu'une façade », déclare-t-il en juillet 1931 —, mais il réclame essentiellement la construction d'appareils d'observation modernes — rien qui ressemble à une force d'intervention sur les arrières de l'ennemi. Il se heurte alors à un refus total de Paul-Boncour de dégager les crédits nécessaires, l'ensemble des crédits militaires étant réduits par Chéron de 600 millions. Les vues de l'air et de l'armée de terre sont si divergentes que l'on a créé en 1932 un haut commandement militaire destiné à rapprocher les chefs des trois armes. Pétain, qui vient d'être nommé inspecteur de la Défense aérienne du territoire — c'est dire si l'opinion politique est déjà sensibilisée au risque d'une prochaine guerre développant massivement les attaques aériennes —, envisage la création d'une réserve d'aviation qui permette à la fois au bombardement d'exercer des représailles et à la chasse d'intervenir efficacement. Pour le financement, il propose sans vergogne de dégager les crédits nécessaires « en retirant par exemple 250 millions à l'aménagement défensif de la frontière nord ». Il est clair, pour l'état-major, que les demandes de crédits visant à mettre en place une aviation moderne ne sont pas prioritaires. Ces projets ne peuvent être réalisés qu'en prélevant sur le programme défensif.

Pierre Cot travaille d'abord à l'organisation de l'armée de l'air, comme en témoigne le décret signé par Daladier le 1er avril 1933 : il est précisé que l'organisation nouvelle se mettra en place « dans l'hypothèse d'un conflit ». Aux missions traditionnelles, qu'il n'abolit nullement, le décret ajoute « des actions aériennes spécifiques », rendues possibles par les progrès de la technique. Cot souhaite jeter les bases d'un plan quinquennal, un programme de construction d'avions nouveaux. Il découvre alors que les capacités françaises de fabrication, à côté de résultats brillants pour les moteurs, n'utilisent pas les dernières découvertes pour les hélices et le train d'atterrissage, et sont incapables de faire face à la construction en grande série d'appareils correspondant aux normes internationales les plus performantes. Cette découverte est une amère déception.

Il ne semble pas qu'à cette époque — où Gamelin a déjà pris ses fonctions à l'état-major — se pose déjà le problème de l'arme cuirassée : pourtant, le colonel Charles de Gaulle, qui vient d'être nommé au secrétariat général du Conseil supérieur de Défense nationale, a publié en 1932 *Au fil de l'épée*. Il est douteux que Daladier ait apprécié ce livre : l'officier y attire l'attention du public sur les divisions cuirassées allemandes en cours de construction, et affirme qu'en 1936 le Reich possédera six *Panzerdivisionen*. Le seul moyen, explique-t-il, de réaliser un jour une limitation contractuelle des armements et éventuellement une « action commune » est de changer de base quant aux institutions militaires, de renoncer au système des masses, incontrôlable, désavantageux pour la France et de surcroît inhumain, et d'adopter universellement le régime de l'« armée de métier ». La logique militaire n'est pas alors celle des politiques : l'armée « prétorienne », toujours soupçonnée de pouvoir fomenter un coup d'État, est impensable dans les formations parlementaires françaises, de gauche comme de droite : le culte de l'armée « nationale » n'est pas mort.

Comment envisager d'accroître les crédits militaires alors que pour Daladier au pouvoir, la déflation prime tout. Il n'est question que d'une loi de finances, défendue par Georges Bonnet et assurant non pas l'équilibre, mais un déficit budgétaire minimal au prix d'un relèvement des impôts et d'une diminution des charges de l'État. La crise, qui s'intensifie, sert de prétexte à cette intransigeance : les chômeurs étaient 284 000 en janvier 1933, ils sont 326 000 le 4 février suivant, et le mouvement s'amplifie. L'hémorragie d'or de la Banque de France commence, et la balance commerciale s'annonce lourdement déficitaire. Les prix agricoles continuent à baisser, entraînant un violent mécontentement en milieu rural. Daladier laisse Bergery, qui proteste contre la déflation, démissionner de la vice-présidence du groupe parlementaire radical, car il n'envisage pas une autre politique. Alors que Hitler est chancelier du Reich depuis le 30 janvier et que des manifestations de délire collectif embrasent l'Allemagne, Daladier, le premier, se résigne à la diminution du budget militaire, même s'il sauve les crédits affectés à la ligne Maginot.

Encore est-il en retrait par rapport aux socialistes de la commission des Finances, qui proposaient une amputation de 1,5 milliard. C'est le tiers seulement qui tombe. Un député socialiste, Chouffet, exprime bien l'état d'esprit de ses collègues : « Que va dire le gouvernement de Hitler à Genève ? Va-t-il s'occuper du classement des armes en défensives et offensives ? Il vous dira : désarmez ou je réarme. Vous ne le voulez pas ? Alors, pourquoi vous opposer à des réductions possibles ? » Le député Chouffet sait-il que Hitler a dissous le 3 février le Reichstag et peu après la diète de Prusse, et que le Japon, auteur d'une agression contre la Mandchourie, a quitté la S.D.N. ? Quand l'Italie accroissait ses charges militaires de 45 % et que les États-Unis se construisaient une flotte de guerre à une cadence accélérée, le gouvernement français n'obtenait que 4 % d'augmentation pour son budget de la guerre. Encore utilisait-il ces crédits d'une manière si contestable que les experts indépendants, comme de Gaulle, trouvaient sans doute risible qu'on imputât encore au contribuable l'entretien, en temps de paix, de 104 000 chevaux, alors que la dépense prévue pour les véhicules à moteur était neuf fois moindre... A l'évidence, la France gardait son armée hippomobile à l'abri des tourelles Schneider de la ligne Maginot.

Le frère maçon Chautemps et l'escroc Stavisky

L'engagement des Français dans la compétition internationale n'obtint guère de résultats heureux. Un voyage de Herriot aux États-Unis pour régler le différend sur les dettes de guerre s'était soldé par un échec. Devant l'impuissance de la conférence de Genève sur le désarmement, Mussolini avait proposé un « pacte à quatre » entre la France, la Grande-Bretagne, l'Allemagne et l'Italie, proposition qui indigna une partie des radicaux, mais que Daladier accepta de négocier. Des protestations s'exprimaient contre la persécution des juifs en Allemagne : Herriot avait fait voter une motion par le comité exécutif du parti radical, condamnant la « barbarie allemande ». Dans ces conditions, le « pacte à quatre » signé à Rome le 15 juillet 1933 n'enthousiasmait guère les militants, d'autant que son efficacité était douteuse : les Allemands refusaient tout contrôle des armements à Genève, et Hitler claqua la porte de la conférence dès octobre 1933. Personne ne l'empêcherait plus de réarmer.

Des formes violentes de contestation tenaient la rue en France, et pas seulement de la part des ligueurs : des associations de contribuables, de fonctionnaires, protestaient contre la politique financière. Les agriculteurs, les commerçants s'étaient mis de la partie : ces derniers avaient baissé leurs rideaux de fer, le 16 février, pour protester contre les impôts nouveaux. Les fonctionnaires faisaient grève parce qu'on amputait leurs salaires. La création de la Loterie nationale (une idée vieille de dix ans, de Georges Bonnefous, remise au goût du jour), le 31 mai 1933, suscita l'indignation de l'économiste Gide. Ce « joujou fiscal » semblait un palliatif dérisoire face à l'immensité de la crise et l'ampleur du mécontentement des Français. Daladier tomba sur une affaire de traitement de fonctionnaires. Les Jeunesses patriotes de Taittinger manifestèrent dans la rue pour demander la dissolution de la Chambre.

La crise ne pouvait manquer de provoquer des remous dans les partis de la gauche triomphante de 1932 : les jeunes radicaux, avec Bergery, n'approuvaient pas la ligne Herriot, à laquelle semblait se résigner Daladier. Les parlementaires socialistes suivaient Renaudel, Déat et Marquet dans leur revendication d'une action gouvernementale décidée. Au congrès d'Avignon, en avril, les déatistes s'étaient déjà manifestés avec violence. Renaudel, Déat et leurs amis ne s'étaient pas opposés au vote des crédits militaires. On leur en faisait grief dans les fédérations restées très pacifistes, animées par Paul Faure. Blum avait pris parti pour Faure, en Avignon, quand il s'était opposé à la motion Renaudel, lequel réclamait une participation au pouvoir pour imposer les réformes : « Je suis épouvanté », devait déclarer Blum au congrès extraordinaire de la S.F.I.O du 14 juillet, à la Mutualité : Déat et Marquet venaient de développer leurs thèses sur le socialisme d'efficacité, sur l'État autoritaire qui devait muscler l'économie et mettre la société au pas. Une motion punitive de Faure devait exclure ces nationaux-socialistes qui entraînèrent 20 000 militants, 28 députés et 7 sénateurs dans leur « socialisme de France ».

Le ministère Sarraut qui succéda à Daladier tint à peine un mois. La crise accélérait le déséquilibre du régime. Comme les précédents cabinets, celui-ci était à la merci des socialistes qui pouvaient le faire tomber du jour au lendemain. Le 23 novembre, ils mirent fin à l'expérience en votant contre un budget qui diminuait les traitements des fonctionnaires. Le cabinet Chautemps, constitué peu après, n'avait guère plus de chances de durée : il tint deux mois. Les radicaux s'obstinaient à rechercher des majorités gouvernementales cartellistes, avec soutien du centre gauche. Mais l'épée de Damoclès des voix socialistes rendait leurs tentatives précaires. Rien n'était plus fâcheux, dans le lourd climat social de la crise, que ce manège politique où tournaient à une vitesse accélérée les mêmes chevaux de retour. Il suffisait d'un nouveau scandale pour porter à son comble l'antiparlementarisme. L'affaire Stavisky y pourvut.

L'escroc Stavisky s'était en effet suicidé (à droite, on accusait le gouvernement de l'avoir suicidé) dans une villa de Chamonix. Il était ami du député-maire de Bayonne, Garat, arrêté pour vol, faux et usage de faux, complicité avec le directeur du Crédit municipal de Bayonne, Tissier, lui-même sous les verrous. Qui avait aidé l'escroc, qui lui avait assuré si longtemps l'impunité ? On découvrit que le frère de Chautemps avait été l'avocat de Stavisky et que son beau-frère Pressard, procureur près le tribunal de la Seine, avait été à l'origine des remises dont le « bel Alexandre » avait bénéficié. De nouvelles complicités se révélèrent de jour en jour, par exemple celle de Dalimier, ministre des Colonies. A la Chambre, Ybarnégaray demanda une commission d'enquête mais la proposition fut repoussée : le gouvernement ne voulait pas avoir à rendre de comptes. Un député de la Fédération républicaine, le Girondin Philippe Henriot, accusa le garde des Sceaux Raynaldi d'une autre escroquerie financière. Raynaldi remit sa lettre de démission à Chautemps et le cabinet tout entier abandonna la place, le 27 janvier 1934.

Le scandale semblait désigner en premier lieu la franc-maçonnerie à travers Chautemps. Comme l'écrit Pierre Chevallier[1], « la responsabilité directe des organes directeurs des obédiences n'apparaît pas à propos du scandale. [...] Mais les adversaires de l'Ordre — et ils étaient en 1933-1934 nombreux et puissants — ne manquèrent pas de soutenir que la maçonnerie avait une responsabilité au moins indirecte ». Un ancien maçon, Dunet, fit paraître dans le *Jour* du 7 mai 1934 une liste des maçons compromis dans l'affaire : des ministres, dont Chautemps, Dalimier et René Renoult, des parlementaires, des policiers, des membres de cabinets ministériels. Pourquoi ces complicités maçonniques alors qu'Alexandre Stavisky n'était pas initié ? Pourquoi le « sublime prince du royal secret », Camille Chautemps, aurait-il conçu cette conjuration maçonnique et protégé un individu aussi peu recommandable ? Son beau-frère Pressard n'était nullement maçon, pas plus que le conseiller Prince également impliqué. Il reste que « Stavisky avait su utiliser le milieu maçonnique » et que le Rite écossais dut reconnaître la nécessité d'une épuration. Chautemps était à tort ou à raison compromis, et avec lui la maçonnerie, qui incarnait depuis l'origine la tradition et la pensée républicaines.

L'affaire Stavisky était-elle enfin l'occasion que souhaitait l'Action française d'une profonde remise en question du régime ? Beaucoup le pensaient, autour de Chautemps, ce notable républicain issu d'une famille honorable de Savoie, dont le frère et le père avaient été parlementaires. Son père, Émile, avait été vice-président du Sénat, son frère Félix avait été tué pendant la guerre à la tête de sa section dans la région de Thann. Un autre frère , Henry, avait été assassiné en service commandé en Afrique noire. Le père, radical-socialiste, avait jadis mené le combat contre Boulanger. Au début de la guerre, Camille avait été volontaire pour le front. A travers Chautemps, on voulait abattre une dynastie républicaine. Depuis juin 1932, il siégeait place Beauvau, quel que fût le gouvernement. Il avait fréquemment occupé ce poste depuis 1924 et passait pour le grand organisateur des élections. Il

1. *Op. cit.*, t. 3, p. 230.

était aussi, en tant que responsable de l'ordre, le principal ennemi des ligueurs.

De Poincaré à Tardieu, ces derniers avaient connu des jours difficiles — une baisse des effectifs et des crédits — et même l'Action française était en perte de vitesse[1]. Les réunions de propagande provinciale rassemblaient moins de monde, les abonnements au journal diminuaient, l'essentiel de l'argent provenait de petits dons et non plus de subventions. On essayait de recruter chez les médecins et les militaires, dans les classes moyennes. On pouvait encore réunir une impressionnante cohorte pour défiler devant la statue de Jeanne d'Arc, mais le cœur n'y était plus. Le retour de la prospérité et le triomphe de la droite au pouvoir avaient réduit l'extrême droite au silence. Pourquoi ce réveil subit au début des années 30 ?

L'antisémitisme français

L'hiver de 1930-1931 réveille les ligueurs après leur longue léthargie. Le scandale Oustric fournit de juteuses copies à leurs journalistes, toujours prêts à surprendre des liaisons crapuleuses entre escrocs et parlementaires. L'antisémitisme se dévoile, devient de nouveau militant. Une singulière affaire de théâtre, en février 1931, permet d'en mesurer la puissance. On joue à l'Ambigu une pièce allemande, traduite par Jean Richepin, sur l'affaire Dreyfus. Camelots du roi, Jeunesses patriotes et Croix de feu y vont hurler : « Vive l'armée ! A bas les juifs ! » Le comité des Croix de feu écrit au préfet de police Jean Chiappe, qui interdit la pièce. L'Action française, qui a bien besoin de se refaire une réputation, crie victoire. Le préfet de police interdit également une représentation des concerts Pasdeloup, parce que le chef d'orchestre Félix Weingartner est juif. Le ministre de l'Intérieur et président du Conseil, dont dépend le préfet Chiappe, est alors Pierre Laval. En mars, une intervention à la Chambre compare les manifestations de Paris à celles de Berlin et oblige le préfet à

1. Eugen Weber, *L'Action française*, Paris, 1985.

autoriser la pièce. Les représentations sont d'ailleurs protégées par les Jeunesses républicaines. Mais les bagarres éclatent sans cesse, et l'absence de tout public oblige le directeur de l'Ambigu à changer son affiche.

La ligue se dit alors patriote, antibriandiste (elle intervient lors de la candidature de Briand à la présidence de la République, exerçant des pressions sur les députés de droite) et se félicite de l'« injuste mort naturelle » du pèlerin de Genève. Ce qu'elle vise à travers Briand, c'est la politique extérieure de la gauche. Une fois de plus, Camelots du roi, Jeunesses patriotes et Croix de feu se trouvent réunis pour expulser Louise Weiss (égérie de Briand et directrice de l'antifasciste *Europe nouvelle*) de la grande salle du Trocadéro où elle tient meeting sur le thème du désarmement. Nouvelle « victoire » saluée par l'*Action française*, nouvelle preuve de la tolérance du préfet Chiappe à l'égard des ligues antisémites. Lors du débat de protestation du 8 décembre, Laval reste sourd aux reproches de la gauche. Les manifestations sont encore limitées à une poignée de ligueurs.

Ceux-ci sont brusquement plus nombreux après la constitution du ministère Herriot qui suit la victoire de la gauche. Organisant une manifestation autour du Palais-Bourbon le 13 décembre 1932, les étudiants Camelots du roi prennent la tête d'une émeute au Quartier latin, que la police réprime vigoureusement. Il est vrai que le ministre de l'Intérieur est alors l'antifasciste Camille Chautemps : 6 000 policiers et gardes protègent le Palais-Bourbon, arrêtant plus de 200 personnes. Selon le *Herald Tribune*, la foule aurait atteint 30 000 manifestants : les effectifs des ligueurs se sont-ils brusquement multipliés ?

Les manifestations se sont jusque-là limitées à des affaires de politique étrangère ou d'antisémitisme. Elles portent le sceau du vieux nationalisme français, de plus en plus mâtiné d'antisémitisme fascisant. L'entrée en action des paysans en colère de l'agitateur Dorgères (dans les campagnes de l'Ouest), et surtout des Croix de feu, donne au mouvement une autre couleur et d'autres moyens : les militants, trop jeunes pour avoir fait la guerre, adhèrent à un mouvement satellite des Croix de feu, les Volontaires nationaux. Ils sont 40 000, dans un champ près de Chartres, à exiger du colonel de La Rocque qu'il prenne le pouvoir pour appliquer un programme d'organisation de l'économie française intégralement diffusé par la *République* d'Émile Roche. Ce mouvement, plus boulangiste que fasciste[1], vient conforter les cohortes de ligueurs, désormais alimentées par les fonds privés du parfumeur François Coty, patron du *Figaro*, et de l'« électricien » Mercier, organisateur des campagnes de la droite. Les Croix de feu reçoivent des subventions de ces mécènes, comme d'autres organisations ligueuses.

A cette époque, on accusait Wendel de faire partie des Croix de feu et de participer à leur entretien. Jeanneney montre que le propriétaire (partiel) du *Journal des Débats* manque alors de fonds pour la propagande. S'il a aidé médiocrement les Jeunesses patriotes de Taittinger, il n'est apparemment pas impliqué dans l'affaire de La Rocque, qu'il ne connaît pas avant 1935 — il l'a rencontré une seule fois en 1932. Wendel n'est pas de ceux qui attribuent la victoire de la gauche en 1932 à une décadence du parlementarisme. Il en accuse bien plus volontiers « la stupide politique de concentration radicalisante » de Tardieu. C'est l'arrivée au pouvoir de Hitler qui ébranle sa confiance dans le système politique français. Pourtant, c'est pour lui l'occasion de prêcher de nouveau le nationalisme : il a trouvé Daladier « aussi conscient que lui de la menace allemande », et il se réjouit de l'évolution des Rothschild contre l'Allemagne. Il souhaite que la droite canalise le sentiment antihitlérien pour affirmer une politique de réarmement et de redressement. Il ne faut pas, dit-il, « laisser glisser au racisme le nationalisme renaissant ». Ses préférences ne sont pas ligueuses : il attend, il espère un sursaut parlementaire provoqué par l'évolution désormais rapide de la situation internationale.

Il reste que beaucoup d'industriels et d'hommes d'affaires ne croient pas ce sursaut possible avec la Chambre de gauche issue des élections de 1932. Ils cherchent à créer par la presse d'extrême droite (*Candide*, *Gringoire* aussi bien que l'*Action française*) et par l'action violente des ligues, un climat

1. Bonnefous, *op. cit.*, p. 186.

d'incertitude destiné à préparer l'opération dont ils rêvent : la révision de la Constitution dans un sens autoritaire, pour imposer enfin au Parlement cette politique de déflation, soutenue par les experts, que les cabinets radicaux-socialistes appliquent avec trop de mollesse. Pour eux, la chute des cabinets sur des problèmes de traitement de fonctionnaires ou de diminution des pensions est un signe d'impuissance : l'utilité des ligues est de créer l'occasion de faire évoluer le régime dans le sens d'une République à l'italienne, Mussolini étant le personnage le plus unanimement admiré (y compris par Wendel) du haut patronat français.

On aide donc le courant antiparlementaire, qui s'amplifie. Les associations d'anciens combattants se manifestent. L'U.F.C. (Union Fédérale des Combattants) dénonce « l'anarchie de la Chambre » et annonce « une crise du régime ». Taittinger publie un appel tiré à des millions d'exemplaires : « Le pays réclame un chef. » *Je suis partout*, journal d'extrême droite, affirme « que le pays met son espoir dans la révolution ». Henri Béraud, dans *Gringoire*, estime que l'heure du « coup de balai » est venue. Le recrutement ne cesse pas à l'Action française : non plus des membres des classes moyennes, mais d'une clientèle populaire inaccoutumée, aussi bien dans les petites villes que les villages. Un rassemblement à Nancy réunit 10 000 personnes[1]. Le comte de Saint-Aulaire, qui a remplacé Coty au *Figaro* depuis 1933, tresse des couronnes au journal de Léon Daudet. L'idée d'un coup d'État est dans l'air, et l'on se croit revenu aux beaux jours du boulangisme. Mais où est donc le nouveau Constans ? Où sont les républicains ?

La responsabilité du patronat

219 tués et 300 blessés lors de l'accident ferroviaire de Lagny le 23 décembre 1933 : l'année 1934 commence mal, dans un sombre climat de catastrophes et de scandales. La France est alors touchée de plein fouet par la crise, dont les

1. Weber, *op. cit.*, p. 251.

effets deviennent tragiques. L'État renfloue discrètement les banques en difficulté et soutient artificiellement le cours du blé.

Le repli effectif de l'économie française n'a guère commencé qu'à la fin de 1930, avec une récession très modérée de 7 % de la production industrielle. La crise est alors surtout financière, avec une chute des cours consécutive au scandale Oustric. Un sérieux clignotant s'allume pourtant : celui des exportations, qui ont baissé de 25 %. L'équilibre français risque à la longue d'être remis en question par la contagion des grandes faillites bancaires européennes et le rétrécissement des débouchés commerciaux. L'automobile, qui travaillait beaucoup pour l'exportation, est la première touchée : sa production recule d'un tiers, et Saint-Gobain ne vend pas la moitié de ses glaces. Pont-à-Mousson est également amputée d'une très grosse partie de sa fabrication de fonte.

Les entreprises qui ont investi — Citroën a installé une chaîne de montage dans une nouvelle usine — doivent faire face à de lourdes obligations financières, avec un crédit réduit et une Bourse anémique, désertée par les épargnants. 400 banques, petites et grosses, disparaîtront en France entre 1931 et 1935. La chute de la Banque nationale de crédit sera spectaculaire, car elle finançait un groupe industriel de 30 000 salariés. La Banque de l'union parisienne devra être renflouée en 1934. Citroën, qui est entre les mains des banques, produit 23 000 voitures en 1935 contre 65 000 quatre ans plus tôt : avec 900 millions de dettes, la firme est liquidée en 1934 et sera rachetée par Michelin : 6 000 ouvriers se retrouveront à la rue.

Le chômage progresse rapidement, même s'il est loin d'atteindre les taux américain, allemand ou britannique. Les mines et la métallurgie du Nord sont touchées les premières : 65 000 chômeurs sur 110 000 salariés. Le département de la Seine compte 200 000 sans-emploi. Le chômage partiel est souvent l'occasion de masquer les effets réels de la crise, de même que la diminution de la durée du travail. De plus, la multiplicité des petites entreprises et des travailleurs à domicile fausse les statistiques et ne permet pas de faire le compte précis du chômage en France. On estime cependant que le nombre des chômeurs secourus décuple de 1931 à 1936 (436 000).

Les campagnes, qui assurent l'équilibre politique traditionnel du régime républicain, sont très durement touchées : l'effondrement des prix agricoles, de 1931 à 1935, est d'au moins 50 % dans une agriculture très peu modernisée, où le rendement moyen n'est encore que de 16 quintaux de blé à l'hectare. La seule ressource des agriculteurs qui refusent l'exode rural est de se contenter de la polyculture de subsistance. Cette régression est vécue comme une injustice dont on rend le personnel politique responsable.

2,9 millions d'exploitants — céréaliers, viticulteurs, éleveurs — attendent tout de l'État, y compris les propriétaires non exploitants que leurs fermiers ne paient plus. Le docteur Queuille, ministre quasi inamovible de l'Agriculture, ne peut faire des miracles. Il obtient toutefois des subventions en 1934 (1,2 % du budget de l'État) et en 1935 (2,6 %) pour soutenir les cours des produits. La République n'abandonne pas ses électeurs ruraux...

Ils demandent en effet protection, comme au temps de Méline. La crise de confiance envers les grands États européens qui refusent d'acquitter leurs dettes se traduit par un durcissement douanier auquel la France n'échappe pas d'autant que le franc est surévalué depuis 1931 et que les ventes à l'étranger se sont réduites de moitié. Les droits de douane passent de 8 à 16 % en moyenne dès 1931, des contingents ou quotas sont imposés, ainsi que des accords de *clearing* signés de pays à pays. L'empire colonial, compris dans la zone protégée, devient une chasse gardée pour les productions métropolitaines.

Il ne vient pas à l'idée des patrons de développer le marché intérieur : le capitalisme financier français redoute que la consommation ne nuise à l'épargne. Le front du travail se durcit, les grèves n'ont pas d'issue, les salaires sont au contraire abaissés d'une branche à l'autre, et les conventions collectives refusées. On n'hésite pas à licencier les syndicalistes ou les ouvriers en surnombre. Le syndicalisme français qui, dans les années 20, croyait aux vertus de la rationalisation et de l'organisation scientifique du travail, redécouvre, sous la pression de la base, la lutte des classes. Faute de pouvoir d'achat, la relance de l'économie par la consommation n'est pas possible. Au reste, on s'ingénie à refuser le crédit bancaire : si l'automobile en bénéficie, l'électroménager n'en dispose pas. On interdit l'ouverture de magasins à grande surface et les « camions-bazars » pour ne pas nuire aux boutiquiers. On se garde d'appliquer le plan Tardieu d'équipement national : les crédits d'État étant aussi générateurs d'inflation, on les limite. Ainsi s'explique qu'un quart seulement des communes françaises soient pourvues d'eau potable. Le système capitaliste, avec ses conseillers déflationnistes et son patronat autosatisfait, pèse de tout son poids sur l'évolution économique et sociale pour s'abstraire de la crise à tout prix. L'État soutient les petits producteurs ébranlés et les patrons de P.M.E. en semi-faillite, pour maintenir vaille que vaille le tissu social conservatoire des gros intérêts qui pratiquent, par branche, les ententes anticoncurrentielles : cette cartellisation affecte les charbonnages, la sidérurgie, la métallurgie et le matériel électrique. Les patrons français n'ont pas de reproches à faire aux politiques : leur attitude face à la crise est encore plus médiocre. Par la voix de leurs conseillers financiers, de leurs experts, et par leur propre politique de subvention des candidats et des partis (voire des ligues), ils imposent une ligne déflationniste absolue, sans se préoccuper des conséquences sociales, sauf en imaginant quelques correctifs ponctuels.

Le poids des financiers est écrasant : les investissements industriels se ralentissent et pour certains disparaissent, les innovations chimiques qui sortent des laboratoires allemands ou américains (le nylon, les matières plastiques) n'ont pas cours en France, les technologies modernes coûteuses en matériel sont abandonnées, on laisse vieillir le parc des machines-outils. Si la productivité continue de s'accroître faiblement, c'est bien souvent par compression de personnel. L'État donne l'exemple du freinage en ne construisant plus de logements. La loi Loucheur est abandonnée : dans la Seine, on passe de 40 000 à 5 000 logements nouveaux par an. Pas de grands chantiers hydro-électriques nouveaux, pas d'automatisation du téléphone, pas de mise en place d'un système moderne de radio : les investissements des P.T.T., naguère très prometteurs, sont eux aussi rognés. Les 43 000 sociétés anonymes françaises se défendent moins bien contre la crise que les 150 000 sociétés à structure familiale qui, au prix d'un malthusianisme absolu, parviennent à rester à flot, à condition de bénéficier de l'aide constante d'une législation limitant la concurrence et protégeant les marchés. En 1934, les classes moyennes françaises ne demandent pas moins d'État, mais plus d'État. Quand les commerçants manifestent dans les ligues, c'est pour renforcer la capacité d'intervention des députés dont on attend qu'ils rétablissent l'ordre économique et distribuent au plus juste les ressources de la République, sans faiblesse pour les ennemis de l'ordre. Ainsi la clientèle sociale modeste des ligues se trouve-t-elle en accord profond avec les grands intérêts économiques : davantage d'État libéral, mais un État libéré des contraintes sociales, des pesanteurs syndicales, de la coûteuse corruption parlementaire.

L'émeute du 6 février 1934

La démission du gouvernement Chautemps fut une première dans l'histoire politique de la République : le pouvoir avait cédé à une manifestation de rue. Il est vrai que le 27 janvier 1934, aux cris de « Les députés, on les pendra ! », les manifestants d'Action française avaient balayé la Garde républicaine et tenu contre la police la place de la Concorde. Les bandes déchaînées avaient renversé les autobus et les kiosques à journaux. On affirma à gauche qu'il y avait eu collusion entre l'Action française et le préfet de police Chiappe. Aussi le premier soin de Daladier, président du Conseil le 30 janvier, fut-il de nommer celui-ci résident au Maroc pour bien montrer que le gouvernement avait l'intention de défendre fermement la République.

Sept ans d'exercice du pouvoir avaient fait du préfet (inventeur des passages cloutés) un personnage aimé des Parisiens et connu des caricaturistes. Son renvoi fut présenté par les modérés comme une injustice, par les ligueurs comme un scandale. On annonça pour le 6 février une manifestation afin de protester contre son renvoi : les Croix de feu avaient pris l'initiative, suivis par l'Action française, les Jeunesses patriotes, la Solidarité française, les anciens combattants corses et la Fédération des contribuables. Daudet affirma que l'on avait introduit des mitrailleuses au Palais-Bourbon pour tirer sur le peuple. D'autres firent état de chars que l'on aurait fait venir de Compiègne, avec des soldats noirs... Chiappe refusa le poste qu'on lui offrait, et les deux ministres du centre droit du cabinet Daladier, Jacques Fabri et Charles Pietri, démissionnèrent. Mais Daladier, qui croyait avoir trouvé son Constans en la personne du ministre de l'Intérieur Frot, resta sur ses positions, faisant face à l'orage parlementaire. Pendant que se déclenchait l'émeute, on en vint aux mains au Palais-Bourbon où les communistes réclamaient les soviets sur l'air des lampions et criaient : « Chiappe en prison ! » Xavier Vallat, mutilé de guerre, partit en disant qu'il allait rejoindre dans la rue ses camarades de combat. « Ce peuple qui a fait la République saura la défendre ! » lança Blum, tandis que Tardieu, blême de rage, répliquait à Maurice Thorez : « Je vous ai mis en prison et je recommencerai quand je le pourrai. » « On tire, dit un ancien combattant, Scapini. Avez-vous donné l'ordre de tirer ? » Pas de réponse dans le brouhaha. Que se passe-t-il donc place de la Concorde ?

Les groupes ont attaqué sans concertation, mais avec la dernière violence. Seuls les Croix de feu, massés derrière le Palais-Bourbon, sur la rive gauche, conservent ordre et discipline. Le 6 février est une émeute de rue, et non un coup d'État, ni une révolution. Eugen Weber pense que le prétendant au trône, le duc de Guise, n'avait rien prévu, pas plus que les chefs d'Action française. « Si nous l'avions voulu, devait écrire le colonel de La Rocque à Gaston Doumergue le 23 février, nous aurions occupé le ministère de l'Intérieur le 5 février, et le 6 février la Chambre. Nous ne l'avons pas voulu parce que nous poursuivions le rétablissement de l'ordre et non la réalisation d'un coup de force. » Même irrésolution dans les ligues participantes. Les seuls à avoir des mots d'ordre étaient les journalistes et députés de droite : Gignoux, qui avait l'oreille du Comité des forges, ne se lassait pas de réclamer dans la *Journée industrielle* la dissolution et le départ du gouvernement de gauche. Dans l'*Écho de Paris*, Henri de Kerillis demandait le retour à l'union nationale. Dans la rue combattaient pêle-mêle ligueurs et communistes, dans une mêlée qui ne devait se disperser qu'aux abords du Palais-Bourbon, après la fusillade déclenchée par les gardes mobiles. Bilan : 14 morts et 57 blessés graves. S'il y avait eu un fascisme français encadré, avec un chef décidé et un plan d'insurrection, il aurait renversé la République. Une fois de plus, le prétendant royaliste ne s'était pas manifesté. Maurras travailla toute la nuit à un poème provençal destiné à Pampille, l'épouse de Daudet. Guillain de Bénouville et Jacques Renouvin, futurs héros de la Résistance, abandonnèrent l'Action française ce jour-là. Les ligues ne seraient plus capables d'organiser dans Paris que des escarmouches. Ceux qui voulaient réellement tordre le cou à la « Gueuse » allaient se convertir à l'action secrète, en militant dans la Cagoule.

L'ancien président Doumergue, rappelé précipitamment de Tournefeuille, composa calmement son gouvernement d'union nationale, rappelant au pouvoir des hommes de droite, aux côtés de Queuille, d'Herriot et de Sarraut, radicaux de conciliation et de défense républicaine. Germain-Martin, professeur d'économie politique, maintenait l'orthodoxie aux Finances. Tardieu, Barthou, Flandin, Laval et même Louis Marin étaient de cette combinaison où Pétain tenait la Guerre. Doumergue avait « verrouillé », imposant ses mots d'ordre de « trêve, d'apaisement et de justice ». Une petite manifestation avait été organisée à sa descente de train. Raymond Poincaré était sorti de sa retraite pour lui donner l'accolade.

Pourtant, la participation de Herriot suscitait au parti radical un mouvement de révolte. Paris n'était pas calmé : les communistes tinrent la rue le 9 février, et une manifestation d'une ampleur sans précédent présida à la grève générale, largement suivie, du 12 : après les délégués de la S.F.I.O. — Blum, Auriol, Faure — défilant sous les drapeaux rouges entre Vincennes et Nation au cri d'« unité d'action », les communistes scandèrent *La Jeune garde* et *Les Soldats du 17*^e^ derrière Cachin et Duclos. Violences en banlieue : deux militants du PC furent tués à Chaville. Violences à Marseille, l'on comptait également deux morts, à Villeurbanne, Roubaix,

Mulhouse, Nantes, Dunkerque, dans tous les fiefs ouvriers communistes. Par décret-loi, Doumergue prétendit assurer « la stabilité de notre monnaie », c'est-à-dire la poursuite de la politique déflationniste. Blum prit tout de suite position contre ce « bloc national » qui engageait comme ministre du Travail le renégat Marquet. La Chambre s'ajourna, le gouvernement légiféra par décrets-lois, supprimant des emplois, diminuant la pension et le traitement des fonctionnaires, poursuivant la politique que Gignoux et Kerillis appelaient de leurs vœux. Malgré l'opposition déclarée de Jouhaux — qui organisa à la Mutualité, avec le professeur Rivet, « les États généraux du Travail », où la politique déflationniste fut passée au crible —, le cabinet poursuivit son ajustement du budget par voie d'économies, décidant notamment un plan de deux milliards d'amputation du budget des transports ferroviaires.

Au parti radical, le clan du refus se renforça : 28 radicaux, dont Mendès France et Jean Zay, n'avaient pas voté la confiance à Doumergue, et Jacques Kayser démissionna de son poste de secrétaire administratif du groupe pour protester. Les « jeunes-turcs » estimaient la République humiliée par la capitulation de la Chambre devant l'émeute de la rue. Ils pensaient que Daladier n'aurait pas dû, en quittant le pouvoir, laisser détourner la volonté nationale exprimée en 1932 au profit de la droite déflationniste et blocarde. Bergery renonça à son tour à son mandat de député de Seine-et-Oise. La mort du conseiller Prince, magistrat chargé du dossier Stavisky, dont on retrouva le corps sur une voie ferrée de province, relança les polémiques de l'extrême droite : le parti devrait à la fois s'expliquer et s'épurer.

Le parti radical en cause

Le Congrès de Clermont-Ferrand, dominé par Herriot, ne devait rien régler. Des comparses furent frappés d'exclusion en même temps que de vrais coupables comme Bonnaure et Garat. Chautemps ne fut pas attaqué, Daladier regagna le giron de la gauche pacifiste, dénonçant l'abandon de la politique de Briand par Barthou, le nouvel hôte du Quai d'Orsay, et la préparation d'une loi militaire portant le service à deux ans : il tenait un langage proche du socialiste Paul Faure, après avoir été l'apôtre discret de la vigilance nationale et du réarmement. Herriot imposa aux jeunes une motion approuvant la participation au cabinet « de défense républicaine » de Doumergue. Jouvenel et le sénateur de Seine-et-Oise, Cudenet, quittèrent alors le parti. Les jeunes restèrent, mais avec l'intention bien arrêtée de s'adresser « aux radicaux réels » qui ne militaient pas, mais pensaient que l'avenir était à gauche.

Le gouvernement Doumergue a du plomb dans l'aile. Les radicaux sont de plus en plus nombreux à s'abstenir dans les scrutins, voire même à voter contre. Mendès France et Jean Zay sont irrémédiablement hostiles à la politique déflationniste. Gaston Bergery suit attentivement le rapprochement de Blum et de Cachin : le parti communiste vient d'offrir aux socialistes et aux cégétistes l'unité d'action. Il a accepté de discuter à la cité Malesherbes, siège de la S.F.I.O., les modalités d'un rapprochement, dès le 14 juin. Blum a expliqué ce revirement par l'angoisse que la dictature hitlérienne inspire aux dirigeants de Moscou. Le 27 juillet, le « pacte d'unité d'action » est signé. Par la suite, Blum et Cachin participent ensemble, en septembre, à un meeting unitaire. Le thème est déjà la lutte contre le fascisme, qui n'implique nullement l'hypothèse du réarmement. Quand Daladier vire de bord et reprend un discours pacifiste, Blum persiste à penser — comme le souligne son ardent biographe Lacouture[1] —, alors qu'il devient clair qu'Hitler est le maître en Allemagne et que Mussolini arme depuis dix ans les régimes réactionnaires des Balkans, que « la course aux armements ne prévient pas la guerre mais la rend inéluctable. Plus l'emprise du racisme hitlérien devient alarmante, plus le non-réarmement de l'Allemagne devient la condition primordiale de la sécurité de la France ». Mais qui l'imposera ? « Un effort général de réduction des armements et de contrôle. » C'est rêver les yeux ouverts, après l'échec de la conférence sur le désarmement à

1. *Léon Blum*, Paris, 1977, p. 242.

Genève. Que Blum s'indigne du slogan de Kerillis — « Soyons forts ! » — est étrange : Lacouture parle « d'un double jeu presque schizophrénique entre une mise en garde lucide et éloquente contre la barbarie voisine, et une dénonciation parallèle de tout effort pour dresser contre elle un barrage matériel ». Daladier vient, une fois de plus, de s'aligner sur Blum, prévoyant l'avenir, qui est électoral.

Doumergue, qui s'adresse au pays à la radio, déclenche une réaction de pudeur chez les radicaux que son programme de renforcement du pouvoir exécutif inquiète. Au congrès de Nantes, ils se prononcent contre l'extension du droit de dissolution. Mais leur véritable grief porte sur la politique générale qu'ils désapprouvent, y compris la loi militaire préparée par Pétain. Ils se sentent proches de Jules Moch, l'orateur socialiste qui estime que le budget de réarmement met l'Europe devant le fait accompli et compromet la position de la France à la conférence du désarmement de Genève. Ce n'est pas le réarmement que l'on a décidé en Allemagne, coupe Doumergue, c'est le surarmement. Comment y répondre, sinon en renforçant notre organisation militaire ? Nous n'admettons pas l'idée d'une guerre possible, intervient Blum, embouchant ainsi la trompette du vieux pacifisme.

Autant que la politique militaire, c'est la nouvelle action diplomatique de Barthou qui est critiquée par la gauche. C'est le mérite de J.-B. Duroselle d'en avoir distingué la continuité, l'ardeur et l'originalité[1]. Disposant, à son arrivée au Quai d'Orsay, de l'alliance anglaise et d'une série d'accords passés avec les nouveaux États de l'Europe centrale (Roumanie, 1926 ; Yougoslavie, 1927 ; Pologne, 1921 et Tchécoslovaquie, 1924) il découvre qu'une convention militaire secrète existe depuis septembre 1920 avec la Belgique. Mais les Belges, de plus en plus réticents, font savoir, le 8 février, qu'ils ne se sentent plus tenus par leurs engagements antérieurs. L'ambassadeur Gaiffier a déclaré à Pétain que les Belges « recevraient [les Français] à coups de canon » s'ils pénétraient dans leur pays en cas de guerre avec l'Allemagne.

1. « Barthou et les alliances contre Hitler », *Actes du Colloque de Pau*, 9-10 novembre 1984.

Barthou fait ainsi l'inventaire des tiroirs du Quai d'Orsay pour savoir sur qui la France peut réellement compter en cas d'agression. Il se rend compte qu'elle est à peu près seule. Elle vient de se fâcher avec les conservateurs au pouvoir en Angleterre. Hitler, qui a réclamé à Genève l'égalité des droits *(Gleichberechtigung)* en matière d'armements, a obtenu gain de cause depuis décembre 1932. Sous la pression anglaise, Herriot a cédé. Hitler a néanmoins quitté la conférence en octobre 1933 et la France a mis fin aux négociations bilatérales avec le Führer organisées par les Anglais le 17 avril 1934.

Cette rupture est l'œuvre de Louis Barthou. Sans doute entretient-il dans l'Est européen les alliances chères à Briand, prétendant arranger un Locarno oriental qui fixerait les frontières aussi soigneusement qu'à l'Ouest. Il faut mettre l'U.R.S.S. dans le jeu. De ce point de vue, Barthou, ancien garde des Sceaux de Poincaré et ennemi éprouvé des députés communistes, poursuit la politique d'Herriot qui a signé en 1932 un pacte de non-agression avec Moscou. Le moment est bien choisi pour obtenir plus : les Allemands viennent d'évacuer les bases d'expérimentation de leurs armements nouveaux qu'ils possédaient en Russie depuis 1921. Barthou voudrait compléter cette alliance par un accord avec Mussolini.

Il accomplit dans les Balkans une tournée pour associer les petits États à sa politique. En juin, le texte du Locarno oriental est prêt. Il implique l'entrée à la S.D.N. de l'U.R.S.S., qui y sera admise le 18 septembre. Cependant, ni l'Allemagne ni la Pologne n'acceptent ce projet qui leur paraît se réduire à une alliance franco-soviétique. L'ambassadeur Litvinov y pousse de toutes ses forces. Pour faire taire les réticences anglaises, Barthou se rend à Londres les 9 et 10 juillet, expose aux Britanniques qu'il s'agit d'un projet d'alliance dont il est souhaitable qu'il ait des conséquences militaires, et que la France refuse de lier cette discussion, pour elle vitale, à celle du désarmement. Mais au moment où Barthou va amorcer la grande discussion avec les Soviétiques, il est assassiné le 9 octobre à Marseille par un Oustachi croate stipendié par l'Italie fasciste et qui visait le roi Alexandre de Yougoslavie, assis dans la même voiture que le ministre français.

Son initiative fut rejetée par les socialistes : « Doumergue et Barthou, écrivait alors Blum dans le *Populaire*, tendent manifestement à imprimer au rapprochement franco-soviétique le caractère de l'alliance russe d'avant la guerre.[...] Le Parti socialiste reste hostile aux pactes fermés, partageant l'Europe en clans antagonistes ; il reste hostile aux alliances militaires accélérant la course aux armements. » Pourtant des voix radicales s'élèvent en faveur du projet : celles de Georges Bonnet dans le *Petit Parisien*, d'Émile Buré dans l'*Ordre*, de Pertinax dans l'*Écho de Paris*. On est sensible, à droite, au retour de l'action diplomatique vers la recherche concrète d'alliances. Seuls les journaux d'extrême droite refusent, par passion idéologique, cette alliance soviétique. « On répète souvent, écrit Gaxotte dans *Je suis partout*, que les Soviets sont une force de paix. Mensonge ! Ils sont une impuissance de guerre ! »

Poincaré meurt quelques jours après Barthou, et le cabinet Doumergue est renversé. Herriot, en désaccord avec Doumergue sur la réforme constitutionnelle, avait démissionné, entraînant avec lui les ministres radicaux. Doumergue n'a plus qu'à reprendre la route de Tournefeuille.

La double dénonciation de Paul Reynaud

Ni l'électorat socialiste ni le radical ne sont prêts à entendre à nouveau des discours de guerre et de réarmement. Longtemps endormis dans les nuées briandistes, ils ne veulent pas que la guerre de Troie ait lieu, ils restent sourds aux menaces, et n'admettent que le discours de l'autruche. Daladier et Blum connaissent leurs électeurs, ils savent qu'il y a des mots qu'ils ne souhaitent plus entendre. On peut parler d'antifascisme à condition de ne pas envisager de guerre contre les fascistes.

Les radicaux, ayant la responsabilité du pouvoir, ont mis en commun avec la droite des domaines réservés où une action discrète et continue de réarmement est possible : après le passage de Pierre Cot, dans plusieurs cabinets, au ministère de l'Air, l'habitude est prise d'y nommer constamment le général Denain, chef d'état-major de l'armée de l'Air, dont le budget de construction d'appareils a été dissocié de celui du reste de l'armée. A partir du cabinet Flandin, investi le 8 novembre 1934 (et qui nomme le général Maurin au ministère de la Guerre), on choisit Mandel aux P.T.T. : un grand ministre, qui poursuit l'équipement et la recherche, notamment dans le domaine de la télévision inventée par l'ingénieur Barthélemy, de la compagnie des Compteurs de Montrouge. Dans la valse des ministères, on s'arrange pour ménager l'avenir de la France en nommant, dans l'hypothèse d'un conflit, des hommes compétents aux postes essentiels. On remarque l'arrivée de Laval au Quai d'Orsay : l'Auvergnat ambigu semble réincarner Briand, alors qu'il poursuit désormais la recherche d'alliances chères à Barthou : à Rome et à Moscou. Il est clair que l'on dissimule aussi au Parlement, sous des paroles lénifiantes, les ambitions politiques réelles. Personne ne souhaite troubler la quiétude de l'électorat.

La publication par le colonel de Gaulle de *Vers l'armée de métier* et la campagne de presse qu'il tente d'amorcer sur ce thème ne peuvent recueillir l'attention du ministre-artilleur Maurin qui n'a pour souci que de remplir les casemates de la ligne Maginot. On calcule que la France n'a construit que 65 chars de 1931 à 1935. En revanche, Maurin poursuit l'œuvre de Cot et de Denain : le plan triennal de production de 1 365 avions, lancé en juillet 1934, devient un plan biennal. La menace du réarmement allemand a eu des effets stimulants sur l'aviation. Il est vrai que le budget de la Guerre est voté en novembre, écrit Bonnefous, avec « une sorte d'empressement ». L'ermite de Tournefeuille a retrouvé les roueries de Poincaré pour imposer à une Chambre socialo-briandiste les mesures de réarmement qu'elle affectait de repousser et dont elle pourrait de moins en moins contester la nécessité. Flandin avait aveuglément suivi en ce domaine la politique de Doumergue, qui lui-même reprenait celle de Daladier. Les nécessités faisaient bon marché des rivalités de la gauche et de la droite : rue de Rivoli, comme rue Saint-Dominique, on avait pris l'habitude d'aménager une sorte de sanctuaire national à préserver des jeux électoralistes. On reprenait ainsi la tradition républicaine. Daladier évoquait le pacifisme quand il était dans l'opposition, jamais au pouvoir. La « schizophrénie » que Lacouture croit discerner chez Blum était de fait assez bien partagée.

La droite n'est pas plus claire dans son discours, et Flandin dissimule soigneusement les termes de la loi de deux ans de service militaire, qu'il est bien obligé de faire passer en mars 1935 s'il veut avoir plus de 118 000 hommes d'active contre les 600 000 dont disposera l'Allemagne en 1939 : les classes creuses de l'après-guerre obligent à maintenir deux classes en même temps, « à les conserver temporairement sous les drapeaux », selon la formule du ministère.

A droite, un homme seul, Paul Reynaud, fait entendre une voix discordante en prenant à son compte, à la tribune, les idées de Charles de Gaulle, alors rejetées par Pétain, Weygand et Maurin. Au cours du débat du 15 mars, il explique que l'Allemagne est supérieure également par la *qualité* de ses armements : « Le problème français est de créer un corps spécialisé, capable de riposter d'une manière foudroyante à toute attaque. » Il est de fait que l'interventionnisme français en Europe centrale, politique traditionnelle du Quai d'Orsay, se trouve en contradiction avec la politique de l'état-major : comment aider les alliés de Prague ou de Bucarest sans sortir de la ligne Maginot ? « Nous avons une politique. Nous devons avoir, dit Reynaud, l'armée de cette politique. » Et d'évoquer à son tour l'assistance, la solidarité internationale. « Croit-on que l'assistance peut se borner à la défense passive de notre territoire, pendant que M. Hitler se promènera de long en large à travers l'Europe ? »

Le surlendemain, l'Allemagne rétablit le service obligatoire et porte ses effectifs à 36 divisions, abolissant les clauses de Versailles. Laval resserre à Stresa les liens avec la Grande-Bretagne et l'Italie. On compte si peu sur l'intervention du conseil de la S.D.N. que l'on traite de nouveau avec Moscou, par un pacte signé le 2 mai à l'initiative de Herriot et de Laval. Un accord qui n'est pas sans conséquences sur la politique intérieure, puisque Laval obtient de Staline une déclaration dans laquelle celui-ci se déclare favorable au réarmement français, neutralisant ainsi les campagnes de Doriot, Thorez et Duclos.

Rien ne s'oppose désormais au Front populaire. Il fonctionne en fait dès les élections municipales du 5 mai 1935, qui sont toujours en France un indicateur politique très sûr : sans doute la stabilité des résultats est-elle frappante, mais la poussée des communistes ne l'est pas moins. Elle a été rendue possible par l'abandon de la tactique « classe contre classe » et par les désistements « antifascistes » dont ils ont été les premiers bénéficiaires, puisqu'ils ont allègrement enlevé les hôtels de ville d'Arcueil, de Bagneux, de Champigny-sur-Marne, de Colombes et de la plupart des villes de la ceinture parisienne. A Paris même, le désistement d'un radical a fait élire les communistes Marcel Paul dans le 14e arrondissement et Legall dans le 13e. Inversement, des radicaux et des socialistes ont été élus grâce aux voix communistes : c'est le cas de Roger Salengro à Lille.

Cette répétition générale permet d'avancer avec des bottes de sept lieues dans la voie du « front commun », que l'on n'appelle pas encore « front populaire ». Le gouvernement Laval favorise cette politique d'union en donnant prise à des critiques convergentes. Sa politique intérieure présente les caractères de fermeté que souhaitent les conseillers déflationnistes, Gignoux, Rueff et Dautry. Laval dispose de l'arme des décrets-lois jusqu'au 31 octobre 1931. L'analayse de ses experts est ultradéflationniste : puisque les prix français sont trop élevés à l'extérieur, il est nécessaire, par une déflation autoritaire et drastique, de les abaisser jusqu'à les rendre compétitifs, en évitant ainsi la dévaluation. Laval ampute de 10 % tous les paiements du Trésor de même que les traitements, une mesure absolument dans la tradition des politiques précédentes, y compris de celle des ministres de gauche des gouvernements d'après 1932. On prétend agir sur le prix des denrées et de l'énergie pour rendre la mesure tolérable. Mais elle n'est pas tolérée : outre les protestations habituelles des associations de fonctionnaires et de pensionnés, le mouvement social devient violent avec la grève révolutionnaire des ouvriers des arsenaux de Brest et de Toulon où l'on dresse des barricades dans la basse ville. Les communistes dénoncent ces « décrets-lois de duperie ».

Au débat du 29 novembre sur les questions financières, l'anticonformiste Reynaud attaque cette fois Laval sur sa politique économique, en soutenant la nécessité de la dévaluation. A l'évidence, le déflationnisme n'est pas une solution puisque les sorties d'or reprennent de plus belle, indice d'un déséquilibre qui s'incruste. La reprise se manifeste partout sauf en France. « La déflation n'a plus le bénéfice du doute », lance Reynaud qui s'indigne que personne à la Chambre n'ait le courage de proposer une solution. « Il faut changer non de régime ni même de gouvernement, mais de politique. »

Blum prend alors la parole, et son intervention annonce le futur échec économique du Front populaire : nous avons dénoncé depuis longtemps la déflation, dit-il, mais « notre doctrine nous oppose à la fois à la déflation et à la dévaluation ». Il prétend lutter contre la crise par l'amélioration du pouvoir d'achat des masses et un programme de grands travaux. « Cette formule est charmante, parce qu'elle ne blesse personne, ironise Reynaud. Vous voulez résoudre le problème des prix par leur baisse grâce à la stimulation de l'activité économique [la politique du pouvoir d'achat]. C'est alors que le monde entier s'est trompé, car il croit que la crise est le fait de la baisse catastrophique des prix. Or, vous parlez de tendre à les faire baisser encore. » Blum ne répond pas, convaincu, comme jadis Herriot, qu'on jugera la gauche sur son programme financier, et que celui-ci doit tenir compte des blocages, des interdits, des nécessités et des lois de la finance, tels qu'ils s'expriment au plus haut niveau de l'État, quels que soient les majorités et les gouvernements.

L'alliance de Front populaire

L'alliance de Front populaire se renforce dans un climat à haut risque international. Thorez, obéissant aux nouvelles consignes de Moscou, propose son appui au « jacobin » Herriot. Comment celui-ci l'accepterait-il alors qu'il fait partie, avec cinq de ses collègues, du gouvernement Laval ? Pourtant l'idée progresse. Victor Basch, président de la Ligue des droits de l'homme, et Paul Rivet, parlant au nom des Intellectuels antifascistes, avec ses amis Soustelle et Alain, demandent la participation des radicaux à la manifestation unitaire du 14 juillet : cinq membres, dont Jacques Kayser, sont désignés par le bureau. A titre personnel, Daladier participe à une réunion préparatoire le 28 juin à la Mutualité, avec Blum et Thorez. Des réticences s'expriment, celles d'Albert Milhaud dans l'*Ère nouvelle*, et d'Émile Roche dans la *République*, mais le courant unitaire passe et la manifestation parisienne, qui a pour thème la lutte contre le fascisme, est un très grand succès.

Les radicaux participent alors à l'élaboration du programme commun au siège de la Ligue des droits de l'homme. Le Comité national de rassemblement populaire compte des délégués de toutes les formations politiques et syndicales. Les radicaux en font partie puisque le congrès de Nantes, en octobre 1935, a approuvé la tactique d'union. On rédige un programme des plus réduits, puisque la seule nationalisation prévue est celle des industries d'armement. On envisage aussi le changement des statuts de la Banque de France, la réforme du crédit et la création, pour protéger le cours des céréales, d'un office du blé.

L'article de politique extérieure est à dessein ambigu : les trois partis demandent « la paix ». Mais quelle paix ? Celle obtenue au prix d'un accord avec Mussolini et Hitler ? Herriot lui-même prend position, après l'agression italienne en Éthiopie, contre le plan de règlement franco-britannique Laval-Hoare. Les radicaux obligent Laval à accepter une politique de sanctions. On lui reproche à gauche d'avoir laissé les mains libres à Mussolini au cours d'un entretien en tête à tête. Il tombe le 22 janvier 1936 à la suite de la démission des ministres radicaux, ce qui ouvre une fois de plus une crise.

Hitler réarme, gagne les élections en Sarre, prévues par la paix de Versailles, et obtient le rattachement de ce riche territoire à l'Allemagne. La menace se précise en mars, sous le ministère de transition d'Albert Sarraut dont font encore partie les radicaux : Hitler envahit la Rhénanie à quelques semaines des élections françaises. Flandin, ministre des Affaires étrangères, demande au général Maurin, ministre de la Guerre : « Quelles mesures militaires est-il possible de prendre immédiatement ? » Le général répond que l'armée française a été « entièrement conçue pour une mission défensive » et qu'elle n'a « rien de préparé, encore moins de prêt pour une intervention militaire ». Pietri, ministre de la Marine, affirme qu'il ne peut attaquer Brême et Hambourg sans le concours de la Royal Navy. Quant au ministre de l'Air, il ne veut pas bombarder les populations civiles. Que dit l'Anglais Eden ? Qu'il va consulter le cabinet. L'Allemagne multiplie les propositions de paix en même temps qu'elle fait franchir le Rhin à ses troupes : elle signera un pacte de non-agression de vingt-cinq ans en échange de l'abandon des clauses de Locarno. Elle reviendra à la Société des Nations. A Paris, au Conseil des ministres du 8 mars, l'état-major a fait savoir qu'il exigeait une mobilisation totale pour intervenir. Le Conseil, dit Flandin, « est dans un lamentable désarroi ». Beaucoup ne se gênent pas pour affirmer qu'à six semaines des élections, la mobilisation générale serait « une folie ». Seuls Flandin, Sarraut, Paul-Boncour et Mandel sont partisans d'une action militaire immédiate. Bonnet conteste cette appréciation, affirme que les ministres auraient tenu bon si l'Angleterre avait suivi. Mais le gouvernement de Londres ne croit alors qu'à la négociation. « L'état actuel de l'armée française, affirme le général Maurin, ne permet pas de courir ce risque. » Il n'y avait, en Rhénanie, que quelques unités allemandes. Une simple poussée des troupes françaises de couverture, nous le savons aujourd'hui, aurait suffi pour faire reculer Hitler. Où se situent les responsabilités ?

On laisse faire Hitler mais on dissout la ligue d'Action française, qui vient d'agresser Léon Blum et de le blesser grièvement. Il est assurément plus facile de combattre le fascisme intérieur que de mettre Strasbourg, selon la forte formule d'Albert Sarraut, hors de portée des canons allemands. Une telle humiliation de la gauche prépare un revirement. Même si les candidats de Front populaire parlent encore de paix, ils sont presque tous avertis du danger et convaincus de la nécessité de réarmer. La droite utilise d'ailleurs cette disposition en affirmant, dans les affiches du « Front national », que « le Front populaire, c'est la guerre ». Qu'elle le veuille ou non, la politique française est entièrement dominée par la contrainte extérieure.

Le dernier obstacle à l'unité d'action saute après la fusion des deux centrales syndicales C.G.T. et C.G.T.U. Les discours radiodiffusés de Thorez offrent une large union, étendue aux travailleurs chrétiens et même aux Volontaires nationaux. Pas d'exclusive pour tous ceux qui recherchent, contre les « deux cents familles », « une France libre, forte et heureuse ». Socialistes et radicaux, utilisant les radios de Paris et de province, insistent sur l'antifascisme et sur la nouvelle politique économique qui doit assurer le bonheur des Français.

Quant à la droite, elle réveille toutes les peurs. Kerillis, qui anime la campagne, montre que le Front populaire a été rendu possible par la volte-face des communistes, ordonnée à Moscou. La France serait engagée, en cas de victoire de la gauche, à soutenir la politique soviétique de guerre à Hitler et à Mussolini. En Espagne, un Front populaire existe déjà depuis quelques mois, entraînant des premiers troubles : « Aujourd'hui le bulletin de vote, peut-on lire dans le *Temps*, demain la torche et le revolver. » Les antimilitaristes d'hier veulent plonger le pays dans la guerre étrangère et dans la guerre civile. Antoine Pinay, candidat à Saint-Étienne, affirme « que le communisme est le poison avec lequel se suicide une société lasse de souffrir ». On ajoute à toutes ces peurs celle de l'écroulement de la Bourse — qui subit un repli entre les deux tours — et du franc.

Cette campagne efficace explique le relatif maintien des positions de la droite dans nombre de circonscriptions : 4,2 millions de voix vont au Front national contre 5,4 millions au Front populaire, mais la victoire est nette : l'avance représente 12 % des votants. L'étonnant, l'inattendu est la chute du parti radical qui perd 400 000 voix et recule dans deux départements sur trois. Les communistes sont les principaux gagnants, avec 1 467 000 voix, soit le double de 1932. Un tiers de leurs députés vient de la Région parisienne, les autres du Nord-Pas-de-Calais, des bordures nord-nord-ouest du Massif central et du Sud languedocien et méditerranéen. Les socialistes sont en tête avec 149 élus, les radicaux les suivent avec 106, les communistes sont 72 : une majorité de 327 députés, dont la S.F.I.O. constitue presque la majorité. C'est une surprise et le président Lebrun propose immédiatement à Léon Blum de former le gouvernement.

A plus de soixante ans, le leader socialiste représente ce que la pensée politique française peut avoir de plus complet, de plus achevé. Ce normalien a écrit dans la *Revue bleue*, au temps où Barrès l'aimait, des articles d'un beylisme exquis. Ce conseiller d'État a fait carrière au parti socialiste, ayant collaboré à l'*Humanité* de Jaurès, au cabinet de Marcel Sembat, ministre des Travaux publics de Viviani en 1914. Le journaliste du *Populaire* est plus qu'un maître à penser. Il est aimé du public ouvrier dont il ressent profondément les aspirations et les sentiments. Il n'hésitera jamais, une fois installé à Matignon, à interrompre le Conseil pour recevoir une délégation de mineurs du Pas-de-Calais. Ce grand bourgeois, que l'on dit à droite nanti d'une vaisselle d'or, aime le peuple et en est aimé. La vague de sympathie émanant des ouvriers après l'attentat perpétré contre lui par l'Action française peut en témoigner. Le faiseur d'opinion du *Populaire* est un sensible : pas un de ses articles qui ne commence par une réaction personnelle profondément ressentie, qu'il ne cherche à faire partager au public sur une situation dûment analysée. Un sens de la clarté, de l'expression vivante des idées, qui l'apparente aux grands rhéteurs, un phrasé, une continuité presque éprouvante du discours qui présente les conclusions comme des évidences, après le rythme lent puis précipité dans la formule finale : du très grand art qui fait oublier les yeux gris-bleu, timides derrière les lunettes, et la voix frêle aux profondeurs parfois angoissantes. Point orateur à la façon des Viviani ou des Briand, rhéteur chez les politiques et philosophe chez les rhéteurs, il est, plus que le père du parti, son accoucheur, sa conscience : c'est d'une voix déchirée qu'il parle aux dissidents néo-socialistes avant que ne tombe le couperet de leur condamnation. Il peut être accablé, exalté, persuasif et tendre, sévère et sobre, il court sur tous les registres de l'émotion sans perdre de vue le fil de la nécessité et de la logique. Qu'il soit dénoncé, poursuivi, accablé souvent par la haine antisémite de ses ennemis politiques, soude plus encore autour de lui le troupeau : indispensable Blum ! Après Jaurès assassiné, les socialistes ont de nouveau quelqu'un à suivre et à aimer.

Des réformes impressionnantes

Le gouvernement du Front populaire se définit d'abord par les refus : Thorez n'en fait pas partie, pas plus que Léon Jouhaux. La coalition gouvernementale est radicale et socialiste, même si elle dispose d'une majorité élargie aux communistes : dangereuse ouverture qui met les nouveaux ministres à la merci d'une censure des hommes de Thorez.

La seconde innovation est que, pour la première fois, les socialistes, partisans de la révolution lente, ont entre les mains les dossiers de l'État dans des départements aussi importants que les Finances (Auriol), l'Économie (Spinasse), l'Agriculture (Monnet). Ils délèguent les Affaires étrangères à leurs amis jacobins, peut-être avec l'arrière-pensée qu'ils seront mieux placés pour faire accepter par leurs ouailles le réarmement (Daladier, Pierre Cot) et le refoulement du fascisme en Europe (Delbos). Que l'Éducation nationale soit confiée à l'intelligent Jean Zay, que des secrétariats d'État soient offerts à des femmes (Mmes Léon Brunschwicg, Joliot-Curie, l'institutrice Suzanne Lecore) ou à un Africain (le Sénégalais Diagne), qu'un ministère des Loisirs soit créé, confié à Léo Lagrange, montre assez que Blum veut sortir des ornières parlementaires, s'adresser à toute la société française et l'associer au grand mouvement de libération qu'il souhaite aussi partagé que possible. Dans l'Europe de la crise et de la guerre, il n'estime pas inutile, mais peut-être précieux, de libérer les forces de la joie, du plein air et du spectacle, des auberges de jeunesse et des congés payés. Le rhéteur a du souffle et pense au niveau d'un peuple. Voilà qui change l'atmosphère du Parlement. Qu'il soit aussi scrupuleusement républicain qu'il est possible indique qu'une des voies de survie de la République est là, pourvu qu'elle réussisse.

Au départ, Blum est puissamment aidé par la grande vague des grèves qui crée dans le pays une sorte de traumatisme — le mot n'est pas trop fort. Aide ambiguë : la plupart des moyens de communication, qui sont aux mains des ennemis politiques, insistent sur le désordre, l'anarchie, la prérévolution. Mais la peur facilite les accords et laisse passer, sans oser les dynamiter, les trains de réforme. L'ampleur du mouvement surprend : plus de 2 millions de travailleurs du secteur privé touchés, le secteur public ne bouge pas. La grève est à peu près générale dans la région du Nord et autour de Paris. La durée aussi est une surprise : les ouvriers ne sont pas pressés de retourner à l'atelier. Les arrêts s'amorcent le 11 mai en province, aux usines Bréguet du Havre, gagnent Latécoère à Toulouse, les industries automobiles parisiennes et les firmes de mécanique, les autres secteurs de l'industrie en juin, le commerce, les grands magasins. La vie normale est arrêtée dès le début de juin, et la reprise n'est guère perceptible avant juillet. Les mouvements durent donc deux mois pleins, ce qui est exceptionnel.

Ils sont nouveaux dans leur forme : les « grèves sur le tas » surprennent et indignent le patronat, parce qu'il s'agit à ses yeux d'une atteinte à la propriété industrielle. Pour les ouvriers, protéger le matériel (on verra des grévistes de magasins de meubles coucher sur le plancher pour ne pas détériorer la marchandise), c'est affirmer le droit au travail offert par l'entreprise. Les machines sont aussi leur bien puisqu'elles les font vivre. On ravitaille les ouvriers sur les chantiers. Ils se distraient, dansent, jouent de l'accordéon, pique-niquent. C'est la fête au travail pour des gens qui ne connaissent pas les vacances. Après les mises au chômage technique, les baisses de salaires, l'introduction des cadences et la surveillance policière des ateliers, la réaction est brutale, joyeuse, anarchique, universelle : pas de plan d'ensemble — tout au plus des mots d'ordre —, pas de révolution, mais une attente confiante des lois qui vont « changer la vie ». La kermesse est populaire et bon enfant : c'est *La Belle Équipe*, avec Jean Gabin, l'une des vedettes du cinéma de ce temps.

On adhère en masse à la C.G.T. qui atteint 4 millions de membres et pénètre dans des secteurs où elle était jusque-là inconnue. Le syndicalisme chrétien, qui compte désormais 500 000 militants, parvient à faire reconnaître sa centrale (la C.F.T.C.) et défend le pluralisme. Même chez les patrons, le mouvement de 1936 crée la différence : les représentants des grands groupes sont extrêmement surpris de constater, dans les négociations, la disparité des salaires selon les régions, entre hommes et femmes, entre ouvriers d'une même branche. Les mesures générales qu'ils cosignent ne manquent pas de susciter des mouvements de protestation dans le petit patronat de province qui, traditionnellement, sous-paie ses travailleurs. Seconde surprise : un Centre des jeunes patrons, acquis aux idées nouvelles et partisan d'un dialogue social continu, se détache des vieilles ententes patronales.

Les lois sortent enfin : si les accords de Matignon concernent directement patrons et syndiqués, l'État n'offrant que ses bons offices, celui-ci suggère des orientations permettant aux délégués d'obtenir plus qu'ils n'auraient souhaité. L'augmentation générale des salaires, de 5 à 15 % selon les branches, est assortie de conventions collectives négociées par professions et de l'élection de délégués d'ateliers à l'intérieur des entreprises.

Le train législatif surprend par sa densité : en six semaines sont publiés les textes de lois sur les conventions collectives, les congés payés à la charge des entreprises, la semaine de quarante heures, l'Office interprofessionnel du blé, la réforme de la Banque de France (où l'on remplace le conseil des régents par un conseil de vingt membres presque tous désignés par le pouvoir). Démocratisation de l'enseignement par Jean Zay, qui prolonge jusqu'à quatorze ans la durée de la scolarité et crée un schéma unique d'accès, avec le certificat d'études, aux petites classes du secondaire, dont les études sont désormais gratuites. Développement des sports par création du billet populaire de congé annuel, avec réduction de 40 % pour les familles, ce qui concernait plus de 500 000 personnes en 1936. Un ensemble de mesures destinées à la fois à faire découvrir au pays les besoins légitimes de la classe ouvrière et à stimuler la production en relançant spectaculairement la demande.

La plupart des experts estiment que la loi des quarante heures fut le grand obstacle à la réussite économique du gouvernement. Sauvy[1] et Jean-Marcel Jeanneney[2] estiment

1. *Histoire économique de la France entre les deux guerres*, Paris, nouv. éd., 1984.
2. *Léon Blum, chef de gouvernement*, Paris, pp. 207 et suiv.

que les chances de sortie de crise par rupture de la politique déflationniste — préconisée entre autres par Paul Reynaud, dont Sauvy devait être le collaborateur — furent gâchées par l'application rigide des quarante heures. Il est vrai que le bilan de la déflation était mauvais, que la dépréciation de la livre et du dollar obligeait la France, restée fidèle à l'étalon-or, à consommer son capital pour survivre, la dette publique engloutissant le quart des ressources de l'État et ruinant toute possibilité d'emprunts importants (pour des grands travaux civils, par exemple), en un temps où les incompressibles dépenses militaires (celles de la ligne Maginot et de l'armée de la défensive) atteignaient 22 % du budget. La couverture des importations par les exportations n'était plus que de moitié. Comme le dit Jean-Marcel Jeanneney, « la France se ruinait ». La production industrielle avait baissé de 20 % en six ans, les mécontentements s'accumulaient : ainsi s'expliquait la désaffection des électeurs pour la droite et les innombrables votes des classes moyennes pour le Front populaire. La France profonde exigeait, dans le respect du franc, un changement de politique économique.

La relance par l'accroissement de la demande fut très vite diagnostiquée comme un échec : les prix et le coût de la vie augmentèrent, mais non l'indice de production, qui chuta. La relance n'était pas même esquissée. La mort dans l'âme, le gouvernement dut se résoudre en octobre à envisager la dévaluation du franc, ce que ses ennemis n'allaient pas manquer d'interpréter comme la preuve de l'incohérence de sa politique.

Les quarante heures et la défense

Les chances de relance étaient escomptées à 40 % de la production de 1935 : estimation trop optimiste, car la semaine de quarante heures, sans réduire le chômage (beaucoup de chômeurs n'étaient pas des ouvriers d'industrie et ne pouvaient donc être employés au travail de week-end), rendait impossible l'accroissement de la production : les entreprises ne pouvaient satisfaire la demande. La loi fut appliquée avec trop de rigidité pour être efficace. Même échec technique pour la dévaluation du 25 septembre. L'opération, faite à chaud, ne permit pas à la loi monétaire du 1er octobre 1936 d'atteindre son objectif. L'amputation du franc (29 %) était trop faible pour être efficace sur les marchés. Même en juin, elle n'aurait pas suffi, en raison des hausses des prix et des coûts. L'échec était incontestable. Les amis du « front », comme Raymond Patenôtre qui avait fait campagne pour la dévaluation dans le *Petit Journal* (racheté à Louis Loucheur), en convenaient en soupirant : pourquoi Blum n'avait-il pas été d'entrée de jeu dévaluationniste ? Parce que « la France de 1936, explique Mendès France, baignait beaucoup plus qu'on ne le croit aujourd'hui dans une atmosphère presque unanime d'économie libérale[1] ».

On ne se débarrassa pas davantage du pacifisme que du mythe du franc-or. La menace en Espagne devenait angoissante : Franco bénéficiait de l'aide massive des fascistes italiens, puis des Allemands. Le premier mouvement de Blum avait été d'aider les républicains espagnols. Mais comment matérialiser cette aide dans le « paysage de décombres » (Renouvin) des relations internationales en Europe ? A supposer que la France trouvât des armes à envoyer aux Espagnols, à quelles réactions pouvait-on s'attendre à Rome, Berlin et Londres ? Le 20 juillet, Blum promet son aide au gouvernement espagnol : il a reçu un appel au secours. Il sait que le gouvernement Laval a signé en décembre 1935 un accord commercial avec l'Espagne, prévoyant, entre autres, l'achat d'armes et de munitions à la France. Il indique à Eden, secrétaire au *Foreign Office*, qu'il a l'intention de prêter main-forte à l'Espagne.

Une campagne de presse est alors déclenchée par l'*Écho de Paris* et le *Jour*. On donne la liste des commandes espagnoles : 25 avions Potez avec 1 200 bombes, 50 mitrailleuses et 8 canons de 75, 1 000 fusils avec un million de cartouches. On épargne aucun détail sur les modalités de livraison. On rappelle que la politique des sanctions dans l'affaire éthiopienne a eu pour résultat de jeter Mussolini dans les bras de

1. *La Politique économique du gouvernement Blum.*

Hitler. Veut-on réaliser le front commun des fascismes qui encerclent la France ? Les radicaux s'émeuvent, Yvon Delbos fait part de toutes les réserves du Quai d'Orsay, Albert Lebrun lui-même intervient, l'Angleterre fait savoir qu'elle ne soutiendra pas la France si sa politique de livraison d'armes l'entraîne à la guerre. Blum songe à démissionner, mais le représentant à Paris de l'Espagne républicaine l'en dissuade. Le président du Conseil se rallie alors à la politique de non-intervention prônée par Delbos. Mais nul n'ignore que l'Allemagne envoie en Espagne la légion Condor et des avions en grand nombre, que des volontaires italiens débarquent, plus que Franco ne l'aurait souhaité. Des formes d'aide camouflée sont alors imaginées par le gouvernement français.

L'affaire espagnole divise le parti radical et provoque un refroidissement des relations entre communistes et socialistes. Delbos et Paul Bastid, le ministre du Commerce, s'opposent à Jean Zay et à Pierre Cot qui, au nom du front antifasciste, veulent livrer des avions et des canons aux républicains espagnols. Le parti communiste alimente le recrutement des brigades internationales et fait campagne pour le *Frente popular*. A Luna Park, en septembre 1936, Blum est accueilli par les militants de la fédération de la Seine au cri de : « Solidarité avec l'Espagne ! » Le 6 décembre 1936, pour la première fois, le groupe communiste s'abstient dans un débat de politique extérieure. En n'intervenant pas en Rhénanie, le gouvernement Sarraut a fait perdre la face à la France devant tous ses alliés d'Europe centrale. En n'intervenant pas en Espagne, le gouvernement Blum perd la face devant l'électorat antifasciste. Il est manifeste qu'il n'a pas les moyens politiques et militaires d'affronter un conflit.

Pourtant, les radicaux (Daladier et Pierre Cot) travaillent à reconstituer l'outil militaire français, à le rendre efficace par la constitution d'une flotte aérienne moderne. Le problème est industriel : comment substituer à l'anarchique production de prototypes une fabrication limitée à quelques modèles reconnus performants ? Le général Charles Christienne a bien montré que les nationalisations de 1936 avaient permis à quelques grandes firmes de remplacer les innombrables petits ateliers privés. Grâce aux investissements et à la concentration, on pouvait espérer produire 1 600 avions par mois... en 1941. L'opération commençait trop tard, même si l'on avait pris les moyens de la concevoir sur une grande échelle.

Pierre Cot, qui avait déjà regroupé en 1933 cinq compagnies d'aviation dans Air France après la déconfiture de l'Aéropostale, avait une certaine expérience de la concentration. La création, en août 1936, de la Caisse nationale des marchés de l'État devait puissamment aider à la mise en chantier d'un programme d'armement. Le plan quadriennal de Cot, de septembre 1936, suivi de plusieurs autres plans, semblait promettre enfin une production de masse. Il est vrai que les industriels avaient longtemps refusé d'investir en raison de l'instabilité politique et des fluctuations des cabinets successifs dans le domaine des armements. Quand les commandes affluaient, ils n'avaient pas les moyens de les traiter : on a vu des avions du plan de 1935 arriver périmés sur les bases militaires en 1938. La nationalisation des industries d'armement permit de regrouper vingt firmes de cellules d'avions en sept sociétés nationales, dont la S.N.C.A.S.O. (Société Nationale de Constructions Aéronautiques du Sud-Ouest) de Bloch-Dassault était la plus performante avec la S.N.C.A.-Nord (Potez). Mais l'outillage nécessaire à la production d'avions capables de rivaliser avec les Messerschmitt fut mis en place trop lentement. La surproduction de prototypes se poursuivit, et la semaine de quarante heures nuit gravement au rendement du travail dans les usines de guerre. On ne construisait encore en 1938 que 37 avions par mois ! En 1936 et 1937, la production des chars fut stimulée, grâce aux équipements du Creusot et de Saint-Chamond : entre 450 et 500 unités sortaient des usines chaque année. Dans ce domaine controversé, le Front populaire donna l'impulsion à l'arme cuirassée, totalement défaillante jusqu'alors, mais sans envisager ni l'« armée de métier » ni des unités blindées autonomes à l'allemande. Il est clair que cet immense effort de réarmement, surgi pratiquement *ex nihilo*, ne pouvait porter ses fruits avant trois ans : il laissait le pays désarmé au moment de la guerre d'Espagne.

Au début de 1937, le gouvernement est l'objet d'attaques extra-parlementaires d'une rare violence : la presse (dont on sait aujourd'hui qu'elle est en partie corrompue par de l'argent italien et nazi) se déchaîne contre les ministres : Pierre Cot est accusé de livrer clandestinement des avions à l'Espagne, Blum est devenu pour Maurras un « fauteur de guerre ». Le retournement des positions nationalistes se confirme : la presse d'extrême droite, après avoir été favorable à Mussolini, défend désormais une politique de paix avec Hitler, le seul ennemi désigné étant le soviétique. Tous les procédés sont bons pour abattre les hommes du Front populaire, on accuse Jean Zay d'avoir publié jadis un poème contre le drapeau, et surtout Roger Salengro, ministre de l'Intérieur et député-maire de Lille, d'avoir déserté pendant la guerre : il se suicide, et ses funérailles sont l'occasion d'un formidable défilé où la foule vibre d'indignation.

Contre la France des drapeaux rouges manifeste celle des drapeaux tricolores brandis par les partisans du colonel de La Rocque. Après la dissolution des ligues d'allure paramilitaire en juin, le colonel, rallié à la légalité républicaine, organise le Parti social français qui recrute des centaines de milliers d'adhérents et se trouve bientôt assez riche pour acheter à Raymond Patenôtre le *Petit Journal*. Fédérations de province, meetings, candidats aux élections partielles, groupe parlementaire, rien ne manque à la croissance des anciens Croix de feu, vivement combattus par le transfuge communiste Doriot, créateur d'un Parti populaire français de style fasciste, également hostile au Front populaire.

Les classes moyennes changent de bord et reviennent à leurs valeurs traditionnelles. L'évolution du parti radical est significative : Émile Roche entame une campagne anticommuniste dans la *République*. Georges Bonnet et Caillaux affirment leur hostilité à la politique financière du gouvernement. Marchandeau et Milhaud réclament au congrès l'abandon de l'alliance avec les communistes. Daladier se laisse gagner. Une sorte d'activisme se manifeste dans les Jeunesses radical-socialistes créées dans les années 30 et qui s'orientent vers la droite, rassemblant 25 000 adhérents sur un programme d'opposition au marxisme. La Jeune Gauche de Jean Zay combat ces tendances nouvelles du radicalisme qui semblent rejoindre les idées des anciens ligueurs. Aux élections partielles, des radicaux, tel Lamoureux dans l'Allier, se font élire contre des candidats socialistes. Le Front populaire est-il remis en question ?

La détérioration économique du début de 1937 incite Blum à annoncer le 13 février à la radio une « pause » dans les réformes qu'il faut, dit-il, digérer avant d'aller plus loin. Un mois plus tard, un accident le conduit au bord de la démission : la police, dont il maîtrise mal le commandement, a fait tirer sur les manifestants de gauche rassemblés à Clichy autour d'un cinéma où les amis de La Rocque tenaient meeting : cinq tués et de nombreux blessés. Thorez réagit avec la dernière violence et la C.G.T. déclenche une grève de protestation. L'inauguration de l'Exposition Universelle de 1937 porte à son comble le discrédit du ministère : les grèves répétées n'ont pas permis d'achever les travaux. Seuls les pavillons soviétique et nazi trônent insolemment au milieu d'un chantier poussiéreux.

Conscient du danger économique et social, Blum conçoit un programme de redressement parfaitement cohérent. Il met l'accent avec force sur la nécessité de redresser l'économie — l'indice de la production industrielle a brusquement chuté — en investissant massivement dans les industries de guerre. Il assortit cette promesse de réarmement de mesures sociales attendues : relance d'une politique de logement, retraite des vieux travailleurs, allocations familiales. Il propose aussi de créer des monnaies « sous diverses formes » et d'augmenter les impôts sur le capital, le revenu, les successions. Il admet que l'on suspende la loi des quarante heures dans les usines d'armement. Au Sénat, Caillaux mène l'attaque contre le projet, qui n'est pas voté. Malgré ce désaveu, ses amis pressent Blum de se maintenir : respectueux des usages républicains, il s'en va.

Le nouveau gouvernement Chautemps reste en principe de Front populaire, Blum en est d'ailleurs vice-président. Il n'accomplit cependant pas de réforme notable, en dehors de la constitution de la S.N.C.F. par nationalisation des compagnies de chemin de fer. Les mesures du nouveau ministre des Finances, Georges Bonnet, n'ont aucune efficacité, et le climat politique et social se crispe. Les grèves se multiplient et l'organisation secrète de résistance nationaliste, la Cagoule (Comité secret d'action révolutionnaire), organise des attentats dans Paris, assassinant notamment des antifascistes italiens. Quand les communistes annoncent, le 14 février 1938, qu'ils refusent de voter la confiance, les ministres socialistes démissionnent. Chautemps doit se succéder à lui-même en nommant seulement dans son cabinet des radicaux ou des socialistes indépendants comme Frossard ou Ramadier. Le président du Conseil, impuissant sur le front du travail comme sur le front international, part bientôt sur la pointe des pieds, sept semaines à peine après le vote de confiance, alors que Hitler entre à Vienne. Jamais le non-gouvernement de la France face à un danger manifeste n'a été plus angoissant. Blum, parfaitement conscient, propose alors de constituer un cabinet « d'union et de salut public », de Thorez à Paul Reynaud. « Vous êtes un grand Français », lui dit l'aviateur Kerillis, héros de 1918. Mais le réflexe anticommuniste retient les droites : Blum ne dispose que d'une majorité-croupion quand il présente à la Chambre un projet de hausse des impôts et de contrôle des changes. Le Sénat vote de nouveau contre : « Sus au Sénat ! » crient les manifestants de la fédération socialiste de la Seine. Le président du Sénat, Jeanneney, demande contre eux l'intervention de la police : le Front populaire est mort.

Daladier, le nouveau Clemenceau

Quand Daladier sollicite la confiance de la Chambre, le 8 avril 1938, il ne compte que 5 voix hostiles. Il restera au pouvoir presque jusqu'à la fin du régime. Sous les sourcils froncés du nouveau Clemenceau, la France retrouve la stabilité et les couleurs du patriotisme. Elle le fait aux dépens de l'alliance avec les communistes : Daladier, au nom de l'effort nécessaire pour la défense nationale, rompt des lances contre les saboteurs des usines d'armement, les syndicats traîtres qui retardent la production des chars et des avions. L'infatigable Vauclusien s'attaque de front à la loi des quarante heures, insoutenable quand les Allemands travaillent soixante-dix heures. Il annonce de sa voix aux accents rugueux, à l'élocution volontairement sobre et traînante, martelant et amplifiant les mots clefs pour bien en faire comprendre le sens, qu'il veut « remettre la France au travail ». Quand Frossard et Ramadier démissionnent, il les remplace aussitôt. Les syndicats veulent-ils occuper les usines ? Il dépêche la police et les gardes républicains. La droite comprend que le style du gouvernement a changé. Daladier, qui réclame les pleins pouvoirs, devient populaire. La « Gueuse » a du ressort : prise en main par le fils du boulanger, elle peut encore assumer l'héritage.

Les radicaux sont les plus nombreux au cabinet, les socialistes ayant refusé leur concours, mais non leurs voix. Le président, également ministre de la Guerre, a engagé trois ministres modérés, mais non modérément antifascistes : Paul Reynaud, Champetier de Ribes et Georges Mandel. On s'attend à une politique de résistance à Hitler. C'est à peine si l'on remarque que Georges Bonnet, au Quai d'Orsay, émet des opinions plus accommodantes, qu'il est plus sensible à la menace de Moscou qu'à celle de Berlin, exprimant ainsi l'une des tendances profondes de son parti.

Le désaccord éclate lors de la crise de septembre 1938. L'impuissance de l'« apaiseur » britannique Neville Chamberlain, dont les intentions conciliatrices sont bafouées par Hitler dans la crise des Sudètes, conduit la France, liée par traité à la Tchécoslovaquie depuis 1925, à mobiliser 750 000 hommes et à prendre diverses mesures de préparation à la guerre. On accepte une proposition de Mussolini de convoquer à Munich une conférence à quatre, sans les Soviets (France, Grande-Bretagne, Italie, Allemagne). On se met d'accord très facilement, en lâchant tout à Hitler et en imposant silence, au nom de la sauvegarde de la paix, aux alliés tchèques qui doivent livrer aux Allemands leurs fortifications en pays sudète, si laborieusement imitées de la ligne Maginot. Le soulagement de l'opinion est immense quand Daladier et Georges Bonnet (qui croit avoir détourné les ambitions de Hitler vers l'est) atterrissent au Bourget. On annonce la paix pour cent ans. A la Chambre, 75 députés seulement votent contre les accords, dont le socialiste Jean Bouhey et le député de droite Kerillis.

Un des premiers sondages réalisés en France par l'Institut d'opinion publique de Stoetzel annonce une majorité de 57 % d'approbations. En dehors des communistes, unanimement hostiles, tous les partis sont divisés : à droite, Kerillis n'est pas seul, d'autres voix s'élèvent contre le danger hitlérien, dont celle de Louis Marin. A la S.F.I.O., les blumistes s'opposent aux fauristes, qui restent superbement pacifistes malgré l'orage menaçant. Même les syndicats se déchirent. Quand Ribbentrop, le ministre allemand des Affaires étrangères, se rend à Paris, invité par Georges Bonnet — un mois à peine après la nuit de Cristal, immense pogrom organisé en Allemagne contre les juifs par les nazis —, la presse se déchaîne et s'affronte. Le 15 mars 1939, Hitler entre dans Prague : l'opération dessille enfin les yeux des apaiseurs britanniques. La Grande-Bretagne donne sa garantie à la Pologne et à la Roumanie — que le Reich passe pour vouloir menacer — et décrète la conscription. En vain le néo-socialiste Marcel Déat écrit-il dans l'*Œuvre* du 4 mai qu'aucun Français ne veut « mourir pour Dantzig ». Un sondage le contredit aussitôt : à 76 %, l'opinion publique pense qu'il faut empêcher Hitler d'aller plus loin.

Au congrès de Marseille, le parti radical a répudié le Front populaire. Le gouvernement en tire les conséquences : Paul Reynaud devient ministre des Finances. Son arrivée rue de Rivoli est un événement, car il n'y vient pas seul : toute une équipe l'entoure, de Sauvy à Palewski, de Michel Debré à Maurice Couve de Murville. Pour être libéraux, ces jeunes hauts fonctionnaires ne sont pas des fétichistes de l'étalon-or, ni des porte-coton des organisations patronales : ils recherchent en toute liberté des solutions modernes au problème économique et social. Ils ont tous eu des doutes sur l'efficacité du régime républicain, parfaitement surmontés depuis que Daladier a rétabli l'autorité. Partisan de la planification et de l'organisation, ce *brain trust* ne rêve pas pour autant de mesures rigides, doctrinales et dirigistes. Un vent nouveau souffle à droite, où les partisans de la déflation se cachent, maugréent, complotent : l'heure n'est plus à leurs concepts. Un Sauvy peut trouver un langage commun avec un Lehideux, l'homme de confiance de Louis Renault. De nouveau en prise sur le patronat dynamique qui a résisté au choc de 1936 comme à celui de 1933, le pouvoir peut préparer le redressement en balayant les obstacles : « La semaine des quatre jeudis a cessé d'exister », proclame Paul Reynaud qui assouplit les conditions d'embauche et de licenciement, traque les rigidités d'application de la loi des quarante heures et ouvre l'espace financier français aux capitaux réfugiés à l'étranger. La C.G.T., divisée par le drame de Munich, annonce une grève qui n'a guère d'effets spectaculaires : ni les transports ni les postes ne sont touchés. Le public a le sentiment d'un échec et loue le gouvernement d'avoir fait preuve de fermeté. Les effectifs des syndicats tombent de 4 à 1,5 million d'adhérents. Le 1er Mai 1939 ne sera pas célébré.

La fermeté déployée par le gouvernement crédite Daladier d'une nouvelle vague de popularité. Sa fermeté à l'extérieur commence à rendre confiance aux Français. Il est vrai qu'elle s'exerce non aux dépens d'Hitler mais de Mussolini, à qui l'on refuse toute discussion sur le pays niçois, la Savoie, la Corse et la Tunisie. Daladier fait un voyage sur la ligne Mareth, destinée à protéger le Sud tunisien d'une agression italienne, visite que les actualités suivent pas à pas. La France est défendue.

Elle vit alors dans un climat de pré-guerre : la preuve en est que le président Lebrun est réélu sans difficulté, pour éviter toute intrigue politicienne. Daladier pousse l'autorité jusqu'à proroger par décret la Chambre jusqu'au 1er juin 1942 : il ne veut pas d'élections et les Français le comprennent, au moment où la menace allemande se précise de nouveau. Il rétablit en revanche le scrutin proportionnel, ce que la Chambre accepte sans barguigner. Qu'un radical ait le courage de proposer une mesure aussi impopulaire parmi les groupes donne une idée du crédit du président du Conseil. L'antiparlementarisme s'en trouve humilié, quoique la virulence des feuilles d'extrême droite n'en soit nullement atténuée. La relance de la production (20 % par rapport à 1938) calme le climat social, même si les cégétistes procommunistes sont au bord de la rupture. Des mesures en faveur de la démographie sont prises à l'instigation d'Alfred Sauvy et l'on crée un Code de la famille. La République daladiériste se veut pratique, efficace, moderne et décidée à ne plus reculer dans le combat européen contre les dictatures.

Daladier suit de près la négociation amorcée à Moscou par le général Doumenc, son envoyé spécial, pour conclure un accord militaire avec l'U.R.S.S. Si la Pologne continue à s'opposer, en cas de guerre, à la traversée de son territoire par l'Armée rouge, le Vauclusien demande à Doumenc de passer outre. Il est pris de vitesse : c'est avec Hitler que Staline se mettra secrètement d'accord, accordant sa neutralité bienveillante au plus offrant. Ce revirement constitue en France une surprise alors que la guerre vient d'être déclarée. Sans doute les communistes ne changent-ils pas d'attitude, condamnant le fascisme avec autant de force, mais ils accusent Daladier et surtout Georges Bonnet d'avoir jeté, depuis Munich, Staline dans les bras d'Hitler. La République peut redevenir anticommuniste, comme au temps de Poincaré. Rien ne s'oppose plus au ralliement de la droite modérée à l'effort de guerre. Avec Paul Reynaud et Georges Mandel, elle avait délégué ses francs-tireurs. Elle passe avec armes et bagages dans le camp des démocrates, qui se disposent à mener la lutte contre les régimes totalitaires. Quand la guerre est déclarée par la Grande-Bretagne et la France à l'Allemagne hitlérienne, même les communistes votent les crédits exceptionnels exigés par le gouvernement. Rien ne semble indiquer que la République ait été impuissante à reforger l'unanimité de l'union sacrée devant la catastrophe. Elle y conduit le pays en bon ordre.

ÉPILOGUE

De Sedan à Vichy

Pour beaucoup, la seconde défaite de Sedan, en 1940, marque la fin du régime, comme le premier Sedan avait fait sombrer dans la honte le Second Empire. « Marianne, écrit le duc de Brissac dans ses *Souvenirs*, chère aux "masses" et aux "couches", aura mal vieilli et abdiquera, septuagénaire, dans le déshonneur. Née d'une défaite, elle périra d'une défaite. » La durée moyenne des gouvernements dans un régime parlementaire qui avait usé cent présidents du Conseil, était de huit mois. Ainsi le Parlement et l'instabilité ministérielle seraient-ils tenus pour responsables des malheurs de la France.

Est-ce la France ou la République qui a été touchée à Sedan ? Jamais le moindre doute n'a surgi dans le pays sur la capacité du gouvernement Daladier à mener la guerre. Après le vote des crédits exceptionnels, la mobilisation n'a été une surprise pour personne. Chacun s'y attendait : la paix de 1919 n'avait été qu'une trêve. Beaucoup de ceux qui prenaient le train pour le front retrouvaient des habitudes remontant à vingt ans, sans enthousiasme, avec résignation. La proportion des insoumis n'était que de 1,5 %. Le gouvernement et l'état-major avaient rempli leur office. Les politiques ont été du reste lavés de tout soupçon par le procès de Riom, où l'on prétendait, au nom de Pétain, les accabler et les rendre responsables de la défaite.

Que l'on eût laissé Hitler écraser la Pologne n'était guère glorieux, mais qui avait les moyens de l'en empêcher, l'Armée rouge mobilisée étant alliée aux nazis ? Staline avait participé au sac et au partage de la Pologne. C'était une raison de plus pour maudire le communisme, bien qu'on ne fût pas en guerre avec les Russes.

La ligne Maginot assumant trop bien sa fonction de protection, la « drôle de guerre » se prolongea. Elle était, dans le froid glacé de l'hiver, le pire ennemi de la vraie guerre, celle qui allait surgir et que l'on n'attendait plus. La surprise n'eut pas lieu en septembre 1939, mais en mai 1940. Jusque-là, le gouvernement avait eu le temps d'user son crédit. On lui reprochait son immobilisme, sa trop grande complaisance à l'égard de l'Angleterre qui n'envoyait sur le continent qu'un corps réduit, comme en 1914, et sans blindés lourds.

Paul Reynaud a pu organiser l'économie de guerre sans susciter d'opposition : ni les impôts nouveaux ni la limitation de la circulation des billets n'empêchent le public de souscrire aux emprunts de défense nationale avec la même fidélité qu'en 1916. Les intellectuels signataires d'un manifeste pour la « paix immédiate » — Decoin, Giono, Alain — sont poursuivis sans que personne s'en émeuve. Après l'invasion de la Pologne par l'Armée rouge, quand l'*Humanité* ne peut plus maintenir la fiction d'un pacte germano-soviétique défensif — puisqu'il y a accord des deux agresseurs sur le partage du pays —, les communistes commencent à dénoncer la « guerre impérialiste », à vanter « la paix des peuples » et la négociation avec Hitler : ils accréditent l'idée qu'on peut obliger les dirigeants à terminer la « drôle de guerre » par une paix de compromis.

Thorez, le 4 octobre, quitte clandestinement les lignes françaises. On le signale bientôt à Moscou : il a rejoint son camp, celui du communisme international. Pour ceux qui restent en France, le réalisme stalinien est difficile à assumer, surtout chez les intellectuels, les journalistes, les écrivains. Un Paul Nizan quitte le parti, un Gabriel Péri a des doutes : un tiers environ des députés désertent le groupe parlementaire. De son côté, Daladier frappe fort : le parti est dissous le 27 septembre. Le 20 février 1940, la Chambre prononce la déchéance des 45 députés fidèles à Moscou, bientôt déportés dans le Sud algérien. Une chasse aux sorcières poursuit les membres du parti éventuellement infiltrés dans l'armée, la police, les administrations. Une direction clandestine se met en place, avec Duclos et Benoît Frachon, diffusant des journaux et des tracts. La police la recherche activement, car elle fait de la propagande pour une paix blanche.

Le gouvernement remplit donc son rôle ni mieux ni plus mal qu'en 1914-1918. Le Parlement ne manque pas à son devoir : quand la popularité de Daladier s'effrite après des mois d'inaction et que le public, comme la majorité parlementaire, exige du nouveau, Daladier est remplacé par Paul Reynaud, appelé régulièrement par Albert Lebrun. On a reproché à Daladier de n'être pas venu au secours de la courageuse Finlande agressée par l'Armée rouge : mais au moment où la constitution d'un corps expéditionnaire franco-britannique fut décidée, Staline signait l'armistice avec le maréchal Mannerheim qui avait tenu les Russes en échec pendant de longs mois. En comité secret, Gaston Bergery avait mené l'attaque : « Les hommes qui n'ont pu éviter ou préparer la guerre ne sont pas qualifiés pour l'arrêter ou pour la gagner » — réquisitoire très dur d'un radical de gauche assez marginal, mais qui correspond à une réflexion et à une position alors fort répandues dans le milieu politique. Certains, derrière Georges Bonnet — qui a quitté le Quai d'Orsay dix jours après les débuts du conflit —, veulent déjà appeler le maréchal Pétain et négocier la paix, assurant que la France n'a pas les moyens de gagner seule la guerre. D'autres, derrière Reynaud, Mandel et Cot, sont partisans d'une guerre plus active, en s'en prenant à l'Allemagne dans ses œuvres vives : le ravitaillement en fer suédois. Cette tendance l'emporte et Daladier reste ministre « de la Défense nationale et de la Guerre ». Il protège le généralissime Gamelin, fort attaqué après l'échec de l'intervention franco-britannique en Norvège. Reynaud veut s'en débarrasser dans des conditions qui rappellent le limogeage de Joffre pendant l'autre guerre, à la suite d'un complot politique. Daladier démissionne le 9 mai, mais se trouve contraint, dès le lendemain, de conserver son poste : les Stukas bombardent tous les aérodromes. Le 18, alors que les chars allemands sont à Péronne, Reynaud décide en pleine bataille de remplacer Gamelin par Weygand. Daladier passe alors au Quai d'Orsay où il négocie la neutralité des Italiens dans des conditions que l'on juge trop avantageuses pour ces derniers. Quand Reynaud remanie son cabinet après la victoire allemande sur la Somme, Daladier n'en fait pas partie.

Le système parlementaire fonctionne cahin-caha jusqu'à la consommation de la défaite : après le 10 mai, c'est Reynaud qui appelle au gouvernement, avec le titre de vice-président du Conseil, le maréchal Pétain jusqu'alors ambassadeur en Espagne. C'est encore lui qui fait entrer de Gaulle au cabinet le 5 juin, lui confiant un sous-secrétariat d'État à la Guerre quand tout est presque perdu : il confère ainsi la légitimité républicaine au futur émigré de Londres. C'est enfin lui qui démissionne, selon la règle républicaine, quand il est convaincu que ses ministres ne partagent pas ses vues jusqu'au-boutistes. Très régulièrement, le maréchal Pétain est alors investi par Lebrun, le 16 juin, de la mission de former le gouvernement. Le 17, celui-ci demande l'armistice : il n'y a eu rupture de la légalité républicaine à aucun moment de la catastrophe. Les institutions accompagnent le pays dans l'abîme dont elles ne peuvent le préserver.

***

Les Français se sont battus courageusement : les très durs combats de Belgique, menés par Juin, ceux de la Meuse, la résistance à Sedan même et à Stonne, les contre-attaques de Montcornet et d'ailleurs, la bataille de l'Aisne et la lutte des hommes de la ligne Maginot, le sacrifice des marins, l'héroïsme des aviateurs — attesté à la fois par les pertes en pilotes et par les victoires obtenues au combat —, tout indique que les noyaux durs capables d'entraîner l'armée vers la victoire étaient en place, et qu'il eût suffi d'un commandement efficace, adapté à la lutte contre une armée moderne, pour envisager la victoire. On sait aujourd'hui que les Français n'avaient pas moins de chars que leurs adversaires et que les avions de la *Royal Air Force* devaient compenser leur infériorité en appareils de combat. Les chars avaient été regroupés dans trois divisions cuirassées (plus une quatrième, confiée tardivement à de Gaulle), et trois divisions mécanisées engagées en Belgique. L'effort d'armement avait été accompli par les gouvernements depuis 1936. Les dépenses militaires avaient triplé de 1938 à 1939. Les chars devaient à cet effort récent de n'être pas périmés : ils avaient un blindage et un armement supérieurs à ceux des Allemands.

Les rapports très circonstanciés adressés par le Deuxième Bureau à la suite des campagnes de Pologne et décrivant minutieusement l'attaque éclair de la division blindée allemande ainsi que la synchronisation des moyens entre chars, avions d'assaut et infanterie spécialisée obtenue grâce à l'utilisation de la radio, auraient dû faire réfléchir l'état-major français et lui inspirer des dispositions efficaces. Le temps lui avait peut-être manqué pour doter les quatre divisions blindées d'un accompagnement d'infanterie d'assaut adapté à la guerre de mouvement et d'un matériel de ravitaillement en essence en campagne. Les hommes des chars n'avaient pu se familiariser à temps avec un matériel radio fourni trop tard et au compte-gouttes. Enfin, les divisions n'avaient jamais bénéficié du soutien au sol de l'aviation. L'armée de l'Air ne disposait d'aucun bombardier en piqué équivalant au Stuka. Les moyens très réduits en D.C.A. à tir rapide empêchaient les gens au sol de se défendre efficacement contre les raids. Le défaut de l'armée française ne résidait pas dans le manque d'armements, mais dans l'absence d'un matériel vraiment adapté au combat moderne, et par conséquent de corps entraînés à affronter l'armée allemande dont les meilleurs éléments avaient été sélectionnés pour l'assaut. Ainsi les aviateurs ennemis, très nombreux, avaient été recrutés dans les écoles de vol à voile des organisations de la jeunesse nazie, et les tankistes appartenaient à une élite militaire politisée : le tout-venant des « divisions B » qui gardaient Sedan affrontait donc l'élite professionnelle, fanatisée, de la Wehrmacht dont les gros bataillons n'avaient, pas plus que la masse de l'armée française, le cœur à « remettre ça ».

Au manque de réflexion sur la tactique des armées modernes en campagne s'ajoutait, dans l'état-major français, une erreur de stratégie : ayant « saupoudré » les meilleures unités le long de la partie non défendue du front (de Sedan à la mer), il envisageait une action en Belgique, refusant l'hypothèse d'une percée ennemie sur la Meuse à travers les Ardennes. Pétain lui-même avait déclaré l'opération impossible et Daladier, en visite au front, n'avait pu communiquer ses doutes aux tout-puissants stratèges de Vincennes, et pas davantage la commission parlementaire présidée par Taittinger qui avait cependant décrit avec rigueur les insuffisances du dispositif imaginé sur la Meuse par le général Huntziger, commandant la 2e armée. Sans la maîtrise de ce verrou du front, il était aventureux d'engager les unités les plus modernes en Belgique. Il était ensuite impossible de colmater les brèches, en raison de l'avance très rapide des panzers soutenus par l'aviation. Les routes françaises, obstruées par l'exode, infestées par la peur de la « cinquième colonne », n'étaient plus disponibles pour les unités de contre-attaque. Dès le début de juin, Weygand, dont l'armée était amputée des corps prisonniers en Belgique, n'avait plus que la ressource de s'accrocher au terrain et de constituer des « hérissons » dans les villages, en attendant la rupture prochaine, l'encerclement, le déferlement. Un vertige saisissait le commandement. Pourquoi ne pas l'avoir changé plus tôt ?

Le personnel politique ne peut être accusé d'avoir provoqué la défaite. Avait-on incriminé Joffre pour les premières offensives infructueuses de 1914, les plus coûteuses en hommes ? On a certes débattu du vrai vainqueur de la bataille de la Marne — Joffre ou Gallieni —, mais personne n'a pensé à en attribuer les mérites à Viviani ou à Poincaré. Depuis Gambetta, les politiques ont clairement laissé la responsabilité des combats aux militaires. Pas de Staline ni de Hitler chez eux, pas même de Churchill se penchant sur les cartes des Dardanelles. Ils s'en sont toujours remis avec confiance à l'état-major en vertu d'une tradition qui avait fait ses preuves en 1914, quitte à le contrôler par des comités secrets, à imposer en cas d'urgence le changement du chef suprême. La ventilation des crédits de défense leur échappe, à plus forte raison la stratégie et la tactique. Tout ce qu'ils peuvent espérer obtenir est une information permettant le contrôle et la sanction. Ils n'en usent qu'en dernière extrémité : de ce point de vue, Daladier et Reynaud n'ont pas agi autrement que les grands ancêtres. On peut leur reprocher la lenteur de leurs réflexes et l'insuffisance de leurs critiques, mais ils sont restés dans leur rôle et ne peuvent être tenus pour responsables d'une défaite qui eut pour toute première cause la déficience de la pensée militaire française dans les actions offensives.

***

L'erreur de Pétain, qui annonce au pays dès le 17 juin que le moment est venu de « cesser le combat », brise toute velléité de résistance des derniers combattants. Il rectifie trop tard à la radio et jusqu'au 22 juin, date de la signature de l'armistice, les Allemands cueillent des bataillons entiers, soit une masse désarmée de 2 millions d'hommes prisonniers. La nation entière est à genoux : plus de communications, d'administration, de services publics dans les zones envahies — l'exode déplace des millions de gens. Le gouvernement lui-même est en exode, parcourant les châteaux de la Loire avant de se fixer à Bordeaux. Qui, le 18 juin, entendra le discours du général-ministre, affirmant depuis Londres qu'il représente la France du refus, celle qui se prépare à la victoire ? Les Français reçoivent avec soulagement la nouvelle que le général Huntziger a signé dans le wagon de Foch un armistice coupant la France en quatre (une « zone interdite » du nord au nord-est, des territoires allemands en Alsace et Lorraine, une « zone libre » au sud de la Loire, une « zone occupée » au nord) et remettant ignoblement aux Allemands les réfugiés politiques protégés par la France.

Voilà Pétain au pouvoir : quarante millions de Français sont-ils devenus pétainistes, selon la formule d'Henri Amouroux ? On peut douter, avec René Rémond, que si les Français ont passivement reçu l'armistice comme la conséquence inéluctable de la défaite, ils aient été « unanimes à cautionner une politique qui vise à rompre avec les principes ». Ils sont sans doute très nombreux, ceux qui repousseront dans le fond de leur cœur la politique de collaboration dans laquelle s'engagent bientôt Pétain et Laval, vice-président du Conseil depuis le 23 juin. Le retour de l'Auvergnat est un symbole : on lui avait volé, avant la guerre, la direction du parti de la paix, et c'est Georges Bonnet qui avait pris la tête des « apaiseurs ». Son retour après la défaite est une revanche. Le pacifiste de l'autre guerre, le négociateur des années 30, ne partage nullement l'état d'esprit antiparlementaire des conseillers nationalistes et réactionnaires du maréchal. Il s'imagine seul capable de négocier avec Hitler, et croit — ce qui est plus grave — la négociation possible. Après tout, Pétain espère bien bénéficier du respect du caporal-Führer pour le dernier des maréchaux de la Grande Guerre...

Laval est dans l'immédiat l'homme de la situation, qui fait convoquer par radio les parlementaires à Vichy pour qu'ils mettent fin légalement au régime honni, rendu responsable du chaos. Ils sont 660 à venir, sur 900 environ. Le 9 juillet, ils acceptent à la quasi-unanimité une révision constitutionnelle. Le lendemain, sous la présidence de Jules Jeanneney, ils se réunissent dans la grande salle du casino de Vichy pour voter un texte donnant « tous pouvoirs au gouvernement de la République » afin de promulguer une nouvelle Constitution.

Une large majorité approuve ce texte : 560 contre 80, et 10 abstentions. Une forte proportion d'élus radicaux de 1936 votent pour, ainsi que 88 députés S.F.I.O. sur 149. Quelques parlementaires de droite votent contre, mais la plupart des 80 opposants appartiennent à la gauche, et parmi eux 36 S.F.I.O. Ces 80 se retrouveront tous ou presque dans les rangs des parlementaires gaullistes réunis plus tard à Alger par le général. Blum a adjuré son groupe de ne pas voter les pleins pouvoirs, mais il n'a guère été suivi et sera arrêté le 15 septembre par le gouvernement de Vichy, avec Daladier et les autres parlementaires dénoncés comme « fauteurs de guerre », que l'on projette de faire passer en jugement. Le ralliement de ces irréductibles sera pour beaucoup dans la légitimité républicaine que de Gaulle revendiquera.

Pour les Français, il n'est pas clair que la République se continue à Londres, en 1940. Ils considèrent au contraire que la naissance de l'« État français » marque la fin du régime républicain. La défaite rend les peuples injustes. Après la déroute d'une nation, les survivants, reprenant leurs esprits, vouent aux gémonies les politiques et les généraux, l'autorité et les institutions, accusant pêle-mêle les élites d'incapacité et de démission. La grande nation, vaincue en six semaines, ne recouvre ses esprits que pour invectiver les noms hier acclamés : Daladier et Reynaud, Blum et Herriot, sans oublier le « nouveau Joffre », Gamelin « l'invincible ». Quel régime aurait survécu au deuxième Sedan ?

***

La reprise de la guerre mondiale et les horreurs du nazisme marquent la fin des grands États européens qui se sont jadis partagé la domination de la planète. La France républicaine est bien sûr comprise au premier chef dans cette décadence. La nostalgie de la Cérès de 1900, au temps des nouveaux empires de notre fin de siècle, ne manquera pas de situer rétrospectivement la troisième République dans la phase heureuse et prospère du développement de la nation française. De ce point de vue, la septuagénaire mérite une concession à perpétuité dans les manuels d'histoire : elle a surmonté les crises, assumé la Grande Guerre en assurant ses destinées de grande nation, remplissant les engagements des fondateurs. En 1940, elle tombe en pleine gloire, à la tête d'un empire en plein développement, dans le redressement d'une économie qui laissait espérer de nouveaux jours heureux.

Que reste-t-il de sa mémoire ? Est-elle la « Gueuse » de l'Action française, ou bien la « Marianne » des feuilles républicaines ? La République a le mérite d'avoir su se faire aimer du peuple, grâce aux institutions souples qui ont contraint les responsables à rester proches de leurs électeurs. Ces représentants ont pu encourir le reproche de confondre trop souvent la politique de la France et les désirs de leurs mandats. Ils ont appris, sans sondages, jusqu'où aller quand ils étaient chargés des affaires de l'État. La précarité de leurs fonctions — même hautes —, le contrôle réciproque, permanent et dûment calculé des pouvoirs les ont rendus modestes. Si certains ont plus que d'autres été appréciés, c'est en raison de leurs qualités d'hommes et d'hommes d'État, de leur courage, de leur adresse, de leur compétence — et plus rarement des aspects tapageurs ou spectaculaires de leur notoriété. Ce qui reste, avec le regret d'un vrai régime libéral, c'est peut-être le souvenir des républicains : des hommes épris de liberté, se succédant par familles, quelquefois par dynasties, dans le culte des droits de l'homme et le désir de maintenir le consentement et le vote populaire dans la souveraineté de l'État, dans le refus de ce qui peut limiter la liberté des citoyens, de l'argent qui corrompt et impose sa loi, de la violence qui fausse le jeu, de la rigidité sociale qui perpétue indûment le gouvernement des autorités soi-disant « naturelles », notables et élites de toute nature. Ainsi le culte de la liberté peut-il s'associer à la passion égalitaire. Nul ne doit avoir le pouvoir d'écraser son prochain. La longue lutte des républicains contre les hiérarchies installées — y compris cléricales — de la société d'un autre âge demeure exemplaire. Elle s'assortit, en passant, d'une revendication jamais assouvie, l'égalité fiscale, et, sur le tard, d'une aversion exprimée par des politiques souvent modérés contre les monopoles économiques, qui limitent aussi, par leur intervention dans le jeu politique, la liberté de chacun.

Le deuxième article du credo républicain est l'indépendance nationale : il signifie d'abord, comme jadis après Waterloo, la résistance à l'étranger qui veut lui imposer ses limites et prétend choisir son régime. Il aide les républicains à surmonter la crise de 1870 en s'engageant dans une politique d'alliances en Europe, d'interventions dans le monde, grâce à la constitution d'une flotte et d'une armée solides. La République est militaire parce que la France est jalouse de sa liberté. Les défilés, détournés de leur sens dans les années 30 par la passion politique, ont gardé la faveur du public. Les drapeaux aux Champs-Élysées et la statue de Clemenceau font aussi partie du patrimoine des Français, et le maintien d'une armée nationale assurant la liberté du pays s'impose à tous les partis. Chacun peut se rendre compte, après 1936, qu'il n'est pas « de pain, de paix et de liberté » possibles sans armée solide. Cette prise de conscience, à un moment ou à un autre, a été partagée par toutes les formations politiques de gauche, sans exception, qui se sont succédé dans le paysage républicain depuis 1870. Mais la confiance dans l'armée de la nation s'accompagnait d'une volonté constamment affirmée par le pouvoir civil de dominer le militaire. Aucune rigidité sociale ou politique ne devait, dans l'esprit des républicains, empêcher la fluidité, l'épanouissement de la société française, dont le progrès, dans la République rousseauiste et comtiste, était censé assurer le développement.

L'équilibre par la promotion et la solidarité fait aussi partie de l'idéal républicain. Le culte de l'éducation est si vif qu'un Jean Zay poursuit jusqu'au dernier moment la démocratisation de l'enseignement et qu'un Sarraut présente comme l'un des points essentiels du bilan colonial l'alphabétisation des indigènes. A l'image du monde politique — où le renouvellement des élites a toujours été assuré grâce à l'instauration d'un véritable *cursus* parlementaire, laissant aux capacités leurs chances de se faire apprécier dans les commissions avant d'accéder, parfois très vite, aux postes de commande —, la société tout entière croyait au progrès par le mérite et l'instruction, par la science et la technique. La République se voulait savante, polytechnicienne et humaniste de surcroît : toutes les ambitions.

Les républicains ont toujours pensé que rien n'était trop beau pour la France, rien de plus sûr pour arriver aux sommets que le travail, l'équilibre social par la recherche incessante d'institutions nouvelles évitant les conflits et imposant la solidarité. Ils ont toujours cru au progrès collectif reposant sur une nation tout entière éduquée, rassemblée, rassérénée. Aussi ont-ils accordé la préférence aux hommes sérieux et sévères, modestes de mise et de fortune, enterrés au Panthéon avec des funérailles nationales, ou dans le corbillard des pauvres. Ils ont pu être surpris par la rapidité du progrès, ils auraient pu s'y adapter : un Tardieu avait compris la future civilisation technicienne, un Blum les exigences de la société de masse. Il ne leur manquait qu'un peu de temps pour accomplir une nouvelle conversion. Hitler les a pris de court.

Aux nostalgiques de la monarchie, dont l'immense gloire était ancienne et plus récents les échecs, ni Poincaré, ni Clemenceau, ni plus tard de Gaulle ne prêtaient guère attention. La République avait fait ses preuves : elle n'avait d'autre héritage à sauvegarder que les principes capables de rallier tous les hommes de bonne volonté.

BIBLIOGRAPHIE

Ouvrages généraux

AZÉMA, Jean-Pierre, *De Munich à la Libération*, Éd. du Seuil, 1977.

BERNARD, Philippe, *La Fin d'un monde, 1914-1929*, Éd. du Seuil, 1975.

BONNEFOUS, Georges et Édouard, *Histoire politique de la IIIe République*, Presses Universitaires de France, six volumes à partir de 1956.

BONNEFOUS, Édouard, *Avant l'oubli. La vie de 1900 à 1940*, Laffont-Nathan, 1985.

BOURLOTON, E., COUGNY, G., et ROBERT, A., *Dictionnaire des parlementaires*, 5 vol., Paris, 1891 (poursuivi par JOLY, P.U.F.).

CHASTENET, Jacques, *Histoire de la Troisième République*, Hachette, 1957-1963.

DANIEL, André (pseudonyme de Georges Bonnefous), *L'Année politique*, de 1881 à 1906.

DUBIEF, Henri, *Le Déclin de la IIIe République. 1929-1938*, Éd. du Seuil, 1976.

DUROSELLE, Jean-Baptiste, *La France et les Français, 1900-1914*, Éditions de Richelieu, 1972.

GOGUEL, François, *La Politique et les partis sous la IIIe République*, Éd. du Seuil, 1968 (rééd.).

— *Géographie des élections françaises de 1870 à 1951*, A. Colin, 1951.

LOMÉNIE, Beau de, *Les Responsabilités des dynasties bourgeoises*, t. 4, Denoël, 1963.

MAYEUR, Jean-Marie, *Les Débuts de la IIIe République, 1871-1898*, Éd. du Seuil, 1973.

MOPIN, Michel, *Les Grands Débats parlementaires de 1875 à nos jours*, la Documentation française, 1988.

PRIOURET, Roger, *La République des députés*, Grasset, 1959.

REBÉRIOUX, Madeleine, *La République radicale. 1898-1914*, Éd. du Seuil, 1975.

RÉMOND, René, *Les Droites en France*, Aubier, nouv. éd., 1982.

— *Notre siècle*, in *Histoire de France*, t. 6, Fayard, 1988.

SEIGNOBOS, Charles, *Le Déclin de l'Empire et l'établissement de la IIIe*

République, in *Histoire de France contemporaine*, t. 7, Hachette, 1921.
— *L'Évolution de la IIIᵉ République, 1875-1914*, in *Histoire de France contemporaine*, t. 8, Hachette, 1921.
SIEGFRIED, André, *Tableau politique de la France de l'Ouest sous la IIIᵉ République*, A. Colin, 1913.
SOULIER, A., *L'Instabilité ministérielle sous la IIIᵉ République*, Sirey, 1939.
ZELDIN, Théodore, *Histoire des passions françaises, 1848-1945*, Encres Recherches, 1978.

Problèmes économiques et financiers

AUGÉ-LARIBÉ, Michel, *La Politique agricole de la France*, P.U.F., 1950.
BERGERON, Louis, *Les Capitalistes en France*, Julliard, 1978.
BONIN, Hubert, *Histoire économique de la France depuis 1880*, Masson, 1988.
BOUVIER, J. et GIRAULT, R., *L'Impérialisme français d'avant 1914*, Mouton, 1976.
BOUVIER, Jean, *Les Deux Scandales de Panama*, Julliard, 1964.
— *Naissance d'une banque, le Crédit lyonnais*, Flammarion, 1968.
— *Les Rothschild*, Club français du livre, 1960.
— *Le Krach de l'Union générale*, P.U.F., 1960.
DAVIET, Jean-Pierre, *Une multinationale à la française, Saint-Gobain*, Fayard, 1989.
DEVILLERS, C., et HUET, B., *Le Creusot. Milieux*, Champ Vallon, 1981.
DUBY, G., et WALLON, A., *Histoire de la France rurale*, t. 3 et 4, Éd. du Seuil, 1976.
FRIEDENSON, Patrick, *Histoire des usines Renault*, Éd. du Seuil, 1972.
FRANÇOIS-PONCET, André, *La Vie et l'œuvre de Robert Pinot*, Colin, 1927.
GIGNOUX, C.J., *Histoire d'une entreprise française*, Hachette, 1955.
GIRAULT, René, *Emprunts russes et investissements français en Russie, 1887-1914*, Paris, 1976.
HALÉVY, Daniel, *Visite aux paysans du centre*, coll. Pluriel, Livre de Poche, 1978.
HARDY-HÉMÉRY, Odette, *Un siècle dans le Valenciennois*, Presses de la Fondation nationale des sciences politiques, 1984.
JEANNENEY, Jean-Marcel, *Description statistique de la France et de son économie, 1919-1939*, Grenoble, 1941.
JEANNENEY, Jean-Noël, *L'Argent caché*, Fayard, 1981.
— *François de Wendel en République. L'argent et le pouvoir, 1914-1940*, Éd. du Seuil, 1976.
KEYNES, J.M., *Les Conséquences économiques de la paix*, Paris, 1920.
LACHAPELLE, Georges, *Les Batailles du franc*, Alcan, 1928.
— *Les Finances de la IIIᵉ République*, Flammarion, 1937.
MICHEL, Bernard, *Banques et banquiers en Autriche au début du XXᵉ siècle*, Presses de la Fondation nationale des sciences politiques, 1976.

ORY, Pascal, *L'Expo universelle*, Complexe, 1989.

RÉMOND, René et BOURDIN, Janine, *La France et les Français en 1938-1939*, Presses de la Fondation nationale des sciences politiques, 1978.

SAUVY, Alfred, *Histoire économique de la France entre les deux guerres*, Economica, 3 vol. 1984. (On trouvera à la fin du troisième volume une bibliographie pratiquement exhaustive des problèmes économiques et financiers.)

SORLIN, Pierre, *La Société française*, Arthaud, 1969.

THOBIE, Jacques, *Intérêts et impérialisme français sur l'Empire ottoman, 1895-1914*, Publications de la Sorbonne, 1977.

VIDAL DE LA BLACHE, Paul, *La France. Tableau géographique*, Hachette, 1908.

WEBER, Eugen, *La Fin des terroirs*, Fayard, 1976.

Questions sociales

BRISSAC (duc de), *En d'autres temps*, Grasset, 1972.

CHALINE, Jean-Pierre, *Les Bourgeois de Rouen. Une élite urbaine au XIXe siècle*, Presses de la Fondation nationale des sciences politiques, 1982.

CHARLE, Christophe, *Les Élites de la République, 1880-1900*, Fayard, 1987.

CHEVALIER, Pierre, *Histoire de la franc-maçonnerie française*, Fayard, t. 3, 1975.

DEBRÉ, Jean-Louis, *La Justice au XIXe siècle. Les magistrats*, Perrin, 1981.

DOMMANGET, Maurice, *Le Premier Mai*, Archives et documents, 1972.

ESTÈBE, Jean, *Les Ministres de la République*, Presses de la Fondation nationale des sciences politiques, 1982.

FABIANI, Jean-Louis, *Les Philosophes de la République*, Éditions de Minuit, 1983.

GODFRIN, Jacqueline et Philippe, *Une centrale de presse catholique. La maison de la Bonne Presse et ses publications*, P.U.F., 1965.

GONET, Jack, *Marie la Rouge. Les grèves de 1909 à Méru.* (Imprimé par l'auteur. Sans date.)

GUILLEMINAULT, G., et SINGER-LECOCQ, Y., *La France des gogos*, Fayard, 1975.

JULLIARD, Jacques, *Fernand Pelloutier*, Éd. du Seuil, 1971.

LEFRANC, Georges, *Le Mouvement syndical*, Payot, 1969.

LE VILLAIN, Philippe, *Albert de Mun, 1841-1893*, Bibliothèque des Écoles françaises d'Athènes et de Rome.

LIGOU, Daniel, *Histoire du socialisme en France*, P.U.F., 1962.

LUXARDO, RAGACHE, SANDRIN, *Courrières 1906*, Floréal, 1979.

MAYEUR, Françoise, *L'Enseignement secondaire des jeunes filles sous la Troisième République*, Presses de la Fondation nationale des sciences politiques, 1977.

MAYEUR, J.-M., *L'Abbé Lemire, prêtre républicain*, Casterman, 1969.

MARTIN-FUGIER, Anne, *La Bourgeoise*, Grasset, 1983.
— *La Place des bonnes*, Grasset, 1979.
ORY, P., et SIRINELLI, F., *Les Intellectuels en France de l'affaire Dreyfus à nos jours*, Colin, 1986.
OZOUF, Jacques, *Nous, les maîtres d'école*, Julliard, 1973.
PERROT, Michelle, *Jeunesse de la Grève*, Éd. du Seuil, 1984.
PIERRARD, Pierre, *Le Prêtre français*, Bloud et Gay, 1969.
PROST, Antoine, *L'Enseignement en France*, Colin, 1968.
QUILLOT, R., et GUERRAND, R.-H., *Histoire de l'habitat social*, Paris, 1989.
RÉMOND, René et LATREILLE, André, *Histoire du catholicisme en France*, t. 3, S.P.E.S., 1962.
ROTHSCHILD, Guy de, *Contre bonne fortune*, Belfond, 1983.
SORLIN, Pierre, *La Croix et les Juifs*, Grasset, 1967.
WAQUET, Simone, *Une dynastie républicaine dans la Nièvre, les Parent*, Imprimerie gueugnonnaise, 1987.
WILLARD, Claude, *Les Guesdistes*, Éditions sociales, 1965.
ZÉVAÈS, Alexandre, *Notes et souvenirs d'un militant*, Rivière, 1913.

Questions militaires

Actes du colloque international de l'Institut d'histoire des conflits contemporains, Paris, École militaire, 1984. (Sur les questions d'aviation.)
GIRARDET, Raoul, *La Société militaire dans la France contemporaine*, Plon, 1953.
JAUFFRET, Jean-Charles, *Parlement, gouvernement, commandement : l'armée de métier sous la IIIe République*, 2 vol., thèse d'État publiée par le ministère de la Défense, Château de Vincennes, 1987.
JAURÈS, *L'Armée nouvelle*, Éditions sociales, rééd. 1978.
MAURIN, Jules, *Armée, guerre, société, soldats languedociens*, Publications de la Sorbonne, 1982.
SERMAN, William, *Les Officiers français dans la nation*, Aubier, 1982.

Sur les colonies

AUTIN, Jean, *Pierre Savorgnan de Brazza*, Perrin, 1985.
BRUNSCHWIG, Henri, *Le Partage de l'Afrique noire*, Flammarion, 1971.
— *La Colonisation française. Du pacte colonial à l'Union française*, Calmann-Lévy, 1949.
— *Mythes et réalités de l'impérialisme colonial en France*, Colin, 1960.
GIRARDET, Raoul, *L'Idée coloniale en France*, La Table ronde, 1972.
MARSEILLE, Jacques, *Empire colonial et capitalisme français. Histoire d'un divorce*, Albin Michel, 1984.

Questions politiques

1. *Sur la Commune et les armées de la Loire*

AMSON, Daniel, *Adolphe Crémieux*, Éd. du Seuil, 1988.
AZÉMA, J.-P., et WINNOCK, M., *La Naissance de la IIIe République*, Calmann-Lévy, 1970.
DANSETTE, Adrien, *Les Origines de la Commune de 1871*, Plon, 1944.
DUTRAIT-CROZON, Henri, *Gambetta et la défense nationale*, Paris, 1914.
GHEUSI, P.B., *Gambetta*, Albin Michel, 1932.
GUILLEMIN, Henri, *L'Avènement de M. Thiers et réflexions sur la Commune*, Gallimard, 1971.
GUIRAL, Pierre, *Adolphe Thiers*, Fayard, 1966.
JAMES, Henry, *Esquisses parisiennes*, La Différence, 1988.
MARX, Karl, *La Guerre civile en France*, Éditions sociales, 1953.
RIHS, Charles, *La Commune de Paris*, Éd. du Seuil, 1973.
ROUGERIE, Jacques, *Procès des Communards*, Julliard, 1971.
SERMAN, William, *La Commune de Paris*, Fayard, 1986.
ZOLA, Émile, *La Débâcle*, Paris, Livre de Poche.

2. *Sur la restauration et l'ordre moral*

AGHULON, Maurice, *Marianne au combat*, Flammarion, 1979.
AUDIFFRET-PASQUIER (duc d'), *La Maison de France et l'Assemblée nationale*, Plon, 1938.
CAMESCASSE, Luce, *Souvenirs*, Plon, 1924.
CHESNELONG, Charles, *La Campagne monarchique d'octobre 1873*, Plon, 1895.
DUCROT (général), *Les Projets de restauration monarchique*, Paris, 1909.
HALÉVY, Daniel, *La République des Ducs*, Paris.
LOTH, Arthur, *L'Échec de la restauration monarchique*, Perrin, 1911.
LUZ, Pierre de, *Henri V*, Plon, 1931.
MARCÈRE, M. de, *Histoire de la République de 1876 à 1879*, Plon, 1908.
MEAUX (vicomte de), *Souvenirs politiques*, Paris, 1905.
PERROD, Pierre-Antoine, *Jules Favre. Avocat de la liberté*, La Manufacture, Lyon, 1988.

3. *Sur l'école laïque et l'anticléricalisme*

BONHEUR, Gaston, *La République nous appelle*, Laffont, 1965.
CAPÉRAN, Louis, *L'Invasion laïque*, Paris, 1935.

GAILLARD, Jean-Michel, *Jules Ferry*, Fayard, 1989.
LECANUET R.P., *L'Église de France sous la IIIe République*, 2 t., Paris, 1910.
LEYRET, Henry, *Waldeck-Rousseau*, Paris, 1908.
MANDAT-GRANCEY (baron de), *Le Clergé français et le Concordat*, Perrin, 1906.
MAYEUR, J.-M., *La Séparation de l'Église et de l'État*, Julliard, 1966.
PISANI, Fresnette, *Jules Ferry*, Grasset, 1962.
RÉMOND, René, *L'Anticléricalisme en France*, Fayard, 1976.
SORLIN, Pierre, *Waldeck-Rousseau*, Colin, 1966.

4. *Sur Boulanger, Panama et l'affaire Dreyfus*

BARRÈS, Maurice, *L'Appel au soldat*, 2 vol., Plon, 1926.
— *Leurs figures*, Paris, Livre de Poche.
BRAIBANT, Charles, *Félix Faure à l'Élysée*, Hachette, 1963.
BRANTHOME, *Le Brave Général Boulanger*, Paris, S.D.
BREDIN, Jean-Denis, *L'Affaire*, Paris, 1987.
GAUTHIER, Robert, *Dreyfusards*, Julliard, 1965.
GUILLEMIN, Henri, *L'Énigme Esterhazy*, Gallimard, 1962.
LEVILLAIN, Philippe, *Boulanger, fossoyeur de la monarchie*, Flammarion, 1982.
MIQUEL, Pierre, *L'Affaire Dreyfus*, P.U.F., Coll. « Que sais-je ? », 1959.
NÉRÉ, Jacques, *Le Boulangisme et la presse*, Julliard, 1964.
— *La Crise économique de 1882 et le mouvement boulangiste*, thèse dactylographiée, bibliothèque de la Sorbonne, 1959.
THOMAS, Marcel, *L'Affaire sans Dreyfus*, Fayard, 1961.
VATRÉ, *Henri Rochefort*, Lattès, 1984.

5. *Sur nationalisme et socialisme avant 1914*

BARRÈS, Maurice, *Scènes et doctrines du nationalisme*, Paris, 1902.
— *Mes cahiers*, 14 vol., Plon, 1931.
BENOIST, Charles, *Souvenirs*, 3 vol., Plon, 1932-1934.
CAMBON, Paul, *Correspondance*, 3 vol., Grasset, 1946.
COMBARIEU, Abel, *Sept ans à l'Élysée avec le président Loubet*, Hachette, 1932.
DUROSELLE, Jean-Baptiste, *Clemenceau*, Fayard, 1988.
GALLO, Max, *Le Grand Jaurès*, Laffont, 1984.
GIRARDET, Raoul, *Le Nationalisme français*, Colin, 1966.
HARRY, Myriam, *Jules Lemaître*, Flammarion, 1946.
ISAAC, Jules, *Expériences de ma vie. Péguy*, Calmann-Lévy, 1959.
MAURRAS, Charles, *Enquête sur la Monarchie*, Paris, 1909.
MIQUEL, Pierre, *Raymond Poincaré*, Fayard, 1961.

RABAUT, Jean, *Jean Jaurès*, Perrin, 1981.
RAYNAUD, Ernest, *Souvenirs de police*, Payot, 1923.
TABOUIS, Geneviève, *Jules Cambon par l'un des siens*, Payot, 1938.
WEBER, Eugen, *L'Action française*, Fayard, 1962.
WORMSER, Georges, *La République de Clemenceau*, P.U.F., 1961.

6. *Sur la Première Guerre mondiale*

La bibliographie a déjà été établie dans MIQUEL, Pierre, *La Grande Guerre*, Fayard, 1983.

7. *Sur la période 1919-1939*

ALAIN, *Le Citoyen contre les pouvoirs*, Paris, 1926.
ALLAIN, Jean-Claude, *Joseph Caillaux*, 2 vol., Imprimerie nationale, 1978.
ASSOULINE, Pierre, *Une éminence grise, Jean Jardin*, Balland, 1986.
AYMÉ, Jacques, *La Vie politique à Tourcoing sous la IIIe République*, Paris, C.N.R.S., S.D.
BAINVILLE, Jacques, *La IIIe République*, Fayard, 1935.
BARDOUX, Jacques, *Journal d'un témoin de la Troisième*, Fayard, 1957.
BARRAL, Pierre, *Les Fondateurs de la IIIe République*, Colin, 1968.
— *Le Département de l'Isère sous la Troisième République*, Colin, 1962.
BARRÉ, Jean-Luc, *Le Seigneur-Chat, Philippe Berthelot*, Plon, 1988.
BECHTEL, Guy, *Pierre Laval*, Laffont, 1963.
BENOIST-MÉCHAIN, Jacques, *De la défaite au désastre*, Albin Michel, 1984.
BERL, Emmanuel, *La Politique et les partis*, Paris, 1932.
BERNSTEIN, Serge, *Le 6 février 1934*, Julliard, 1974.
BODIN, Louis et TOUCHARD, Jean, *Le Front populaire*, Colin, 1972.
BONCOUR, Joseph-Paul, *Entre les deux guerres*, Plon, 1945.
BONNET, Georges, *Dans la tourmente*, Fayard, 1971.
BRUNET, Jean-Paul, *Saint-Denis, la ville rouge, 1890-1939*, Hachette, 1980.
BURRIN, Philippe, *La Dérive fasciste. Doriot, Déat, Bergery*, Éd. du Seuil, 1986.
CAILLAUX, Joseph, *Mes Mémoires*, Plon, 1942-1947.
CALEF, Henri, *Le Sabordage de la IIIe République*, Perrin, 1988.
CARRÈRE et BOURGIN, *Manuel des partis politiques en France*, Paris, 1924.
CHAUVEL, Jean, *Commentaire*, t. 1, Fayard, 1971.
COMBES, Émile, *Mon ministère. Mémoires*, Plon, 1956.
DROZ, Jacques, *Histoire générale du socialisme*, t. 2, P.U.F., 1974.
DUCLOS, Jacques, *Mémoires*, 2 vol. (*1896-1934* et *1935-1939*), Fayard, 1969.
DUROSELLE, Jean-Baptiste, *L'Abîme*, Imprimerie nationale, 1983.
— *La Décadence*, Imprimerie nationale, 1979.

Édouard Daladier, chef de gouvernement, Colloque de la Fondation nationale des sciences politiques, 1975.
GIDE, André, *Journal (1939)*, Gallimard.
HALÉVY, Daniel, *La République des comités*, Grasset, 1934.
JEANNENEY, Jules, *Journal politique, 1939-juillet 1942*, Colin, 1972.
JOUVENEL, Henri de, *Le Rajeunissement de la politique*, Paris, 1932.
JOUVENEL, Robert de, *La République des camarades*, Grasset, 1924.
KAYSER, Jacques, *Les Grandes Batailles du radicalisme*, Paris, 1962.
KRIEGEL, Annie, *Aux origines du communisme français*, 2 vol., Mouton, 1964.
KUPFERMAN, Fred, *Le Bureau Ribbentrop et les campagnes pour le rapprochement franco-allemand*, C.N.R.S., 1976.
— *Laval*, Balland, 1987.
LACOUTURE, Jean, *Léon Blum*, Éd. du Seuil, 1977.
LAZAREFF, Pierre, *De Munich à Vichy*, New York, 1944.
LEFRANC, Georges, *Le Front populaire*, P.U.F., 1968.
Léon Blum, chef de gouvernement, Colloque de la Fondation nationale des sciences politiques, 1965.
LOUCHEUR, Louis, *Carnets secrets*, Brepols, 1962.
NICOLET, Claude, *Le Radicalisme*, P.U.F., 1957.
NIZAN, Paul, *Intellectuel communiste*, Maspero, 1967.
NORDMANN, Jean-Thomas, *Histoire des radicaux*, La Table ronde, 1974.
OLLÉ-LAPRUNE, Jacques, *La Stabilité des ministres sous la IIIe République*, Paris, Librairie générale de droit, 1952.
OUDIN, Bernard, *Briand*, Laffont, 1987.
PHILIP, André, *Les Socialistes*, Éd. du Seuil, 1967.
RACINE, Nicole et BODIN, Louis, *Le Parti communiste français pendant l'entre-deux-guerres*, Presses de la Fondation nationale des sciences politiques, 1972.
REYNAUD, Paul, *Mémoires*, 2 vol., Flammarion, 1963.
RIOUX, Jean-Pierre, *Révolutionnaires du Front populaire*, Plon, 1973.
ROBRIEUX, Philippe, *Maurice Thorez*, Fayard, 1975.
SÉDILLOT, René, *Le Franc, histoire d'une monnaie*, Sirey, 1952.
SOULIÉ, Michel, *La Vie politique d'Édouard Herriot*, Colin, 1962.
SUAREZ, Georges, *Les Heures héroïques du Cartel*, Grasset, 1934.
— *Briand*, 2 vol., Plon, 1937-1938.
THIBAUDET, Albert, *La République des professeurs*, Stock, 1932.
ZAY, Jean, *Souvenirs et solitude*, Julliard, 1945.
ZIEBURA, Gilbert, *Léon Blum et le parti socialiste*, Colin, 1967.

8. *Sur la presse et les media*

AMAURY, Francine, *Le Petit Parisien. Histoire du plus grand quotidien sous la IIIe République*. (Inédit.)
KAYSER, Jacques, *La Presse de province sous la IIIe République*, Colin, 1958.

MANEVY, Raymond, *La Presse de la IIIe République*, Paris, 1955.
MIQUEL, Pierre, *L'Opinion publique française pendant la conférence de la paix de 1919*, Flammarion, 1971.
— *Histoire de la radio et de la télévision*, Perrin, 1984.

Témoignages et interviews

Depuis trente ans, l'auteur a eu l'occasion, soit pour d'autres ouvrages, soit pour des émissions de radio et de télévision, d'interroger les témoins de l'histoire de la troisième république. Ces rencontres ont été précieuses pour tenter de restituer l'air du temps. Ont été consultés :

Pierre Mendès France (sur Poincaré et sur le Front populaire) - Guy Mollet (sur Léon Blum) - Édouard Bonnefous, ancien ministre, chancelier de l'Institut, mémoire vivante du régime - Mme Thome-Patenôtre (fille du député André Thome, mort au champ d'honneur, et épouse de Raymond Patenôtre) - le général Weygand - Louis Jacquinot. Les anciens ministres : François Pietri - Louis Marin - Léon Bérard - Mme Honnorat (veuve de l'ancien ministre André Honnorat, député des Basses-Alpes) - André Labarte (ancien chef de cabinet de Gambetta) et Christian Mellac (ancien membre du cabinet de Georges Mandel) - Jacques Kayser (ancien « jeune turc » du parti radical) - Marcel Ribière (ancien chef du cabinet de Poincaré) - Jacques Rueff et Brunet (experts financiers) - Édouard Daladier (interviewé pour la télévision dans l'émission réalisée par Marcel Ophuls : *Munich ou la Paix pour cent ans*) - Jean Mistler (ancien ministre radical) - Charles Pomaret (ancien ministre radical) - Émile Roche (directeur du journal *La République*).

Index

Table

Cet ouvrage a été réalisé sur
Système Cameron
par la SOCIÉTÉ NOUVELLE FIRMIN-DIDOT
Mesnil-sur-l'Estrée
pour le compte des Éditions Fayard
le 18 septembre 1989

Imprimé en France
Dépôt légal: septembre 1989
N° d'édition : 4957 – N° d'impression : 13005
35-57-8133-01
ISBN 2-213-02361-1

35-8133-7